소설

추사

김정희

척독〈尺牘〉편

權五惠 著

7

명문당

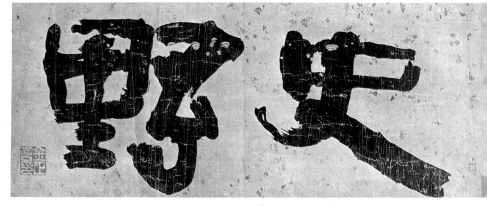

〔上〕 편액 사야(史野) 《논어(論語)》〈옹야편(雍也篇)〉의 '질승문즉야(質勝文則野)요, 문승질즉사(文勝質則史)니라'에서 따온 글귀이다.

〔下〕 증인 오언고시(贈人五言古詩) 지본묵서. 22.6cm×33.3cm. 개인 소장. 제주도 유배시에 쓴 것으로 추정된다.

〔右上〕 편액 단사(丹史) 간송미술관 소장. 역관(譯官)인 단사(丹史) 김병선(金秉善)에게 써준 것이다.

〔右下〕 송자하선생입연시(送紫霞先生入燕詩) 지본묵서. 55cm×70.5cm. 개인 소장. 자하 신위(申緯)가 1812년에 주왕세자 책봉사(奏王世子册封使) 서장관(書狀官)으로 북경에 갈 때 지어준 시이다. 그 서(序)에서 '중국에 가면 볼 것이 많겠지만 소재 노인(蘇齋老人)을 만나는 것이 무엇보다도 가장 값있는 일이라'며 옹방강(翁方綱)을 극구 칭찬하고 있다.

紫霞先生沙萬里入中國提景佛瀬名不知
幾千百億而不如見一蘇齋老人也古有說
倘者曰世界既有我盡見一物與否如佛共余
於先生之行言立遊次蘇齋題天際烏雲帖
先藏司顏以奉爐峯此一詩可哉華詩一
段作麻枢公之指座老馬觀丁年
暮雲一海東澳外秋月輪運瞰雲明
蘇齋詩夢閣若癸風味本同情
謨學尚量英宋學先生經學抑亦不相
尖己令儀神徵今古高社令古人头朱曾遊
添先生昔春秋注補杜氏長風

崑侖元氣唐涯晉篆譬茫弘筆尖
昆塔嵩陽北一義先生云為化度碑
自從實際龜精竟底事滄浪禪理論一世異才
收句驅十年浮氣擇無痕此詩辛為先生詩論頷余
唐碑庙雲碑為宋兼山容說注蘇詩西坡舊本
畫儀樊初先慳對先溝棋壁門圖曾遊眼雲鴻爪
懷篆留沙

侍生 金□□秋史初葉上

〔上左〕 안향(安珦)의 시고(詩稿) 행서. 지본묵서. 23cm×11cm. 서울대학교 박물관 소장.

〔上右〕 윤순(尹淳)의 칠언절구(七言絶句) 초서. 견본묵서(絹本墨書). 124.7cm×54.8cm. 국립중앙박물관 소장.

〔下〕 김명희(金命喜)의 시고(詩稿) 초서. 지본묵서. 24.5cm×53cm.

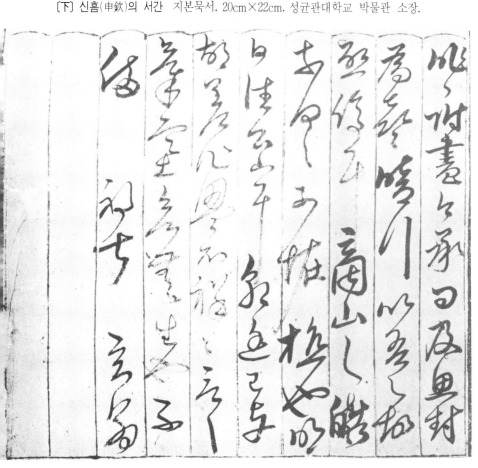

〔上〕 성석린(成石璘)의 송장참의시(送張參議詩) 초서. 탁본. 〈해동명적〉 소재.

〔下〕 신흠(申欽)의 서간 지본묵서. 20cm×22cm. 성균관대학교 박물관 소장.

〔上〕 이황(李滉)의 시찰(詩札) 지본묵서. 31cm×32cm. 서울대학교 박물관 소장. 자가 경호(景浩) 호가 퇴계(退溪)인 이황은 서법에 있어서도 그의 학구적인 성격을 잘 나타내어 한 획을 함부로 운필하지 않았다.

〔下〕 김인후(金麟厚)의 천자문 목판(木版). 전남 장성 필암서원(筆岩書院) 장판(藏板). 호가 하서(河西)인 김인후는 행서와 초서에 능했다.

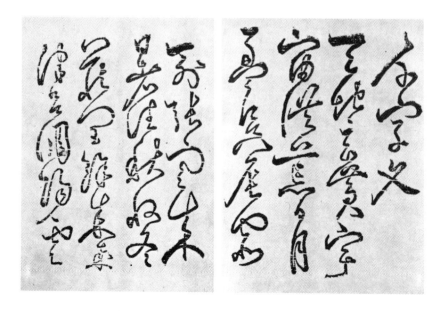

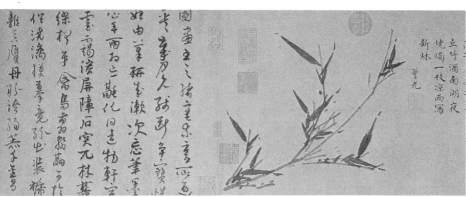

〔上〕 소익잠난정도(蕭翼賺蘭亭圖) 염입본(閻立本) 그림. 견본착색. 27.4cm×64.7cm. 당태종〔右〕은 왕희지의 대표작인 〈난정서〉를 소익〔中〕에게 명하여 소장자인 변재법사〔左〕에게서 훔쳐오게 하였다. 대북 고궁박물관 소장.

〔中〕 묵죽(墨竹) 오진(吳鎭) 그림. 지본묵화. 22.4cm×89.1cm. 지정갑신(至正甲申), 즉 1344년이란 낙관이 있다. 대북 고궁박물관 소장.

〔下〕 예찬상(倪瓚像) 지본착색. 28.2cm×60.9cm. 예찬과 오진은 모두 원대 사대가(元代四大家)로 꼽히는 사람들이다. 대북 고궁박물관 소장.

秋勁拒霜盛
羲冠錦羽雞
己知全五德
安逸勝鳧鷖

宣和殿御製并書 天

부용금계도(芙蓉錦鷄圖) 북송(北宋) 제8대 황제인 휘종(徽宗)의 그림. 견본 착색. 81.5cm×53.6cm. 작품 속의 오언시와 '천(天)'이라고 쓴 휘종의 서명 은 모두 '수금체(瘦金體)'라고 하는 독자적 필법이다. 북경 고궁박물원 소 장.

제 7 권

척 독(尺牘)편

제7권 척 독(尺牘)편 / 차 례

조맹부(趙孟頫)… 13

선 리(禪理)…113

문자학…192

인간 김정희(人間 金正喜)…269

육왕학(陸王學)…347

조맹부(趙孟頫)

《완당집》권7 〈잡저(雜著)〉편의 '서결(書訣)'에서 '글씨는 도를 위해 허운(虛運)이어야 한다'고 주장했다.

추사가 말하는 허운은 무엇일까?

'만일에 천연의 하늘에 남북의 극(極)이 있고 이로써 중추가 되어 그곳에 움직이지 못하도록 연계되며, 그리고서 능히 하늘은 줄곧 움직여져 운행된다면 글씨 또한 도가 되기 위해선 이와 같아야만 하리라. 이러므로 글씨가 붓으로 이루어지려면, 필운(筆運 : 붓의 운행, 곧 붓놀림)은 손가락에 있고, 지운(指運)은 팔에 있으며, 완운(腕運)은 팔꿈치에 있고, 추운(肘運)은 어깨에 있으며, 어깨가 팔꿈치이고 팔이고 손가락이고 모두가 그 오른쪽 몸의 운행(곧 움직임)이다. 우체(右體)가 곧 그 좌체(左體)의 운행이며 좌우체란 몸의 운행으로 윗부분인 것이다. 그리하여 상체는 곧 그 하체(下體)의 운행이며, 하체란 두 발이고 두 발은 지면에 붙이고서 엄지 발가락과 발뒤꿈치로 하구(下鉤 : 수레바퀴의 굴대와 같은 역할)가 되는 것인데 이를테면 나막신을 신었을 때 이빨이 있어 지면에서 물리듯이 하고 있어 이를 이른바 하체의 실상(實相)이라 일컫는 것이다.

하체의 실상이 있고 나서야 능히 상체 운행의 허연(虛然 : 직역하면 허의 상태인데 허에는 비어있다는 뜻과 다 찬다는 뜻이 있음)이 되어 상체 또한 실이 있는 것이며 그 실은 좌체이다. 좌체는 걸상을 의지하며 아래의 두 실상과 서로 응연(凝然)되듯 딸려 있는 까닭에 이는 바로 삼체의 실상이며 오른쪽 일체의 허(虛)를 운행한다. 그리고 오른쪽 일체야말로 바로 그 실(實)에 이르고 있는 것이다.

'또 그래야만 어깨의 운행으로 팔꿈치에 이르고, 팔꿈치로 말미암아 팔과 손가락은 모두 저마다 실에 이르고, 허에 이르러 운행되는 것인데, 허는 그 겉모습이고 실은 그 청(精)이다. 정이라는 것은 삼체의 실이 융결(融結)되어 허에 이르러 중(中)이지만, 생각컨대 그 실이다.'

좀 복잡하게 설명하고 있지만 당시의 문법상 그러한 것이고 세밀히 분석하여 친절하게 설명한 까닭인데, 요컨대 글씨는 몸 전체가 유기적 연관을 갖게 되며 그 실체(實體)는 우측 상반신이고 이것도 균형된(안정된) 자세에 있다고 말하는 것 같다.

'따라서 종이를 필력으로 꿰뚫듯이 하는 게 허이고, 종이에 점획을 낳게 함은 손이고 맑고 깨끗한 청기가 있어야 할 터이다. 손을 몸쪽으로 당겨가며 점획을 짓는 게 음(陰)이며 손으로 밀면서 바깥쪽으로 점획을 휘호하는 것은 양(陽)에 딸린 것이 되리라.

손은 일추일만(一推一挽)해야 능히 점획이 되며 이를테면 사(舍)·칙(則)이면 이룩되지 않는다. 그러므로 음획에는 측(側)까지 넷인데 노(弩)·략(掠)·탁(啄)이 그것이며 모두 동남(東南)에서 운필을 오른쪽으로 돌리게 된다. 양획은 늑(勒)까지 넷인데 적(趯)·책(策)·책(磔)이고 동남에서 운필을 왼쪽으로 돌리는 것이다. 나의 손은 몸의 서북에서 생(生 : 천연)하는 까닭에 능히 동남에서 권서(卷舒 : 접었다 폈다 함)할 수 있고 만약에 서북으로 운편하면 그럴 수가 없다. 억지로 이를 가게 하거나 세로 휼(譎 : 간사함)이나 가로 괴(怪 : 얼버무리는 것)를 낳음은 군자로서 사용치 않는다.'

추사는 권8 〈잡지(雜識)〉에서도 말했다.
'결구(結構 : 짜임새)의 원만은 전법(篆法)과 같고 표연하게 나부끼고 말쑥하게 빠진 것은 장초(章草 : 근문의 초서)와도 같고, 사납고 거칠어 두려워할 만한 것은 팔분과 같고, 얌전하고도 조촐함은 비백(飛白)과 같고, 경개(耿介 : 꼿꼿하여 타협하지 않음)하여 오뚝 솟은 것은 학두(鶴頭)와 같고, 울적함을 가져 가로세로 치닫는 것은 고예(古隷)와 같지만, 점을 지을 때에는 반드시 붓을 거두는 데 있어 긴축(緊縮)을 귀하게 여기고 획을 짓는 데에는 늑(측법의 하나. 억누르는 것)으로 하되 껄끄러운 게 더디며, 측법은 그 붓을 평평하게 잡아서는 안되지만, 늑은 그 붓을 드러눕게 하면 안된다.'
다시 부연한다면 추사는 전자·초서·팔분·비백·학두 등 각 필체의 특징과 그것을 마음의 상태와도 비유하고 있는 것이다.
'노(努)는 곧은 것만이 좋지는 않으며, 곧다면 힘을 상실하고 적은 그 필봉을 보존하여 기세를 얻은 뒤 나아가되 붓끝을 끌고 내려가서, 그 기세로 가슴을 내밀고 세운다. 책(策)은 앙필(仰筆)로서 거두는 것이고, 략(掠)은 필봉이 왼쪽으로 나가되 마땅히 날카롭고, 탁은 붓을 뉘어 빨리 나가 덮는 것이며, 책(磔)은 전필(戰筆)로서 밖으로 발동하되 마음을 정하고서 나가야 한다.

무릇 점에 있어선 모서리가 준엄한 것이 둥글고 평평해선 안 되며, 통변(通變)을 귀하게 여기는 데 합책(合策)하는 곳의 책이란 바로 年자가 그것이다. 합륵(合勒)하는 곳의 늑은 士자가 그 것인데 저 가로획은 모두가 위로 우러르고 아래로 복수(覆收)하는 士자가 바로 그런 것이다. 모름지기 상중평(上中平)의 세 가지가 있어야 하는데 위로 우러르고 아래로 덮는 春·主자가 바로 그런 것이었다. 무릇 삼획이 모두 사용된다[원주 : 일설에는 상을 앙획, 중을 평획, 하는 부획이라 함].

측법은 그 붓이 옆으로 내려가고 먹은[3자 결락] 정(精)이고, 늑법은 그 붓을 뉘어 잡아선 안되는데 中·高의 두 머리가 아래로 필심(筆心 : 붓의 중심점)을 누르는 것이다[상·평·중·앙·하·언(匽)·공(空)·중(中)이 있고 그 힘은 이를테면 말고삐로 억제 운운(이하 결락)].

짧은 획의 초(祖) 하나로 역(趯)은 붓끝을 가볍게 쳐들고 나아가는 것인데 이를테면 말채찍의 기세로서 양머리의 高·中은 류종원(柳宗元)이 말한 '책은 앙필로 거두고 은밀히 쳐든다'처럼 아래로 내리는 것이며 기(其)·천(天)·부(夫)·재(才)자와 같은 따위 무릇 짧은 획은 모두 책법이 된다[한 자 결락]. 파(波)를 좇는 불(乀)은 오정(五停)인데 수(首)·일(一)·중(中)·삼(三)·미(尾)자이며, 가로 一의 波·乀(오른쪽으로 끄는 획이다)도 오정이고 首·中·二·尾는[한 자 결락]. 대체로 앙획을 만들 때에는 준(蹲)은 하지 않고 붓끝으로 곁을 싸지만[한 자 결락] 준은 삼방향에 힘이 골고루 이르고 손가락은 아래로 힘을 비스듬히 채우면 머무르는 낌새가 있고 앙필로 나가 삼과(三過)하면 글

씨 중에 또한 물결과도 같은 삼과가 있어 기복(起伏)은[한 자 결
락] 전전(戰顫 : 전은 떤다, 곧 전율임. 싸움을 앞둔 몸서리)인데, 전
동(희미하게 동요되는 것)을 취하여 천천히 나간다는 뜻이고[한 자
결락] 준거(蹲踞 : 웅크리고 앉음)는 멈칫하며 머무는 것을 비유한
[한 자 결락] 것이며 역(趰)은 발음이 역(歷)으로 역행(조용히 나
아감)하는 것이고[한 자 결락] 석(趉)은 발음이 석(昔)인데 측행
(側行)이며 석행이란 억제하여 껄끄러운 것이 더디게 나간다는
것이다.

　서법으로 수(㑄 : 발음은 竪이고 선다는 것)가 있는데 수(竪)와
같은 뜻이며, 수필이란 짧은 노(努)를 말한다. 저 노법이란 게
이미 있는데 이 조항을 또 마련한 것은 참으로 군더더기가 아닐
수 없다.'

전문 용어가 나열되고 있어 참으로 난삽하고 게다가 탈락자도
곳곳에 있어 해독에 어려움이 있다. 그러나 전문 용어는 원문 그대
로 외는 게 빠르고 또 그럴 수밖에 없는 것이며, 그 한자가 가진
의미를 헤아리고 또 이 글에 나타난 설명을 참조하면 되리라.

　추사도 그런 점을 지적했던 모양으로 본문을 계속 읽어보면 다
음과 같다.

'각 본에는 또한 틀리게 작자(作字)한 것이 모두 있고 일일이 그
글자로 없는[한 자 결락]. 무릇 글씨의 전공 부분으로써 12종이
있고 필법으로 감춰진(내포된) 것이 바로 지필(遲筆)·질필(疾
筆)·역필(逆筆)·순필(順筆)·도필(倒筆)·삽필(澁筆)·전필
(轉筆)·와필(渦筆)·제필(提筆)·탁필(啄筆)·엄필(罨筆)·역
필(歷筆)이었다. 용필에 있어 모든 생사의 법은 모두 그윽하고
은밀한 것에 있고, 지필의 법은 빠름에 있으며, 질필의 법은 거

꾸로 더딘 데 있는 것이다. 들어가면 나옴에 이르고 세(勢)를 취하며[한 자 결락] 더하여 낌새를 헤아리고 그것을 조정(調停)하되, 득묘(得妙)에는 모름지기 초서에 공력(功力)이 깊어야 하는데 초서는 구(求)[한 자 결락](하기) 어렵고 득(得)[두 자 결락].

일자(一字) 팔면(八面)의 유통이 내기(內氣)가 되고 일편의 장법(章法)은 조응(照應)하여 외기(外氣)가 되는데 내기는 필획의 소밀(疎密 : 엉성하고 조밀함)을 말함이며 경중(輕重)·비수(肥瘦)를 평판(平板)·산환(散渙 : 환도 흩어진다는 의미)처럼 어찌 기의 있음이고 외기는 일편의 허와 실이 있음인데 소밀 관속(管束)은 위로 접하여 드리고 아래로는 착종(錯綜 : 복잡하게 뒤얽혀 있다는 뜻)·영대(映帶 : 서로 비치며 어울리는 것)되고 제1자는 제2자로 옮겨질 수가 없게 된다. 제2행은 제1행과 옮겨지지 않아[이하 본문 결락].'

요컨대 이 논문은 추사의 미정고(未定稿)로 탈락이 있을 뿐 아니라 뒷부분은 아예 없어진 채 〈잡지〉에 편집한 것이다.

그러나 전체의 취지로 보아 추사가 이 글을 구상한 이유는 '글씨란 그저 쓴다고 해서 글씨가 아니고, 좀 잘 쓴다고 해서 서도가 되는 것도 아님'을 지적하는 데 있었다고 추측된다.

요는 이른바 명필이라 일컫는 사람 중에 필법(서법)에 대해 제대로 알고——이론적 뒷받침도 없이 그저 손끝의 재주로 글씨를 쓰는 따위——를 지적하는 데 목적이 있었다고 여겨진다.

아닌게 아니라 서법에는 참으로 많은 기술이 있고——그 전문용어의 다양함을 보면 알 수 있다——무엇이든 증명되지 않으면 학문이랄 수 없는 정신이 여기서 강조되고 있다고 하겠다.

따라서 두서없이 〈잡지〉에 수록된 다음의 조각글도 그와 같이 파악하고 읽어야만 하리라.

'포백(布白 : 필획간의 공백 부분)으로서 삼(三)자가 있고 가운데의 포백은 포백의 행간(行間)이 자획마다 포백이 있어 처음으로 배우는 자는 모두들 반드시 정균(停勻 : 고르게 머무름)한다. 이미 정균을 안다면 그 사이의 소밀(疎密)·착락(錯落)을 비스듬하게 먹으로 바로잡는 데 도움이 되고, 먹은 글자의 혈육(血肉)이 되며 힘을 쓰는 붓끝은 글자의 근(筋)이 되는데, 근이 있게 되면 혈맥의 유통에도 정(情 : 감정)이 태어나게 되어 이리저리 돌아보게 된다. 이를테면 유(遊)·사(絲)자는 도가 하나이고 반선(盤旋 : 회전)은 획 가운데의 정획이 있는 곳을 끊지 않고 있으며, 점획이 없는 곳 역시 은미(隱微)해서 그 사이에 중첩되고 견련(牽連)되는 서로의 일관된 은미도 모판(某板 : 보존 판목)의 산환이란 병폐도 거의 없게 된다.

서법론에서 말하기를 정서는 사용하는 데 있고 행초(行草)는 의행(意行 : 형세)이라 했지만, 글씨의 올바른 사용이 바로 서법인 것이다. 대개 행초는 기세를 사용하고 필묵에서 찾게 된다면, 행초는 견사(牽絲)가 많고 진서에 이르러선 신기(神氣)가 상통되며 둘 아닌 하나로 합쳐진 전(轉)을 많이 사용한다. 대체로 진서는 전을 많이 사용하는데 전이란 형적(形跡)이 없는 것이고, 견사는 형적이 있는 것인데 전으로 하여금 전절(轉折)시켜 형적 없는 견사여야 하며, 견사로 하여금 전합(轉合)한 연후에야 법이 완벽해지리라.'

'서법은 시품(詩品 : 시의 품격)·화수(畫髓 : 그림의 정수)와 더불

어 오묘한 경지가 동일하다. 이를테면 서경(西京 : 장안·전한을
말함)의 고예는 못을 자르고 무쇠를 절단한 것 같아 흉하고 험하
여 두렵게 보이는데 이는 곧 건(健 : 굳셈)을 쌓아 웅장해지는 정
신이다. 청춘의 앵무는 꽃을 머리에 꽂은 무희가 거울을 당겨
봄을 웃는 꼴이고, 하늘에서 놀고 바다와 더불어 놀음은 곧 앞
으로 삼신(三辰)을 부르고 뒤로 봉황새를 끄는 의미로 시와 더불
어 통하지 않는 게 없으며, 현상의 밖에서 초연하며 환중(環中 :
《장자》〈제물론〉에서 인용. 무궁한 공간세계)을 얻는다는 한마디의
말을 벗어나지 못하리라. 능히 이십사품(二十四品)의 오묘한 깨
달음이 있다면 글씨의 경지는 곧 시의 경지이다. 이를테면 뿔을
나뭇가지에 거는 영양(羚羊)과도 같은 자취없는 경지를 찾을 수
있게 되면 절로 신해(神解)가 있을 것이니, 신명으로써 밝히는
것은 또한 종적으로써 구할 수 있는 게 아니리라. '

'필법의 속성법으로 10여 종이 있고 지·질·순·역·도·삽·
전·와·엄·탁·제·역필(趯筆) 등의 법이 그것인데, 또한 발
(撥)·등(鐙)과 같은 흔히 행해지는 방법으로 제한하려는 것은
안된다. 이것은 나이가 젊어 완숙한 경지에 아직 도달하지 못한
자는 뛰어넘어 나갈 수 없는 것이며, 삼십 년의 노련한 공력이
있지 않으면 절대로 안되는 만행이다. 한예(漢隸)의 글자 하나
는 해서와 행서의 열 글자와 필적할 수 있는 것이며, 요즘의 사
람이 익히는 바 글씨는 동경(東京 : 낙양을 말하며 곧 후한) 말에
지은 것이고 서경에 이르러서는 손도 대지 못한다. 그나마 진예
(晉隸)를 능히 지을 수〔모사란 뜻〕 있음이 또한 다행이다. '

'날카롭고 가지런하며, 굳세고 둥근 것은 필법의 네 가지 덕이다.'

'용필(用筆)법으로 다섯 손가락을 사면으로 성글게 벌린 다음, 붓대는 집게손가락 가운데 마디 끝에 두고 안쪽을 향해 당기는 것인데 엄지는 나문(螺紋 : 지문)이 있는 곳으로 누르며 밖을 향해 가운뎃손가락으로 그 양(陽)을 걸며 무명지와 새끼손가락으로 그 음(陰)을 받쳐준다. 그러면 곧 손가락은 실하고 손바닥은 허(비어 있다는 것)하여 전운(轉運)하는 데 편하고 빨라진다. 전운의 법은 집게손가락의 뼈가 반드시 가깝도록 사용하고 필세는 왼쪽으로 향하는데 엄지의 뼈는 반드시 밖으로 어루만지듯이 사용한다. 필세가 오른쪽으로 향한 뒤여야만 온갖 붓끝이 힘(힘은 또한 글씨 형태임)도 가지런해지고 필봉(筆鋒 : 붓끝의 날카로움)도 곧 중(中)으로 가게 된다.

만약 빡빡하게 쥐어 운행할 수 없다면 힘은 오로지 붓에만 있고 붓끝까지는 미치지 못한다. 구양영숙(歐陽永叔)의 이른바 '손가락으로 하여금 운행하되 팔에는 이르지 않는다'는 것이며 동파의 이른바 '허하면 느슨해진다'는 것이다. 옆으로 가까워지는 기(機 : 발동이라는 것)는 무명지의 갑(甲 : 껍질)과 살 사이의 경계에 있고 바깥의 어루만짐(外豁)의 묘는 가운뎃손가락의 강유(剛柔) 사이에 있으며, 또한 가로되 '무명지의 손톱과 살의 경계로 붓을 들어 위로 향하게 한다'고 한다.'

'측(側)을 점(點)이라 하지 않고 굳이 측이라고 한 것은 측을 기울임에 있어 점이 되는 기세가 이르렀다는 것인데, 이를테면 면

(艹)의 윗점 같은 것에 이르러선 역시 측이라 불러서는 아니되므로 파(波)가 날(捺)이나 벌(撇)을 불(拂)이라 하지 않음과 같은 호칭(互稱 : 바꾸어 부름)이다. '

'신호(伸毫 : 붓끝을 편다)라는 것은 고금 서가의 아직 들어보지 못한 설이다. 필봉은 늘 필획의 안에 있고 한 획 중에서도 봉초(鋒抄 : 붓끝의 자취)에 있어서의 기복이 변하며 한 점 중에서도 특히 육좌(衄挫 : 육은 꺾인다는 뜻, 좌도 같은 의미)가 호망(毫芒 : 붓끝의 날)으로 달라진다고 했는데, 이는 바로 종요·색정 이래의 진결(眞訣)로 고금을 통하여 바뀌지 않는 것이며 대대로 상전된 것이다. 최근에 우리나라 사람으로 말하는 바 신호의 한 가지 법은 곧 바람벽을 향해 헛되이 지은, 전혀 낙착(落着)을 몰각한 것에 이르렀고 만약 벌(撇)의 말필을 만난다면 어찌 이를 처리할 것인지, 이 설은 버리지 않을 수 없다. 후학은 모두 이것을 본뜨게 되어 도깨비 굴에 굴러 떨어지고 말리라. '

'서법은 사람마다 전수받을 수는 있지만, 신흥(神興)의 정수와 만나려면 사람들 스스로 이룩하는 것이며 정신이 없다면 비록 서법으로서 볼 만한 게 있더라도 능히 오래도록 견뎌내지 못한다. 완색(玩索 : 깊은 뜻을 생각하며 찾음)으로 감흥과 만나는 일이 없다면 비록 글씨체가 아름답다 할지라도 겨우 글씨장이라고밖에 칭하지 않는다. 기세는 가슴 속에 있고 글자 내면과 행간에 유로(流露)되어 혹은 웅장하고 혹은 얽힌 것이 느릿한 것인데, 막지도 막아낼 수도 없을 뿐더러 만약 점획 위에 기세의 논점이 있다면 오히려 한층 동떨어지게 된다. '

'글씨는 현완(懸腕)·발등(撥鐙)·포백 등의 법과 부앙(俯仰)·
향배(向背)·위아래·조응(照應)에 여러 가지 묘가 있으며 점과
획은 청초(淸楚)하고 장법(章法)을 갖추어야 하는 것이다. 그리
고 종요·색정 이래로 능히 바꿀 수 없는 하나의 방식이 있는데
좌우의 글자가 바로 그것이다. 우측이 짧으면 아래를 가지런히
하고 좌측이 짧으면 위를 가지런히 하며 간가(間架 : 짜임새, 행
간)·결구의 80여 격(格)도 이것을 좇아 들어가지 않고 함부로
획 하나를 긋거나 파(波 : 삐침) 하나를 맹목적으로 베푼다면, 이
를테면 요즘의 속장(俗匠)마냥 전도되고 멋대로 날뜀은 모두가
악례(惡例)일 것이다.'

'서법의 변천에 따라 유파 또한 뒤섞이고 말아 그 근원을 거슬러
올라가지 않는다면 예로 돌릴 수 없게 되었다. 대개 예자로 말
미암아 변해서 청서(해자)가 되고 행·초가 되었는데 그 전이(轉
移)는 모두 한말과 위진 사이에 있으며 정서·행초가 나뉘져 남
북의 양파가 된 것인데, 곧 동진·유송·제·양·진은 남파가
되고 북조·북연·북위·북제·북주·수는 북파가 되는 것
이다.
　남파는 종요·위관을 거쳐 왕희지·헌지 및 승건(僧虔)에서
지영·우세남에 이르렀고, 북파는 종요·위관·색정 및 최열(崔
悅 : 후조 사람. 자는 도유)·노침(盧諶)·고준(高遵)·심복·요원
표(姚元標)·조문심(趙文深 : 북위 사람. 자는 덕본)·정도호 등에
이르렀으며 다시 구양순·저수량에 이른다.
　남파는 수나라에 이르기까지 드러나지 못했는데 정관 연간에
이르러 비로소 크게 드러났다. 그러나 구양순·저수량과 같은

제현(諸賢)이 북파에서 비롯되고 이미 당나라의 영휘 연간 이후 곧장 개성(開成 : 당문종의 연호, 836~840)에 이르자 비판·석경은 오히려 북파의 여풍이 있었던 것이다. 남파는 곧 강좌(江左 : 강동을 말함)의 풍류로 분방하면서도 유려하며 서판을 개척하는 데는 발전이 있었으나 필획을 감(減)하여 알아볼 수 없는 지경에 이르렀으며 전예(篆隸)의 남겨진 법도 이미 동진에서 개변이 많아 유송과 제에 이르러선 논할 것이 없었다.

북파는 바로 중원의 옛법으로 근엄한 가운데 졸누(拙陋)함에도 불구하고 비문과 목간(木簡)에서 장점을 가졌으며 채옹·위탄·한단순(邯單淳 : 위나라 사람. 자는 자숙)·위개(衛覬 : 자는 백유)·장지·두도(杜度 : 후한 사람. 자는 백도)의 전·예·팔분·초서의 유법이 수말·당초에 이르렀고 오히려 존재했었는데, 두 파의 갈라짐이 강하(江河)와도 같고 남북의 세족(世族)은 서로 왕래하며 배우지 않았던 것이다.'

위의 것은 이미 소개된 것이다. 추사는 그 상호 연관을 인정하는 편이었다. 그것이야 어쨌든 당시 이만한 분류를 할 수 있었다는 것은 확실히 형안(炯眼)이었다.

드디어 조맹부(1254~1322)인데, 그는 서가로서 뿐 아니라 시인으로서 보다 유명했고, 몽골에 의해 멸망된 송의 왕족 출신이었다. 또 조자앙이 전·주(籀)·팔분·예·진·행 초서에 뛰어났고 특히 행서와 소해(小楷)를 조화시킨 글씨에 능했다는 것은 누구나 아는 일이지만, 산수화를 잘 그렸고 인마(人馬)·화훼도 유명했음을 아는 이는 비교적 적을 것 같다.

쿠빌라이가 남송을 멸한 기묘년(1279)에 그는 갑인생(고종 41 :

1254)이므로 피끓는 젊은이였던 셈이다. 그는 현재의 절강성 오흥(吳興)에서 태어났는데, 당시 윤주(潤州 : 강소성 진강)의 녹사참군(錄事參軍)이라는 무관직에 있었다. 그는 젊어서 인물이 준수(俊秀)하고 풍채가 당당했다고 한다. 그래서 희노애락을 표정이나 행동으로 결코 나타내지 않았던 것이다.

조맹부의 시 〈악악왕묘(岳鄂王墓)〉를 읽어 본다. 악악왕이란 남송의 충신 악비를 말하며, 그는 죽고 나서 악국왕으로 추증된 것이다. 조맹부의 전기가 별로 알려진 게 없으니 그의 작품으로 그의 사람됨을 추정할 수밖에 없으리라.

　악왕의 왕묘엔 풀만이 무성한데(鄂王墓上草離離)
　가을 햇살은 황량하고 무덤의 돌사자도 쓰러질 것만 같네.(秋日荒涼石獸危)
　남으로 건너온 군신은 사직을 경시했으나(南渡君臣輕社稷)
　중원의 부로는 수복할 날만을 바랐네.(中原父老望旌旗)
　영웅은 이미 죽었는데 한탄한들 돌이킬 수 있겠는가(英雄已死嗟何及)
　천하의 반마저도 마침내 지탱 못했으니(天下中分遂不支),
　서호를 보고 이 노래를 읊지는 말아 주시구려.(莫向西湖歌此曲)
　산수의 아름다움도 슬픔을 견디지 못할래라.(水光山色不勝悲)

조맹부는 남송이 멸망하자 고향에 돌아와서 글읽기에 전념했다. 그는 호로서 송설도인(松雪道人) 또는 수정궁도인(水精宮道人)이란 것을 쓰고 있는 것을 보면 도교를 신앙했던 모양이다.

글씨와 그림은 그의 무료함을 달래 줄 뿐 아니라 속세를 초연하는 정신 수양에 좋은 보탬이 되었다. 그는 특히 왕희지의 《난정서》를 수백 번이나 임모하고 마침내 그 진수를 파악하여 글씨의 전통을 확립한다.

추사도 난정첩에 대해 말했다.

'당나라의 우세남은 엷은 먹으로 그림자와도 같은 난정첩을 임모했지만, 비록 옛날의 두꺼운 삼종이라서 희미하게 흩어져 있고, 만환(漫漶 : 미분명하다는 것)일망정 정신이 발로된 것이었다. 뒷날 위창(魏昌)이 있어 더욱 나아가게 했고 송렴(宋濂)·동기창(董其昌)·왕우(王祐)·서상빈(徐尙賓)·섭훤주(葉萱周)도 같은 유(類)였으나 옛날의 충정(中靜 : 中正인 듯)으로선 장필(張弼)·주지번(朱之蕃)·왕형(王衡) 등은 제가의 난정 진적을 모사한 저수량의 마지본(麻紙本)에 제명(題名)과 발문을 한 것이며 뒤에 나온 미불·장안(張晏)·범중엄·왕요신(王堯臣)·유경(劉涇)·공개(龔開)·백정(白珽)·장저(張羽)·장우(張雨)·변영예(卞永譽) 등 제가의 제명·시발(詩跋)본이 있었다. 풍승소(馮承素)의 난정첩을 모사한 마지본 뒤에 허장(許將)·왕안례(王安禮)·주광예(朱光裔)·이지의(李之儀)·구백옥(仇百玉)·주광정(朱光庭)·조맹부·곽천석(郭天錫)·선우추(鮮于樞)·등문원(鄧文原)·항원(項元)·변문가(汴文嘉) 등 여러 사람의 여러 명발(名跋)과 아울러 신룡반인(神龍半印)·신룡내부(神龍內府)·장방반인(長方半印) 등 세상에서 통행되는 난정첩이라 일컫는 것은 모두 구양순·저수량의 두 모사본이며 이를테면 개황본(開皇本)·우세남본·풍승소본은 거의 없다시피 하며, 있다고 알려진 것은 지금 모두 중국의 내부(궁중의 비고)에 있다. 《석거수필록

《石渠隨筆錄》)을 좇아 무아(懋兒 : 추사의 계자 상우)에게 뽑아 보
이니 그 부문의 광대함을 알지니라.'

이렇듯 난정첩은 많은 것인데, 알려진 바에 의하면 조맹부는
《청무 난정본》 중에서 가장 좋다고 일컫는 본을 입수하여 그것으
로 글씨 단련을 했다. 즉 《제동야어(齊東野語)》라는 책에 의하면
소천암(蕭千巖)의 조카 곤(滾)은 백석(白石)이 소장했던 결락자가
없는 《난정서》를 구했는데, 이것이 또 유수옹(兪壽翁)의 손에 들어
갔다. 조자고(趙子固 : 조맹견의 자)는 다시 수옹에게서 비싼 값을
주고 이를 손에 넣었지만 뱃놀이를 하다가 배가 뒤집혔다. 그때 조
자고는 가까스로 목숨만 살았고, 가지고 있던 물건을 모두 잃었으
나 손에 《난정서》만은 꽉 잡고,

"난정첩은 무사하다. 그밖의 것이야 잃은들 아까울 것이 있
는가 ! "

라고 외쳤으며 첩의 머리에 '性命可輕 至寶是保(목숨은 가볍다 하
겠으나 지극한 보배이니 보존한 것이다)'라는 여덟 글자를 제했던 것
이며, 그것이 송설의 손에 들어온 셈이다.

옹담계도 또한 〈소미제난정고〉에서 이것에 대해 고증했고 낙수
본(落水本)이란 이름도 그래서 생겼지만, 추사 역시 〈제미남궁묵적
구탁진본후(題米南宮墨跡舊拓眞本後)〉를 쓰고 있다.

'이 본은 쾌설당첩(快雪堂帖)의 첫 탑본이다. 근세에 와서 번각
된 본은 크게 달라서 오히려 자로(子路)가 중니를 뵙기 전의 기
상이라고 하겠다[전통에서 벗어난 만용이란 뜻].

다만 쾌설당이 인각한 것에는 거짓과 참된 것이 자못 뒤섞여
있는데, 이를테면 〈악의론〉은 바로 안본(贋本 : 가짜란 뜻)이다.
동파 글씨의 〈천제오운첩〉은 모사본으로부터 번각된 것이지만,

예컨대 조맹부 서의 〈십삼발 석각난정〉은 오직 원본에서 번각된 것일텐데 어째서 조모본이 이와 같이 거칠게 만들어졌는지 알지를 못하겠다.

그러나 어쨌든 이런 옛 각본은 점차로 인멸되고 신각본은 모두가 악찰(惡札)을 면치 못하고 있으니 뒷사람은 이런 구각의 일단(一段 : 한 조각임)만 얻어도 마땅히 길광 편우(吉光片羽 : 완전치는 못하다는 비유)라도 보배처럼 사랑해야만 하리라. '

추사의 이 말은 무슨 뜻인가?

조맹부라면 우리나라에서 가장 손꼽는 서가였다. 왜냐하면 왕희지 등이 있다고는 하지만 추사는 왕우군의 진적으로 완전히 전하는 것은 하나도 없다고 잘라 말했던 것이다.

조맹부는 왕희지보다 천 년 뒤의 서가로 명나라의 도륭(屠隆 : 융경·만력 연간 사람)이 저술한 《고반여사(考槃餘事)》를 보면 송설의 글씨로 다음을 나열했다.

　　난정십삼발
　　조송설 소해 도인경(度人經)－단도(丹徒)현학, 수장
　　언언사당기(言偃祠堂記)－소주 소재
　　황정경
　　악의론
　　칠관첩(七觀帖)－영파〔닝포〕 소재
　　우성관첩(祐聖觀帖 : 관이란 도교의 사원임)－항주 소재
　　번양군묘비(番陽君廟碑)－요주(饒州) 소재
　　도덕경
　　심산사비(沈山寺碑)
　　동악행궁비(東嶽行宮碑)－호주 장흥현(長興縣) 소재

귀거래사(歸去來辭)—소주 곤산현(崑山縣)에 있음

임난정첩(정무본을 임모한 것)—북경 국자감

임좌위첩(臨座位帖 : 안진경의 서첩 임모)—북경 국자감

시자수첩(示子手帖)—임강부 소재

옥침난정(玉枕蘭亭)—조맹부가 구양순·저수량을 본따서 쓴 난정인데 이른바 축본(縮本)이고 사방 4.5치이며 승두소해(蠅頭小楷)이다. 2본이 있는데 하나는 임강, 다른 하나는 복주에 있다고 한다.

그리고 조맹부의 진서·행서·소해·대자(大字)·천자문을 열거하고 있는데, 그 가운데서 가장 중요한 것이 〈난정십삼발〉이라 해도 잘못은 없으리라.

추사는 그런 〈난정십삼발〉도 단정은 않고 있는데 그는 의문을 품었던 것이다. 사람들이 그런다고 무조건 추종하거나 하지 않고 탐색과 고증의 노력을 했다는 데 추사의 진면목(眞面目)이 있다.

을유년(충렬 11 : 1285)에 송설은 32세였다. 그는 쿠빌라이의 부름을 받아 연경에 갔다.

'원수에게 무릎을 꿇다니!'

분개한 몇몇 친구는 이런 조맹부의 행동에 분개하고 절교하기도 했다.

여기서 조맹부의 심정을 추단할 수는 없다. 1988년에 북경에서 발간된《원명청시선주》에서 조맹부 편으로 모두 7수의 시가 소개되고 있는데 그 첫번째가 앞에서 나온 〈악악왕묘〉이고 두 번째가 다음의 〈증방연화자(贈放煙火者)〉이다.

사람의 훌륭한 능력은 천연의 것마저 앗는가(人間巧藝奪天工)
약을 반죽하여 불붙이면 낮과 같이 맑다네.(煉藥燃燈淸晝同)
버들꽃은 날아 땅을 희게 깔았건만(柳絮飛殘鋪地白)
도화는 져버려 층계마다 가득 붉다네.(桃花落盡滿階紅)

여기서의 추체 연화(煙火)는 우리말의 '불꽃'인데, 불꽃이란 화려하면서도 순간적 생명인 것이다.

인간이란 살아가는 데 갖가지의 곡절이 있게 마련이다. 인생이 각각 다르듯이. 현재 알 수 있는 것은 그가 송나라의 종실이고 또한 그 때문에 남보다 부유한 환경과 14세의 나이에 벌써 관계에 나갈 수 있는 영화도 있었다.

또한 타고난 재능이 있어 몽골족도 그를 결코 방임하지 않았던 거라고……그렇게 해석된다.

쿠빌라이의 원나라에 대해선 베니스의 상인이고 모험가인 마르코 폴로의 《여행기》로서도 일부 이해되고 있다. 그것이 결코 전부는 아닌데 그나마 일면의 진실이라도 전한다고 이해하는 게 우리의 상식이다. 어쩌면 자연의 현상보다도 더 복잡한 인간의 내면을 알기란 어렵지가 않겠는가?

우리 겨레의 단점으로 쉽게 단정하고 맹종하는 집단성(集團性)이 있다. 그러면서 한편 쉽게 망각하고 있는 것이다. 한족은 결코 그렇지가 않다. 그들은 다양한 개성을 가지고 있다. 보는 사람에 따라서는 조맹부가 화이(華夷)라는 인간적 질곡을 뛰어넘은 인물이라고 평가한다.

물론, 그렇다고 개별적인 사실과 대국적(大局的)인 것을 혼동할 생각은 없지만.

그런 의미로 여기선 마르코 폴로를 통한 개(個)의 눈을 가지고
몽골의 일면을 알 필요도 있으리라.

쿠빌라이가 제위에 오른 경신년(원종 1 : 1260)쯤 킵차크칸 바르
카이(Barcai : 바투의 아들)는 베니스의 상인으로 니콜로 폴로와 마
페오 폴로 형제를 만나고 있다. 형제는 1253년 베니스를 출발했고
사업차 콘스탄티노플로 갔었다. 그곳에서 6년쯤 머물고 몽골인과
상거래를 하자는 생각이 번뜩여 킵차크 한국을 찾아온 것이다.

폴로 형제는 칸에게 선물을 바쳤는데 그 두 갑절이나 되는 답례
품을 받았다. 거래는 대성공이었다. 그래서 베니스로 돌아가려 했
는데, 일 한국의 훌라그(쿠빌라이의 아우)와 바르카이 사이에 전쟁
이 발생하여 길이 막혔다. 그래서 동쪽으로 향했던 것이다.

목적지는 보카라(Bokhāra : 사마르칸트 서북, 현 우즈베크공화국)였
다. 보카라는 당시 차가타이 한국의 서쪽 경계에 위치하며 내륙 무
역의 중심지였다. 여기서도 전쟁 때문에 3년을 머물렀다. 때마침
일 한국에 갔다오던 쿠빌라이의 사신이 이들의 소문을 듣고 숙소
에 초대한다.

이때 비로소 형제는 아득한 동쪽 대륙에 사는 모든 몽골인의 군
주에 대해 알았다.

"함께 대도에 가지 않겠소?"

이래서 형제는 쿠빌라이와 알현하고 갖가지의 질문에 대답한다.
대체로 보아 을축년(원종 6 : 1265)쯤의 일이었다.

쿠빌라이의 관심은 서방(서구)의 나라들과 로마 교황, 그리고 기
독교에 대한 것이었다.

이들은 이윽고 귀국길에 올랐는데, 칸은 로마 교황에게 보내는
친서와 막대한 선물을 주었고 호위병도 딸려 주었다.

"다시 한 번 오라! 그때는 기독교의 학자로 칠예(七藝 : 수사·논리·문법·수학·음악·기하학 등)의 박사 백 명을 데려오너라. 또 예루살렘에 있는 그리스도의 무덤을 밝히고 있다는 등의 성유(聖油)도 받아 가지고 오너라."

이리하여 니콜로는 15년만에 귀국했는데(1269), 그의 아들 마르코는 15세의 소년으로 아버지를 마중했다.

다시 2년이 흘렀다. 당시 교황(클레멘스 4세)이 죽고 새 교황이 좀처럼 선출되지 않아 기다렸던 것이다.

형제는 초조했다. 백 명의 학자 동행은 단념하고 성유만은 꼭 가져가리라 마음먹었다. 그리하여 17세가 된 마르코도 동행했다.

신미년(원종 12 : 1271) 여름, 세 명의 베니스 상인은 출발했고 먼저 예루살렘에 가서 성유를 얻었으며, 내륙 지방을 통해 어려운 여행을 계속하면서 갑술년(원종 15 : 1274) 말쯤 쿠빌라이와 재회했다.

마르코는 칸의 총애를 받았는데 이들은 17년이나 원나라에 머문다. 그러니까 신묘년(충렬 17 : 1291)쯤이다. 이 무렵 상가(Sanga : 한자로 桑哥)가 파면되고 처형된다.

쿠빌라이의 경제 관료로 부카라 출신의 회교도 세이드 에드젤(Seyid-Edjell : 한자로 賽典赤)을 등용했는데, 그는 성실한 인물로 청렴하다는 평판이 높았다. 세이드가 1270년에 죽자 칸은 압메드(Abmed : 한자로 阿合馬)를 등용한다. 즉 몽골에서 색목인(色目人)을 중용한 것은 세이드와 같은 능력과 성실성을 인정했기 때문이다. 마르코 폴로도 이것에 한몫 거들었던 셈이다.

압메드는 위구르족 출신으로 눈동자는 검었지만, 역시 색목인으로 분류되었다. 그는 처음에 궁중에서 일했는데 지혜가 있었고 두

뇌가 비상했지만 교활한 일면이 있었다. 또한 그는 독심술(讀心術)
의 명인이었다.

쿠빌라이는 늙으면서 전쟁을 많이 일으켰고 막대한 전비(戰費)
가 필요했다.

압메드는 그런 전비를 조달하는 재능을 가진 대신 축재와 뇌물,
그리고 여색을 밝혔다. 그는 칸을 업고 무소불위(無所不爲)의 권세
를 휘둘렀으며, 자기를 반대하거나 뜻을 거슬리는 자는 대관이라
도 쫓아냈을 뿐 아니라 처형까지 했다.

그리하여 미색이라면 대관의 아내라도 음욕의 희생물이 되었고
겁탈도 서슴치 않았다. 그의 아들은 25명이나 되었는데 모두 고관
이 되었고 아버지 못지않은 행패를 부렸다고 한다.

압메드는 중서평장정사(中書平章政事)로 12년 동안 권세를 휘둘
렀다. 그러나 그에게도 무서운 적은 있었다. 칸의 아들 칭킴[한자
는 眞金]으로 압메드에게 원한을 가진 자들이 압메드의 죄상을 칸
에게 고발해도 소용이 없었으나, 격정가(激情家)인 칭킴에게 호소
하자 공자(公子 : 皇子)는 활로써 압메드의 얼굴을 때려 퉁퉁 부어
오르게 만들었다.

칸이 이상히 여기며 어쩐 까닭이냐고 묻자 압메드는 말에서 떨
어졌다고 얼버무렸다. 그 자리엔 칭킴도 있었는데 그는,

"왜 사실대로 말하지 않느냐!"

라며 또 주먹으로 압메드의 얼굴을 때렸다.

칸은 여름이면 상도에 가서 몇달 동안 피서를 했다. 이 기회에
압메드를 죽이고자 왕착(王著)이라는 인물이 기회를 노렸다. 임오
년(충렬 8 : 1282)의 일로 왕착은 궁문에서 기다리고 있다가 커다란
청동의 메로 압메드를 박살한다.

이 암살 소식이 알려지자 쿠빌라이는 격노하여 범인과 공모자는 처형된다. 그러나 압메드의 장례식 때 그의 본부인이라는 여인이 커다란 다이아몬드 반지를 끼고 있다는 보고를 받자 칸의 태도는 일변했다.

"철저히 조사하여 압메드의 부정을 밝혀라."

칸이 격노한 까닭은 그가 왕관용으로 커다란 금강석을 원했었는데, 아랍 상인이 그것을 압메드에게 뇌물로 주었음이 밝혀졌기 때문이다.

이리하여 압메드의 전재산은 몰수되고 그의 시체는 발굴되어 목이 잘린 뒤 들에 버려져 들개들로 하여금 뜯어먹게 했다. 그리고 예의 금강석을 소지한 과부와 두 아들은 처형되었고, 압메드가 거느렸던 40명의 아내와 4백 명의 첩은 범죄를 적발한 자들에게 분배되었다.

이런 압메드의 후임자가 역시 위구르 사람 상가였다.

이상은 《라시드》의 기록인데 상가 역시 전임자의 전철을 밟는다.

상가의 독직(瀆職)은 기축년(충렬 15 : 1289)에 이르러 드러나기 시작했다. 상가를 미워하는 자가 칸의 사냥 기회를 이용하여 그의 부정을 고발한 것이다. 하지만 쿠빌라이는 그 말을 믿지 않고,

"대신을 함부로 비방한다."

라며 호위병을 시켜 그를 구타하도록 했다. 그러나 밀고자는 반죽음이 되면서도 자기의 주장을 굽히지 않았다.

"저는 오로지 칸과 국가의 이익을 위해 말씀드렸을 뿐입니다."

그러자 쿠빌라이도 혹시? 하는 생각에서 태형(笞刑)을 중지하고 밀고자를 석방시켰다. 이렇게 되자 상가의 반대자는 용기를 얻

고 속속 부정을 폭로하기 시작했다.

상가와 깊은 원한을 가진 페르시아인이 있었다. 그가 하루는 칸에게 말했다.

"저는 상가의 집에서 엄청난 진주가 있음을 보았습니다. 모두 뇌물로 받은 것입니다."

쿠빌라이는 이 말을 좀처럼 믿지 않았으나 페르시아인은 계속 주장했다.

"칸께서 만일 상가의 집 수색권을 주신다면 당장 장물을 찾아내겠습니다."

그래서 며칠 뒤 상가가 입궐한 틈을 타서 페르시아인을 시켜 기습하여 가택 수사를 하도록 했던 것이다. 페르시아인은 이윽고 고리 두 개에 가득 진주를 압수하여 가지고 돌아왔다.

이리하여 상가는 실각하고 처형되었는데, 칸은 그 입에 오물을 억지로 채우고서 질식시켰다고 한다. 신묘년(충렬 17 : 1291)의 일이었고 그 후임자로 역시 올자이가 임명된다.

마르코 폴로가 칸에게 귀국하고 싶다는 청원을 한 것은 이보다 2년쯤 전이라고 한다.

어느 날, 마르코의 아버지 니콜로는 칸의 기분이 좋을 때를 골라 귀국을 허락해 주시기 바란다고 아뢰었다.

쿠빌라이는 몹시 놀랐다.

"무엇인가 부족한 게 있는가? 금은이든 미녀든 벼슬이든 원하는 것은 무엇이든 주겠다. 그럼에도 돌아가겠다는 것이냐?"

니콜로가 더 이상 말을 못하자 칸은 덧붙였다.

"원나라의 영토 안이라면 어디든 마음대로 가도 좋다. 그러나 어떠한 이유든 영내를 떠나선 안된다."

그래서 귀국 계획은 좌절되었는데 다행히도 뜻밖의 기회가 생겼다. 이때 일 한국은 아르고운(Argoun : 훌라그의 손자)이 칸이었는데 그로부터 사신이 왔다. 새로운 왕비를 맞고 싶다는 요청이었다.

쿠빌라이는 손녀들 중에서 17세의 코카틴 공주를 골랐다. 그런데 일 한국의 사자는 공주를 바닷길로 데려갈 생각이었고 항해에 풍부한 경험을 가진 니콜로 등 세 사람을 탐낸다. 칸은 불만이었으나 손녀의 무사한 결혼을 위해서는 이 요청을 수락하지 않을 수 없었다.

칸의 명령으로 14척의 큰 배가 준비되었다. 그것은 돛대가 넷인 범선으로 60개의 선실이 있었다. 뱃사람은 매 척마다 2~3백 명, 어지간한 베니스의 상인들도 고국에선 보지도 못했던 호화로운 배였다. 더구나 선체는 열셋의 구획으로 칸막이 되어 있으며, 좌초나 충돌로 구멍이 뚫려도 그 부분만 침수되는 설계였다.

1290년, 선단은 백하(白河) 하구 근처의 천진(天津)을 출항했다. 이들은 점성(占城 : 월남)을 거쳐 마래커 해협을 빠져나갔으며 인도양을 가로질러 이란의 호르무즈에 이르렀다. 거기는 이미 일 한국의 영토였다.

사명을 달성한 세 사람은 그곳으로부터 콘스탄티노플을 거쳐 1295년 베니스(베네치아)에 도착한다. 25년에 걸친 이국의 생활에 종지부를 찍었던 것이다. 나중에 마르코는 베니스와 제노바의 해전에 참가했다가 포로가 되었는데, 그 옥중에서 쓴 것이 《동방견문록》이다.

마르코 폴로는 무엇이든지 만 단위 이상의 숫자로 기록하여 당시의 사람들로부터 '백만의 폴로(허풍쟁이)'라는 비웃음을 샀다.

그는 임안(항주)을 킨자이(Quin-Saï : 한자로 行在)라고 적었으며, 이것은 천자의 임시 거처라는 뜻인데 학자들 연구에 의하면 17년의 원나라 체재도 의문이며, 임안의 인구는 60만 호이고 돌다리가 1만 2천이나 있었다고 했는데 가감하여 1천2백이라고 추정했다.

그러나 이것도 많다. 그 무렵의 선교사며 상인들의 견문을 종합하면 다리는 3백60개이고 성 안에 역마의 참(站)이 세 곳 있는데 광장도 64군데이고 공장(工匠)이 엄청나게 많았다. 가령 염색공만 하더라도 3만이나 되고 매일의 염세(소금의 세금) 수입만도 7백 보초(寶鈔 : 지폐의 최고단위. 금화 다섯 닢에 해당)이며 수비대는 7만인데 세계 각지의 선박들이 구름처럼 모여들었다.

《라시드》에 의하면 1290년에 시행한 호구 조사로 납세자는 1천3백만 호 이상이며, 인구는 5천9백만이라고 계산되었다. 이것은 중국만의 숫자인지 분명치가 않다. 왜냐하면 원나라는 그 영토를 열두 개의 성(省)으로 나눴는데 첫째는 고려, 제2는 운남, 제3은 여진(동북 지방)을 포함한 몽골, 그 나머지가 중국 본토의 아홉 개 성이라고 했기 때문이다. 고려는 물론 쌍성과 동녕부 관할만으로서 그것도 납세자와 그 가족만을 계산한 것으로 여겨진다. 그밖의 안남·버마(현 미얀마) 등은 총독이라는 게 있었다.

임진년(충렬 18 : 1292) 2월조에 과와(瓜哇 : 지금의 자바 섬)를 쳤다는 기사가 보인다. 《라시드》에 의하면 (1293년) 정월에 원정군이 천주(泉州 : 복건성)를 출발했다고 기록한다. 원정은 그 2년 전 칸의 사자가 과와에 보내졌는데 그 나라 왕이 사신을 모욕하고 문신을 하고서 추방했기 때문이다. 사령관은 한족의 사필(史弼)이었고 부장은 위구르 출신의 예헤미치(Yehemisch)였으며 병력은 나와있지 않지만 전사자를 3천 명이나 냈었다고 한다. 그러나 그 국왕을 죽이고 68일만에 개선했다.

청의 강희제도 과와에 원정군을 보내고 있지만, 몽골인이 처음으로 과와라고 불렸는데 그 존재는 당대부터 알려져 있었다. 그리고 여행자의 보고가 기록으로 남겨졌는데, 그것에 의하여 세 가지 종류의 종족이 산다고 했다. 하나는 서양인이고, 하나는 당대(唐代)부터 정착하며 회교를 믿는 한족이고, 세 번째가 원주민이라는 것이다. 서양인은 아마도 인도 아리안족 또는 아랍인을 가리킨다고 추정된다. 그보다 확실한 것은 1289년 이탈리아를 출발하여 동방으로 향한 선교사가 있었다. 그것은 로마 교황(니콜라우스 4세)의 명을 받은 주앙 드 몽떼 코르비노(Corvino) 일행이었다. 인도 및 중국(몽골 포함)에 카톨릭을 전도하는 게 그 사명이었다.

유럽에서 몽골에 선교사가 간 일은 이것이 처음은 아니다. 이미 1246년에 주앙 드 프랑 카르핀(Plam Carpin)이 교황의 사절로 몽골에 갔었다. 그리하여 당시의 칸 퀴욱을 알현했고 교황이 보내는 친서를 전했다. 이어 1254년에는 프랑크왕 루이 9세의 사절로 기욤 드 루부르크가 파견되어 망구 칸과도 알현하고 있다.

이런 사절들은 기독교를 전도한다는 목적도 있었지만 그것보다 몽골인을 설득하여 기독교 세계에의 공격을 중지시키는 데 중점이 두어지고 있었다.

그러나 몽골 칸들의 태도는 유럽인이 생각했던 이상으로 훨씬 존대(尊大)했다. 이를테면 퀴욱 칸의 답서(페르시아어 및 몽골어·라틴어로 씌어짐)가 바티칸 도서관에 남겨져 있는데, 그것에 의하면 '영원한 하늘의 힘에 의한 크나큰 모든 백성의 바다와도 같은' 몽골의 칸은 기독교의 개종은커녕 군림하는 태도였다.

'천신(天神 : 하늘)의 힘에 의해 해가 돋는 곳으로부터 해가 지는 곳까지 모든 땅을 짐이 내려받았느니라. 하늘의 명이 아니고선 사람은 무슨 일도 하지 못한다. 그대여, 마음에서 우러나듯 참으로 우리는 그 노예이다. 우리는 우리의 힘을 바치겠노라고 말하라. 그대는 몸소 왕들의 앞장에 서고 남김없이 고개 조아려 짐에게 복종하라. 경의를 표하기 위해 오라. 그러면 짐은 그대의 복종을 인정하리라……. '

다음의 망구 칸은 더 오만했다. 따라서 선교사들의 사명은 달성하지 못했던 것이다.

그러나 일 한국의 훌라그 자손들은 기독교에 이해심을 보였고 로마 교황이나 유럽의 왕들에게 우호적 태도를 보인다. 특히 여성들이 그 신앙을 받아들였다. 또 아르고운은 1287년 바알 사우마를 사절로 로마에 보냈는데 그는 이른바 경교(景敎 : 네스투리우스파 Nestolens)의 사제였으며, 교황도 마침내 코르비노를 파견하기로 결심했던 것이다.

코르비노 일행은 먼저 일 한국의 도읍 타브리즈(Tabriz : 이란의 아제르 바이잔의 도시)로 간다. 이곳에서 1년 남짓 머물렀는데, 여기서 일 한국의 운명을 미리 말한다면 카잔 칸(1271~1304) 대가 되면서 피지배 민족인 이란인과의 융화를 꾀하여 회교를 국교로 삼았고 황금 시대를 맞는다. 《라시드》의 저자 라시드 웃딘은 바로 카잔 아래의 재상이었다. 코르비노는 1291년 호르무즈를 출항하여 인도를 거쳐 중국 땅을 밟았다. 대도에 도착한 것은 갑오년(충렬 20 : 1294)의 일이었다. 쿠빌라이는 그 해 정월에 죽고 없었다.

따라서 코르비노는 티무르[한자로 成宗 : 쿠빌라이의 손자]에게 교황의 친서를 바쳤고, 선교가 허락된다. 몽골의 황족 중에는 네스투리우스파 신자가 적지 않았는데, 코르비노는 남몽골의 온구트부의 족장을 카톨릭으로 개종시켜 발판을 구축했다. 그리하여 온구트의 왕은 회당을 짓고 '로마교회'라고 이름 지었던 것이다.

그러나 대도에서의 선교 활동은 경교도의 방해를 받아 곤란하기 이를 데 없었다. 하지만 티무르 칸(1266~1307)의 후원으로 마침내 기해년(충렬 25 : 1299), 대도의 성안에 카톨릭의 성당이 건립된다. 그리고 수년 동안에 5~6천 명의 신자를 획득했다고 한다.

여기까지를 코르비노 혼자의 힘으로 이룩한 것이다. 한숨 돌린 그는 을사년(충렬 31 : 1305) 1월(양력)에 로마 교황에게 보내는 포교의 제1신을 띄운다. 그는 이렇게 썼다.

'나를 보좌하고 원조할 두셋의 동지만이라도 있었다면, 지금쯤 은 칸 폐하까지도 세례를 받았을 것이 틀림없다. 그러므로 나는 진정으로 나한테 동지가 보내질 것을 간절히 바란다.'

이 서한은 킵차크 한국을 거쳐 일 한국의 타브리즈로 전달되었고 큰 충격을 주었다. 이어 다음해에 보내진 제2신은 타브리즈에서 로마 교황(클레멘스 5세)에게 전달되었고 교황도 이 서한을 읽고 코르비노가 올린 성과에 감격했다.

이리하여 교황은 즉시 코르비노를 '대도의 대사교'(아시아 전역)에 임명했고 그 아래서 일할 7명의 사교도 임명했다. 1307년 7월 23일의 일이었다.

동아시아에 있어서의 첫 카톨릭 대사교가 이때 탄생했고, 로마 교회의 첫 교구가 설치된 것이었다.

그 사이 코르비노는 대도에서의 두 번째 성당을 칸의 궁성 앞에 건립한다. 그것은 본당 위로 십자가를 높이 세웠고 붉게 칠해졌는데[한족은 적색을 좋아한다] 아담한 부속 건물이 딸려 있었다. 건물이 이색적이어서 눈길을 끌었을 뿐만 아니라, 정해진 시각에 울리는 맑고 깨끗한 종소리, 쉴새없는 음악과 찬송가 소리는 몽골인과 한족의 귀청을 울려 주었다.

이윽고 3명의 사교가 도착한다. 대도엔 제3의 성당이 건립되고 이어 복건의 천주에도 사교구(司敎區)가 마련됨과 동시에 장려한 성당이 세워졌다. 천주는 주로 남방의 카톨릭 포교의 한 중심이 되었다.

코르비노는 1328년 81세의 나이로 승천한다. 그런데 코르비노가 온구트에 최초로 세운 성당의 위치는 오랫동안 알려지지 않았다. 1941년에 이르러 그것이 내몽골의 백령묘(百靈廟)에서 50km 떨어진 오론슴이란 곳으로 추정되었고, 성당의 유적도 일본인 역사학자 에가미 나미오씨에 의해 발견된다.

카톨릭 성당은 십자사(十字寺)라고 불렸다. 교세가 확장됨에 따라 십자사는 대도나 천주만이 아니고 임안과 진강(鎭江)에도 세워진다. 말할 것도 없이 이는 칸의 공인(公認)을 받았다. 원나라 때에는 한 사람의 순교자도 없었다.

티무르는 청년 시대에 몽골인이 늘 그러했듯 폭음·폭식을 했다. 그의 조부 쿠빌라이는 항상 이를 질책하고 태형에 처한 일도 세 번이나 있었다.

그래도 악습(惡習)이 좀처럼 고쳐지지 않자 몇명의 의사를 티무르의 시종으로 임명하고 식탁에서 늘 감시하게 했던 것이다. 의사들은 막대기를 가지고 있다가 과음·과식한다 싶으면 식탁을 두드려 일어나게 했다.

쿠빌라이 자신도 평생 동안 술은 입에 대지 않았던 모양이다. 다만 후궁은 다른 칸에 비해 훨씬 규모가 컸다. 즉 쿠빌라이에겐 정후(正后) 카툰(Khatoun)과 4명의 황후 및 다수의 희빈이 있었다[황후 소생의 아들 22명, 희빈은 27명이 있었다고 함]. 그리고 이런 후궁의 여자들, 이를테면 황후에게는 전용의 소녀 3백 명·시동·내시가 주어졌고 희빈도 그 신분에 따라 노비가 지급되었으므로 후궁의 인원만도 1만 명에 이르렀다는 것이다.

《고려사》에는 수많은 동녀(童女)가 징발되고 있지만 소녀의 대부분은 달단부의 부족 출신이었다. 특히 미녀가 많다는 온구트부에서 이를 충당했다.

소녀의 부모는 걸맞는 몸값을 받아 오히려 선발되는 것을 기뻐했다고 《라시드》는 전한다.

이것을 수녀(秀女)라고 했는데, 이들이 대도에 오면 심사하는 자가 있고 용모와 예법이 가장 뛰어난 소녀는 황제에 딸린 시녀로 남기고 이하 차례대로 황후·희빈에게 지급되었다. 특히 황제에게 딸린 소녀는 신체적 결점 여부에 대해서도 얼마동안 검사·관찰되었다. 이런 과정을 거쳐 합격된 수녀는 다섯 명씩 한 조가 되고 각조는 3일 동안 내방(內房)에 있으면서 봉사했으며 다른 1조는 외방(外房)에서 늘 대기했다.

칸·후궁 소속도 되지 못한 소녀들은 주방·의방(衣房) 등에 딸려 일했고, 일정한 나이가 지나면 주로 금군(禁軍) 병사에게 주어졌는데 경우에 따라선 칸의 막대한 하사금도 받았던 것이다.

그러나 티무르는 칸이 되자 절주(節酒)했을 뿐 아니라 후궁의 수도 훨씬 줄였다. 쿠빌라이는 또 미신을 숭상하여 주로 한족의 점성술사·복술자(卜術者)로 국비를 지급받는 5천 명의 자들이 있었다. 지금의 북경은 앞에서도 말했지만 금나라의 옛도읍 근처에 건설된 것으로 중국인은 대도라 불렀고 몽골인은 칸발릭(Khanbalik : 한자로는 汗八里克)이라 했으며, 북송 때에는 순천부(順天府)였다. 연경 이란 춘추시대부터 연나라의 근거지로서 전통적으로 사용된 호칭 이었다. 원대의 칸발릭[칸의 도성이란 의미]은 지금의 북경과 거의 골격이 같고 네모꼴인데, 한 변의 길이가 6마일이고 각각 문이 셋 이며 1천 명의 금군이 문마다 지켰다.

직선의 대로가 있고 열두 개의 문은 각각 멀리 마주 볼 수가 있 었으며, 12문의 밖에 역시 12곳의 외곽 지역이 있고 그곳에 상인 (서민 포함) 및 외국인이 거주했다.

연경은 운하와도 연결되고 모든 물산(物産)은 이 운하를 통해 수 송되었다. 운하의 시작은 남쪽의 양주(楊州)이고 종점은 천진(天 津)이 있는 백하(白河) 하구 부근인데, 이것은 산동성을 종단(縱 斷)하는 대운하이며 그것으로부터 거미줄처럼 소운하가 갈라진다 고 생각하면 된다.

전성기의 쿠빌라이는 12월·1월·2월의 3개월을 대도에서 거주 했는데 궁성(宮城) 역시 네모꼴이고 한 변[사실은 3변]의 길이는 1 마일이며 네 귀퉁이와 네 가(변)의 중앙부에 높은 망루가 있는데, 이것은 병기고 겸용이었다. 그 안쪽에 성벽이 또 있으며 그 중앙에 궁전이 들어 있고, 내성에도 8개의 작은 망루가 각각 위치하며 이 는 칸의 보물광이었다. 6천 명의 사람이 앉아 식사하는 곳이 있었 다고 마르코 폴로의 여행기에서는 적고 있다.

궁성의 외벽과 내벽 사이 공간 지대엔 과수원·인공의 호수[중국 어로는 바다라고 함]·원유(苑囿 : 일종의 동물원)가 있었다.

칸의 대연회가 있을 때에는 높은 대 위, 황제의 옥좌 앞에 특별 한 식탁이 마련되고 칸은 남면(南面 : 남향)하여 앉고 황후는 그 왼 쪽에 앉았다. 칸의 오른쪽엔 황자, 기타의 종실이 앉았는데 그 자리는 칸보다 낮았으며 그 기준은 칸의 발이 황자의 머리 높이였다. 그리고 황제, 황후를 제외하고는 바닥에 털퍼덕 앉는 자세로, 애당초 몽골엔 의자에 앉는 관습이 없었던 것이다.

칸의 좌우에 있는 대관들은 깨끗한 깁으로 입을 가렸고 그 입김이 칸의 음식물에 닿지 않도록 세심한 주의를 기울였다. 음료는 말젖, 그것으로 빚은 술, 그리고 포도주가 제공되었다.

칸의 연회에는 초대받은 자의 처자도 동행했는데 대체로 그룹별로 앉았고, 둥글게 둘러앉아 중앙의 큰 그릇에서 작은 그릇에 음식을 덜어서 먹는 식이었다.

식후엔 광대·마술사 등의 여흥도 있었지만 특이한 것은 문마다 두 명의 몸집이 큰 내시가 몽둥이를 들고 눈을 번뜩이는 일이었다. 몽골의 관습상 누구라도 문지방을 밟는 것을 꺼린다. 만일 그와 같은 짓을 범한다면 이는 주술(呪術)로서 곧 그 집의 주인 칸을 저주하는 것이 된다. 그 처벌은 태형인데, 혹은 공중 앞에서 나체가 되는 것으로 그 처벌을 대체할 수도 있었다.

칸은 6월·7월·8월의 3개월은 상도(개평부)에 거주했다. 상도에는 주위가 약 16마일의 원유를 굽어보는 별장(이궁)이 있는데, 청대의 열하와도 비슷했다. 역대의 칸은 이곳에 머무는 동안 원유에서 사냥을 했는데, 쿠빌라이는 각 1만 명의 청의(靑衣)·홍의(紅衣)의 몰이꾼을 가지고 있었다. 이때 칸은 매를 사용하는 매사냥, 궁녀들은 줄이 달린 낚시 비슷한 것을 이용하여 호수에 날아온 백조·오리 등을 잡으며 더위를 보냈다. 후세의 청나라 강희제처럼 호랑이·곰 등을 사냥했다는 기록은 보이지 않는다. 다만 쿠빌라이는 네 마리의 코끼리가 끄는 큰 수레에 탔다고 한다.

고려의 왕장(王璋 : 1275~1325)은 쿠빌라이의 맏딸 제국대장공주의 장남이다. 그는 어려서 볼모로 잡혀 대도에 살았는데 칸의 외손자로 호강했다고 생각된다. 그는 만 세 살로 세자에 책봉되고 충렬왕 역시 공주와 더불어 자주 원나라에 가서 살다시피 했으므로 그 생활은 짐작되고도 남음이 있다.

한편 익재 이제현(1287~1367, 자는 지공)은 충선왕보다 12년이나 연하이므로 두 사람이 만난 것은 익재의 20대 이후라고 여겨진다. 익재는 어려서 안유(安裕)에게 유학을 배웠고 신축년(충렬 27 : 1301)에 나이 열다섯으로 장원 급제하고 있다.

익재보다 선배로 글씨에 김방경, 최환(崔姮), 석탁연(釋卓然), 김훤(金晅), 김순(金恂) 등이 있었다. 김방경은 바로 왜국을 쳤던 장군으로 글씨를 잘 썼고, 최환은 원래 임씨(任氏)인데 최이(崔怡)의 양자가 되었던 것이다. 성품이 탐욕스럽고 횡포하여 평판은 좋지 않지만, 일찍이 최이가 누런 명주를 짜도록 하고 그것으로 강안전(康安殿)의 장지문을 꾸밀 때 그것에 글씨를 썼던 것이다.

탁연 스님은 필법이 절륜(絶倫)이었다고 《오한집》에서 소개되고 있으며, 김훤은 자가 용회(用晦)이고 호는 철촌(鐵村)인데 원종 때의 청당문학이었다. 성품이 칼날처럼 날카롭고 예서를 잘했다.

김순은 김방경의 아들로 자는 귀후(歸厚)이며 성품이 너그럽고 덕성이 있었다. 역시 예서를 잘했으며 음악에도 소질이 있었는데 짐승의 울음소리를 흉내내는 특기를 가졌다. 필적으로 대구 팔공산에 있는 동화사(桐華寺) 홍진(弘眞)국존비가 있는데, 김훤이 찬했다.

그림으로는 설봉(雪峯)스님이 이름이 있었고, 충선왕도 그림을 잘했다고 했는데 구체적인 것은 불명이다.

충선이 열네 살 때 궁중에서 잔치가 있었고, 원나라에서 온 송인의 광대놀이가 있었다. 왕은 함께 보자며 세자를 청했지만 그는 사양하며 오지를 않았다.

그때 내시이던 원혁(元奕)이 간했다.

"총명하신 저하께선 혹 허물이 있더라도 마땅히 너그럽게 대하셔야 합니다."

그러자 세자는 발끈 성을 내면서 꾸짖었다.

"너희들은 나를 천치로 만들고, 손바닥의 떡처럼 주무르겠다는 것이냐!"

이 한 토막의 이야기는 보는 사람에 따라 해석이 달라질 수가 있으리라. 세자가 예민한 감각을 가진 신경질의 소년이라 생각할 수도 있고 혹은 결벽한 성미라서 부왕의 우유부단과 전쟁중(왜국에의 침공) 한가롭게 놀이나 즐기는 점에 대해 반발심을 가진 총명함이 있었다고.

이듬해인 기축년(1289)에 관례를 올렸고 서원후(西原侯) 영(瑛)의 따님을 비로 맞는다. 동성간의 결혼이고 이는 당시 흔히 있던 일이다. 그리고 경인년(1290) 8월, 세자는 추밀원 부사를 지낸 홍문계(洪文系)의 따님으로 차비를 삼고 있다.

세자는 유학에도 정진하여 놀기를 좋아하는 왕과는 다른 일면도 있어 백성들의 존경도 받았다. 그래서 동년 11월엔 연경으로 갔었는데 쿠빌라이는 친히 《효경》과 《논어》 《맹자》 등에 대한 질문도 하며 관심을 보였다.

내안(乃顏) · 합단(哈丹)이 고려를 침공하자 세자는 원병 1만을 빌려 이들을 깨는 데 군공(軍功)을 세웠고, 쿠빌라이의 신임도 두터워져 신묘년(1291) 겨울에는 특진하여 상주국(上柱國)이 되고 금인(金印)과 무소뿔·수정의 술잔 등을 받는다. 또 강남미 10만 석을 주었으므로 이를 수령하여 본국에 돌아오자 합단의 노략질로 헐벗은 백성들을 구호하기도 했던 것이다.

쿠빌라이가 죽었을 때 충선은 스무 살이었다. 그리고 외국인으로선 누구도 그 상청(喪廳)엔 출입할 수 없었지만 고려왕과 세자는 제한없이 출입할 수가 있었던 것이다. 동년 4월(임진년 : 1292), 세자는 왕위에 올랐고 충렬은 상왕이 된다. 원조(元朝)에선 충선에게 금은·주기(酒器)·자라(紫羅 : 보랏빛 비단)·수달피 등을 선물로 준다. 이때 상왕과 공주 등은 탐라의 반환과 피납 백성의 송환 등을 간청했다. 몽골에선 좀처럼 응하지 않았으나 삼청, 사청(四請)까지 하여 마침내 탐라의 지배권이 고려로 돌아왔다.

한편 조맹부는 이미 쿠빌라이 때 대도에 와 있었는데, 이 무렵 원나라의 병부(兵部)에 출사하고 있었다. 병부에선 외국인, 특히 남인(南人)은 차별이 심하여 지각하는 자는 볼기를 맞게 되어 있었다. 조맹부도 이런 지각을 하여 꼼짝없이 태형을 받게 되었지만, 그의 상급자가 조맹부의 하역(下役)을 대신 볼기 맞게 하여 그 화를 모면했다. 역시 송나라의 왕실 출신이란 대우를 받았던 것이고, 쿠빌라이도 생존시 이름을 부르지 않고 자(字)로써 불렀다고 한다.

원조에선 사회 계층을 크게 셋, 혹은 넷으로 나눴다. 셋일 경우 제1이 몽골인이고 제2는 색목인, 제3이 한족이었다. 고려인은 제2에 속했다고 추정된다. 네 가지일 경우에는 한족을 다시 둘로 나눈다. 그럴 경우 제3이 한인(漢人)이고 제4가 남인이었다.

여기서 말하는 한인은 오대·요(거란)·금·원조를 통해 수백

년 동안 중국 북부에 계속 머물렀던 한족으로서 그 사고방식이나
풍속·습관에 이르기까지 남송의 강남인과는 달랐을 터이다.

강남인 가운데 몽골인이 증오한 것은 독서인, 곧 선비였다. 이
런 선비에게 타격을 주자면 바로 과거의 폐지였다.

원숭이는 나무에서 떨어져도 원숭이지만, 선비는 과거라는 게
없게 되면 크게는 인생의 목표를 상실하게 되고 작게는 당장의 생
활 방편을 잃는 것이나 같았다. 몽골인은 실제로 정복한 강남의 현
령으로 색목인을 임명했는데, 그것으로 선비들에게 가장 모욕적인
복수를 했다.

예를 들어 당 이후 중화 사상의 신봉자들은 중국 이외의 민족은
모두 오랑캐라고 부르며 경멸했다. 몽골인도 강남인에게 똑같은
호칭으로 불렀다.

만자(蠻子)가 그것이다.

만은 오랑캐란 의미고 자는 존칭인데, 역설적으로 욕설로 변했
다. 우리말로 의역해서 '오랑캐 차식'이랄까, 보통의 말이 욕설로
변한 예이다.

그것과 마찬가지로 만자는 몽골인이 수백 년을 두고 당했던 설
움과 증오를 고스란히 뒤집어 '오랑캐 새끼'라는 말로 앙갚음을
한 말이라고 해석된다.

어쨌든 몽골인은 남인, 곧 강남인을 10등분하여 차별했다. 그 차
별은 유형·무형으로 심리적 압박을 주었으리라.

즉 ①관(官) ②리(吏). 우리말로는 관리가 하나의 개념으로 사용
되지만, 원래는 관과 리는 별개의 말로 천지 차이만큼이나 다른 뜻
이었다. 관은 조정, 곧 중앙 정부에서 파견된 현령·태수 따위이
고, 리는 지방의 관속(官屬)으로 우리말의 아전·구실아치에 해당

된다.

③승(僧) ④도(道). 승은 승려이고 도는 도사. 이것도 개념으로선 알겠으나 실지에 있어 약간의 설명이 필요하다.

원대에는 어떤 종교라도 제한되거나 탄압된 일이 없는데, 특히 화북(華北)에선 라마교도 불교와 같이 취급되었다. 엄격하게는 다르지만, 일반 상식으로 같다는 관념이었다. 그러나 강남에서의 승이라면 라마교는 여기서 거의 발을 붙이지를 못했고 주로 선종의 승려를 가리켰다.

도사라는 개념도 우리말로는 모호한 표현의 호칭이다. 중국에서의 도사는 같은 도교라도 속세를 벗어나 산중에서 수도하는 사람이고 불교처럼 관(觀)에서 사회와 격리된 생활을 하며 엄격한 계율을 지키는 사람도 도사였다.

또 도교 자체가 온갖 부문을 망라하는 것이므로 원을 타도하고 명을 일으킨 백련교(白蓮敎)도 도교였다.

우리나라는 고구려 보장왕 때 도교가 들어왔지만 어느덧 끊겼다. 그러다가 원대에 라마교는 들어오지 못했지만 다시 도교는 들어왔다. 그것이 어느덧 변질되어 유교의 선비가 산중에서 수양을 해도 도인(도사)이라 일컫고 이능(異能)을 가진 사람을 도인이라고 불렀다.

조맹부는 바로 유가이면서 도교도 믿어 '송설도인'이라 했는데, 우리와는 다른 개념이었다.

⑤는 의(醫) 곧 의원으로 해설이 필요치 않다. 그리고 ⑥공(工)과 ⑦장(匠)으로 구별한다. 이것도 관리와 마찬가지로 공장이라 하여 우리는 같은 개념으로 알기쉽지만, 몽골인은 구별했던 것이다. 즉 공인(工人)이란 관청에 딸린 기능자로 아마도 궁시(弓矢)

제조공, 길쌈과 그 관련 기능자, 이를테면 염색·재봉사 등과 도공·대장장이, 그리고 서화의 재능을 가진 사람도 이것에 포함시켰다. 장은 보다 다양한 기능과 직업을 가진 사람들로 요리인·푸주·사냥꾼·염부·사공·수부 등이 여기에 포함되었다. 중요한 상인·농민이 빠져 있는데 몽골인은 유목민이라 이런 것은 고려의 대상도 아니었던 모양이다.

⑧은 창인데 일반적으로 창녀·창부(娼夫)를 말한다고 해석되지만 몽골인의 관념으로는 천민을 뜻하며 농민·상인도 이 범주에 속하는 것으로 해석했다고 생각된다. ⑨가 유(儒)인데 최하등의 ⑩개(丐)보다 겨우 한 계단 위로 멸시되었다.

개는 걸인인데 넓은 의미로 유민(流民)을 뜻했다.

유민은 이 시대뿐 아니라 중국에선 전란 전후에 수만·수십만, 때로는 수백만 단위로 나타났다.

《철경록(綴耕錄)》 30권을 남긴 원나라 말·명나라 초의 도종의(陶宗儀 : 생졸 불명)라는 인물이 있다. 그의 전기는 《명사》에 올라 있는데 상세한 것은 불명이다.

알려진 것으로 자는 구성(九成)이고 호는 남촌(南村)이며 절강의 황암(黃巖) 사람이었다. 원조를 섬겨 복건 강서행추밀원(江西行樞密院) 도사(都事)를 지냈다. 남촌의 《철경록》에 이런 유민의 비참상이 기록된다.

──천하가 통틀어 전란의 도가니로 바뀐 오늘날, 회우(淮右 : 회수의 상류지대. 예주·회서라고도 함)의 병사는 즐겨 사람 고기를 먹는다. 아이의 고기가 최상이고 여인의 고기가 버금이며 남자의 그것은 하등으로 친다.

이를 두 항아리 사이에 앉히고, 바깥에서부터 불을 때든가 혹은

철가(鐵架) 위에 산 채로 올려놓아 굽든가 또는 그 손발을 묶고 먼
저 펄펄 끓는 물을 뿌리고 나서 대나무 빗자루로 쓴 껍질을 벗기
든가 부대 속에 넣고 산 채로 큰 솥에 넣어 삶든가 또는 칼로 째고
서 회를 만들어 우려내든가, 사내라면 그 두 다리만을 잘라내고 여
자는 특히 그 양쪽 젖가슴만을 도려낸다. 그 갖가지의 잔학상은 일
일이 입에 올릴 수도 없을 정도이다.

이것들을 통틀어 상육(想肉)이라 함은 이를 먹고서 사람으로 하
여금 이를 생각케 한다는 의미이다. 이것은 당나라 초기의 주찬(朱
粲)이란 자가 '인간을 식량 대신으로 하여 절구(또는 방아)에 빻아
짓이기고 마치 돼지고기를 술지게미와 버무리듯 해서, 먹여 사람
을 취하게 한다'는 것과 다를 게 없으며 참으로 말도 되지 않는 헛
소리다.

당나라 장작(張鷟 : 《유선굴》의 작자로 알려짐)의 《조야첨재(朝野僉
載)》에 의하면,

'측천무후 때 항주(임안)의 도위 설진(薛震)은 즐겨 인육을 먹고
빚쟁이나 노예가 임안에 오면 객사에 재운 뒤 술을 먹여 취하게
한 다음 이를 죽이고, 수은을 섞어 뼈가 녹아 없어지기까지 푹
고았다. 그 뒤 이번에는 자기의 아내를 먹으려고 했는데, 그것
을 눈치 챈 아내는 담을 넘어 도망쳤고 현령에 고발했다. 현령
은 상세히 심문한 다음 그것을 주에 상신했고 주에서 천자에게
상주하자, 칙명으로 곤장 백 대를 가한 뒤 사형에 처했다.'

단성식(段成式)의 《서양잡조》에 의하면,

'이곽(李郭)이 영주(穎州) 지사였을 때 일곱 명의 횃불을 든 도
둑을 잡았다. 그들은 차례로 사람을 죽이고 반드시 그 고기를
먹었다는 것이다. 국문하여 인육을 먹은 까닭을 물었더니, 그

우두머리가 말하기를 "저는 도적의 대두목으로부터 이를 배웠습니다. 인육을 늘 먹는 자는 밤중에 남의 집에 들어갔을 때 그 집 사람들은 반드시 머리가 멍청해지든가 가위에 눌려 잠이 깨지 않게 되므로 어찌 먹지 않을 수가 있겠습니까" 하고 대답했다는 것이다.'

《노씨잡설(盧氏雜說)》에 의하면,

'당의 장무소(張茂昭)는 절도사가 되자 자주 인육을 먹었다. 통군(統軍)에 임명되어 경사(京師)에 왔을 때 동료가 물었다. "당신은 절도사 재임중 인육을 즐겼다는데, 정말입니까?" 그랬더니 그는 웃으면서 대답했다. "인육은 비린 데다가 질겨서 먹을 것이 못되지요."'

《오대사》에 의하면,

'장종간(萇從簡)은 조상 대대로 양고기를 팔았는데, 종간은 벼슬길에 나가 금군의 상장군까지 올랐다. 그는 일찍이 하양·충무·무녕의 제 진에서 절도사로 재임중 즐겨 인육을 먹었고 그것도 민간의 아이를 몰래 잡아다가 먹었다. 또한 조사관(趙思綰)은 사람의 간을 즐겨 먹었다. 장안의 성안에서 식량이 떨어지자 그는 여자나 아이를 잡아 식량 대신으로 썼으며 장병을 위로하기 위해 수백 명을 도살했다.'

진수(陳壽)의 《삼국지》에 의하면,

'오의 장군 고예(高澧)는 술버릇이 나쁘고 사람을 죽이고선 그 피를 마시기를 좋아했다. 해가 지면 반드시 집의 앞뒤에서 통행인을 납치하여 먹었다.'

송의 장계유(莊季裕)는 그의 〈계륵편(鷄肋篇)〉에서,

'정강(靖康) 원년(1125, 북송 말), 금이 중토에 난입했을 때 도적·관병은 물론이고 일반 대중도 모두 서로가 먹었으며 몸뚱이를 통째로 말려 건육을 만들었다. 등주(登州 : 산동성)의 범온(范溫)이 의용군을 거느리고 바다를 건너 전당(항주 일대)에 상륙했을 때도 그런 건육을 가져갔으며 행재소(임안)에 도착하고서도 아직 먹고 있는 자가 있었다. 나이를 먹어 삐쩍 마른 사내를 은어로 요파화(饒把火 : 횃불보다는 낫다)라 했고, 젊은 여자는 불미갱(不美羹 : 맛없는 국)이라 했으며, 아이는 화골란(和骨爛 : 곰탕)이라 했는데, 인육 총칭을 양각양(兩脚羊 : 두 다리를 가진 양)이라고 했다.'

조여시(趙與時)의 《빈퇴록(賓退錄)》에서는,

'본조(북송)의 왕계훈(王繼勳)은 효명황후의 동복 동생이다. 태조 때 자주 죄에 의해 귀양을 갔었지만, 그 뒤 우감문위솔부(右監門衛率府)의 부솔로서 서경을 분사(分司 : 관청을 나눠 관할했다는 것)했는데 횡포는 더욱더 심해졌고 억지로 민간의 자녀를 사들여 노비로 부렸으며 조금이라도 뜻을 거슬리면 곧 죽여 고기를 먹었다. 태종이 즉위하자 고발하는 자가 있어 낙양에서 참수되었다. 또한 흠주(欽州 : 광동성)의 지사 임천지(林千之)는 인육을 먹었기 때문에 호적이 깎이고 노예로서 해남도에 유배되었다.'

'아아, 사람 고기를 먹고 또는 사람에게 고기로 먹히는 자는 병란·비상시엔 혹 있을 수 있는 잔혹한 짓일지도 모른다. 그러나 군자가 듣기를 원하지 않음은, 저 설진과도 같은 무리는 천하가 태평 무사할 때에, 그것도 몸은 현관(고관)으로서 구복(口腹)을 싫증나도록 하기에 충분한 진미·미식도 없는 것이 아니건만, 군이 고르고 골라 인육을 즐겨 먹는 일이다. 참으로 이는 인류라고 하나 인성(人性)을 갖지 못한 자이다. 결국 사형이나 유형을 받게 되었음은 하늘의 응보로서 당연한 일이었다.'

명나라 초에 이런 기술(記述)이 나타난 것은 역시 독서인이 몽골을 증오하는 나머지 그들을 극악의 표본으로 선전하기 위한 저의도 있었다고 여겨진다. 그러나 진실은 《철경록》에서도 볼 수 있듯이 몽골인이 인육을 먹었다는 사실은 없다.

우리는 주로 한족이 남긴 역사로써 사실을 판단하고 있지만 그것을 어디까지 믿어야 할지…….

강남의 독서인이 수난을 당함으로써 선비와 관련있는 직업의 장인도 곤궁에 빠졌다. 선비와 관련된 것이라면 이른바 문방사우(文房四友)의 종이·붓·먹·벼루를 생산하는 사람들이었다.

우리나라도 규모의 크고 작은 차이는 있지만 고장에 따른 특산물이 있고 또한 특정된 제품이 있었다. 문방사우도 그 예외는 아니다. 이를테면 조주(潮州 : 복건성)는 붓의 명산지인데 과거제가 없어지자 수천 명의 붓을 매는 이들이 실업하고 그들에 딸린 수만 명이 굶주렸으며 고을 전체도 침체되었다. 이것은 종이, 먹, 벼루의 경우도 마찬가지였다.

원대에 시인(문인)·학자가 없었던 게 아니다. 이미 소개한 야율초재, 원호문(1190~1257) 등은 너무도 유명하고 충선왕 시대 원유산은 생존해 있었던 셈이다. 이밖에 이름만 든다면 이준민(李俊民 : 1176~1260), 양환(楊奐 : 1184~1255)이 있다. 이준민은 진성(晉城 : 산서성) 사람으로 자는 용장(用章)이고 호는 학명 노인(鶴鳴老人)이며 《장정집(庄靖集)》을 남겼다. 쿠빌라이가 불렀지만 응하지 않았으며 산림에서 일생을 마친다.

한편 양환은 자가 환연(煥然)이고 호는 자양 선생(紫陽先生)이다. 건주(乾州) 봉천(奉天 : 섬서성 건현) 사람으로 야율초재의 천거로 하남 염방사를 지냈다.

살도자(薩都剌)도 이 무렵의 사람으로 조상 대대로 안문(雁門)에서 살았지만 몽골인이었다. 〈유서호(遊西湖)〉란 연작시에서 '十八女兒搖艇子 隔船笑擲買花錢(열여덟 여자가 노를 젓고 다니다가 배 너머로 시시덕거리며 돈을 던져 꽃을 사네)' 또는 '小紅簾捲春波綠 波水楊花落硯池(배의 작은 발이 걷어 올려지자 호수는 푸른 물결을 일고 있는데, 버들의 흰 꽃은 날아와 연지에 떨어진다)'라고 노래했다. 환락에 젖은 강남의 풍속이 활사(活寫)되고도 남는다.

쿠빌라이 칸의 집현대학사이며 국자감 제주를 지낸 허형(許衡 : 1209~1281), 방회(方回 : 1227~1307), 그리고 조맹부처럼 원에 무릎꿇은 진부(陳孚 : 1240~1303), 대표원(戴表元 : 1244~1310)은 모두 당대의 이름난 시인으로 원조의 고관을 지내고 있는데 이는 무엇을 의미하는 것일까?

허형의 자는 중평(仲平)이고 호는 노재(魯齋)인데 하내(河內 : 하남성 심양현) 사람이었다. 그는 예악·병형(兵刑)·식화(食貨)·수리(水利)에 박통한 대학자였고 순정(醇正)한 자연을 노래한 시인이었다.

방회의 자는 만리(萬里)이고 휘주 흡현(안휘성 흡현) 사람인데 강서시파(江西詩派)의 맹주였다. 《동강집》《속고금고(續古今古)》를 남긴 방회는 원조를 섬기지 않았지만, 진부는 국사원편수, 예부낭중, 천태로총관부치중(天台路總管府治中)을 지내고 있다. 그의 자는 강중(剛中)이고 태주 임해(臨海 : 절강성 임해현) 사람인데 7언고체시가 가장 뛰어났고 《교주집(交州集)》《옥당집》 등이 있었다.

그리고 대표원의 자는 초초(草初)로 봉화(奉化 : 절강성 봉화현) 사람인데 처음에는 불러도 나가지 않다가 신주로교수(信州路敎授)로 나갔으며 이윽고 병을 구실로 사임했다. 학문이 광박(廣博)하고 굉원(宏遠)했으며 문장은 청아하고 깊었다고 전한다.

다음은 《철경록》의 증언이다.

'항주의 사람들은 사치를 좋아한다. 진지한 남자는 열의 두셋도 없고 여인들은 대개 맛있는 것을 먹는 일을 일삼고 있어 바느질 따위에 힘쓰지도 않는다. 일용품이든 식품이든 주로 신품이고 값비싼 것을 좋아하며 조금이라도 싸면 무조건 경멸하고, 비록 사고 싶어도 이웃 사람으로부터 비웃음을 받지 않을까 겁부터 낸다.

지정(至正 : 순제의 연호) 19년(1359) 금릉(金陵)의 유군(遊軍)이 관문을 뚫고 성안으로 들어갔을 때 성문을 닫기를 석 달 남짓, 각 로의 양도(수송로)가 끊겨 버려 성안의 쌀값이 폭등하여 일두(斗)에 25민(緡)이나 되었다. 며칠 지나자 쌀은 동이 나고 지게미나 쌀겨마저도 평소의 쌀값과 같아져 재산이 있는 자는 먹을 수가 있었지만 가난뱅이는 먹을 수 없었다. 다시 며칠 뒤에는 지게미나 겨도 없어졌다. 그래서 이번엔 기름집의 기름 짜고 난 깻묵을 빨아서 그것을 먹게 되었다.

늙은이와 어린이, 그리고 여자들이 삼삼오오 떼를 지어 거리를 걸식하고 다녔으며 용모도 아름답고 말쑥한 옷을 입은 자도 부끄럽다고 여길 여유마저 없었다. 부자·부부·형제의 일가족이 모두 옷소매를 붙들어매고 손을 맞잡은 채 강물에 빠지는 자마저 있기에 이르자 참으로 가엾었다. 성안의 모든 사람 가운데 굶어 죽는 자는 열의 예닐곱이었다.

 겨우 군대가 물러가고 오송(吳淞)으로부터 쌀을 실어나르는 배가 꼬리를 물게 되자 비로소 살 수가 있게 되었지만, 그때까지 태반은 돌림병으로 죽은 뒤였다. 이것이야말로 평소 너무나 사치스런 생활을 하고 물질을 소홀히 한 보답으로 조물자(造物者)는 이것에 의해 꾸지람을 했던 게 아닐까?'

 유인(劉因 : 1249~1293, 자는 초길), 황경(黃庚 : 생몰 미상, 자는 성보), 오징(吳澄 : 1249~1333, 자는 유청), 풍자진(馮子振 : 1257~1314, 자는 해속)은 모두 시인이고 조맹부와 친교가 있었다고 믿어진다. 유인의 호는 정수(靜修)이고 용성(容城 : 하북성 서주현) 사람이다. 원나라의 지원(至元 : 쿠빌라이 연호) 19년(1282)에 승덕랑 우찬성대부가 제수되었는데 이윽고 어머니의 병을 구실로 사직하고 고향으로 갔다. 그러다가 지원 28년(1291)에 집현학사로 불렀으나 사양했으므로 불소지신(不召之臣)이라는 호칭이 생겼다. 그의 시풍은 남송 유민으로서의 애감(哀感)이 반영되어 있다는 평을 받는다. 저술로선 《정수집》이 있다.

 황경은 천태(절강성 천태현) 사람인데 시풍이 자연을 읊되 완곡하다는 평이고 시집 《월옥만고(月屋漫稿)》가 전한다. 오징은 우리나라에도 알려진 시인으로 무주(撫州) 숭인(崇仁 : 강서성 숭인현) 사람인데 삼간 초가를 짓고 학문의 저술을 많이 했기 때문에 초암 선생이라고 불렸다. 지원 23년(1286)에 널리 강남의 명현을 찾을 때 그도 대도에 갔고 1년쯤 있다가 귀향했다. 송설과는 이때 친교를 맺었다. 그 뒤에 강서유학 부제거, 국자감승, 한림학사 등 자주 사임하기는 했지만 짧은 동안이나마 원조의 벼슬을 했다. 말하자면 소극적 저항을 한 셈이다. 문장이 화려하고 전아했으며 저술로

《초로정어(草盧精語)》가 있었다.

풍자진의 호는 괴괴도인(怪怪道人)인데 유주(攸州 : 호남성 유현) 사람이며 집현전 대제로 있어 집현전 직학사이던 조맹부와 친밀했다. 그의 시 〈매화백영(梅花百咏)〉은 유명하다. 조송설의 시 〈동성(東城)〉은 가장 유명한데 다음과 같다. 여기서 동성이란 성의 동교, 동문 밖을 뜻한다.

교외의 찻집 도화는 분화장을 한 미인과도 같고/길가의 버들은 푸르러 실처럼 가물거리네./나그네 길 떠나는 벗을 배웅하기 위해 동성에 오지 않았다면/부질없이 봄빛도 헛되이 보내고 말았을 테지.

(野店桃花紅粉姿 陌頭楊柳綠煙絲 不因送客東城去 過却春光總不知)

역시 시인이고 섬세한 서화가의 눈이었다.

대체로 인간이 저항하는 한 형태로 종교에 의지하거나 자연 풍광에 심정을 위탁하는 것은 동양적인 정서였다.

몽골족의 원조에는 이슬람교도 있었다. 이미 당나라 초부터 이슬람교는 전해졌다. 당나라 말부터 송대가 되자 이슬람 상인은 바닷길로 빈번하게 강남의 포구에 왔었고 무역을 했는데 고려까지 온 것도 이미 알려진 사실이다.

남송이 몽골에 압박되면서도 그나마 버틴 것은 무역 활동에 과세한 관세 수입이 막대했기 때문이라고 주장하는 학자도 있다. 원대엔 육로에 의한 동서의 교통도 활발해져 페르시아(이란)인이며 아랍인이 오는 수도 많았다. 그들은 대개가 이슬람 교도였다. 그리하여 그들이 주거하는 구역엔 이슬람 사원이 지어졌다.

이슬람 사원은 예배당 또는 회회사(回回寺)라고 불렸다. 회란 회흘(回紇)을 가리켰고 위그루인이 이슬람 교도가 됨으로써 회교(回敎)라는 말이 생겼다. 그리고 이슬람의 예배당에선 다섯 가지 것을 가르쳤다. 그것은 바로 이슬람 교도가 지켜야 하는 다섯 가지 계율이었다.

그 다섯 가지란 성(誠)·예(禮)·재(齋)·제(濟)·유(遊)였다. 성〔지성〕은 '사물의 시작과 끝' 곧 유일신 알라에 대한 신앙이었다. 예는 '천지의 절도·인사의 준칙'인데 하루에 다섯 번 이상 기도하며 예배하는 일이있다. 다음의 재는 곧 목욕재계인데, 신자는 하루에 몇번이고 미역을 감아야 하고 1년 중 이슬람력의 9월(라마단)엔 한 달 동안의 단식을 해야 한다. 제는 '그 모자람을 채우고 그 불급(不給)을 돕는다'로 신을 위해 희사하는 일이었다. 그리고 유는 성지 메카에의 순례였다.

이슬람 교도는 돼지고기를 먹지 않고 혼인과 장례법이 중국의 전통적 방식과는 달랐다. 그리고 코란을 외우고 재를 지켰으며 청정(淸淨)을 중시했다.

이와 같은 이슬람 교도가 가장 많이 거주한 곳은 송대 이래의 무역항인 항주·광주·천주였다. 항주는 마르코 폴로의 여행기에서도 나왔듯이 킨찬이었고, 광주는 광부(廣府)에서 비롯된 말인 캉푸라고 불렸다.

천주는 고려의 사신이 통과했던 곳이며 자이퉁이라고 불린다. 5대 무렵 성벽 둘레에 가시오동〔刺桐〕나무가 심어져 자동성(刺桐城)이라고도 불렸는데 거기서 비롯된 이름이었다. 마르코 폴로는 《여행기》에서 자이퉁을 소개했다.

'자이통의 항구엔 온갖 인도의 배가 들어오고 향료(香料), 그밖의 값비싼 상품을 날라온다. 그리하여 만지(만자, 강남 사람)의 여러 지방 상인들도 이 항구에 모여든다……. 이곳으로부터는 온갖 상품이 만지의 각지에 보내진다. 기독교국의 수요를 채우기 위해서 알렉산드리아와 그밖의 항구에 후추를 실은 배 한 척이 입항한다면 자이통엔 백 척 혹은 그 이상의 후추배가 들어온다고도 할 수 있으리라.'

이 천주에 거대한 재산과 세력을 가진 상인이 있었다. 이름은 포수경(蒲壽庚). 포라는 성도 아랍인을 나타내는 아브(Abe)의 음사(音寫)라고 여겨지며, 물론 아랍인이었다. 하기야 포수경도 처음부터 부호는 아니었다. 출세의 계기는 천주에 몰려온 해적·왜구를 현과 함께 격퇴한 일이었다. 그래서 송조의 인정을 받아 제거시박(提擧市舶)이라는 관직이 주어졌다.

제거시박이란 무역에 관한 일체의 권한을 갖는 지위였다. 수출입품을 검사하거나 관세의 징수도 그 권한에 포함되었다. 이러한 소임을 그는 30년이나 독점한다. 스스로의 힘으로 해외 무역도 했다고 여겨진다.

때마침 송나라는 멸망의 벼랑으로 몰렸다. 도읍 임안이 함락된 것이다. 문천상, 장세걸 등은 황자를 받들고 남쪽으로 달아났으며 천주의 포수경을 의지삼아 찾아왔다. 그러나 포수경은 움직이지 않는다. 패잔의 송군은 드디어 강권을 발동하여 포수경이 장악한 선박과 재산을 징발한 것이다.

포수경은 이 조치에 분노하고 원군에게 투항했다. 전부터 몽골군은 포수경의 잠재력을 파악하고 있어 귀순 공작을 하던 참이다. 수군이 없다시피 한 몽골로선 바다 지식에 밝은 포수경을 포섭하는 일이 강남 평정에는 필수적인 전제였다.

이를 뒤집어 말한다면 포수경이 몽골에 편든 것은 남송의 유신들로선 치명적 타격이 되었다. 그래서 장세걸은 천주를 공격했는데, 당시 천주에는 송왕실의 일족인 조씨가 다수 거주하고 있었다. 포수경은 그런 조씨들을 단숨에 죽여버렸다. 그리고 천주를 사수하는 한편 몽골군의 구원을 요청한다.

이것이 1279년의 일로, 포수경은 원나라의 강남 평정에 대공(大功)을 세웠던 셈이며 좌승[정2품 관직]에 임명된다. 그리고 원대를 통해 천주를 비롯한 항구들은 번영하는데, 명나라가 일어나자 포수경의 일족은 몰락한다……

《고려사》를 보면 세자[충선왕]는 병신년(충렬 22 : 1296) 동짓달에 진왕(晉王) 감마리(甘麻里 : Camala)의 딸 보탑실린(寶塔實憐)공주와 혼인한다. 《라시드》에도 쿠빌라이가 죽은 그 해(1294) 5월, 쿠릴타이가 상도에서 열리고 있다. 감국은 쿠빌라이의 제2남 칭킴의 과부였는데, 칸의 추대는 그녀의 아들 감마리와 티무르 사이에서 정해지기로 중론이 모아져 있었던 모양이다.

그러나 원조의 대관들은 마음을 티무르에게 두고 있었다. 다만 선두에 나서서 적극적으로 티무르를 추대하지 않았을 뿐이다. 그러자 남송을 토멸한 최대 공신이고 당시 중서성평장정사와 지추밀원사로 문무 양권을 잡고 있는 바얀(1237~1295)이 칼을 잡고 앞으로 나서며,

'나는 선제께서 선정한 태자 외로 누구도 칸이 됨을 반대한다.'고 선언했기 때문에 감마리도 할 수 없이 동생 티무르 앞에 무릎 꿇고 충성을 맹세한다. 이리하여 티무르 칸은 카라코룸을 도읍으

로 하는 몽골의 지배권을 장형인 진왕 감마리에게 넘겨주고 칸이
되었다. 바얀은 을미년(충렬 21 : 1295) 1월에 59세를 일기로 죽는
다. 그는 원조의 대들보와 같은 존재로 그의 죽음은 몽골인은
물론이고 한인마저도 애석하게 여겼다. 고려의 세자가 감마리의
딸과 혼인한 것은 그 이듬해였던 셈이다.

감마리는 불평이 있었겠으나 그 어머니 활활진(闊闊眞)이 현명
하고 신망이 있어 섣불리 움직이질 못하고 얌전히 있었던 모양이
다. 정유년(충렬 23 : 1297) 정월에 야선첩목아(也先帖木兒)가 평장
정사가 되고, 동년 5월에 제국대장공주가 승하한다. 그래서 이미
말했던 것처럼 세자는 분상(奔喪)을 했던 것이고 이듬해 무술년에
왕위를 물려받았지만, 불과 일곱 달만에 충렬은 다시 복위하고 충
선은 원나라로 간다. 여기에는 깊은 곡절이 있다고 추리되지만
《고려사》의 기록으로는 여자들의 싸움 탓으로 설명되고 있다.

그러니까 공주와 고려인 희빈 사이에 총애 다툼이 있었다. 왕은
조인규(趙仁規)의 딸 조비를 총애했는데 하루는 궁문에 익명의 방
문이 붙여져 있었다. 그 내용인즉 조인규의 처가 신무(神巫)의 저
주법을 사용하여 왕의 총애가 조비에게만 쏠리고 공주에겐 돌아가
지 않게 했다는 것이다. 공주는 곧 조인규와 그 늙은 아내를 하옥
시키고 방문을 붙인 자를 찾아내게 했는데 범인으로서 사재주부
(司宰注簿) 윤언주(尹彦周)의 짓임이 밝혀졌다.

그러자 인규의 아들 형제와 박의(朴義)·노영수(盧穎秀 : 인규의
사위) 등은 김방경이나 왕의 만류에도 불구하고 이 문제를 원조에
호소했다. 그러나 인규의 처는 국문에 못이겨 자백했으므로 조인
규와 조비는 대도로 연행된다. 조비는 그 뒤 석방되어 돌아왔지만
인규는 멀리 서역의 안서(安西)로 유배된다. 이어 충선도 경험부족

을 구실로 소환되고 충렬이 다시 복위한다. 계묘년(충렬 29 : 1303)
의 기사로 전왕(충선)의 귀국을 저지코자 왕이 원으로 갔다는 기사
가 보인다. 부자간에 암투가 있었다는 증거다.

이때의 명신으로 홍자번(洪子藩 : 1237~1307) · 한희유(韓希愈) ·
최유엄(崔有渰 : 1239~1331)과 같은 이름이 보이는데, 이분들은 대
체로 충렬·충선의 부자간 불화를 해소시키는 데 힘썼다고 알려졌
다. 그런가 하면 이간을 부추기고 원조의 몽골인과 결탁하여 음모
를 일삼은 사람은 오기(吳祁 : 혹은 잠)인데 그런 매국적 행위에 분
격한 원충갑(元冲甲 : 1230~1321)은 죽음을 각오하고 궐기한다. 그
리하여 오기를 붙잡아 원조에 넘겼는데 오기는 곤장을 맞고 안서
에 유배되었으나 그 뒤 다시 풀려나 돌아오고 권력을 잡는다.

《고려사》는 이렇듯 뒤죽박죽이라서 후세의 우리로 하여금 옥석
을 구분할 수 없게 한다. 요컨대 이 무렵은 국정이 매우 혼란스럽
고 원의 세력을 등에 업은 신하들이 서로 엎치락뒤치락 정쟁을 벌
였다고 생각된다.

이 무렵 익재는 연경에 가서 원나라 명사들과 교유했으며 특히
조맹부 등으로부터 글씨와 산수화를 배웠다고 추정된다. 익재보다
10년 후진인 이암(李巖 : 1297~1364)도 태어나 있었다. 그는 본관이
고성(固城)으로 자는 군해(君侅), 호는 행촌(杏村)이며 글씨와 묵
죽에 뛰어났었다.

갑진년(충렬 30 : 1304), 찬성사 안향의 건의로 국학섬학전(國學
贍學錢)을 설치한다. 여기서 국학이란 신라 이래의 유학이고 섬학
전은 일종의 장학금이라고 생각하면 알기쉽다.

원나라에서는 조맹부가 건재하며 여전히 집현전 직학사로 고려

의 전왕 충선과는 가까운 사이였다. 이들은 서로 모여 시를 짓고 때로는 고금의 역사를 논하며 밤이 깊은 줄도 몰랐다.

조맹부의 산수화는 남송이나 북송의 화풍도 버리고 당대의 화풍으로 돌아가려는 지향성(指向性)을 가졌다고 한다. 따라서 그는 그림에 있어 온갖 필법을 시도했다. 이를테면 청록(靑綠)산수보다는 미법(米法)산수를 좋았다. 미법이란 미불 부자가 시도한 미점(米點)이라 불리는 일격적(逸格的) 수묵 산수화를 말하는 것 같다.

일격이란 전통적 화법을 벗어난, 기묘한 제작 양식이라고 이해된다. 이를테면 주광(酒狂), 만취한 상태로 상투머리에 먹을 묻히고 그림을 그렸다는 식이다. 《역대명화기》에서 소개되는 왕묵(王默)은 '성품은 조야한 것이 술을 좋아하고 잔뜩 취하고서는 먹물을 쏟으며 웃고 노래하며 손발로 비벼댔지만, 산석운수(山石雲水)를 홀연 신교(神巧)처럼 만들어 냈으며 그러면서도 먹으로 더럽혀진 흔적이 없었다'〔왕묵《당조명화록》〕, '대력 9년의 가을, 눈 깜짝하는 사이 파도가 밀어닥치는 봉래산이 그려졌을 때에는 좌중의 60여 명이 크게 감탄하여 술렁거렸다'〔장지화(張志和)의 안직경 낭적선생 현진자 장지화명〕, 그는 또한 '파진악(破眞樂)을 연주시키고 춤추면서 먹을 쏟아붓고 동정 삼산(洞庭三山)을 그렸다〔교연(皎然 : 인명), 奉應顔尙書眞卿 觀玄眞子置酒 張樂舞破陣 畫洞庭三山歌〕'고도 한다.

　'술을 마시면 도연해지며 의욕이 샘솟고 산수·대나무도 하나의
　점, 한 번의 붓놀림으로 형체를 그려냈다.'
는 이영성(李靈省) 등의 어딘가 정상·정통의 화풍을 일탈한 이른바 일격체의 화가들이 있었던 것이다.

조맹부는 이런 일격체를 지향했던 셈이다. 그의 산수화가 전하지를 않아 문자놀음에 지나지 않지만 이른바 그의 화풍은 황공

망・오진・예찬・왕몽의 원대 4대가에 이어지는 것이다.

한편 조맹부나 충선왕으로선 그 이름도 들어보지 못한 정사초(鄭思肖)라는 화가가 있었다. 정사초는 생몰 연대도, 그리고 그 본명도 불명이다. 즉 그가 사용한 思肖는 송왕실의 성씨 趙를 생각한다는 뜻이며, 肖는 趙의 글자를 분해한 것이었다. 또한 그가 사용한 소남(所南)이란 호는 '남쪽에 있는 사람'을 뜻하며 억옹(億翁) 역시 멸망한 송조를 돌이켜 추억〔億자는 憶자의 차자〕하는 늙은이란 의미였다. 그는 남송이 멸망하자 소주의 절에서 숨어 살았고 그림을 그려 달라는 사람이 있으면 뿌리가 없는 난초〔흙도 그려져 있지 않다〕를 그려 주었다.

"선생은 어째서 뿌리 없는 난초를 그리십니까?"

"땅은 달로(撻虜 : 몽골인을 가리킴)가 가져가버려 없어졌다네."

이런 정사초의 난초 그림은 현재도 남아 전하고 있다. 사초는 또 몽골에 대한 반발과 증오심을 가지고 망국의 한을 기록했는데, 그것이 《심사(心史)》였다.

——우리들의 이런 마음만 멸망되지 않는다면 비록 정치는 몽골의 놈에게 빼앗겨도 결코 멸망하지 않는다. 그리고 그 중국에 군림하는 자는, 역시 지금까지의 조씨인 송조가 아니면 안된다. 대송 왕조는 영토가 있다는 연유로 존재하는 것은 아니므로, 영토를 잃었다고 하여 멸망될 까닭은 없다.

백성이 모두 대송의 사람임을 생각한다면 그곳에 대송은 존속하는 것이다.

나의 이 글은 그와 같은 백성의 마음속에 실재하는 대송 왕조의 기록이다. 이 글은 종이로 되어 있음은 분명하지만, 예사 종이만은 아니다. 종이를 빌린 정신이다. 천지・귀신이라도 이것을 어긋날 수는 없을 터이고 운무(雲霧)도 흐리게는 하지 못하리라. 바람도 움직이게 하지는 못할 거고, 물도 적시지는 못할 거며, 불도 태우지는 못하고, 쇠붙이도 쪼개지는 못하며, 흙도 틀어막지는 못하고, 나무도 덮지는 못하며, 온갖 만물이 깨뜨리지 못하는 게 이 글이다.

왜냐하면 그것은 마음이기 때문이다. 우리는 언제까지라도 이 마음을 잃지 않고 대송의 신자(臣子)임을 맹세하자꾸나——.

정사초는 그렇게 말하면서 신자임을 맹세하는 격문을 지었고, 언제까지라도 송의 마지막 덕우(德祐)라는 연호를 썼으며, 대송의 고신(孤臣) 읍혈서심(泣血誓心)하여 글을 쓴다고 적었다.

정사초는 이와 같은 글을 지었는데, 현실 문제로 어떻게 하면 좋을지 방법을 찾기에 부심했다.

생각다 못한 그는 엄중히 밀봉하고 옻을 내부에 칠한 주석 상자에 넣고 다시 그것을 철함(鐵函)에 간직하고 중간에 석회를 채워 단단히 밀봉했다. 그리고 아무도 모르게 절의 깊은 우물 속에 가라앉혔다.

그러면 어느 날인가 또다시 이 글이 세상에 나타나고 한인의 중화사상은 몽골인의 무력으로선 결코 멸망되지 않는다는 사실을, 세상 사람이 알 것이라고 그는 굳게 믿었다.

과연 그로부터 350여 년이 지나, 명나라도 말기가 된 숭정(崇禎) 연간에 이것이 우물 속에서 발견되었다.

처음의 이름은 단지 '심사'로 되어 있었지만, 세상 사람은 이를 '철함심사'라고 불렀다.

그것이 나타난 시대적 배경, 중국에는 이런 안작(贋作)이 적지 않은 만큼 조작된 것으로 의심이 가지만, 어쨌든 뿌리없는 난초를 그린 정사초의 존재만은 분명했던 것이다.

충렬과 충선의 다툼도 분명히 있었던 사실이고, 충렬왕은 늘 왕위에 있으면서도 불안에 떨었다고 생각된다.

병오년(충렬 32 : 1306), 왕유소(王惟紹)라는 자가 송방영(宋邦英) 등과 더불어 왕 부자를 이간질했다며 간단히 적고 있다. 그런데 이듬해 정미년에 충선은 귀국하여 왕을 경수사(慶壽寺)에 감금하고 있다.

한편 《몽골사》를 보면 티무르 칸이 동년 2월 42세로 죽는다. 몽골의 정변과 고려는 함수 관계가 있다. 더구나 고려 왕실은 칸과 친척인데, 충렬·충선만도 아닌 제3의 인물 서흥후(瑞興侯) 전(琠) 역시 몽골의 세력을 등에 업고 왕위를 엿보고 있었던 것이다.

현존하는 《고려사》는 수차 개정된 것이므로 진실을 전하지는 않는다. 원래는 오히려 조선조의 실록보다도 적나라하게 기록되고 있었는지도 모른다. 그리하여 조선조의 《고려사》 개찬(改竄)은 주원장의 악랄한 《몽골사》 말살과도 관련이 있고 그것과 보조를 맞추기 위한 일면도 있었다.

티무르는 자식이 없었다. 따라서 감마리 등이 가만히 팔짱만 끼고 있지만은 않았다고 추정된다.

하지만 원조는 저 오고타이 계통의 카이도[海都]를 멸한 카이챤(Khai-schan : 한자로 海山)이 있었다. 몽골도 이미 옛날처럼 쿠릴타이를 기다려 칸으로 추대되는 절차는 빈껍질처럼 되어 있었다. 무엇보다도 카이챤은 쿠빌라이=티무르의 숙제였던 카이도를 없앴으므로 국민적 영웅이었고, 몽골의 군대도 그를 따랐다.

티무르가 죽었을 때 카이챤은 멀리 중앙 아시아에 있었다. 그래서 급히 군을 돌려 먼저 카라코룸에 이르렀는데, 이곳은 감마리의 영역이다. 이때가 3월쯤으로 감마리도 카이챤의 세력이 워낙 강대하므로 단지 일족의 숙부(카이챤은 조카뻘) 자격으로 응분의 대접을 받았겠지만 칸이 되겠다는 야망은 이미 물 건너간 것으로 체념했으리라.

대도에는 감국 불루간(Boulougan : 한자로 卜魯竿) 등이 있고 카이챤의 칸 취임을 달갑게 여기지 않으므로 그 카라코룸에서 즉위하라고 권유된다. 그러나 카이챤은 그것을 원하지 않고 당당하게 전 몽고족 추대의 칸이 되고자 3만의 정예 군단을 먼저 상도에 보냈고 생모와 동생 바트라에게 연락하여 그곳에 오라는 지시를 했던 것이다.

카이챤은 4월에 상도에서 즉위하는데, 고려에선 이보다 앞서 사건이 발생하고 있다. 예의 왕우소가 왕전을 추대하며 충선왕을 독살하려 했다가 그 일당이 모두 주살(誅殺)된 것이다.

한편 카이챤은 세계 각지에서 모여든 1천4백의 일족·왕들의 추대를 받아 쿠루크 칸(Kuluk-Khan)이 되는데 생모를 황태후로, 망부에게 황제의 존호를 올리는 한편, 아들들이 있었으나 칸 추대의 대공을 세웠다 하여 동생 바트라를 미리 황태자로 정했다.

그 즉위 기사가 전하는데, 의식은 점복에 의해 일시(日時)가 정해졌다. 그리고 종족의 여러 왕 중에서 일곱 명이 선발되고, 네 명은 흰 양탄자에 앉은 새로운 칸을 어깨에 메었으며[무동을 태운 듯] 두 명은 팔로 칸을 받쳐주고 옥좌에 앉을 때 한 사람은 포도주 잔을 올렸다. 이어 점술사가 칸을 위해 축도하고 쿠루크 칸의 존호를 올린다. 칸은 즉시 내고(內庫)로부터 수레에 가득 실은 비단을 가져오게 하여 궁전 앞에 산더미처럼 쌓아올렸는데 인사를 하며 옥좌 앞을 지나는 사람들에게 푸짐하게 나누어 주었다.

이어 1주일 동안 축하 잔치가 베풀어졌는데, 매일 궁중에서 40두의 암말과 4천 두의 양이 도살되었다. 또 천신에게 바치는 제수용으로 7백 마리의 암말과 7천 마리 이상의 양젖을 짰는데, 그 젖이 그릇에서 넘쳐 칸의 대천막 주위에 마치 냇물처럼 흘렀다. 이 말과 양은 온곤스(ongons)라고 불렸는데 행복을 진 자라는 뜻이고, 모두 흰말·흰양으로 결코 그 고기는 식용되지 않았다. 또 이런 제사에 쓰는 흰 말을 탈 수 있는 것은 카칸〔大汗〕 한 사람뿐이었다.

즉위식과 대연회가 끝나자 죄인의 재판이 시작되었다. 이것은 바트라가 주관했고 불루간, 그리고 아홀대(阿忽臺 : 몽골사엔 Ananda)와 그 일당에게 사형 언도가 내려졌으며 형이 집행되었다. 불루간은 여자라서 멍석말이로 질식시키고 강물에 던졌다.

아홀대는 티무르의 좌승상이었는데, 그는 어려서 회교도의 양육을 받고 그 열렬한 신자가 되었다. 그는 탕구트 총독으로 15만의 군대를 지휘한 적이 있는데, 그의 열성에 의해 병사 대부분이 회교도로 개종했다. 그 자신 코란을 줄줄이 암송했고 아라비아 문자의 해득은 물론이고 직접 쓰기도 했다. 그리고 그 지배 아래의 몽골인 아이에게 할례(割禮)를 하도록 했다. 그런 아홀대인데 이번에 칸의 지위를 노렸다는 죄로 처단된 것이다.

충선왕은 무신년(충렬 34 : 1308) 7월에 충렬왕이 승하하자 곧 왕위에 올랐다. 왕은 많은 개혁을 한 것으로 알려졌다. 그러나 《고려사》를 보면 왕은 경술년 5월 세자인 감(鑑)을 죽였고, 7월엔 원나라로부터 보탑실린공주가 한국대장공주(韓國大長公主)에 봉해졌는데, 한편 정치에 흥미를 잃고 양위하려 했다는 기사도 있다. 설명은 없지만, 이 무렵 감마리는 한왕(韓王)에 봉해졌다고 추정된다.
중국에서의 한은 낙양 근처의 땅을 의미하며 감마리는 그 봉국(封
國)이 격하된 셈이다. 그리고 충선왕과 한국대장공주는 처음부터
별로 화합하지는 못했으며 몇년 뒤 원나라에 가서 죽는다.

신해년(충선 3 : 1311) 정월, 원나라에서는 카이챤이 31세라는 나
이로 죽는다. 카이챤의 치적으로는 그가 《효경》을 몽골말로 번역
케 하여 제국 전역에 반포했다는 것을 꼽는다. 또 그는 불전을 다
수 몽골어로 번역케 했다.

그는 또 라마교를 보호했고, 만일에 라마승을 구타한 자가 있다
면 그 팔을 자르고 라마교에 대해 헐뜯는 자는 그 혀를 자른다는
법령을 공포하기도 했다.

카이챤이 죽자 황태자이던 그 아우 바트라가 카칸이 되었다.

고려에서는 계축년(충선 5 : 1313) 3월, 왕은 마침내 강릉대군 도
(燾)에게 왕위를 물려주고 상왕이 된다. 왕도는 바로 충숙왕(忠肅
王 : 1294~1339)으로 충선의 제2남이었다. 행촌 이암은 이때 17세로
과거에 급제하고 있다.

《필원잡기》에 의하면 충선왕은 귀국할 때 예의 만권당에 소장한
문적(文籍)과 서화를 짐말에 수백 바리나 지워 돌아왔다. 이 때문
에 조송설의 필적이 동방에 가득해졌고, 우리나라 사람으로 송설
필법의 정신을 터득한 것은 행촌 한 사람이라고 한다. 이 말은 익
재가 송설체를 비로소 고려에 소개했다고 한다면, 행촌은 그 송설
체를 완전히 소화시켰다는 뜻이라고 여겨진다.

이색(李穡 : 1328~1396)도 그의 《목은집》에서 말했다. 행촌의 필
법은 묘하여 일세를 풍미했고 조송설과도 비등했다. 이 말을 《용
재총화》에서는 행촌이 자앙과 더불어 한때 그 필세로 당하는 자가

없었지만, 행·초서는 조금 뒤졌다고 했다.

이암은 묵죽도 잘 그렸다. 《목은집》에서 행촌은 선원사(禪源寺)의 식영(息影) 노인과 방외(方外 : 속세를 벗어난) 벗이 되고 절 안에 당을 마련하고서 해운(海雲)이란 편액을 걸었는데 '거룻배의 왕래가 우뚝 멈추어져 돌아가기를 잊는다'고 하였다. 염동정(廉東亭)이 소장한 묵죽에 제하여 '杏村心似竹心虛 蕭洒端莊兩有餘(바람에 불리는 대나무의 모습은 곧 행촌의 마음인데 속이 비어있는 대나무를 닮았고, 말쑥함과 단정하고도 장중한 기품 모두를 가졌네)'라고 읊었다.

행촌은 진·행·초 삼체가 모두 뛰어났는데 정묘년(충숙 14 : 1327)에 춘천 청평산의 문수원(文殊院) 장경비(藏經碑)를 썼다. 찬문은 이제현인데 도관정랑(都官正郎) 이군해 서라고 되어 있어 이때의 관직을 알게 된다.

자하 신위도 순조의 기묘년(1819), 청평산에 아드님 명준과 함께 간 적이 있었다. 그리하여 천 년의 삼나무 아래 황폐한 못가를 거닐며 지나가 버린 옛날의 일들을 돌이켰다. 그러자 문득 비석 하나가 땅속에 파묻힌 것을 발견했는데 바로 이익재 선생이 찬한 장경비였다. 그래서 정성껏 탁본을 세 벌 떴는데, 이 비문과 함께 문수원 비문이 산중의 문헌이라고 했다. 자하는 주지인 송파(松坡)장로에게 부탁하여 비석을 처마 아래로 옮기게 했지만, 이때 이미 크고 작은 조각(모두 다섯)으로 갈라져 있었다고 그의 《경수당집》에 기록했다.

목은이 언급한 선원사의 식영 노인이란 석학선(釋鶴仙)·혜감국사를 말하며 단청을 잘했다는 기사가 《동문선》에 나온다.

충숙왕의 즉위 원년(1314)조를 보면, 왕은 백이정(白頤正)을 첨의평리(僉議評理)에 임명하고 민적(閔漬 : 1248~1326, 자는 용연)·

권부(權溥 : 1262~1346, 자는 재만)에게 태조 이래의 실록을 약찬(略撰)토록 명한다. 왕은 또 성균관에 국내외의 신간 서적 8백 권을 구입·비치토록 했는데, 송나라 비각 소장이던 서적 4천여 권을 원나라가 보내주고 있다.

을묘년(충숙 2 : 1315)에 바트라는 그 동안 폐지된 과거 제도를 복구한다. 그래서 한인은 바트라에게 인종(仁宗)이라는 시호를 주고 있지만 완전한 경쟁 제도는 아니었다. 이를테면 이때의 향시로서 3백 명이 급제했는데 그 내역은 몽골·색목·한인·남인이 각각 75명이었다. 회시는 대도에서 을묘년에 있었는데, 급제자는 백 명이고 그것도 각 25명씩 할당되었다. 최후의 어시(전시)에 56명이 급제했고 그 내역은 불명이지만 아마도 14명씩 배분되었다고 여겨진다.

조맹부의 활약은 이 바트라 시대에 두드러졌다. 바트라 역시 단명으로 경신년(충숙 7 : 1320)에 죽었다. 원나라 내정은 불안했는데 송무(宋無 : 1260~1340), 하중(何中 : 1265~1332), 황공망(黃公望 : 1269~1354), 양재(楊載 : 1271~1323), 범팽(范梈 : 1272~1330), 우집(虞集 : 1272~1348)과 같은 시인·묵객이 그 주변에 있었기 때문이다.

송무의 자는 자허(子虛)이고 소주 사람인데 그의 시 〈오송산중(五松山中)〉은 후세에까지 애창되었고, 하중의 자는 태허(太虛)이며 낙안(樂安 : 강서성 낙안현) 사람이다. 경사에 널리 통했고 남송 말의 진사인데 오징과도 절친했었다. 지순(至順) 2년(1331)에 용흥학사(龍興學師)가 되고 저술로 《역상혁(易象奕)》《통감강목측해》 등을 남긴 학자였다.

황공망은 너무도 유명하여 앞으로도 종종 나오겠지만, 원대의 특출한 화가였고 이름은 견(堅)이며 상숙(常熟 : 강소성 상숙현) 사람이다. 전하는 바에 의하면 공망은 본디 육견(陸堅)이란 이름인데 일곱 살 때 황락(黃樂)이라는 노인의 양자가 되고 황공망자구의(황공이 아들을 바라기를 오래였다)라는 말에서 공망이라 했던 것이며, 자는 자구(子久)이다. 호로선 일봉(一峰), 대치도인(大痴道人) 등을 사용했다.

그는 젊어서 아전으로 일한 바 있고 바로 바트라가 과거를 처음으로 복구시켰던 해에 투옥되고 있다. 출옥한 뒤 당시의 독서인이 거의 그러했듯이 전진교(全眞敎)에 가입했고 비밀 활동도 한 모양이다. 그는 86세까지 살았는데 박학 다능하여 음률·산곡(散曲 : 산문)에 뛰어났고 특히 산수화에 뛰어났다.

몽골 통치 아래의 남인은 차별되고 거의 관계로 나가는 길도 막혀있어 잡문(雜文)을 써가며 입에 풀칠을 했다. 잡문이란 남의 집 묘지명·축문·작명 따위도 포함되는데, 곡이란 연극을 말하며 희곡의 대본이기도 했다. 연극에는 음악도 곁들이고 있어 당시는 이런 연극 대본을 원곡(元曲)이라 했던 것이다.

대개는 진부한 것이었으나 후세까지 이름과 작품이 남은 수작도 있었다. 대표적인 것이 《서상기》로 그런 산곡을 쓴 사람으로선 관한경(關漢卿)·마치원(馬致遠)이 유명하다. 또 나중에 소설이라는 분야를 개척하는 《수호전》《삼국지연의》《서유기》도 이 원대에 태어났음을 잊어선 안된다.

특히 희곡이나 소설은 문어(文語)가 아닌 일반 서민도 이해할 수 있는 구어(口語)로 씌어졌던 것이며, 이것이 청대의 관화(官話)로서 전국적 표준말의 바탕이 되는 것이다.

황공망의 그림으로 지금껏 남아있는 것은 〈부귀산거도(富貴山居圖)〉〈천지석벽(天地石壁)〉〈구봉설제(九峰雪霽)〉 등이 있다. 또 저술로 《대치도인집》《서호죽지집》이 전한다.

그의 시 〈서호죽지사(西湖竹枝詞)〉를 읽어본다. 죽지는 악부(樂府)로 본디 파유(巴渝 : 사천성 重慶 일대) 지방에서 불린 민요라고 한다.

수선 사당 앞 호숫물은 깊기만 한데/악비 장군의 무덤 위에선 원숭이가 울고 있네./호수의 배를 젓는 여자도 노래를 부르며 가버렸고/달은 지고 물결은 치는데 찾아갈 곳이 없도다.

(水仙祠前湖水深　岳王墳上有猿吟　湖船女子唱歌去　月落靜波無處尋)

주석에 의하면 이 시는 남녀의 연정을 노래한 것이라고 한다. 특히 뒤의 두 구절은 달빛 아래 연정을 나누는 여자의 노랫소리가 점차로 희미해지는데 물결만이 치고 있다는 뜻을 나타낸 것이다. 대체로 소주 여인은 분방하고 이를 찾는 사내들도 많았던 모양이다.

범팽의 자는 형보(亨父)이고 일명 덕궤(德几)라고도 했는데 청강(淸江 : 호북성 은시현) 사람이며 문백(文白) 선생이라고 불렸다. 어려서 부모를 잃고 가난했지만 천품이 고아했으며 시문 제작에 전념했다. 그는 특히 시에 정통했으며 구법(句法)·자법(운자)에 밝았는데 천문·계수에도 통했다. 우집·양재·게혜사(揭傒斯)와 더불어 원대의 사대 시문가라고 일컫는다. 그는 처음에 한림원 편수관이었고 나중에 복건의 민해도지사로 부임한다.

끝으로 우집의 자는 백생(伯生)이고 호는 도원(道園)이다. 사람들은 소암(邵庵) 선생이라 했는데, 숭인(崇仁 : 강서성 숭인현) 사람이며 조부는 원래 촉 출신이었다. 원나라 벼슬로 국자감 조교·집현전 수찬·한림직학사 겸 국자감제주를 지냈다. 친구인 원각(袁桷)과 더불어 조송설의 숭배자였다. 육일거사 구양수를 사숙(私淑)했고 조세연(趙世延) 등과 《경세대전》을 편수했으며 저술로 《도원학고록(道園學古錄)》이 있다.

그의 화시(畫詩)로 〈제어촌도〉는 강남의 빼어난 어촌 풍경과 고기잡이 노인을 즐겨 형상(形象)화 한 것이었다. 이를테면 '霜前漁官未竭澤 蟹中抱黃鯉肪白(서리가 내리기 전의 어관, 곧 漁稅를 받으려는 세리는 마치 못이라도 말리듯이 수탈이 심한데, 때가 되면 게는 노오란 장을 그 딱지 속에 갖게 되고 잉어도 살이 올라 기름지게 된다)'이라든가 '莫將名姓落人間 隨此橫圖卷秋水' ── 유방은 만년에 척부인 소생으로 태자를 삼으려고 했다. 여후는 그것을 알고서 장량에게 부탁하여 그 생각을 바꾸게 한다. 그런 고사를 읊고 나서 이 구절이 계속된다.

즉 인간의 성명은 티끌과도 같은 것으로 세상에 전파되기도 전에 떨어지고 마는 것이므로 얽매이지 말라는 의미였다.

참고로 시문의 4대가로 꼽는 게혜사(1274~1344)는 자를 만석(曼碩)이라 하는데 용흥 부주(富州) 사람으로 집현학사·한림학사로 시강(侍講) 등을 지냈다. 문장이 간결하면서도 엄정하여 《금사》《송사》를 편수했다고 한다.

서화가로서의 명성에 가려 있지만, 조맹부는 경제 정책에 대해서도 일가견을 가지고 있었다. 지폐(교초)의 발행을 억제해야 한다는 게 그의 지론이었고 병사의 급여와 서민들의 구호 등에도 많이

관여했다. 그의 전기에도 이 점을 지적하여,

'송설의 재능을 일컫는 자는 모두 서화만을 논하고 이걸로써 가려져 있지만 그 서화를 아는 자는 그 문장을 모르며, 문장을 아는 자는 그 경제에 대한 경륜을 모른다.'

고 한 양재의 말을 인용하며 참으로 지언(知言)이라고 했다.

그리하여 왕사정의 《향조필기(香祖筆記)》에도 그런 그의 경제 관념에 대해 일화를 전한다. 그것은 왕어양(王漁洋)이 요사린(姚士麟 : 자는 숙상)으로부터 들은 이야기로 그는 조송설의 수필(手筆)인 〈가계부〉를 본 적이 있었다는데, 그것은 훌륭한 필적으로 씌어져 있었다. 선비로서 종종 누에를 친다든가 뽕나무를 심는 일 따위는 오늘과 별 다름이 없지만, 요리에 사용하는 밀가루나 검정콩 따위가 자칫 백 근이니 백 석이란 단위로 기입되어 있는 게 색달랐다고 했다.

생각컨대 가정·일용의 가계부란 것은 대체로 거칠게 몇자 끄적거리거나 미염(米塩 : 쌀과 소금)과 뒤섞여 있기 쉽다. 그렇건만 자앙은 꼼꼼하게 스스로 기록을 하고 있다. 옛사람은 무슨 일이든 충동무이로 하찮고 세밀하게 주의를 하고 있음이 이와 같았다 하며 왕어양은 반성하고 있다.

조송설은 바트라가 죽기 1년 전, 관직을 사임하고 향리에 돌아가 있다가 임술년(충숙 9 : 1322) 6월, 68세의 일생을 마치고 있다. 추사 김정희는 의외로 조송설에 대해서 논평이 적은 것 같다.

'조문민(趙文敏 : 조맹부의 시호)은 용필을 잘하여, 붓을 막힘없이 뜻대로 움직였다고 한다. 또 좋은 붓 셋을 가졌다가 대통을 깨뜨리고 붓털만을 다시 모아 매도록 했는데 진서고 초서고 또 큰 글씨고 잔 글씨고 아니 씌어지는 게 없으며 1년을 써도 해지지

않았다. '

《고반여사》에 의하면 붓의 발명자는 시황 때의 몽염(蒙恬)이고 육조 시대엔 노파(老婆)라는 명공이 있으며, 당현종 때는 철두(鐵頭)라는 필공이 뛰어났다고 한다. 그리고 명대에는 호주(湖州) 사람 육계옹(陸繼翁)·왕고용(王古用)이 있고 길수(吉水 : 강서성) 사람으로선 정백청(鄭伯淸), 오홍의 장천석(張千錫)이 명공이었다.

그러나 붓을 매기는 역시 호주가 본바닥이라는 것이다. 화필로 선 항주의 장문귀(張文貴)를 제일로 치지만, 위의 사람들은 모두 기능을 감추고 전하지를 않아 전통이 끊어졌으며 좋은 붓이 나타나지를 않는다…….

추사는 붓을 중하게 여겼고, 《완당전집》권8 〈잡지〉에서 그런 글이 소개되고 있다.

'글씨를 잘 쓰는 이는 붓을 가리지 않는다고 했지만, 이는 통론은 아니다. 구양순 은청(銀靑)의 구성 화도비는 정호(精毫)가 아니면 불가능이며 추호(털이 굵은 큰 붓)를 가지고서 정호처럼 쓸뿐에 지나지 않다〔원주·삼모에서 진사인 윤시영에게 보이다〕'

'담비 꼬리털은 진귀한 재료이며 붓을 매어 쓸 수 있다 한 것은, 바로 황산곡의 말이다. 박혜백(朴蕙百)이 자못 붓을 매는 데 능하여 청서(靑鼠)를 이리털 붓으로 삼아 상품이라 치고서, 스스로 그 묘리를 얻었다 했고 혹 그렇지가 않다는 사람이 있어도 이에 개의치 않았다.

그런데 급기야 그도 담비붓을 보자 크게 칭찬하며 청서나 이리붓(낭호)보다도 상품이라고 했는데, 그 말이 크게 틀리지는 않았다. 그렇지만 이밖에도 담비나 이리털보다 더한 것이 있으며 등급으로서 헤아릴 수 없는 게 있는데, 호영(湖穎 : 호수산의 붓

따위)의 여러 종류를 두루 보여주고 그로 하여금 그 안목을 넓히
게 할 수 없음이 한이다.

옛 선사들의 이른바 '지붕 밖에 푸른 하늘이 있으니 다시 이를
보라'는 말도 있지만, 동인들은 원교(이광사의 호)의 글씨에 얽
매이고 있어 그 위에 왕허주(王虛舟 : 청나라 서가로 자는 약림)·
진향천(陳香泉)과 같은 거장이 있음을 알지 못하면서 함부로 붓
을 일컫고 있으니 그만 웃음이 나올 판이다. 천하의 일이란 굳
게 한정하여 수주(守株 : 《한비자》에 나오는 우화. 어리석음을 비유)
하고 있음이 이와 같음을 말할 따름이다.'

이원교(李圓嶠)에 대해선 나중에 설명할 기회가 있겠지만, 박혜
백은 추사가 그 재능을 높이 평가하여 붓을 매게 하고서 사용한 인
물이었다.

추사는 박혜백에 대해서 비교적 상세히 설명하고 있다. 즉 그의
질문에 대해서 대답한 것인데 추사의 자상한 성격을 말해주는 증
거이기도 하다.

'박군 혜백이 글씨를 나에게 물으며 글씨의 근본을 터득하는 방
법을 청하기에 나는 말했다.

나는 젊어서부터 글씨에 뜻을 가졌고 스물네 살 때에 연경에
가서 여러 이름난 석학(碩學)을 만났다. 그리고 그 서론(緖論)을
들었지만 발등법(撥鐙法 : 발등은 말을 나란히 타고 가면서 동자가
서로 침범하지 않는다는 의미로, 글씨에서 자간의 간격이 일정한 것)
이 그 머리가 되는 첫째의 정신이라 했다. 이어 지법(指法)·필
법·묵법부터 분항(分行)·포백·과파(戈波)·점획의 방법까지
도 우리와는 너무나 달랐었다.

한·위대(漢魏代) 이래로 금석의 문자가 수천 종류나 되며 종

요·색정 이상을 거슬러올라가려 하면 반드시 북비(北碑)를 많이 보아야만 비로소 그 비롯된 바 근본을 알 수가 있다. 악의론만 하더라도 당나라 때부터 이미 진본은 없어졌거니와 황정경은 육조 시대 사람의 필적이고 유교경(遺敎經)은 당대의 경생(經生 : 경학을 배우는 자)의 글씨인데, 동방삭찬(東方朔贊)·조아비(曹娥碑) 등의 글씨도 전혀 내력이란 없었다. 각첩(閣帖)은 왕저(王著)가 임모하여 번각한 것이며 더욱이 그릇된 것이 있어 당시에 이를테면 미원장(미불)·황백사(黃伯思 : 송대의 서가. 자는 장예)·동광천(동기창)과 같은 이가 일일이 반박하며 바로잡은 것으로서, 중국의 유식자들은 악의·황정경 등의 글씨와 각첩에 이르러서는 모두 부끄러이 여긴다.

대개 악의·황정경 등의 글씨로 만일에 근거될 만한 진본이 있었다면, 당나라의 우세남·설직(薛稷)·안진경·류공권·손건례(孫虔禮)·양응식(楊凝式)·서계해(徐季海)·이옹 등 여러 사람의 쓴 글씨가 하나도 황정·악의론과 같은 게 없으니 그 황정·악의론부터 입문하지 않았음을 입증할 만하며 다만 북비와는 인인니(印印泥 : 부합된다는 의미)할 뿐 아니라 굳센 것이 네모 반듯하고 예스런 것이 질박하며 모서리와 서슬에 있어 원숙한 데가 없었다.

근래에 우리나라에서 일컫는 서가의 이른바 진체(왕희지 부자)니 촉체(조송설)니 하는 것은 다 이런 게 있다는 것조차도 모르는, 곧 중국에서는 이미 울 밖에 버려진 것을 취하여 마치 신물(神物)과도 같이 규얼(圭臬 : 극상의 보옥)과도 같이 이를 받드는 것은 '썩은 쥐를 가지고서 봉새를 위협〔장자의 비유〕하는 격'이니 어찌 가소롭지 않다고 하겠는가.

혜백은 가로되 추사의 이 하는 말을 들어보면 전날에 정(鄭)·
이(李) 등 여러 사람에게 익히 들었던 말은 모두 '남쪽 끝대에
북쪽의 바퀴자국'(전후가 모순된다는 의미)인 격이 아니오 하므로
나는 말했다. 이는 정·이 등 여러 사람의 허물은 아니다. 정·
이 등 제인은 모두 천분은 지녔지만 구석진 궁려(窮廬 : 막다른
장소)에 있어 옛사람의 좋은 탁본은 보지 못하고 또 도를 깨친
대개의 서가들로부터 올바른 것을 취하지 못하고서, 모두 옹유
승추(甕牖繩樞 : 깨진 항아리로 창문을 삼고 새끼발로 문짝을 삼는다
는 뜻으로 가난한 집을 비유)라서 많이 보거나 많이 들은 게 없고
그 배움에 있어 고심(苦心)함이 있어 무시하지 못할 점도 있으리
라. 그래서 어렴풋이 그림자만 찾고 황홀하게 어루만져, 이로써
위로 옥경(하늘)의 구슬 누각과 황금의 대궐도 이러하리라 상상
하며 눈으로 보거나 발로 밟아보지를 못했으니 어찌 경루·금궐
의 실상을 증명해 보일 수가 있겠는가.

옛날 소동파의 나한·복호(羅漢伏虎)를 찬한 글귀에,

'일념의 차로 이와 같은 비이[범이 성내어 갈기털이 곤두서는 모
양]에 떨어지고 말았네. 도사[인도해주는 승려]가 슬프고 가엾
게 여겨 그대를 위해 연신 한탄했네. 그대와 같은 열성이면
천성을 회복하기란 어렵지가 않네.'

라고 하였지만, 제군들도 모두 일념의 차로서 타락을 면치 못할
터이다. 그러나 그 맹렬함이 또한 천성을 회복하는 데 어렵지가
않은 것이므로 특별히 이끌어주는 스승의 비민(悲憫)을 아직 만
나지 못한 탓이라고 하면서 더불어 크게 웃었다.

그 실상을 헤아리고 궁구해 보면, 참으로, 정·이의 허물만도
아니니 이는 책비(責備 : 責賢者非의 준말. 어진 이는 늘 책망을 받

는 게 갖추어져 있다는 뜻)만 해서도 안되리라.

　원교의 필결(筆訣)에 이르러선 가장 가르침으로 삼아선 안되는 게 신호(伸毫 : 붓끝을 뉘어서 편다는 것)의 법인데, 이것이 더욱 더 괴리되고 틀려버려 누습이 쌓이고 옳은 것마저 이기겠다는 생각으로 구양순·저수량 등 제인(諸人)도 모조리 뛰어넘어 종요와 왕희지에 직접 접하겠다 하니, 이는 '문앞의 길도 거치지 않고 곧바로 당의 깊숙한 내부까지 이르겠다[문앞 길은 스승의 가르침인데 여기선 단계적 과정을 무시한다는 뜻임]'는 것이며 그것이 가능하겠는가.

　조자고(趙子固)도 말한 바 있다. '당대의 사람을 거치지 않고 진대의 사람을 배우려는 것은 그 알지 못하는 헤아림을 많이 드러내 보이는 일이다. 해서에 들어가는 길은 세 가지가 있는데, 그것은 화도·구성·묘당비(廟堂碑)의 세 가지라고. 그렇다면 자고[자고는 송대]의 때에 어찌 황정·악의론이 없어 이 세 비문을 들어 말했겠는가? 그러므로 악의·황정경은 식견 있는 사람으로 말하지 않는 것이다.

　황정경은 오히려 육조의 사람이 쓴 진본이 있고 사람이 모두 볼 수 있었는데, 만일에 이를 임모하고자 한다면 곧바로 이를 희묵(戲墨 : 써본다는 것)하여 시험하는 데 불과했을 뿐이련만 어찌 이미 있는 것을 법으로 세워 정종(正宗 : 정통)이 되게 한다는 것이겠는가? 더욱이 황정경의 진본의 필세가 표표(飄飄)한 것이 가볍게 드날리고 있어 근래의 행세하는 묵각(墨刻)과는 특별히 크게 다를 뿐 아니라 빙탄(氷炭)과 훈유(薰蕕 : 향풀과. 악취를 뿜는 풀)가 서로 어울리지 못하는 것과 같은데, 어찌 이를 일컬어 진체라면서 집집마다 신주로 삼는가!'

군이 설명할 필요가 없지만, 여기서 문득 연암 박지원이나 혹은 추사를 가리켜 청국에 지나친 경도(傾倒)를 한다는 비판이 있었음을 상기하고 싶다.

연암이나 추사가 청인에게 경도한 건 틀림없지만, 무조건 맹종한 것은 아님을 이 글에서 다시금 발견할 수가 있다.

이 점이 다른 이들과 달랐다고 하겠다. 대체로 우리에게 김생이라는 불세출의 명필이 있었건만 그것이 어느덧 왕희지나 구양순체와 같은 글씨로 덮였다가 송설체가 크게 유행되었는데, 조선 후기에 와서 원교로 대표되는 진체의 재평가가 있었던 모양이다.

추사는 그 점을 금석학과 고증이라는 면에서 의문시하고 비판했다고 이해된다. 이 점은 다시 말하겠지만, 추사의 특출한 장점도 여기에 있었던 게 아닐까?

붓 이야기를 다시 한다면, 붓은 10월과 정이월에 거두어 주는 게 좋다. 그럴 때 유황술로 붓털을 풀어주는 게 좋고[보관법으로], 일찍이 소동파도,

'황련(黃蓮)을 달인 물에 경분(輕粉)을 풀고 붓머리를 담그었다가 건조시키면 벌레가 붙지 않는다.'

라 하였고 황산곡도 말했다.

'천초(川椒)와 황벽(黃蘗)을 달여 그 물로 먹을 닦아내고 붓을 물들여 보관하면 가장 좋다.'

그러므로 평소에도 세필(洗筆)에 유의해야 한다. 즉 글씨를 쓰고 난 다음 필세(筆洗)에 넣어 먹을 씻어내면 붓털도 단단해져 털이 빠지지 않고 오래 가며, 쓰고 난 다음엔 바로 붓뚜껑을 끼워 붓끝이 틀어지지 않도록 해야 한다.

오대·남당의 이욱은 흡주의 묵장(墨匠)인 이초(李超), 그의 두

아들 이정규(李廷珪), 이정관(李廷寬)을 초빙하여 명묵을 만들어
냈다.

《고반여사》에서 먹에 대해 다음과 같이 말한다.

'옛사람이 먹을 씀에 있어 반드시 정품(精品)을 택한 까닭은, 당
장의 아름다움보다 그 아름다움을 후대에 전하기 위해서였다.
진·당의 글씨와 송·원의 그림은 모두 수백 년을 지났건만 먹
빛이 옻과 같고 신기(神氣)가 여전하다. 만일에 먹이 좋지 않고
먹빛이 짙다면, 물기에 약하여 번지기 쉬워지고 옅다면 표구를
다시 할 때 신기가 사라질 뿐 아니라 2~3년도 못되어 먹빛이 바
래고 말리라. 그러므로 먹은 좋은 것을 써야 한다고 했다.

고심보(高深甫 : 명의 高濂)는 말했다. 먹은 가벼운 게 좋고 연
기는 맑아야 하며 냄새에 향기가 없고 갈아도 소리가 나지 않아
야 한다. 벼루의 물은 맑은 새 물을 쓰고, 갈 때에는 힘을 주지
않고 슬슬 간다. 급히 갈아 열이 생기고 열 때문에 거품이 생기
면 안된다. 사용할 때에는 갈아서 곧 쓰고 갈아놓은 것을 오래
두면 안된다. 사용한 뒤에는 벼루를 씻어두고 먹의 찌끼가 붙어
있으면 안된다.

——지금의 고금 제일이라 일컫는 휘묵(徽墨)도 옛날의 반곡
(潘谷)과 채도(蔡滔 : 둘 다 제묵의 명장)와 비하면 아무것도 아니
며 하물며 이정규와는 비교도 되지 않는다.

도종의의 《철경록》에 의하면 이정규는 본디의 성이 해씨(奚
氏)인데 이씨라는 성을 하사받았으며 송대 이래의 첫째가는 묵
장으로 꼽는다. 그 먹에 규(邽)자가 새겨져 있으면 상품이고, 규
(圭)자라면 중품, 규(珪)자가 씌어 있다면 하품이라고 했다. 용
을 두 마리 새긴 것은 가장 좋고 한 마리라면 그보다 못하다고도

한다.'

원대에는 주만초(朱萬初)가 첫째가는 묵장인데 그는 송연(松煙)만 사용했으며 그것도 3백 년 이상 썩되 정기가 아직 남은 것을 골라 썼다. 추사에게도 〈묵법변(墨法辨)〉이라는 수필이 있다. 그것을 대략 간추린다면 다음과 같다.

'필가로선 먹이 첫째이다. 무릇 글씨를 씀에 있어 붓을 쓴다는 건 붓으로 먹을 칠한다는 데 지나지 않다. 종이와 벼루는 먹을 도와 그것을 드러나게 하는 것으로서 종이가 아니면 먹을 받지 못하고 벼루가 아니면 먹이 퍼지지 못한다. 먹의 퍼진다 함은, 곧 먹꽃을 피어오르게 하여 일단(一段)으로 그치게 하지 않도록 하는 것인데, 살묵(殺墨 : 먹이 흩어지는 것)보다는 나은 것이다. 먹을 흩어지게 할 뿐 먹은 퍼질 수 없다면, 이는 또한 좋은 벼루는 아닌 것이다.

우리나라에선 대체로 붓에는 힘을 기울이지만, 묵법에 대해선 전혀 모르고 있다. 그리하여 위중장(韋仲將 : 韋誕)은 '장지(張芝)의 붓과 좌백(左伯 : 후한 때 사람. 종이를 잘 만듦)의 종이와 나의 먹으로 글씨를 써야 한다'고 했던 것이며[붓솜씨와 좋은 종이와 좋은 먹의 삼위일치를 말함] 또 송나라에선 이정규의 반 토막 먹을 얻고서도 천금과 같이 여겼던 것이다. 옛사람의 법첩이나 진적을 보면, 먹이 머무른 곳에 좁쌀마냥 돌기된 것이 있고 손가락에 까칠까칠한 감촉을 주지만 이로써 묵법을 헤아릴 수가 있는 것이다. 이 때문에 옛 비결에서도 '먹물이 깊고 색깔이 짙다면 만호(萬毫)라도 힘이 고르다'고 했으며, 이는 곧 묵법과 필법을 아울러 말한 것이다. 그러나 요즘의 우리나라 서가들은 단지 만호제력(萬毫齊力)이라는 한 구절만 알 뿐 그 위에 붙은 구절인 장심색농(漿深色濃)은 잊고 있다. 이 양 구절이 서로 떨어질 수 없다는 걸 모른다면 묵법에는 결코 도달하지 못하고 편협하고 고루한 헛된 논리에 빠지는 것조차 깨닫지 못하리라.

여말 이래로 언필(偃筆 : 비스듬히 뉘어 쓴 글씨)이라든가 글씨 하나의 상하좌우며 붓끝의 누른 곳이나 붓허리가 지나간 곳을 농담(濃淡)이나 활삽(滑澁 : 매끄러움과 껄끄러움)으로 나누는 것은 모두 편협하고 고루한 것이다. 이른바 농담·활삽은 묵법에서나 논할 수 있는 것이고 필법으로서 어찌 뉘어 쓴다든가 아니라든가 할 수 있겠는가. 묵법과 필법을 분별하지 않고 혼동시키고서 다만 필법으로만 들어 말하려고 하니 어찌 편협하고 고루하지 않다고 하겠는가. 참으로 개탄할 노릇이다.'

그러면 다시 고려 충숙왕 때로 거슬러올라간다. 을묘년(충숙 2 : 1315) 9월에 한국대장공주는 원나라로 갔는데 그 해 섣달 연경에서 승하했다.

병진년(충숙 3 : 1316) 7월에 왕은 에쎈티무르(Yesién-Temour)의 딸 역린진팔자(亦燐眞八刺)와 혼인하고 있다.

《몽골사》를 보면 바트라는 형 카이챤의 뒤를 이으면서 조카인 쿠스찰라(Couschala)를 운남 총독으로 멀리 보냈다. 이는 추방이나 다름없다 하여 쿠스찰라는 불만을 품었으며 이윽고 반란을 일으켰지만 부하 장군의 배신으로 패전하고 알타이 산맥의 서북으로 달아났다. 그 뒤 카칸은 발라[한자로 八刺]를 후계자로 정했다. 그런데 카칸은 앞에서 말했던 것처럼 경신년(1320)에 서른한 살로 살해된 것이다. 바트라는 그 즉위 초 테무데르(Témouder)를 우승상으로 중용했는데, 테무데르는 권력 남용이 탄핵되고 재판 결과 사형

이 언도되었지만 집행만은 황태후가 그를 두둔했기 때문에 미결로 남아있었다. 바트라는 테무데르의 후임으로 바이쥬를 신임했다.

바트라가 죽자 태후의 신임을 받는 테무데르는 다시 복직하여 정적(政敵)을 다수 죽인다. 카칸이 된 발라(1303~1323)는 어떻게 해서든 이를 시정하려 했지만 태후를 등에 업고 있는 그라서 어쩔 도리가 없었다.

이보다 앞서 고려에선 기미년(1319) 9월에 왕비 역린진팔자가 죽고 있다. 《고려사》를 보면 충숙도 방탕했었다. 홍술(洪戌)·원충(元忠)과 같은 측근과 더불어 미행(微行)하며 사냥을 하든가 민간의 여자를 엿보기도 했다. 왕에게는 물론 공주 외에도 총애하는 숙비(淑妃) 등이 있었다. 그리하여 신유년(충숙 8 : 1321)에 원나라에서는 단사관(斷事官)을 보내어 공주의 사인(死因)을 조사하기도 했다.

당시 익재, 행촌 등은 건재했으며 최성지(崔誠之 : 1265~1339, 자는 순부), 최해(崔瀣 : 1287~1340) 같은 명신도 활약하고 있었다. 최성지의 호는 송파(松坡)인데 해서를 잘 썼고 역수(曆數)의 대가로 다섯 번이나 이름을 개명한 것으로 유명하다. 최해는 호가 졸옹(拙翁)인데 최치원의 후손이었다.

원나라 과거에 급제하고 요양로(遼陽路) 개주판관(蓋州判官)에 임명되었는데 이윽고 병을 구실로 사임·귀국하여 성균관 대사성까지 올랐다. 졸옹은 불교를 배격했는데 만년에는 전원에서 농사를 지어가며 살다가 일생을 마친다.

동시대의 서가로서 정포(鄭誧 : 1309년생)는 자를 중부(仲孚)라 했고 호는 운곡(雲谷)인데 필적이 묘했으며, 김개물(金開物)은 철촌 김훤의 아들인데 아버지를 닮아 예서를 잘 썼다. 자를 원구(元

龜), 호는 우계(愚溪)라 했는데 강직한 성격이었다고 한다.

한편 원나라에서는 임술년(충숙 9 : 1322) 여름에 테무데르가 죽자, 그 사이 억제되었던 고발이 봇물처럼 터져 나왔다. 발라는 테무데르의 관작을 추탈하고 그의 재산을 몰수한다. 이렇게 되자 테무데르 일당, 특히 그의 양자 텍취(Tekchi)는 더욱 죄가 추궁될까 겁내고 감마리의 아들 이쑹티무르를 칸으로 추대하려는 음모를 꾸몄다. 텍취는 어사대부로 군대에 세력이 있었던 것이다.

이리하여 음모자들은 계해년(충숙 10 : 1323) 9월 우승상 베이쥬, 그리고 발라 칸을 기습하여 이들을 살해하는 데 성공했다. 발라는 당시 21세의 나이였다.

이 음모에는 에쎈티무르도 가담하고 있었다. 칸 암살 성공의 소식을 알리고자 에쎈은 음모자의 대표가 되어 이쑹을 맞이하러 갔다. 이쑹은 기뻐하고 케룰란 강변에 있던 그의 군단 주둔지에서 칸〔한자로 泰定帝〕으로 추대되었다. 그런데 그의 심복이 칸에게 속삭였다.

"대왕께서는 이제 카칸이 되셨습니다. 그러니까 발라 카칸을 죽인 음모자를 살려 둘 필요가 없습니다. 모두 죽이십시오. 그래야만 천하의 인심이 카칸한테 돌아올 것이 아닙니까?"

이래서 음모의 주모자 텍취, 에쎈 등이 모두 처형된다. 몽골의 이 정변은 고려에 직접 영향을 주었으며, 그 사이의 파벌 싸움 등은 《고려사》에도 분명치가 않지만 연경에 있던 상왕(충선), 충숙왕의 신변에도 파란이 일게 된다.

예를 들어 위왕(魏王) 아목가(阿木哥)는 고려에 유배되고 있었는데 석방되어 본국에 돌아갔으며, 이듬해인 갑자년(충숙 11 : 1324) 8월에 충숙왕은 아목가의 딸 금동(金童)공주에게 장가든다. 상왕은

토번(티베트)에 유배되었고 그 뒤에 풀려났는데 을축년(충숙 12 :
1325)에 향년 51세로 연경에서 승하한다.

당시의 원나라는 지진이 있었고 개기월식도 있어서 민심이 극도
로 흉흉했는데, 다시 대홍수가 발생하고 물이 빠져 한숨 돌렸다 싶
자 메뚜기의 큰 떼가 발생하여 전답마저 황폐화 시켰다.

"농민들이 굶어 죽는다고 아우성인데 어떻게 하면 좋겠소 ?"
그러자 어떤 몽골의 장군은 말했다.

"카칸이시여, 걱정할 것 없습니다. 메뚜기로 황무지가 된 전답
은 모두 초지로 만들어 말을 방목하면 됩니다."

물론 이와 같은 폭론은 채택되지 않았지만 한인으로 평장정사
이던 장규(張珪)는 건의했다. 그는 먼저 법의 엄격한 시행을 상신
했다. 음모에 가담했던 텍취·에쎈 등 일당은 처단되었지만, 재
산 몰수와 같은 후속 조치는 흐지부지되고 있었던 것이다. 장규
는 그러한 것을 철저히 마무리 짓고 법의 권위를 세우라는 것이
었다.

장규는 다음에 국가 재정의 낭비를 지적했다. 예컨대 생산자가
아닌 승려·라마승·도사 등에 대해 엄청난 국고 보조를 하고 있
는데 이를 정리하고 긴축 재정을 베풀라는 건의였다. 이런 폐해는
원나라뿐 아니라 고려도 예외는 아니었으리라.

장규는 또 라마교의 폐단도 지적했다. 라마교는 전통적으로 보
호되었고, 그들은 특히 궁정에서 세력이 있었으며 후궁의 여인들
에게 인기가 있었다. 그리하여 라마승은 왕래할 때면 역마(驛馬)를
징발할 수 있었으며 연도의 주민은 이들에게 식량을 제공할 의무
가 있었다.

그들의 빈번한 왕래가 지방 재정의 피폐를 가져온다고 장규는

지적했다. 장규는 관리의 다음과 같은 보고서를 첨부했다.

"서승(西僧 : 라마승)의 폐해는 특히 섬서 일대에서 심합니다. 그들은 황금의 둥근 패를 허리에 차고 각 역마다 백 기의 기마병을 앞뒤로 호위케 하면서 위세가 대단합니다. 또한 관에서 제공하는 숙소를 사용치 않고 민가에 숙박하며 미색을 탐내어 그 집 사내를 쫓아낸 다음 간음하고 있습니다. 나라에서 원부(圓符)를 발행함은 변경의 수비 장군에게 급함을 알릴 때 쓰는 것인데, 어찌 승려가 이를 패용할 수 있겠습니까?"

태정제는 장규의 건의에 일일이 고개를 끄덕였지만, 정작 실행하지는 않았다. 그리고 무진년(충숙 15 : 1328) 8월, 무능한 태정제는 36세로 죽는다. 쿠빌라이를 제외한 역대의 칸이 이렇듯 단명한 것은 지나친 주색 때문이었다.

이쏭에게는 아들이 네 명 있었는데 장남이며 태자이던 아수케파(Asouképa : 天順帝)는 당시 겨우 아홉 살이었다. 따라서 제위 계승에 따른 음모가 난무했다.

처음에 바트라는 형 카이챤의 지위를 계승하면서 장차 조카 가운데 한 사람을 후계자로 세우겠다고 약속했다. 카이챤은 형제를 두었는데 장남이 쿠스찰라이고 그는 반란을 일으켰다가 멀리 달아났다. 그 동생 톱티무르(Tob-temour) 역시 멀리 유배되고 있어 바트라의 아들 발라가 칸을 계승했던 것이며, 발라가 암살되자 방계(傍系)인 이쏭이 제위에 올랐던 셈이다.

이쏭이 죽자 당시 대도를 지키고 있었던 얀티무르(Yang-temour : 한자로 연첩목아)는 바로 정통을 따져 카이챤의 아들로 칸을 세워야 한다는 당파의 영수였다. 그리하여 얀은 당시 건강(建康 : 남경)에 유배중인 톱을 추대하기로 마음먹고 그에게 사자를 보낸다. 톱은 이 제의를 수락하기에 앞서 형님이 먼저라며 쿠스찰라에게 사자를 보냈다.

얀 일파의 독단적 결정에 반감을 느낀 다른 일파가 태자 아수케파를 즉위케 했다. 이리하여 당시 명장이던 강국인(康國人 : 사마르칸트 출신)으로 토토(Toto : 한자로 脫脫)를 우승상에 임명하는 한편 그 아들 택체(Taché)를 군사령관에 임명하고 얀을 공격케 한다. 얀은 형님인 사툰(Satun : 한자로 撒敦)을 시켜 거용관을 지키게 하고, 아들 탕키치〔한자로 唐其勢〕는 고북구(古北口)를 지키게 했다.

칸 계승을 둘러싸고 본격적인 전쟁이 일어난 셈이었다. 고려는 이때 매우 난처한 입장이었을 텐데 거기에 대해선 일체 기록이 보이지 않는다. 원래 고려는 본국에 왕이 있고 또한 요동에 심왕(瀋王 : 역시 고려 계통)이란 게 있었는데, 이 두 왕이 서로 중상과 모략을 하며 다툰 기사가 단편적으로 전할 뿐이다. 《몽골사》 역시 주원장의 손에 의해 왜곡되어 말살되고 불명일 뿐 아니라 모순점도 발견된다.

이를테면 에쎈은 이쏭에 의해 분명히 처단되었는데 얀의 군대가 요동에 진출하여 에쎈군과 싸웠다는 식이다. 이것을 보면 고려는 천순제 편을 들었던 것 같다.

결과적으로 말한다면 천순제는 불과 반 년 남짓으로 패하여 죽고 기사년(충숙 16 : 1329) 정월, 쿠스찰라〔중국명으로 明宗〕가 즉위하고 동생 톱을 태자로 봉한다. 그런데 쿠스찰라는 불과 며칠만에 30세라는 나이로 죽는다. 당시의 소문으로 독살이었다 하는데 진상은 불명이다. 이래서 톱티무르가 카칸〔한자로 文宗〕이 된다.

조맹부와 같은 시대 사람으로 유명한 역사학자 구양현(歐陽玄 :

1262~1322)이 있다. 그는 송설보다 아홉 살 연하이고 역시 남인인데 몽골인에게 중용되었다. 구양현은 여덟 살에 《논어》를 암송한 신동이었지만 42세에 비로소 진사가 되었고 임관하여 지방 관리가 되었다. 그리고 55세로 조정에 들어와 국사원 편수가 되어 역사 편찬에 전념한다. 《요사》《금사》《송사》 등이 그의 손을 거친 사서이다.

조송설 이후의 시인으로 황진(黃溍 : 1277~1357), 그리고 오진(吳鎭 : 1280~1354), 오사도(吳師道 : 1283~1344), 관운석(貫云石 : 1286~1324)이 있다.

황진의 자는 문진(文晉)이고 의오(義烏 : 절강성의 오현) 사람이다. 원나라 인종 때 과거에 급제하고 영해(寧海 : 절강성) 현승·제기(諸曁) 판관을 지냈고 그 뒤에 국사원 편수관이 되었으며 한림직학사·한림 시강학사를 역임한다. 그는 경사에 밝았고 저술로 《황금화집(黃金華集)》《의오지》《일손제고(日損齊稿)》 등이 있다.

그리고 황공망과 더불어 원대의 4대가인 오진인데, 그의 자는 중규(仲圭)이고 호는 매화도인(梅花道人)이며 가흥(嘉興 : 절강성) 사람이다. 대치도인보다는 11년 연하이다.

오진은 젊어서 불우했고 처자를 먹여 살리기 위해 길거리에서 점쟁이 노릇을 한 일도 있었다. 무엇보다 그는 성격이 내성적이라 대인 교제가 서툴렀고 고독을 좋아했던 모양이다. 이웃집에 성무(盛懋)라는 화가가 살았는데 이 사람의 그림은 잘 팔렸다. 그래서 마누라가 늘 바가지를 긁었다. 옆집의 성씨를 본받으세요라고.

성무는 4대가에 끼지 못하나 그의 그림은 아마추어가 보아도 알기 쉽다. 요컨대 서비스 정신이 있었다고 한다.

황공망은 처세술이 능했던 모양으로 그는 많은 제자가 있었고 원대 이후의 화가들은 모두 그의 화풍을 좇을 만큼 화풍에 상투적이었다는 평이 있다.

황대치는 그의 《사산수결(寫山水訣)》에서 강조하고 있다.

'무릇 그림을 그리려면 사(邪)·첨(甜)·속(俗)·뢰(賴)를 없애야 한다.'

사는 비뚤어진 상념을 말한다. 그림을 잘 그리겠다든가 보는 사람의 눈을 현혹시키겠다 하는 마음은 사념이고 경계해야 한다. 그림은 다만 무심(無心)이 되어 그려야 한다는 주장이다.

첨은 달다는 뜻인데 보는 사람을 의식하여 아첨하는 태도이다. 이를테면 시대 풍조를 좇는다든가 그림 의뢰자의 비위를 맞추는 따위이다.

속은 설명할 필요도 없이 속된 화풍을 말하며, 뢰는 옛날 명화에 지나친 의뢰심을 갖는다는 의미이다.

오진도 만년에 이르러 그 작품이 세인의 평가를 받게 된다. 호는 매화도인이지만 묵죽을 잘했다. 그의 〈화죽(畫竹)〉이란 시가 전해 온다.

　길게 기억되는 전조의 이계구/묵군(이공)의 화죽은 천하의 풍류를 독점했네./백 년이 지나도록 그 자취를 남겼으니/묵죽은 상담의 대밭을 꿈속에서 보게 만드네.
　(長憶前朝李薊丘　墨君天下擅風流　百年遺迹留人世　寫破湘潭夢里秋)

이계구는 곧 이연(李衍 : 1245~1320)의 호이고 자는 중빈(仲賓)인데, 계구는 지금의 연경이기도 하다. 계구는 특히 대나무를 사랑하여 월남까지 갔었다고 하며 죽순의 모습을 그리는 데 이름이 있었다. 그의 그림으로는 〈수황수석도(修篁樹石圖)〉가 있다. 오진은 이 시에서 보듯이 이계구의 묵죽을 모범으로 여겼던 것 같다.

오진의 화풍으로는 과잉된 표현이나 꾸미는 것을 극도로 싫어했다. 두드러진 데가 있으면 이를 되도록 깎아내고 소거(消去)하려 했다는 것이다. 그는 낙관으로 곧잘 희작(戱作)이라고 썼는데, 그것도 자기의 예술 작품이 뭐 대단한 것도 아님을 늘 마음에 타일러 가며 그렸기 때문이라고 한다.

오사도의 자는 정전(正傳)인데 무주 난계(蘭溪 : 절강성) 사람이고 동향의 허겸동(許謙同)과 더불어 김이상(金履祥)에게 배웠다. 원의 영종(발라) 때의 진사로 예부낭중까지 지냈다. 저술로 《역시서잡설(易詩書雜說)》 《춘추호전부변(春秋胡傳附辨)》 《전국책교주》 등이 있었다.

관운석은 위구르 사람인데 호는 산재(酸齋)라고 한다. 전당(항주)에서 살았으며 초·예서를 잘 썼고 시문에도 능했다. 저술로 《산첨악부(酸甜樂府)》가 있다.

충숙왕 때의 명상으로 최유엄(崔有渰)은 앞에서 소개되었지만, 최공은 충렬·충선·충숙·충혜(忠惠)의 4조를 섬기고 향년 93세로 일기를 마친다. 특히 공은 원나라가 고려를 성(省)으로 개편하고 세록(世祿 : 관직)·노비법 등을 근본적으로 바꾸려고 할 때 이를 막았다고 해서 당시의 사람들이,

"삼한이 지금껏 존재함은 최시중의 덕분."

이라고 했다. 최공은 1331년에 졸하지만, 한종유(韓宗愈 : 1334년 졸) 역시 이조년(李兆年 : 1269~1343)과 함께 고려의 사직을 잘 붙

들고 지키는 데 힘썼다. 또 한산(韓山) 사람 이곡(李穀 : 1298~
1351)은 자를 중보(仲父)라 하며 호는 가정(稼亭)인데, 바로 목은
이색의 아버지다. 그는 경사에 밝은 학자로 아직은 서생이었으나
특히 고려의 동녀를 원나라에 보내는 것을 중지시킨다.

기사년(충숙 16 : 1329)은 톱티무르가 상도에서 즉위하던 해인데,
그 영향은 고려에도 미쳤다. 충숙왕의 옥새를 원나라에서 가져가
고 연경에 있던 세자 정(禎)을 몽골인 초팔(焦八)의 장녀 역린진반
(亦憐眞班 : 덕녕공주)과 결혼시켜 국왕으로 내보냈다. 고려가 천순
제에 가담한 죄를 물었던 것이다.

정이 곧 충혜왕(1333~1362)이고 충숙의 고려인 왕비 홍씨(洪氏)
소생이었다. 성격이 매우 호방했다고 한다.

그런데 톱칸은 역시 단명했다. 임신년(충숙후 1 : 1332) 8월에 톱
이 죽고 충숙은 다시 복위된다. 그래서 충숙왕의 치세는 전후로 나
뉘지는 것이다.

톱의 후임은 쿠스찰라의 제 2 남으로 당시 7세이던 린첸팔
(Rintchenpal)이 이었는데, 이것도 재위 1년 남짓이고 드디어 원나
라 마지막 황제 순제(順帝)의 대가 되는데, 여기서 잠시 짚고 넘어
갈 이야기가 있다.

톱 칸(한자로 문종)은 열렬한 불교 신자로 거액의 국비를 들여 사
찰을 지었으며, 또한 라마승 니엔친킬라스를 초빙하여 국사로 삼
기도 했다. 그의 치적은 그 정도의 것이었다.

카칸은 니엔친킬라스가 대도에 오자 모든 신하들에게 마중을 나
가되 그에게 경의를 표하기 위해 무릎을 꿇라는 칙명을 내렸다. 한
인의 국자제주는 카칸의 이런 명령에 분개했다.

제주(우리로선 대사성)는 술잔을 니엔에게 권하면서 말했다.

"당신은 석씨의 제자로 천하 승려의 스승이오. 나는 공자의 문도로 천하 선비의 스승이오. 그러니 대등하게 술잔을 주고받으며 통음하는 게 어떠하오?"

라마승이 껄껄 웃고 술잔으로 답례했기 때문에 이 문제는 별로 충돌없이 넘어갔다. 카칸도 유가를 대접해야 중국을 다스릴 수 있다 생각했으므로 그들을 우대했다. 국사원이나 한림원은 그런 취지로 설치되었던 것이며, 한인으로서 대개 그 관장(官長)이 되고 학문의 맥을 이었던 것이다.

톱티무르는 어느 날, 한림국사원에 행차하여 역사에 대한 의견을 사관들과 담소한 뒤 문득 물었다.

"나에 대한 기록도 있을 게 아닌가."

"물론 있습니다."

"그럼 보여 주시구려."

그러자 여사성(呂思誠)이란 사관이 아뢰었다.

"국사원은 엄정하게, 선악을 구별하지 않고, 황제·왕공의 행위를 기록하는 것이므로 예로부터 어떤 제왕이라도 이를 볼 수 없습니다. 하물며 카칸 재세의 실록을 볼 수는 없는 것입니다."

톱티무르도 이 말에는 고개를 끄덕이고 더 이상 고집하지 않았다고 한다.

톱은 유언으로 얀티무르에게 쿠스찰라의 황자를 후계자로 세우라 하고 상도에서 죽었다. 향년 29세였다.

그러나 얀은 황후 푸타첼리(Poutachéli)와 의논하여 톱의 아들로 후계자를 세울 작정이었다. 여기에는 까닭이 있었다. 톱과 얀은 생전에 매우 친밀했고 서로 아들을 바꾸어 양육했다. 즉 황자 쿠루다라(Courou-dara)는 얀의 양자가 되어 이름도 얀테쿠쓰라 개명했고, 얀의 아들 탈가이는 황후가 맡아 양육했던 것이다. 그러나 태후는 톱의 유언을 좇아 쿠스찰라의 차남 린첸팔을 택한 것이다. 그런데 린첸팔은 신체가 허약하여 그 해 12월에 죽는다.

이렇게 되자 얀은 다시 얀테쿠쓰 추대 운동을 벌였는데, 이번에도 태후는 쿠스찰라의 장남 투간티무르(Togan-temour)를 택한다. 《고려사》를 보면 투간(1320~1370)은 고려의 대청도(大靑島)에 유배되고 있었는데, 신미년(1331) 12월 소환되고 당시 광서(廣西)에 유배되고 있었으며 이때 13세였다. 《택리지》에도 이에 관한 기사가 있다.

'장연(長淵 : 황해도) 남쪽 바다 복판에 대청·소청의 두 섬이 있는데 둘레가 꽤 넓다. 원나라 문종(톱티무르)이 순제를 대청도에 귀양보낸 일이 있었다. 순제는 집을 짓고 살면서 순금의 불상 하나를 봉안하며 매일 해가 돋을 적마다 고국에 돌아가기를 축원했는데, 얼마 후에 돌아가서 등극했다. 그 뒤에 공인(工人) 백여 명을 해주 수양산에 보내오고 중관(中官) 감독 아래 큰 절을 지었는데 이것이 신광사(神光寺)이다. 절이 매우 장려하여 우리나라에서 으뜸이었는데 중간에 화재를 당하매 다시 지었지만 옛날 규모를 도저히 따르지 못했다.

섬에 지금은 사람이 없고[《택리지》는 1750년에 씀] 나무들이 하늘을 가린다. 순제가 심었던 뽕나무·옻나무·쑥·꼭두서니 따위가 덤불 속에 멋대로 자라다가 저절로 말라죽곤 하는데 궁실의 섬돌과 주춧돌 자취가 지금도 완연하다.'

투간은 경오년부터 신미년까지 17개월을 대청도에 있었으며 나이로선 11세부터 12세 말까지 살았던 셈이다.

《몽골사》에서 태후 푸타첼리는 톱의 즉위 초에 쿠스찰라의 황후 파푸차(Papoucha)를 살해케 하고 투간을 대청도에 유배시킨 뒤 누구도 접근하지 못하도록 했다. 1년이 지난 뒤, 대도에서 투간은 정통 황자인데 그 때문에 유배되었다는 소문이 나돌았다. 그래서 푸타첼리는 투간을 고려로부터 소환하여 대도와는 수천 리나 떨어진 광서로 다시 보냈던 것이다. 즉 푸타첼리는 투간이 황자가 아니라며 적극적으로 부인하고 소년을 정강(靜江 : 현재의 桂林)에 보냈던 셈이다. 그러나 푸타첼리는 사태가 이와 같이 변화되자 인과를 절감하고 또한 양심에 가책이 되어 그를 카칸으로 추대하기로 결심한 모양이다.

투간은 13세의 소년이었으나 자기가 겪은 운명에 대해 반발심을 가졌고 얀이 마중하러 오자 즉위식도 올리지 않겠다며 버티었다. 그러나 결국 감정을 죽이고 카칸이 되었으며 얀의 딸 페야오(Peyaou)를 황비로 맞는다(1233년 4월).

이리하여 얀은 권신(權臣)이 되고 이쑹의 황후로 과부인 여자를 아내로 맞는 한편 첩이 40명이나 되었다. 지나친 주색에 의해 계유년(충숙후 2 : 1333) 6월 얀은 죽었고 순제의 지위도 확고해졌다. 가정 이곡이 원나라의 과거에 급제하여 한림국사원 검열이 된 것은 이때의 일이다.

순제는 카칸이 되면서 태후 푸타첼리의 요구로 태자는 얀테쿠쓰로 정한다고 총묘에서 맹세했다.

투간은 마음속으로 복수심을 불태우고 있었다고 추정된다. 그러나 아직은 얀 일족의 세력이 강대했다. 그래서 우승상으로는 페엔(Peyen)을 임명했지만 좌승상은 얀의 형 사툰을 앉힌다.

을해년(충숙후 4 : 1335)에 이르러 사툰이 죽었는데 순제는 얀의 장남 탕키치로 하여금 그 뒷자리를 차지하게 했다. 하지만 탕키치는 성미가 오만하고 성급했다. 그는 특히 우승상 페엔이 국정을 전담하는 것을 미워하던 나머지 이 해 여름 반란을 일으켰던 것이다.

"그까짓 투간쯤······ 우리 일족 덕분에 카칸이 된 게 아닌가!"

그런 우월 의식이 탕키치에게 있었으리라. 그러나 결과는 생각과 정반대였다.

탕키치는 망구의 손자 호안호(Hoang-ho)를 추대하기로 하고 동생 탈가이 등을 끌어들여 여름 피서차 상도에 있는 순제를 기습하기로 계획을 꾸몄다.

페엔은 이 정보를 밀고자로부터 듣자 복병을 궁전에 매복시켰으며 침입한 반군을 섬멸, 탕키치는 어이없게 죽고 말았다. 이때 탈가이는 궁전 내부로 도망쳐 황후인 누님 페야오의 치마속에 숨었다고 한다. 추격한 페엔은 사정없이 탈가이를 황후의 발 아래서 끌어내어 그 면전에서 베어 죽인다. 더욱이 황후 역시 순제의 명으로 교살된다.

애당초 투간은 그녀에게 애정이 있었던 게 아니다. 호안호는 반란이 실패하자 자결했고, 얀의 일족은 모두 죽음을 당한다.

동년 7월, 원나라 단사관이 고려에 와서 어향사(御香使)를 베어 죽였다는 기사가 《고려사》에 보인다.

대체 어향사는 무엇이며 무슨 까닭으로 어향사 탑사부카를 죽였던 것일까?

향목(香木)을 땅에 파묻고 용화회를 기다린다는 신앙은 불교의 어느 파에 속하는 것인지······. 중국에서도 이런 예는 없었던 것 같고 혹은 라마교의 의식인지 모르겠다.

본디 불교에서 향을 사용하는 것은 악기(惡氣)를 없애고 심신을 깨끗이 하기 위한 것인데 공화(供花)·등명(燈明)과 함께 고려 초부터 있었다.

그리하여 향도 불에 태우는 분향(焚香), 몸에 바르는 도향(塗香), 또 향기를 의복 따위 심지어는 신체의 은밀한 부분에 쐬어 남성의 마음을 끄는 훈향(薰香)이 있었다.

그리하여 이른바 향도(香道)라는 게 있었다는 것이며 향료·향수에도 여러 종류가 있듯이 향목도 종류가 다양했다.

불전을 통해서 아는 일이지만 고대의 인도에선 전단목(旃檀木: 단향목)을 최고로 치고 그밖에 백단향·정자향(丁字香)·감송향(甘松香)·풍향(楓香)·소합향(蘇合香) 등이 있었다.

그런데 고려의 이 시대, 고성을 중심으로 한 일대에서 매향(埋香)이 성행되고 당시로선 귀중하고 값비싼 침향(沈香)이 사용되었다. 이것은 유희해(劉喜海)의 《해동금석원》에 있는 기록으로도 증명되는 일이며 추사·산천 형제와도 관련이 있음직하다.

이 매향은 미륵 신앙과 관계가 있다. 삼일포[고성의 해금강]에서 발견된 매향비에,

'開數于後 以待龍華會主 彌勒下生之口 回生會下供養三寶者' 라는 금석문이 그것이다.

중간에 결자(缺字)가 하나 있지만 '수천 년이 지난 뒤 용화회의 주인이신 미륵이 오신 뒤 개봉하고 함께 태어난 중생이 모여 삼보께 공양하리라'고 해석된다. 미륵불은 무능승(無能勝)·막승(莫勝)이라 번역되며 자씨(慈氏)라고도 하는 부처이다.

미륵본생경에 의하면, 본생연(本生緣)에 의해 2월 스무엿새에 입

정(入定)하여 도솔천에 태어나셨는데 현재 그곳의 내원(內院)에서 주하며 제천(諸天)을 교화하고 있다.

미륵의 천수는 4천 년이며 그 하루는 인간의 4백 년에 해당된다 하므로 57억 6천만 세의 수명이 끝난 뒤 염부주에 내려오시고 용화수 아래서 깨달음을 여시며 미륵불이 되신다. 그리하여 석가불로부터 부여된 여러 제자를 모아 사제(四諦)의 법을 설하신다.

즉 《미륵하생경》에선 인수 8백 세로, 화림원(華林園)의 용화수 아래서 불타가 되시고 석존의 설법으로도 누락된 중생을 제도한다고 한다.

또 《미륵성불경》에서, 미륵이 환생하면 국토 평안·만민 안락으로 사대 보장(寶藏)이 현현하며 재보가 무한으로 방출되고 투쟁·질병도 없어진다.

중생은 미륵의 삼회 설법〔용화수 아래서 세 번에 걸쳐 미륵이 베푸는 설법〕을 듣게 되는 것이다. 매향은 바로 그와 같은 것을 바라는 마음에서 당시 동해변에서, 아마도 해돋이를 보며 간절히 소원했던 신앙임을 알게 된다.

정주 매향비는 원통(元統) 3년(1335)에 건립됐다는 석각이 분명한데, 이 해는 바로 투간에 의해 얀 일족이 멸망된 해이고, 어향사가 몽골의 단사관에 의해 참살된 해이기도 하다. 《고려사절요》는 어향사를 죽인 까닭을 설명하지 않고 있지만 이때 아마도 태후 푸타첼리가 탑사부카를 고려에 보내어 미륵 신앙에 의한 후생(사후)의 복을 빌었으리라.

그런데 순제는 복수를 위한 역쿠데타가 성공하자 고려에 단사관을 보내어 어향사를 죽인 것이며, 이는 사실과도 부합된다. 참고로 이 무렵부터 부카〔한자로 不花〕라는 어미(語尾)가 붙은 인명(人

名)이 자주 나오는데, 이는 몽골말로 내시를 뜻한다고 추정된다.

이것은 그 뒤의 문헌으로도 뒷받침된다. 전체적으로 소개한다면 다음과 같다.

정축년(충숙후 6 : 1337)이 되면서 광동(廣東)의 주광경(朱光卿)이며 하남(河南)의 봉호(棒湖) 등이 봉기했으나 곧 평정된다. 반란의 원인은 과다한 세금이라든가 차별에 대한 반항이겠으나, 그런 불만은 남인뿐 아니라 한인들에게도 있어 반란을 일으켰다는 데 주목된다.

원조도 말기 현상이었다. 그래서 몽골인은 남인은 물론 한인마저도 의심하게 되고, 순제는 한인·남인·본국인(고려인)으로 무기를 허장(虛藏 : 필요없이 간직함)함을 금했다고 기록했다. 《라시드》역시 한인·남인으로서 군기(軍器)를 지니며 말을 기르는 것을 금했으며 몽골말의 학습도 금했다고 전한다.

이때 충숙왕은 권형(權衡)의 딸로 왕비를 삼아 수비(壽妃)라고 했다. 처음에 권형은 딸을 밀직상의(密直商議)로 있는 전신(全信)의 자부로 여의기를 원했지만 전신의 집안이 모두 반대하여 성사되지 않았었다. 반대한 까닭에 대해선 역시 설명이 없다. 《절요》는 계속해서 '이에 이르러 절혼(絕婚)되었으므로 내지(內旨)를 내렸고 마침내 납비(納妃)가 된 것이다'라고 했는데 무언가 까닭이 있어 보인다.

또 왕은 심한 염인증에 걸렸다는 기사도 보인다. 사람을 극도로 싫어했다. 기사의 내용으로 보아 신하를 불신했던 것처럼 해석되기도 한다.

왕은 원나라 사신이 해주의 국청사(國淸寺)에 와 있다는 보고를 받았다. 좌우의 자들이 사람을 싫어하는 왕의 성품을 알고 감히 가까이 가지 못했었는데, 이서려라는 신하만이 혼자 뒤따라 갔다가 질책을 받았다.

이튿날 영빈관에서 백관이 모여 사신을 환영할 때 거가가 먼저 와 있음을 알고는 놀라고 당황했으며, 의식을 할 때 왕이 사람을 시켜 쫓아냈으므로 백관이 모두 달아나 숨었다는 것이다.

이때 전왕(충혜)은 무리를 이끌고 민간에 다니면서 부녀자를 희롱하곤 했었다. 그리하여 충숙왕 후 8년(1339) 3월에 왕이 붕어한다. 충숙에 대한 사가의 평은 좋지 않다. 그가 만년에 국사를 포기한 채 궁궐 밖으로 돌아다녔다는 것이다.

그런데 더욱 놀라운 것은 전왕이 5월에 서모인 수비와 경화공주를 증(간음)한다. 그리고 그 이유로 부왕도 삼청(三靑)——신청(申靑)·박청(朴靑)·이청(李靑)——을 거느리고 다니면서 민간의 여인을 엿보지 않았느냐고 했다. 충혜는 이때 원조에 뇌물을 쓴든가 하여 복위되고 있었는데, 원나라에서도 이런 왕의 행동에 분개하여 일단 감금했지만 다시 풀어주고 있다.

충혜왕 후 원년(1340) 4월, 순제는 기씨(奇氏)를 제2 황후로 책봉한다. 이것이 기황후의 등장인데, 그녀는 행주(幸州)가 고향이고 절세 미녀였던 모양이다. 총부산랑 자오(子敖)의 따님이었다는 것 이외는 《절요》에서 별로 언급이 없다.

충혜왕 후 2년(1341), 왕은 예천군(醴泉君) 권한공(權漢功 : 1349년 졸)의 이실(二室 : 둘째 부인) 강씨(康氏)가 미녀라는 소문을 듣고 호군(護軍) 박이랄적(朴伊剌赤)을 시켜 데려오게 한다. 그러나 이 랄적이 강씨와 먼저 간음한 일이 발각되고 둘다 박살된다……. 참으로 상하가 엉망이고, 이 사실만 가지고도 역시 말기 현상을 보였다고 하겠다.

이 무렵에 몽골 역시 멜키트부 출신의 페엔이 공을 자랑하는 나머지 권력을 휘둘렀고, 카칸의 허락없이 칭기즈 칸의 후예 한 사람을 죽이고 두 사람을 추방했다. 그런데 당시의 상황을 《초목자(草木子)》는 다음과 같이 전한다.

'천하의 사형수로서 심의를 마치고 확정된 자라도 집행되지 않았다. 그래서 모두 영어(囹圄) 가운데 늙고 죽게 되었지만 진왕(秦王) 페엔이 나타난 뒤부터는 천하 죄수로 비로소 가형(加刑 : 사형 집행)하기에 이르렀다. 그러므로 7, 80년 동안 늙은이 · 어린이를 불문하고 일찍이 참형을 구경한 자가 없었는데, 마침내 죽은 사람의 머리 하나를 보게 되자 모두 놀라서 크게 술렁거렸던 것이다.'

《초목자》는 비록 패관서(稗官書)에 불과했지만 원나라 말 · 명나라 초의 숨은 역사를 전하는 기록으로 학자들이 많이 인용하는 문헌이다. 여기서 《초목자》는 페엔의 잔학성을 증언했다고 생각되나 쿠빌라이 이후 몽골인들이 비록 사형수라도 사람을 함부로 죽이지 않았다는 것이 되며, 선입관에 의해 전승되는 기록이 얼마나 모순 투성이인지 알만하다.

그 정확함을 찾고자 하는 것이 고증이며 올바른 사가(史家)의 자세임은 말할 것도 없다.

대체로 옛사람들은 현대인의 그것과는 생각하는 개념부터가 달랐다.

죄를 지은 자는 당연히 응분의 벌이 가해지는 것이며, 만일 사죄(死罪)에 해당된다면 사형 또한 마땅하다는 생각이었다. 거기에 선부른 인권이니 사상이니 하는 따위가 끼어들 여지가 없는 것이다. 《초목자》의 논리대로 반역, 부모나 존장의 살인, 기타 사죄에 해당

되는 죄를 지었다면 처형이 당연히 따랐고 형사(刑死)하는 본인도
그 점을 억울하다고는 생각하지 않았으리라.

진짜 악인은 권력 쟁탈과 유지를 위해 함부로 인명을 살상하는
자였고, 그런 사람은 그 가족을 포함해서 형사하는 것도 천명이라
고 여겼다.

그것이 현대인과 근본적으로 다른 개념이었다.

페엔의 탐욕스런 성품과 권력 남용은 그의 조카인 톡타가
(Toktagha)의 밀고에 의해 고발되었다.

순제는 과거의 칸처럼 감정으로만 치닫는 그런 성품은 아니었던
것 같다. 그는 본능적으로 페엔 제거에 대해 저울질을 하고, 제거
를 결심하자 면밀한 계획을 세운다. 먼저 기회를 노리고 있다가 조
정에서 추방하고 광서로 유배한다. 경진년(충혜 후 1 : 1340)의 일
로, 페엔은 도중 병사한 것으로 기록된다. 이리하여 톡타가의 아
버지인 페엔의 아우 마차라타이가 좌승상이 된다.

순제는 또 얀테쿠쓰를 고려에 귀양보냈는데, 그 유배 이유를 종
묘에 보고하고 문서로 남겼다. 이것도 순제의 성품을 말해주는 것
이다.

'옛날에 무종(카이챤)이 승하한 뒤, 태후가 간신에게 농락되었던
까닭에 황자 쿠스찰라는 운남으로 보내졌다. 영종(발라)이 시해
되자 나의 황고(皇考 : 아버지의 존칭)는 무종의 적자이므로 달아
나 사막에 이르렀지만, 종왕(宗王 : 종실의 왕)·대신이 합심하여
추대하였다. 이때 땅이 가까운 자로 먼저 맞아졌기에 문종(톱티
무르)은 잠시 기무(機務)를 맡은 것이고, 천륜·인륜의 이치가
있어 선양의 이름으로 옥새를 가지고 올라왔다[대도에서 상
도로].

하지만 톱티무르는 악한 마음을 숨기며 개전하지 않았을 뿐
아니라 그 부하 유엘로부카(Yuelou-bouca), 엘리야(Yeliya) 등과
음모하여 불궤(不軌)를 꾀했으며, 나의 황고로 하여금 한을 품
고 상빈(上賓 : 하늘의 빈객, 곧 죽음)이 되게 했다. 톱은 돌아와
다시 카칸의 자리를 더럽히며 사사로이 자기의 자식에게 전할
것을 꾀했고, 요사스런 말로 화(禍)를 파푸차 황후에게 뒤집어
씌우며 짐이 쿠스찰라 칸의 자식이 아니라 했으며 마침내 나가
서 가소(假所)에 있게 했다. 그러나 하늘이 도우사 벌을 내리셨
다. 숙빈(叔嬪) 푸타첼리는 그 불길과도 같은 권세를 믿고 장적
(長嫡)을 버리고 차유(次幼)를 세웠다. 그러나 1년이 되지 않아
제왕(諸王)·대관은 현명하게도 짐을 도와 천조(踐祚)케 한 것
이다. 늘 생각컨대 치(治)는 효(孝)를 다함에 근본이 있고 명분
을 바로잡는 일말고는 없노라. 천령(天靈)에 의해 간사한 권세
자가 축출되었다고는 하지만 또한 느슨함을 허용치 않노라. 오
래도록 훈육한 이를 데 없는 은애가 있을지라도 하늘을 함께 이
지 못할 의(義)를 잊을 수가 있으랴! 그러므로 태상(太常)에게
명하여 종묘에 있는 톱티무르의 신주를 철거케 하고 푸타첼리는
황태후의 호(칭호)를 깎아 동안주(東安州)에 옮겨 안치하고 얀테
쿠쓰는 이를 고려에 내치며, 당시의 적신(賊臣) 명리동아(明里童
兒) 등 아직도 살아있는 자는 명백히 형벌로써 바로잡아라!'
　요컨대 그 내용은 순제의 복수 완성에 있었던 것이다. 얀테쿠쓰
는 고려로 압송 도중 중간에서 살해되고 푸타첼리도 동안주에 옮
겨져 바로 죽었다고 기록되었는데, 인위적인 죽음으로 추정된다.
당시의 좌승상 마찰타이는 이런 조치에 반대했지만 곧 사임했고
그 아들 톡타가는 우승상, 티무르부카는 좌승상에 임명되고 있다.

해설한다면 순제는 제권(帝權)을 이때 확립하고 얀의 세력 일부를 이용하여 부카, 곧 환관 세력이 원나라 정치의 일익을 담당하기에 이르렀다고 생각된다.

인간은 모순을 가진 존재이며, 또한 감정이라는 성정(性情)을 갖는다. 순제도 그 예외는 아니며 10세 안팎의 나이로 대청도에 유배되었을 때, 아마도 고려의 여인을 시녀로 접했던 것이고 그런 고려 여인에 대한 모정(慕情)이 기씨의 여자를 황후로 맞았다고 하겠다.

그러나 이 기녀(奇女)가 순제의 후반생을 지배할 뿐 아니라 원나라의 운명마저 좌우했다고 한다면 지나친 억측일까……?

몽골, 곧 원나라에 대한 추사의 견해를 여기서 소개하겠다.

'옹소재는 원조(元朝)를, 깨알에 천하태평이란 네 글자로 썼지만 이때 소재의 나이 일흔여덟(경오년 : 1810)이었다. 글자는 파리 머리 만한 것이었는데, 또한 안경도 쓰지 않고 썼다 하니 매우 별난 일이다. 또한 스스로 원조의 금경(금강경)을 하루에 한 장 모사하도록 과(課)하고 그믐날 끝나게 되면 이를 법원사(法源寺)에 시주했다. 그리고 내가 대사(大士 : 승려를 높이는 말)께 공양하는 이 작은 족자의 글씨도 매우 잔 것이지만, 모두 같은 때에 쓰신 것이다.'

추사의 이 말은 옹담계가 노령에 이르고서도 눈이 밝고 원조 때의 것인 깨알과도 같은 금경을 모사하며 습자를 게을리 하지 않았음을 설명한 내용이라고 이해된다. 다만 그 첫머리에 '천하태평'이라고 쓴 까닭은 필자는 생각해 보고 싶다.

물론 소재는 세자(細字)만 잘 썼던 것은 아니다. 다음의 한마디는 그것을 증언한다.

'일찍이 법원사에서 성친왕(成親王)의 글씨 찰나문(利那門)이라
는 세 큰 글자를 보았는데, 금시조가 바다를 가르고 향상(香象)
이 강을 건너는 기세로, 우리 동국의 한석봉 열 사람도 당할 수
없을 것 같았다. 만약에 석암(石庵 : 1719~1804, 劉墉의 호)과 담
계의 웅강(雄强)이라면 또 어떤 볼거리가 될런지. 그만 나도 모
르게 망연했다.'

성친왕에 대해선 다음과 같은 추사의 글도 있다.

'성저(成邸 : 존칭으로 성친왕)의 글씨는 송설을 좇고 있지만 만년
에 구양순의 화도비·송탁(宋拓)의 구본을 얻게 되자 조금 변하
면서 깊이 그 오의(奧義)에 들어갔으며, 초서가 가장 뛰어났는
데 손건례(孫虔禮 : 당대의 서가 손과정임)의 옛법으로써 진택부
(鎭宅符 : 부적을 말함)의 속습을 깨끗이 씻어내어 가위 뒷사람의
법식이 될만했다. 생각컨대 이 서권은 조송설의 필의〔글씨에 담
긴 정신]가 많지만, 그러나 종·왕의 여러 가지 법이 각각 그 묘
함을 얻고 있다. 고순첩(苦荀帖)은 그가 소장했던 것이며 궁중
에 비장했던 진당(晉唐) 이래의 극적(劇迹 : 격렬한, 곧 극단의 경
지에 이른 필적)은 모두 그가 익숙하게 익히고 완숙한 것으로서
침적(枕籍 : 널리 섭렵했다는 비유)한 것이니 비록 잘 쓰고자 하지
않았더라도 할 수가 있겠는가.

우리나라 사람이 내력을 알지도 못하면서 각첩(閣帖)·난정·
악의론이니 하며 곧바로 산음의 정맥(正脈)에 거슬러올라가려는
것은, 바로 동홍(冬烘 : 글방 선생)으로 삼가(三家)의 높은 머리에
오르겠다는 것으로 강장(講章)을 소릉(召陵)이나 북해(北海)와
겨루겠다는 오만일 것이다.'

즉 추사는 성친왕의 글씨가 뛰어났음을 소개하고 있다.

또 원대의 화가에 대해서도 추사는 언급했다.

'원대의 사람은 그림을 그림에 있어 고묵(枯墨)으로 시작하고 점차로 먹을 겹치는 수법이었다. 미처 끝내지 못한 나무며 탑용[졸렬하다는 의미]의 산도 모두가 하늘의 낌새를 좇아 얻어낸 것이었다. 대치엔 대치의 준법(皴法)이 있고 운림(雲林 : 예찬)엔 운림의 준법이 있지만 사람의 힘으로 얻어진 것은 아니다.'

'정오(靜悟 : 이력 불명)는 청록(靑綠) 30년의 원인(元人) 필세에 당인(唐人)의 기운(氣韻)으로써 운필하고, 송인(宋人)의 구학[높은 산과 깊은 골짝]처럼 그렸는데 붓끝에 이를테면 천마(天馬)가 하늘을 가는 것과도 같은 금강처(金剛杵)가 있었지만 천의무봉(天衣無縫 : 완전무결하다는 뜻도 있지만 제멋대로라는 뜻도 됨)과도 같아 신룡(神龍)이 머리에는 나타나고 꼬리엔 나타나지 않는 것과 같았다.'

이상은 주로 원대의 서가·화가에 대한 추사의 견해이며 다음은 《몽골사》 전체에 대한 그의 관심이라고 하겠다.

'《원사》의 〈태조본기(本紀)〉 및 〈야율초재전〉에서, 제(帝 : 칭기즈 칸)가 동인도에 이르러 철문(鐵門)에 머물자 각단(角端 : 전설상의 동물)이 나타나 군을 돌렸다고 했지만, 이는 대체로 송자정(宋子貞)이 지은 초재의 신도비 본에 의거한 것인데 태조의 군이 설산을 넘고 북인도에 이르러 정지됨을 모르는 것이다. 어찌 산에 의거했는데 바다를 이웃한 동인도에 갔겠는가? 철문 같은 곳엔 아직 이르지 못했던 것이며, 설산과 북인도는 아직도 멀리 떨어져 있는 것이다.

《담연집(초재의 문집)》을 상고해 보면 초재가 서역에서 10년을 머물러 있는 동안에 심사간성(尋思干城 : 지명)에 있었으므로 혹

은 우연히 철문까지 갔다 할지라도 인도(여기선 동인도)에 갈 리
는 없다. 신도비에서 공을 초재에게 돌리고자 철문에서의 일을
인도의 일로 옮겼던 것이며, 전하는 것이 실제는 모르므로 종종
일치되지 않는 것이다.'

지리학이 지금처럼 발달되지 않은 당시, 추사는 주로 불전을 근
거로 하여 《담연집》을 고증한 것이며 거기에 씌어있다 하여 무조
건 맹종하지는 않았던 것이다.

《몽고원류(蒙古源流 : 사서의 하나)》에서 이르기를 성길사한(成吉
思汗 : 칭기즈 칸의 중국식 호칭. 과거에는 이것을 근거로 징기스 칸이라
고 했다)이 장차 액납특아극(국명)을 정벌하기 위해 체탑납릉 재의
등성이에 당도하자 이름하여 새노라는 뿔이 한 개인 한 짐승을 만
났다. 그 짐승이 칸 앞에 달려와서 무릎 꿇고 아뢰었다. 저 액납특
아극은 곧 아득한 옛날에 대성(大聖)이 강탄한 곳이고 지금 신기한
짐승이 어전에 이르렀으니 이는 위로 하늘의 뜻이다 하고서 마침
내 회군했다고 하였다. 그러므로 짐승을 만난 곳은 설산임을 명언
(明言)한 것이고 철산은 아니다. 동인도도 아니며 또한 초재의 간
언에 의해(철군이) 이루어진 것도 아니었다.

대개 초재는 서역에서 10여 년을 있는 동안 심사간성에 머물며
지켰는데 곧 새미이한 성이었다. 종신(終身)토록 인도의 북쪽 대설
산(히말라야)에는 가지 못했는데 뒷사람이 야율의 신도비를 만들면
서 공을 초재에게 꼭 돌리고 싶었던 까닭에 설산의 일을 철문으로
옮긴 것이며 천리의 어긋남[풍수학의 말. 한 치의 차이가 화복을 천 리
만큼이나 틀리게 함]을 몰랐던 것으로 원사(元史)로 인해 명사(明史)
또한 그렇게 썼던 것이다.

'원태조의 군이 설산을 넘고 추격한 실마리를 헤아려 보건대 실

제는 북인도에 이르러 머물렀으며, 중인도까지는 친히 이르지 못했다. 《장춘서행기(長春西行記 : 장춘진인의 서유기)》가 있고 증명된다. 만일에 고작 철문에 그쳤다면 북인도는 아직 이르지 못한 것인데 하물며 능히 중인도를 지나 바다와 이웃한 동인도에 이를 수 있다는 것인가!

이것은 만 리의 오류[천 리의 오차를 강조한 것]로 역시 야율의 신도비에서 비롯되고 원사가 이를 인용하자 명사도 이를 인용했다.

다섯 인도(고대의 인도 분류)의 강역으로 남인도는 큰 바다(인도양)로써 이를 경계하고 서인도는 홍해(紅海 : 아라비아해)와 치중해(地中海 : 아라비아 반도와 이란 사이. 만안)가 있어 이를 경계하며 고금을 통해 확연하고 문란하지 않다. 오직 동·북의 두 인도만이 육지와 경계하고 각국이 뒤섞여 있을 따름이다. 그러나 동인도는 항해가 서로 통하여 장사아치와 오랑캐(서양인)가 함께 이르고 있으며, 북인도 곧 총령(파미르 고원) 이서는 동떨어져 있어 중국과 서양의 상인이 모두 이르지 못했을 뿐 아니라 또한 원·명 이후의 지명·국명이 당나라 이전과 서로 일관되지 않는다. 다행히도 극십미이(克十彌爾 : 카슈미르)가 당·송의 가습미라국(迦濕彌羅國)이 되어 천여 년 동안 바뀌지를 않았고, 대설산이 있어 그 북쪽을 경계로 차지하여 북인도의 계빈(罽賓 : 국명)이 된 것이다.

《원사》로부터 철문이 동인도가 되고, 《명사》는 새마이한을 옛 계빈이라 했는데 중중(重重)·첩첩으로 잘못됨이 어그러져 이런 번잡함이 생긴 것이고 개벽하지 않는다면 인도의 북쪽 경계는 끝내 밝혀지지 않을 터이다.

한대의 대월지(大月氏)·대하(大夏)의 경계였던 지역이 곧 새마이한의 지역이고 겸하여 지금의 오한포합이·애오한 등 여러 부[부족 나라] 땅이다. 가정 연대[명대] 이후로 입공(入貢)하여 한 나라에서 왕을 칭하는 자가 50여 명이었으니 사분 오열된 것이다. 그러므로 지금 총령 이서에는 새마이한의 이름이 거듭되지 않았고 서역의 그림도 그 구국(舊國)을 열거하여 총령 제부를 통일시켰다. 곤여(坤輿 : 대지)·직방(職方 : 공물)제도·해국문견록·장씨지구도(莊氏地球圖)도 모두 그러하다. 수비핵실(殊非核實 : 결국에 있어 핵심은 같다), 지금의 뜻으로 이를 좇고 있어 상세히 따지는 것이다.'

이렇듯 추사는 한 가지의 고증, 각수(角獸)와 철문 등을 밝히는 데 있어 참으로 엄청난 노력(勞力)과 독서를 하고 있는데 경탄하게 된다.

참고로, 현재의 학자 연구로 이 《각단》은 중요한 시사로 받아들여지고 있다. 왜냐하면 전후 7년에 걸친 칭기즈 칸의 대원정이 돌연 중지된 이유로써 기록에 남겨진 것은 이것밖에 없기 때문이다.

그것에 의하면 칭기즈 칸이 서인도의 철문관(카시의 남쪽 85km)에서 머무르고 있었을 때, 1224년——어떤 책에선 5월 23일 밤——인간의 말을 해득하고 모습은 사슴이요, 말꼬리를 가진 전설적 동물 각단이 나타나서, 칭기즈 칸의 시종에게 카칸은 군을 돌려 빨리 귀국하라고 전했다.

이런 일을 전해들은 칭기즈 칸은 이상히 여기고 야율초재에게 물었다.

"이는 상서로운 동물로 각단이라 하며, 하루에 1만 8천 리를 가고, 각 나라의 말을 해득하며, 생(生)을 좋아하고 살(殺)을 미워하는 것입니다. 이는 상천(上天)이 영검을 내리셔 카칸께 고한 것으로 여겨집니다. 애당초 폐하는 하늘의 아드님이고 천하의 백성은 모두 폐하의 적자(赤子)입니다. 부디 상천의 뜻을 헤아리시고 여러 나라의 인명을 다하게 하도록 해주십시오. 그러하면 폐하는 무한의 복을 누리실 것입니다."

이것이 야율초재의 대답이었고, 칭기즈 칸은 이 말을 좋아 군을 돌렸다는 게 중국측 설명이다.

선   리(禪理)

추사 연보를 보면, 정축년(32세) 12월에 서자 상우(商佑)가 태어나고 있다. 물론 소실을 맞았던 것인데 그것에 대해서는 일체 불명이다. 당시 추사는 병자년 7월에 북한산 순수비를 발견한 이래로 그 이름이 널리 알려지고 있었다. 소실을 맞았다면 그 뒤의 일이었을 터이다.

추사로서는 경사가 겹쳤던 셈인데 인생에 어떤 보람을 느끼고 기쁨을 맛보았던 것일까? 그것을 탐색하기 전에 대체로 그 동안의 세상 일들과 빠진 부분을 보충하면서 추사의 자취를 더듬어 보겠다.

저 을해년(1815)에 옹수곤의 부음을 듣고 추사는 인생의 무상함을 느꼈다[옹수곤은 동년 8월 28일 졸]. 그렇다면 추사가 실제로 이 비통한 소식을 안 것은 다음해인 병자년 정월쯤이었을 것이다.

사실은 두 가지의 연보를 대조해 보니——서지학자 金若瑟씨 작성의 것과 중앙일보(85년) 간의 鄭炳三씨 작성의 것—— 약간의 차이와 의문되는 점이 있어서이다. 즉 추사는 동년(을해년) 담계에게 인삼 세 뿌리·옛 벼루 일갑(一匣), 그리고 옹성원에겐 수간(手簡), 고도(古刀) 두 자루, 비각(탁본)·석문(釋文)보 등을 보냈다고 했으며, 이 기사는 두 연보가 일치되고 있다.

그러나 정씨가 작성한 연보에선 담계가 동년 10월에 옹수곤의 부음을 전함과 동시에 섭지선을 편지로 소개하여 앞으로 사귀게 하고, 또 추사가 질의한 경학에 대해 상세한 대답을 했다고 적었다. 그리고 이 해의 동지사는 10월 24일에 한양을 출발했는데 운석 조인영은 동지 부사로 재종 형님 조종영(趙鍾永 : 홍경래 난 때 안주를 사수)의 자제 군관으로 연경에 가고 있다. 날짜에 차이가 있고 이 해는 특별히 두 번씩 사신이 갈 필요도 없었다.

유일한 이유로 김약슬씨가 작성한 연보에서 발견되듯, 편지 작성 기일 기준으로 생각한다면 납득이 된다. 다시 말해서 추사의 옹성원 사망의 조위 편지는 운석 편에 보낸 것이고, 앞에서의 수간과 선물 등은 갑술년 겨울에 보낸 것으로 구별된다. 따라서 담계가 을해년에 쓴 아드님 부고 편지(10월 11일자)와 경학에 대한 질의 답서(동 14일자)는 각각 미리 써두었던 것이며 특별한 인편이 없는 한 운석의 귀국편(병자년 봄)에 부탁했던 것으로 여겨진다.

그러나 여기서 주목되는 것은 추사가(갑술년) 선물한 고도 두 자루에 대해서이다. 이는 전후의 상황으로 보아 일본도였다고 추정된다.

이미 앞에서 잠깐 나왔지만 왜국은 기사년(순조 9 : 1809)에 경비 절감 등을 구실로 대마도에서 조선 사신을 영접하겠다는 제의를 했었고, 신미년(순조 11 : 1811)에 우리측은 통신사 김이교(金履喬 : 1764~1832) · 전한(典翰) 이면구(李勉求) 등이 대마도에 가서 그들의 요구를 수용하고 10년에 한 번씩 사신을 보낸다는 통신사 세목(細目)을 정했다.

죽리(竹里) 김이교는 안김으로 추사도 전부터 알고 있었다. 점차

밝혀지겠지만 추사는 왜국에 대한 관심이 있었고, 따라서 개인의
부탁도 이때 했으리라고 추정된다.

이때 죽리와 더불어 대마도에 간 사신의 수행원으로 소당(小塘)
이재관(李在寬 : 1783~1837, 자는 원강)도 있었다. 소당은 본관이 용
인이고 통사였다 싶은데, 어려서 집이 가난하며 그림을 그려 그것
으로 홀어머니를 봉양했다. 그림은 누구한테서도 배우지를 않았지
만 천부의 재능이 있어 운연 초목(雲煙草木)·조수(鳥獸)를 잘 그
렸고 초상화 모사는 입신의 경지였다. 추사보다 후배인 호산(壺山)
조희룡(趙熙龍 : 1797~1859)은 그의 《석우망년록(石友忘年錄)》에서
증언한다.

'부처를 그리면서 매번 그 부처 가슴 위에 올라가 만(卍)자를 썼
는데 卍자는 곧 옛날의 萬자이다. 또 萬자로서 꿰이 있음을 몰
랐는데, 바로 여래의 가슴 위 길상문(吉祥文)이 그것이다.

나는 소시적에 소당과 망월사(望月寺)에 간 적이 있는데, 소당
은 주지스님을 위해 관음상을 그렸고 역시 卍자를 쓰고 싶어했
다. 나는 卍자가 여래상에만 쓸 수 있는 것이며, 함부로 여러 불
상에 써서는 안된다. 꼭 쓰려면 꿰자로 쓰게, 하자 그는 곧 알아
듣고 바로 쓰게 되었다."

소당에 대한 전기는 주로 호산이 전하는 것이다.

소당이 이것으로 불교 신자이고 매우 겸손한 인품임을 알 수 있
는데, 같은 호산의 극찬으로 그의 그림 솜씨는 날로 정묘해졌고 상
하 백 년에 비교할 이가 없게 되었다고 했다. 왜인이 동래관으로부
터 나와 소당의 영모화(翎毛畫)를 해마다 빠지지 않고 사갔는데,
특히 사조(寫照)에 입신했다. 태조(이성계)의 어진(御眞)이 일본 영
홍부의 선원전에 봉안되어 있었는데 헌종의 병술년(헌종 2 : 1836)

에 도둑맞았다가 돌아왔지만 몹시 훼손되었다. 그래서 정유년 봄 경희궁에 옮겨 봉안케 되었는데, 특명으로 소당이 이를 중모(재생) 했고 등산 첨사(登山僉使)에 임명된다.

소당의 작품은 비교적 많이 남았고 알려진 것으로선 덕수궁 박물관 소장의 〈송하인물도〉〈약산(若山) 초상〉이 있으며 국립 박물관에도 〈전가(田家 : 시골집) 독서도〉가 있다. 기타 〈선인도〉〈산수도〉〈취적도(吹笛圖)〉〈초엽제시도(蕉葉題詩圖)〉〈오수도(年睡圖)〉〈농필창간도(弄筆窓間圖)〉 등이 전한다고 한다.

대체로 이와 같은 경력으로 보아 추사가 직접 부탁할 정도는 아니고, 역시 죽리편에 부탁했다고 여겨진다.

대체 왜국에 대한 추사의 관심은 무엇인가?

일본의 역사를 보면 두 번에 걸친 고려·몽골 연합국의 침공 실패로, 가마쿠라 막부에 대해 우물 안 개구리가 놀라듯 충격을 주었다. 후대의 일본인들이 말하는 가미카제〔神風〕 운운은 나중에 만든 것이다.

일본 정토진종(淨土眞宗)의 개조 신란〔親鸞 : 1173~1262〕에 대해선 앞에서 설명되었지만, 그는 염불이라는 실천행(實踐行)에 의해 정토 왕생할 수 있다는 독특한 교리와 대처승(帶妻僧)의 인정으로 그 교세는 요원의 불길처럼 일반 서민, 특히 농민들 사이에 뿌리를 내렸다.

정토종에 대항하여 선종(禪宗)이 있었으나 그 교세는 별것이 아니고 주로 신흥 계층으로서의 사무라이가 때때로 기웃거릴 정도였다. 따라서 신란 계통의 정토종과 대처 제도와 같은 것을 배격하는 쿠카이(空海 : 774~835) 계통의 일본 진언종(眞言宗)의 2대 세력이 일본 불교의 현황이었다고 이해된다.

그런데 여기 제3의 혁신 불교가 발생했다. 오늘날 우리가 니치렌종[日蓮宗]이라 일컫는 종파로, 그 개조는 니치렌(日蓮 : 1222~1282)이다. 일인 학자에 의하면, 당시 가마쿠라를 중심으로 지진·태풍·홍수·기근·돌림병과 같은 재해가 잇따랐다. 마소가 거리에 쓰러져 죽고 인간의 시체 또한 거리에 넘쳤다고 한다.

니치렌은 이런 재해를 제자·신도들과 함께 직접 체험했다. 그리하여 개인의 기쁨도 슬픔도 사회·국가의 평안 없이는 있을 수 없다는 것을 통감하고 저술한 것이 《입정안국론(立正安國論 : 1260년)》이다. 입정이란 정법을 세운다는 것이고, 안국은 왜국과 나아가선 염부제의 만민을 평안케 하며 불국토를 만든다는 뜻이었다〔여기서 당연히 민족주의 같은 것이 엿보인다〕.

니치렌은 이것을 당시의 쇼군에게 바치며 모든 제악의 근원은 정토종에 있다 단언하고 그것의 금지를 건의했으며, 자신들은 《법화경》으로 무장했다. 이것에 대해 기성 종파의 반격도 치열했고 니치렌은 1271년부터 4년에 걸쳐 사도[佐渡] 섬에 유배된다. 갑술년(원종 15 : 1274)에 있었던 고려·몽골군의 제1차 원정은 니치렌의 입지를 강화시켜 주는 절호의 기회였다. 《가이모쿠쇼[開木抄]》는 니치렌이 그 전년(1271)의 법난(法難 : 제자 몇몇이 참수됨)을 겪고 유배되자 저술한 것이다.

이 저술은 가마쿠라 막부의 금교(禁敎)가 되어 탄압·박해가 계속되자 동요되고 무너지려는 제자·신도의 의문에 대답한 것이다. 내용을 간추린다면, 최상의 불경인 《법화경》을 받드는 우리들이 어째서 탄압을 받는가? 그것에 대해, 이와 같은 박해·탄압은 《법화경》에서 이미 예언된 것이고 박해·탄압이야말로 환희(歡喜)

법열(法悅 : 신앙의 기쁨)에 드는 길이라고 대답한다.

이하, 같은 요령이다.

왜 《법화경》의 행자(行者)이신 니치렌에게 제천·선신(善神)의 가호가 없으며 오히려 박해·탄압이 계속되는가? 또 니치렌의 샤부쿠[折伏]·갸쿠케[逆化]는 올바른 홍경(포교)의 길인가? 이런 것에 대해 니치렌은 수난의 의의를 밝히고, 《법화경》 행자의 수난과 감죄(減罪)는 함수 관계이며 박해가 발생한 샤부쿠의 시대적 필연성을 풀이했다. 이것은 현대에도 계승되는 가르침이며 총본산 미노부산[身延山] 쿠엔사[久遠寺]를 비롯한 5199의 말사를 거느리고 정당은 물론이고 교육기관으로 릿쇼[立正] 대학이 있는 것을 보면 그 교세를 알만하다.

니치렌은 또한 《센지쇼[選時抄]》라는 저술이 있는데, 이것은 진언종을 공격한 것으로 말법 사상을 강조하고 있다. 말법이란 불멸 후의 정(正)·상(像)·말(末)의 삼시 사상을 말하며 지금이 바로 말법의 시대라는 것이다.

당시 진언종의 일부가 타락되고 기묘한 주술(呪術)에 빠져 섹스를 통한 구제를 주장했는가 하면 승려의 귀족화·권세와의 유착 등이 두드러졌다.

그러나 14세기가 되면서 왜국도 조금은 달라졌다. 그들은 격절(隔絶)된 세계에서 나와 유일한 창구인 고려로부터 문화를 흡수한다. '가네사와 문고[金澤文庫]'라는 게 있다. 청대 이후 중국에서 이미 산일된 고전으로 이런 가네사와 문고의 수장인이 찍힌 채 번각되고 현대의 우리도 읽을 수 있는데, 이것이 바로 고려를 통해 왜국에 흘러 들어간 것이다.

가네사와 사다아키[金澤貞顯]는 1302년부터 1312년까지 교토[京

都]에서 덴노를 감시하는 직책이었는데, 그때 구게[公卿]이며 승려
를 통해 그들이 가진 서적을 수집, 쇼묘사[稱名寺] 한 귀퉁이를 빌
린 문고에 보존했다. 후세에 그 성을 따서 가네사와 문고라는 이름
이 생긴 셈인데 초보적이나마 이런 도서관 비슷한 것이 이 무렵에
설치된 것이다.

또 이 당시 덴노의 지위는 막부의 강압 아래 유명 무실했으나 이
것에 반기를 든 덴노 고다이고[後醍醐]가 나타났다. 그는 무오년
(충숙 5 : 1318)에 덴노가 되었는데 막부에 반감을 가진 각지의 무장
에게 밀서를 보내어 궐기할 것을 명했다.

이런 밀서에 몇몇이 응했는데 그 대표적 무장이 구스노키 마사
시게[楠木正成]였다. 나중에 구스노키는 충신의 거울로 일컬어지
게 되는데, 여기에 상대적으로 역적의 표본처럼 여기는 아시카가
다카우지[足利尊氏 : 1305~1358]도 있다.

고다이고의 밀명을 받고 닛다 요시사다[新田義貞]도 호응했는데
그의 병력은 고작 150기였으나 신미년(충혜 1 : 1331) 5월, 가마쿠라
를 향해 진격을 개시하자 병력은 눈덩이처럼 커졌다. 다카우지도
2백 기의 일족을 데리고 요시사다에게 가세했다. 이리하여 이듬해
가마쿠라 막부는 타도되고 쇼군 호죠 다카도키[北條高時] 이하 일
족·하인에 이르기까지 874여 명이 집단 자결하는데, 이때 무사로
서 할복을 했다고는 하지만 그것은 분명치 않다. 왜냐하면 일본의
역사도 불명의 부분이 많은 것이다.

첫째로 공식의 사관(史官)이란 게 없고 따라서 공식의 기록도 없
는 것이다. 전하는 것은 주로 패사(稗史)인데 일본인은 그런 것이
라도 존중하고 그 혼란 중에도 서적 등을 보존했다는 장점은 있는
것이다.

을해년(충숙 후 4 : 1335)에 이르러 다카우지는 정권 탈취의 야심을 갖는다. 즉 다음해인 병자년(1336)에 코메이〔光明〕라는 황자를 덴노로 받들고 도전한다. 즉 알기쉽게 덴노가 두 사람 있게 되고 일인 학자는 이를 남북초라고 한다. 물론 고다이고도 이것에 대항했지만, 미나토가와〔湊川 : 오사카 근방〕에서 앞서의 구스노키가 패하자 남쪽 산악 지대로 달아났으며 다카우지는 무인년(충숙 후 7 : 1338)에 쇼군이 되고 무로마치〔室町 : 교토〕에 막부를 개설한다. 아시카가(혹은 무로마치) 막부의 성립이다.

문헌을 보면 남북조의 대립은 1336년에서 1392년까지 56년이고 결국 남초는 북조에 흡수되며 현재의 덴노 가문은 다카우지가 세운 계통임을 알 수 있다. 그런데 이런 사실은 은폐되어 진상이 말살되었고 '냄새나는 것은 뚜껑을 덮는다'는 식으로 지금까지도 쉬쉬하는 판이다. 이것은 이른바 황국 사관(皇國史觀)의 잔재인데, 어쨌든 정권을 잡은 무로마치 막부에 '아시카가 학교'라는 게 있고 추사의 관심도 바로 여기에 있었다.

을해년의 동지사 자제 군관으로 연경에 갔었던 운석 조인영은 그곳에서 청의 금석학자 유희해(劉喜海 : 자는 연정)와 사귀고 묵연을 맺는다. 이 유연정(劉燕庭)이 바로 우리나라 금석을 널리 중국에 알린《해동금석원》8권의 찬자이다.《해동금석원》은 도광(道光) 11년(순조 31 : 1831)에 저술되고, 이어 그《해동금석존고(海東金石存攷)》를 출판했다. 전자는 삼국 시대부터 고려 시대까지의 금석문을 수록하고 이것에 주석을 한 것이다. 후자는 신라·고려 양기에 걸친 비목(碑目 : 비석 목록)을 싣고 그 소재지·건립의 연시 및 찬·서자의 이력을 기록했다.

이것이 우리나라 금석문 소개에 얼마나 많은 공헌을 했는지는 여기서 말할 것도 없다. 그리고 이런 저술이 가능했던 것은 운석·산천 등의 탁본 제공과 추사의《금석과안록(金石過眼錄)》이 도움을 주었던 것이다.

운석의 경우를 예로 든다면 병자년에 귀국하자 추사로부터 북한산의 진흥왕 순수비 발견 이야기를 듣고 적지않게 흥분했다. 그리고 다음해(정축년) 6월 8일, 두 사람은 함께 비봉에 올라갔으며 68자의 비문도 탁본하여 연정에게 보내주었고 이와 동시에〈해동금석존고〕〔동경학보 소개 논문]라는 제목으로 이 탁본 이하 태고사의 원증(圓證)국사비 등 97본의 건립년·찬자·서자·소재지를 자필·주기한 것을 보내주었다고 한다.

《해동금석원》은 민국 12년(1923)에 유승간(劉承幹)이 중교(重校)하고 다시 보유 6권·부록 2권을 추가하여 출판된다. 이밖에 옹수곤의《비목쇄기(碑目瑣記)》가 있다. 하지만 일찍 졸했기 때문에 미완성으로 결실을 보지 못한 듯싶다. 참으로 안타까운 일이다.

연보를 보면 추사는 을해년 겨울에 초의선사와 금란지교(金蘭之交)를 맺고 있다. 초의에 대한 추사의 시도 여러 편 있는데 서독도 비교적 보존을 잘했는지 이재 권돈인과(34통) 초의에 대한 것이 38통이나《완당집》에 실려 있다.

〈초의와의 제1신〉
산 속에서 하룻밤을 묵고 나니 마치 만유(萬有)를 벗어나 삼매의 경지에 든 것만 같구려. 다만 꿈속의 헛소리가 많아 스님들에게 괴이한 꼴을 보인지라 산이 비웃고 숲이 꾸지람하는 일은

없을는지요? 방금 범함(梵械: 스님의 편지)을 받고 보니 자못
못 마친 인연을 다시 잇는 듯하여 기쁘고 감사하외다.

　해사(海師)께선 한결같이 청왕(淸旺)하신지요? 정의 뿌리란
얽히고 맺혀 끊으려 해도 안되는 것이지요. 속인은 따분한 일들
이 여전하지만 별것도 아닌 것으로 범청(梵聽)에 누를 끼칠 수는
없지요. 염주를 이에 보내드립니다. 원래는 마흔두 알로 42장
(章: 표)에 응하는 것이었으나 망가져 없어졌고 한스럽지만 어
찌하겠소!'

초의는 의순(意恂: 1786~1866)선사의 아호로 추사와는 동갑이었
다. 아마도 첫상면에 서로 마음이 맞아 산사에서 하룻밤을 잘 만큼
이야기의 꽃을 피웠던 것 같다.

다만 편집할 때 삭제했는지 몰라도 씌어진 날짜가 명시되어 있
지 않아 아쉽다.

〈제2신〉

　해와 달이 도도히 흘러 세간에는 또 한 차례의 봄 가을이 지났
구려. 스님의 욕심으로선 으레 윤겁(윤회)에서 영영 벗어나 전생
되지 않는 곳에 있는 것이겠지요? 그렇기는 하나 편히 살며 천
명을 기다리고 죽는 안녕보다 살아있음을 좇는〔存順沒寧: 장횡거
의 西銘. 사물의 이치를 좇아 살고 평안하니 죽는다(存吾順事 沒吾寧
也)를 바꾼 것〕자의 눈으로 보면, 스님들이 하고자 하는 짓은 왜
그리 힘들며 애쓰는 것인지요, 오히려 일을 거듭 많게 하는 게
아닐까요?

　일부러 찾아주셨는데 만나뵙지 못하여 자못 민망하고 서글펐
지만 잇따라 선함(禪械: 편지)이 당도하니 글자마다 슬기로운 구

슬이요, 방안을 촛불처럼 밝게 비추어 주시니 피상적 언어로선 큰 잘못일 것이고 반나절의 한가로움을 빼앗는 것과는 비교도 안되겠지요. 다만 기쁘고 감사할 뿐이외다.

해붕노사께서도 또한 무양하신지요? 매번 밥 때마다 잊을 수가 없는데 그 노인께선 반드시 잊은 지도 오래이겠지요. 무아무인(無我無人)이란 네 큰 글자를 예서로 써서 위탁하여 보내니, 나를 위해 전해주시면 좋을 텐데 어떠하신지요? 이미 없을진대 잊음 역시 바로 무착(無着)이고 무망(無忘)인 연유이겠지요. 이런 뜻으로 고증(叩證 : 선종에선 경책봉으로 제자의 머리를 때려 증득케 함)하오니 노사께 전해주시고 한바탕 웃음도 무방하리다. 운백복(運百福)의 세 대자는 대사께서 거두어 주시도록 하구려. 스스로 운(運 : 움직인다, 행동한다)하는 게 바로 남을 행동하는 것이니 간절히 빌 뿐이외다. 열 묶음의 환향을 아울러 올리오니 깨끗한 공양으로 쓰시기 바라며, 심부름하는 이를 세워놓고 총총 적나이다.'

추사는 이른 시기부터 불교에 대한 조예가 깊었던 모양으로 곳곳에 선문답과도 같은 글귀가 보인다. 추사로선 초의선사가 참으로 마음을 열 수 있는 글벗이고 말벗이었다고 생각된다. 그렇지 않고서는 이런 글이 나오지 않을 것이다.

편지는 특히 현대인이 잊어버린 습관의 하나인데, 전화와 같은 현대의 이기(利器)가 있더라도 편지는 바로 상대편의 마음을 알 수 있는 것이었다.

다음은 초의에게 써 준 시 한 편이다.

그대에게 방참(참선에 참가시킴)을 내맡기자 백마당이 웃음인

데(任爾傍參笑百場)

얽매임 없는 그곳이 곧 내 고향이어라.(丁無礙處即吾鄉)

사람을 의지하는 산새도 하늘에서 지저귀다 고요하고(依人山
鳥空喧寂)

묵객을 맞는 구름 내에 따뜻타 서늘하네.(款客溪雲自煖凉)

이는 으뜸인 하나의 자리인데 별난 꿈은 없고(最是一床無別夢)

같은 맛인데 어찌 다른 창자가 있겠는가.(詎能同味有他腸)

청수만을 모은 정방인데 갈등일랑 마시구려(雜華鋪上休藤葛)

〔잡화경이란 화엄경의 별칭인데 정화(精華)를 모은 경문이다〕

마하설(대승불도)의 길고 짧음으로 파악할까 두렵네.(恐把摩訶
說短長)

선종이 우리나라 불교의 주류가 된 것은 고려 말에 이르러서였
다고 짐작된다. 태고(太古) 보우(普愚 : 1300~1381)는 조계산 수선
사의 13세(世)이고 해동 임제종의 시조였다.

속성은 홍씨(洪氏)로 홍주(홍성) 사람이다. 13세로 회암사 광지
(廣智)선사 아래서 수계했으며 26세 때 용문산 상림암(上林菴)에서
관음보살께 발원하며 고행했다.

정축년(충숙 후 7 : 1337)에 송도의 최씨 집 전단원(栴檀園)에서
겨울을 보냈지만,

'개는 불성이 없다(狗子無佛性).'

고 하였다. 아마도 누군지 개고기를 먹는 게 불도의 계율에 어긋나
지 않느냐고 물었던 모양이다. 당시의 불교는 승속(僧俗) 일체였지
만, 얽매임이 없는 게 불도이며 더욱이 선은 전체의 작용이란 것을
중시한다.

선화(禪話)로서 다음과 같은 것이 있다.

'제불출세(諸佛出世)·조사서래(祖師西來)이고 일찍이 일법(一法)의 사람으로서 주는 일이란 없었다. 다만 사람마다 본디 가지고 있는 자성(自性)을 직지(直指)할 뿐이었다. 본디 자성이란 교종(敎宗)의 사태(沙汰:선별한다는 것)하는 이성을 말하는 게 아니다. 즉 이는 가르침 밖의 이심전심이고 전체의 작용이다. 사고·분별이 미칠 수 있는 게 아니다. 이런 연유로 입을 열어 십마(什摩)라고 묻게 되면, 당장에 할(喝:호통)을 맞거나 몽둥이로 얻어맞았다.'

여기서 말하는 전체의 작용이란 지엽적인 것에 얽매이지 말라는 뜻인 것 같다. 생각할 때 사소한 것은 별문제가 아니다. 길만 틀리지 않는다면 조금 벗어나더라도 고치면 된다……

보우는 무인년(1338)의 정월 초이렛날 새벽에 문득 깨닫고 스스로 반성했다. 이어 삼각산 중흥사(重興寺)에 주했는데 현학지도(선을 배우는 이)가 구름처럼 모여들었다. 이윽고 선사는 절 동쪽에 난야(암자)를 마련하고 '태고'라는 편액을 건 다음 유유자적하며 5년을 보낸다. 그리고 병술년(충목왕 2:1346) 봄, 연경에 이르렀고 이듬해 호주 하무산(霞霧山)의 석옥청기(石屋淸琪)선사를 찾는다. 이때 보우는 〈태고암가〉라는 것을 바쳤다.

석옥은 이내 물었다.

"우두(牛頭:우두선의 시조 法融, 594~657)가 사조(四祖)를 아직 뵙기 전에 뭇새들이 꽃을 물어다 주곤 했었다."

"예, 부귀는 사람이 모두 바라는 것이죠."

"그런데 사조를 뵙고 나서는 구하더라도 뭇새가 꽃을 물어다 주지 않았다."

"청빈한 사람은 또한 드문 법이지요."

이 문답은 아주 어려운데, 이는 선가(禪家)에 널리 퍼진 이야기로 해설을 읽어보면 이런 뜻이라고 한다.

즉 우두화상이 사조 도신(道信)을 뵙기 전에는 새들도 그 자비심을 알고 고맙게 여기며 꽃을 물어다 주곤 했는데, 사조의 가르침을 받고 불견(佛見)·법견(法見)을 모두 공(空)하게 되고서부터는 새들도 그 진리를 알 수 없게 되어 꽃을 물어다 주지 않았던 거라고 한다.

이것이 곧 〈십우도(十牛圖)〉 제8의 인우구망(人牛俱忘)이라고 하여 미혹의 마음이 빠져나갔을 뿐 아니라 깨달음의 마음도 아주 없어진 경지라고 한다.

즉 생사투탈(生死透脫)이라는 경지를 터득한 성위(聖位)마저도 공(空)한다는 것이다. 태고스님과 석옥과의 문답은 이런 경지를 아주 쉽게 풀이한 것일까?

석옥은 또 물었다.

"공은 얽매임이 있기 전 태고가 있는가 없는가(空劫已前 有太古耶 無太古耶)."

"공은 태고 중에서 태어납니다(空生太古中)."

"불법이 동으로 가버린 지 오래이구나!"

마침내 석옥은 가사를 벗어 입혀주고 법통을 이어 줄 것을 부탁한다. 보우는 돌아오는 길에 원나라 순제와 기황후를 위해 설법하고 무자년(충목 4 : 1348) 봄에 귀국했다. 대사는 우왕(禑王)의 신유년(우왕 8 : 1381)에 향년 82세로 '사람의 목숨이란 물거품과도 같고 80여 년을 살았으나 봄철의 개꿈이로다(人生命若水泡空 八十餘年春夢中) 돌아가는 길은 가죽 부대에서 방귀를 뀜과 같고, 한 떨

기 붉은 해가 서산에 지는 것이다(臨路如令放皮袋 一輪紅日下西峯)'
라는 게를 남기고 입적했다. 운석이 탁본을 떴다는 원증(圓證)국사
는 바로 태고의 시호이고 탑호는 보월승공(寶月昇空)인데 이색이
비문을 찬하고 권주(權鑄)가 글씨를 썼다. 우리나라 스님으로 법통
상 그의 후손 아닌 이가 없다고 한다.

나옹혜근(懶翁慧勤 : 1320~1376)선사는 속성을 아씨(牙氏)라 하
고 영해(寧海) 사람이다. 그가 스무 살 때 이웃의 친구가 죽었는
데 죽음이 무엇이냐고 동네 어른들에게 물었지만, 시원스럽게 대
답해 주는 사람이 없었다. 그리하여 요연(了然)선사에게 출가하고
축발한다.

그때 요연은 물었다.

"너는 무엇 때문에 머리 깎고 중이 되려 하느냐?"

"삼계를 초월하고 중생에게 이익을 주고 싶습니다."

"흥, 그래? 이곳에 온 너는 대체 누구냐?"

"예, 말할 줄 알고 들을 수 있어 온 자입니다. 보려 하여도 몸이
없는 걸 볼 수 있고 구하려 해도 없는 물건을 구하는 방법을 아
시면 가르쳐 주십시오."

"나도 너와 마찬가지로 아직 모른다. 딴 데로 가서 스승을 찾아
보도록 하라."

이리하여 나옹은 각지를 유력했고 양주 회암사에 이르러 방 하
나를 정한 다음 주야로 좌선하며 꼼짝도 하지 않았다. 이때 일본
중으로 석옹화상(石翁和尚)이라는 이가 이 절에 묵고 있었는데, 하
루는 승당에 내려와 물을 두드리며 외쳤다.

"들은 말을 되돌아오게 할 수 있는가 없는가?"

대중은 묵묵 부답이었는데 나옹이 게로써 대답했다.

"선불장에서 중좌(中坐)하여도, 똑똑만 하다면 눈으로 볼 것은 다 본다. 보는 것과 듣는 것은 애당초 다른 게 아니고 원래는 옛 주인과 같은 거다."

나옹은 회암사에서 4년을 지내고 문득 깨달은 바가 있어 정유년 (공민왕 6 : 1357) 동짓달, 북으로 향해 길을 떠났고 무술년 3월 13일 연경의 법원사(法源寺)에 이르러 지공(指空)선사를 만났다.

"너는 어디서 왔느냐?"

"고려입니다."

"뱃길로 왔느냐 물길로 왔느냐, 아니면 하늘을 날아왔느냐?"

"날아왔습니다."

"뭐, 신통력으로 왔다구? 증거를 보여라."

나옹은 가까이 다가가서 손을 교차시키고 우뚝 서 보였다. 지공은 또 물었다.

"너는 고려에서 왔다고 했는데 동해(東海 : 해는 호수)가 도읍의 어디인지 아직 모를테지?"

"제가 모른다면 어찌 이곳에 와 있겠습니까?"

지공은 난문(難問)에도 나옹이 동문서답하며 잘 두들겨 맞추므로 마지막으로 질문을 던졌다.

"방이 열두 개인데 받아들여진다고 생각하느냐?"

"승낙하실 것으로 알고 왔습니다."

"누가 너에게 오라고 가르쳐 주었느냐?"

"제 스스로입니다."

"무엇을 위해서 왔느냐?"

"뒷사람을 위해서 왔습니다."

지공도 마침내 문답에서 졌다. 그는 제자가 될 것을 승낙했다.
이 선문답이 '수기법(隨機法)'이라는 것이다. 그는 2년 남짓 지공
한테 있다가 경자년(공민왕 9 : 1360) 여름, 배로 평강부(平江府) 휴
휴암(休休菴)에 가서 하안거(夏安居)를 하고 부자선사(浮玆禪寺)에
이르러 몽당(蒙堂) 노숙(老宿)과 만났다. 노숙이 물었다.

"너의 나라에도 선법(禪法)이 있는가 없는가?"

나옹은 게로써 대답했다.

"해돋는 데가 부상국[우리나라의 별칭]이고 강남은 바다처럼 넓어
산마다 붉소(日出扶桑國 江南海岳紅). 같은 일인데 다르다고 묻
지 마시오, 신령스런 빛은 예로부터 크게 걸쳐지는 것이오(莫問
同與別 靈光巨古通)."

노숙은 찍소리도 하지 못했다. 이리하여 선사는 13년만에 귀국
했으며 당시의 공민왕은 그를 왕사로 봉했다. 만년에는 시문과 산
수화도 잘했으며 글씨도 능필이었다. 수 57세로 여주의 신륵사(神
勒寺)에서 입적했고 보제(普濟)존자가 시호인데 역시 이색이 찬문
한 선각탑비가 전한다.

고려 충목왕은 무자년(1348)에 수 12세로 승하했는데, 왕은 충혜
왕의 장자로 어머니는 몽골의 역린진반(덕녕공주)이었다. 원나라는
충혜왕의 서자인 저(眂 : 어머니는 윤씨)로 하여금 왕위를 잇게 하지
만 재위 3년, 수 15세로 신묘년(1351)에 승하한다. 이분이 충정왕
이었다.

경인년(충정 2 : 1350)에 왜구가 대대적으로 고성·거제에 침입했
는데, 고려에선 처음으로 그 목 3백 남짓을 벤다. 왜국은 이때 아
시카가 막부가 있었지만, 예의 남북조 대결이 심했던 시기에 해당

된다.

왜국은 당시만 하더라도 폐쇄되어 있어 독특한 문화를 갖게 되고, 인구는 많았으며 만성적 식량난에 시달리고 있었다.

그리하여 예컨대 지장(地藏)보살 신앙이라는 게 유행된다. 지장신앙은 불교에서 나온 것은 틀림없지만, 어떤 특정한 불전의 뒷받침이 있는 게 아니다. 뒷날의 여진족이 문수 신앙을 가졌고 그들이 청나라를 일으켰듯이 특수한 조건 아래 생긴 신앙이다. 지장 신앙은 우리나라에도 조선의 세조 때 들어왔고, 영조는 《지장경언해》(전2권)라는 것을 발간했다.

왜국에선 지장이 동자(童子)로 화신하여 나타나는데, 보살은 삼도내 강가에서 어린이들을 지옥의 귀졸(鬼卒)로부터 보호한다고 하며, 대체로 지옥이란 개념도 송원대(宋元代)에 나타났다고 추정된다.

이리하여 지장보살은 주로 임신·출산과 어려서 죽은 아이들의 명복을 비는 신앙이 되었으며 그런 지장의 석상이 마을마다 고을마다 수만 수십만 개나 만들어졌다. 그리고 우리는 신라 때부터 서낭신·장생표(長生標) 등을 마을 입구·고개 같은 곳에 두었었지만 왜인은 지장보살상을 길가·마을 입구·고갯마루 등에 세웠다. 고대인은 길이 곧 저승으로 가는 길이고, 고갯마루 같은 곳은 이승과 저승의 경계라고 생각했던 것이다.

신묘년(1351) 10월에 충정왕의 뒤를 이어 강릉대군 기(祺)가 왕위를 계승하는데 이분이 유명한 공민왕(恭愍王)이다. 공민왕(1330~1374)은 고려 충혜왕 어머니의 동생이었다. 왕계가 끊어져 이런 변칙적 왕위 계승이 이루어졌던 셈이다. 충혜왕의 생모는 명덕(明德)태후 홍씨로 분명한 고려인이지만, 왕씨는 아니다. 왕비는 유명한 노국(魯國)공주였다.

이 무렵의 원나라는 순제가 비교적 장수하여 그런대로 안정기였다. 앞에서 나온 톡타가는 1344년에 사임했는데 후임자로 아루투(Aloutuo)를 추천했으며, 아루투는 우승상이 되자 마찰타이·톡타가 부자를 추방한다. 그리고 좌승상은 아홀태[카이찬에 의해 처형]의 아들 피엘키에였는데 부카라는 어미가 붙어있는 것을 보면 아버지가 처형된 뒤 내시로 있다가 발탁된 모양이다.

그는 1347년, 아루투의 후임으로 우승상이 되지만 1년도 못되어 파면되고 투르치(Tourtchi)와 태평(太平 : 한족인 듯)이라는 이름이 보인다. 《원사(元史)》에는 태평이 기황후의 일당으로 되어 있어, 이것을 보면 이 무렵부터 그녀는 권력의 막후 실력자로 정치에 관여했다고 여겨진다.

공민왕은 즉위하면서 익재 이제현에게 계속 재상으로 머무를 것을 간청했다. 익재는 이때 65세로 충선왕에 대한 그의 충성은 유명했다. 그는 서화도 저명하지만 시로도 알려졌다. 충선왕이 가는 곳에는 그림자처럼 따랐다. 그리하여 촉에도 갔고 강남에도 갔으며 왕이 토번(티베트)에 유배되었을 때는 그곳까지 찾아갔던 것이다.

그러므로 아정 이덕무는 《청비록(淸脾錄)》이라는 수상집에서 익재의 시에 나타난 당시의 고적·지명을 열거하며 고금을 통한 우리나라 최대의 여행가라고 높이 평가한다.

공민왕은 점차로 개혁을 하여 임진년(공민 1 : 1352)에는 변발을 폐지했고, 왜구가 도읍에서 가까운 교동까지 침입하자 이를 잘 막아냈으며, 익재를 우승상으로 발탁한다. 당시의 서가로선 석종고(釋宗古)가 행서를 잘했는데 오대산 월정사의 장경비(藏經碑)는 그의 필적이고 찬문은 역시 익재였다.

또 한수(韓脩)는 청주 사람으로 자는 맹운(孟雲)이고 호는 류항(柳巷)인데 초·예서를 잘했다.《동문선》에 권근의 말로 '근세의 명사로 류항·한문공은 뜻과 행동이 고결했고 밝은 식견이 있었다. 한때 사림에선 서법이 절륜하여 그의 해서를 모범으로 삼았고 일대의 중진이 되었다' 했고 《용재총화》에서도 '한수는 또한 글씨로 이름이 있었는데 그 필세가 굳세어 진체를 많이 터득했다'고 평했다.

을사년(공민 14 : 1365)에 세워진 이색 찬의 선안왕후 정릉비(正陵碑)·무오년(우왕 4 : 1378)에 건립한 회암사 지공대사비·기미년(우왕 5 : 1379)에 건립한 신륵사 나옹화상비·갑오년(우왕 10 : 1384)에 건립한 안심사(安心寺 : 영변) 사리탑비는 모두 류항의 글씨였다. 향년 53세라고 했는데 적어도 이때까지는 생존했던 셈이다.

갑오년(공민 3 : 1354) 여름에 원나라의 요청으로 강남의 장사성(張士誠)을 치기 위한 서경의 고려 수군 3백 명이 류탁(柳濯 : 1311~1371)의 지휘 아래 원나라로 간다.

그 전부터 한족 봉기의 조짐은 있었겠지만, 대체로 신묘년(1351)을 고비로 백련교도가 일어난다. 이를테면 한산동(韓山童)이란 자가 있었는데 스스로 송휘종(宋徽宗)의 8대손이라 일컫고 당시 유행되던 미륵 사상과 결부시켜 백련교의 교주가 된다. 백련교는 일명 명교(明敎)라고도 하며, 일설에는 마니교와도 관련이 있다고 한다. 마니교는 고대의 바빌로니아에서 발생된 것으로 조로아스터[차라투스트라 : Zarathushtra]가 창시한 배화교(拜火敎)와 사촌쯤 되는 종교이다. 조로아스터교는 고대 페르시아에서 발생했고 중국에선 천교(祆敎)라고 불렸으며 불을 숭배하므로 배화교인 셈이다.

배화교에선 아후라마즈다를 최고신으로 하여 아후라마즈다가 곧 창조신·광명신·선신(善神)이고, 우주의 온갖 존재와 현상은 이 선신과 악신의 투쟁에서 비롯된다고 가르친다.

마니교는 이 조로아스터교에서 갈라진 것이며 교리도 비슷한데, 그들은 우주를 선과 악, 빛과 어둠, 정신과 물질의 이원론(二元論)을 주장하고 영혼을 육체로부터 해방시키는 수도를 가르쳤다. 이것을 중국에서 끽채사마(喫菜事魔 : 채식을 하여 악마를 섬김)라고 불렀다. 자세한 것은 불명이지만 마니교는 일종의 원시 공산주의를 신봉했다고도 한다.

아무튼 한산동은 스스로 황제라 일컫고 국호를 송(宋)이라 했다. 그 신도가 수만인데, 몽골병에게 공격을 받아 패했으며 산동은 붙잡혀 처형되고 아들 임아(林兒)와 아내 양씨(楊氏)는 종적을 감춘다. 나중에 나타난 소설 《평요전(平妖傳)》은 이들을 모델로 한 것이다.

신묘년에 이르러 원조는 대규모의 황하 치수 공사를 시작했는데 《초목자》에 의하면 26만 명에 이르는 농민을 강제 동원했다. 그러자 유복통(劉福通) 등 백련교의 잔당이 다시 임아를 황제로 추대하며 이 강제 동원된 농민의 불만을 부추겨 폭동을 일으킨다. 이와 동시에 강회(江淮 : 현 절강성 북부) 일대의 염호(塩戶 : 염전 인부)를 한손에 거머쥔 방국진(方國珍)이 스스로 왕이라 일컫고 소주 일대의 역시 염호를 기반으로 한 장사성, 장강 중류의 수부(水夫 : 뱃사람)를 기반으로 한 서수휘(徐壽輝)가 잇따라 봉기했다.

유복통의 무리는 몽골군에게 쫓겼는데 하남·산동 지방에서 몽골인과 색목인의 현령을 닥치는 대로 죽이고 약탈·방화를 일삼아

가면서 10여 만의 세력이 된다. 중국은 왕조 교체기에 평소 묵묵히 천명을 감수하며 참는 농민들도 저 녹림(綠林)과 적미(赤眉), 황건 당 등처럼 무서운 파괴력을 발휘하는 것인데, 이때도 백련교도는 자기편과 적을 구별하기 위해 이마에 붉은 머리띠를 동였기 때문 에 이들을 홍건적(紅巾賊)이라고 부른다. 원조는 이 홍건적 토벌에 도 쩔쩔매는데 방국진·장사성·서수휘 등까지 나타나 수습 불능 의 지경에 빠졌다.

주원장(朱元璋 : 1328~1398)은 수수께끼의 인물이다. 대강 정리 하면 그의 부모는 기근 등 재해에 의해 언제나 있게 마련이던 개 (丐)의 집단, 표현을 바꾸면 유민인데 호주(濠州 : 하남성)에서 살 았다. 《명사(明史)》에는 한고조 유방의 이야기처럼 창작된 이야기 가 많다. 그가 절의 문전에 버려졌는데 주지 스님이 이를 거두어 길렀다는 것이다. 주원장이 한때 출가하여 그런 대로 불경을 읽을 정도의 교육을 받았다는 것은 확실하며 형제가 여럿 있었다.

그런데 재미있는 이야기가 있다.

명태조 주원장의 어진(御眞 : 초상화)에는 두 가지가 있는데 표면 적인 그림은 원만한 얼굴의 너그러운 인상이다. 그러나 이것은 진 짜 모습이 아니고 원래의 그림은 무지막지한, 영락없는 소도둑놈 모습이었다.

호주에도 홍건적의 장군으로 곽자흥(郭子興)이란 자가 있었는데 어느 날 소동이 벌어졌다. 주원장이 곽자흥의 부하로 있는 고향 사 람을 찾아왔는데 그 인상이 너무도 흉악하여 원군의 첩자라고 오 해한 것이다. 자흥은 무조건,

"죽여 버려!"

라고 했지만, 이때 자흥의 딸이 동정하여 사형 집행을 중지시키

어, 목숨을 구해 주었다. 동정심이 많은 곽씨는 나중에 황후가 되지만, 주원장은 평생을 두고 이 아내의 말을 좇았다. 곽황후는 성품도 온화하고 교양도 원장보다 몇 갑절이었던 것이다.

여기서 주목되는 것은 협도(俠道)라는 것이다. 협도는 저 춘추시대 이후 한족의 생리(生理)처럼 굳어져 버린, 은혜를 입었다면 반드시 그 의리를 지키는 정신이다. 아무리 무지하고 살인 강도를 일삼는 무리라도 이 협의 정신 아래 뭉치고 절대적으로 복종한다. 비근한 예로 협이라는 이름으로 살인·강도 역시 합리화된다. 원수는 죽여 마땅하고 그것은 복수라는 이름으로 미화된다.

결의 형제, 협객 등 우리는 그런 예를 많이 발견하지만 주원장의 등장은 그가 협객으로서 좋게 말하면 무림, 나쁘게 말하면 도적 일당의 우두머리로서 명나라가 성립되는 것이다.

원대의 문인·학자로 왕면(王冕 : 1287~1359), 허유임(許有任 : 1287~1364), 장욱(張昱 : 1289~1371), 양유정(楊維楨 : 1296~1370), 공사태(貢師泰 : 1298~1362) 등이 있는데 그 생애로 보아 원말의 혼란기에 살았음을 알 수 있다.

왕면의 자는 원장(元章)이고 호는 반우옹(飯牛翁)·회계외사(會稽外史)·매화옥주(梅花屋主) 등 많으며 제기(諸暨 : 절강성 제기현) 사람이다. 아호만 보더라도 일생의 마무리라고 할 만년의 생활과 모습이 절로 떠오른다.

왕면은 어려서 집이 가난하여 목동이었고 늘 글방을 기웃거리며 창 너머로 도적질하듯 글을 배웠는데 밤이면 절의 장명등(長命燈) 아래 가서 복습했다.

장성하면서 한유의 학문을 사숙했으며 과거에도 응시하여 진사

가 되었지만 벼슬은 하지 않았다. 성격이 권귀(權貴)를 싫어하고
고독을 좋아했으며 자연을 벗하며 글도 짓는 한편〔《죽재집》이 있음〕
문인화도 그렸다.

〈묵매(墨梅)〉라는 그의 시를 소개하겠다.

　　우리집은 필가로서 숲가의 연못에 있고〔자기의 가문이 왕희지의
　후예라는 비유〕,/얽힌 잔가지의 꽃도 엷은 먹자취라네./사람들의
　좋아하는 얼굴 따위 필요없고/다만 천지에 가득 맑은 향기를 머
　물게 하네.
　　(我家洗硯池邊樹　朶朶花開淡墨痕　不要人夸好顏色　只留淸氣滿
　乾坤)

　　허유임의 자는 가용(可用)이고 탕음(湯陰 : 하남성) 사람이다. 원
나라 인종 때의 진사로 50년 가까이 원조를 섬겼다. 바른 말을 서
슴치 않았고 지방관 재임시 치적이 있었다. 집현전 대학사까지 올
랐고 시문에 능했는데 구양현은 '雄渾閔雋 涌如屋瀾'라고 평했으
며 《지정집》이 있다.

　　장욱의 자는 광필(光弼)이고 노릉(盧陵 : 강서 길안) 사람이다. 원
조 때 지방관으로 서호에 살았는데 민족 의식이 강했던 모양으로
'내가 죽으면 뼈를 호수에 뿌리면 족하다'라고 유언했으며 그것을
주제삼아 시를 지었다. 나중에 명태조가 이것을 표창한다.

　　양유정은 황공망, 우집과도 친한 시인이다. 그의 자는 염부(廉
夫)이지만 철애(鐵厓)·철적도인(鐵笛道人)이라 호칭하여 이것이
더욱 알려져 있다. 1327년의 진사로 제기(절강 소흥) 사람인데 명태
조의 부름으로 편수관이 되어 예(禮)·악(樂)·서지(書志)를 편집

했다. 당시 시명(詩名)이 있었고 각지를 다니며 시사(詩社 : 시모임)를 지도했다. 시풍은 철애체라고 불리는데 악부적 풍미가 있고 사회의 어두운 면을 즐겨 노래했다. 저술로서 《약유자문집》《철애선생 고악부(古樂府)》가 있으며 그의 시 작품은 조선조 초기 우리 나라에도 수입되어 애창되었다.

공사태의 자는 태보(泰甫)이고 호는 완재(玩齋)이며 선성(宣城 : 안휘성) 사람이었다. 원조의 지방관을 지냈으며 지정(至正) 15년(1355) 예부상서에 임명된다. 시풍이 청신하고 소탈했으며 순박한 자연을 즐겨 노래했고, 당시 사람들의 가난을 심각하게 받아들였다.

《고려사》를 보면 원의 부탁으로 류탁, 최영(崔瑩 : 1316~1388)이 장사성과 싸우고 돌아왔으며, 이듬해인 병신년(공민 5 : 1356)에는 태고선사 보우를 왕사에 임명했는데, 기황후의 아우 기철(奇轍) 일당을 죽인다. 원나라 세력이 고려에서 결정적으로 물러갔음을 의미한다. 그러나 원나라는 멸망한 것은 아니고 《고려사》에 북원(北元)이라는 호칭으로 계속된다.

《몽골사》에 의하면 원나라는 방국진을 회유하여 관직을 내리는 한편 주로 하남성 일대의 홍건적을 토멸하고자 전력을 기울였다. 주원장은 이런 상황을 재빨리 읽고 남쪽으로 눈길을 돌렸으며 부하인 탕화(湯和), 서달(徐達) 등과 함께 장사성과 싸우기에 바빴다. 한편 서수휘는 장강 중류의 강적(江賊)들이 그 주체로서 한양(漢陽)·무창(武昌)을 점령했고(1335) 이듬해에는 구강(九江)을 함락시키는 등, 한때는 임안까지 점령했으나, 당시 강남에서 군데군데 고립되어 남아있는 몽골군에게 격퇴당한다.

정유년(공민 6 : 1357)부터 6, 7년간 고려는 그야말로 한수 이북은 쑥밭이 되는 국난의 연속이었다. 그 전모는 거의 알려지고 있지 않지만 우리 민족이 용케도 살아남았다는 느낌마저 든다.

정유년과 이듬해인 무술년에 걸쳐 강남의 장사성이 두 번에 걸쳐 사자를 보내어 고려와의 무역을 원하고 있다. 그런가 하면 왜구의 침입은 더욱 심해져 승천포(昇天浦 : 강화섬 건너편. 한강과 임진강 하구의 요지)를 노략질함으로써 조운(漕運)의 길이 끊겼으며, 기해년(공민 8 : 1359)에는 일본의 해적이 예성강 하구와 옹진 일대를 초토로 만들었다. 공민왕은 최영을 양광(楊廣)·전라도의 왜구 체복사(體覆使)에 임명하여 이들을 막게 하고 있다.

왜구에 대해선 접어두더라도 장사성은 어떤 인물인가? 그는 기해년 4월에도 사자를 보내오고 있다.

장사성의 자는 구사(九四)라 하며 태주(泰州 : 강소성)의 백구장(白駒場) 출신인데 주원장과 마찬가지로 상세한 것은 불명이다. 《명사》의 전기에 의하면 '배를 부리고 소금을 나르는 게 업'이라고 했다. 장사성도 방국진과 마찬가지로 소금 상인이고 바다의 사나이였던 셈이다.

그리하여 사성은 부호가 되었는데, 그는 돈을 아낌없이 뿌려 어느덧 협객으로 수백 명의 부하를 거느리게 된다. 그가 아직 부호도 아니고 세력도 변변치 않았을 때 고장의 토호(土豪)로 구의(丘義)란 자가 있었다. 구의가 사성을 깔보고 행패를 부렸다. 구의는 사성뿐 아니라 백구장 일대의 양민을 괴롭히는 건달 두목으로 이런 자는 현대 사회에서도 흑사회(黑社會 : 범죄 조직)라며 있게 마련이었다.

사성은 구의의 횡포에 견디다 못해——아마도 텃세로 세금을 내라는 등 했으리라——세 아우를 포함한 열여덟 명의 결사대를 만들어 구의의 집을 습격하고 두목과 그 부하들을 죽였다. 이리하여 장사성은 협객이 되어 졸개를 수백 명이나 거느리게 된 것이다.

악을 응징하고 약한 자를 위해 목숨마저 버리는 자가 협객이다.

이 구분은 좀 애매하지만, 중국에선 적어도 그렇게 생각하고 일반의 양민도 기꺼이 협력하며 돈을 바치거나 한다. 더욱이 장사성은 백구장의 패권을 잡자 이번에는 이민족의 지배자인 색목인이나 몽골인과 대항하는 인물로 비쳐 영웅처럼 여겨졌다. 이리하여 장사성은 태주의 지사 조련(趙璉)을 죽이고 흥화(興化)를 점령했으며 덕승호(德勝湖)라는 곳에 수채(수군 요새)를 마련했을 무렵 그의 졸개는 1만이나 되었다.

이것은 완전히 해적 집단인데 중국에선 왕조 교체기마다 이런 것이 보통이므로 양민은 그들 앞에 꿇어엎드려 일정한 액수의 돈을 바쳤다.

야망을 가진 사내는 우선 왕을 자칭한다. 주원장도 비슷한 과정을 거쳤지만, 그는 처음에 오국공(吳國公)이라고 조금 낮게 호칭한다. 그런데 사성은 원장의 고향과도 가까운 교통의 요지 고우(高郵)를 지정 13년(1353)에 점령하자, 성왕(誠王)이라 일컫고 국호를 대주(大周)라고 했으며 연호까지 정했다. 물론 장군이니 왕후니 하는 것도 갖추었다.

원조가 고려에 수군을 요청한 것도 사성이 점거한 태주부터 고우에 걸친 일대가 양주에서 올라오는 대운하의 요충이고 대도로 운반되는 강남 일대의 공물(세금)의 수송로를 제압하는 요충이었기 때문이다. 거미줄처럼 소운하가 발달되어 있더라도 반드시 통과해야 하는 목이 요충인 것이다.

그런데 장사성은 홍건적은 아니다. 홍건적 계통의 주원장과 숙명적 원수가 될 운명에 있었다. 같은 한인이라도 중국은 워낙 강토가 넓어 언어도 다를 뿐 아니라 기질도 생각도 달랐다. 더욱이 14세기의 중국이다.

장사성에게도 운명의 고비는 있었다. 이 무렵 추방되었던 톡타가는 다시 중용(重用)되어 지정 14년(1354) 12월 고우성을 포위한다. 성은 거의 함락 직전이었다. 고려의 수군 류탁·최영의 3백 정예가 바로 이때 활약한 것이다.

그런데 순제는 톡타가를 갑자기 파면한다. 《원사》 등에 의하면 순제는 라마승이 권하는 음락(淫樂)에 빠져 간신의 말을 좇고 톡타가를 파면했으며 그 배후엔 기황후가 있었다고 설명한다.

과연 그랬을까?

하기야 기황후는 고려인 파푸호아(Papouhoa : 한자로 朴不花)를 심복으로 삼아 궁중을 완전히 장악하고, 밖으로 정치는 강국인(康國人 : 터키계) 하마(Hama)와 그 아우 수에수에(Sué-Sué)에게 일임하고 있었다. 그리하여 기황후는 자기가 낳은 태자 아율시리다라(Ayour-Shri-dara)를 제위에 앉히려 했다는데, 이는 믿어지지 않는다. 모순되는 점이 있다.

어쨌든 톡타가는 하마의 참소로 인하여 파면되고 사성은 고비를 넘겼다.

이어 을미년(1355) 2월에 유복통은 한임아를 황제로 추대하고 호주를 도읍으로 정하는데, 호주는 고우와도 가까웠다.

원조는 군대를 보내어 유복통을 쳤고 처음엔 패배했으나 동년 11월, 호주가 함락하자 복통과 임아는 안풍(安豊)으로 달아났다. 그러자 사성은 원에 항복하고 남으로 갔는데 병신년 2월 평강(平

江 : 소주)을 근거지로 삼아 오왕(吳王)이라고 자칭한다.

이보다 앞서 원조는 복통이 달아나자 홍건적은 거의 소멸되었다고 기뻐했다. 하마는 좌승상, 수에수에는 어사대부로서 권력을 갖게 되었는데 병신년(1356) 정월에 아율시리를 추대하려 했다는 고발로 탄핵당하고 처형된다. 그러나 이것은 아무래도 모순되는 일이다. 모순이란, 음모의 당사자인 기황후와 태자는 그 뒤에도 건재했기 때문이다.

그런데 홍건적은 없어진 게 아니었다. 이들은 메뚜기 떼처럼 워낙 수효가 많아, 유복통이 패주하면서 분산되어 일부는 산에 들어갔으나 대부분은 각각 고향에 돌아가 농민이 되어 숨을 죽이고 있었다. 그리고 농한기가 되자 숨겨 두었던 무기를 다시 챙겨 유복통 아래 모여들었다. 그래서 다시 몇 갈래로 갈라져 메뚜기 떼처럼 남은 땅을 휩쓸었던 게 진상인 듯싶다.

예를 들어 주원장도 그 한 갈래로 양주·남경(건강)·진강을 점령했고, 다시 서진하여 구강(九江)을 점령했으며 또 상주(常州 : 서호 서쪽)에서 장사성의 군과 비로소 격돌했다. 한편 안풍으로 달아난 유복통은 정유년(1357)에 모여든 홍건적을 다시 규합하여 하남·섬서 일대를 유린했으며, 개봉(開封)을 도읍으로 정하면서 네 갈래로 갈라진다. 그 하나는 산동성 일대를 약탈한 모귀(毛貴)의 집단이고 또하나는 촉까지 침공한 명옥진(明玉珍)의 집단이었다.

모귀의 집단이 산동의 중심지인 제남(濟南)을 점거하자, 몽골의 장군 타리마첼리(Talima-chèli)가 이들을 일단 격파했으나 모귀는 다시 돌아와 수장(守將)으로 남겨 둔 동부소(董搏霄)를 깨고 그를 죽였다(1358년 4월). 그 뒤 모귀는 북상하여 대도 부근까지 진출했고 원조는 크게 흔들렸으며 수도 포기와 순제의 퇴진 및 아율시리의 추대를 주장하는 세력이 나타났다. 그러나 좌승상 태평은 대도 사수를 주장했고 류할라(Lieuhala)가 다행히도 모귀를 무찔러 홍건 적은 다시 제남으로 물러간다.

한편 유복통은 개봉을 공격하자 수장은 이를 버리고 달아났으 며, 복통은 이곳에 입성하여 명왕진을 이곳으로 맞아들인다(1358). 이보다 앞서 관선생(關先生)과 파두번(破頭潘)은 각각 하나씩 집단 을 이끌고 산서성에 침입했다. 여기서 관선생이니 파두번이니 하 는 것은 변성명으로 이들은 평소 양민을 가장한 홍건적이었음을 증명한다. 역사에 그렇게 나타나고 본명은 끝내 불명이다.

이것이 홍건적의 성격을 말해주는 것이다. 홍건적 대부분은 자 기의 가족이 신분 노출로 관의 보복을 받게 됨을 두려워하고 변성 명을 하는 한편, 온갖 살인·겁탈·방화·파괴를 일삼았던 것이 다. 그리고 이들 가운데 관선생의 집단이 방어가 엄중한 상도를 피 하고 요동에 들어가 요양을 점거했고, 기해년(공민 8 : 1359) 12월 얼어붙은 압록강을 건넌다.

이들의 만행이 얼마나 심했던지 《고려사》는 단지 동년 11월에 요 동의 백성 2천3백 호가 고려로 피해 왔음을 적는다. 그야 어쨌든 12월에 강을 건넌 홍건적은 의주·정주·인주를 쑥밭으로 만들고 철주(평안도 철산)에 도달했다. 메뚜기 떼가 지나간 뒤는 나무 한 그루, 풀 한 포기도 남지 않는다고 표현되는데, 그들이 이르는 곳 마다 시체는 널리고 가옥은 불태워져 재만 남았다. 그들을 메뚜기 의 대군으로 표현하는 게 꼭 알맞다.

홍건적은 규율이 있는 군대는 아니다. 그들은 먹을 것이 있으면 모조리 먹어치우고 여자라면 윤간하여 결국은 죽게 만든다. 이어 그들은 서경을 함락시켰다. 피해는 남으로 내려올수록 커졌으리

라. 이때 고려는 이방실(李芳實 : 1362 졸) · 안우(安佑 : 1362년 졸)
의 활약으로 경자년(공민 9 : 1360) 정월, 이들을 물리치자 홍건적
은 북으로 달아났다.

그러나 이것도 결정적인 타격을 준 것은 아니다. 상대편은 메뚜
기 떼와도 같다. 수천, 수만을 죽인들 그들로선 새발의 피였다. 그
들은 농사철을 맞아 귀심(歸心)이 생겼고 고려의 일격을 받자 너도
나도 얼음이 풀리기 전에 강을 건너 달아났으리라. 그들은 돌아가
는 길에 원나라의 상도를 공격하여 이를 철저히 파괴하고 장성을
넘자 저절로 봄눈 녹듯이 사라졌다.

경자년에도 장사성은 사신을 보내고 있다. 이것은 그 와중에도
교역이 있었음을 반증한다. 그런데 송도는 또다시 발칵 뒤집혔다.
동년 5월, 왜구가 서해도(황해)에 대거 나타나 왕은 계엄을 선포하
고 있다.

주원장은 건강(남경)에 본거지를 두고 동서 양 방면에 적을 가지
고 있었다. 동쪽은 말할 것도 없이 소주를 근거지로 한 오왕 장사
성이었다. 이 무렵 주원장도 오왕을 자칭하고 있었는데, 이것은
어쩌면 홍건적에서 자립한 것을 의미했다. 정확히 그것이 언제인
지는 모르나 탕화 · 서달 · 상우춘(常遇春)과 같은 도둑 출신들만도
아닌, 유기(劉基 : 1311~1375, 자는 백온) · 이선장(李善長) · 호유용
(胡惟庸) 등 유생들이 그의 진영에 참가한 것이다. 그래서 주원장
도 문신을 중용하며 제업(帝業)을 꿈꾸기 시작한다.

그리고 서쪽에 있는 주원장의 적은 진우량(陳友諒)이었다. 처음
에 서수휘는 호광(湖廣)과 강서(江西) 일대를 점령하고 있었다. 여
기서 참고로 지리적 설명이 약간 필요할 것 같다.

지도를 보면 양자강 중류에 동정호(洞庭湖)라는 중국 최대의 호수가 있다. 호광의 호는 바로 동정호를 가리키며, 호광이란 명대에 생긴 행정 분할로 동정호 남쪽 일대의 광대한 지역이다[귀주성 및 광서·광동성과 인접한 지역].

그리고 이 동정호를 기준하여 장강 이북이 호북(湖北)성이고 장사(長沙)를 중심지로 한 동정호 주변 및 남부가 호남성인데, 호광은 현재의 호남성과 같은 지역이라고 생각하면 큰 잘못이 없다. 좀더 말한다면 동정호에서 흘러나온 물이 북류하여 그 사이가 수십 km인데 그 중간에 《삼국지》로 유명한 적벽이 있고 그 하구는 민국시대에 공업지대로 알려진 무한(武漢) 삼진이다. 즉 장강을 사이에 두고 맞보는 무창(武昌)·한구(漢口)·한양(漢陽)을 말하는데, 이곳이 또한 저 신해혁명의 발생지였다.

호남성과 강서성 중간에 산맥이 있는데, 강서성에 파양호(鄱陽湖)라는 중국 제2의 호수가 또 있다. 삼국시대 손권의 오나라는 호남성에 있다가 하류 쪽으로 옮기면서 강서와 건강으로 도읍을 옮긴 것도 이런 지리적 특성 때문이다. 파양호에서 흘러나오는 물도 장강과 합치며 그 하구에 구강(九江 : 명대는 江州)이 있는데, 무한 3진에서 구강까지 수백km이다.

구강 건너편이 중국 최대의 곡창 지대인 안휘성이고 《삼국지》에서 합비(合肥)라는 지명으로 불린다. 그런 강서성과 지금의 절강성 사이에 또 산맥이 있는데, 원대의 도자기로 유명한 경덕진(景德鎭)은 강서에 속하며 건강은 절강 땅이었다. 건강과 맞보는 건너편에 수양제의 대운하 시발점인 양주가 있는 것이다.

당송 시대에 광동성을 영남(嶺南)이라고 했는데, 지금까지 설명했듯이 호남·강서·절강의 남쪽 일대는 사천·귀주·운남보다는 덜 하겠지만 산악 지대가 중첩하고 있으며, 따라서 시인들이 광동이나 해남도로 유배되면서 영남이라고 표현했으리라. 또 양주는 명대에 남직례(南直隷 : 직례는 황제의 직할이란 뜻)라고 했는데 이곳은 강동이라 불린 곳이며, 주원장의 고향 호주가 이곳에 포함되어 그렇게 불렸던 것이고, 현재는 경계가 바뀌어 중국 최대의 도시 상해(上海 : 상하이)를 중심으로 한 강소성으로 불리고 있다.

신축년(공민 10 : 1361) 겨울에 홍건적 10만이 재차 압록강을 건넌다. 이성계(李成桂 : 1335~1408)는 이때 변방을 지키는 장수로서 독로강(禿魯江 : 평북 강계) 근처의 여진족을 토벌했고 개경에 홍건적이 침입하자 왕은 복주(福州 : 안동)까지 몽진했거니와 정세운(鄭世雲 : 1362년 졸)과 더불어 이들을 깼다(1362년 정월). 이때도 진상은 홍건적이 해동기를 맞아 도망쳐 달아났다고 여겨지며, 그것보다 한심스런 일은 김용(金鏞)이란 간신이 정세운·이방실·안우 등 홍건적을 물리치는 데 공을 세운 장군들을 모함하여 죽였다.

《고려사》에선 총명했던 공민왕도 이때쯤부터 남색을 즐기는 등 국정이 문란해졌고 계묘년(공민 12 : 1363)에는 김용 일당이 홍왕사에서 놀이판을 벌이던 왕을 습격한다. 이 정변은 최영 등이 달려와서 김용 일당을 죽임으로써 무사했지만 그 피비린내 나는 참극은 당시의 황폐한 민심을 읽을 수가 있다. 더욱이 원조에선 이런 공민왕의 행동을 듣고 원나라에 있던 덕흥군을 고려왕에 봉하였고 최유(崔濡) 등이 원병 1만과 함께 이를 받들면서 고려에 보내졌는데, 최영·이성계 등이 그것을 정주(定州)에서 깨어버려 왕위를 지킬 수 있었던 것이다(1364년 정월).

한 가지 청신한 기사로 이 무렵 문익점(文益漸 : 1398년 졸)이 붓대 속에 목화씨를 숨겨가지고 돌아온다. 문익점은 진주 사람으로

자가 일신(日新)이다. 만년에 삼우당(三憂堂)이라는 호를 썼지만,
목은 이색과 더불어 이곡에게서 글을 배웠고 포은 정몽주(鄭夢周 :
1337~1392)와는 문과에 동방(同榜)한 유가였다.

그러나 덕흥군 사건에 연루되고 순제가 최유를 붙잡아 고려에
압송할 때 그는 강남으로 유배된다. 이것은 전후의 설명이 일치되
지 않아 의문스럽기도 하지만 어쨌든 그의 만년은 불우했다. 그러
나 물레와 씨아를 발명한 것은 사실로 글 몇편보다 획기적 공헌을
한 셈이다.

계묘년에 장사성은 부장인 여진(呂珍)을 보내어 유복통을 죽였
고 한임아는 행방 불명이 되는데, 주원장 또한 이 해에 파양호에서
진우량과 해전을 벌여 승리하고 있다. 이리하여 강남에선 두 오왕
이 남아서 마지막 결전을 기다리게 된다.

한편 이때의 원조 상황을 《몽골사》에 의해 정리한다면, 경자년
(1360)에 태평이 사직하면서 기황후는 아율시리에게 양위하라고
순제에게 강요하기 시작했다. 그리하여 정권은 기황후의 심복 파
푸호아 및 우승상 삭사감(搠思監 : 색목인인 듯)에게 넘어갔으나 제
위만은 완강히 내놓지 않고 있었다. 여기에는 기황후의 반대파도
물론 있을 것이므로 양파의 쟁투가 얽혀 있었을 터이다.

그러나 몇번이고 말하지만 《원사》는 어디까지나 한인의 손에 의
해 씌어진 것이므로 그 신빙성을 의심하는 것이다. 사태가 심각했
다면 아율시리가 순제를 감금하거나 심지어는 살해했다는 기사도
있을 법한데 그런 사실은 끝까지 나타나지 않는다.

신축년(1361) 이후 원조는 다소 기울어진 대세를 만회하고 있다.

먼저 자감(Djagam)이 산서에서 홍건적을 무찌르고 있는데, 대동
(大同)에 주둔한 폴로(Polo)와 영지 문제로 대립한다. 순제는 산서

일대를 폴로에게 넘겨주라고 했으나 이런 명령은 통하지를 않고 교전 일보 직전까지 간다.

같은 무렵, 오고타이 계통의 알루호에이(Alouhoeï)라는 자가 수만의 군대를 이끌고 몽골에서 달려왔는데, 그는 나라를 구하기보다는 사자를 보내어 제위를 요구했다. 그것에 대응하여 아율시리가 능력을 발휘하여 이들을 격파하고 알루호에이를 죽인다(1361년 11월).

자감은 산동성 방면의 홍건적도 공격하여 제남을 함락시키고 전풍(田豊)·왕사성(王士誠) 두 사람의 항복을 받아들인다. 그리고 산동성 일대의 각 도시를 공격하는 데 이들을 사용했고 유일하게 익도(益都 : 청주)만은 함락시키지 못했다. 이를 질책받을까 두려워한 전풍 등 두 사람은 소수의 호위만 데리고 독전하러 온 자감을 암살한다(1362년 6월). 자감에게는 쿠쿠(KouKou)라는 양자가 있었다. 쿠쿠는 익도를 함락시키고 전풍과 왕사성을 죽여 양부의 복수를 했다. 그 뒤 쿠쿠는 계묘년(1363)이 되면서 산서성의 영지 문제로 다시 싸우기 시작한다.

을사년(공민 14 : 1365) 2월, 고려에선 왕비 노국공주가 죽는다. 이 공주는 다른 몽골 여자처럼 오만하거나 말썽을 부리지 않았던 것 같다. 무엇보다도 공민왕이 왕비를 사랑했고 그 슬픔이란 옆에 있는 사람이 보아도 눈시울이 붉어질 정도였다. 왕은 또 공주가 죽은 뒤 승려 편조(遍照 : 신돈)를 사부로 삼았다. 이 신돈은 조선조에서 여러 가지 악명을 뒤집어씌우고 있지만, 사실은 노비 제도와 전제(田制)를 개혁하여 고려의 특권층 세력을 억제하는 정책을 실시했다.

이때 원나라에선 쿠쿠와 폴로의 쟁투가 심해졌는데 삭세감과 에

쎈부카는 아율시리에게 두 사람을 아주 없애 버리라고 속삭인다. 즉 을사년 3월에 태자는 먼저 쿠쿠와 순잡고 폴로를 격파하여 그를 죽였고, 7월에는 쿠쿠를 주살한다. 문자 그대로 아율시리가 병마 권을 한손에 잡았던 것이며 순제는 꼭두각시가 되었다. 원이 이만 큼 버틴 것도 강남에서 주원장과 장사성이 으르렁거리며 대치한 덕분이라고 하겠다.

여기서 다시 원대에 나타난 시인·학자를 그 생년 순서로 말한 다면 예찬(倪瓚 : 1301~1374, 자는 원진), 부약금(傅若金 : 1304~ 1343, 자는 여려), 내현(遒賢 : 1310~ ?, 자는 역지), 담소(焰韶 : 생몰 불명. 자는 구성), 장이녕(張以寧 : 1301~1370, 자는 지도), 도안(陶 安 : 1312~1368, 자는 주경), 양기(楊基 : 1326~1378, 자는 맹재), 장 우(張羽 : 1333~1385, 자는 내조), 손분(孫賁 : 1334~1389, 자는 중연) 등이 있다.

편의상 예찬은 뒤로 돌리기로 하고 부약금은 신유(新喩 : 강서성 여현) 사람이다. 어려서 집이 가난하여 길쌈을 하며 살았지만 이윽 고 발분하여 학문을 닦았고 대도로 간다. 거기서 범팽(范椁)에게 수업하고 우집의 지도를 받았는데 게해사는 그의 시를 칭찬했다. 그 뒤 안남(월남)에 보내진 사신의 수행원이 되었고 돌아와선 광주 에서 오랫동안 후학을 가르쳤다. 성격이 강직하며 울분에 넘친 시 가 전한다.

내현은 조상이 몽골 사람인데 중원에 와서 산 이른바 한인이었 다. 남양(南陽 : 현 하남성)이 고향인데 형을 따라 대도에 갔고 과거 에 급제하여 한림 편수관이 된다. 그는 시문이 뛰어났고 역시 민생 의 고달픈 인생을 노래했다. 대표작은 〈신다온(新多媼)〉이다. 신다현의 할머니란 의미로 노부인의 비참한 생활을 묘사한다.

담소는 절강의 오흥 사람인데 어려서 글읽기를 좋아하고 문장에 강개(慷慨)가 넘쳤으나 절제도 있었다. 향시에 급제하여 조운부 연(掾 : 지방관의 속관)이 되었는데 술과 시로써 한 세상을 보냈다고 한다.

장이녕은 복전(福田 : 복건성) 사람으로 태정 연간(1324~1325)의 진사였다. 한림학사・승지를 지냈고 명대엔 시강학사가 되어 안남에 사신으로 갔는데 도중에 병사한다. 시풍이 굳세고 당당했다. 저술로《취병고(翠屛稿)》《회남고》등이 있다. 그의 시 〈제미원휘 산수(題米元暉山水)〉를 소개하겠다. 이 시를 감상하자면 미불의 장남 미우인(1073~1153, 자는 원휘)의 산수화를 감상한다는 심정으로 읽어야 한다.

새벽에 높은 당에서 일어나 산수에 들고 보니/예스런 빛깔은 참담하여 영묘한 기운이 모아졌네/바라보니 아련하고 어두워지는 것이 운기는 깊어지고/오로지 습기를 가져올까 겁내며 봄옷을 입고서 앉았네.

(高堂曉起山水人 古色慘淡神靈集 望中冥冥雲氣深 只恐春衣坐來濕)

〔참담은 주석을 보면 그림의 전문용어로 오래되어 고색이 감도는 것을 형용한다고 함〕

〔운기도 그림용어인데 명명(幽暗)을 나타내는 구름・안개 따위로 빚어지는 분위기를 말한다〕

〔예로부터 고화・명화를 감상하는 데는 세심한 주의가 필요하다. 습기도 크게 꺼리는 것의 하나였다〕

이 시는 다시 '江風吹雨百花飛 早晩持竿吾得歸 身在江南圖畫
里 令人却憶米元暉'로 이어진다. 해석은 않겠는데 귀는 전원의 은
둔 생활로 돌아가겠다는 뜻이다.

미불·미우인 부자에 대해선 자료가 없어 설명이 부실한데, 추
사에게도 〈제미낭궁묵적 구타진본후〉라는 글이 있다. 여기서는
《완당집》 권8 〈잡지〉에 실린 추사의 논평을 소개하겠다.

'미남궁(米南宮 : 미불의 호칭)의 글씨는 나양(羅讓)으로부터 비롯
되었는데, 세상은 다만 미불이 있음은 알되 나양이 있음을 모른
다. 난정첩은 그 하나가 구양순의 모본이고 다른 하나는 저수량
의 임모본으로 구는 구의 글씨체가 있고 저는 저의 글씨체가 있
건만, 세상에서는 다만 산음(왕희지체)의 것인 줄로만 알고 도리
어 이것은 구체, 저것은 저체임을 알지 못한다. (그리고) 만일
구·저의 글씨를 들어 말하면 비록 구성·화도·삼감(三龕)·성
교서라 할지라도 이를 소홀하게 여긴다.

중국인은 일찍부터 이와 같지 않았는데 우리나라 사람들은 치
우쳐 이를 말살하려고 한다. 이를테면 송·원대의 여러 사람으
로 반드시 침폄(鍼砭)하려들고 서경·동경[한대를 말함]으로 뛰
어넘어 곧바로 가려 했지만, 이것은 그 실상인즉 화도·삼감은
일찍이 본 일도 없으면서 공연히 헛된 공갈로만 오만했던 것
이다.

미남궁은 저수량의 임모본으로 천하 제일이라 했지만, 그 당
시 정무본(定武本)이 적지않아 필히 저체로서 중시했던 것이며,
미남궁이 감식하고 참증(參證)한 바가 있는지라 뒷사람의 얕은
소견으로 헤아릴 수 있는 것은 아니다. (더욱이) 황산곡 또한 정
무본을 드러나게 일컬었으며 강백석(姜白石 : 강기의 호. 자는 요

장, 1158~1231)·조이재(趙彝齋 : 조맹견의 호. 자는 자고)가 모두 정무를 진수라고 했으니 후세 사람이 이에 움직여져 정무본을 일컫는 것도 이 때문이다. (그런데) 또한 상세창(桑世昌 : 자는 택경. 육유의 생질)·유송(兪松 : 자는 수옹. 호는 오산) 같은 여러 감상가는 정무로서 제일로 삼지 않고 아울러 저수량본을 들었다.'

요컨대 추사의 주장은 난정첩 등 제가의 글씨에 대한 논평을 이미 몇편 소개했는데, 무조건 맹신하는 우리의 태도를 나무라고 있는 것이다.

장이녕의 이 시에서 나타나듯이 미불·미우인 부자는 시·서·화 삼절의 이름을 들었고, 특히 그림은 후세에 미가산(米家山)·미점(米點)이라 불리는 독특한 화풍과 묘법(描法)을 시작했다 하며, 일격적(逸格的) 수묵 산수화로서 유명하다.

그리고 미우인은 아버지가 대미(大米)라고 불린 것에 대해 소미(小米)라고 불렸던 것이며, 아들은 아버지만 못하다는 게 일반적 통념인데, 미원휘의 작품은 횡권(橫卷) 형식의 변멸(變滅)하는 연운이 나부끼는 구름 산의 모습이 특징이었다. 장이녕의 시에서 그것이 노래되고 있는 셈이다.

추사는 미원휘에 대해 짤막한 논평을 하고 있는데 시형식을 빌리고 있다. 이것을 산문 형식으로 고쳐 소개하겠다.

'산중 재상 소리를 들은 도홍경(陶弘景)은 신선의 풍도가 있었는데, 홀로 잿마루에서 생겨나는 흰 구름을 사랑했네. 이 그림을 벽에 내걸면 놀라서 자빠지게 될 터이니, 먼저 사람을 불러 그대를 부축하라고 하리다.

들쑥날쑥 솟아있는 깊은 산골에 아지랑이가 걸렸으니, 비가 오면 어두워지고 개면 환해지거니와 저녁의 해넘이가 더욱 아름답네. 알겠노라, 선생께서 일찍이 이곳에 당도하여 옛 정경을 붓으로 그려서 그대의 집에 있도록 했구려.

이는 미원휘의 그림에 제한 시인데, 너무도 아름다워 한 점의 연화(煙火) 기운도 느껴지지 않는다.'

추사가 제시(題詩)만 읽고서 이 글을 썼다면 대단한 상상력이고, 또한 미원휘의 그런 그림을 보고 그 시를 옮겼다 해도 나쁠 것은 없다. 요컨대 여기서도 소미의 운기를 찬탄하고 있는 셈이다.

도안은 당도(當塗 : 안휘성) 사람인데 지정(순제의 연호) 초의 거인(擧人 : 향시 급제자. 중국은 우리와 다르며 진사가 곧 문과 급제자)이며 정명도(程明道)의 사당을 받드는 안정 서원의 산장(山長 : 주임)으로 있었다. 주원장이 장강을 건너오자 솔선해서 영접했고 그 막부(군정부)에 남아 일했으며 홍무(洪武 : 명태조 연호) 초 지제고(승지)가 되어 국사를 편수했다. 저술로 《도학사집》이 있다.

양기의 호는 미암(眉庵)인데 원래는 가주(嘉州 : 사천성)에서 조상이 살았으나 그 아버지가 원조의 강남 지방관이었으므로 오현(강소성)에서 성장했다. 미산은 장사성의 막료였는데 항복하자 명나라 초기에 산서 안찰사를 지냈다. 그러나 사건에 연루되어 옥사한다. 동시대의 고계(高啓)·장우·서분 등과는 시에 있어 벗이었다. 시구가 글자를 조각하듯 추고를 거듭하여 기교에 흘렀다는 것이 현대 중국 시인들의 논평이다.

장우는 심양(潯陽 : 구강) 사람인데 오흥(현 절강성 호주시)으로 이사하여 살았다. 원나라 말의 안정 서원 산장, 명나라 초에 태상사승(丞), 이어 광동에 유배되었다. 그 도중 재소환되었는데 스스로 모면하지 못함을 알고서 용강(龍江 : 지금의 광서성 의산현 경계)에 몸을 던져 자살했다. 그의 시풍은 악부행(樂府行)을 닮았는데 필력이 굳세면서 분방하고 재치가 번뜩였다. 율시 또한 매우 뛰어났다.

손분은 남해(南海 : 현 광동성 광주시) 사람으로 명나라 홍무 3년(1370)의 진사이다. 일찍이 평원(平原 : 산동성)의 주부로 있었다 해서 체포되고 파면되었다. 홍무 15년(1382) 소주부의 경력(經歷)으로 재임명되었지만 그 뒤 문자옥에 걸려 피살된다. 장우·손분에 대해선 나중에 소개될 명대 제1의 시인으로 꼽는 고계와 함께 다시 언급하겠다.

다음은 예찬인데 청초의 대학자 전겸익(錢謙益 : 1582~1664, 자는 수지)의《운림선생 예찬》으로 전기가 자세하다. 그것을 참고로 소개한다면 예찬의 자는 원진(元鎭)이고 호는 운림(雲林)·환하자(幻霞子)·형만민(荊蠻民) 등 다수이고 무석(無錫 : 당시는 상주. 현 강소성)에서 원성종(元成宗 : 티무르)의 대덕(大德) 5년(1301) 정월 열이렛날에 태어났으며 명나라 홍무 7년(1374)의 동짓달 열하룻날 향년 74세로 졸했다.

그는 한나라 어사 예관(倪寬)의 후손으로 10대조 예석(倪碩)이 서하를 섬겼는데, 송나라의 경우 연간(1034~1037)에 사신으로 왔다가 그대로 송나라에 머물렀다. 다시 5대를 내려와 예익(倪益)은 강을 건너 강남의 상주·무석에 이르러 매리(梅里)의 기타촌(祇陀村)에 집을 정했다. 재산가로서의 세력은 그때부터로 고조부 예급·증조부 예송이 모두 후덕의 장자였으며 조부 예춘(倪椿)·아버지 예병(倪炳) 등이 가업을 잘 지켜 가문은 더욱 더 번영했다.

그러므로 원진은 생계를 위해 일할 필요가 전혀 없었으며 다만 학문에 힘쓰고 몸에 익히기를 좋아했다.

집에 청비각(淸閟閣)이라는 이름의 건물이 있었는데 그 안에는 수천 권의 장서가 있었으며, 운림은 곁에 옛 동기(銅器)며 명금(名琴)을 두고 수집한 책들을 교정하면서 시간을 보냈는데, 누각 둘레에는 소나무·대나무·난초·국화가 심어져 있었다. 참고로 네모진 탑 모양의 3층 건물을 누각이라 하는데, 운림은 청비각 외에도 운림당·소한선정(蕭閑仙亭)·주양빈관(朱陽賓館)·설학동(雪鶴洞)·해악옹(海嶽翁)·서화헌이라는 이름의 건물이 있는 대저택에서 살았다.

그리고 선비가 그 서재에 서적·문방구·서화말고도 은주진한(殷周秦漢)의 청동기나 금(琴)을 좌우에 두는 것은 원나라 말에 정착되었고 명나라 대에 이르러 가장 성행되는 것이다. 이것이 곧 문인화를 즐기는 하나의 이상상(理想像)이었다.

그런데 예운림은 지나칠 만큼 까다로운 성미의 결벽증을 가졌었다. 이른바 예술가적 기질로 인식되어 유행되기도 하며, 예술 지상주의로, 속인 따위는 예술을 알 것이 뭐냐? 하는 식이다.

그것까지는 예술가의 오만으로 이해가 되지만 일부의 겉멋이 든 인간들은 이를테면 랭보나 보들레르를 흉내내어 예술성만 있으면 되고 사생활은 아무리 방탕하더라도 상관없다는 사고방식을 갖게도 된다.

예찬의 경우는 어떤가?

전목재(錢牧齋 : 겸익의 호)의 《운림전》에 의하면 그는 세숫대야의 손씻는 물을 연신 갈고 관이나 의복의 먼지를 하루에도 수십 번씩 털었다. 서재 앞뒤의 수석을 연거푸 씻어내든가 걸레질했으며 길에서 속물을 만나면 마치 오염되기라도 하듯이 숨었다.

그의 시 〈운림제거(雲林齋居)〉에 당시의 생활 모습이 남김없이 묘사되어 있는데, '飛花茗盌浮 階下松粉黃(꽃잎이 날려 찻종에 떨어지고 아래층은 송화가루로 누렇다)'이라는 표현 그대로였다.

또 운림은 밤에 손님이 가래침을 뱉는 소리를 듣는 순간 잠을 이루지 못했으며, 날이 밝자마자 곧 하인을 시켜 손님 숙소 앞의 나무를 모조리 베어 멀리 버리게 하고도 만족하지 않아 그 뿌리까지 캐어버리게 했다.

지정 초(1341)에 아직도 평화스런 때인데 느닷없이 전재산을 정리하여 돈으로 바꾸자 그 전(엽전) 1천1백 민(緡 : 1민은 1관, 곧 엽전 1천 닢의 꾸러미란 뜻)을 가장 친한 친구 장우에게 주었다고 한다.

세상에선 예찬의 이런 행동을 미친 짓이라며 모두들 비웃었다.

그런데 지정 11년(1351)에 홍건적이 봉기했고, 지정 13년(1353)엔 장사성이 기병했으며, 지정 16년(1356)에 사성은 소주를 점령했다. 그리하여 소주 일대의 부호는 모조리 약탈되지만 예운림은 마치 선견지명이라도 있듯이 태호(太湖) 주변 일대, 즉 의흥(宜興)·상주·오강(吳江)·호주(湖州)·가흥(嘉興)·송강(松江) 일대 및 삼묘(三泖 : 송강 근처) 사이에서 조각배에 가족을 태우고 20년 동안 왔다갔다 하며 살았다. 그리고 이 사이에 시도 읊고 그림도 그린 것이다.

참고로 오호(五湖)가 곧 태호인데 이름 그대로 물이 서로 연결되어 하나의 큰 호수를 이루고 있으며, 이 근처는 경치가 아름답기로 유명하여 예로부터 문인 묵객이 주로 찾던 곳이다.

남송 말의 시인 범성대는 '上有天堂 下有蘇杭(위로 천당이 있고 아래로 소주와 항주(임안)가 있다)'이라고 했으며 '蘇湖熟而足天下(소주와 태호 일대가 풍년이면 천하의 식량도 족하다)'라고 할 정도로 이모작(二毛作)의 고장이며 물산이 풍부하고 부호가 많았던 곳이

다. 현재도 소주나 항주는 이국적인 분위기, 이를테면 아랍 상인
들의 자취며 몽골 지배의 흔적이 남아있으며 시내에 숱한 운하가
뚫려 있다.

　이곳은 또한 길쌈과 염색의 고장이었다. 목화는 남송 말부터 원
나라 초에 걸쳐 실존한 황도파(黃道婆)라는 여성이 당시로선 이곳
에서도 수천 리 남쪽이고 오랑캐라고 멸시하던 해남도[소동파가 유
배된 곳]에서 가져온 것이다. 그녀는 해남도에서 30년 동안 살며
목화의 씨아로부터 물레질에 이르는 기술을 배우고 50세가 지나서
목화씨를 원주민 여족(黎族 : 현재도 소수민족으로 남아있음)으로부
터 얻어가지고 고향에 돌아온다.

　따라서 목화는 문익점이 연경에 갔을 무렵 이미 광범하게 원나
라에 퍼져 있었다고 추정되며 그것을 가져온 셈이다. 아니면 장사
성이 고려와 교역하면서 전했는지도 모른다. 즉 그 전래가 여러 갈
래였다는 생각이다.

　소주는 제지업도 발달되어 있었다고 한다. 예의 《고반여사》에
의하면 종이는 크게 북치와 남치로 구별되는데 북지는 가로 엮은
발을 사용하여 만들기 때문에 무늬가 가로이고 지질은 두꺼운 것
이 거칠다. 한편 남지는 세로 엮은 발을 써서 만들기 때문에 무늬
가 세로이고 이왕(二王) 글씨의 진적은 대개 회계산의 죽지(竹紙)
였다고 한다. 또 당지(唐紙)라는 게 있는데 단단한 황색지로, 황얼
(黃蘗)을 써서 물들였기 때문에 종이의 큰 적인 좀이 먹는 것을 방
지했다.

　송대에는 이미 나왔던 징심당지(澄心堂紙)가 유명한데, 고급스
런 종이로 그림 그리는 데 사용되었다. 또 흡지(歙紙 : 안휘성 흡현)
라는 게 있었는데 종이에 광택이 있고 순백색으로 매우 아름다웠

다. 송대에 이르러 종이도 다양한 것이 생산되고 따라서 그 명칭도 여러 가지인데 소동파나 황산곡은 채색된 전(箋)을 사용했다. 전 이란 《고반여사》의 내용으로 보아 일정한 크기로 재단된 종이를 뜻하는 모양이다.

원대에 이르자 제지 기술은 더욱 발전한다. 동파가 사용한 채색 분전은 물론이고 납전(蠟箋)·황전(黃箋)·화전(花箋)·나문전(羅紋箋)의 이름이 보이고 술의 명산지 소흥(紹興)에서 생산된다 했는데 이것이 곧 소주의 종이다. 종이의 재료도 중요하지만 물과도 관계가 있는 것이다.

소주지와 어깨를 겨루는 백록지(白籙紙)·청강지(淸江紙)는 강서 특산인데 조송설·선우추(鮮于樞) 같은 명필이 애용했다.

남지 일색으로 북지는 전란이 계속되어 제지의 전통도 없어졌다고 추정되며 다만 우리나라 제지 기술은 맥을 잇고 있었다. 《고반여사》에서 고려지란 이름으로 재료는 누에고치·목화 등인데 색깔이 눈처럼 희고 곱기가 비단 같으면서 단단하고 질겼다는 칭찬을 아끼지 않았다. 이런 견면지(繭綿紙)에 글씨를 쓰면 먹빛도 선명하여 중국의 서가들이 진귀하게 여겼다는 것이다.

명대의 종이로선 영락제(永樂帝)가 강서의 서산(西山)에 관영의 제지소를 설치하고 관음지(觀音紙)라는 것을 대량으로 생산한다. 《고반여사》에 소주지 언급이 없음은 홍무제(주원장)의 탄압이 심했던 것을 말하는 것인데, 뒤에 맥을 이어 아주 고급스런 특수지만 소량 생산되고 있다.

부유한 고장이니 만큼 서화의 수장과 감상도 활발했고, 예찬은 돈을 자랑하며 서화 수집에 열을 올리는 사람을 속물이라 했지만, 이런 속물 수장가라도 예찬의 서화를 수장하지 못하면 부끄러워

했다고 한다.

소주는 평강부라고 했는데, 당시 이곳을 일반적으로 오(吳)라고 불렀다. 그래서 오중 사걸(吳中四傑)이라 하여 양기·고계·장우·서분(徐賁 : 손분은 아님)을 꼽았던 것이고, 또 북곽 십우(北郭十友)라는 이름으로——북곽은 소주성의 북쪽 지역——고계·왕행(王行)·서분·장우·송극(宋克)·여요신(余堯臣)·여민(呂敏)·진칙(陳則)·당숙(唐肅)·고손지(高遜志) 등이 있었다.

고계(1336~1374)의 호는 청구자(靑邱子)인데 장주(長洲) 사람이다. 고계야말로 원나라 말·명나라 초의 살벌한 세상을 질풍처럼 살다가 간 시인이었다.

그는 장사성이 소주를 점령한 지정 16년(1356)에 스물한 살로, 처갓집이 있는 오송(吳淞 : 현재는 상하이시)의 청구란 마을에서 살았다. 아마도 이 무렵의 작품인 듯싶은 〈전사야용(田舍夜舂)〉이 있다. 시골집의 밤 디딜방아라고 할까?

새색시의 끼니 마련 디딜방아는 그 홀로만 잠을 더디게 하고/밤이면 으슬으슬 오두막을 비가 때리네./매번 깜박이는 등불 앞에서 아이가 깨어 울지 않기만을 바랄 뿐이고/날이 밝으면 길 떠날 분이 있어 일찍 밥을 지어야 한다네.

(新婦舂糧獨睡遲 夜寒茅屋雨來時 燈前每囑兒休哭 明日行人要早炊)

시집살이 하는 가난한 농가의 고달픈 며느리의 생활을 활사(活寫)하고 있는데, 그보다도 섬세한 감각을 평가하고 싶다. 이렇듯 여린 시인의 심장이 당시의 세상에 얼마나 상처를 입었을까 생각되고도 남음이 있다.

소주를 점령한 장사성은 이미 그 모습을 잠깐 소개했지만 특이한 성품의 소지자였다. 그는 주원장처럼 음험한 성격도 아니고 잔인하지도 않았다. 같은 해적 출신의 방국진처럼 허풍스럽고 탐욕스럽지도 않았다. 그는 자존심이 누구보다도 강하고 문화, 특히 서화에 대해 예사롭지 않은 집착을 보인 인물이었다. 예를 들어 장사성과 그 아우 사신(士信), 사위 반원소(潘元紹)는 서화·골동을 모으는 데 열중하고 일류의 미녀를 그 후궁에 두고 우아로운 노래와 춤을 즐겼다.

사성은 소주를 비롯한 호주·송강·상주 등지를 점령했고 처음 몇년은 고려와의 교역을 비롯한 의욕적인 정치를 한다. 수리 사업에 힘쓰든가 누에치기·길쌈·토탄 캐기 등을 장려했다. 그러나 무엇보다도 힘쓴 것은 시문의 장려였다.

이를테면 백일장이 그것이다. 제목을 내걸고 자유롭게 시문을 짓게 하며 우열을 가리는 방법이다.

월천음사(月泉吟社)를 주재한 오위(吳謂)는 〈춘일전원잡흥〉이라는 제목을 내걸고 시를 공모했는데, 2천7백35명의 응모작이 쇄도했다고 한다. 또 송강의 여횡계(呂橫溪)는 거금을 준비하고 사방의 이름난 시인을 초빙했으며, 양유정을 선자(選者)로써 그 갑을(甲乙)을 정하며 후한 상금을 주었으므로 당대의 문인이 모두 모여들어 삼오(三吳)를 경동(傾動)케 했다.

요개(饒介)는 사성의 정권 밑에서 고관을 지낸 인물인데 시를 좋아했고 역시 백일장을 열어 〈취초(醉樵 : 요개의 호)의 노래〉란 제목을 내걸었다. 이때의 수석이 장간(張簡)이고 고계는 차석으로 뽑혔다. 고계의 시명(詩名)이 세상에 알려진 것은 이 때문이었다.

원나라의 4대가라고 불린 막내둥이 화가 왕몽(王蒙 : 1309~1385) 도 장사성과 관련이 있었다. 그의 그림은 황공망·오진·예찬과는 화풍이 전혀 달랐으며, 전기 세 사람은 초속(超俗)을 목표하여 군더더기다 싶은 것은 되도록 생략하는 경향을 가졌는데 왕몽은 극명(克明)하고 치밀하게 그렸다.

왕몽에 대해선 그 예술과는 달리 자료가 거의 없고 발견되지 않는다. 왕몽이 원조에서 벼슬하고 원나라 말에 다시 장사성에게 협력했다 해서인지 모르겠다.

사성의 아우 장사신은 소주를 점령하면서 서화 골동 수집에 혈안이 되었다고 했는데, 장사신의 사자가 예운림을 찾아가 막대한 예물(사례)을 제시하며 작품을 요구하자, 예찬은 내놓은 깁을 찢어가며,

"권세를 위해선 그림을 그리지 않는다."

고 거절했지만, 왕몽은 스스로 사성에게 협력했다. 협력도 방법에 따라, 혹은 평소의 행실에 따라 평가되는 법이다.

고계도 분명한 협력자로 병오년(공민 15 : 1366)쯤 소주에 있었다. 그리하여 〈청구자가〉〈조선아가(朝鮮兒歌)〉라는 장편시를 지었다. 알려진 바에 의하면 〈조선아가〉는 고계가 어느 날 주검교(周檢校 : 검교는 관직명)라는 사람의 집 연회에 초대되었다. 시인은 그 집에서 두 고려 소녀가 화려한 고려 의상을 걸치고 춤추는 것을 보았다. 주검교는 그 두 소녀를 개경에 갔을 때 전란을 당하여 거리를 방황하는 고아를 사가지고 돌아왔다는 설명이다.

그러고 보면 사성과 고려의 교역에서는 이런 노비 매매도 있었던 것이 증명된다. 남녀 어린아이를 매매하는 것은 중국에서 흔히 있는 일이었다. 고려에도 정사의 기록은 없지만, 이런 악질 상인

이 전혀 없었다고는 단언하지 못하리라. 《고려사》에는 그 기록이 없지만 공민왕은 사성에게도 사신을 보냈었다.

〈조선아가〉는 고계의 견문과 상상력을 바탕으로 창작되었겠지만, 시구 중 휘적(褘翟)이라는 문자가 보인다. 휘는 왕비의 화려한 비단옷을 뜻하며 적은 바로 꿩이었다. 따라서 휘적은 꿩무늬를 수놓은 비단옷이며 고구려 고분 벽화에서 나타난 꿩의 깃털을 머리에 쓴 모자 장식으로 사용한 예를 인용할 것도 없이 꿩은 예로부터 우리나라의 상징이었음을 알게 된다.

원대에 수많은 동녀가 대륙에 보내졌거니와 명초에도 그것이 한동안 계속된다. 실제로 주원장의 총애를 받은 고려 여인이 몇명 있었으며 《명사》에 석비(碩妃)라는 이름도 보인다. 영락제의 후궁에도 조선 여성인 희빈이 몇 사람 있었다.

지정 26년(1366) 10월, 주원장과 장사성의 결전이 드디어 개시되었다. 이 무렵 사성의 세력권은 장강 남북에 걸쳐 있었는데 이듬해인 정미년(공민 16 : 1367) 3월에 고우가 서달에게 함락되고, 동년 9월에는 소주가 포위된 지 10개월만에 함락되었다.

사성은 자결하려고 했지만 생포되고 건강으로 압송되었다. 그는 압송 도중 한마디도 말을 하지 않았고 절식했다. 주원장은 직접 옥에까지 찾아와서,

"항복하라. 그리고 나한테 배례하면 살려 주겠다."

고 했지만 그는 눈을 부릅뜨고 대꾸하지 않았다. 화가 난 원장은 가지고 있던 쇠채찍으로 사성을 때려 죽였다고 전한다. 사성의 나이 47세였다.

주원장은 소주를 함락시키자 곧 북벌군을 편성했는데 서달이 대

장군이고 상우춘은 부장군이었으며 병력 25만이었다.

무진년(1368) 정월, 주원장은 건강(남경)에서 황제가 되고 국호를 명(明)이라 한다. 이것은 홍건적의 신앙 명교(明敎)에서 딴 것이며, 그가 홍건적이었다는 흔적은 국호로 남았을 뿐 기타의 것은 모두 말살되었다.

이때부터 명의 연호인 홍무(洪武)인데, 동년 4월 서달은 원병(元兵)을 크게 깼고, 8월에 순제가 대도로부터 상도로 달아나자 입성한다. 아직은 북경이 아니다. 명은 건강을 남경이라 했고 개봉을 북경이라 했던 것이다.

같은 무렵 탕화는 복건성 일대를 평정하여 방국진을 생포했다. 국진은 남경에 끌려왔는데 곧 살해된다. 또 공민왕은 무신년(공민 17 : 1368) 11월에 재빨리 예의 판서 장자온(張子溫)을 남경에 보내고 있다.

《몽골사》를 보면 순제 말년에 태자 아율시리와는 결정적으로 불화하여 교전까지 했다. 서달의 명군이 대도에 육박하자 황제는 무신년 8월 25일 후비와 대관들을 이끌고 길을 거용관으로 잡아 상도로 갔다. 명군은 약간의 저항을 받았지만 9월에 입성했다. 상도로 간 순제는 다시 탈(Tal) 호수가의 응창(應昌)으로 옮겼고 경술년(공민 19 : 1370) 5월, 향년 51세로 응창에서 병사한다.

그리하여 아율시리가 제위를 계승하고 명군이 응창부까지 공격하자 카라코룸에 후퇴하여 무오년(우왕 4 : 1378)까지 생존했고 그아들 토쿠스(Tokous)가 몽골의 칸이 된다.

사람을 많이 죽이기로는 20세기에 들어와서도 히틀러·스탈린·모택동 등이 있고 12세기의 칭기즈 칸도 있지만, 잔인하기로는 주원장도 빠지지 않을 것 같다. 왕조 교체기에 수천 명 또는 수만 명을 죽이는 것은 중국 역사상 흔히 있는 일이었으나 당시의 지식인, 특히 유생과 개국 공신을 거의 모두 죽였다는 데 그의 잔인성이 증명되고 특징이 있다. 그리고 주원장만큼 우리나라를 괴롭힌 중국의 군주도 없다.

주원장도 처음에는 정치에 의욕을 가졌던 것 같다. 신해년(공민 20 : 1371) 정월에 명태조는 왕광양(汪廣洋)과 호유용(胡惟庸)을 각각 좌우 승상으로 임명하고 있다. 이들은 유가로서 유기(劉基 : 1311~1375)의 천거를 받았다. 유기의 자는 백온(伯溫)이고 청전(青田 : 절강성) 사람인데 원대의 진사이고 원나라에 의해 강절유학(江浙儒學) 부제거에 임명된 유학자였다.

그러나 주원장이 장강을 건너자 마치 유방의 참모장 장량처럼 그 막부에 있으면서 명나라 건국의 일등 공신이 된 것이다. 시문에도 뛰어났는데, 그의 시 〈매감자언(賣柑子言)〉은 유명하다. 사후에도 인기가 높았으며 일반 대중은 그를 가리켜 저 삼국 시대의 제갈공명처럼 귀문둔갑술의 달인이라며 추앙한다.

이 해 고려에서는 신돈이 몰락하고 수원으로 유배되었다가 죽음을 당한다. 그의 몰락에는 이성계의 세력이 작용되고 있는 모양이다. 공민왕의 아들 모니노(牟尼奴)가 신돈의 아들이라는 소문이 그것이다. 이것은 사실 무근인데 《고려사》를 왜곡한 대표적 사례로 나중에 하륜(河崙 : 1347~1416)이 개작한 부분이며 원천석(元天錫)에 의해 밝혀졌지만 고려 말의 여러 사실과 더불어 조선조를 통해 은폐되었다. 가장 큰 의문은 이성계의 청장기(青壯期)인데 이 역시 작은 주원장마냥 역사의 망각 속에 사라졌다.

이어 임자년(공민 21 : 1372) 11월, 밀직사사(密直司事) 홍사범(洪師範)·사성(司成) 정몽주·서장관 정도전(鄭道傳 : 1398 졸) 등 150

여 명의 대규모 사절단이 명나라에 보내진다.

《문헌비고》를 보면 이 사신의 사명은 그 2년 전 명나라가 고려를 공격하지 않겠다는 것과 고려왕의 인정과도 관련이 있다. 그리하여 평정(平定)의 축하와 원나라 멸망 이후 억류되어 있는 고려인 자제의 귀국 허용을 청하는 데 있었다.

이들이 과연 얼마나 귀국했는지 기록 또한 없지만, 당시의 고려 조정으로선 다수의 자제를 유학 겸 연경에 보내고 있는 터라 초미(焦眉)의 다급한 문제였다.

이때 고려의 사신들은 긴장하고 있었다. 전번에 장자온이 갔을 때 포악한 주원장의 성격은 이미 파악되고 있었으리라. 도무지 제왕답지 않은 욕설과 고압적 태도로 나왔기 때문이다.

그러나 명으로서 당시 고려를 공격할 여력(餘力)은 없었다고 보는 세력과 그렇지 않다고 보는 세력이 있었던 것이다. 그것이 바로 최영 등을 대표로 하는 친원파(親元派)와 그것에 반대한 이성계 등의 친명파(親明派)로 구별되는 것인데 실제는 그리 단순하지가 않았다고 생각된다.

어쨌든 이 제2차 사절단엔 명의 요구로 탐라(제주)산 말 50필이 끌려갔는데 도중 두 마리를 팔아먹었다는 죄로 통사 오국충(吳國忠)이 참형되고 있다.

이 제주산 말은 주원장의 마음에 들었던 모양이다. 그 뒤의 계속적인 말의 요구가 그것을 증명한다.

어떤 기록에 의하면 포은 정몽주는 기대 이상의 결과를 얻어 몹시 만족했다고 한다. 그 결과가 무엇인지는 모르나 유학생 일부의 귀국을 허락받고 그들을 대동했는지도 모를 일이다. 그러나 《문헌비고》에는 귀로에 바닷길을 택한 사절단 일행 중, 정사 홍사범 이

하 39명이 태풍을 만나 배가 파선되는 바람에 익사하고, 포은 등은 13일 동안 표류하다가 가까스로 생환한다.

한편 주원장은 앞에서 말했듯이 처음엔 유신(儒臣)을 중용했다. 중국에는 하나의 불문률로 전조의 역사를 편집할 의무가 있었다.

"오랑캐인 원(元)도 전조의《요사》《금사》《송사》를 편수했습니다. 하물며 우리가《원사》를 편찬하지 않는다면 후세의 지탄을 받을 것입니다."

하고 누군가 건의했으리라.

그러나 역사는 적어도 백 년의 냉각기를 두고 이해 당사자인 사람들이 모두 죽고 나서 주관적이 아닌 객관적으로, 그것도 사관들의 검토와 토의를 거친 다음 마쳐져야 공평할 수가 있다.

공자의 춘추필법이 아니더라도, 아초(我朝)에 불리하고 아픈 부분이라도 사실을 과감하게 기록해야만 비로소 역사인 것이다.

조기에 문헌을 모으고 산일되거나 망각되지 않도록 기록하는 초고는 빠를수록 좋다. 그런 의미로 주원장이 이름난 유학자를 동원하여 방대한 부분을 분담시켜 집필토록 한 것은 잘못이 없다. 고계를 예로 든다면 홍무 2년(1369)에 남경으로 가서《원사》의 편수를 시작한다. 그런데《원사》는 동년 2월에 시작하여 8월에는 벌써 끝난다.

초스피드이고, 당연히 누락이나 주관적 기술(記述)도 많았다.

고계는 주로 역지(曆志) 부분의 담당으로 다른 많은 필생들과 자료를 그대로 옮기면 되었고 정치적 주관이 개입할 여지가 없어 다행이었다. 원대에는 천문학이 발달되어 곽수경(郭守敬 : 1231~1316)과 같은 뛰어난 인물이 있었으며 그가 제정한 수시력(授時曆)은 우리나라에도 들어와 사용되었다. 고계는 성격상 명조의 조포

(粗暴)한 관료들과 맞지 않았다. 특히 주원장의 잔인한 성격에 생리적으로 혐오감을 느꼈다고 여겨진다.

소주인——나아가서 강남인은 놀기를 좋아하고 미식(美食)을 즐겼으며 문인·묵객은 시를 짓고 그림을 그리며 자유롭게 인생을 산다는 기풍이 있었다. 그러나 주원장, 그리고 호유용만 하더라도 강회 출신으로 그 형제 부모들이 숱한 전란을 겪어가며 흉년이 닥치면 굶어 죽었는데 그런 와중에도 혁명을 일으켰다는 자부심이 있었다.

"뭐야, 너희들은 장사성 아래서 배불리 먹고 편하게 살던 놈들
  이 아니냐! 목숨을 살려 준 것만 해도 감지덕지 해야 할텐데 불
  평만 하고 있으니!"

이것은 주원장 자신의 생각이기도 했다. 그런데 고계는 호부시랑이라는 높은 관직까지 주었는데 그것도 마다하고 고향으로 돌아갔다…….

"괘씸한 놈들 같으니라구!"

이런 주원장의 생각은 그와 동향인 혁명 주체에게도 전염되었던 것이다.

그러나 강남인의 생각은 그렇지가 않다. 동시대의 뛰어난 시인으로 두보와도 비견되는 원개(袁凱 : 생졸 불명)는 자가 경문(景文)이고 호는 해수(海叟)로 화정(華亭 : 송강) 사람인데, 홍무 3년에 감찰어사가 되었지만 명태조에게 불만을 갖고 병을 구실로 사임했다. 그리고 그도 틀림없이 숙청의 소용돌이 속에서 목숨을 잃었을 것이다.

또 도종의(陶宗儀 : 생졸 불명)는 자를 구성(九成)이라 하고 호는 남촌(南村)인데 황암(黃岩 : 절강성) 사람이다. 당대의 시인이며 고

전학의 대가로, 그의 저술 《철경록》에서 강남인의 기질이 설명되고 있다.

기록 속에서 의미를 발견하게 마련이다.

먼저 전족(纏足)에 대해 쓴 것을 보자.

'장방기(張邦基 : 남송인)의 《묵장만록(墨莊漫錄)》에 의하면, 여인의 전족은 근세에 생겼다. 《남사(南史)》에 제의 동혼후(東昏侯)는 그의 반귀비(潘貴妃)를 위해 황금을 연꽃 모양으로 만들고 땅에 깔았으며, 귀비로 하여금 그것을 밟고 걷게 하며 이것이야말로 '步步蓮花[걸음마다 연꽃이 핀다. 옛날의 서시가 그랬다는 고사]'라 했다고 한다.

그러나 그것도 그 발이 활 모양으로 작았다는 말은 아니다.

옛날부터 《옥대신영(玉臺新詠)》 등에는 옛시인의 섬세하고 농염한 시가 많이 들어 있지만, 그것은 대개 미인의 용모·아름다움·옷차림·장식품의 화려함·눈썹·눈·입술·입·허리·손·발·손가락 등에 관해 형용한 것으로 전족에 관해서는 한마디도 언급한 게 없다.

당나라의 두목·이백·이상은과 같은 사람들은 그의 시에서 곧잘 규방에 대해 노래하고 있지만, 역시 이를 말한 자는 없다. 한악(韓偓)의 《향렴집(香奩集)》에 섬자(屧子 : 신 속의 창)를 노래한 시가 있고 '여섯 치의 둥근 발은 광채도 눈부시고 촘촘했네'라고 했는데, 당척(唐尺)은 지금보다 짧으므로 지금의 치수로 환산하면 꽤나 작은 셈이지만, 그러나 그것이 활 모양이었다고는 말하지 않았다.

단지 〈도산신문(島山新聞)〉에서 '이후주(李後主 : 남당 최후의 황제 이욱을 말함)의 후궁 요낭(窅娘)은 홀쭉한 몸매의 춤을 잘

추는 미인이었다. 이후주는 높이 여섯 자 가량의 금련을 만들고 그것을 갖가지의 옥석이나 가는 띠·영락으로 장식했으며 연꽃 속에 다시 각종의 꽃잎을 만들고 요낭의 다리를 초승달과 같은 모양으로 위로 꼬부라지도록 감아 흰 버선을 신게 하고 구름 속에서 춤추게 했다. 그녀는 구름을 휘감듯이 빙그르르 돌며 춤추었다'고 썼다. 당호의 시로,

　'연꽃 속의 꽃잎 더욱 좋으니
　구름에 가려진 초승달 새로워라.'

고 한 것은 요낭에 대해 노래한 것이다.

　이상으로서 전족은 오대(五代) 이래의 것임을 알 수 있다. 희녕·원풍(북송의 연호) 이전엔 아직도 전족을 하는 사람이 적었지만, 요즘에는 너도나도 이를 흉내내어 전족을 하지 않음을 오히려 부끄럽게 여긴다.'

　전족이라면 발이 소녀의 그것처럼 작다고 생각되기 쉽고, 예를 들어 《금병매》의 반금련이 전족을 했는데 세 치도 못되었다[세 치라도 10cm 미만] 싶었는데, 지금 이 글을 읽고 보니 당연한 것이지만 발이 작고 활처럼 굽은 모양임을 알 수 있다.

　전족은 어려서 발이 자라지 못하도록 헝겊을 단단히 동여매어 인공적으로 만드는 것인데, 그러자면 발가락을 겹쳐 뾰족하게 만든다고 생각된다. 그 아픔과 부자유함이란 말할 것도 없지만, 아름다워지려는 여성의 심리란 무서운 것이다.

　전족의 풍속은 민국이 되면서 점차로 없어졌는데, 《열하일기》에서도 볼 수 있듯이 청국인 등 동이에는 그런 풍습이 없었다. 그렇기는 하지만 우리의 여성 버선도 원대 이후에 유행된 전족의 변형일지도 모르는 일이다.

전족이 유행되면서, 그 전족을 풀어주고 감아주는 게 규방에서 하는 사내들의 성애(性愛) 방법으로 응용된 모양인데 금련배(金蓮杯)라는 것도 있었다. 양철애(양유정)는 성색(聲色 : 기루에서의 창이나 놀이 등)에 탐닉하고 술자리에서 가희나 무희로서 작은 전족을 보면, 반드시 그 신을 벗도록 하여 그 위에 술잔을 받치고 그것으로 술을 마셨으며 금련배라고 했다는 것이다.

같은 《철경록》에 금희(禽戱 : 작은 동물을 가지고 하는 놀이)가 소개된다.

'내가 항주에 있을 때 갖가지 동물에게 재주를 가르치고 그것으로 업을 삼는 사람을 본 적이 있다. 큰 것부터 작은 것에 이르는 일곱 마리의 남생이를 평상 위에 올려놓고 북을 신호로 재주를 부리게 한다.

보니까 먼저 큰 거북이 평상 중앙에 납짝 엎드린다. 다음에 두 번째의 놈이 나타나 그 등에 올라탄다. 차례로 그와 같이 하다가 맨 마지막으로 일곱 번째의 작은 놈이 여섯 번째의 등에 올라타고 물구나무를 서며 꼬리를 꼿꼿이 세우는데 그것은 영락없는 작은 탑의 모습이었다.

이를 거북탑이라고 한다.

다음은 두꺼비의 재주이다. 먼저 명석 같은 것에 작은 걸상을 하나 준비하고 아홉 마리의 두꺼비 가운데 가장 큰 놈이 걸상에 올라가면, 다른 작은 놈 여덟 마리가 그 좌우로 맞보며 줄을 선다. 큰 두꺼비가 개골하고 한마디 울면 다른 작은 두꺼비도 개골개골하며 운다. 큰 두꺼비가 개골개골개골하며 몇번인가 울면 작은 두꺼비가 그것을 따라 일제히 개골개골개골하고 운다. 그리고 작은 두꺼비가 한 마리씩 큰 두꺼비 앞에 나가서 꾸벅꾸벅

머리를 숙이는데 자못 절을 하는 것만 같다.

이것은 두꺼비의 설법이라고 한다.

또 이것은 송강에 갔을 때 본 것인데, 태고암(太古庵)에 한 도사가 있었다. 그는 같은 크기의 누런 미꾸라지와 검은 미꾸라지를 도마 위에 올려놓고 시퍼런 칼날에 무슨 약을 발라 보인 뒤 미꾸라지를 두 토막으로 잘랐으며 각각 자른 몸뚱이를 바꾸어 붙였다. 그리고 어항 속에 넣자 미꾸라지는 살아 움직였다……

거북의 탑이나 두꺼비의 설법은 물론 사유하며 길들이는 궁리와 방법이 있다고는 하나, 그렇듯 다른 금조(禽鳥)와는 비교도 되지 않는 우둔한 성질의 것을 거기까지 훈련시킨 것은 그 공이 이만저만 아니었으리라. 그리고 토막낸 것을 다시 몸뚱이를 잇고 죽은 것을 살아나게 한 것은 약일까 법술(法術)일까?'

추사도 연경에 갔을 때 유리창을 구경한 일이 있는데, 거기서는 온갖 것이 매매되고 있었다. 예를 들어 대통 비슷한 것이 처마에 주렁주렁 매달려 있었는데 보통 대통은 없었고, 개중에는 정교한 조각이 된 옥돌 혹은 청동제의 것도 있었다. 이상하게 여겨져 무엇이냐고 물었더니 옹성원은 귀뚜라미가 들어있다고 한다.

겨울 동안 그런 용기 속에서 겨울잠을 자게 하고 봄이면 깨어나게 한다는 설명이었는데, 추사는 속으로 과연 대국의 풍류인들은 귀뚜라미의 울음소리를 즐기는구나라며 혼자 감탄했지만 사실은 거리의 아이들도 작은 항아리 속에 자기가 비장하는 귀뚜라미를 넣고 싸움을 시켜 돈내기를 한다는 것이었다. 소싸움·닭싸움·개싸움은 들어본 적이 있지만 벌레까지 싸움을 시킨다는 데 놀랐다. 직접 보지는 못했지만 거미도 그런 식으로 싸움을 시켜 도박의 대상으로 삼는다고 한다.

풍류로 가난한 서민이라도 노인들이 새벽이면 다관(茶館)에서 차를 마시는데, 그런 때 새장에 각각 자기가 사랑하는 새를 가지고 나타난다.

그리고 공원 같은 곳에 모여 새의 울음소리 경연을 시키고 그것을 감상하거나 논평한다. 추사도 유리창에서 그런 새를 파는 집이 많음을 보았다. 또 이것은 필자가 어디선가 읽었지만 벼룩으로 돈을 버는 명인도 있었다.

무엇이든 그 방면의 제1인자가 명인이다. 벼룩 명인은 자기가 사육하는 벼룩을 높이 뛰어오르게 하여 구경꾼을 모았다. 벼룩의 놀라운 도약력을 발휘케 하는 비법은 자기의 피를 빨리는 데에 있다는 설명이었다.

다음은 설명이 조금 모호하지만 당시의 사람들로선 환히 아는 일이고 상식이라서 그렇게 썼던 것 같다. 도종의의 《철경록》에 나온 초발아(醋鉢兒)라는 이야기다. 우리말의 촛단치라는 뜻이다.

'유준의 조상은 가흥 사람인데 지금은 송강부·상해현(上海縣 : 당시 벌써 상해란 이름이 있었던 듯)에 호적이 있고 야선보화(也先普花 : 몽골 이름의 음사)의 둘째 형님 축로(丑驢)의 딸이 그의 아내이다. 야선보화의 장형 관관(觀觀)이 죽었으므로 장수[관관의 아내]와 혼인했고, 차형 축로가 죽었으므로 차수[축로의 아내]와 혼인했다. 이것이 곧 아내의 어머니다.

이윽고 그녀도 죽었으므로 유준은 채단을 묶어 궤연(영좌)을 만들고 은쟁반 열네 개를 영좌 두 기둥에 장식했으며 그 쟁반에 대련을 썼다.

淸夢斷柳營風月(청몽단류영풍월)

菲儀表梓里葭莩(비의표재리가부)

대의 : 인생은 꿈과 같고 그녀는 그 죽음에 의해 일생의 풍류에 끝맺음을 했다. 참으로 조촐한 제물이지만, 이것에 의해 향리의 모든 사람에게 먼 친척과도 같았던 돌아간 분의 덕을 기린다.

이상이 표면적 의미인데 이 시에는 숨겨진 뜻이 있다.

유영은 병영(兵營)이란 뜻인데, 아부(亞夫 : 남편을 바꾼다)란 의미도 있다. 그러니까 풍류라고 했던가.

비의는 문자 그대로 예의를 벗어난 비인(非人), 사람이 아닌 짐승 같다는 뜻이 있다. 표차는 발음이 같은 표자(膘子 : 창녀)이다. 가부는 가부(葭夫)라는 글자도 되며 직역한다면 물가의 갈대처럼 많은 사내·지아비이다. 표차의 자(梓)는 관을 뜻하며 재리는 곧 자기가 묻히는 곳 고향이란 뜻이었다. '

따라서 이 시가 어떤 내용인지는 상상에 맡기겠다. 《사기》의 〈흉노열전〉에 그들의 풍속으로 그와 같은 관습이 있었다고 적었으나 몽골인에게도 과연 그런 것이 있었는지 의문이다.

한 가지 첨가한다면 주원장은 원나라를 멸하자 보복으로 그 사내들을 죽였으나 그 아내나 딸들은 기녀로 만들었다는 기록이 여러 문헌에서 발견된다.

그리고 한때 세계를 정복했던 몽골인이 거세된 양처럼 순해진 까닭은 라마교의 보급 때문이고, 매독을 그들에게 감염시켜 인구를 격감케 했다는 설도 있다.

'유준은 또 아내의 아버지 묘소에 가서 여막(사당) 벽에 다음과 같이 썼다.

'박주(柏舟 : 《시경》의 편명. 과부가 된 딸에게 부모가 재혼을 강요한다는 내용)는 강물에 있으니 절(節)이라 하는가, 이수(二嫂)

를 데리고 살았으니 의(義)라고 하는가, 조상을 뒤엎고 제사를 끊었으니 효(孝)라고 하는가?'

제1, 제2구는 처모(妻母)들을 나무란 것이고, 야선보화[그는 원의 대관인데 모호한 의미가 두 형수를 차례로 데리고 살았다는 의미가 됨]를 비난한 것이며, 제3구는 처남 부안첩목아(傅顔帖木兒 : 첩목아는 티무르의 음사이고 무쇠란 뜻인데 몽골인 남성의 보통명사임)를 비웃은 것이다. 부안은 달리 형제도 없건만 야선의 재산에 눈독을 들여 스스로 그 양자가 되어 마침내 자기집의 제사를 단절시켰던 셈이다.

또 부안은 향시를 보러 가면서 말했다.

"내가 만일 급제하고 조정에서 부름이 있다면 먼저 북택(北宅 : 생가)에서 말에 올라 부(府)의 연회에 참석하고 잔치가 끝나면 신택(新宅 : 양가)에 돌아와 말을 내리리라."

그 말에 사람들은 빈정거렸다.

"옛날 사람은 이천(二天 : 하늘은 아버지란 뜻이 있는데 이천이란 변의되어 남으로부터의 은혜)이 있다고 했는데 지금의 아들은 두 아버지를 가졌군요. 참으로 복도 많으십니다그려."

장사성이 오왕일 때 부안은 송강 지사 정환(鄭煥)에게 뇌물을 쓰고 화정현의 현령대리가 되었다. 그는 토색질을 심하게 하여 현민의 뼈에 사무친 원한을 샀다. 동 현의 사람 원해수(원개의 호)는 이런 시를 지었다.

'사해의 청년이 아직 이루어지지 않았는데 여러 지사들이 시국에 임했네./홀연 어느 날 천병(天兵 : 주원장의 군대)은 이르렀고/왕노파는 초발아를 떨어뜨려 깨었네.'

어떤 사람이 초발[초를 담는 단지]의 뜻을 몰라 해수에게 물었다.

"옛날에 도에 어긋난 짓을 하여 처형되고 장대 높이 자루에 담아져 효시된 자가 있었습니다. 왕노파가 초를 사가지고 그 아래를 지나갔는데, 밧줄이 때마침 삭아서 송장이 떨어졌지요. 그 바람에 노파는 단지를 떨어뜨리고 깼습니다. 노파는 귀신의 장난이라 믿고 송장에게 마구 욕을 했습니다.

넌 아직 관가에서 혼이 덜 났구나! (당시엔 고문으로 초를 먹이는 일이 있었다)"

사람들은 원해수의 이 같은 설명을 듣자 배를 잡고 한바탕 웃었다.'

도종의의 문장은 한족의 입장에서 쓴 것이며 명나라를 두둔하는 것이었지만, 이를 뒤집어 말한다면 당시 강남인의 정서와 풍속을 말한다고도 할 수 있다.

아니, 명나라는 그 초기의 몇십 년을 제외한다면 의외로 퇴폐적 기풍이 넘쳐 있다. 그것을 앞으로 보게 되리라.

홍무 7년(1374), 위관(魏觀)이 소주의 지사로 부임해 왔다. 위관은 군치(郡治 : 군청)를 신축하리라 마음먹고 그 상량문을 고계에게 부탁했다. 고계는 가진 바 지식을 총동원하고 미사여구를 엮었다.

그런데 이때 위관을 시기하는 자가 명태조에게 상주문을 올렸던 것이다.

"위관은 반역의 뜻을 품고 있습니다. 군치를 화려하게 신축하여 소주의 민심을 얻고 장사성의 패업을 이으려는 게 분명합니다."

이래서 위관을 비롯한 고계는 체포되고 요참(腰斬)된다. 글자 그대로 허리를 두 동강 내는 형벌인데 같은 처형이라도 참수보다 무겁고 사지를 찢어죽이는 능지처참보다는 가볍다고 설명된다.

요참이 어떤 것인지 상상에 그치겠으나 죄인에게 되도록 고통을 많이 주겠다는 게 그 의미로 해석된다.

문자의 옥이란 언론 탄압인데 현대의 이미지로선 정확하지가 않다. 이것은 예사 탄압이 아니고 가벼워야 본인을 참수하는 것이고, 나아가선 그 일족·삼족까지 모두 죽여 버리는 것이다.

문자를 쓰는 사람은 문자에 대해 갖가지의 해석을 한다.

이때의 고계가 지은 상량문에 '郡治新還雄舊觀'이란 어구가 있고, 어구중의 구(舊)라는 글자 하나가 장사성의 옛으로 돌아가겠다는 뜻, 곧 반역의 뜻으로 해석되어 형사했다는 해석을 한다.

과연 그럴 듯싶으나 코에 걸면 코걸이고 귀에 걸면 귀걸이 해석이다.

덕안부학(德安府學)의 훈도(訓導 : 교수)였던 오헌(吳憲)은 '천하에 도가 있다(天下有道)'는 유학의 근본적 이치를 말했을 뿐인데 도는 도(盜 : 도둑)와 발음이 같고 주원장은 자기가 도둑 출신이었다는 자격지심이 있었는지 오헌을 죽여 버렸다.

명태조는 이 해, 즉 공민왕 23년 4월에 사신을 고려에 보내어 말 2천 필을 요구하고 있다. 그래서 고려는 탐라의 성주(星主 : 왕)에게 말을 바치라고 했는데 불응한다. 그래서 당시 육도도순찰사이던 최영 장군이 제주를 쳤던 것이며, 지금도 추자도 같은 곳에는 최영을 신주로 모신 사당이 남아있다.

이듬해인 갑인년(1374), 공민왕은 춘추 45세로 최만생(崔萬生)·홍륜(洪倫)에게 시해되고 모니노가 즉위한다. 이분이 우왕(禑王 : 1365~1389)인데 조선조에선 우왕을 신돈의 첩 반야(般若) 소생이라 했고, 최만생 등의 시역은 왕의 총동(寵童)으로 애정 관계에 얽힌 사건이었으나 이들이 왕비와 간통한 것으로 역사를 개작했다.

공민왕은 이재(怡齋) 또는 익당(益堂)이란 아호를 썼는데, 글씨와 그림에 있어 비상한 천분을 가졌다고 전한다.

《익재집》에 의하면 왕은 '直指堂月潭'이라는 다섯 대자를 써서 회심(檜心)선사에게 하사했는데, 글씨가 천 년의 곧은 줄기를 가로질러 빠개는 듯한 기세와, 만금의 미옥을 쪼아 기명을 만들듯이 치밀했다고 했다. 또 정당문학을 지낸 윤택(尹澤 : 1289~1370)의 초상화를 직접 그리고, 그 위에 율정(栗亭)이라는 두 대자를 써서 하사한 적도 있었다.

왕이 대자를 잘 썼다는 것은 이숭인(李崇仁 : 1349~1392)의 《도은집》에서도 증언하고 있는데, 내원당(內願堂) 대선사 각운(覺雲 : 태고선사의 제2세)에게도 보현·달마 초상 2권을 직접 그려 하사하고 귀곡(龜谷) 각운이라는 4대자를 썼다.

이 두 보살의 초상은 보현이 흰 코끼리를 탄 모습이고 달마는 갈대잎을 탄 모습이었다. 이색의 화찬에 의하면 달마가 갈대를 꺾어 강을 건너는 장면, 동자로 화신한 보현보살이 여섯 어금니의 흰 코끼리를 탄 모습, 그리고 각운과 귀곡의 대자와 함께 네 폭으로 되어 있는데 높이와 너비가 똑같았다. 그래서 각운선사는 이것을 휴대하고 다녔는데 이색에게 보여주며 말했다.

"이것은 상께서 하사하신 것이라 글처럼 함부로 보여 줄 수는 없네마는 마땅히 세상에 전해져야 하는 것이므로, 장차 진신(縉紳 : 고관)들 사이에서 많이 찾게 될 것일세. ……흰 코끼리와 긴 갈대는 불초 소승을 일깨워주는 바의 것으로 물론 망극하기 이를 데 없는 베풂일세. 각운이란 나의 이름이고 귀곡은 나의 호라네."

그리고 이색은 그림을 본 소감을 적고 있다. 대자는 만 근 무게의 솥과도 같은 깊은 맛과 평안함이 있고, 단청의 구전(九轉)과도 같은 변화가 있었다. 코끼리는 천천히 발을 옮기고 있건만 강바람은 옷에 가득 안겨 있고 인정물태(人情物態)가 각각 궁극의 경지에 도달하고 있었다. 이렇듯 공민왕의 그림에 대해선 서거정·성현·김종직·이익·김안로 등이 높이 평가하고 있으며 비교적 후대까지 많은 그림이 전해졌다.

이를테면 〈현릉산수도(玄陵山水圖)〉〈청연유신한묵도(淸讌留神翰墨圖)〉 그리고 〈천산대렵도(天山大獵圖)〉가 있었는데 필자의 주목을 끄는 것은 파평군 윤해(尹侅)에게 하사했다는 황공망이 그린 환상의 명화 〈추산도(秋山圖)〉를 모사했다는 〈앙엽기(盎葉記 : 이덕무의 글)〉의 기사이다. 〈추산도〉에 대해서는 나중에 다시 설명할 기회가 있으리라.

성현(成俔 : 1439~1504)은 그의 《용재총화》에서 말했다. '글씨를 잘썼는데, 조자앙의 필법으로 제액이 가장 훌륭했다. 그 제액인즉 이설암(李雪庵)도 일보 물러설 판인데 하물며 자앙에 미치지 못하겠는가! 우리나라의 공민왕이 쓴 글씨로 강릉의 임영관(臨瀛舘), 안동의 영호루(映湖樓)는 참으로 노건(老健 : 노련하고 굳세다는 것) 하여 범인이 미칠 수 없는 것'이라 했고, 《성호사설》에 의하면 설암의 글씨가 우리나라에 편액체를 전해주었는데, 이를 이른바 액체(額體)라고 한다는 것이다. 설암은 승려로 속명이 이부광(李傅光 : 자는 현휘)인데 규오(圭悟)대사라는 법호로 이력은 불명이다.

또 성종 때의 사람 조신(曺伸)의 《유문쇄록(諛聞鎖錄)》에 의하면 이때의 서가로서 석혼수(釋混修 : 1320~1392)는 진체를 체득하여 서법이 절묘했다고 한다. 혼수는 무작(無作) 또는 환암(幻庵)이라는 호를 썼는데 속성은 풍양 조씨이고 태고선사의 제자였다. 그는 글씨를 쓰기에 앞서 반드시 시문을 보고 마음으로 긍정되어야만 비로소 붓을 잡았다.

우왕을 추대한 광평부원군 이인임(1388 졸 : 이조년의 손자)은 친원파의 영수인데 일찍이 윤평(尹泙)이 그린 열두 폭 병풍을 얻었으며 동헌(桐軒) 윤소종(尹紹宗)에게 시를 짓게 하고 환암한테는 글씨를 써달라고 청했다. 윤평의 12폭 병풍이란 봄・여름・가을・겨울・강월(江月)・폭포・송정(松亭)・회암(檜岩)・사찰・선궁(仙宮)・슬왕각(膝王閣)・황학루(黃鶴樓)의 열두 가지인데 각각 7절이 한 수씩 붙어있다.

그때 환암선사는 말했던 것이다.

"시로써 후세까지 남기려면 목로(牧老)가 아니면 안되지요. 세상에서 말하는 목로란 병풍에 과감하게 제하는 이로서 잠(潛)이지요."

그래서 이인임은 거듭 하인을 시켜 목로를 청했던 것인데, 목로는 말했다고 한다.

"이 늙은이를 맞으려면 안화사(安和寺)의 샘물로 차를 달여 늘 마시게 해야 한다."

목로가 누구인지 잘 모르겠으나, 그가 이르러 줄줄 부르는 대로 환암은 받아썼는데 붓에서 바람이 일만큼 힘찬 것이었다. 그리하여 슬왕각의 끝 구절 '當日江神知我否 何時更借半帆風'에 이르러 단숨에 쓰고 나서 붓을 던지자 크게 외쳤다.

"왕께서 정사를 하심에 있어 이와 같이 하신다면, 이는 가장 훌륭한 일깨움이 될지니 목로야말로 참다운 시성(詩聖)이다."

성현은 그의 《용재총화》에서 윤평은 산수를 잘 그렸고 지금의 사대부로서 수장하는 이가 많지만, 필법은 평범하여 기발한 데가 없다며 그림 자체는 별로 평가하지 않았다. 그런데 조신은 그림보다 제시의 글씨에 대해 중점을 두고, 고려의 명필로선 류항 한수, 독곡(獨谷) 성석린(成石璘 : 1338~1423), 승려 환암이 백여 년 동안 그 이름이 높았다고 했다.

공민왕이 승하하고 우왕이 즉위한 시기에 명나라에서는 황공망·예찬 등이 잇따라 세상을 떠나고 있다. 이들은 명태조의 박해를 만나지 않고 종신했으며, 왕몽은 당시 60여 세로 태안(泰安)의 지사에 임명되어 명조에 협력하고 있었다.

유기는 을묘년(우왕 1 : 1375) 4월에 죽는다. 연호의 계산법은 그 전년에 왕이 승하하더라도 전왕의 연호를 그대로 사용하며 이듬해 정월부터 원년으로 계산하는 게 원칙이다〔유독 일본만이 현재까지도 덴노가 죽은 해 연호를 겹쳐서 계산하므로 연수가 중복된다〕.

우왕 초기의 수년에 걸쳐 왜구의 침입은 가장 심했고 병진년 (1376) 7월 홍산(鴻山)에서의 왜적 격파(최영), 동년 9월에 있었던 고부·태안·전주의 왜적 침입, 정사년(1377) 5월 권중화(權仲和 : 1322~1408)에 의한 철원의 천도 후보지 답사, 동년 7월 북원(北元)이 사신을 보내어 정요위(定遼衛 : 요양에 있었던 병영. 아마도 이때쯤 고구려 유민이 점거하고 있었던 모양)를 협격하자는 제의, 동년 9월의 정몽주가 왜국에 사신으로 간 일(왜구 단속 요구차) 및 최무선(崔茂宣)의 화통도감(火熥都監) 설치 건의(화약 장전의 대포로 왜선을 공격), 무오년(1378) 12월 고가노(高家奴 : 정요위의 지도자)가 그 무리 4만과 함께 고려에 투항, 경신년(1380) 9월 남원·운봉에서의 왜적 대파(이성계) 등이 그 중요한 사건들이다.

경신년(우왕 5 : 1380) 정월, 명태조는 재상이던 호유용 등을 죽인다. 피비린내 나는 대숙청의 시작으로 수만 수십 만의 사람들이 지속적으로 십여 년에 걸쳐 투옥·주살되는 것이다.

그 공포 분위기란 도저히 설명할 수가 없으리라. 이미 몽골의 말기 현상을 전한 《초목자》가 앞에서 잠깐 나왔지만, 이것은 명나라 초의 섭자기(葉子奇)가 기술한 것으로 비록 패사이지만 이 시대를 증언하는 가장 신빙성이 있는 문헌으로 평가된다. 그 기사로 이런 구절이 있다.

'조정의 관리로서 새벽에 입조할 때면 반드시 처자와 결별(訣別)의 잔을 나누었고 저녁에 이르러 무사하다면 서로 축하하며 또 하루를 살았다고 했다.'

결별이란 곧 작별인데 쉽게 말해서 관리가 출근할 때 정화수라도 상에 떠다놓고 가족이 간절히 기도하며 그 물을 나눠 마셨던 것이다.

그날 하루의 운명은 누구도 모른다. 당시의 관료란 가족·향당의 연장으로 모두 끈끈한 관계였으며 소속 장관이 명태조의 한마디, 역적이라는 결정이 떨어지면 그 아래의 사람들도 수십 명이 마치 줄남생이처럼 줄줄이 묶여 투옥되고 고문당하며 주살(誅殺 : 하늘을 대신하여 죽인다는 것)되었다. 역적죄라면 그것이 자기 한 몸의 죽음으로 그치는 게 아니다. 남자는 친척에 이르기까지 모조리 죽음을 당하고 아내와 딸은 유곽의 창기로 넘겨지거나 먼 변경 병사들의 위안부로 보내졌다.

《초목자》의 기사는 수십 자에 지나지 않지만 가장 간명하고도 정곡을 찌르는 표현으로 당시의 전전긍긍하던 사회상을 전하고도 남음이 있었다.

호유용은 주원장과 동향이었고 명나라 초기의 10여 년에 걸쳐 국기(國基)를 다졌으며 '대명률(大明律)'을 제정하는 등 공로가 있었다. 그런데 왜 이제 와서 반역이었던 것일까? 장기 집권에 의한 반대파의 시기였던 것일까? 중승(中丞) 벼슬의 도절(涂節)이 벌써 몇년이 지난 유기의 죽음은 호유용이 독살한 것이라고 고발한 것이다. 그 사실 여부는 둘째 치고 이것이 대숙청의 계기라고 설명된다.

아무튼 명태조는 호유용을 숙청하면서 3만여 명을 죽였다고 기록되었는데 이어 밀고자 도절 등도 죽인다. 이 점에서 의문이 제기되는 것이다.

이때부터 중서성(中書省)이 폐지되어 좌우 정승이 없어지고 6부의 상서(우리의 판서)와 황제가 직결되는 친정이 시작된 셈이다. 임술년(우왕 8 : 1382)에는 비밀 경찰에 해당되는 금의위(錦衣衛)가 설치되고 사람들을 공포의 도가니로 몰아넣었다.

자국민에 대해 이처럼 잔인한 명태조이니 고려에 대해서는 얼마나 포악했었을까? 주원장은 고려를 원나라의 연장선상에서 인식하며 증오했다고 여겨진다.

그리하여 임술년부터 병인년(우왕 12 : 1386)에 걸쳐 고려는 해마다 사신을 보냈고 세공의 말이 징발되고 있다. 병인년에는 고려에 귀순한 고가노와 그 무리를 끝내 색출하여 보내라고 했는데 이들의 운명 역시 모두가 죽음이었으리라.

이때 포은 정몽주는 사신이 되어 거의 빠짐없이 강남을 왔다갔다 하며 활약하고 있다. 우리나라의 《유림 연원록(淵源錄)》을 보면 설총·최치원을 문묘(文廟)에 종사(從祀)하고 김양감(金良鑑 : 고려 문종 때 광주 사람)을 동국 이학(理學 : 성리학)의 종조로 삼는다.

이어 최충(崔冲 : 984~1068)·안유(안향)로 이어지는데 회암의
제자로 이재 백이정(白頥正)·우도(禹倬 : 1262~1342)·권부·이제
현 등 네 사람을 꼽는다. 백이재는 남포 사람으로 상당군에 봉해졌
는데 성리학에 정통했다고 했으며, 우도의 자는 천장(天章)이고 호
는 역동(易東)인데 단양 사람이었다. 그는 정전(程傳)을 처음으로
도입했다 했고, 권부의 자는 제만(濟萬)으로 호는 국헌(菊軒)인데
주자(朱子)의 《사서집주》를 도입한 분으로 기록된다. 익재 이제현
에 대해서는 이미 말했지만 문장과 덕행으로 유림에서 일컬어
진다.

그리고 이곡·이색 부자를 꼽는데, 이곡의 자는 중보(仲父)이고
호는 가정(稼亭)이며 한산 사람인데 국헌의 제자였다.

그 아래로 이색(목은)·정몽주(포은)·박상충(朴尙衷 : 1332~
1375, 반남인·자는 성부)·김구용(金九容 : 1338~1384, 안동인·자는
경지) 네 분을 꼽고, 이들은 동시대의 이름난 유학자이며 혹은 덕
행, 절의(節義)로써 후세에 이르기까지 추앙되는 것이다. 포은은
필명도 있었다.

그런데 무진년(우왕 14 : 1388)의 기록으로 명나라는 철령(鐵嶺)
이북을 자기네 영토로 편입한다. 이것은 원조와 똑같이 고려를 지
배하겠다는 속셈이다. 고려는 더 이상 치욕을 견디다 못해 군을 일
으켰던 것인데 압록강의 위화도에서 이성계가 회군을 하여 전광석
화(電光石火)처럼 행동하고 우왕을 폐위시킨 다음 그 아들(창왕)을
추대했다가 곧 공양왕을 세운다. 동시에 최영을 죽이고 반대파를
축출한다. 앞에서의 유학자들은 모두 이와 같은 이성계의 쿠데타
에 반대였다.

대체 무슨 일이 일어났던 것일까?《명사》도 이 시대의 것이 가

장 미분명하고 《고려사》는 더 말할 것도 없다.

동년 4월, 명태조의 명을 받은 남옥(藍玉)은 몽골의 토쿠스를 격파하여 전에 없던 대승리를 거두었는데, 위화도 회군은 5월의 일이었다. 이것을 보면 이성계가 당시의 동북아 정세를 예민하게 읽고 명나라와의 전쟁을 회피했을 법도 하지만 《고려사》엔 그런 설명도 없다. 한편 토쿠스는 패전 때문에 신망을 잃고 부인차라(Bouïnchara : 한자로는 本雅失里)에 의해 살해되었는데, 명나라와는 계속 대치한다.

경오년(공양 2 : 1390), 고려에선 이성계가 왕조 개설의 준비로 왕씨 일족과 반대파를 죽였거니와, 명나라에서도 피의 숙청이 다가오고 있었다.

원래 명태조에겐 도합 25명의 황자가 있었는데, 그는 만대에 걸친 왕조 설계로 아들들을 몇 차례로 나누어 각지의 왕으로 봉했다. 그 가운데 정후(正后) 소생은 넷이고 이미 장성한 나이였다.

그는 유교의 전통적 가족 제도의 신봉자로 장남 주표(朱標)는 태자로 봉하여 후계자로 내세웠고, 제2남 주상(朱爽)은 진왕(秦王)에 봉하여 서안(南安)에 두고, 제3남 주강(朱棡)은 진왕(晉王)에 봉하여 태원(太原)에 두었으며, 제4남 주태(朱棣)는 연왕에 봉하여 북평(北平 : 연경·북경)에 두었다.

역사상 세 번째의 한족 왕조인 명나라에게는 북방의 기마 민족이 가장 무서운 적이고, 서안·태원·북평은 그런 적의 침공로이자 길목이라서 이 세 아들에게는 각각 1만 9천 명씩 직할 군대의 보유를 허용했다. 다른 희빈 소생의 아들 역시 요지다 싶은 곳에 왕으로 봉했으나 그 보유 병력은 3천 내지 5천에 불과했다. 이것이 명태조의 번병(藩屛 : 황실의 울타리)이라는 것이었다.

그런데 경오년 4월, 명태조의 제8남으로 담왕(장사)이던 주재(朱梓)는 자결했고, 5월엔 개국 공신으로 최장로인 이선장(李善長 : 1314~1390)이 77세라는 나이로 주살된다. 전자는 왕조를 위해선 비록 황자라도 잘못이 있다면 가차없는 처단이 있다는 경고이고 이선장의 죽음은 그가 호유용의 일당이라는 이유였다.

임신년(공양 4 : 1392) 4월에 명나라 황태자 주표가 죽는다. 같은 무렵 포은 정몽주는 이방원에 의해 암살된다. 이리하여 이성계는 7월에 배극렴(裵克廉 : 1325~1392)·조준(趙浚 : 1346~1405)·정도전 등의 추대를 받아 조선조의 태조가 된다. 주원장은 이때 66세로 그 전년에 돌을 갓 지난 아들까지 포함하여 10명의 황자를 왕에 봉하고 있었는데, 동년 9월 윤문(允炆)을 황태손으로 책봉한다.

여기서 한 가지 주목되는 것은, 경오년(1390)에 정도전을 명태조에게 사신으로 보낸 것과는 별도로 연왕한테도 사절을 보냈다는 《고려사》의 기사이다. 이것은 대체 무엇을 의미하는 것일까? 지금까지 알려진 여러 문헌에 의하면 조선 건국의 실질적 주체는 이방원이고, 연왕 주태 역시 야심을 가진 인물이었다. 그러고 보면 이성계의 위화도 회군도 이런 주태와 이방원의 어떤 연계 플레이가 아니었는가 하는 의문마저 든다.

어쨌든 이태조는 방원의 기대와는 달리 막내아들 방석(芳碩)을 세자로 정한다. 이 결정도 이례적인 것으로 유교의 제도와는 상반되는 것이며, 오히려 말자 상속은 동이의 여러 부족의 관습이었던 것이다.

계유년(태조 2 : 1393), 명태조는 저 몽골 정벌의 영웅이고 대장군인 남옥을 주살한다. 남옥은 바로 상우춘의 처남이었고 서달의 부장군으로 활약한 인물이었다. 상우춘은 홍무 초기에 병사했는데, 전승을 뽐낸 나머지 오만해졌고 인심을 잃었다고 한다. 그렇다고는 하지만 별 뚜렷한 이유도 없이 남옥의 일족과 연루된 1만 5천여 명이 족주(族誅 : 일족을 모두 죽인다는 뜻)되었다. 따라서 여기에는 상우춘의 가족도 포함되었다.

명태조의 숙청 작업은 갑술년(1394)에도 을해년(1395)에도 계속된다. 그리하여 부우덕(傅友德)·왕필(王弼)·풍승(馮勝) 등이 주살된다. 이들은 역전의 장군들로서 아직도 한창 나이였으며 각각 족주를 당하고 있다.

명태조의 이와 같은 중신들 제거는 아직 어린 황태손을 보호하기 위해, 고금의 역사를 보아 강력한 적은 으레 내부에 있고 그것도 믿는 도끼에 발등 찍힌다는 피해 망상을 가지고서 저질러진 행위라고, 사가들은 해석한다. 그러나 청대의 역사가 조익(趙翼)은 《이십이사차기(二十二史箚記)》의 저자답게 한 걸음 앞선 결론을 내렸다. 즉 '주원장의 타고난 천성인 잔인성에 그 원인이 있다'고 썼던 것이다.

여기서 숨을 돌려 왕몽에 대한 추사의 의견을 엿볼 수 있는 글이 있다. 〈제원왕숙명(왕몽의 자)서후(題元王叔明書後)〉이다.

'황학산인(黃鶴山人 : 왕몽의 호)은 그림으로 이름이 있지만 서법의 묘 또한 그림의 아래에 있지 않다. 구양순·저수량의 신수(神隨)가 있고 또 대령(大令 : 대법)의 십삼행(十三行 : 왕헌지의 낙신부) 법도가 갖추어져 있어 참으로 진당의 깊은 경지에 이르렀다고 하겠다.

우리나라 사람으로 이른바 진체라는 것은 말하자면 '무불처존(無佛處尊)'으로 모두가 천연의 외도인 것이다. 대체로 구·저가 산음(왕희지 글씨)의 지름길임을 알면서도 이것에 들어가지 않는 것을 많이 보는 데서 그 무지함을 헤아리게 된다.'

무불처존은 선어(禪語)인데 황산곡의 한식첩 제발에도 같은 의미의 말 '소자첨(동파)'으로 하여금 이를 보게 했더니, 그는 나에게 웃어 보이면서 "부처도 없는 곳에서 떠받들려고 하는군"이라고 했다는 것이다. 이 말은 형식에 얽매이는 것을 비웃은 거라고 이해된다.

참고로 왕몽은, 일설로 명태조에 의해 을축년(1385) 향년 77세로 주살되었다고 한다.

여기서 추사가 초의선사에게 보낸 제3신을 읽어보겠다.

'편지가 오니 양손으로 펼쳐 보고 곱절로 반가운데 하물며 돌아간 뒤의 첫소식이라 어찌 기쁘지가 않으리요. 선사의 글 의미가 이 티끌 세상의 시끄러움을 걷어내고 풀어주며 저 정토(淨土)를 차지하고 자못 자유 자재한 이치를 터득한 데다가 기쁨의 빛이 눈썹 사이에 이르고 있으니, 굳은 쾌(夬 : 주역의 괘이름. 결단·매진이라는 것)와도 같아 축하할 만하구려. 다만 이 강머리[추사의 금호 별서를 말함]의 갖가지 일들이 깨끗함과 통하고 있으니 사람으로 하여금 싫증을 갖게도 하는가 보오.

그러나 선사의 뱃속에도 비록 아승겁(阿僧劫 : 시공을 초월한다는 의미)에 주한다 할지라도 일종의 물욕(物欲)은 또한 갖추고 있을 것이니, 선사께서 이 세상에 있는 한 이 일종의 물욕은 녹여 없애지 못할 것이므로 뱃속과 강머리가 같은지 다른지는 모르겠구려. 만약에 그것이 다르다면 금강신이라도 저 남산율사(南山律師 : 당대의 율종. 개조 道宣을 가리킴)의 피해 간 것과 썩

멀지는 않은 것 같고, 만약에 그것이 같다면 어찌 강머리만 홀로 더럽고 뱃속만 절로 향기롭다고 하리까? [남산율사는 도선의 별호이고 그가 불도를 위해 종남산에 들어간 것을 속세로부터의 피난이라고 봄] 뱃속은 생각지 않고 오로지 강머리만 나무란다면 미처 깨닫지 못한 것으로서 그것이 옳을지도 모르겠구려.

무주(無住 : 승려명. 초의로부터 소개를 받은 듯)가 제시한 세 가지 안은 매우 좋은 것이고 알기에도 어렵지가 않았소. 이를테면 '아침에 도를 듣게 되면'의 한 가지 안은 비유하자면 선사들의 이른바 여시아문(如是我聞 : 모든 불경의 첫머리에 나옴)의 들음과도 같은 것이고, 그래서 우리 성인의 도를 들으면 비록 저녁에 죽어도 된다는 것과 같다고 할 수 있으리다. 도라는 것은 곧 성인의 도이고 만일에 성인의 도가 아니면 역시 도도 아닌 것입니다.

무은(無隱 : 속세에 있으면서 도가적 생활을 함)의 한 가지 안은 성인의 도가 마치 한낮의 하늘과 같이 방책(方策 : 서적)마다 널려있다(흔해빠진)는 것인데, 어째서 예로부터 유학에는 사(私 : 사에는 나만의 것이라는 뜻도 있음)를 두고 선에는 은(隱 : 은미한 것, 숨겨진 것)이 있다고 할 수 있겠소? 독수화발(獨樹花發 : 선어의 한 가지. 직역하면 나무 홀로 꽃을 피게 한다는 것)의 구절에 이르러선 바로 시인이 아름다운 경치를 사실한 데 불과한 것이며 성인의 대도와 무슨 관련이 있겠소? [선에선 이심전심이라 하여 수도자 스스로의 힘으로 깨닫는 것인데 그것을 비유] 굳이 성인의 도를 끌어대면 이와 같이 분명한 것인데, 미처 알지를 못하여 무어라고 하면 좋을지 모르겠구려. 나는 따져 말하기를 좋아하지만 이것도 마지못해 하는 말이오.

만상규일(萬象圭一 : 우주만물의 현상은 모두 일정한 이치가 있음)
의 안은 마땅히 이 구절 범위 내로선 설명할 수 없는 것인데 어
떻게 성인의 대도에 견주어 논의할 수 있겠습니까? 그 말하는
바 만물이니 현상이니 하는 것은 우리의(유학의) 도 가운데의 말
과도 비슷한 데가 있는 것 같지만 본디 우리의 도 가운데엔 이것
과 같은 어구(語句)는 없으며 만일에 선가(禪家)의 오묘하고도
비밀스런 것이 되는 거라면, 본디 물질과 현상은 반드시 점래
(拈來 : 동시에 발생한다는 의미)하는 것은 아니며 이는 반쯤 위로
올라가고 반쯤 아래로 떨어지고, (혹은) 동쪽이 희미하고 서쪽은
막힌다는 것과도 같아 그만 죽순(竹筍)이 때가 되어 터지듯 웃음
이 나옵니다그려.

선사들의 안은 오직 옛날의 선덕(禪德 : 선사를 높이는 말)으로
부터 비롯된 것인 줄로만 알고 이 말을 하는 것인데, 이를 반드
시 목숨을 잇게 하고 전해야 할 진수요, 묘제(妙諦)라고만 믿고
궁구하거나 참고로 삼지 않았기 때문에 전전하며 굴러다니는 사
이에 얽히고 늘어붙어 그것이 결국에 있어 흑암귀굴(黑暗鬼窟 :
의심암귀라는 말과 같다)에 스스로 빠지고 남한테만 화지(団地 :
선어. 배를 끄는 소리, 즉 중생을 이끄는 힘)의 질타를 바라고 있으
니 이런 도리가 있겠습니까?

선사께서 만일 (이것을) 골짝을 가르듯이 깨닫고 이를 뚫는다
면, 바로 화지의 모습일 것이므로 모름지기 화지의 가계(家計 :
여기선 스스로 계획·목표)를 찾기에도 겨를이 없을 텐데 어찌 이
로서 사람에게도 미칠 수 있겠습니까? 모든 것이 정진문(精進
門 : 계율을 지키는 것인데 불도의 실천임) 안의 갖가지 사업으로서
일 보, 일 보 나아가는 것이지요. 나는 비록 천 리 밖에 있으나

이근(耳根 : 귀로 듣는 모든 것)으로 얽매임은 없으므로[불도는 모든 것을 번뇌의 근원으로 보고 배척] 두 선사님의 화지 일성을 고개 조아려 따를 뿐이외다. 불도가 날로 깨끗해짐을 빌며 **쌍수**(雙修 : 추사의 별호)는 삼가 올립니다.〔원주·겸하여 이 글로써 무주선사에게 답함〕'

추사의 서독은 매우 어렵고, 이것은 유학과 불도에 대한 근본적 차이점에 대해 논하고 있는 것으로 이해된다. 즉 무주선사가 추사의 이른바 '티끌 세상의 시끄러움' 곧 인생 문제에 대하여 **공안**(公案) 비슷하게 세 가지 안을 제시했는데 그것에 대한 추사의 **답변**인 셈이다.

그리고 이것은 필자의 추측에 불과하지만 병자년 전후[라고 가정하고서]에 그가 안고 있는 문제란 과연 무엇이었을까?

첫째로 선비로서의 과거 응시였다. 둘째로는 월성위 궁의 계자로서 자녀가 없다는 것이었다. 그리하여 결국 소실을 맞게 되는 것인데 추사와 같은 섬세한 시인의 마음으로선 이씨 부인에 **대한 염**려와 측은지심도 결코 적은 것은 아니었으리라.

우리의 선인들은 사사로운 것은 되도록 내색하지 않고, 고민이 있더라도 혼자서만 끙끙 앓는 게 미덕으로 여겨졌다. 더욱이 선비로선 더욱 그러하였다.

〈제4신〉

자른 듯이 오랫동안 격조했는데, 선의 맛과 세상살이의 장단점을 비교하면 어느 쪽이 나은지 모르겠구려. 다만 마음의 일로선 이는 흰 구름이고, 강머리의 냄새나는 티끌 세상의 **나로선** 생각도 미치는 일이 없겠지요.

속인은 매사에 있어 옛날 날들의 상념을 끊어버릴 수가 없는
데다가 그 이끌리고 얽매이는 것은 고약하기도 한데, 이 또한
어쩔 수가 없을 터입니다.

지난 번에 부탁하신 칠불(七佛)의 편액 글씨는 아직 손도 대지
못했는데, 조사(祖師)의 초상 진본의 모사는 이제 겨우 옮기기
시작하여 모사가 끝나는 대로 마땅히 부쳐 드리겠습니다만, 만
일 대은(大隱 : 상대편을 말함)께서 몸소 와서 가져간다면 또 다른
건(件)으로서 좋은 일도 있으니 시험삼아 이를 꾀하심이 어떻겠
습니까?

선사들의 마음 마음과 생각은 하늘에 있고, 구하여 마지않는
서천(西天)이 이곳에 있음을 모르고서 밖에서만 구할 뿐이며 남
으로 북으로 헤매고 찾고 있으니 한탄하고 꾸짖어도 좋으리라.
부채 두 개를 보내드리고 병석에서 되는 대로 간신히 몇자 끄적
거리며.

그리고 다음은 〈초의에게 주다〉라는 시이다. 초의는 이미 말했
지만 법명은 의순(意恂)이고 자는 중부(中孚)였는데 무안(務安 : 혹
은 나주) 사람이었다. 해남 대둔산(大芚山)에 주하며 다산 정약용
을 비롯하여 홍석주(洪奭周)·신자하·김추사 등 당시의 이름난
유학자와도 널리 교제한 선승이었다.

두륜산(대둔산) 마루턱에 주먹 세우고, 푸른 바다 물가에서 코
를 잡아늘였네.(竪拳頭輪頂 搤鼻碧海潯)
두려울 게 없는 빛을 크게 베풀고, 달을 가리키며 온갖 어둠
을 깨도다.(大施無畏光 指月破群陰)

복지가 곧 고해이고, 하나인 부처의 마음은 모두 가졌네.(福地與苦海 摠持一佛心)

깨끗한 그 이름과 말없는 게로써, 하늘과 바다에 은은한 밀물소리일세.(淨名無言偈 殷空海潮音)

불도에 들고 거듭 마도에 들면, 다만 스스로 웃음을 웃게 되리.(入佛復入魔 但自笑吟吟)

고양이는 흰 암소를 아니, 기용(機用 : 천성)에 따라 서로 범접한다네.(狸奴白牯知 機用互相侵)

봄바람에 백화가 되듯, 밝고 밝음이 지금에서야 이르렀소.(春風百花放 明明到如今)

마지막 연은 매우 어려운데 추사와 초의의 만남을 희필(戲筆) 비슷하게 노래했다고 생각해 보았다.

문 자 학

연보에 의하면 추사는 북한산 순수비를 발견한 병자년에 가장 왕성한 저술활동을 하고 있다. 이를테면 〈실사구시설(實事求是說)〉〈예당설(禮堂說)〉〈일헌예설(壹獻禮說)〉〈인재설(人材說)〉〈적천리설(適千里說)〉이 그것이다. 이런 제설 가운데 일부는 청유(淸儒)의 설을 그대로 옮겼다는 연구 발표도 있지만, 여기서는 그런 것을 떠나 되도록 번역 소개하는 것이 목적이다.

비록 청유의 설이 글자 하나라도 틀리지 않게 일부 옮겨진 부분이 있더라도 추사 선생의 가치가 떨어지는 것은 아니며, 또한 무슨 학술 논문의 발표처럼 고증 일변도의 것도 아니기 때문이다.

이제까지 보아왔던 것처럼, 이를테면 추사의 서독이나 고(攷)·설(說)·변(辨)·소(疏)·시(詩)·잡지(雜識) 등을 보면 이만큼이라도 깊이 파헤친 분은 없었다고 여겨지는 것이다.

그리고 이 소설을 통한 추사 연구도 선생이 터득하거나 도달한 경지의 백 분의 일이라도 접근하기 위해 역사와 제가의 설을 이해하며, 필자를 포함해서 아직 미숙한 젊은 독자로 하여금 배우는 데 초점이 맞추어져 있음을 여기서 밝혀 두겠다.

도대체가 의미도 모른다면 추사 사상의 감상이고 뭐고, 비판이고 뭐고 할 수 없는 것이다.

〈실사구시설〉

《한서》의 〈하간 헌왕전〉에서 말하기를, 실사구시라는 이 말은 곧 학문에서 가장 요결이 되는 도이고 만약에 실제의 사물로서 부실하다면 비단 공소한 기술이 될 뿐더러, 그 옳음을 구하지 않는다면 비단 선입(先入)된 말이 주가 되고 성인의 도는 아직 있지도 않은 게 되어 버려, 어긋난 것이 되지 않을 수가 없으며 멋대로 치닫게 되리라.

그리하여 한대의 유가는 경전·훈고로서 스승으로부터 이어 받은 천성·천도·인의 등에 이르기까지 사실에 의한 극히 실제 적이고 정밀하게 갖추어진 게 있었고, 이때의 사람들은 모두가 용렬하지 않아 깊이 논하더라도 아는 까닭에 추명(推明 : 미루어 밝힌다는 뜻. 곧 추리)을 많이 덧붙이거나 하지 않았지만 아무래 도 주석이 어쩌다가 있게 되면 사실로써 그 옳음을 구하였던 것 이다.

진대(晉代)의 사람이 노장(老莊)의 허무 사상을 풀이하면서부 터 학문이 공소한 것으로 타락되기에 이르렀고 사람이나 학술이 일변했지만, 불도가 크게 유행되고 선기(禪機)가 깨달음의 곳이 되기에 이르자 그 흐름이 이리저리 흩어졌던 것이며, 이를 궁구 하고 경계를 따지는 일이나 학술 또한 일변하지 않을 수 없게 되 어 이것이 다름아닌 실사구시의 한마디와는 남김없이 상반하게 되었던 것이다.

양송(兩宋)의 유학자가 도학을 천명하자 성리 등의 사안이 정 세하고도 실속이 있고 옛사람의 미발이던 것을 발동하게 되었지만, 오직 육왕 등의 파가 또한 공허한 것을 답습하여 유학을 석씨(불교)에 끌어들였고 더욱 심하게는 석씨를 유학에 끌어들인 것이다. 사사로이 말할진대 학문의 도는 이미 요순·우탕·문무(주문왕과 무왕)·주공·공자에게로 돌아간즉 마땅히 실사구시로서 헛된 논의로 도망치거나 하면 잘못이 아닐 수 없는 것이다.

배우는 자는 한유의 훈고를 구하는 정신을 존중해야 하지만 이것이 바로 정성이다. 다만 성현의 도를 갑제대택(甲第大宅 : 훌륭한 저택)으로 비유하면 주인은 늘 당실(堂室)에 있으면서 기거하는 자이고, 당실이란 대문의 길이 아니면 들어갈 수가 없는 거다. 평생을 두고 대문과 문의 길 사이를 바삐 오가면서 당에 오르거나 내실에 들어감을 구하지 않는 것이 바로 이른바 하인이다. 그러므로 배우기 위해선 반드시 정확(精確 : 확실하고 정밀한 것)을 구하고, 훈고는 그 당실에 잘못 이르지 않도록 하기 위해서이며 훈고는 사물에 있어 곧 끝 마무리를 말하는 거다.

한대의 사람은 당실을 심하게 논하거나 하지 않았기에 당시에 있어 대문과 문길을 그르치지 않았고 당실도 절로 그르치지를 않았다. (그러나) 진·송 이후로 배우는 자가 힘써 공자를 높고 먼 것으로 존중한 나머지 성현의 도는 이와 같이 얕고 가깝지가 않게 되었던 거다. 대문과 문길을 이렇듯 싫어하고 박대하면서, 이를 가려내어 유별나게 묘고(妙高)하고도 먼 곳을 뛰어넘어 구할 수가 있겠는가!

빈 곳을 뒤쫓고 헛된 곳에서 껑충거리며 오가는데 당의 등마루 위 창문으로 드리워진 빛의 누각 그림자를 헤아려 재거나 이를 논의하고 생각하는 사이에 건물의 안쪽 문에서 미처 새어 나오지도 않은 것을 궁구하거나 가까이서 볼 수가 있겠는가! 혹은 또 버려져 있는 까닭에 신출내기로서 기꺼이 갑제에 들어가고 이것에 일천(日淺)한데도 불구하고 또한 열린 대문과 문길의 구별이 쉽기 때문에 다투듯이 이에 들어가는데 이것은 내실의 안에 들보가 몇개이며 저 당상에 집채가 몇개라고 가리며, 쉬지 않고 교수(校讐 : 교정)하고 논의하여도 그 가진 바 주장을 알지 못하는데 이미 서쪽 이웃인 을제에 잘못 들어간 거라고 할 수 있으리라.

(그러면) 갑제의 주인은 갑작스레 웃으며 말하리라. 내 집은 너의 집이 아니다. 저 성현의 도란 몸소 실천하는 데 있는 것이지 헛된 논의를 존숭하는 게 아니고, 실증은 구함으로써 얻어지며 공허는 근거가 없어 만일에 이를 탐색하거나 한다면 막막한 어둠 속에 내쳐지고 말리라. 공허와 개활(開闊 : 활짝 열림)의 경계는 옳고 그름의 근본 의미를 따지지 않는다면 모든 것을 잃는데 있다.

그러므로 배움의 도는 꼭 한·송의 경계를 나누지 않는 데 있고 반드시 정현과 왕숙·정자와 주자의 장단점을 비교하지 않는 일이며 반드시 주희와 육구연(陸九淵 : 1139~1192) 및 설선(薛宣 : 1389~1464)과 왕양명(王陽明 : 1472~1528)의 문호를 다툴 것이 아니라 다만 마음은 평탄하고 오기 따위를 억누르며 배움을 넓히고 독실하게 실천하는 실사구시를 주된 것으로 전념하는 한 마디에 있다 하여도 옳을 것이다.'

이미 앞에서 나왔던 것들이지만, 이 마지막의 이 구절은 당시의 유학으로써 그야말로 혁명적이고 자유로운 발상의 진보적인 견해였다.

왜냐하면 정현은 전통적 유학의 법통(法統)이고 왕숙은 위학(僞

學)으로 후세에 이르러 규탄된 것이지만, 당시의 조선 유학계로선 육왕학(앞으로 나온다), 곧 육구연과 왕양명의 학문은 정주 사상과 대치되는 이단으로써 배척 내지 금기(禁忌)로 여겼다.

물론 당시 추사가 곧바로 이것을 발표하거나 하지 않았을 터이고 기껏해야 추사를 이해하는 몇몇 사람에게 보여 줄 정도였겠으나, 나중에 추사를 공격하는 재료가 되었다.

만일 이때 추사가 문과에 급제하고 관계에 몸을 던진 뒤였다면 당장 대간(臺諫)이 들고 일어나 그를 파면하여 처벌하라고 했으리라. 사실 추사는 나중엔 이 구절을 지워버렸다고 한다.

이 소논문에는 속편이 있다.

〈부후서(附後叙)〔이것을 민기원(閔杞園 : 김포 군수를 지냄) 노행(魯行)의 집에서 지었다〕〉

요순·우탕·문무·주공·공자 이래로 학술은 도의를 숭상하고 덕행을 힘써 왔는데, 이를 구하여 실지로 쓰게끔 하는 데는 옳고 그름을 인용하거나 하지는 않았다. 인용은 심성(心性)이나 명리(名理)를 따지는 데 있을 뿐이고 이 도로 말미암아 성(誠 : 지성)이 자명해지기를 기다리지는 않았다.

저 근원을 미루어 생각하고 진실을 바로잡는다면 명(名 : 이름·명칭)은 올바르지 않을 수 없는 거다. 성인께서 돌아가자 정학(正學)은 이런 것들이 미세하나마 덧붙여졌고 불태우거나 다시 구워내거나 하여 6경의 논의가 옆길로 떨어져 나가고 이를 분석하려는 학도는 전란으로 흩어졌다. (그리고) 한대의 여러 유학자가 도서(圖書)를 품안에 간직하거나 옆구리에 끼고 앉아 깊이 숨겨진 것은 같지만 다른 것을 찾아냈으며, 이런 학문을 노리개로 하는 게 성행되어 3만 남짓의 유생이 있기에 이르렀다.

우리 도(실학)의 종조(하간 헌왕)로 말하면 이것에 탁월했고 서경(장안)에 있었지만 강도(江都 : 양주)엔 동중서가 있었으며 동경(낙양)에도 정강성(정현)이 있었다. 그 학문은 잠심(潛心 : 정신통일)과 훈고로서 오로지 주된 것이 되며, 몸을 삼가고 독실하면서 법도에 엄했던 것이며, 공허한 것을 답습하거나 하지 않고 난잡하지도 않았었다. 높고도 아득한 삼대(三代 : 하·은·주의 삼 왕조)의 전형이 되기를 오직 바랄 뿐이며, 그 끊어지지 않음을 가리켜 유향(劉向)은 동자(董子 : 동중서)가 이윤(伊尹)이나 여불위(呂不韋)와는 못지않지만 관중(管仲)이나 안영(晏嬰)에는 미치지 못한다고 했으며 범중엄 등은 정씨(정현)를 높여 중니의 문하라도 능히 능가하지는 못한다고 했지만 덕을 숭상하여 이와 같이 보는 것이다.

양경의 인사들은 대체로 근본의 진실을 대부분 힘썼을 뿐 아니라 들뜨거나 화려한 것을 수치로 여겼으며 이를 실천하고 도탑게 여겼다. 그러나 순상·양웅의 유파는 심성을 알지 못하여 멀고도 성스런 미언(微言 : 미묘한 말, 성인의 숨겨진 도)을 없애고 끊었지만 강도와 강성의 무리가 또한 추명에 있어 심하지가 않았던 것인데 뒤에 다시 불행히도 불씨(불교)의 설이 있어 얽히고 설켜 갈피를 잡을 수 없게 되니, 그 동안에 이 도의 본체(本體)가 대체 몇번 불마저 꺼졌던 것일까!

특히 근원이며 근본인 도의와 덕행의 심성을 굳게 가진 자가 아니면 그 진실은 몰랐던 것이다. 그러므로 송의 참된 유학자가 있게 되고 그 근본을 말하기까지 근원은 다만 그것을 가르치는 기술의 근원에 지나지 않았다. 그 기술이 상세해지고 더욱 넓어

지면서 얼마쯤 절목(節目)의 논을 따지게 되고 그 차이는 털끝만
한 것에 있었는데, 문득 이것이 전하면서 불과 백 년이 되지 않
아 나눠지고 길도 다른 큰 길이 되고 내려오면서 입과 귀의 익히
는 바 실마리 내지 조목이 되어 헝클어진 실처럼 말류(末流)에
이르러선 더욱 더 가지와 다리가 많아졌던 것이며, 지금에 이르
러선 글을 읽고 천리를 담론하는 인사로서 빈 말을 끌어안은 채
갈피를 잡을 수 없는 길에서 일월마저 궁하게 되고 돌아갈 방법
마저 없게 되었다. 또한 이러한 일은 알지를 못한 채 건들거리
다가 늙고 이것이 바야흐로 이른바 실용의 옳고 그름에 이르자
아연하여 자기마저 잃고 어쩔 줄을 모르게 되니 슬프고도 애석
한 일이다.

　나는 일찍이 사견(私見)이나마 의문을 느꼈던 것이며 이렇듯
반려를 맞아 김원춘이 되어 이를 말했지만, 원춘은 곧 그 지은
바 실사구시설로써 이를 제시하고 그 논의는 고금의 학술 변천
을 문경(門徑 : 대문에서 당에 이르는 길)과 당실로써 비유하여 도
탑게 했던 셈인데 또한 묻고 추론(推論)하건대 한대의 유가는 경
전·훈고로써 이를 존중하게 되고 모두 스승으로부터 이어받은
극히 정확한 진실을 갖추고 있는지라, 나도 또한 구절마다 두드
려 보고 이로써 한대의 배우는 자가 실용의 옳고 그름에서 이를
능히 구하여 존숭하며, 이를테면 이것이 이른바 강도·정현의
학문임을 대체로 알게 되었던 것이다.

　그러나 선의 선과 악의 악은 실인즉 하나의 변화이고 동경에
이르러선 이것을 이름하여 절(節)이라 했지만 역시 있다는 것일
까? 기본으로선 비록 그렇다 하여도 삼대의 학문이 모두 진실
로서 진실은 도의고 덕행이고, 진실은 올바른 것이 부정이란 없

는 이름(명칭)이었는데, 내려와서 맹자의 대에 이르자 여전히 그 병(우환)이란 이 이름이 불명확하다는 데 있었다. 그러므로 맹자는 자기의 근원이고 그 근원은 성선(性善)이라 했고, 존심(存心)은 성을 기르는 바로 그거라고 했다.

진(秦)의 불길을 거쳐 가까스로 남은 게 한대의 초창기에 이르렀지만 이른바 이 이름의 불명확은 또한 맹자의 때에 그쳤던 게 아니고 동강도(동중서)의 유막(帷幕) 아래서 발분되고 잠심하는 대사법이었다면 후학으로 하여금 대략이나마 알게 되고 그 공은 돌아갈 곳이 있어 병도 없었을 터이다. 그러나 이 이름이 자기에게 명확하지 않고 그리하여 이 말이 아직도 상세하지 않은 만큼 안된다고 할 수 있으리라.

사람들 모두가 쓰임새가 없음을 알아 깊이 논할 수 있다 함은 순경과 더불어 양웅인데 심성에서 오류가 있었고 스승도 도인과는 달라서 논의도 달랐으며 백가로서 특히 가리키는 방향과 의미가 같지 않았었다. 이는 훈장(訓長)이 말하는 사람들로 모두 이것을 안다는 것이며, 실은 동·정과 같은 제공은 성실하게 질의하고 의론으로선 작게 말하며 입과 귀의 양식으로선 삼지 않았던 것인데, 이는 질박하고 실질적인 것을 좇고 본받았기 때문이다.

그렇기는 하지만 강도의 말로서 인자가 애호하는 까닭은 그 말의 뜻이 순후하고도 깊은 뜻에 있으며 명리(名理)의 차이가 없음이나 또는 한비자의 박애(博愛) 같은 따위[한비자는 권모술수학으로 유교에선 배척]는 아니었다. 만약에 동·정과도 같은 여러 유가들이 미급하여 말하지 않았다고 한다면, 이것은 그 말을 안다고 할 수 없다. 거듭되는 생각으로서 양한의 문자·학술·명

리는 다양하고도 정세하며 매우 친절한데 만약 후세의 난잡과
폭주(暴走)가 없었다면 이는 철집(綴輯 : 재편집)되고 증보(證補)
되어 마땅하다.

은밀히 자부하는 바이지만, 근본에서 도탑게 하고 실증에 힘
쓰는 정신이 궁한 생활로서 턱짓할 겨를도 없게 만들고 두려움
을 갖게 하리라. 타일(他日)에 저 황추(荒墜 : 황망한 생활, 곧 행
실로 추락하는 것)가 심하고 스스로의 힘으로 마땅히 회복하고자
할 때에 원춘과 함께 고생하기로 하고 실사구시설의 후서로 부
기(附記)한다. 병자년(1816) 계동(12월).

이 글로서 〈실사구시설〉이 병자년보다 앞서 씌어졌다는 것을 알
수 있으며, 후서(후기)는 역시 비난이 생기면서 그것을 해명하기
위해 쓴 것이다. 문장의 전체적 인상은 본문보다 아무래도 좀 약해
졌다는 느낌이다.

또 이 글에 훈고(訓詁)라는 말이 자주 사용되는데 여기서 거듭
설명한다면, 송대 이전의 한대부터 당대에 걸친 학문의 주류는 훈
고라고 설명된다.

그래서 훈고를 간단하게 고문의 자구를 금문으로 해석한다는 정
도로 알고 있다. 뜻이야 틀림이 없겠지만 학문 전반에 관련되는 것
이다.

학자로서 학문 연구의 요건은 먼저 자료의 감별(鑑別) · 집일(輯
佚) · 교수(校讐) · 계의(稽疑) · 훈고 · 정리의 과정이 있는 것이다.

중국은 문자의 나라이고 5천 년의 역사를 가져 그 문헌도 엄청나
다. 그런데 그 엄청난 문헌 중에는 후세의 사람들이 조작한 위서
(僞書)도 적지 않다는 점에서, 이 문헌의 감별이 필요하다. 쉬운

말로 옥석을 가려내는 일이다.

그 방법이나 실례에 대해선 이미 소개하여 생략하지만, 다음의 단계인 집일——.

중국에는 엄청난 문헌이 있는 대신 이름만 전하되 이미 없어진 이른바 일서(佚書)가 적지 않다. 이런 일서를 찾아내고 나아가선 복원하려는 게 곧 집일이었다.

그 대표적 학자가 청대의 강희·건륭 시대에 강소 오현 출신의 혜주척(惠周惕)·혜사기(惠士奇)·혜동(惠棟: 1697~1758, 자는 정우)의 3대에 걸친 연구였다.

특히 혜동은 《주역술》《한역학》이란 저술이 있고 한학(漢學)에의 복귀를 외쳤으며 그 문하에서 많은 학자가 배출된다.

혜동의 《주역술》과 《한역학》도 한대의 산일된 역설을 주워모아 소석(疏釋)한 것이었다. 그의 제자로 특히 강성(江聲 : 1721~1798, 자는 숙운)·왕명성(王鳴盛 : 1722~1797, 자는 봉개)이 있고 동시대의 학자로 초정 박제가 선생과도 친교가 깊었던 손성연(孫星衍 : 1753~1818)도 각각 《상서집주음소》《상서후안》《상서고금주소》라는 뛰어난 저술을 남긴다. 추사의 논문으로 《상서금문변》(상·하) 《역서변》(상·하)을 소개했지만 위에서 말한 사람들의 영향을 받았으며 그 학통을 잇고 있다고 생각된다.

진위를 감별하고 일서를 수집·편집했다면 교수(校讐) 단계이다. 교수는 문헌을 서로 대조하며 잘못된 것을 바로잡는 교정인데, 그것에 원수 수자를 붙인 것이 재미있다. 이것은 옛날의 대교(對校)는 마치 원수처럼 서로 맞보고 앉아서 한 사람이 글을 낭독하면 다른 한 사람은 그것을 들으며 교정했다는 데서 비롯된 말이다.

명나라 말기부터 청나라 초기에 걸쳐 서적의 수집과 수장이 선비의 자랑으로 유행하기 시작했다. 이것은 추사의 시대이기도 한 건륭·가경 시대에 걸쳐 가장 왕성했다. 교수는 상당히 중요한 분야로 이것으로부터 목록학(서지학)·교감학(校勘學)이 갈라지고 있지만 이 분야의 대표적 인물은 역시 오현 출신의 황비열(黃丕烈 : 건륭·가경 연간 사람. 자는 요포)을 들 수가 있으리라.

황비열에 대해서는 나중에 또 설명하겠지만 여기서는 그가 명나라 말기의 급고각(汲古閣) 소장의 북송본 도시(陶詩)와 남송본의 도시를 발견했고, 다시 송판의 1백 부를 얻어 고판본(古版本)의 가치를 세상에 알렸다는 점을 들겠다. 특히 그는 수전노처럼 귀중한 서적을 자기 혼자만 소장하는 게 아니라 자기가 수장하는 진본(珍本)·귀중본을 아낌없이 간행하여 학계의 연구에 제공했다는 점에서 손꼽을 인물이었다.

계의(稽疑)란 무엇인가?

교수는 이본(異本)을 대교하여 객관적 증거를 찾아내고 잘못을 정정하는 방법이지만, 이런 증거가 언제라도 갖추어져 있는 것은 아니다. 때로는 천하의 유일본일 경우도 있고 몇몇의 이본이 있더라도 같은 오류를 답습하고 있는 경우도 있다.

이럴 경우 앞뒤의 문맥과 구법(句法)을 참조하여 의심스런 것을 정정해야 한다.

도대체가 서적의 오류엔 갖가지의 경우가 있어 일률적으로는 말할 수 없지만, 가장 많은 것은 탈자와 연문(衍文)·형와(形訛) 등 세 가지였다.

탈자는 사본할 때 글자를 빠뜨린 것이고, 연문은 부연한 것, 곧 군더더기를 덧붙인 것을 말한다.

대체로 옛날의 학자는 이본과 대교하여 이동(異同)이 있음을 알게 되면, 그 글줄의 옆에 이문을 부기하거나 읽기가 난해한 문자 옆에 그 뜻을 방주(旁注)했다. 그런데 이런 방주를 사본하면서 본문과 혼입하고 연문이 되는 것이다. 따라서 같은 의미의 문자가 중복되거나 하면 마땅히 앞뒤의 문맥을 참조하여 삭제해야 한다. 그 반대로 문자가 부족하다 싶으면 탈락이 있다고 판단하는 것이다.

형와란 자형(字形)이 비슷한 것을 잘못 베낀 것인데, 한자란 시대와 함께 변화 되었다는 역사가 있다. 예를 들어 은대의 귀갑 문자가 금문(金文)이 되고, 금문에서 전서(전자)로 바뀌고, 전자로부터 예서·해서로 변화되고 있어, 단순하게 해서와 해서의 비슷함에서 오자를 가져올 뿐 아니라 혹은 전예의 비슷함, 또는 고문과의 유사며 초서체와의 비슷함에서 오는 경우도 있다.

왕인지(王引之 : 1766~1834, 자는 백신)는 《경의술문통설(經義述聞通說)》을 저술하여 이런 형와의 실례를 다수 열거하고 시정하고 있다. 왕인지는 《논어》《맹자》와 같은 중요 고전의 형와도 지적하고 있는 것이다.

　　吉月必朝服而朝의 길월은 고월(告月)의 잘못〔《논어》〈황당편〉〕
　　出而哇之의 와(상스런 말)는 토(吐)의 잘못〔《맹자》〈등문공편〉〕
　　舍舘定然後求見長者乎의 구는 내(來)의 잘못〔《맹자》〈이루편〉〕

위의 예만 보더라도 글자 하나의 오자가 의미를 180도 차이나게 한다.

이상이 간단한 탈자·연문·형와의 예를 설명한 것이다.

원래 중국의 고전은 간책(簡策)에 씌어진 것이었다. 한무제 때는 목간(木簡)도 사용된 모양인데, 대나무를 일정한 길이로 자르고 그것을 쪼갠 것이 간이며, 간에 글자를 쓰고 그것을 가죽 끈이나 실로 꿴 것이 책이었다. 종이의 발명은 후한 때의 일이고 종이가 나타나기 이전의 간책은 전해지는 과정에서 탈락되거나 혼입되는 경우가 있었다.

예컨대 고문상서를 금문상서로 옮길 때의 착오로 이런 간의 탈락내지 혼입이 있었다. 따라서 문장이 연결되지 않거나 아예 없는 경우가 있고, 탈락되었다면 탈간(脫簡)이고, 순서가 뒤바뀌거나 했다면 착간(錯簡)이라고 불렀다.

고전에 따라 다르겠지만 《상서(서경)》의 일간(一簡)은 22자 내지 25자였다. 단옥재(段玉裁 : 1735~1815, 자는 약용)는 《설문해자주》《육서음균표》의 저술이 있고, 또한 《고문상서찬이(古文尙書撰異)》33권으로 유명한 학자인데, 이런 《상서》의 탈간 · 착간에 대해 고증했다.

그런 하나의 예로 《논어》의 마지막편 〈요왈(堯曰)〉의 첫머리 끝부분에, '寬則得衆 信則民任焉, 敏則有功 公則說'의 16자가 있는데, 이것이 앞뒤와는 아무런 관계가 없고 엉뚱하다는 느낌을 준다. 그런데 같은 《논어》〈양화편〉에도 비슷한 의미의 '寬則得衆 信則人任焉 敏則有功 惠則足以使人'이 보인다.

그래서 청대의 학자 적호(翟灝)는 그의 저술 《사서고이(四書攷異)》에서 이것을 지적하고 〈요왈편〉에 들어가 있는 16자는 이 〈양화편〉의 단간(斷簡)일 거라고 주장했다.

다만 公則說의 석 자와 惠則足以使人의 여섯 자는 일치되지 않지만 公자는 원래 노장의 용어이고 《논어》 중에서 公자가 있는 부분은 여기뿐이다.

그래서 公자는 惠자가 부스러져 중앙 부분만 남았을 거라는 추리가 성립되고, 說자도 足자가 잘못 兌자로 사본되고 그것이 다시

說자로 바뀌었다는 추정을 하고 있다.

한자 연구는 이렇듯 추리소설을 뺨치는 재미도 있지만, 오자가 얼마나 무서운 것인지 알만하다.

교정을 해본 사람이면 경험하는 일이지만 두 번 세 번 보아도 오자를 놓치는 경우가 있어 사전 따위는 적어도 일고여덟 번 같은 사람도 아닌 눈으로 정성껏 살펴야 함은 물론이다.

후한의 채륜(蔡倫)이 종이를 발명하자, 간책은 사라지고 두루마리 본으로 대체되었다. 인쇄되고 제본한 방책(方策)이 나타나기까지 이런 두루마리가 사용된 것이다. 우리는 권(卷)이라는 말을 지금도 쓰고 있지만 여기에서 비롯되었다.

20세기 초, 돈황 천불동에서 대량의 두루마리 책이 발견되었고, 영국·프랑스를 비롯한 일본에 불법으로 유출되었다.

돈황의 석굴사는 4세기 중엽(6조의 동진 시대)에 개굴되기 시작했다고 하지만 6조 말부터 수당 시대에 걸쳐 많은 서적들이 수장되고 산일을 막기 위해 봉인된 것이라고 생각된다. 그리하여 발견된 방대한 문헌은 5세기부터 11세기에 걸친 것이며 동양의 역사를 아는 귀중한 것이다.

혜초(慧超)의 《왕오천축기(往五天竺記)》도 이중에 포함되어 유명하지만, 우리가 모르는 신라·고려 초기의 자료도 있을지 모르며 또한 반드시 있을 것으로 믿는다.

그것이야 어쨌든 학자의 보고에 의하면 돈황의 옛 사본으로 《노자하상공주(老子河上公注)》의 잔권(殘卷)이 대영박물관에 수장되어 있다고 한다. 그 학자의 관심은 두루마리 본의 형식에 있었다. 즉 경문과 주는 같은 크기의 글자이고 단행(單行)인데, 그 구별은 단지 글자 하나를 띄운 형식이었다.

이것은 초기의 형식을 나타내는 것이며 다른 고사본 역시 경(經)·주(注)·소(疏)의 구분을 이와 같이 하고 있다.

이것이 좀더 후세의 형식이라면 본문을 대문자로 쓰고 주소는 작은 글씨의 쌍행(雙行)으로 바뀐다.

따라서 대소자 구별이 없는 초기의 두루마리 본 역시 전사(轉寫)할 때 오류가 생기기 쉬웠다고 생각된다. 게다가 《장자》〈제물론〉과 같은 난해한 문장은 예사 사람으로는 뜻도 모르고 베끼게 되어 더욱 착종(錯綜)되고 말았다. 추사도 〈실사구시설〉에서 그런 점을 지적했다. 이리하여 훈고라는 게 중요해진다.

훈고는 일명 문자학이었다.

한자에는 형(形)과 음(音)과 의(義)의 삼면이 있다. 형은 문자의 모양이고 음은 발음이며 의는 그 의미였다. 말을 바꾼다면 의는 문자에 의해 표현되는 개념이고, 음은 그 언어이며 형은 그런 언어를 표시하는 부호였다.

①자형(字形)은 시간이 지남에 따라 변화하는 것인데 지금 있는 최초의 한자는 귀갑문으로 거북의 껍질·소의 어깨뼈 따위에 새겨진 문자였다. 이는 은대의 유물로 약 3천 년 전의 것이다.

다음 단계의 문자는 주(周)시대의 것인데 주대의 문자는 모두가 청동기에 새겨져 있어 금문(金文)이라고 한다. 그리고 진한 시대의 문자는 주로 비석에 새겨진 것이 많아 석문(石文)이라 해도 상관은 없지만 전서나 예서로 씌어져 있어 전예(篆隷)라고 부르는 게 보통이다. 후세에는 해서체의 비문이 많아지고 있지만 진한의 비문은 모두 전예인 것이다. 그리고 후한 이후는 종이도 사용되기에 이르렀는데, 이런 종이에 씌어진 문자는 해·행·초서가 많았다.

후한의 허신(許愼)이 전서를 바탕으로 문자의 구조를 연구하고 그 의의를 설명하여 《설문해자》를 지었음은 이미 말한 대로이다.
허신에 의하면 모든 한자는 상형(象形)·지사(指事)·회의(會意)·
해성(諧聲)의 네 가지 원칙을 가졌다고 한다. 문자학의 연구는 그
저술이 많지만, 역시 가장 뛰어난 것은 청나라의 단옥재가 저술한
《설문해자주(說文解字注)》 15권이었다.

그러므로 한자는 귀갑(갑골)·금문·전예·해행초로 변화된 것
인데, 현재의 중국은 간체자(簡體字)를 쓰고, 이는 컴퓨터와도 같
은 것에 쓰고자 획수를 극도로 줄여 버려 옛날 한자를 배운 사람은
무슨 글자인지 어리둥절한다. 대만 같은 곳에서는 이런 간체자를
사용하지 않으며, 서예 등에는 이런 것이 물론 어울리지 않고, 과
문한 탓인지 어떻게 처리하는지 알 수는 없지만 그런 대로 방법을
모색하고 있으리라.

②자음 역시 자형과 마찬가지로 변화의 역사를 갖는다. 자음의
연구에는 운서(韻書)가 이용되고 있다.

운서의 선구자는 위(魏)의 이등(李登)이 지은 《성류(聲類)》와 진
(晉)의 여정(呂靜)이 지었다는 《운집(韻集)》이 있는데 이것은 현재
없어져 전하지를 않는다. 따라서 그 내용은 알 수가 없지만 모든
문자를 궁(宮)·상(商)·각(角)·치(徵)·우(羽)의 오성(오음)으로
나누고 각 소리 아래 운자를 좇아 글자를 모은 것이었다고 한다.

그러나 그 뒤 양의 주옹(周顒)이 《사성절운》을 지었고 심약(沈
約 : 441~513)이 《사성보》를 짓자 비로소 평(平)·상(上)·거(去)·
입(入)의 4성에 의해 운을 구별했다. 이어 수나라의 육법언(陸法
言)은 주옹·심약의 사성설과 앞사람의 운서를 절충하여 《절운(切
韻)》이라는 음운사상 획기적인 저술을 했다. 이것을 수정하여 손
면(孫愐)은 당운을 만들었고 송의 대중상부(大中祥符) 연간(1008~

1016)에 진팽년(陳彭年) 등이 《광운(廣韻)》을 편집했다.

그리하여 현재 남아있는 것은 이 《광운》 5권뿐이다. 따라서 후세의 음운학자들은 이 《광운》부터 출발하여 거슬러올라가면서 옛날의 음운을 연구한다.

고염무(顧炎武 : 1613~1682)는 너무도 유명한 고증학의 원조인데, 고운학(古韻學)의 제창자였다. 그는 시의 압운(운자)을 조사하여 《시본음(詩本音)》을 저술했고, 역의 압운도 찾아내어 《역음(易音)》을 짓는다. 그리고 이를 귀납하여 '고음10부설'을 주장했으며 또한 이것에 의거하여 《광운》의 발음을 바로잡아 《당운정(唐韻正)》을 저술했고 고음의 대략을 논하여 《음론》을 지었다.

이런 고염무의 저작이 밑거름이 되어 강영(江永 : 1681~1762, 자는 신수)은 《고운표준》을 저술하여 13부 분설(分說)을 주장했고, 그 제자 대진(戴震 : 1722~1777, 자는 동원)은 《시성류(詩聲類)》와 《성운표》를 만들어 16부 분설을 주장했으며, 단옥재는 《육서음균표》에서 17부 분설을, 왕염손(王念孫 : 1744~1832, 자는 회조)은 21부 분설을 주장했다. 이상은 모두 《역경》《시경》《이소(離騷)》 등에 근거하여 《광운》을 정리한 것이다. 〔단옥재만은 《설문해자》를 근거로 함〕

청대의 쟁쟁한 학자들이 너도나도 고운의 연구에 몰두한 것은 문자의 발음이 옛날과 지금은 다르다는 것을 밝히려는 데 있었다.

우리나라를 예로 든다면 삼국 시대에 한자를 처음으로 받아들였을 때, 그러니까 불교 전래 초기에 지금 오·당음이라고 부르는 것보다 앞선 한자의 자음이 들어왔다. 육법언의 절운은 수문제 때의 것이고 고구려·백제(신라는 이보다 훨씬 늦다)의 불교는 동진 시대에 들어온 것이다. 그리하여 《절운》의 운은 현재 오음이라 불리는 것이고 통일 신라 이후는 당운(한음)이 들어왔다.

이런 오·당음보다 앞선 한자의 자음이 삼한에서 왜국에 전해져 그 흔적이 남아있는 것이다. 왜국의 문물은 '견당사'를 보내기 이전의 것은 모두 삼한을 경유한 것이므로 왜국의 언어 발음에 그런 고대의 음운이 남아있어도 이상할 것이 조금도 없다. 최근에 왜국의 고대 시집인《만요슈[萬葉集 : 대체로 8세기 후반쯤 성립]》를 고대의 경상도 방언으로 해석하여 화제를 불러일으켰지만, 고대의 일본어에 삼한의 영향이 있었음은 누구도 부인 못하는 사실이다.

이런 고운(古韻)을 연구하는 또 하나의 목적은 유학의 경전은 물론이고 제자백가의 고전도 모두 고운으로 되어 있으므로, 그것을 정확하게 읽자는 데 있었다. 고정림(顧亭林 : 고염무의 호)은 그의 《당운정》에서 《상서》〈홍범〉의 구절 '無偏無頗 遵王之誼'에 있어 頗자와 誼자의 음운이 일치되지 않는다 하여 당현종이 조서를 내려 頗자를 陂자로 고쳤다는 기록을 지적하고, 이는 誼의 옛 음운이 賀(ga)로, 頗(ha)로 압운하는 것을 몰랐기 때문이라고 했다.

그러니까 하(賀)는 일본식 발음 가[賀]가 되며 원흥사(元興寺) 연기문(緣起文)에 나타난 장륙후배명(丈六後背銘)의 이른바 소가씨 〔蘇我氏〕를 巷宜라고 쓰고 있음이 그런 증거가 되는 것이다.

어쨌든 고음(古音)을 모른다면 옛날의 금석문도 옳게 읽지 못한다는 것이며, 주목할 연구임에는 틀림없다.

③문자의 자의(字義)는 본의(本義)·전주의(轉注義)·가차의(假借義)의 세 가지가 있어 또한 단순하지가 않다.

본의란 문자 본래의 뜻이고 전주의는 나중에 전와(轉訛)된 뜻이다. 한문 사전을 보면 알겠지만 글자에 따라 어느 것은 10여 종의 뜻을 나열하고 있다. 그래서 한자로 된 고전을 읽게 될 때 초학자는 어느 뜻을 택해야만 할지 망설이게 되는 것이다.

한 가지 예를 든다면 道자의 금문은 行의 사이에 首와 止를 그린 모양이었다. 行은 귀갑문에서 ⫶라고 표시하여 네거리를 나타낸 상형 문자이며 길이란 뜻이었다. 그리하여 그 사이에 표시된 首는 발음 부호이고, 止는 금문에서 川로 그려져 발자국을 나타내는 글자이다. 따라서 道란 首라고 발음되며, 발로 걷는 ⫶자 모양을 한 곳이라는 뜻이고 길이 그 본의였다.

그러나 길은 사람이 그것을 좋아야 하는 것이므로, 바꾸어 사람으로서 꼭 실행해야 하는 도덕·법의 뜻도 된다. 이렇게 보는 것이 전주의다.

그런데 한자는 뜻이 바뀌는 데 그치지 않고 바뀐 뜻에서 다시 다른 뜻이 파생(派生)되는 것이다. 예를 들어 《논어》에서 '吾道一以貫之'라고 한 것은 도의 본의에서 일차적으로 전의(轉義)된 도덕이란 뜻인데, 그런 도덕이란 사람이 멋대로 정한 것은 아니며 자연의 이치라고 생각할 때 도는 우주 원리·세계란 따위를 의미하게 된다. 이것은 도의 제 2 전의이다.

이렇듯 본의에서 떨어져 나와 갖가지로 파생되며 변화되는 뜻이 전주의였다.

그런데 가차의는 글자의 본의와는 관계없이 다만 그 발음이 같거나 아니면 모양이 비슷할 때 임시로 빌려 쓴다는 뜻이다.

그러므로 가차의는 비록 글자가 달라도 본의와는 관계가 없고 변화되지 않는 게 원칙이다. 그러나 가차자는 쉽게 발견되는 것과 그렇지 않은 것도 있어 학자로서 골머리를 썩히게 된다.

비근한 예로 導자가 있다. 《설문해자》에선 導를 풀이하여 ㅆ寸道聲, 引也라고 했다. 〔ㅆ(종)은 종(從)의 고자〕

따라서 導는 가르쳐 이끈다는 게 그 본의인데, 가르쳐 이끈다는 데서 전의하여 治(다스린다)라는 뜻도 된다. 《논어》에서 '導之以政'은 뜻으로 보아 본의라고 생각되지만 '導千乘之國'은 治(다스린다)의 뜻으로 사용되었다고 본다.

그리고 현재 전해져 있는 《논어》는 이 導자를 모두 道자로 표기하고 있다. 이것은 導라고 써야 하는 것이 옳은데 시간을 절약하기 위해 道자를 임시로 사용한 것이며, 친절하게 道를 治也라고 주석한 것은 바로 전주의였다.

이 가차의는 고전을 읽게 되면 누구나 봉착하는 어려움인데, 그런 가차자의 발견은 동음(同音) 또는 근음(近音)에서 찾고 생각하는 데 있다고 한다.

이런 가차자의 규명에 가장 성공한 청유는 왕염손·인지 부자였으며 왕석구(王石臞 : 염손의 호)는 《독서잡지(讀書雜志)》, 인지는 《경의술문(經義述聞)》이란 저서에서 많은 용례를 귀납하여 가차자를 찾아내고 있다.

예를 들어 왕인지는 《효경》의 '口無擇言 身無擇行'을 인용하고 예로부터의 주석자는 擇을 가린다·추린다는 뜻으로 해석하지만, 뜻이 통하지 않는다. 그런데 왕인지는 여기서의 擇言은 《상서》〈여형편〉의 '罔有擇言压身'과 같은 용례(用例)이고 이 擇자는 斁(도)·斁(두)의 가차자이며 패(敗)한다는 뜻이라고 했다. 그 근거로서 《상서》〈홍범편〉에 '彝倫攸斁'이란 말이 있지만 斁를 敗也라고 주석했으며, 《설문》에서 홍범의 말 '彝倫攸斁'라 인용하여 역시 敗也라고 주석하는 것이다.

擇·斁·殬는 모두 睪(역)이란 발음이고 고대엔 같은 발음이라서 殬자 대신 擇자를 빌렸다는 설명이다. 왕인지의 고증마냥 두

(斁)로서 《효경》의 말 '口無擇言 身無擇行'을 해석하면 뜻이 분명
해진다(말에서 패했으니 입은 없는 것이고, 행동에서 패했으니 몸은 없
다). 패(敗)란 보통 진다는 뜻이지만, 여기서는 도에서 어긋난, 곧
말이나 행동이 훼손되었다는 의미이다. 이런 예가 왕인지의 《경의
술문》에는 다수 지적되고 있는데, 그것은 고운학(古韻學)에 바탕을
둔 것이고 따라서 그가 주장하는 고운 '21부 분설'은 현재 가장 유
력한 것으로 학자들의 인정을 받는다.

　문자학이란 요컨대 그 문자가 가진 본의를 찾아내는 데 있다. 본
의를 연구하자면 《설문해자》를 바탕으로 하여 금문·귀갑문으로
거슬러올라가야만 했고, 전주의와 가차의를 알자면 《이아(爾雅)》
와 《광아(廣雅)》부터 들어가야 한다.

　《설문해자》에 대해서는 앞에서 비교적 자세히 설명했으므로, 여
기선 《이아》와 《광아》에 대해 말하겠다.

　《이아》는 역사적으로 시대를 달리한 같은 뜻의 말, 지리적으로
는 지역을 달리 한 방언을 모으고 아언(雅言 : 표준어)으로 해석한
문헌인데, 《광아》는 그 보유(補遺)라 할 수 있는 책이었다.

　그러나 《이아》나 《광아》는 같은 뜻의 다른 말을 모아 이를 아언
으로 해석할 뿐이지, 그것이 어디의 방언이고 어느 시대의 말인지
는 설명하지를 않았다.

　그래서 전한 말의 양웅은 《방언》 13권을 저술하여 각각 어디의
방언인지를 설명했고, 이것을 다시 진대의 곽박(郭璞 : 276~324)은
한 걸음 나아가 저마다의 문자가 사용된 출처를 고전 중에서 찾아
내어 그것이 언제쯤의 시대어인지를 밝혔다. 그리고 청대에 이르
러 소진함(邵晉涵)의 《이아정의》·곽의행(郭懿行)의 《이아의소》,
그리고 왕염손의 《광아소증》이 집필된다.

추사도 이 방면에 관심을 가졌고 《성균변(聲均辨)》에서 현대로 말하면 음운학과 언어학의 매우 어려운 논문을 썼는데 다산 정약용의 《아언각비》는 훈고의 입장에서 집필된 것이었다.

대체로 훈고는 처음에 고전의 문자를 근문(近文)으로 해석하는 초급의 것이었지만 학문이 발달되면서 위와 같이 깊어졌다. 그리고 훈고는 문자의 본의가 시대의 경과와 더불어 또는 지역의 달라짐에 따라, 어떻게 전와되고 또 어떤 문자가 어떤 문자로 차용되고 있는지를 알게 되는 것인데, 이것은 학자들이 일생을 두고 연구해도 알기가 어려운 학문이다.

그런데 좀더 간편한 길잡이로 주준성(朱駿聲 : 1788~1858, 자는 풍기·호는 윤청)의 《설문통훈정성(說文通訓定聲)》이란 게 있었다. 이 저술은 전32권인데 고운의 부분 순서로 문자를 배열하고 매 글자 아래에는 먼저 《설문》에 의한 그 본의를 밝히고, 이어 그 뜻이 어떻게 전와되었는지를 예증했으며, 다시 가차자의 용례도 덧붙이는 한편, 고전에서의 압운 용례도 설명하여 매우 친절하고 편리하게 편집되어 있다.

지금까지 설명한 것을 정리한다면, 먼저 진위를 감별하여 참된 것만을 알 필요가 있고 그런 진서(眞書)에 교수·계의가 가해져야 하며 끝으로 교수가 끝난 책에 대한 훈고를 바르게 하여 글자 그대로 이회(理會 : 사리를 깨닫고 뒤를 돌아봄)해야 하는 것이다.

그런데 연구는 여기서 그치지 않는다. 말하자면 전후좌우를 돌아보고 하나하나의 문헌 위치를 알 필요가 있다. 예컨대 하나의 문헌이 그것에 앞선 문헌으로부터 어떠한 자극(영향)을 받고 뒤의 문헌에 어떤 자취를 남기고 있는지 또는 동시대의 문헌과 어떤 관계에 있는지를 알아야 한다.

그리하여 하나하나의 문헌을 종합적으로 정리하기 위해서는 모든 문헌을 연대순으로 배열하여 생각해야 하고, 그러자면 그 배경이 되는 역사에 대해 알아야 한다.

중국의 사적(史籍)은 방대한 것이지만 대체로 기전체와 편년체의 두 가지로 분류된다. 《사기》《한서》 이하 25사는 곧 전자에 속하고, 《춘추좌씨전》《자치통감》《송원(宋元)통감》은 후자의 대표였다.

이 두 가지 체는 각각 단점과 장점이 있는데 기전체의 역사가 역시 편리하다. 이를테면 경학 관계는 유림전, 금석·고증학을 포함한 문학 관계는 문원전이 있어 그 부분만을 집중적으로 연구하면 되기 때문이다.

다만 기전체에 나타난 역사는 모두가 전통적 통설이라, 고증하는 입장에선 이를 깊이 파고들어가, 모순이 있다면 과감하게 그 벽을 허물어야만 했다. 추사의 제설은 이런 의미로 볼 때 혁신적이었다.

〈성균변(聲均辨)〉

문자의 성균(소리의 가락·억양)은 음악의 성균과 더불어 또한 서로 비슷하다. 대체로 소리(음)와 다른 소리의 고른 나눔이 곧 문자의 성균이고 고른 까닭에 문자의 음은 이 문자의 음은 아닌 것이다.

육서(六書)의 형성(形聲)이 바로 이 문자로서 음이 있게 된 시작이었다. 문자로서 음이 있게 됨은 소리 하나로서 그치는 게 아니고 사물로써 이름이 되며, 짝을 취하여 이루어진 연후에야 비로소 이 문자의 음이 되어 얻어진다.

음이 되어 다른 것보다 모양과 음이 아울러 특출한 까닭에 모양을 떠날 수 없는 것이며, 음이라고 말하는 것이다. 모양을 떠난 것이 말소리이고 문자의 음은 아닌 것과도 같다.

江(강)은 水(물)로써 소리이고 공(工)음인 고로 강(江)이란 음이 되었다. 하(河)의 소리도 역시 水이지만 가(可)음이므로 하(河)의 음이 된 것이다.

그렇지만 강하의 음이 같은 소리라서 강하의 음이 되어야만 했던 것일까? 지금 옛날의 쌍성(雙聲)으로서 도리어 강의 음이 된 것일까, 아니면 하의 음이 됨은 바로 모양을 떠난 음인데 어찌 강자·하자의 자음(字音)이 되어 얻을 수 있다는 것인가? 이것은 형성의 고의(古義)로서 오직 말의 합치(合致)가 아니면 안되는 것인데, 저 손면·여정의 여러 사람으로 비록 음운을 전한 공은 있을지라도 고루하여 뒤죽박죽이라 이와 같이 어지럽지 않을 수 없어 큰 잘못인데, 지금의 사람으로 그만 지키지 않을 수 없게 되고 이를테면 예서로 해서를 쓰듯이 이를 사용하게 되었다.

쌍성·첩운(疊韻 : 동음의 겹침)이 곧 균등해지는 연유인데 역시 문자의 음은 아니다. 지금 또 쌍성·첩운으로 합쳐 반절(反切)을 만들지만 더더욱 큰 잘못이다.

이를테면 납가새(가시풀)로 덮고 가려 무릎 가리개를 만듦과 같지만 옛날에도 반절은 있었고, 그리하여 또한 뜻으로써 음이 되게 하는 옛날의 쌍성은 아니었으며 강하의 음처럼 뜻은 없어도 이는 괜찮았다. 지금처럼 안된다는 반절은 옛 반절로서 또한 如자와 같은 반절을 말하며, 이 如는 바라문의 유성(有聲)·무의(無義)에서 비롯된 자모(字母)였다.

또 구절 하나하나에 깊이가 있는 옛 성인의 육서를 남김없이 배워도 골짜기의 물을 보고 많은 의문 속에 빠지게 되면, 그 화 (禍)의 극렬함은 홍수나 맹수와 같은 것이라 중국의 형성 문자 로서 결코 이를 짝짓거나 하면 안되는 것이다. 그리하여 선인들 은 모두 如・科・尺으로 후(喉)・설(舌)・순(脣)・아(牙)・치 (齒)의 5성이 되어 이를 받들고 천지 자연의 음이라 감히 폐할 수는 없었다.

그 저절로 이루어진 음이란, 말은 아닐진대 옛 성인은 이를 소리로서 반드시 대나무와 실(사죽(絲竹) : 악기]로 음을 살피고 후(목구멍)・설(혀)・순(입술)・아(어금니)・치(잇몸)의 소리로 아직 들어보지 못한 근본의 것일지라도 인성(人聲)으로써 귀하 게 여기며 반드시 화성(和聲 : 화음)으로 다스렸지만, 이로부터 사람의 말로 미처 분명치 않은 도성(徒聲)으로 귀천 상하를 나눈 것이다.

또 비록 후설순아치가 자연의 음이라도 남북의 사람이나 경토 (輕土)・중토(重土 : 경중은 발음의 빠름과 더딤으로 그런 지역임)의 사람이며 청수(淸水)・탁수(濁水)의 사람은 각각 그 발음에 있 어 다른데, 무엇이 기준이고 또 자연의 음이라고 하는 것일까? 자모의 끊어짐과 통할 수도 없는 중국의 문자가 의문도 없이 찬 란하게 이르러 우리 동방의 반절이 되었으니 역시 안되는 게 아 닐까?

문자를 논하여 음이라고 하자 손님이 있어 이를 비난하며 말 했다.

"이 소리(음)는 금석사죽(악기의 총칭)의 소리도 아니요, 또 새 소리도 짐승 소리도 아닌 오로지 사람의 소리가 아니겠는가!"

나는 이내 한숨을 쉬어가며 말했다.

"유유부부(唯唯否否 : 이것도 저것도 아닌 그저 따른다는 것)가 바로 사람만의 소리가 아니겠소? 소리와 모양을 겸한 것이 사람인데 무엇으로써 소리와 모습을 병행(並行)의 음이라고 하는가! 소리의 안에서 모양과 합치되어 이 하나로 되는 게 사람의 소리이며 소리로써 오직 통하고, 소리로써 통하지 않는 것이란 없다. 이리하여 문자의 음은 신묘불측(神妙不測)의 것이며, 사람의 소리는 얻어지는 것도 갇혀 있는 것도 아니다."

일찍이 홍초당(洪初堂)은 이것에 의문을 가졌고, 바로 대진 문하의 고제(高弟)로 또한 유학에도 넓고 뛰어난 정소필(丁小疋)도 모두 자모에서 끝내 얻지를 못하여 할애(割愛)했음은 어째서일까? 강진삼(江晉三) 또한 옛날의 성균학에 밝았지만 자모로써 또한 같은 설이었는데 그 미진(未盡)함은 옛 형성의 정의(精義)에서만이었을까?

진팽년·고염무·강성·대진·단옥재·왕염손 이래로부터 성균의 학문은 점차로 발명(發明 : 개발되어 밝혀짐)되어 그 여온(餘蘊 : 남아있는 숙제)은 거의 없어졌지만 또한 공씨(孔氏 : 孔廣森)·장씨(莊氏 : 莊述祖)·장씨(張氏 : 張成孫)·유씨(劉氏 : 劉蓬祿)의 글이 있고 같으면서도 이론이 분분한데 각각 장점의 곳도 있어 모든 것을 할 수만 있고 일월처럼 걸어 두게 되면, 반드시 정침(定針)할 수 있는 바의 것을 절중(折中 : 절충, 취합하여 분석한다는 의미)하게 되리라.

추사의 〈성균변〉은 당시에 사용되던 용어, 이를테면 음(音)을 성(聲)으로 기술하고 있어 원문을 대하면 얼른 머리에 들어오지 않을 것 같다. 그래서 모두가 성(소리)으로 되어 있는 부분을 골라 성과 음으로 적당히 겸용하면서 번역을 시도했다. 그리고 추사가 말하는 성균이 곧 오늘날 말하는 음운이며, 변은 따진다는 의미, 곧 분석이다. 해설을 한다면 음운학도 추사에게 있어 절실한 학문 과제였다. 이것이 앞에서도 말했듯이 경학에 들어가는 문경(門徑)이기 때문이다.

중복되지만 한자는 전설적 제왕인 황제(黃帝)의 사관 창힐(蒼頡)에 의해 고안되었다고 전해진다. 그리고 현존하는 가장 오랜 것이 은대의 귀갑 문자(갑골문)이다. 이것은 추사의 생존보다 뒷날인 광서(光緒) 25년(1899)에 하남성의 안양현(安陽縣) 서쪽 5리의 소둔(小屯)이란 작은 마을에서 발견된 것이다.

그런데 처음에는 그 자체(字體)가 현재의 한자와는 전혀 달라 누구도 판독하지 못했다. 그러나 이것에 관심을 가진 유철운(劉鐵雲 : 1857~1909, 이름은 악)이 다수의 갑골편을 수집하고 그것을 탁본하여 석인(石印 : 석판 인쇄)했으며 《철운장귀》라는 이름으로 간행했다.

그러나 당시 문자학에 정통했던 손이양(孫詒讓)이 이를 해독하여 《계문거례(契文擧例)》를 저술했고 이어 나진옥(羅振玉 : 1866~1940)이 나타나 《은허서계(殷虛書契)》《은허서계 청화(靑華)》《은상정복 문자고(殷商貞卜文字考)》《은허서계 고석》 등을 저술 출판하여 갑골편이 은대의 유물임을 증명했다.

귀갑문의 다음은 금문인데, 금문이란 이른바 종(鍾)·정(鼎)·준(尊)·이(彝) 등 청동기에 새겨진 명문(銘文)의 문자로, 귀갑문의 연구와는 달리, 일찍이 《한대》의 학자들도 관심을 가졌던 것이며 그것이 허신의 《설문해자》 서문에도 나타나 있었다. 그리하여

구양수의《집고록》·여대림(呂大臨)의《고고록(考古錄)》등이 저술
되고《선화박고도(宣和博古圖)》며 설상공(薛尙功)의《종정이기관지
(鍾鼎彛器款識)》가 나타난다.

이것이 청대에 이르러 옛 동기의 문자 연구가 학문적 대상이 되
고 연대순으로 완원의《적고재 종정이기관지》·오영광(吳榮光)의
《균청관(筠淸館) 금석문자》·오식분(吳式芬)의《군고록(攈古錄) 금
문》·오대징(吳大徵 : 1835~1902)의 《가재집고록(恪齋集古錄)·왕
국유(王國維 : 1877~1927)의《주금문존(周金文存)》이 속속 간행되었
으며, 다시 이런 고기명(古器銘) 문자의 연구는 장술조(莊述祖 :
1719~1788, 자는 방경)의《설문고주소증(說文古籀疏證)》이며 오대징
의《설문고주보(說文古籀補)》에 모아지고 있다.

그러고 보면 추사의 〈성균변〉은 주로 완원으로부터 기증받은
《적고재 종정이기관지》를 참고로 혼자서 연구했던 것이며[물론 다
른 문헌도 참고했으리라], 본문 중에 나오는 홍수·맹수니 하는 표현
은《사기》《한비자》등에 나오는 전설이나 신화를 인정치 않고 어
디까지나 실증의 정신으로 학문의 길을 걸었음을 알게 된다.

학문이란 여러 선각 학자의 학설을 광범하게 연구하고, 신념을
가지고서 외길 인생을 걷는 것이며 이런 것을 무조건 반대를 위한
반대로서 답습이니 베꼈다고 비난하면 곤란하다.

어쨌든 추사의 〈성균변〉은 음운 연구의 실마리에 지나지 않지만
당시의 유학계를 둘러볼 때 많지 않은 선각자의 한 사람이었음이
분명하다.

선구자는 가시밭길을 걷게 된다. 추사의 파란 많은 일생도 이런
데서 귀납할 수가 있다.

금문은 대체로 주대의 문자로, 이것에 뒤이은 것이 진(秦)의 석각이었다. 이른바 진의 석각은 시황이 천하를 통일한 뒤 군현을 순수(巡狩)하고 이르는 곳의 명산에 송덕비를 세우게 했던 것인데, 역산·태산·낭야대·지부(芝罘)·갈석문(碣石門)·회계 등시에 세웠다. 그러나 대부분이 없어졌고 추사 시대에는 낭야대의 것만이 남아있었으며 탁본이 활발하게 채취되었다[현재는 이것마저 없어졌지만 탁본은 남아있다]. 추사의 스승 옹방강은 산동의 학정(學政)으로 어쩌면 그의 금석 연구는 이런 진의 각석(석각)으로부터 시작되었는지 모른다.

시황의 업적으로 문자의 통일이 있는데, 이런 진의 석각은 전자로 씌어져 있으며 이사(李斯)의 글씨로 전한다.

그것보다 이사는 전자(진전)의 제정자로 유명하다. 《한서》〈예문지〉의 기록으로 '창힐 7장은 진의 승상 이사가 지은 바이고…… 문자는 대부분 사주편(史籀篇)을 취했으며 전체(篆體)를 거듭했지만 조금 다른 이른바 진전(秦篆)이었다'고 전한다. 《설문해자》의 설명도 대체로 《한서》와 같다.

추사 시대에는 알려지지 않았겠지만, 돈황 석굴에서 발견된 문헌에 의해, 여기서 말하는 〈창힐편〉이니 〈사주편〉은 후대의 《천자문》처럼 문자를 4자구로 연결시켜 암송하기에 편리하도록 만든 것으로, 〈사주편〉은 진전의 바탕이 된 진전(대전)에 약간의 수정이 덧붙여진 소전(小篆)으로 씌어져 있었다고 추정된다.

설문서에 의하면 허신의 《설문해자》는 진전을 바탕삼아 고문과 주문(籀文)을 절중하여 문자의 구조를 설명한 것인데 주문의 예는 극소수에 지나지 않는다. 이것은 이때쯤 후한의 〈사주편〉 15편 가운데 6편이 없어진 결과였다.

〈사주편〉은 주나라 선왕 때의 태사 주라는 사람이 제정했다고 하지만, 설문에 인용된 주문은 금문 문자보다도 오히려 정돈되고 있어 그리 오랜 것이라고는 생각되지 않는다. 그것은 석고문(石鼓文)과 진전의 중간에 위치하는 문자로 전국시대의 진나라 문자를 대표하는 《진대량조앙동량(秦大良造鞅銅量)》이나 《저초문모본(詛楚文摹本)과 비슷하다고 한다.

전자는 진효공 16년에 만든 것으로 그 글자는 전문과 일치되고, 후자도 전문과 거의 일치되기는 하지만 그 가운데 넉 자가 완전히 주문과 일치되고 있었다. 그래서 청말의 왕국유는 이를 연구한 결과 전국 시대의 진나라 문자라고 단정한다.

왕국유는 또한 허신이 참조한 고문은 전한 말도 가까운 때, 공자의 집 벽 속에서 발견되었다는 《예기》《상서》《춘추》《논어》《효경》 및 장창(張倉)이 바친 《춘추좌전》에 씌어진 문자(고문)이고, 이것은 전국 시대 동방의 여러 나라——특히 제나라와 노나라에서 사용된 문자이며, 종(鍾)·정(鼎)에 새겨진 성주(成周) 문자와는 다르다고 주장했다.

왕국유의 학설이 오늘날의 학자들이 주장하는 정설로 주류를 이루고 있지만, 추사의 학문도 지금 와서 보면 정통을 벗어나지 않은 옳은 태도였음을 알게 된다. 그리하여 추사도 성균(음운)학을 《설문해자》부터 들어갔고 그것을 강하(江河) 두 문자의 짧은 문장으로 요약하고 있는 셈이다.

이것을 다시 거듭 설명한다면 허신은 그 《설문서》에서 자체의 종류로 ①대전 ②소전 ③각부(刻符) ④충서(蟲書) ⑤모인(摹印) ⑥서서(서명) ⑦수서(殳書) ⑧예서의 8체가 있었다고 적었는데 예서는 진대에 만들어졌다. 《한서》〈예문지〉에 '이때 비로소 예서를 만들었다. 옥관은 일이 많아, 얼마쯤 간편하게 이를 도예(徒隷)에게 베풂으로써 비롯되었다'고 설명했으며, 추사의 〈성균변〉에서 쓴 도성(徒聲)이라는 것도 이런 예서의 음운을 말한 것 같다.

예서는 진의 하두(下杜) 사람 청막(程邈)이 시황에게 죄를 짓고 운양의 옥에 갇혔을 때, 10년의 고심 끝에 대소 2권의 자형을 변경시켜 만들었다고 전하는 문자이다. 그런데 이 예서만 하더라도 갖가지 체가 있고, 한나라는 진나라 뒤를 이어 예서를 사용했는데 전한의 오봉(五鳳) 2년(기원전 56)의 노효왕 각석과 후한의 희평석경(熹平石經)은 상당한 차이가 있다.

그리고 돈황 등지에서 금세기 초 발견된 목간(木簡)으로써 연대가 확실한 전한 무제의 태시 3년·선제의 신작 4년·오봉 원년·평제의 원시 원년·왕망의 천봉 원년·지황 원년·후한 광무제의 건무 22년·명제의 영평 11년·장제의 건초 2년·안제의 영초 4년·순제의 영화(永和) 2년·위의 진류왕 경원(景元) 4년 등의 목간이 발견되고 있는데, 이중에서 신작 4년(기원전 58)과 순제의 영화 2년(27)을 비교해 보면 이미 해서의 남상이라고 엿보이는 흔적이 있고 경원 4년(263)의 목간에 이르러서는 완전한 해서로 바뀌고 있다.

이것은 한대의 예서 중에 이미 해서체의 싹이 트고 있었다는 증거이며, 다시 내려와 위진의 서가(書家) 종요나 왕희지에 이르면 순수한 해서로서, 해서가 예서 중에서 완전히 독립했음을 나타낸다. 하지만 당시의 평가들은 종왕을 가리켜 초예를 잘했다고 칭찬했을 뿐 해서를 잘한다고는 말하지 않았었다.

다시 내려와서 수당 시대는 해서의 전성 시대였는데, 장회원(張懷遠)의 《서단》 중에도 해서라 불리는 제목은 없고, 당의 6전에서 열거한 서체 역시 고문·대전·소전·팔분·예서의 다섯 가지로 이른바 해체라는 것은 존재하지 않았다. 이는 바로 당대까지 해서를 예서에 포함시키고 해서를 독립된 서체로 인정하지 않았던 증거이다.

그리고 후세의 평가는 서론(書論)은 잘게 쪼개고 예서·팔분·해서 등으로 논하고 있지만, 사실 예서와 팔분, 그리고 해서 사이에는 확연한 구별이 없는 것이다. 따라서 해체는 예서가 시대의 추이와 더불어 자연스럽게 간약(簡約)으로 옮겨진 결과 생긴 서체로, 오랜 동안에 갖가지 모양이 나타나고 자획마저 정해지지 않아 어느 것이 옳고 그른지도 판단하기 어려운 상태에 있었던 듯싶다.

그래서 한으로부터 초당 무렵까지의 주된 비문을 비교해 보면 예서가 해서로 옮겨가는 과정을 알게 되는데, 동시에 또 이미 해서가 되어버린 비문 중에도 예서에 가까운 자체가 있는가 하면 심하게 생략되어 약자 비슷한 것도 있어, 같은 문자가 갖가지로 씌어 있음을 발견할 수 있다.

해서의 통일은 당초(唐初)부터 시작되었다.

안사고(顔師古 : 584~648)는 당태종의 신임을 받았고 경적의 오류를 간정(刊正)하여 이른바 안씨 정본을 만들어 올렸는데, 이때 또한 이체(異體)의 문자를 뽑아내어 그 옳고 그름을 판정한 것이다. 그래서 당시의 사람이 이를 '안씨자양(顔氏字樣)'이라 했는데 사고의 4대손 안원손(顔元孫)이 이 '안씨자양'을 정리하여 《간록자서(干祿字書)》 1권을 저술했다.

이것은 당운의 차례를 좇아 문자를 배열하고 정체(正體)와 통체(通體) 및 속체(俗體)로 구별했다. 정체란 근거가 확실하여 문장·책문·비갈에 써도 좋은 문자이며, 속체는 장부·초안·권계(卷

契)·약방문 등에 사용해도 무방하지만 공식 문서에 써서는 안되는 문자였다. 그리고 통체는 옳은 형체는 아니지만 다년간 관용되는 체로 표주(表奏)·전계(牋啓)·척독·판결문 정도의 것에 허용되는 자체였다.

그리하여 6조의 비갈에서 안씨가 말하는 통체는 물론이고 속체에 이르기까지 마구 사용되었는데, 중당 이후에는 점차로 속체가 자취를 감춘다. 그리고 사고의 5대 종손이던 안진경(709~784)이 대력(大曆) 9년(774)에 《간록자서》를 정서하여 석각함으로써 안진경의 글씨와 더불어 그 내용도 세상에서 중시하기에 이르렀다.

이것과 더불어 해체의 정리에 공이 있는 저술로는 장삼(張參)의 《오경문자》와 당현탁(唐玄度)의 《구경자양》이 있다.

장삼의 이력은 불명인데 대체로 당현종의 개원·천보 연간에 명경과에 급제하고, 대력 초에 사봉원외랑(司封員外郎)·국자감 사업(司業)을 지냈던 인물이며 태력 10년(775)에 칙명으로 오경을 나누어 교정하고 자의(字義)를 정하여 《오경문자》 3권을 저술했다. 이것이 완성된 초기에 이를 태학 공자묘의 서론(西論) 강당 벽에 쓰도록 했으며, 이어 태화(太和) 연간에 이르러 이를 다시 목각하여 당에 걸었는데 그 뒤에 또 석각하여 태학에 세운다. 당시 이것을 얼마나 귀하게 여겼는지 추측되고도 남음이 있다.

문제는 그 내용인데 먼저 설문을 표준삼아 오경의 정와(正譌)를 나누고 설문에 들어있지 않은 문자는 '자림(字林)'에 의해 판단했으며, 설문이나 자림이 너무 고체라서 시대에 걸맞지 않은 것은 한대의 석경에 잔존하는 문자로 고쳤다. 또 석경도 없어져서 없는 부분은 경전의 초본이나 육법언의 《석문》에 실려있는 상승의 생자(省字)에 의해 판단한 것이다.

전체가 160부로 나눠지고 부수에 따라 각각 배열된다. 그리고
그 문자의 정와를 판단하는 준칙은《간록자서》보다 훨씬 엄밀하고
안씨가 통체로써 허용한 문자도 장삼에 의해 모조리 와자로 배척
된다.

한편《오경문자》가 완성된 지 58년이 지난 태화(太和) 7년(833)
에 당문종은 당현탁에게 조서를 내려 구경(九經)을 교정토록 했다.
그래서 현탁은 장삼의《오경문자》로 모자라는 부분을 보충하여
《구경자양》1권을 찬하고 개성(開成) 2년(837)엔 이것을 구경 석각
의 뒤에 붙여 국자감에 세웠다. 이것은 요컨대 당태종으로부터 문
종에 이르기까지 안사고·안원손·장삼·당현탁의 노력에 의해
문자로서 정속(正俗)이 확립되었음을 말해 준다.

그리하여 후세의 자서, 이를테면《강희자전》등에서 문자의 정
속을 판단하고 있는 것도 이들 학자에 힘입은 바 크다. 그러므로
해서의 정속은 당에 이르러 정해진 것으로 그것 이전에는 정속의
구별이 없었던 셈이다.

허신의《설문서》에 들어있는 '漢興有艸書'의 다섯 글자는 후세
의 사람이 만들어 삽입했다는 주장을 한 학자가 있었다. 그러나 금
세기 초 서역에서 발견된 한대(漢代)의 목간 중에는 명백히 초서로
씌어진 것도 있으므로, 한대에 초서가 있었음은 의심할 여지가 없
다. 다만 한대의 초서는 예서의 필의(筆意)가 있어 후대의 초서와
는 약간 다르지만 그것이 초서체임에는 변함이 없다.

그리고 위·진·6조로 내려오자 초서가 놀랄만큼 발전되고, 다
시 당송(唐宋)을 거쳐 원명(元明)에 이르기까지 명인이 꼬리를 물
고 천태만상 거의 단예(端倪)할 수 없는 바가 있다. 그래서 후세에
이와 같은 이체의 초서를 모아 글씨를 배우는 이의 편리를 도모한

책이 많지만, 초체의 문자로서 정속을 논한 것은 없다.

문자의 형체를 생각하는 유일한 기준은 허신의 《설문해자》였다. 허신은 자가 숙중(叔重)인데 그의 《설문해자》 15권은, 일반직 통설에 의하면 후한 화제의 영원(永元) 12년(100)에 저술되고 안제의 건광(建光) 원년(121)에 이르러 천자에게 바쳐졌다.

현재 남아있는 《설문》에는 두 가지의 텍스트가 있다. 하나는 송나라 옹희(雍熙) 3년(986)에 서현(徐鉉)이 교정한 《설문》이고, 또 하나는 남당(南唐)의 서개(徐鍇)가 교정한 《설문계전(說文繫傳)》인데, 서개는 서현의 아우이므로 보통 서현의 교정은 대서본, 서개의 그것은 소서본이라고 부른다.

두 가지를 대조하면 들쑥날쑥이 있고 서로 장단점이 있으므로 어느 것도 버릴 수가 없다. 그야 어쨌든 《설문》의 주석은 참으로 한우충동(汗牛充棟)일 정도인데 그 중에서도 가장 알찬 것이 단옥재의 《설문해자주》였다.

추사의 〈성균변〉에서 육서(六書)라는 말이 두 번 나오는데, 이것은 《설문서》에서 말하는 문자 구조의 여섯 가지 특징, 곧 지사(指事) · 상형(象形) · 형성(形聲) · 회의(會意) · 전주(轉注) · 가차(假借)를 말하는 것이다. 따라서 추사는 형성(해성)에 대해 설명하고 있는 셈이다. 즉 형성은 일명 해성(諧聲)이라 하며 상형 문자에 성음의 부호를 곁들여 그 뜻을 나타낸다는 의미이고, 이를테면 江과 河는 문자의 변은 水인데 물을 형상(形象)하며, 옆에 붙는 工과 可는 그 발음을 나타내는 부호였다.

이것은 회의(會意), 곧 두 가지의 개념이 합쳐져 뜻을 나타내는 문자의 구조와 비슷한데 형성은 모양과 소리(음)의 합쳐진 뜻을 나타내는 점에서 다르다. 추사는 그것을 말하는 듯싶지만, 반절〔두음을 합쳐 하나의 음을 얻음〕로 비약하고 있어 이해의 어려움이 있었다.

참고로 《설문해자》의 6서 중 지사·상형·형성·회의는 문자 구조가 간단하여 예로부터 이 문제 해석에는 학자들간에 아무런 이의가 없었는데 제5의 전주(轉注)와 제6의 가차(假借)는 그렇지가 않았다. 그래서 지금껏 정설(定說)이 없는 상태이다. 〈성균변〉에는 자모(字母)라는 말이 몇 차례 나오고 있는데, 이것이 전주·가차를 가리키는 것인 듯싶기도 하다.

《설문서》의 설명으로서 '전주'에 대해선 '같은 유형으로 부수 하나를 세우고, 같은 뜻으로 서로 받게 하는데 考·老자가 바로 이것이다(轉注者 建類一首 同意相受 考老是也)'라고 했으며, 또 '가차'에 대해선 '본래는 그 문자가 없는데 소리에 의지하고 사물로써 부탁하는 것이며 令·長이 바로 이것이다(假借者 本無其字 依聲 託事 令長是也)'라고 했다.

즉 이와 같은 《설문서》의 설명이 있고 대강 그에 대한 번역도 해보았지만, 학자들은 의문을 품었고 이론이 분분했던 것이다. 그 이유로서 본문의 설명으로 예시된 考老와 令長을 고증했지만 합치되지 않는 점이 있었기 때문이다. 그것에 대해 다케노우치 요시오〔武內義雄 : 1886~1966〕의 설명으로는 세 가지의 주된 설이 있다고 한다.

(1)은 《설문계전》의 저자 서개설로 강성과 허종언(許宗彦)이 이 설에 찬성한다. 서개설에 의하면 老의 다른 명칭으로 耆耋壽耄考 등의 글자가 있는데, 이것들은 모두 老를 좇는 글자로 유형을 老에서 취하여 뜻을 老로 받고 있다. 이것이 建類一首 同意相受라는

의미다.

대체로 전주란 물이 한 곳으로부터 흘러나와 강물이 되고 한수가 되듯이, 水자가 바탕이 되어 江·漢 등의 글자가 됨을 말한다. 강성은 이를 부연하여 《설문》에서 老자를 부수로 삼고 있음은 이른바 建類一首의 의미이고, 考자가 老를 생략한 모양을 좇고 늙음의 뜻을 간직함은 同意相受한 것이다. 한낱 考자만이 아니고 耆耇壽 등 글자가 老의 아래에 나열되어 모두 耆를 생략한 것도 이것과 같은 뜻이며, 老 한 자의 의미로 考耆 등 숫자를 총괄하고 있는 점이 同意相受라고 설명되는 이유이다.

《설문서》에선 다만 老자와 考자로 이것을 설명했는데, 《설문》 540부 저마다의 부수인 글자는 모두 건류일수이고 부수 아래에 '범모지속 개종모(凡某之屬皆從某 : 무릇 모자는 가차자이므로, 모두 가차자를 좇는다)'라고 설명된 것은 동의상수된 것이다. 이것이 강성설의 요점이었다〔육서설〕.

이런 주장은 매우 교묘하지만, 다만 한 가지 의문은 老자는 人·毛·匕를 합쳐 생긴 회의자이고, 考자로선 노성(老省)을 좇는 교성(丂聲 : 음을 만든다는 의미)의 자로 형성자이다. 그렇건만 《설문서》에서 이것을 전주 항목에 열거한 것은 모순이 아닌가?

(2) 대진은 그의 《답강신수선생 논소학》〔강신수는 강성의 자이고 소학은 자학임〕에서 이 의문을 풀었다.

《설문서》에서 考老 두 문자를 형성·회의자로 삼은 것은 자체(字體), 곧 구조로서 말한 것이며, 이를 전주 아래 열거한 까닭은 글자의 쓰임, 곧 운용에 관해 말한 것이다. 전주는 후세의 말로 한다면 호훈(互訓)과 같은 의미로, 본문에서 老考也 또는 考老也라고 주석한 것은 호훈의 보기이다.

이와 같은 호훈으로써 일관되고 있는 게 《이아》였다. 《이아》의 〈석고편(釋詁篇)〉에서 '印·吾·台·予·朕·甫·余라고 말함은 나이다'고 한 것이 곧 전주의 법이고, 《이아》가 이렇듯 많은 글자를 하나의 글자로 설명하는 게 곧 '건류일수 동의상수'라 일컫는 까닭이다.

이상은 대진설의 요점으로 제자 단옥재도 이것을 따랐다. 이 설명도 교묘하나 의문은 남는다. 대진은 전주를 호훈으로 설명하나, 주(注)가 훈석(訓釋)의 뜻으로 사용되기 시작한 것은 정현 이후의 일로, 이런 정현 이후의 의미를 곧바로 육서의 설명으로 사용함은 시대 착오가 아닐까?

또한 대진은 《이아》의 예로 건류일수의 정신을 설명하지만, 《이아》에선 많은 이어(異語)를 설명하는 말이 끄트머리에 붙어 있어 건류일수라고 하기가 어렵다.

(3)이상의 두 설은 《설문서》에 나타난 '전주자 건류일수 동의상수 고노시야'에 따라 전주를 설명하려 했던 것인데, 아무리 설명하여도 흡족하지 않다. 그래서 《설문서》의 글에 얽매이지 않는 설도 나타났다. 그 중에서 대표적인 것은 고염무와 강영(江永)의 설이었다.

고염무는 그의 저술 《음론》의 〈육서전주지해(六書轉注之解)〉에서 '전주는 그 음을 바꾸어 별자(別子)의 뜻으로 사용하는 것이다'라 했고 강영은 이를 확대 해석하여 '본래의 뜻 밖으로 전전인신(展轉引伸)하여 다른 뜻이 됨'을 전주라고 했다. 다만 이 경우 음을 바꾸는 것과 바꾸지 않는 것이 있으며, 음의 바꿈 여부와는 관계없이 뜻을 바꾸기만 하면 전주라고 해도 좋다는 주장이었다.

위 두 사람의 설은 매우 명석하지만 《설문서》의 설명과는 너무나 동떨어진 것이었다. 그래서 신설을 주장하는 사람도 있었다.

예컨대 《설문서》의 글을 좇는다면 전주의 해석이 안될 뿐 아니라 서문에서 전주의 설명으로 든 考老의 두 글자는 《설문》의 본문 설명으로선 형성과 회의를 나타내는 항목에 들고, 또 서문에서 가차의 예로 든 令長의 두 글자도 본문에 의하면 형성·회의의 범위를 벗어나지 못한다. 이는 서문과 본문이 모순된다는 분명한 증거이다. 따라서 《설문서》의 6서 설명은 허신의 뜻과 상반되는 몇 사람의 설이 유입된 것이다.

예를 들어 《위서(魏書)》 〈강식전(江式傳)〉에 실린 논서표(論書表)를 보면 대체로 '주례(周禮)로써 여덟 살이면 小學에 들어가고 보씨(保氏)가 국자에서 가르치는 예는 먼저 육서로서 하되 첫째로 지사·둘째로 상형·셋째로 해성·넷째로 회의·다섯째로 전주·여섯째는 가차로 한다'고 했을 뿐 육서의 설명은 없다.

그런데 《진서(晉書)》 〈위항전(衛恒傳)〉에 실린 사체서세(四體書勢)에는 '글자에는 여섯 가지 정신이 있다. "첫째는 지사인데 上下가 그것이고, 둘째로는 상형인데 日月이 그것이며, 셋째로는 형성인데 江河가 그것이고, 넷째로는 회의인데 武信이 그것이며, 다섯째로는 전주인데 考老가 그것이고, 여섯째는 가차인데 令長이 그것이다"라여 비로소 예증(例證)이 나열된다. 현존하는 《설문서》에 이런 예증이 있음은 사체서세의 글을 채택하여 찬입(竄入 : 몰래 삽입했다는 뜻)한 것이리라'라고 되어 있다.

이렇듯 이론이 있고 정설이 없지만, 요컨대 6서 중 지사·상형·형성·회의의 네 가지는 문자 구조의 원칙이고 전주와 가차는 그 적용에 관한 규칙이라는 게 일반적 해석이다. 그 근거가 되는 것은 단옥재의 저술 《육서음균표(육서설)》에서 '《설문해자》는 지사·상형·형성·회의 네 가지 글이다. 《이아》《광아》《방언》《석명》은 전주·가차의 글'이라는 정의(定義)에서 비롯된 것이며, 추사는 〈성균변〉에서 균(均)자를 인용하여 '성균'이라는 우리 식의 용어를 만든 게 아닐까 하는 생각마저 든다.

의문을 갖는 것과 음운에 대한 관심은 별개의 것이며 학문의 기본적 자세라고 이해하기 때문이다.

문자의 모양이 시대와 더불어 변화된 것처럼 음운도 또한 시대적 추이와 지리적·역사적 사정의 변천에 의해 변화되었음은 상식이다. 그러나 중국은 상형 문자의 나라로 발음만을 나타내는 음부(音符) 문자가 없었기 때문에 새로운 음이 일어나면 낡은 음은 없어지게 마련이었다.

그러나 우리는 한자를 수천 년 사용하기는 했지만 한글이라는 표음(表音) 문자를 가졌기에 추사와 같은 유학자는 근본적 차이에서 오는 딜레마에 빠졌으리라고 생각된다. 그러므로 〈성균변〉에서도 남북·경중·청탁을 강조했다고 이해한다. 당시 누구나 유교의 경전을 금과옥조(金科玉條)처럼 여기고 사서 오경의 글자 하나의 수정만 있어도 그야말로 살인이 날 판인데 이 정도의 의문과 신념을 갖고 대했다는 데 머리가 숙여진다.

학문이란 깊이 파고들수록 의문도 생기고 그 모순을 타개하지 못하여 꽉 막히는 경우도 있는 것이다.

더욱이 서화만 하더라도 손끝의 기예(技藝)가 아닌 정신 문제까지 파고들면 경학과도 연계되고, 성인의 근본 취지까지 거슬러올라가야만 했었다.

그런데 추사는 한자의 음운을 연구하면서 많은 어려움을 느꼈으리라. 왜냐하면 문자의 근본적 차이는 없어도〔한자를 사용한다는 의미로서〕의(義), 곧 정신(정서)면에서 차이가 있고 문자 형태의 변화 연구보다도 소리의 변화 연구란 더욱 어렵기 때문이다.

한자의 음운 변화의 대강을 간추린다면 위(魏)나라 이등(李登)이 저술한 《성류》와 진(晋)나라 여정(呂靜)의 《운집》은 그 초기의 대표적 저술이며, 《성류》에서 처음으로 5성(5음)을 구별하고 반절을 사용했다는 말이 나온다. 다음은 육조 말에 이르러 4성을 논한 저술이 많았는데 그 대표적인 것이 주옹의 《사성절운》과 심약의 《사성보》이며 이것은 제2기에 속한다.

다시 수당의 경계가 되는 무렵에 절운〔반절에 의해 한자의 음을 둘로 나눈 것, 또는 반절의 한자 두 가지 음을 합친 것〕이라 일컫는 것이 많이 나타났는데 대표적인 것은 육법언의 《절운》, 손면의 《당운》, 이주(李舟)의 《절운》이며 이는 제3기에 속한다. 그리고 당대의 저술로서 원정견(元庭堅)의 《운영(韻英)》과 장전(張戩)의 《고성절운(考聲切韻)》이 제4기인데, 그 다음이 획기적 저술로 왕문욱(王文郁)의 《신간운략(新刊韻略)》과 황공소(黃公紹)의 《운회(韻會)》로 제5기에 해당된다. 끝으로 《중원음운》과 《홍무정운(洪武正韻)》이며 제6기이다.

제1기에 속하는 것은 현재 전하지 않아 알 수 없지만, 봉연(封演 : 726~?, 송대의 사람)의 《문견기(聞見記)》에 이등이 《성류》 10권을 찬했다는 말과 5성으로 문자를 나누어 여러 부를 세웠다는 것을 알 수 있다. 다음의 여정에 대해선 《위서》의 〈강식전〉에 '진나라 여침(呂忱)이 《자림(字林)》 6권을 헌상했다. 침의 아우 정이 따로 《성류》를 본받아 《운집》 5권을 짓고 궁상각치우로 1권을 만들다'라는 기사가 보인다. 이것으로 여정의 문집은 이등의 《성류》

와 비슷한 것으로 생각되나,《안씨가훈》의 〈음사편(音辭篇)〉에 '운집은 成과 仍, 宏과 登으로서 합쳐 양운을 만들고 爲·奇·益·石으로 4장을 만들다'고 했으므로 여정은 매음을 몇개인가의 운으로 나눴던 게 분명하며, 이 점은 이등이 5성을 나눠 여러 부를 세우지 않았던 것과는 같지가 않다. 다만 이등·여정이 이를 5성으로 나누고 있는 점은, 뒷날의 주옹·심약 등이 4성으로 나눈 것과는 틀리는 것으로서 위·진 이전에는 5성의 나눔이 있었음을 확실히 증명한다.

제2기 육조 말, 제나라 양나라의 경계 무렵 음조를 갖추는 문체가 유행되어 4성설이 일어난 모양인데, 이는 아마 당시의 음조가 옛날과는 달라졌기 때문에 옛날의 5성으로선 다스릴 수 없게 되었기 때문이리라. 그리하여 이 4성설에 의해 하후영(夏侯詠)의《사성운략(四聲韻略)》이하 여러 저술이 나타나고 그 대표적인 것이 육법언의《절운》5권이었다.

육법언에 대해선《수서》의 〈육상(陸爽 : 532~591)전〉에서 그의 가문이 북제에서 북주로 옮겼고 다시 수대에 이르러 태자세마(太子洗馬)를 지냈는데, 그의 아들 법언은 어려서 총명했고 가풍(家風)을 지녔으며 개황 20년(600)에 죽은 아버지의 일로 벼슬에서 물러났다.

《절운》서문에 의하면 이것의 완성이 인수(仁壽) 원년(601)이라 했으므로, 벼슬에서 물러난 뒤 후진을 양성하면서 경학에 몰두하고 이를 저술한 셈이다.

그의 절운은《후당서》에서 육자절운(陸慈切韻)이라 소개되고《왜명초(倭名鈔)》에서 육사절운(陸詞切韻)으로 나와 있는데, 사 또는 자가 그의 이름이고 법언은 자(字)였음을 알게 된다. 그리고 서문에 의하면 친구 유진(劉臻) 등 여덟 명이 모여 밤늦도록 술을 마시며 제가의 음운을 논했고, 소해(蕭該) 안지추(顔之推 : 531~602) 등이 결정한 것을 대부분 참조하여 씌어졌음이 밝혀지고 있다. 육법언의 절운은 그뒤 당나라 의봉(儀鳳) 2년(677)에 장손눌언(長孫訥言)이란 사람이 문자를 늘리고 전주(箋注)를 덧붙여 구본의 잘못을 시정했다. 이것을 장손씨 전주본이라고 한다. 법언의 절운과 장손씨의 전주본은 오래 전에 산일되었기 때문에 종래는 다만《광운》의 부목(部目) 순서로써 육씨의 원본을 답습한 거라고 해석되었지만 돈황에서 발견된 잔본에 의해 육씨의 절운과 전주본은 다소의 이동(異同)이 있음을 알게 되었다.

아무튼 육법언의 절운 배턴을 이어 받은 게 손면(孫愐)의《절운》5권인데 이는 보통 당운이라고 부르며, 육씨의 절운을 보강한 것이라 광절운(廣切韻)이라고도 한다. 손면의 당운은 서문에 의하면 당현종의 천보 10년(751)에 만들어졌고, 그뒤 2, 30년이 지나 이주(李舟)의《절운》10권이 나타났다. 이주의 자는 공수(公受)인데 두보의 시 〈송이교서 이십육운(送李校書二十六韻)〉(758)이라는 작품이 있고《구당서》의 〈양숭의(梁崇義)전〉에서 그가 당덕종의 건중(建中) 원년(780)에 형양(荊襄)에 사신으로 갔다는 기사도 있어, 대체로 당숙종·대종·덕종 때의 사람으로 그의 절운 역시 손면보다 30년쯤 나중에 만들어졌다고 추정된다. 이런 육법언·손면·이주의 절운이 통일 신라 이후 고려를 거쳐 조선 초기까지 우리나라에도 들어와 사용되었다고 여겨진다.

제3기 음운의 변화는 당나라 중엽부터 시작된다. 제2기 음운의 여파는 송나라의《광운》까지 이어지고 있는데, 그것은 고전적 시를 짓기 위한 운이고 실제의 음운 변화는 당나라 중엽에 일어나고 있는 것이다. 삼장법사 현장이 구역의 불전을 그릇된 것이라 배척하며 신역을 추진한 것도 낡은 시대의 음역(音譯)이 당대의 음운으로 읽어보니 범어의 원의(原義)와는 얼토당토 아니하다 할만큼 음운 변화가 심했음을 말해주는 증거였다. 그리하여 이런 사정 아래 운서(韻書)의 대개정이 있었다.

이런 유의 운서로 원정견(元庭堅)의 《운영(韻英)》과 장전(張戩)의 《고성절운》이 나타난다. 《당회요(唐會要)》에 의하면 천보 14년(755)에 당현종은 《운영》 5권을 찬하게 하고 집현전에 명하여 사본토록 하여 천하에 반포하도록 했는데, 《집현주기》에 의하면 구운 439에 신운 151을 추가하여 계 590운·1만 9천1백77자로 세밀히 나눴다고 한다.

제4기, 송대는 당나라 신운을 채택하지 않고 진팽년 등을 시켜 육법언·손면·이주의 절운을 이어받게 하고, 대중상부 4년(1011) 《송중수 광운》 5권을 찬하게 했다. 송나라 중수본(重修本)인 《광운》은 현재 완전히 전하고 있다.

따라서 생각컨대 신라·고려·조선조 초기의 시인들은 당나라의 신운이 아닌 육법언 이래의 구운을 계속 사용했다고 여겨진다. 그런데 송나라에서는 《광운》이 완성된 뒤 26년이 지난 경우 4년(1037)에 《집운(集韻)》이라는 게 또 만들어졌다. 이것은 치평(治平) 4년(1067)에 완성하고 《광운》의 곱절인 10권인데 광운의 206운 가운데 운목을 합친 것이 13군데나 있었다. 이리하여 금(金)나라 왕문욱(王文郁)은 《신간운략(新刊韻略)》이란 것을 만들었고, 그것과 거의 동시에 완성된 장원석(張元錫)의 《초서운회(草書韻會)》에는 107운이 되어 있고, 다시 남송 이종(理宗)의 순우(淳祐) 12년(1254)에 평수(平水)의 유연(劉淵)이 왕문욱의 《운략》을 재간했는데, 그것이 원나라 황공소(黃公紹)의 《고금운회거요(古今韻會擧要 : 30 권)》에 채택되자 이로부터 주로 107운이 문인·학자들 사이에서 사용되기에 이르렀다.

유연은 왕문욱설을 고스란히 전한 데 불과하지만 명예는 그가 차지하여 107운을 평수운(平水韻)이라 했던 것이며, 주덕청(周德淸)은 원대의 사람인데 갑자년(1324)에 《중원음운(中原音韻)》을 저술했다. 이것은 속어에 중점을 둔 운서로, 이것에 의해 당시의 실제 발음이 고대적 운서와 얼마나 동떨어져 있는지 엿볼 수 있는 문헌이다. 그리고 50년 뒤에 명태조는 《홍무정운》이라는 것을 제정했는데 고전적인 운서에 일대 개혁을 하여 폭거라고 할 76운으로 만들었던 것이다. 이것에는 물론 당시의 학자들 간에 비난이 있었지만 주원장은 그것에 철권(鐵拳)으로써 임했다.

이상을 다시 정리한다면 오음이라는 것은 바로 육법언·손면 계통의 음운이고 한음(진음)은 당운 계통이라고 이해되는데, 여기에 다시 송음·명음이라는 게 있었다. 송음은 일본의 경우 주로 선종을 통해 들어왔다고 했는데, 우리는 전란을 거치면서 그럴 겨를이 없거나 또는 영향도 많지 않았던 게 아닐까? 다만 《홍무정운》이 우리나라에 가해진 압박인데, 이것은 세종대왕 이후 많이 나타난 운서의 간행과도 관계가 있다고 추정된다.

홍무제(주원장)는 거의 광적이다 싶게 죽을 때까지 중신을 죽였으며, 무인년(태조 7 : 1398) 윤5월 향년 71세로 죽는다. 황태손 윤문이 뒤를 이어 건문제(建文帝)라고 불리지만, 조선에서도 그 8월에 방원이 이른바 왕자의 난을 일으켜 세자 방석·정도전 등을 죽인다. 이것에 격분한 태조 이성계는 왕위를 내던지고 함흥으로 가

버렸으며 방원은 정권 찬탈의 준비 단계로서 형님이던 영안대군
(永安大君)을 추대한다. 이분이 정종(定宗)인데 아마도 성격이 원
만했던 것 같다. 《선원보》에 의하면 15남 8녀라는 자녀를 두었고
일생을 자기 한몸의 안락 속에서 살았던 것 같다.

그러나 백성들은 극도의 공포와 불안 속에서 떨었으며, 그것은
경진년(정종 2 : 1400) 11월에 왕이 방원에게 선양하기까지 계속되
었다고 추정된다. 태종이 왕위에 올랐다는 것은 그 동안의 혼란을
수습했다는 것을 의미하기 때문이다.

한편 명나라에서는 건문제가 젊은 한림학사 출신의 재태(齋
泰)·황자징(黃子澄) 등을 중용했다. 이들은 명태조의 방침——
세력을 가졌고 두각을 나타내는 자는 미리 제거한다는 생각을 이
어받아 그것을 정책에 반영했다.

즉 명나라 초에 각지의 왕으로 봉해진 황자들의 세력을 꺾는다
는 생각이다.

재태 등이 가장 염려하는 것은 연왕 주태였다. 주태에겐 승려 도
연(道衍)이란 모사가 있었고, 또 원공(袁珙)이라는 술사가 있었다.

도연은 어느 날 주태에게 흰 모자를 바치면서, '대왕께 이것을
쓰도록 해드리고 싶습니다'하여 사부(師傅)가 되었다고 한다. 王
(왕)이란 글자에 白(흰 모자)자를 올려놓으면 皇(황)이 된다.

또 원공의 자는 정옥(廷玉)인데 상술(相術)의 대가였다. 그는 캄
캄한 방 안에서 검은 콩과 붉은 콩을 판별했고, 달밝은 밤 창 밖에
청실·홍실을 걸게 하고서 그 실의 색깔을 가려냈으며, 관상을 백
발백중 맞추었다. 류장거사(柳莊居士)라는 호를 썼으며, 그의 아들
충철(忠徹)이 지은 《류장상법》은 조선에도 전해져 크게 유행되
었다.

원공은 도연이 숭산의 소림사에 있을 때 알게 되었다. 그는 도연을 처음으로 만나자 도연의 관상을 보았는데 거침없이 말했다.

"당신은 부처를 섬기는 몸으로 마치 병든 호랑이 같고 사팔뜨기 눈에 살기가 가득하오."

그러자 도연은 껄껄 웃으면서 응했다.

"그렇다면 사람을 많이 죽게 하면 되겠구려."

도연이 이런 원공을 주태에게 천거한 셈이다. 재태와 황자징은 주태의 야심을 알고 그를 제거하는 예비 단계로서 주왕 주수(朱橚)를 서민으로 강등시키고 그 영지인 개봉(開封)의 요지를 확보했다. 이것에 자극을 받은 주태는 기묘년(1399) 7월 군을 일으키고,

"천자 주변의 간신을 없앤다."

는 명분을 내걸며 스스로 청난(靖難)의 군이라고 일컫는다. 정난이란 이때 생긴 말로 국난을 가라앉히고 백성을 안정시킨다는 뜻이다.

그러자 조정에서는 당황했다. 명태조가 중신을 모조리 죽여버렸기 때문에 군사에 경험 많은 장군이 없었던 것이다. 그리하여 전황은 일진일퇴했고, 마침내 임오년(태종 2 : 1402) 6월 남경이 함락되자 궁전은 불길에 싸였으며 황제는 행방불명이 된다. 남경이 함락되자 재태·황자징 등은 체포되어 처형되었는데, 방효유(方孝儒 : 1357~1402)라는 인물이 이때 있었다.

효유의 자는 희직(希直)이고 영해(寧海) 사람인데, 송렴(宋濂)에게서 글을 배운 당대 제일의 유학자였다. 그리하여 효유는 문예를 멸시하고 맹자의 왕도(王道)를 받들었기 때문에 세상에서 정학(正學) 선생이라고 일컬었다.

《명사》에 보면 도연은 일종의 정보부장과도 같은 역할을 수행하

며 명성조(영락제)의 최대 숙제인 건문제의 생사 여부와 살았다면 그 탐색의 임무를 맡았는데, 방효유의 설득 공작도 폈던 모양이다. 영락제는 그 즉위에 앞서 민심을 수렴하고자 방효유를 시켜 그 조서를 쓰게 하려 했다.

방효유는 도연을 통한 영락제의 회유를 단호히 거부했다. 귀순은커녕 주태에게 도둑이라고 욕했으며 그 얼굴에 침을 뱉었다. 이리하여 주태는 화가 나서 방효유의 구족(九族) 8백72명을 차례로 죽여가며 조서를 쓰라고 강요했다.

구족에 대해선 설이 많다. 아들·아버지·조부의 외가·처가까지 합치면 그런 계산이 나올지 모르지만, 한자의 구(九)는 최대수를 의미하므로 꼭 아홉이 아닐 수도 있다. 방효유의 경우는 일족 외에 제자·하인까지 포함되었다.

꿋꿋하기만 한 방효유도 그의 막내 아우 효우(孝友)가 끌려나오자 그만 눈물을 흘렸다. 그러자 효우는 큰 소리로 시를 지어 부르며 약해지려는 형을 격려했다.

〈형님에게 드림〔示兄〕〉
형님, 어째서 눈물을 흘리시오/의로움을 위해 인을 이룩하는 때인데/천 년 뒤 선산의 정문에서/나그네인 혼백이 다시 만나리다.
(阿兄何必淚潛潛　取義成仁在此間　華表柱頭千載後　旅魂依舊到家山)

이리하여 주태는 즉위하여 황제가 되었는데 영락(永樂)이라는 연호를 썼기 때문에 영락제라고 불리며 도읍을 북경에 둔다. 그러

나 남경도 중시하여——아마도 민심을 수습하려 했던지 실제적
권한은 적은 것이었지만 6부의 상서를 둔다. 말하자면 이중의 정
치 제도인데 청대에도 이런 제도가 답습된다.

《실록》을 보면 계미년(태종 3 : 1403) 8월, 하륜(河崙 : 1347~1416,
자는 대림)이 《동국사략》을 찬했고, 갑신년(태종 4 : 1404) 7월 일본
국왕 아시카가 요시미츠(足利義滿)가 사신을 보내어 수호를 청했
으며 이듬해에는 한양으로 도읍을 옮겨 창덕궁을 건조하고 있다.

방원 태종은 조선조 건국의 절대적 공로자로서 두말할 필요도
없지만, 그 개국 공신 중에는 형편없는 사람들도 끼어 있었다. 이
를테면 하륜·이숙번(李叔蕃)이 그들이었다. 특히 하호정(하륜의
호)은 태종 때의 영의정으로 유학에도 밝았던 모양인데 《용재총화》
를 보면 그 사람됨이 짐작된다.

그러니까 호정이 젊어서 예천 군사(郡事 : 군수)로 있을 때에 고
을의 기녀를 모조리 사통하여 제멋대로 음탕한 짓을 하며 꺼리지
않았다는 것이다. 그래서 고과표에 별점이 기입되고 그의 지위가
몹시 위태로웠지만, 당시의 관찰사 김주(金湊)가 그것을 말소시켜
주어 무사할 수가 있었다. 그뒤 호정은 어느덧 정안군(靖安君)의
심복이 되어 이숙번과 더불어 결정적 역할을 하여 정사(定社) 공신
이 된다. 이때 김주의 아내가 정도전의 일당으로 죽게 된 남편의
구명 운동을 벌였고 호정이 그것을 들어 주었다는 것이다.

우리나라의 《유림록》을 보면 포은 정몽주가 큰 별인데, 포은의
제자로 야은(治隱) 길재(吉再 : 1353~1419), 양촌(陽村) 권근(權
近 : 1352~1409)·매헌(梅軒) 권우(權遇 : 1363~1419) 형제, 그리고
춘정(春亭) 변계량(卞季良 : 1369~1430)이 있었다. 야은은 조선조

에서 벼슬하지 않고 태종이 자주 불렀으나 응하지를 않았으며 절의를 지켰다.

나머지 세 사람은 결국 어려운 시기를 맞아 조선조를 섬겼는데, 특히 양촌은 당대의 이름난 유학자로 《입학도설》《오경천견록(五經淺見錄)》의 저술은 유명하다. 또 양촌 형제는 글씨를 잘 쓰는 것으로 알려졌고 매헌의 필적은 양촌의 신도비에 남아있다. 그런데 양촌의 재종으로 규헌(葵軒) 권주(權籌)는 유명한 서가 한수의 처사촌인데 관은 직제학을 지냈다.

우왕 9년(1383)에 세운 신륵사 '대장각장경기비'는 이숭인 찬의 권주 서였고, 다음해인 갑자년의 안심사(영변 묘향산)의 석경기비는 이색 찬의 권주 서였다. 이어 을축년에 세운 태고암(삼각산) 원증국사비도 목은이 찬문하고 권주의 글씨였다.

여말로부터 조선조에 걸친 명필로 독곡(獨谷) 성석린(成石璘 : 1338~1423, 자는 자수)·회곡(檜谷) 성석용(成石瑢 : 1352~1401, 자는 자옥) 형제도 일찍이 안진경의 글씨에 능했고 멀리 종왕의 필법을 이었다는 평을 들었다.

무자년(태종 8 : 1408) 윤5월에 태조가 승하했는데 그 능호는 건원릉(健元陵)이라고 한다. 독곡의 글씨는 갑술년(태조 3 : 1394)에 송경의 연복사(演福寺) 중창기비와 신사년(태종 원년 : 1401)의 안경택주(安慶宅主) 나씨 묘표(포천)를 썼는데 찬문은 권양촌이었다. 그리고 건원릉 비를 썼는데 80세의 노령임에도 불구하고 필력이 조금도 쇠하지 않았다고 《용재총화》는 전한다.

또 이때의 서가로서 설장수(偰長壽)·경수(慶壽) 형제의 이름이 보이는데 이들은 원나라의 귀화인으로 호적은 경주였다. 장수는 자가 천민(天民)이고 호는 운재(芸齋)인데 그 필법이 굳세었으며,

경수는 자가 천우(天祐)고 호는 용재(慵齋)였다. 용재는 고려 때 등과했는데 조선조에서도 교서감(校書監)으로 활약했으며 《연려실기술》에도 그가 글씨를 잘했다고 하였다. 설경수의 필적으로는 을해년(태조 4 : 1395)의 권근 찬 〈천문도〉 석각, 무인년(태조 7 : 1398)의 권근 찬 용문사 정지(正智)국사비가 있었다.

태조가 승하한 무자년 겨울에 동고(東皐) 권중화(權仲和)가 졸한다. 동고는 이미 앞에서 나왔었지만 글씨를 잘했을 뿐 아니라 특히 풍수지리에 능했다. 태조는 그 자신 풍수에 관심이 많았고 즉위초 정당문학이던 동고를 시켜 신도(新都) 후보지를 물색토록 했는데, 동고가 최종적으로 선정하여 보고한 것은 계룡산이었다. 이리하여 태조는 직접 계룡산을 답사하고 공사를 시작한다.

그런데 당시 경기 관찰사이던 하륜이 반대했다. 계룡산의 위치가 나라의 중앙이 아니고 남쪽에 치우쳐 있다는 설명인데, 이것이 첫번째 수수께끼이다.

하륜의 반대는 그 배후에 있는 정안군 방원의 의사라고 추정하면 잘못일까?

그래서 한양이 후보지로 떠오른다. 《고려사》 〈숙종기〉에 의하면 김위제(金謂磾)가 상소했다.

"〈도선기(道詵記 : 도선비결)〉에 의하면 고려 땅에 세 서울이 있습니다. 송악을 중경(中京)으로 하고 목멱양(木覓壤 : 한양)을 남경(南京)으로 하며 평양(平壤)을 서경(西京)으로 하는 것입니다. 그리하여 동지·섣달·정월·이월은 중경에 거처하고, 삼·사·오·유월은 남경에서 보내며, 칠·팔·구·상달의 4개월을 서경에서 지내신다면 36국이 내조한다고 했습니다. 또 개국한 뒤 백 60여 년에 이르러 목멱양에 도읍을 경영하라고 했습니다만, 지금이 바로 그때인 줄 아옵니다."

《고려사》는 그 후반부에 조작과 개정이 심했지만, 그 전반부는 비교적 손을 대지 않았다고 생각된다. 3경이니 5경이니 하는 것을 둠은 동이(東夷) 여러 나라의 특징이고 고대의 중국엔 그런 것이 보이지 않는다. 또 송악이니 목멱(남산)이니 하는 것은 우리 민족이 예로부터 산성과 평성의 이중 구조로서 풍수설과도 관계없는 것이며 당나라 이후 그것과 맞아떨어졌다고 생각된다.

어쨌든 고려의 역대 국왕은 도선설을 굳게 믿었으며 남경에 자주 행행했었으므로, 거기에 부수되는 갖가지의 이야기가 생겼다.

계룡산 안(案)이 중지되자, 다시 동고 권중화 등 11명이 서운관 (書雲觀)의 관리를 실무 담당자로 대동하고 대대적인 한양 답사를 했던 것이다. 여기에는 유명한 무학대사(1327~1405)며 정도전도 참가했을 터이다. 그리하여 최종의 안으로써 남은 것이 현재의 신촌 일대, 곧 연세대와 이화여대를 궁궐터로 하며 서해——김포·강화도를 보는 지역을 선정한다.

참고로 도읍이나 고을, 마을의 형성도 같은 원리로 성립된다. 마을을 예로 든다면 그것이 극명하게 드러난다. 즉 궁궐을 큰마을이라고 한다면 너머마을이나 중간 지점은 중마루[마루는 고개·등성이를 의미함]·외지인이 들어와 사는 마을은 신촌이 된다.

가옥의 구조도 이에 준한다. 안방·건넌방·사랑방이 있고 이런 모든 것의 안쪽에 사당이 모셔진다.

신촌 일대가 도선비결에 나타난 터를 물리치고 안(案)으로나마 떠오른 것은 현재의 백악 아래 경복궁의 땅이 협소하다는 데 있었다. 그러나 이 안은 결국 채택되지 않고 구래의 도선설 그대로 도읍이 앉혀진다. 뭐니뭐니해도 전통적인 것은 무시할 수가 없고 다수의 의견도 그것에 기울어졌으리라.

이리하여 경복궁이 조영(造營)되고 성벽도 축조되었는데, 왜 다시 송도로 갔던 것일까? 현재 설명되고 있는 것은 근거가 희박하며 두 번째의 수수께끼이다. 역시 방원의 왕위 찬탈과도 관계가 있다고 생각된다.

여기서 한 가지, 서운관은 바로 왕실의 비고(秘庫)로 신라 이래의 귀중한 기록들이 보존되고 있었던 것이다. 풍수지리설 관계의 것도 물론 있었겠지만, 어쩌면 《삼국사기》에 그 이름만 전하는 국사(國史)·화랑기 등도 있었다고 생각된다. 무엇보다 확실한 것은 《고려사》에도 기록된 원나라의 기증본——남송에서 얻은 서적들도 있었다는 사실이다.

영락제가 되면서도 명나라는 태조 주원장과 마찬가지로 조선에 대한 공물 요구는 심했다. 명이 조선에 요구한 공물은 말과 처녀였다. 특이한 것으로선 갑신년(태종 4 : 1404)에 명나라 사신이 와서 밭갈이 소 1만 두를 요구했고, 무자년에는 환관 황엄(黃儼)이 와서 진헌(進獻) 처녀를 데려갔으며, 경인년(태종 10 : 1410) 봄에는 영락제가 달단을 친정한다.

《태평청화(太平淸話)》라는 책에서 영락제의 총애를 받은 현비가 경인년에 죽었다고 했다. 그리고 이때 현비의 죽음 탓인지 조선으로부터 공녀(貢女)는 폐지한다며 조서가 내려졌다고 했는데,《문헌비고》〈교빙(交聘)〉조를 보면 영락제는 조선의 여인을 꽤나 좋아했던 모양이다.

고려의 옛날부터——아마도 원나라 말의 혼란기 탓으로——중국에 사신이 갈 때에는 바닷길로 가게끔 정해져 있었다. 당시는 아직 항해술이 발달되지 못했고 해난 사고도 때때로 있어 일반적으로 항해는 위험하다고 생각했다.

기축년(태종 9 : 1409)의 기록으로 권영균(權永均)은 문안사로서 배편을 이용하여 북경에 갔는데, 그는 바로 현비의 오라비였다. 그래서 현비는 영락제에게 청하여 조선 사신의 귀로는 뱃길이 아닌 육로로 돌아가게 해달라고 했다. 황제는 이것을 승낙했고 이것이 관례가 되어 사신의 왕복로로 뭍길이 계속 실시된 것은 확실하다.

신묘년(태종 11 : 1411)에 영락제는 또 황엄을 보냈는데 약재 하사와 궁인(희빈) 여씨의 아버지 여귀진(呂貴眞)의 제수를 보냈고, 정유년(태종 17 : 1417)에는 종부부령(宗簿副令)이던 황하신(黃河信)과 순창군사 한영정(韓永矴)의 딸을 황엄편에 보냈다는 기사가 그것을 증명한다.

기록상으로 명나라가 고려에서 빼앗아 간 말의 수효는 10만 마리가 넘을 것 같다. 우리나라가 당시 손꼽는 말의 산지였다는 것은 지금의 사람으로 뜻밖이다 싶을지 모르지만, 이는 사실이고 말이라면 제주산 말이 아닌 전국 각지의 섬에 주로 목마장(牧馬場)이 있었던 것이다. 말이 있었다 하니 승마술은 물론이고 그것에 따른 기사(騎射)·도법(刀法)도 있었으며 국민의 기상도 씩씩했었다. 유교의 도입은 한편, 이런 국민의 기질을 문약(文弱)으로 흐르게 만들었음을 부인하지 못하리라.

그러나 역사에선 그런 사실들이 모두 잊혀지고 말살되고 있다.

명나라가 이토록 고려의 말을 필요로 한 까닭은 영락제의 일생을 보면 너무나 분명하다. 달단이란 곧 몽골을 가리키고, 나아가선 동이를 가리키며 여기에는 발해·고구려도 혼동되고 있다.

갑오년(태종 14 : 1414) 3월엔 영락제가 위납특(衛拉特 : Euleute의 음사. 일명 준가르)을 공격한다. 이때쯤 몽골족은 분열되어 각지에 칸을 자칭하는 부족이 난립하게 되지만, 결코 민족은 멸망되지 않았다.

그 대표적 인물이 도르르크 티무르(1336~1405)였다.

몽골은 그 제국의 구성으로 보아 여러 부족이 혼혈되었고, 이것은 한족도 마찬가지다. 차가타이는 칭기즈 칸의 제2남으로 그의 영국(領國)은 주로 중앙 아시아 일대였고, 현재의 우즈베크·카자흐스탄이 그 중심이었다. 차가타이(Chaghatai : 汗國)는 원나라 말기에 동서로 분열되었는데, 이름도 없는 유목민의 아들로 태어난 티무르는 동서 차가타이의 통일을 목표하며 시르 강과 아무 강 사이의 지역 트랜스 오키시아나를 점령한다(1360).

티무르는 동양보다도 서양에서 그 이름이 알려졌는데 타메르랑이라고 호칭된다. 이것은 티무르 랑크, 곧 절름발이 티무르라는 페르시아어의 와전이었다. 그가 발을 절었던 까닭은 젊었을 때 전투에서 부상을 입었기 때문이라고 한다. 티무르는 동차가타이 한국의 군대를 몰아내고 각지의 아미르(영주)를 토멸하고서 트랜스 오키시아나의 실권을 잡은 1369년에, 휘하 장병들로부터 '별이 교접할 때 태어난 제왕'이란 존칭을 받았다. 이란에서는 지금도 모세·그리스도·마호메트 등은 별들이 교접할 때 세상에 태어난 성자로 믿는다고 한다. 티무르는 그런 별의 임금님이라고 숭배된 것이다.

이리하여 트랜스 오키시아나의 중심지 사마르칸트에 도읍한 티무르는 이슬람 국가의 건설을 목표했고 그 제국은 칭기즈 칸의 《야사(청령)》와 이슬람의 성전에 의해 통치되었다.

이어 그는 동쪽의 동차가타이를 정복하고 서쪽의 일 한국(이란
지역)을 점령했다. 다시 북으로 킵차크를 격파했으며 일전하여 서
북 인도에도 원정했다. 그리고 다시 서쪽으로 군을 돌려 아레포
(Aleppo : 시리아의 도시)·다마스커스·바그다드를 점거한다. 그
무렵 소아시아로부터 발칸 반도에 걸친 지역은 오스만 제국의 영
역이었다. 이때의 설탄(군주)은 번개왕이라 불린 바야짓 2세였는
데, 티무르는 그와 앙카라 북교(北郊)에서 싸워 설탄을 포로로 잡
았으며 소아시아를 석권했던 것이다(1402).

이리하여 40년 가까운 정복 전쟁의 결과 그는 몽골 제국 가운데
서쪽의 3한국을 거반 수중에 넣었다.

그의 다음 목표는 명나라였다.

그 정보가 비단길의 대상들에 의해 영락제에게도 알려졌으리라.

1404년, 에스파냐의 사신 클라비호는 티무르를 알현했고 여행기
를 남겼는데, 대왕은 이미 시력을 거의 잃고 눈꺼풀이 늘어져 눈동
자를 덮고 있었다는 것이다. 러시아의 소설가 볼로딘은 그의 《사
마르칸트의 별》에서 이렇게 묘사했다.

'티무르는 잠이 깼다. 손을 뻗쳐 부드러운 담요를 헤치고 잠에
떨어져 있는 젊은 여자의 넓적다리를 가볍게 토닥거렸다. 잠이
깬 그녀는 자기의 옷을 더듬고 그 띠가 밤새도록 한 번도 풀리지
않았던 것에 놀라고 어리둥절하는 모양이었다. 그녀는 나가라는
재촉을 받았으나 티무르가 부드러운 말이라도 해주기를 기다리
며 머뭇거리고 있었다……'

티무르는 그날 내내 불쾌했었다. 《사마르칸트의 별》에 의하면,
그 불쾌감이란 자기 자신에 대한 분노였다. 젊고 아름다운 여자가
옆에 있는데 그 옷의 띠마저 풀지 않고 잠에 빠져 있었던 자신을!

그의 명나라 공격을 위한 대군 20만은 이미 준비를 갖추고 있는
것이다. 그리하여 천산의 높은 산들을 넘고 타클라마칸의 사막을
가로질러 진격한다……. 하지만 한 여인의 부드러운 육체마저 정
복 못하는 늙은이에게 무슨 승산이 있겠는가!

그러나 티무르는 1404년, 말 20만 대군의 선두에서 말을 타고 시
르 강의 꽝꽝 얼어붙은 얼음을 건넜다.

그의 의욕은 거기까지였다. 몸에서 고열이 나며 병석에 눕게 되
었고 1405년 2월 8일 눈을 감았다.

티무르의 죽음으로 명나라는 위기를 넘겼지만 그의 제4남 루프
는 샤(황제)가 되며, 남쪽 헤라트(Herat : 아프가니스탄)에 도읍을 두
고 38년간(1409~1447) 통치했고, 루프의 아들 우르그는 사마르칸
트 태수로 군림했다. 루프는 아버지 못지않은 개명 군주로 명나라
와의 국교를 회복하고 오스만 제국과도 친선을 도모하며 제국을
유지했다. 사마르칸트 태수로 남은 우르그도 루프와 마찬가지로
문화인이었고 그의 주변에는 학자·문인·예술가들이 구름처럼
모여들었으며 특히 그가 천문대를 만들어 천체를 관측한 기록은
17세기 경 유럽에도 전해졌다고 한다.

그러나 정치적으로 우르그는 비극적 종말을 맞는다. 부왕 루프
가 죽은 뒤 샤를 계승했지만 치세 3년 남짓으로 그의 아들 압돌 라
티프의 사주를 받은 암살자에게 살해된다(1449). 이 압돌 라티프는
이듬해 살해되는데 그 역사는 전하는 게 거의 없고 다만 1500년에
킵차크의 핏줄을 잇는 우즈베크족이 북쪽으로부터 침입하여 이 왕
국은 완전히 멸망한다. 그리고 그 일족 바부르(Babur : 1482~1520)
가 아프가니스탄으로 달아나 무갈 제국의 기초를 닦는다. 무갈이
란 몽골이라는 뜻이기도 했다.

한편 병술년(태종 6 : 1406)의 실록에 이미 선종과 교종(敎宗)의 사찰로서 존속시킬 것을 정하고 토지·노비의 수를 제한했다는 기사가 보인다. 조선조의 불교 탄압 기사로 첫번째의 것이다. 그리고 갑진년(세종 6 : 1424)에 사사(寺社)를 선교 양종의 36사로 통합시켰다는 기사로 이어진다.

이 해 정월, 대사헌 하연(河演 : 1376~1453, 자는 연량)이 사찰의 난립을 규탄하는 상소를 올리자 왕명에 의해 예조에서 그 대책을 보고했다. 하연은 호가 경재(敬齋)인데 포은 정몽주의 제자였고 배불론자로 알려졌으며 글씨를 잘 썼다. 하륜과는 일족이며 세종 말년에 영상까지 올랐고 그의 아들 우명(友明 : 호는 연당)은 인천 소래산 아래에 살면서 노모에 대한 효도로 이름이 높았었다.

'석씨의 도로서 칠파가 난립하고 있습니다. 그러므로 마땅히 조계(曹溪)·천태(天台)·총남(摠南)의 세 종파는 이를 합하여 선종으로 하고 화엄·자은(慈恩)·중신(中神)·시흥(始興)의 네 종파는 합쳐 교종으로 하십시오. 전국의 승려로서 의지할 것은 이 두 종으로 하며 서른여섯 군데를 남겨야 합니다.'

예조는 그 후속 조치로 종래의 승록사(僧錄司)를 폐지하고 흥천사(興天寺 : 정릉)를 선종의 도회소로 정했으며 교종의 그것은 흥덕사(興德寺)로 정했다.

《여지승람》에 의하면 흥천사는 본디 황화방(소공동)에 있었는데 태종이 눈엣가시처럼 여긴 정릉의 신덕(神德)왕후(방석의 생모) 능 동쪽에 옮긴 것이고, 흥덕사는 연희방(燕喜坊 : 낙산 아래)에 있었다고 한다. 이와 동시에 선교 양종에 전답 및 노비 384가구를 지급한다. 새로이 준 것은 아니며 전부터의 것 중에서 이것만 인정한 셈이다. 당시엔 아직도 명승이 있었다.

이를테면 나옹선사와 동갑이던 환암(幻菴) 혼수(1320~1392)이다. 환암에 대해선 앞에서도 소개했지만 《용재총화》도 그에 대해 전하고 있어 보충하겠다.

환암은 어려서 아버지를 여의고 13세로 숙부를 따라 사냥을 간 적이 있는데 문득 사슴 한 마리가 달아나다가 멈칫했다. 이상하다 여겼는데 곧 새끼가 뒤따라 나타나는 것을 보고 감동하면서,

"짐승이 자기의 새끼를 생각하는 것은 사람과 무엇이 다르겠습니까!"

하고서 사냥을 곧 그만두었다. 그리고 출가하여 축분(竺墳 : 불경)을 배웠는데 명성이 높아 같은 무리들이 감히 뒤따르지 못했다. 이어 금강산에 가서 나무 열매를 먹으며 베옷을 입고 자리에 누워 잠자는 것도 잊고 열심히 수도했는데 그대로 종신할 것도 생각했지만, 홀어머니가 문에서 기다릴 것을 생각하자,

'바위 앞 송백에게 말을 부치노니, 거듭 와서 너와 더불어 하늘의 명을 마치리라.'

하고서 하산했다. 그뒤 식영암(息影菴)을 스승으로 섬기면서 《능가경》을 배웠는데, 다른 사람은 대강 그 껍질만을 핥았을 뿐이건만 환암은 홀로 그 깊은 골수를 맛보기에 이르렀다.

현릉(玄陵 : 공민왕)이 광명사에 도량을 세우고 나옹에게 주재토록 했는데 납자(衲子 : 승려)로서 당에 오를 만한 자가 없어 왕은 안색이 어둡기만 했다. 그런데 땅거미가 내릴 무렵 환암이 나타난 것이다. 왕은 기뻐하며 지켜보았는데 나옹이 날카롭게 물었다.

"너는 무엇으로 문을 들어오겠다는 거냐?"

"좌우 어느 쪽에도 치우치지 않는 가운데에 있으니 중(中)에 선 것이오."

"무엇으로 문을 들어오겠다는 것이냐?"

환암은 곧 문 안에 들어서자 대꾸했다.

"내 몸의 들어옴과 나감은 아직 들어오지 않았을 때와 같은 것이오."

"무엇으로 문을 들어오겠다는 것이냐?"

"안팎은 본디 공(空)인데 안이라고 해서 어찌 선다고 하리까."

"산은 어째서 악(嶽)이며 기슭에선 왜 머무는가?"

"높은 산이라면 내려오게 마련이고, 내려왔다면 머무는 게 아니겠소."

"흥, 물은 어째서 개천이 되지?"

"큰 바다에 이르면 잠긴 흐름이 되어 개천이 되지요."

"밥은 어째서 흰 쌀로 짓는가(飯何白迷造)?"

"모래나 돌을 삶는 것이나 같은데 어찌 훌륭한 먹거리가 되겠소."

요컨대 환암은 나옹의 난문을 남김없이 통과하여 당에 오를 수 있는 자격득도함으로써 우왕 때 국사로 봉해졌다.

환암선사의 제자로 천봉(千峰) 만우(卍雨 : 1357~?)는 어릴 적부터 내외 경전을 가리지 않고 탐구했으며 시상(詩想)이 맑고 뛰어나서 목은·도은 등 여러 선생들과 더불어 시로써 응수했다.

조선조에선 불교를 숭상하지 않아 명문가의 자제로 머리 깎고 중이 될 수 없었다[이하는 용재 성현(1439~1504)의 증언]. 그런 까닭에 검은 옷 입는 무리로서 글을 아는 자가 없었다. 그리하여 천봉의 이름은 더더욱 드러났고 사방에서 배우려는 자가 구름처럼 모여들었으며 집현전의 학사들도 다 그에게 가서 물었으므로 유·불·사림의 사표(師表)가 되었고 사람들이 존경했다. 나(성현)의

백씨〔成任·일재 : 1421~1484〕·중씨〔成侃·진만재. 수찬을 지냄〕가
일찍이 회암사에서 글을 읽었는데, 보니까 선사의 나이 90여 세였
으나 용모가 깨끗하고 학처럼 여윈 몸인데 기력과 건강은 오히려
굳세기만 했다. 어떤 때에는 며칠을 먹지 않아도 배고파하지 않았
으며 혹은 사람이 공궤하는 일이 있으면 몇 그릇을 깨끗이 먹어치
웠으나 또한 포식했다는 기색이 없었는데 수일에 이르도록 측간에
가지도 않았었다. 줄곧 빈 방에 오뚝하니 앉아 있으면서 옥등을 걸
어놓고 책장을 펼치고 밤을 새워가며 글을 읽었다.

일본의 국사로 승려 문계(文溪)가 시를 구한 일이 있는데 진신
(縉紳 : 군자)으로써 지어 준 이가 수십 명이었고, 선사 또한 왕명
으로 시를 지어 주었다.

당시 변춘정(변계량)이 대제학이었는데 천봉의 시구 '灑然無位
人(깨끗하기가 지위를 초월한 사람과 같다)'을 '蕭然絶世人(말쑥하기
가 세속을 떠난 사람과 같다)'이라고 고쳤는데 천봉이 이를 전해 듣
고 탄식했다.

'변공은 시를 모르는 사람이다. 소연이 어찌 쇄연만 하며, 절세
가 어찌 무위만 하단 말인가!'

정유년(태종 17 : 1417)에 태종은 정말 세상을 깜짝 놀라게 하는
폭거를 한다. 서운관에 소장된 참서(讖書)를 불태웠다는 설명인데
우리로선 시황의 분서(焚書) 이상으로 충격적인 것이다. 단재 신채
호는 묘청의 난을 역사상 1천 년래의 대사건이라고 개탄했지만,
그나마 간직해 왔던 신라 이래의 우리 옛자료를 모두 태워 버린 것
이다. 이것은 세 번째 수수께끼다.

참서란 글자 그대로 미래 예언적인 글, 이를테면 《도선비결》과

같은 것을 말한다. 하지만 그것뿐이었을까?

　태종은 그 치적을 볼 때 혁명적 조치를 많이 결단했고, 그 최대의 것은 왕위 찬탈이었다. 태종은 여러 가지 단편적 기록으로 보아 유학에 깊은 조예가 있었던 것 같다. 그러나 포은 정몽주를 죽였고 최영 장군을 죽였다. 먼저 《택리지》의 기사를 인용한다.

　'성(개성)에서 동남쪽으로 10여 리 되는 곳에 덕적산(德積山)이 있고 산 위에는 최영의 사당이 있다. 사당에는 소상이 있는데 고장 사람이 기도하면 영험이 있다고 한다. 고장 사람들은 사당 옆에 잠잘 곳을 마련하여 민간의 처녀를 두고 사당을 모시게 했는데, 처녀가 늙고 병들게 되면 젊은 사람으로 바꾸어 지금까지 3백 년을 그와 같이 하며 내려왔다. 그리고 그 시녀가 스스로 말하기를 밤이면 신령이 내려서 교첩한다 하지만, 나는 가로되 "영은 꾀 없는 용맹만 가진 사내로서 제 딸을 왕우의 비로 삼고 나랏일을 잘못 도모하여 사직을 남의 손에 넘기고 말았다. 죽어서도 혼마저 하늘에 오르지 못하고 땅에 들지 못하여 나라 변두리의 신이 되어 홀로 아직도 남녀의 도를 잊지 못하고 있으니, 그가 자신의 잘못으로 죽었음에도 심복하지 않음을 알거니와 또한 어리석고 음탕하다고 할 수가 있으리라." 그런데 수십 년 이래로 그 사당의 영험이 전혀 없다 하니 또한 괴이한 일이다.'

문제가 조선조 개국과 관계되는 것이라서 조심스런 표현과 끝의 필요없는 구절을 덧붙인 의미를 새겨 볼 만하다.

　덕적산은 일명 덕물(德物)산으로 송악산·계룡산과 더불어 무속신앙의 성지였던 것이다. 그리고 이는 필자의 사견이지만 삼국 통일의 영웅 김유신 장군이 어느덧 대관령의 산신이 되고, 장군의 어머니 만명(萬明)부인이 《삼국사기》에서 만신(萬神)으로 둔갑되고

격하된 것처럼 조선조에서는 최영으로 대체시켰던 것이 아닐까 의심된다.

덕적산은 해발 2백m도 안되는 평범한 산으로, 지금은 휴전선에 막혀 가볼 수도 없지만 들 가운데 우뚝 솟아있어 두드러진 존재였다. 이율곡·이순신이 모두 덕수(德水) 이씨로서 그 선산이 이 근처에 있는데, 덕적이니 덕수니 하는 것은 모두 한자이고 덕물이 순수한 우리말이다.

조선조에서도 덕물산에 모신 최영사를 무시할 수는 없어 신묘년(태종 11 : 1411) 5월, 예조를 시켜 제관을 파견하고 제수를 차려 향례(香禮)를 올렸다는 실록의 기사가 있다. 결코 민간의 힘만으로선 《택리지》의 기사처럼 3백 년, 아니 해방 전까지 계승될 수는 없는 것이다.

실제로 덕물산을 답사한 일본인 학자의 기록이 있는데 그것을 간추리면 다음과 같다.

──산을 오르자면 개성과 장단의 두 등산로가 있는데 각 입구에 마을 서낭이라는 사당이 있었다. 그것은 신산(神山)의 신역(神域)을 표시하는 경계를 의미하는데 개성구의 것이 약간 크고, 치성당이라는 현판을 걸었으며 내부에 산신·성황신(城隍神)·성황부인·마성황(馬城隍)의 화상이 걸려 있으며, 들보 위에는 귀신을 가두어 놓았다는 낡은 고리짝과 푸른 신의(神衣)가 걸려 있고, 기둥엔 숱한 미투리와 헝겊 조각·백지를 달아매고 있었다〔1930년대의 조사〕. 미투리는 코가 없는 여자용의 것이고, 헝겊이나 백지는 정월의 참배 때 올린 것으로 예방 또는 액막이라고 불리는 것이었다.

장단구의 서낭당엔 두 그루의 신목(神木)과 한 채의 초가 신당 및 다시 작은 추초리〔터주 비슷한 것〕로 구성되어 있는데 신당엔 산

신·삼불과 같은 오신장 그림이 걸려 있고 손때로 검어진 점돌이
있었다. 신당 옆의 신목 느티나무는 수백 년 묵은 나무로 기생목
(寄生木)이 있고 그것과 길을 건너 맞보는 신의 덤불[은행나무처럼
암수를 상징]에는 짚으로 만든 숱한 짚가리를 걸어 놓았고 헝겊 조
각이나 백지로 날아가지 않도록 붙들어 맸다.

신당을 참배한 사람이 다시 이곳에 이르러 정성껏 기도하는 것
이다[귀신에도 귀천의 상하 질서가 있다].

드디어 이곳을 지나 가파른 길을 올라가야 하는데, 정상 가까이
매바위라는 게 있고 샘물이 있으며, 물동이로 물을 길어 산 위로
올라가는 여인의 모습을 볼 수 있었다. 거기서 다시 한 마장 가량
갔더니 관바위가 솟아 있고 개성구로부터의 등산로와 만난다. 다
시 문바위를 지나자 마을 입구가 있는데, 그곳 장군당[최영의 사당
임] 뒤쪽에 후배(後背) 성황이라는 조촐한 성소(聖所)가 있었다.
그것은 한 그루의 관목이 바위를 뚫고 자생한 곳인데 장군당 못지
않은 신앙의 대상이다.

그리고 산 위에 마을이 있는데, 돌담으로 둘러져 있는 높낮이가
일정치 않은 초가집이 40호나 있고 역시 바위로 울퉁불퉁한 골목
길이 있다.

최영의 장군당은 세 칸 사방의 기와집인데 옛날의 영화를 말해
주듯 청기와가 몇장 용마루 근처를 덮었고, 담을 끼고 회랑(廻廊)
비슷한 게 있어 앞마당을 돌아서 본당에 이르도록 되어 있다.

본당에는 정면 안쪽에 최영 장군과 그 소실이라 전하는 여인의
큰 소상(塑像)이 모셔져 있고 오른쪽으로 아들 두 사람과 딸 하나
및 군웅(軍雄)이라 일컫는 전몰 장병의 위패, 왼쪽엔 별상마마(천
연두신)의 옥좌가 있었는데 조사자의 질문에 호구별성의 뒤주대왕

(장헌세자)이라는 답변이었다.

그밖에 옆의 벽면에는 제석천·칠성신·파평 윤씨대왕(윤관 장군)·가마님(부뚜막신?)·사방 천황·임경업 장군상이 그려져 있고 반대쪽 벽면에도 감악산(紺岳山) 천총(天總)대왕·가만부인·용왕·삼불신·송악산신 등이 그려져 있었다고 한다.

이것으로 주목되는 것은 산 위에 마을이 있었다는 것이며, 천여 평의 넓이인데 앞서 말한 것처럼 장군당·여인당 외에도 약 40호의 민가가 있고, 인구가 3백인데 그 중에서 무당집이 여섯·키대(북잡이)가 두 집이고 나머지는 사철의 새신(賽神 : 굿·푸닥거리) 때 모여드는 신자의 숙박 등으로 생활했다는 것이다.

덕물산은 개성 지방의 무당이 별산이라 불렀는데 그것과 대칭되는 송도의 진산(鎭山) 송악은 안산이고《여지승람》에서 기록했듯이 이곳에도 특별한 마을이 있었다. 특히 송도는 풍수로 이루어진 도읍인데, 그 궁성인 만월대는 송악의 산기슭과 둔덕에 남면하여 위치하고 있다. 한양의 경복궁처럼 평지가 아니라 석축을 쌓아 대(臺)를 만들고 그 위에 궁전과 조정이 있었던 것이다.

송악산은 그 만월대의 주산이고 그 뒤쪽에 오관산(五冠山)·천마산(天摩山)이 있으며, 그리고 송악은 신라 시대에 부소갑(扶蘇岬)·문송(文崧)·신숭(神崇)·곡령(鵠嶺)·촉막(蜀幕) 등의 갖가지 이름으로 불렸다. 그리고 송악에는 또 오신(五神)이라는 게 있는데 첫째가 서낭이고, 둘째가 대왕이며, 셋째는 국사(國師)이고, 넷째는 고녀(姑女)이며, 다섯째는 부녀(府女)인데, 물론 신앙 대상도 달랐으리라.《여지승람》에서도 그 내력을 모른다고 했으나 서운관의 분서와 관계가 있을 것 같다.

서운관의 수장본을 불태운 다음해(태종 18 : 1418) 6월, 왕은 갑자기 세자이던 양녕대군(1394~1462)을 폐하고 충녕대군(1397~1450)을 세자로 봉했는데 8월에는 전격적으로 양위한다. 여기에는 많은 이야기가 전하고 있지만 지금 와서 정확한 왕실의 숨겨진 내막을 알 리도 없고, 따라서 네 번째 수수께끼이다.

다만 태종은 운명의 무서움을 알았던 게 아닐까? 표면에 나타난 일만 하더라도 태종의 자취는 혁명적인 것이 많았다. 친명사대(親明事大)와 유교의 국교 제정과 불교의 배척 및 전통 민속의 말살……. 그리하여 왕은 과거의 중압에서 벗어나고 이왕에 벌여놓았던 일을 당신 손으로 정리하겠다는 의지가 엿보인다.

그 증거로 세종은 그런 부왕의 고뇌를 누구보다도 잘 알고 있어 즉위한 직후인 기해년(세종 원년 : 1419)에 《고려사》를 개정토록 한다. 이것은 불미스런 일이 있었던 과거의 정리이며 부왕의 송덕에 있었다고 생각된다.

한편 태종은 왕위를 물려주었지만 왜국과의 관계도 정리할 겸 동년 6월에 감행된 이종무(李從茂 : 1369~1425)의 대마도 정벌을 진두 지휘한다.

조선에서는 빼앗아만 가는 명나라에 대해서는 반감을 가졌지만, 고개 숙이며 배우려는 왜국에 대해서는 국초부터 호의적이었다. 이태조가 정축년(1397)에 박돈지(朴敦之)를 왜국에 보냈다는 《문헌비고》의 기록이 그것을 반증한다.

정총(鄭摠)이라는 이가 있다. 그는 본관이 청주로 자는 만석(曼碩)이며 호는 복재(復齋)라고 했다. 복재는 고려 때 정당문학을 지냈고 글씨를 잘 썼으며 개국 공신으로 서원군에 봉해졌는데, 이 해 양촌 권근과 함께 남경에 갔다가 주원장에게 살해되고 양촌만 가까스로 살아 돌아오고 있다.

일본측 기록을 보면 아시카가 요시미츠(足利義滿 : 1358~1408)는 신사년(1401)에 명나라와의 무역을 처음으로 시작했다고 했는데, 당시 명나라는 영락제가 찬탈하기 이전의 내란 상태로 그럴 경황도 없었으며 말도 되지 않는다.

진실은 갑신년(1404)에 일본 국왕 아시카가 모(某)가 사신을 보내왔다는 실록의 기록이 타당성이 있다.

고려 때부터 조선은 왜국의 유일한(공식적) 해외 창구였고, 당시 왜국에서 한자를 해독하는 지식층은 소수의 승려밖에 없어, 드나든 사신들도 승려였고 이들은 불경과 불상을 가져갔다. 그리고 조선의 태종 대가 되자 불교는 억압되기 시작했는데, 한 가지 예로 범종(梵鐘) 같은 것을 아낌없이 주었다. 오늘날 일본 각지에는 왜구가 약탈해 간 것도 있겠지만 이른바 왜인들이 말하는 고려종·조선종이 남아있다.

요시미츠를 가리켜 일본 국왕이라 한 것도 왜국 사신이 바친 국서에 그와 같이 씌어져 있었기 때문이라고 여겨진다. 실제로 요시미츠는 쇼군과 대정대신(大政大臣 : 문관의 최고직)이라는 두 가지 관직을 겸하고 있었다.

그런데 기축년(1409)에 ── 이때 요시미츠는 이미 사망하고 그의 어린 아들 요시츠구(義嗣 : 1418년 살해됨)가 뒤를 잇고 있었던 탓인지 ── 조선의 사신 박안신(朴安信)이 왜구를 만나 약탈 당한 사건이 있어, 그것을 엄중히 항의하고자 박화(朴和)를 왜국에 보냈다. 자세한 기록은 없지만 박화는 시원스런 답변을 듣지 못하고 귀국했던 것 같다.

왜냐하면 쇼군 요시츠구의 정권은 안정되지 않았고 쇼군직을 노리는 형제들이 있었다.

다시 말한다면 요시미츠 시대에 문화가 발달된 것처럼 전해지고 있지만, 이 무렵 왜국은 시창 경제의 한 형태인 자[座 : 특정 상품의 조합 비슷한 것]가 나타나기 시작했으며, 다케자[竹座]·시오자[塩座]·아부라자[油座] 같은 것이 있었다. 술은 탁주였으며 이것도 물론 자가 있었다. 이것은 곧 상인 계층이 나타났다는 이야기이고, 갖가지의 재신(財神), 이를테면 에비스·벤자이·다이고쿠·비샤몬텐[毘沙門天]·호테이[布袋 : 배불뚝 신]는 불교에서 온 것인데 복록수(福祿壽)·수노인(壽老人) 등은 고려의 영향을 받은 것임을 확실하게 엿볼 수 있다.

어쨌든 조선의 대마도 원정은 왜국의 근거지 토멸이라는 이유가 있었다. 영토 확장을 위한 침략은 아니라는 데 특징이 있었다. 그런데 《문헌비고》엔 주목할 기사가 있다. 대마도를 정벌한 그 해 겨울 아시카가 요시모치[足利義持 : 1386~1428]는 승려 료에이[亮倪]를 보내왔는데, 그 답사로 경자년(세종 2 : 1420)에 송희경(宋希璟)은 대마도의 도주(島主) 소 다다모리[宗貞盛]에게 영락제의 국서를 전하고 있다. 영락제의 국서란 왜국이 명나라 연호를 쓰지 않고 자기들 연호를 씀을 질책하는 것이었다.

영락제가 조선의 사신을 시켜 그런 국서를 전달케 한 것은 왜국과 명나라 간의 정식 무역은 아직 없었다는 증좌가 아닐까? 또 소[宗]씨는 토착의 지배자인데, 조선조를 통해 이 소씨는 조선과 왜국 사이에서 미묘한 존재였다. 소는 소[宋]와도 통한다. 다다모리는 처음에 성씨가 없었는데 이런 대륙식의 외자 성을 가진 까닭은 무엇일까? 대마도는 오늘날 왜국에 귀속되어 있지만, 이런 점에서도 의문점이 남는다[이 점은 또 말할 기회가 있으리라].

세종은 그 치세를 통해 태양과도 같은 성왕으로서 그 공헌은 말로 다할 수가 없다.

그러나 그 전기(前期)를 개관(槪觀)한다면 부조(父祖)의 대업을 이어받아 그것을 정비했다고도 할 수 있다. 말하자면 주자소(鑄字所)를 설치하고 인쇄법을 개정했다든가, 봉화대를 전국적으로 설치하여 국방에 관심을 두었다든가, 재인(才人) · 화척(禾尺)을 백정(白丁 : 이것은 당시 차별용어가 아님. 모든 신분 조건이 일신된다는 뜻)이라고 개칭하거나, 새삼 선교 양종을 정비하고 사찰을 36사로 제한했다는 따위가 그것이다. 위와 같은 정책들은 모두 태종이 벌여 놓은 일이었으며, 세종은 그 수습에 혼신의 힘을 기울였다고 하겠다.

한편 명나라에서는 정화(鄭和)라는 환관을 시켜 대규모의 선대(船隊)를 멀리 남양(南洋 : 이때 비로소 남양이란 말이 나타남)의 자바 섬에 보냈고, 다시 인도양의 스리랑카로 보냈는데 정화 일대는 현재의 아프리카 소말리아 연안까지 도달했다. 이것은 자나깨나 꿈자리를 괴롭힌 조카 건문제의 행방을 찾기 위해서였다니, 인간의 생각이나 하는 짓은 따지고 본다면 이 정도였다.

그리고 영락제는 집념을 불태우며 몽골을 공격했는데 갑진년(세종 6 : 1424) 7월, 유목천(楡木川 : 현 내몽고)이란 곳에서 원정중에 죽는다. 태자 주고치(朱高熾)가 뒤를 이었지만 1년 남짓 제위에 있다 죽었고, 주첨기(朱瞻基 : 1398~1435)가 뒤를 이어 선덕제(宣德帝)라 불린다.

갑진년에 왕은 악기도감(樂器都監)을 설치하고 악기를 제조케 한다. 《악고(樂考)》에 의하면 세종 7년(1425) 가을, 해주에서 거서

(秬黍)가 나고 1426년 봄, 남양(南陽)에서 경석(磬石)을 얻었다. 거서는 검은 기장이라고 사전에 설명되어 있다. 말하자면 수수깡이다.

세종은 경연에서 《채씨율려(蔡氏律呂)》를 강의 받다가 문득 탄식했다. 우리나라에는 율려서에 나와있는 새로운 악기가 없음을 한탄한 것이다. 그래서 예문관 대제학 류사눌(柳思訥), 집현전 대제학 정인지(鄭麟趾 : 1396~1478, 자는 백수), 봉상(奉常) 판관 박연(朴堧 : 1378~1458, 자는 탄부) 등을 시켜 구악을 바로잡고 의례를 정하라고 했다. 박연은 상주한다.

'예로부터 소리와 악의 화(和)는 어려운 것이라서, 옛사람은 반드시 성음(聲音)을 정할 때 경을 두드려 언율(言律)의 주를 삼았고, 관(管)이라면 필히 서(黍)를 포개어 근본을 삼았습니다. 지금 하늘이 거서를 내려주시고 땅은 경석을 낳게 하여 이를 화성(和聲)토록 해주었습니다. 운운'

이것을 보면 국산 재료로 악기 제조를 결심하게 된 모양이다. 그런데 누서법(累黍法)이라는 게 가장 어렵고 책의 기록만으로선 더더욱 어려웠으며, 박연은 직접 기장을 심어 시험했다.

황종(黃鐘)은 소리의 명칭이고 육률 육려(大律六呂)의 기본음이라고 한다.

박연의 상주문 가운데 동적전(東籍田)에서 기른 것을 포개고 황종관을 만들어 불었더니 그 소리가 중국산 황종보다 일률(一律)이 높았다는 표현이 있다. 이것은 수숫대를 건조시켜 구멍을 뚫고 피리처럼 만들되 몇개를 포개어 맸다는 뜻인 듯싶은데 음의 높낮이가 음률에 맞지 않아 고심하는 박연의 모습이 보이는 것만 같다. 박연은 이렇게도 말한다.

'신이 생각컨대 이는 일종의 화곡(禾穀)처럼 균등해야 한다고 생
각합니다. 남쪽의 것은 알이 광윤(光潤)한데 비대하고, 경기산
은 알이 메마른 것이 가늘며, 동북면(함경도) 경계의 것에 이르
러선 지나치게 앙상합니다. 따라서 신은 바라건대 남방 여러 고
을의 것을 구하되 세 가지로 이를 가려 관을 만들어 중국의 음과
맞추고 싶습니다.'

신상(申商) 같은 이는 박연의 이와 같은 고심을 비웃었지만, 왕
은 이를 독촉하거나 하지 않고 1427년(세종 9)에는 박연에게 관
(管)에만 전념하도록 해주었다.

그리하여 무신년(세종 10 : 1428) —— 일설에는 세종 15년 —— 조
제(朝祭 : 조례)에 처음으로 아악을 사용한다. 이때 중추원사이던
박연은 해주산 황종 일관(一管 : 황종을 취관의 이름으로 사용)을 제
조해 사용했는데 그 소리가 중국의 황종보다 조금 높았지만 거의
완벽하게 십이율·오음과도 부합했다고 한다. 그리고 그 차이란
단지 지리적 기후·풍토 탓이라며 설명되고 있다.

또 새로이 경 이가(二架)를 만들어 올렸다고 했으며, 중국제 경
과 소리에 약간의 차가 있었는데 그것은 황종과의 협율(協律)로 극
복했으며 이를 기본으로 삼아 무신년 여름까지 모두 악기가 갖추
어졌다.

이어 경술년(세종 12 : 1430)에는 《아악보》가 이룩되고 류사눌이
《아악보》의 서문을 쓰고 있다. 류사눌에 대해선 전기가 보이지 않
는데 문화(文化) 류씨로 세종 때의 우의정이던 하정(夏亭) 류관(柳
寬 : 1346~1433, 자는 경부)의 조카로 판윤(判尹)을 지냈다. 류하정
은 88세로 졸한 분으로 집이 동대문 밖에 있었는데 초가집으로 담
도 없고 기둥도 없는 집에서 살았다. 장마달에 비가 줄줄 샜는데

하정은 우산을 받치고 빗물을 피하며 부인에게 말했다. '우산도 없는 집은 이 장마를 어떻게 견뎌낼꼬.' 그는 청백리로 기록된다.

아무튼 류사눌의 《아악보》 서문에 의하면 우리의 아악(정악)은 12궁·7성인데 28성(음)을 쓴다고 했다. 그 내역은 정성이 12·변정성 3·정반성(正半聲) 8·변반성 5라고 한다.

세종은 이렇듯 아악 재흥과 성음 제정에도 힘썼던 셈인데, 이 무렵 경기·강원·황해 등지에 있는 강무장(講武場)을 폐지하고 또 민간의 석전(石戰 : 돌팔매질)을 금하는 등 국민의 상무 기질을 억누르고 있다. 이것은 유교의 이상 정치를 하겠다는 것이지만, 저 서운관 분서와도 연결되는 조치로서 참으로 애석한 일이다. 우리의 옛 민속 가운데 결코 무속만도 아닌 화랑도 등이 있었는데 그런 것도 함께 없어졌기 때문이다. 《세종실록》엔 매사냥에 대해서도 기사가 있는데 그런 것도 어느덧 자취를 감춘다.

임자년(세종 14 : 1432) 정월에 일본·유구 등 사신의 상경 도로를 지정했다 했고, 신축년(세종 15 : 1433)에는 정초(鄭招 : 1434년 졸. 하동 사람)·박연 등이 혼천의(渾天儀)를 새로이 만들어 올렸다. 세종의 천체 관측과 측우기 등 과학 기기의 발명도 이때부터 시작된 셈이다. 정초에 대해선 역시 전기가 별로 보이지 않고 《연려실기술》에 보면 그가 젊어서 독실한 불교 신자로 《금강경》을 줄줄 물 흐르듯이 외웠으며 시문도 뛰어나 대제학·이조판서 등을 역임했다고 한다.

그리고 갑인년(세종 16 : 1434), 왕은 이천(李蕆)을 시켜 갑인자를 새로 파도록 했는데 활자는 물론 글씨와도 깊은 관련이 있다.

당시의 서가로 쌍당(雙塘) 권홍(權弘 : 1360~1446), 화산(華山) 조말생(趙末生 : 1370~1447)을 우선 꼽을 수가 있으리라. 쌍당의 자

는 사의(士毅)로 저 규헌 권주의 조카였으며, 따님이 태종의 의빈
(懿嬪)이었다. 서거정의 《필원잡기》에 의하면 일찍부터 문장으로
이름이 있었는데 전서와 예서를 잘하였고 헌릉(태종)비 음과 성균
관비가 아주 좋았다고 한다. 향년 80세로 졸했는데, 일찍이 남산
에 집터를 정하고, 쌍둥이 못을 파고 연꽃을 심었으며, 두건에 아
주까리 지팡이를 짚고 소요하며 유유자적했으므로 마치 신선과도
같았다고 한다.

조화산은 자가 평중인데 집현전 대학사를 지냈고 글씨를 잘 썼
다. 그의 중씨(仲氏)는 불문에 들어가 나옹 아래서 수도했고 법명
이 법유(法乳)인데 또한 설우(雪牛)라는 호를 썼으며 삼각산비를
썼다고 한다.

특이한 분으로는 익재 이제현의 증손녀로 성종 때의 좌상 홍응
(洪應 : 1428~1492)의 외조모 이씨가 있다. 홍응의 글씨인 〈팔경시
(八景詩)〉 발문에서 휴휴당(休休堂)은 이렇게 쓰고 있다.

'집에 고리짝 가득 외조모님의 시문 필적이 있었는데, 그때는
아직 젊어 아까운 줄을 모르고 잘 간수하지를 않았었다. 자손으
로서의 경솔함이 어찌 이와 같을 수가 있었을까 ! 지금에 이르
러 그 서첩 8장을 보니 시체(詩體)를 따르기 힘들고 해서가 어찌
그렇듯 힘들이지 않고 이루어져 있는지 감탄할 정도이다.'

조금 내려와서 난계(蘭溪) 박연도 글씨를 잘했다며 서거정은 《필
원잡기》에서 쓰고 있는데, 그밖에도 월곡(月谷) 최흥효(崔興孝)와
수옹(壽翁) 윤삼산(尹三山)이 있었다. 최월곡의 자는 백원(百源)이
고 벼슬은 직제학을 지냈는데, 예서를 잘했고 특히 초서가 뛰어났
다고 한다. 그러나 서화라는 것은 보는 사람에 따라 평이 달라지는
모양이다.

《용재총화》에서는 월곡을 평하여 글씨가 능숙했지만 촌티가 난다 하였고, 조신은 그의 《유문쇄록》에서 월곡의 초서는 왕년에 안평대군의 행서와 쌍벽을 이루며 세상에서 유행되었는데 지금은 구하기가 힘들어 귀해졌다고 하니 말이다.

또 《동국문헌 필원편》에서 최월곡은 촉체(蜀體)를 잘했다고 했는데 촉체에 대한 설명도 미묘하게 다르다.

《성호사설》에선 송설체를 가리켜 촉체라고 하는데, 촉이란 소동파(동파는 사천 출신)를 가리킨다 했고, 류득공은 그의 《경도잡지》에서 글씨에 촉체가 있지만, 조송설체를 말한다. 촉체는 초체(肖體)의 와전이고 초(肖)는 초(趙)자의 반쪽이라고 했던 것이다.

윤수옹은 세종 때에 좌상을 지낸 용헌(容軒) 이원(李原 : 1368~1429, 자는 차산)의 서랑이고 윤호(尹濠)의 아버지다. 윤삼산은 특히 대나무를 잘 그렸으며, 동시대의 태재(泰齋) 류방선(柳方善)은 산수화를 잘 그렸다.

을묘년(세종 17 : 1435) 정월에 명나라에서는 선덕제가 죽고 아들 주기진(朱祁鎭 : 1427~1464)이 뒤를 이어 정통(正統)이라는 연호를 쓰는데, 《명사》에 의하면 건국한 지 60년에 벌써 쇠망의 징조가 보인다고 썼다.

1년 남짓 재위했던 인종과 선제의 10년이 명나라의 황금기라는 것이다.

선덕제 주첨기는 황금기라고는 하지만 즉위하자마자 숙부 주고구(朱高煦)의 반란을 평정해야 했다. 불교로 말한다면 조부 영락제의 죄업을 손자인 선덕제가 업보로 받은 셈이다. 그리고 한 번 있었던 일은 두 번 세 번 반복되게 마련이었다.

고구는 영락제의 차남으로 용맹하기 그지없었고 건문제를 공격하는 데 가장 활약하여 일등 공신이었다.

방원 태종과 영락제는 너무나 흡사한데, 고구와 선덕제의 경우도 같은 상황이었다. 고구는 당연히 제위가 자기에게 돌아오리라 믿었는데, 영락제는 뜻밖에도 병골로 골골하는 형님 고치를 후계자로 선택했다. 그런 고치가 죽자 이번에는…… 하고 기대했던 고구는 마침내 반란을 일으켰던 것이다.

선덕제는 고구의 근거지인 낙안(樂安 : 산동성)을 포위했는데 어지간한 고구도 마침내 항복했다. 그 팔다리가 된 6백40여 명을 죽였고, 삼촌은 죽일 수가 없어 구리 항아리 속에 가둔다. 고구는 힘이 장사라서 3백 근 무게의 쇠뚜껑이 들썩거렸다. 선덕제는 겁이 나서 주위에 숯을 쌓고 불을 질러 마침내 태워 죽인다.

이상하게도 명나라는 이 시기에 특출한 인물이 없다. 이름을 남기는 시인도 76운으로 개정된《홍무정운》탓인지 보이지 않는다. 그리하여 명나라를 멸망케 하는 환관이 명군이라 일컫는 선덕제 무렵부터 세력을 갖게 되는 것이다. 홍문관(弘門館)을 두었다고 했는데, 양사기(楊士奇 : 1365~1444)가 이름을 남겼을 정도이다.

정치 제도로 명나라는 주원장이 호유용을 숙청함으로써 원대부터 좌우 승상이라는 게 없어졌다. 따라서 홍무·영락제 같은 강력한 황제는 승상을 두지 않고 6부의 상서(尙書 : 판서)가 있다고는 하지만 독재자로 천하를 움직여 왔다.

그러나 중국과 같은 넓은 땅에 인구도 엄청나게 많은데 황제 혼자 모든 일을 다 처리할 수는 없었다. 황제는 어디까지나 독재자이지만, 정치의 재량권을 어느 정도 상서에게 분담시켜야 한다. 선덕제에 이르러 6부 상서의 표의(票擬)라는 게 생기고 사회를 보는 연장자의 발언권이 강해졌으며 정식으로는 그런 제도가 없지만 재상이라는 호칭이 생겼다.

환관의 대두는 황제 자신의 책임이었다. 선덕제는 손귀비(孫貴妃)라는 여성을 총애했고, 정해진 코스로 황후 호씨(胡氏)를 폐위하려는 생각을 가졌다. 호황후에겐 자녀가 없었다. 이것은 이혼의 구실이 된다. 당시 명나라에는 영락제가 방효유를 죽였기 때문에 유신으로서 바른 말을 하는 인물이 없었다. 그저 보신(保身)에만 급급했으며 황제의 독선을 견제하거나 환관들의 대두를 규탄하는 세력이 없었던 것이다.

그래서 손귀비는 황후가 되지만 그녀도 자식이 없기는 마찬가지였다. 그녀는 환관과 결탁하여 궁녀가 낳은 아이를 황제의 핏줄——곧 자기가 낳았다고 속여 태자로 봉하는 데 성공한다.

이윽고 선덕제는 38세라는 나이로 갑자기 죽는데 태자 주기진은 이때 아홉 살이었고, 태자보다 몇살 많은 궁녀 오씨(吳氏) 소생의 주기옥(朱祁鈺)이 있을 뿐이었다. 기옥도 그 생명이 위험했는데 인종비가 태황후로 총명하여 무사했다.

조선에서는 세종의 후반기로, 왕은 잃었던 북변의 땅을 되찾기 위해 활발히 움직였다.

이를테면 정사년(세종 19 : 1437)에 이천(李蕆 : 1376~1451, 예안 사람)은 파저강(婆猪江)의 야인을 정벌했고, 기미년(세종 21 : 1439)에는 공험진(公嶮鎭) 및 윤관 장군이 쌓았다는 9성(九城)의 위치를 탐색토록 한다. 그리고 신유년(세종 23 : 1441)까지 두만강 가까운 경원(慶源)·종성(鍾城)·온성(穩城) 등지에 성을 쌓고 밀어 올렸으며, 2년 뒤에는 통신사 변효문(卞孝文)을 대마도에 보내어 조선에 보낼 수 있는 무역선을 연 50척으로 제한하고 있다.

다시 을축년(세종 27 : 1445)에는 《용비어천가》를 이룩했으며 태조·정종·태종의 3조 실록을 춘추관·충주·전주·성주(星州) 네 곳 사고(史庫)에 나누어 수장케 하고 만일에 대비했다. 그리고 병인년(세종 28 : 1446) 3월, 소헌왕후 심씨가 춘추 52세(8남 2녀)로 승하했는데, 9월에는 민족 만 년의 자랑인 훈민정음이 반포된다.

인간 김정희(人間 金正喜)

추사는 병자년에 그의 〈예당설〉〈일헌례설〉을 저술했다고 연보
는 전한다.

〈예당설(禮堂說)〉

성인의 도에 이름은 《논어》에서 공자의 말로 갖추어지고 기록
되어 평평하고 또한 쉬운 것이다. 다만 예는 보통의 말로 하나
인 이치로 언급되지 않았을 뿐이고 도의 행하지 않음을 적어 내
가 이를 안다고 하셨다. 옛사람은 이를 넘고 어리석은 사람은
이를 미치지 못하여, 도의 밝지 않음을 내가 안다고 하신 것이
다. 어진 이는 이를 넘고 불초자는 미치지 못하는 것인데, 저 석
씨는 말을 멋대로 내쳐 심(心 : 마음)을 성(性 : 본성)이라 말하고
유심미묘(幽深微眇)를 다하는 게 깨달음의 이루어짐이며 그것이
이를 넘는 훌륭한 지혜가 된다고 한다. 성인의 도가 이와 같아
야만 한다면 그것은 마음을 아끼는 연유일 것이고, 예로 어찌
저 천지의 끝을 멀다 않고 찾을 것인가. 그것이 천성을 아끼는
연유라면 또한 예로 어찌 저 이기(理氣)의 탐구로 옮겨가서 말하
지 않을 수 있겠는가!

이런 까닭에 관례·혼인·향음(鄕飮)·사례(射禮 : 화살을 쏘는 예. 남아 탄생이나 관례 뒤 올리는 행사)의 행사가 있어 순환되는 것이고, 읍례(揖禮 : 절하는 것)·겸양·당의 오르내림과 몸가짐에 형식이 있어 헤아림과 억제력이 있게 되는 것이며, 제사와 제물·향불·제기에도 물물(物物)이 있어 고개 조아려 조상을 섬길 수 있는 것이다.

천하의 사람으로 하여금 어려서는 배우며 익히게 하고 자라서는 조용한 것이 안정되게 하며, 그 빼어난 자로 기대고 의지할 곳이 있어 들어가서는 착한 일을 하며 완미(頑迷)한 자로 속박되고 단속되는 곳이 있어 윗사람에게 감히 악하게 하지 못하든가 아랫사람에게 동정하고 화합이 밑바닥까지 이르며, 또한 점차로 척셔쳐 힘쓰게 되고 다다르게 하는 게 성인의 도이고 만대에 걸쳐 바꿀 수 없는 연유도 이것이었다. 성인의 도로 이단(異端)과 구별되는 연유도 또한 이것이다.

뒷세상의 유생으로 익히 듣는 것은 저 석씨의 말인 마음이 본성이고 그 유심미묘를 다한다는 것인데, 때때로 이것이 두렵고 부끄럽다. 성인의 도로 그 설에서 절취(竊取)하여 이와 같이 생각케 하고, 이를 조금 바꾸어 성인의 남긴 말을 파헤침으로써이다. 우리의 성인도 물론 이 유심미묘를 하나의 경지로 말한 적은 있었다. 따라서 거듭 이를 벽사(闢邪 : 사설을 해명하여 물리침)하여 마음으로써 본성이 됨은 나의 도리를 본성으로 함과는 같지 않다고 했던 것이다.

슬프다, 이것으로 성인의 도를 받드는 것인데 갈 곳을 모르는 까닭에 성인을 가볍게 만들고 이리하여 이단을 벽사하는데 음도(陰道 : 양도의 반대. 신도·治道 따위)에 듦을 몰라 이단이고 이를테면 바로 치성이었다.

우리의 성인이 저 가르침에서 그 가르침의 성상(性相 : 불교에선 만물의 참 모습과 현재의 모습의 구별)으로 같지 않고 아주 조금일 뿐인데 어찌 저 가르침과 크게 다를 수가 있는 것일까? 유교와 석씨가 실인즉 서로 원용(援用)해야 비로소 이와 같으리라.

《시경》에서도 말한다.

'솔개가 하늘에서 나니 고기는 못에서 뛴다.'

설자(說者 : 추사)가 생각컨대 비유하면, 악인이 멀리 가버리고 백성으로서 자기가 있을 곳을 얻는 것이 곧 중용이고 이를 끌어당기거나 뻗어나감도 또한 성인의 덕을 말하는 데 지나지 않으며 천지로서 밝고 또렷한 것이다. 공자도 강가에서 말했다.

'가는 자는 이와 같구나, 밤낮을 쉬지 않는다 !'

설자가 생각컨대 탄식이나 감격할 때는 거듭 쫓고자 가서는 안되며, 곧 맹자의 끝까지 궁구하는 게 오히려 방일〔놓친다는 것〕이고 세계에는 이와 같이 근본인 게 있는 것이다.

대개 성인의 말이란 얕게 이를 구하면, 이런 연유로서 그 뜻이 드러나지 않을 뿐 아니라 만대 불역의 법이라서 미치지를 못한다. 깊이 이를 구하여 유심미묘함에 들어가야만 어진 지혜가 되어 이를 넘게 되고 이단과의 다툼에서 이긴다.

무엇이 성인의 도의 근본이냐 하면 예로서 말하는 자이고 실속있는 소견이며, 이단의 외도(外道)는 예로서 말하는 자로 공허하여 의지할 곳이 없는 것이다. 공자께서 늘 말씀하시는 바 시·서·집례(執禮)에서도 변함이 없지만, 안연이 인(仁)에 대하여 묻자 대답하셨다. '자기에게 이겨 예로 돌아감을 인이라고 한다(克己復禮爲仁).' 그 항목을 묻자 또 대답하셨다. '예가 아니면 보지도 말고 듣지도 않으며 말하지도 않으며 움직이지도 말라.' 그래서 안연은 말한 것이다. '선생은 질서정연한 방법으로 사람을 꾀어 앞으로 나아가게 해주신다. 문화라는 것으로써 나의 시야를 넓혀 주셨고 또 예라는 것으로써 나를 인간 교양의 중심으로 끌어당기신다'라고. 성인으로 예를 버린다면 가르침은 없다 생각되며, 현인으로 예를 버린다면 배움은 없다 생각된다. 《시경》《서경》은 문화를 넓혀주는 것이며 집례는 예의 규칙인데 공자께서 늘 말씀하던 것이며 인자로 이를 왕성하게 실행하는 것이다. (따라서) 공자로선 드문 말이었다.

안연은 대현(大賢)으로 근본의 법과 숨겨진 본성을 갖추어 인에 대한 그의 물음에 공자는 이를 인이라고 알려 주셨던 것이지만, 오직 예였던 것이다. 인은 단지 여러 도리를 구할 뿐이고 예는 버릴 수가 없는 거다. 자공(子貢)도 말했다. '선생의 문장은 얻고 들을 만한 것이다. 선생이 본성과 천도를 말함은 얻어들을 수가 없었다(夫子之文章 可得而聞也, 夫子之言性與天道 不可得而聞也 : 공야장 제5)고. 문장이란 곧 《시경》《서경》《집례》이고 본성과 천도는 듣는다고 얻을 수 있는 것은 아니다. 즉 《시경》이나 《서경》《집례》 속에 갖추어진 것이고 공허한 여러 말로 위탁될 수는 없는 것이다. 저 인의 뿌리는 성품이고 본다·듣는다·말한다·움직인다는 곧 생(生)의 성정(性情)인데 성인께선 여러 도리와 여러 예를 구하거나 하지 않으셨다. 생각컨대 여러 도리를 구하면 반드시 스승의 마음에 이르고 여러 예를 구해야 비로소 본성으로 돌아간다.

안연은 이 높고도 굳센 도를 발견하는 앞뒤가 가까울수록 멀고도 막막하여 의지하고 미칠 수도 없었는데 문화를 넓히고 예도 기약할 수 있게 되었다. 그런 뒤에야 이를테면 탁이(卓爾 : 높이 솟은 것을 형용)한 곳에 설 수 있게 되자 곧 예로서 이를 세워 입(立 : 자기의 정위치 확립 따위)하게 되었다고 말한 것이다. 그러므로 가로되 예를 배우지 않고서는 입할 수 없고 또 가로되 예를 알지 못하면 입도 없다고 했다.

　그 말은 밝게 드러난 것인데, 이로부터 이를테면 유자(儒者)는 살피지를 못하여 이내 예를 버렸고 의론을 가로세로 세우거나 하여 유심미묘는 모두 석씨의 학문이고 성인의 학문은 아니게 되었다.

　안자(안연)로 말미암은 예학이 나중에 세워진 바 있었으나 어느덧 이것이 길들여져 그 마음에서 석 달을 어긋나지 않으면 인(仁)이고 그 연유로써 어긋나지 않으면 그 본성으로 돌아간다고 했다. 그 연유인 본성으로 돌아가는 게 예로 돌아가는 것이다. 그러므로 하루의 극기복례는 천하가 인으로 돌아가는 것이기도 하다. 저《논어》는 성인이 남기신 글인데 선인의 남기신 글을 설명하여 그 말씀하신 바 항언(恒言 : 자연스런 보통의 말)을 꼭 버리고자 하며 사사건건 그 아직 도리로서 미처 말하지 않은 것에 부회(附會)하는 것이 과연 성인의 뜻과 부합되는 것일까? 뒷세상의 유생으로 이를 배우고 혹은 석씨로부터 나오고자 하는 까닭에 그 말은 더욱 더 도리에 가까워진다 하는 것이며, 참된 대란(大亂)은 성학(聖學 : 유학)의 예로서 그와 같지 않다는 데 있다. 도리를 운운하지 않는 것은 그 도가 정상(正相 : 올바른 모습. 혹은 참모습)이고 참된 것이 있는데 어찌 도리어 난도(亂道 : 도에 어긋난다는 것)에 가깝다고 하겠는가！'

주로 논어를 중심한 〈예당설〉이다. 이 글을 번역하면서 처음에
는 석씨, 곧 불교를 배척하거나 유교를 감싸는 거라고 단순히 생각
했지만, 역시 당시의 유학자에 통봉(痛棒)을 가하는 추사의 면목이
역력하다.

몇 가지를 부연한다면 '극기복례(《논어》〈안연편〉 제12)'인데 어떤
한자 사전을 보니까 이것을 풀이하여 '자기의 사사로운 욕심을 이
지(理智)로써 이기고 예로 돌아가는 것'이라고 했다. 여기서 이 해
석이 잘못되었다는 것은 아니고, 이것이 송유(宋儒)의 견해이며 우
리나라도 전통적으로 그와 같은 것을 좇았다.

그러나 송유를 싫어하고 보다 근원적인 한유로 돌아가기를 부르
짖은 청유(淸儒)는 다른 해석을 시도했다. 그 두드러진 것이 완원
의 《연경실집》 권8에 들어있는 〈논어논인론(論語論仁論)〉인데, 추
사는 〈예당설〉에서 예의야말로 인의 근본으로 파악하고 있다는 느
낌이 든다.

전통적 유교의 주장은 천리(도리)란 언제나 선(善)이고 인간 또
한 그와 같은 천리를 갖고 태어나는데, 그것이 사욕(私欲 : 人欲)에
의해 인간 내부에 있는 천리가 덮이거나 가려진다(〈예당설〉에서 추
사는 그런 사람은 욕심을 마음으로 대체하고 있다고 생각한다). 따라서
사욕을 극복하고 천리의 원칙인 예로 돌아가라는 것이 송유의 해
석이었다.

추사는 그런 전통적인 것에서 벗어나거나 전진하려 하고 있다.

그리하여 안자나 자공의 말을 인용하고 있는데, 그것보다 먼저
《시경》의 말인 '솔개는 하늘에서 날고 고기는 못에서 뛴다'와 공자
의 한탄으로 해석되는 '가는 자는 이와 같구나, 밤낮을 쉬지 않는
다'를 짚고 넘어갈 필요가 있을 것 같다. 《시경》의 말을 역시 사전

에서 찾아보니 솔개가 하늘을 날고 고기가 못에서 뛰는 것은 모두 자연 그대로인 도의 작용이다. 따라서 도는 인간 세계 어디에나 있다는 뜻풀이로 해석되는 게 전통적인 것인데, 추사는 왜 여기서 공자의 말과 대비시켰는가 하는 궁금증도 생긴다.

공자의 말 '逝者如斯夫 不舍晝夜'는 너무도 유명한 말인데 재차 부연한다면 '지나가는 자는 모두 이 강물처럼 흘러가는 것일까? 낮이고 밤이고 조금도 쉬지 않고 지나간다'이다.

즉 인간의 생명도 역사도 강물처럼 지나가고 변화된다.

이것이 한유의 해석이었는데 송유는 그것과 정반대의 해석을 하고 있다. 비관적이 아닌 희망적인 것으로 본다. 즉 '낮이고 밤이고 잠시의 휴식도 없는 우주의 활동은 이런 강물에 의해 여실히 제시된다. 그것은 무한정한 지속이고 무한정의 발전을 상징한다' 즉 주자는 인간도 그와 같은 지속·발전 속에 포함된 존재이므로 '배우는 자로서 때때로 성찰(省察)하여 털끝만치도 게을리 하거나 끊기도록 해서는 안된다'라고 하였고, 정자도 그의 역설(易說)에서 '군자는 스스로 힘써 마지않는다'고 했다.

요컨대 송유는 《논어》의 이 말을 결코 영탄의 말이 아닌 인간의 무한한 진보에 대한 희망의 말로 해석했다. 한유와 송유의 차이는 서자(逝者)의 글자 하나의 해석에서 비롯된 것이며, '서(逝)'가 같은 '간다'라는 의미라 하더라도 한유는 지나간다로 보았고 송유는 이를 앞으로 나아간다고 풀이했다. 한자의 글자 하나의 해석에 따라 문장 전체의 뜻이 달라지는 좋은 예이다.

또 〈예당설〉에서 '공자가 늘 말하다'로 번역된 아언(雅言)도 한유와 송유는 뜻이 전혀 다르다. 다산의 《아언각비》에서 보듯이 아(雅)는 정(正)이란 뜻인데 주자는 아를 상(常 : 늘)이라고 주석했던 것이다.

예를 들어 '성인'이란 말도 시대에 따라 정의(定義)가 다르다. 과거에 있어 성인은 신과 같은 이미지로 절대 권위가 있는 존재이고 그 성인의 말씀인 어구는 글자 하나라도 함부로 고치거나 전통에서 벗어난 해석도 용인되지 않았었다. 그러나 송유의 해석은 좀더 융통성이 있어 성인이 신은 아니고 굳이 말한다면 초인과 같은 존재였다. 송유는 성인의 말이 모순되는 것도 있다고 하지는 않았지만 학자에 따라 성인설도 해석이 달라진다는 데까지 변화되고 있다.

청조(淸朝)에서의 성인에 대한 해석은 오히려 송유보다 강화되었다는 느낌이다.

물론 실증적 접근에서 얻어진 결론이었고 냉철하게 공자의 실상(實像)을 있는 그대로 발견하고자 했던 것이다

그 대표적인 것이 《논어》에서 자공의 말로 나오는 '夫子之文章 可得而聞也. 夫子之言性與天道 不可得而聞也'였다.

청유는 이 말을 애호했고, 이것이 곧 공자의 말이 즉물적(卽物的)이며 추상적이나 사변적(思辨的)은 아님을 설명하는 어구로서 유명해졌다. 추사가 이것을 인용했다는 것은 본문에서 나오는 孔子所罕言者也(공자는 말한 바 드물었다), 즉 공자는 《시경》《서경》《집례》에 대해선 말했지만 예에 대해선 물론이고 인에 대해서조차 많은 말을 하지 않고 있다. 〈예당설〉은 바로 이 한언(罕言)에 초점을 맞추고 있는 게 아닐까? 케케묵은 전통적 생각을 가진 조선의 유자에겐 자공의 말을 인용하여 설명해도 이해하거나 또는 무지해서 공격을 서슴지 않으리라. 그러나 공자는 말이 적었다[罕言]고 한다면 누구도 추사를 비난하지는 못할 터이다.

오늘날 성인은 민주적으로 해석하여 '완성된 인격을 갖춘 사람' 이다.

추사는 결구(結句)에서 성인이 남긴 글에 대해 '必欲舍其所恒言〔이것도 주자의 주석으로선 雅言, 곧 늘 하는 보통의 말〕之 禮而事事附會 於其所未言之理 是果聖人之意耶'라고 반문했지만, 실제로 추사는 공자의 말에 부회(附會)하고 의론하고 있는 것이다. 따라서 이 구절은 속시원히 의문되는 점을 말하고는 싶지만 그렇지 못한 내심의 불만을 말한다고 하겠다.

공자의 말에 대한 부회는 어디까지나 학문이고 모독도 아무것도 아닌데 완미한 사람들은 그것을 이해하지 못한다. 그래서 석씨의 말을 인용한 것이지만, 사실은 전통적인 조선 유자에 대한 비판이었다고 이해된다.

〈일헌례설(壹獻禮說)〉

어떤 이가 사관례(士冠禮)의 예빈(醴賓)으로서 일헌지례〔잔을 한 번만 올리는 예〕에 대해 물었다. 일헌지례는 분명하게 말할 수가 있는데, 주(注)에서 말하기를 다음 차례의 잔을 올리는 이〔아헌자〕가 없고 곧 잔치로 들어갈 때이다. 또 이것은 무슨 뜻이냐고 하기에 말했다. '잔을 한 번만 올리는 예의 주를 보았더니 일헌이란 주인이 빈〔여기선 관례의 주례〕에게 올리는 것인데, 또 사례(士禮 :《예기》의 편명)의 일헌소(壹獻疏)에서도 사례로 일헌은 곧 사(士 : 선비)로서 관례·혼례·향음례·향사례는 모두 일헌이라고 했다. 이 주의(注疑)의 말로써 참조하여 보건대 비슷하게 알기에 어렵지도 않다.

대체로 옛날의 난해한 소설(疏說)이나 만연(漫衍 : 부질없이 확대시킨 글) 따위의 주석을 내가 읽어 보았더니 꽤나 거칠고 엉성하여 특히 세심하게 읽지 않으면 안되었다.

저 일헌은 사례이다. 관혼 음사와 잔치도 모두 사례인데 향음·향사는 대부와 사의 행례(行禮)이고 연례(燕禮)와 대사(大射)는 군주와 신하의 행례이며, 선재(膳宰 : 궁중의 요리장)가 주인을 위하는 것이므로 모두 사례를 쓰게 되고 또 주에서 말하기를 향대부 삼헌, 대부 삼헌의 예법이었는데 지금은 전승되지를 않아 다만 일헌으로써 사례를 살펴 하게 되었다고 한다.

무릇 주인이 빈에게 올리는 것을 헌이라 부르고, 빈이 주인에게 보답하는 것을 작(酢)이라 일컫는데, 주인이 먼저 마시며 빈에게 권하는 것을 수(酬)라고 하는 것이다. 헌부터 수에 이르는 헌례가 있어야 비로소 마실 수 있는 것인데, 음(飮)·사(射)·연(燕 : 잔치)의 삼례를 고증해 본즉 주인부터 먼저 앉아 잔을 잡고서 비(篚 : 둥근 대나무 그릇. 광주리)에 이르지만 (이때) 빈은 서계[서쪽 섬돌] 위에 있고 (주인의 재배에) 답례로 재배하는 이것이 일헌의 의식이라고 주기(注記)되고 있다.

음사연의《삼례의》의 글도 같고 각각 조금 다를 뿐인데, 지금 관례의 예빈에게 일헌하는 것도 또한 비슷하고 다를 게 없는 것이다. 주에서 말한 바 헌빈[주례에게 잔을 올림]이 곧 아헌자가 없는 연(燕)이고 여기서의 연(燕)자는 연례(燕禮)의 연자가 아닌, 즉 잔을 하나 올리는 의식이 있은 뒤의 행려(行旅 : 길 떠남. 여행)할 때의 수(酬)이다[연은 모두 잔치인데 신분에 따라 격식이 다르다].

소[일헌 소]에서 말하는 향음주엔 연례가 없다고 말함은 잘못이고, 사혼례편에서 시부모에게 며느리가 음식을 올릴 때 공히

일헌의 예로써 하되 전수(奠酬 : 잔을 올림)라고 했는데, 주에선
말한다. 무릇 술의 수(酬)로 말하면 다 올리되 왼쪽에서 천(薦 :
술을 쏟는다는 뜻)하며 그 연음(燕飮)에는 올리지 않고 다시 사람
으로 하여금 올리게 하여 작(酌 : 술을 따르는 것)한다. 소에서 연
례 상에는 현수하며 행려의 수에 이르러선 따로 사람이 있어 올
린다고 운운했는데 생각컨대 소는 이 연례를 연을 위한 행려의
수로 오인(誤認)하고 향음주나 길떠남의 수에는 술잔을 천작하
지 않아도 역시 연임을 몰랐던 것이다.

사혼례에서 운운한 향부례(饗婦禮 : 며느리가 시부모께 올리는
음식 예)는 바로 향례(饗禮), 혹은 음식을 올린 뒤의 연음을 또한
말하는 것일까? (예에 대한 확실한 명문이 없어 의문을 제기한 것이
다) 또 사관례의 주에서 말하기를 생(牲 : 희생. 통틀어 의식에 쓰
는 동물)은 소뢰(少牢 : 소뢰와 대뢰가 있는데 확실한 명문이 없다.
소뢰는 양 한 마리, 대뢰는 소·양·돼지 각 한 마리)를 올려 먹도록
하되 삼례·시(尸 : 신주인데 고대엔 동자를 신주 대신 썼다)의 헌이
모두 이런 유(類)였었다고 한다. 시(尸)자는 빈(賓)자와도 닮아
소에서 이를 잘못 안 것이고 또 만연(漫衍)으로서 설(說)이 된
것이다.

대개 헌시(獻尸)라면 주인과 주부가 공히 빈에게 일헌이 아닌
삼헌이었다 생각되며 제사를 마친 다음 빈에게 올리는 게 곧 일
헌이다.

이리하여 尸가 賓자의 와전임을 알게 되는 것이다. 《시경》의
소필호엽(小㢱瓠葉)이 바로 이 일헌례와 비슷한데 시에서 말한
酌과 헌이라는 말, 酌은 酢의 말 酌이고 酬하는 운운이라 했지
만, 獻酢酬례의 성립이 일헌이 되며 일헌이라는 하나의 증거라

고 하겠다.

이를테면 관(官)을 통한 삼헌과 향음주의 일헌이 있는데 이것
은 다만 사와 대부의 牲하는 구별이고 시(신주)에 헌하는 삼헌으
로서 사례의 제사인즉 왕성(과시)을 겸하는 탓일까?'

보통 술잔을 주객 사이에서 주고받는 것은 삼헌[초헌·아헌·종
헌]이라고 하는 상식을 깨어 버리는 추사의 고증이다. 그러나 예는
현존하는 《예기》에도 결락된 부분이 많고 용어조차도 번잡하여 오
인되는 경우가 적지 않았던 모양이다.

그럼에도 예법이 개혁되거나 하지 못한 것은 〈예당설〉에서도 보
았던 것처럼 예는 유교의 기본 정신이고 유교는 또한 형식과 전례
를 존중하기 때문이었다.

연보를 보면 병자년 가을, 추사는 동지사 편에 여러 편지와 선물
을 연경에 보낸다.

특히 담계한테 보내는 선물은 지극한 정성이 담겼다. 전년에 담
계는 장문의 수서와 함께 《복초재(담계의 별호) 시집(첫 영인본. 62
권 12책)》《소재필기》《조송설의 천관산 진적》석인본, 《석주시화
(石洲詩話 : 8권 2책)》, 이북해의 글씨인 《운휘이수비(雲麾李秀碑)》
잔본 2지, 《원도(原道 : 한유 지음)》, 우강 서원벽 석인본 1지 등을
운석 조인영 편에 보내왔기 때문이다.

이것에 대한 답례로 추사는 퇴계와 율곡 선생의 문집, 탁본 수
종, 그리고 일본의 구각인 《역산비본(嶧山碑本)》, 수등(壽藤) 대석
현[큰 돌벼루], 칼 두 자루를 준비하고 이것을 보냈다.

주목되는 것은 일본의 구각이라는 역산비의 탁본이다. 역산비
[정식명은 추역산비]는 진시황이 세운 여섯 곳의 송덕비(진비) 중 하

나로 이미 없어진 지 오래였었다.

그것이 어찌하여 왜국에서 모각되고 추사의 손에 들어와 있었던 것일까?

추사는 이것을 보내면서 제를 달았다.

'이것은 송나라 원우 8년(1093)에 된 역음당의 번모(본)이고 정(문보)이 손질한 것보다 더욱 늦은 것인데, 순화(990~994)본의 또 백 년 뒤로서 오래인 것은 아니다.(此爲宋元祐八年嶧陰堂翻摹 尙遲於鄭撫 淳化爲百年之後又非舊矣)'

그리고 추사는 예당학인이 삼가 제한다고 서명했다. 추사가 북한산의 진흥왕 순수비를 발견하고 《금석과안록(金石過眼錄)》을 집필하면서 예당이란 아호를 썼음을 알 수 있다.

그런데 추역산비가 가진 역사적 가치를 여기서 다시 반복한다면, 시황이 태산에서 봉선하고 진나라의 성덕(盛德)을 천하에 과시하기 위해 이사(李斯)로 하여금 전자로 미사여구를 쓰게 하며 이를 돌에 새겨 세우도록 한다. 그 석비는 《사기》의 기록에 의하여 시황 28년(기원전 219)부터 약 10년간에 걸쳐 연대순으로 추역산〔산동 추현〕·태산·낭야대·지부·갈석·회계의 각 명산에 세워졌다. 그리고 역산의 비문을 제외한〔이것도 수수께끼로서 《사기》가 뒷사람에 의해 가필된 탓일까〕다른 다섯 곳의 비문은 《사기》에 그 전문이 수록되어 있다.

왜 역산비만 빠졌는가? 역산비는 적어도 당대까지 흔해빠진(?) 것으로 쉽게 입수하여 볼 수 있기 때문이었다. 그 증거로서 두보(712~772)는 동시대의 전서 명인 이양빙(李陽冰)을 노래한 〈이조팔분소전가(李潮八分小篆歌)〉를 남겼다.

'역산의 비는 들불에 불살라지고/대추나무 전각은 살이 쪄서 진

적을 잃었네.(嶧山之碑焚野火 棗木傳刻肥失眞)'

또 송나라 시인 여본중(呂本中 : 1084~1145, 자는 거인)은 〈독진비(讀秦碑)〉라는 시에서 이를 찬양했다. 그 한 구절을 보면 이러하다.

'지금에 이르러 남겨진 각석을 보니/자체가 매우 씩씩하고 진귀하네.(至今見遺刻 字體甚雄異)'

그런데 《봉씨견문기(封氏見聞記)》를 쓴 봉연(封演 : 726~ ?)은 역산비의 운명에 대해 증언한다. 즉 시황이 세운 이 석각은 역대 전서의 해칙(楷則 : 해서체의 모범)으로 여겨졌기 때문에 탁본을 원하는 자가 꼬리를 물었고, 그런 인사의 대부분이 고위 관직을 가졌거나 세도를 가졌기 때문에 고을 사람들은 이들을 대접하는 일과 높은 산까지 올라가서 탁본을 뜨는 데 지쳐 버렸다. 그래서 앙심을 품은 서민들이 나뭇단을 가져다가 석각을 불태웠다.

역현의 현령이 이를 애석하게 여기고 구탁을 구하여 새로이 석각토록 했으며 그것을 평지인 현아 옆에 세웠으므로 백성들은 비로소 쉴 수가 있었다.

두보의 시로도 알 수 있듯이 그뒤 목각도 만들어, 이를 장삿속으로 파는 자도 있었다. 그러나 이런 역산비도 당대에 이미 없어졌다.

청대의 서기(徐夔 : 1676~1725, 자는 용문)는 〈관진승상 이사추역산비〉라는 시를 썼는데, 그 서문에 의하면 '진의 승상 이사의 추역산비를 본다. 추 현치(縣治 : 현아)의 우측에 있고 송나라 원우 연간에 현령 장모가 중모하여 돌에 새겼다. 그 글자를 읽을 수 있는 자가 없어 나는 한 벌을 적어 아전에게 건네주었다'고 되어 있다.

다음은 그의 시 한 구절이다.

누가 돌을 잘라내어 이곳에 우뚝 세우고/크게 쓰고 깊이 새겨 높이 솟도록 했는가./자세히 보니까 기성본과 같고/승상 이사의 도필이 어렴풋이 남아있네.

(誰爲伐石矗立此　大書深刻高巍巍　細觀似同騎省本　相斯刀筆存 依稀)

《기성본》이란 남당·서현(徐鉉)의 문집을 말하는데, 그는 바로 《설문해자》를 교정한 대서본(大徐本)의 저자이며, 그것에 씌어진 전자가 역산비의 자체와 비슷했다고 한다. 송나라 초기에 정문보 (鄭文寶)가 서현에게서 역산비의 모사본을 얻어 돌에 새기고 장안 의 국자학에 두었다.

또 조함의 《석묵전화(石墨鐫華)》에 의하면 더 자세하다.

'나의 수장본 둘 중의 하나는 정문보본인데 바로 서현이 임모한 것이었다. 희미하게 형사(形似)가 있고 또한 신운(神韻)은 없었 다. 또 하나는 지원(至元) 연간(1264~1294)의 번각인데 발문에 의하면 원우 중에 현령 장문중(張文仲)이 또한 번각한 것이라고 한다. 따라서 이는 문보본의 아래에 있어야 하는 것이다. 또 역 산비의 번각본으로서 장안본·소흥본(紹興本)·강녕본(江寧 本)·추현본·청사본(靑社本)·이양빙본 등이 있는데, 그 추현 본[서기의 시에서 나오는]에 유지미(劉之美)의 발문이 있고 다음 과 같이 적었다. '송나라 원우 8년, 현령 장문중이 북해(北海: 산동)의 왕군향(王君向)에게서 이사의 소전(小篆)을 얻었고 이를 현치의 역음당에서 석각했다.''

추사가 제한 글도 아마 이것을 참조한 듯싶은데, 고려는 송나라 와도 왕래가 많았고, 이런 각본을 구매했던 것으로 그것이 다시 왜국으로 전해졌던 것이다. 시기적으로도 들어맞고 삼한 시대의 것은 이미 인멸되어 자취마저 찾기 힘들겠지만 여말 또는 조선조 초기에 전해진 것들은 훨씬 구체성을 띠고 떠오른다.

그것을 설명하기 위해 과거로 잠시 돌아가겠다.

세종 28년(1446)의 훈민정음 반포는 획기적인 것이었다. 이런 훈민정음에 대한 반대 의견을 가진 유학자도 있었는데 이를테면 양성지(梁誠之 : 1415~1481, 자는 순부)는 그 대표적 학자라고 하겠다. 양성지의 호는 눌재(訥齋)이고 시대적 변천은 어쩔 수가 없어《동국도경》《팔도지리지》와 같은 실학적 저술을 남기기도 한 사람이다. 그러나 당시의 유학자는 이미 유학에 심취하고 한자에 탐닉한 나머지 한글을 언문(諺文 : 거짓글)이라고 불렀음은 다 아는 사실이다.

세종은 이어《석보상절(釋譜詳節 : 석가 전기)》《월인천강지곡(月印千江之曲)》을 지어 반포한다.《석보상절》은 수양대군이 지었고《월인천강지곡》은 석가모니를 찬양한 불찬가로 세종이 친히 지은 것이다. 무인년(세조 4 : 1458)에 위의 두 책을 합본하여《월인석보》라는 이름으로 발간된다.

당시의 불교 억압과는 정반대인 임금의 숨김없는 심정의 나타남이 아닐 수 없다. 사실 세종은 왕비의 승하와 잦은 병, 지금으로선 한창 장년이라고도 할 50대에 겨우 들어섰는데 심한 인생의 무상감을 느꼈으리라. 그리하여 왕은 무진년(세종 30 : 1448)에 대신과 집현전 학사들, 성균관과 4부 학당 유생들의 거듭되는 반대에도 불구하고 경복궁 문소전(文昭殿) 서북에 내불당을 세웠다. 내불당은 곧 절이나 같다. 세종은 이곳에서 왕비의 명복을 빌고 당신의

왕생 정토를 기원했으리라. 그리고 세종은 경오년(세종 32 : 1450) 2
월, 춘추 54세로 승하한다. 자녀는 모두 18남 4녀였었고 여주의 북
성산(北城山) 영릉(英陵)에 안장된다.

이 무렵 명나라에서도 소동이 벌어지고 있었다. 명나라는 환관
왕진(王振)이 막강한 세력을 과시했고 황제마저 움직여 몽골과의
전쟁을 부추겼는데, 기사년(1449)에 토목(土木)이란 곳에서 대패한
다. 이때 정통제는 야선(也先)이란 칸의 포로가 된다. 명나라는 당
황하여 주기옥(경태제)을 추대하고 왕진을 추방했으며, 정통제는
이듬해 송환되었는데 자금성의 한 구석에 감금되어 죽지 못해 사
는 날을 보내게 된다.

조선에서 주목되는 일은 운서(韻書)가 잇따라 간행된 것이다.
《동국정운》《사성통고(四聲通攷)》《홍무정운 역훈(譯訓)》등이 그
것이다. 이런 운서는 모두 보한재(保閒齋) 신숙주(申叔舟 : 1417~
1475, 자는 범옹)의 이름으로 되어 있지만 저술의 성격상 한 사람의
손으로 이루어진 것은 결코 아니었다.

보한재는 격동의 시대를 산 인물로 사육신에 끼지 않아 비난도
받았지만, 당대 일류의 학자였으며 또한 정치가로서 여진과 왜국
에 대해 정확(精確)한 지식을 가졌었다. 보한재는 또 송설체를 잘
썼는데, 글씨로선 아버지인 암헌(巖軒) 신색(申檣 : 1382~1433, 자
는 제부)이 더 평가된다. 암헌은 초서와 예서를 다 잘 썼는데 특히
대자를 잘 썼다. 《경도잡지》에 '액체(額體)란 것이 있는데 이는 원
래 원나라 승려 설암의 글씨체였다. 즐겨 편액에 제했으므로 액체
라고 한다.' 암헌은 이런 액체를 잘 썼다고 한다. 《용재총화》에서
는 '신제학이 모화관(慕華舘)의 현판을 썼는데 안평대군에는 미치
지 못한다. 그러나 역시 볼만했다.'라고 했다. 〈관람정첩(觀瀾亭

帖))은 유명한 서화첩을 남긴 낭선군 이오(李俁: 1637~1693)의 화첩인데 암헌의 글씨에 대해 평했다.

'붓을 쥐었다 하면 먹물이 마를 사이도 없게 종이를 펴가면서 써 내려갔다. 점점 획획이 모두 중정(中正)을 지켰는데 청신을 사납다싶게 놓아주었다. 아리땁다면 보는 자를 현혹시키기 때문이다.'

추사 김정희도 신암헌의 글씨를 평했다.

'서법은 본조에 들어와서 모두 송설 한 길로 옮겨갔는데, 그러나 이를테면 신, 성(성개를 말한 듯) 제공은 서문(書門)의 방류로서 씩씩하고 진기한 것이 예스럽고 구법이 많았다.'

추사의 이 말은 역시 시야를 넓게 가진 평이며 요즘의 말로 국제적 안목을 가졌다고 이해된다.

이리하여 신사년(세조 7 : 1461)에 왕은 이암·한수·공부(孔俯)·최흥효·성개(成槪)·신색의 글씨를 중외(中外)에서 널리 구하여 비고에 수장토록 한다. 공부는 공자의 56대손으로 우리나라에 귀화했는데 자를 백공(伯恭), 호는 어촌(漁村)이라 했으며 본관은 창원이다. 특히 여말에 활약했고 도가를 숭상했다. 남경에서 졸했는데 생졸은 불명이다. 글씨로는 태종의 경인년(1410)에 세운 묘암존자 무학선사탑비(회산암 양주), 세종의 계축년(1433)에 세운 한산군 이색묘비(한산)가 그의 필적이다. 공어촌은 예서로 이름이 알려졌으나 해서도 극히 정연한 것이 윤기가 있었다고 한다.

성개는 자가 평중(平仲)으로 회곡 성석용(成石瑢)의 아들인데 당나라 류공권(柳公權)의 서법을 터득했다고 전한다. 필적으로는 광주(남한)의 헌릉비(정종의 정안왕후) 전액, 포천에 있는 문성공 성석린 묘비의 앞뒷면 및 고양의 성녕(誠寧)대군(태종의 제4남) 묘비를 남겼다.

　성개와 동시대 사람으로 완이재(玩易齋) 강석덕(姜碩德 : 1395~
1459, 자는 자명)이 있다. 완이재는 유명한 서가(書家) 강희안(姜希
顏)의 아버지다. 서거정에 의하면 완이재는 성격이 옛것을 좋아하
고 문장이 유려한 것이 풍류를 즐겼으며 시는 당대 최고였는데 서
화가 또한 절묘했다고 한다. 허미수도 전서와 예서에 정교했었다
며 기록하고 있다.

　강호산인(江湖散人) 김숙자(金叔滋 : 1389~1456, 자는 자배)는 어
느 체고 뛰어난 솜씨였는데 특히 자제에게 書자를 쓰라고 입버릇
처럼 말하며 심획(心畫)이라는 말을 처음으로 썼다고 한다. 글씨는
손끝의 재주가 아니다. 그 마음이 절로 종이에 거울처럼 반사되어
나타나게 마련이라는 주장이다. 가령 해자를 쓸 때에는 흐트러진
자세가 아닌 단정한 자세로 정성을 기울여 반듯하게 쓰는 것이다.
초서와 전서는 마땅히 다른 체의 글씨를 완성시키고 나서야 들어
갈 수 있다. 지극히 당연한 상식이지만, 이를 지키지 않는 게 또한
인간의 결점이었다.

　고은(皐隱) 안지(安止 : 자는 자행)는 이른바 명문 출신도 아니고
벼슬도 높지 않았지만 마음만은 누구보다도 고고(孤高)했다. 인왕
산의 비가 줄줄 새는 초가집에서 살았는데 주위의 산수가 너무도
깨끗하고 아름다워, 벗과 주고받은 척독이 모두 시로 엮어져 있었
다. 초서를 잘했던 것 같다.

　정암(整庵) 정척(鄭陟 : 1390~1475)은 해 · 전서를 잘했고 태종 ·
세종 · 문종 · 단종 · 세조의 5조를 섬겼으며 보새(寶璽) · 관인은 거
의가 그의 글씨였다고 한다. 또 옹재(雍齋) 안숭선(安崇善 : 1392년
생. 자는 중지)은 관이 판서에 이르렀고 문사가 유려한 것이 글씨

또한 아주 좋았다. 시흥의 안경공(安景恭) 묘비가 그의 글씨인데 진체이고 좀 드뭇하다 싶지만 정연하다는 것이 《동국금석평》의 말이다.

경오년에 세종이 승하함으로써 폭풍이 불어닥쳤다. 세자인 문종 (1414~1452)이 즉위했지만 신왕은 원래 병약한 몸이었고 효성이 너무도 지극하여 건강을 악화시켰던 모양이다. 그리하여 임신년 (문종 2 : 1452) 5월, 왕은 39세라는 나이로 승하했던 것이고 세자이던 단종(1441~1457)이 12세라는 나이로 즉위함으로써 일은 벌어진다. 세종대왕의 왕자들은 다재 다능했고 후대에 그 이름을 남긴 인물도 적지 않다.

예를 들어 세종은 난죽을 잘 그렸고 문종은 해법(楷法)이 정밀했다고 한다. 글씨가 굳세고도 생동감이 있었으며 진나라 사람[왕희지 등을 지칭]의 깊은 묘법을 터득했다고 김안로(金安老)는 그의 《용천담적기(龍泉談寂記)》에서 적었다. 또 문종의 글씨로 석각되고 탁본을 한 것이 몇 가지 있었는데 정변을 겪으면서 아주 드문 것이 되어 버렸다고 김안로는 증언한다.

세종이 아직 살아계실 때 양화나루 근처 희우정(喜雨亭)에서 며칠을 피서하며 보낸 일이 있었다. 그때 안평대군, 성삼문(成三問 : 1418~1456, 자는 근보), 임광준(任光濬)과 같은 젊고 재주있는 문신이 왕을 모시며 강물에 어린 달빛을 감상하고 시와 술로 즐겼다. 그곳에 세자는 당시 매우 귀했던 강남산의 귤을 두 바구니 보냈었다. 그러자 안평과 성임(成任 : 1421~1484, 자는 중경)은 시를 지었고 귤을 까먹었는데, 안견(安堅)은 이처럼 군신이 화락하는 모습을 그림으로 그렸던 것이다.

문종은 이렇듯 세자 시절부터 귤을 좋아했다. 귤을 읊은 초서와 행서를 반씩 섞은 즉석의 시가 있었다고 한다.

'전단은 코로 맡아 냄새가 좋고/기름진 것은 입에 맞네./가장 사 랑하는 게 동정귤이고/코에 향기롭고 또 입에서도 달다네.'

이런 문종의 아우로 수양과 안평대군이 있는데 비해당(안평대군 의 호)에 대해선 더 말할 것도 없다. 실록을 보면 수양도 부왕 세종 의 문화사업을 도왔다. 그러나 계유년(단종 1 : 1452) 10월, 정변을 일으켜 먼저 황보인·김종서와 같은 문종의 고명을 받은 대신을 죽인다. 뿐만 아니라 안평대군을 강화로 보냈다가 죽음을 내린다 (안평대군의 나이 36세). 이유야 있었다. 다시 을해년(세조 1 : 1455) 윤6월에는 조카로부터 양위를 받아 왕위에 오른다.

일련의 사실들이 조부인 태종과 너무도 닮았다. 태종 방원은 영 락제를 모방한 것인데 세조는 당신을 도운 사람들을 정난 공신이 라 했던 것이다. 1등 공신 12명 중에는 정인지, 권람(權擥 : 1416~ 1465, 자는 정경), 한명회(韓明澮 : 1415~1487, 자는 자준) 등이 들어 있다. 그리고 2등은 8명인데 신숙주, 홍윤성(洪允成 : 1425~1476, 자는 수옹) 등이었다.

한편 정난으로 희생된 사람들로선 황보인(영상)·김종서(좌상)· 정분(鄭苯 : ?~1453, 우상)이 있다. 정분은 호가 애일당(愛日堂)인 데 영남에 갔다 돌아오는 도중 충주에서 정변 소식을 들었고 체포 되어 낙안(樂安)으로 압송된다.

그는 처형되기 전 아내에게 말했다.

"나에게 두 마음이 있다면 죽은 뒤 푸른 하늘이 여전하겠지만, 만일 그렇지가 않다면 반드시 이변이 있을 터이오."

과연 그가 처형되자 난데없이 시커먼 구름이 모여들고 처형관과 포졸들이 비를 흠뻑 맞았다고 한다.

이밖에도 안평대군을 비롯한 의하군 영(瓔 : 세종의 제1자) · 한난
군 어(琊 : 세종의 제4자) · 영풍군 천(瑔 : 세종의 제8자), 그리고 이
조판서 이양(李穰) · 병조판서 조극관(趙克寬), 정종(鄭悰 : 문종의
부마) · 정효전(태종의 부마) · 송현수(宋玹壽 : 단종의 국구) · 이징옥
(李澄玉 : 북병사) · 권자신(權自愼 : 예조판서) · 안완경(安完慶 : 충청
감사) · 조수량(趙遂良 : 평안 감사) · 김문기(金文起 : 이조판서 추증)
등 수십 명이 처형되는데 그 관직으로 볼 때 얼마나 큰 정변인지
상상되고도 남음이 있으리라.

그리고 병자년(세조 2 : 1456) 6월, 단종의 복위를 꾀하다가 성삼
문 등 사육신이 또한 처형장에 끌려간다. 사육신에 대해선 너무도
알려진 일이라 이름을 적을 정도로 그치겠으나 이는 유교의 정기
(正氣)가 조선에서도 꽃 피었음을 증명한다.

박팽년(朴彭年 : 1417~1456, 자는 인수) · 유응부(兪應孚) · 성삼
문 · 이개(李塏) · 류성원(柳誠源) · 하위지(河緯地)가 그들이었다.
이 중에서 성삼문 · 이개가 글씨를 잘했다고 《서화징》에도 이름이
올라 있는데 박팽년은 시와 글씨로 평가된다. 성현은 그의 《용재
총화》에서 이렇게 적었다.

'집현전의 학사는 한때 모두 이름을 드날렸다. 그러나 성삼문은
글이 현란하고 종횡으로 치닫는 게 호탕했으나 시에서는 짧았
다. 하위지는 대(對) · 책(策) · 소(疏) · 장(章 : 이상은 모두 공적
인 글)이 뛰어났지만 시는 몰랐다. 류성원은 천재로서 일찍 성공
했으나 그 학문은 넓지 않았다. 이개는 맑고 깨끗한 성품에 시
또한 청절(淸絶)했다. 그러나 같은 또래들은 모두 팽년을 추키
며 경학 · 문장 · 필법을 집대성했다고 일컬었다.'

남효온(南孝溫 : 1454~1492, 자는 백공)도 그의 《추강집(秋江集)》

에서 박공의 성품이 침착하고 말수가 적었으며 어려서부터 학문으로 처신을 조심했고 종일 단정히 앉아 명상을 했다, 그리고 문장이 담백하고도 시원스럽고 글씨는 종왕을 본받았다고 칭찬했다.

세상에서 취금헌(醉琴軒)을 박선생의 호라고 하는데, 이는 뒷사람의 오인이라고 《육신유고》는 전한다. 이것은 우복룡(禹伏龍 : 1547~1613, 자는 현길)이 선생의 《천자문》 발문을 쓰면서 일컫기 시작한 것인데 문적에는 그런 것이 보이지 않는다고 한다. 다만 선생 친필의 《천자문》을 고증했더니 권수(卷首)와 권미(卷尾)에 각각 '醉琴軒之永豊'과 '永豊'이 서명되어 있는데 영풍이란 저 계유정난에 목숨을 잃은 왕자 이천(李瑔)을 말하며 그는 박팽년이 아끼던 사위였다. 따라서 '醉琴軒之永豊'은 박선생으로부터 친필 《천자문》을 기증받자 영풍군이 스스로 자기의 소장임을 밝힌 성명이었다.

아무튼 박팽년의 시와 글씨는 여러 명사들이 가보처럼 귀중히 여기며 소장했던 것이다. 같은 《육신유고》에서 천봉·만우선사의 고제로 석휘(釋徽)라는 스님이 있었는데 박팽년의 《화헌기(和軒記)》의 말로써 '휘상인의 묵적으로 해서가 단정하고 시어(詩語)가 깨끗하며 훌륭해서 내가 애중(愛重)한 지 오래이다'라고 썼다.

정축년(세조 3 : 1457) 6월에 단종은 노산군으로 강등되어 영월로 보내진다. 9월엔 세자인 도원(桃源)대군 이숭(李崇)이 20세로 승하한다. 이 세자가 덕종(德宗)으로 추증되는 것이다. 이어 10월엔 금성(錦城)대군 이유(李瑜 : 세종의 제6남)에게 죽음이 내려진다. 기록에 의하면 금성대군은 계유년에 안평대군 사건에 연루되어 순흥(順興)에 유배되고 있었는데 단종 복위에 다시 관련되어 그 생명이 바람 앞의 촛불처럼 위태로웠고, 이때 드디어 죽음이 내려졌다. 그것도 일가족을 모두 물에 던져 익사시켰다는 것이다. 같은 달에 노산군은 춘추 17세인데 스스로 목을 맨 것으로 되어 있다.

이 때문에 갖가지 소문이 난무했다. 예를 들어 현재 전하는 이야 기로 단종의 생모 현덕왕후 권씨[《선원보》의 기록으로 세자빈 권씨는 신유년(세종 23 : 1441)에 춘추 24세로 승하했는데(왕후는 문종 즉위 후 추증), 그 뒤 세자(문종)는 빈을 맞았다는 기사가 없다. 《선원보》도 개작 되고 있으므로 있더라도 삭제된 것일까]가 세조의 꿈에 나타나,

"네가 내 자식을 괴롭히니, 네 자식을 잡아 가겠다."

라고 했다는 것이다. 물론 근거없는 낭설인데 세자를 잃고 세조는 이성을 잃은 나머지 감정이 격해 있었던 것일까?

이 무렵 명나라에서도 정변이 있었다. 명나라의 경태제는 병자 년(1456)에 중병을 앓았는데 태자 자리가 비어 있었다. 경태제는 처음에 즉위 조건으로 정통제의 아들 주견심(朱見深)을 태자로 책 봉했다. 그러나 자기의 아들 견제(見濟)가 태어나자 마음이 달라져 견심을 폐하고 자기의 아들로 바꾼 것이다. 하지만 견제가 요절했 기 때문에 태자 자리가 빈 채로 있었던 것이다.

이때 석형(石亨)·서유정(徐有貞)·조길상(曹吉祥)이라는 세 환 관이 모의했다.

"우리가 이때를 맞아 지금 감금되어 있는 선제를 구출하고 추대 하면 정난 공신이 될 게 아닌가! 그러면 일대의 영화는 물론이 고 자손 만대에 이르기까지 번영할 수 있다."

이리하여 이들은 어림군 몇백 명을 매수하고 주기진이 갇혀 있 는 별궁의 문을 부수며 경비병 몇명을 죽였다. 그리고 황제 만세를 외쳤던 것이다.

이 정변은 성공했다. 주기진은 다시 복위했고 견심을 태자로 봉하는 한편 연호를 바꾸어 천순(天順)이라 했다. 그래서 주기진은 천순제(天順帝)라고 불린다. 한편 천순제를 추대한 환관들은, 그 뒤 권력 싸움을 벌여 조길상이 승리한다(1460).

세조는 호불(好佛)한 군주로 알려졌다. 그러나 그것보다 왕은 출판 문화를 일으켰다.

무인년(세조 4 : 1458)에 《국조보감》을 완성시켰으며, 기축년과 신사년(세조 7 : 1461)에는 《경국대전》의 호전(戶典)·형전(刑典)을 편찬케 하여 반포한다. 세조는 국방에 대해 관심이 많았지만 누에 치기에도 힘을 기울여 《잠서》를 발간했고 예문관을 두었다.

그런가 하면 세자의 명복을 빌기 위해 몸소 《반야경》《금강경》을 사경(寫經)했고, 부마인 하성위(河城尉) 정현조(鄭顯祖), 김수온(金守溫) 등을 시켜 《능엄경》《법화경》을 교정케 했으며 《금강경설의(金剛經說義)》를 바로잡게 하는 등 이른바 오가해(五家解)라는 것을 완성시켰다. 뿐더러 《대장경》 50부를 간행하여, 판목은 해인사에서 보관토록 하고 전국의 명산 대찰에 이를 나누어 주었고, 고양의 경릉(敬陵 : 도원세자 덕종 능)의 원당으로써 정인사(正因寺 : 뒤의 수국사)를 개창한다.

이밖에 세조는 세종 때 이미 이룩한 《석보상절》《월인천강지곡》을 언해하여 간행했는가 하면 구리 종을 구워 기진(寄進)했고, 간경도감을 두어 많은 불서를 간행한다. 또 세조는 속리산 법천사(法泉寺), 홍복사, 오대산 상원사(上院寺), 금강산 장안사(長安寺), 양양 낙산사(洛山寺), 간성 건봉사(乾鳳寺) 등을 찾았었다. 특기할 것은 원각사(圓覺寺)의 개창·준공(1465)이다.

원각사는 세조의 기묘년(세조 5 : 1459)에 왕이 흥복사에 행행(行幸)함으로써 처음 논의되었다. 이 논의에는 효령대군 이보(李補), 영상 신숙주, 좌상 구치관(具致寬), 박종우(朴從愚), 홍달손(洪達孫), 병조판서 윤자운(尹子雲), 호조판서 김국광(金國光) 등이 참가했다. 그리하여 예조판서 원호연(元浩然)이 도제조(都提調)가 되어 부근의 민가 2백여 채를 헐고 2천여 명의 군사가 공사에 종사한다. 특히 원각사의 큰 종 주조에는 구리 5만 근이 사용되었다.

그리하여 이 절 준공(세조 11 : 1465)까지는 효령대군의 활동이 두드러졌고 좋은 안장을 갖춘 말 한 마리가 내려지기도 했던 것이다. 한편 이때 명나라에서는 천순제가 죽고 주견심이 즉위하여 성화제(成化帝)라고 불린다.

조선 전기의 그림을 대표하는 안견(安堅)은 생졸이 불명이다. 이 무렵까지 분명히 존명(存命)하고 있었으리라.《서화징》을 보면 역시 박팽년과 관련이 있다.

안견의 자는 가도(可度)이고 호는 현동자(玄洞子)를 썼다. 본관은 지곡(池谷)인데 벼슬은 호군(護軍)이었다.

호군은 일종의 왕 친위대로 조선조에선 대체로 문벌이 낮은데 화원이나 통사와 같은 사람들에게 이런 관직을 주고, 은퇴할 때면 군수 자리를 하나 주는 게 관례였다.

《용재총화》를 보면 중국의 사신으로 우리의 그림을 찾는 이는 으레 안견과 최경(崔涇)을 꼽았다. 명나라 사람들은 이들이 인물화를 잘 그렸기 때문에 자신의 초상화를 그려 달라고 자주 찾았던 것이다. 물론 인물화뿐 아니라 안견은 산수화도 잘 그렸다. 성현의 말로는 내장산의 〈청산백운도〉가 작자 본인도 온 정력을 기울인

걸작이었다고 한다.

김안로(1481~1537, 자는 이숙)도《용천담적기》에서 기록했다.

'안견은 널리 옛 그림을 보았고 그 용의심처(用意深處 : 작자의 주
안점)를 모두 체득했다. 식(式) 곽희(郭熙)라 했음은 곽희를 따
랐다는 것이고 식 이필(李弼)이란 이필을 본받았다는 것이다.
유융(劉融)이나 마원(馬遠)은 본받지 않았고, 따라서 산수가 가
장 뛰어났었다.'

곽희나 마원은 북송의 화가로 동기창의《용대집》《화선실수필》
등에 나오는 이름이며, 이것은 서화에 대한 희락당(希樂堂) 김안로
의 지식이 만만치 않음을 증명한다고 하겠다.

《육신유고》의 기사로 병인년(세종 28 : 1446)에 안견이 그린〈팔준
도(八駿圖)〉에 집현전 대제학 정인지가 찬하고 박팽년은 송(頌 : 찬
양시)과 서문을 쓰고 있다. 또 비해당이 안견을 시켜 그린〈이사마
산수도〉에 박팽년은 삼절 시서(三絶詩序)를 쓴다.

《육신유고》〔작자는 박팽년 등이다〕의 작자도 이것을 보았는데, 안
견이 그리고 팽년은 두자미(두보)의 시를 썼으며, 안평이 또한 글
씨를 쓴 이것이야말로 예로부터 말하는 삼절이었다고 했다. 보통
삼절의 뜻은 시서화의 세 가지를 말하지만, 어떤 개인에게 해당되
는 게 아니고 각각 독립된 예술의 뛰어남을 말했던 것 같다.

《사가정집》은 서거정(徐居正 : 1420~1488, 자는 강중)의 문집이거
니와 그도 예의 양화 나루에서의 군신 화락을 기록했는데, 이때 안
견이 그린 그림이〈임강완월도〉이고 신숙주의 시로 그 서문을 소
개한다. 또〈만학쟁류도(萬壑爭流圖)〉가 있는데 그 시의 일구로서,

'안에 만 리의 아차산이 있고/원기는 질탕하니 맑고 푸르러 가
물거리네(中有萬里山峨嵯 元氣曠蕩靑糢糊).'

라고 했다. 이는 이미 말했다 싶지만 그림에 곁들인 제시(題詩)는
그 그려진 내용 소개와 평을 겸하는 것이다.

퇴계 선생도《퇴계집》여러 곳에서 안견의 그림을 평했다. 이를
테면,

'산 앞의 띠풀집은 나무로 어둑한데/물가로 난 사립문은 한낮에
도 열리지 않네(山前茅店樹冥冥 臨水柴門午不扃).'

산수화는 고도로 압축된 자연과 인간이 어우러지는 세계이다.
그저 무심코 보거나 한다면 그 속에 담긴 정신은 알 수가 없으리
라. 산수 화가는 그런 정신을 혹은 외로운 소나무로, 또는 바위로
서 절개와 불굴의 의지를 표현할 수가 있었다. 남명(南冥) 조식(曹
植)도 안견의 그림에 제시하고 있다.

뒤에 나타날 유종(儒宗)이라 일컫는 분들도 글읽기에 무거워진
머리를 식힐 겸 문득 마음에 맞는 한 폭의 산수화를 걸어놓고 거기
서 잠시 평안을 찾았으리라.

골동의 대상이나 재산 증식의 방법으로 서화를 보는 일부 현대
인과는 전혀 별세계의 경지이다.

한말에 만들어졌다고 생각되는《진휘속고(震彙續考)》에 이런 에
피소드가 나온다. 성종(成宗) 때 화죽을 잘 그리는 김식(金湜)이란
사람이 와서 우리나라 고금의 대 그림을 보고 싶다고 했다. 임금께
서는 나라 안을 찾도록 하여 이를 보여 주었다. 김식은 코방귀를
뀐다.

"흥, 이것은 대나무가 아니요. 삼대 아니면 갈대에 지나지 않소.
참다운 대를 보여 주시지 않겠소?"

당시 안견은 그림이 절묘하다는 말이 있었는데 상사(上使 : 왕의
사자)가 견에게 와서 힘을 다하여 대나무를 그리게 하고 이를 보내

주었다. 김식은 여전히 투정이다.

"이것은 비록 잘 그렸는데 역시 대가 아닌 갈대에 지나지 않소."

임금께선 물론 그림에 대해서 잘 모른다. 곧 일분(一盆)의 대나무를 올리라 명하고 촘촘한 잎사귀를 모조리 훑게 한 뒤 정자에 두고, 그날 저녁 안견을 불러 이를 그리게 했다. 그리고 김식에게 보였더니, 김식은 한번 보더니 깜짝 놀라며 말했다.

"이것이야말로 참 대이다! 비록 중국의 절묘한 그림이라도 견줄 수 없는 희한한 것이다."

그 에피소드는 산수화의 대나무는 생략하는 화법에 있다는 말인 듯 싶은데 어쩌면 안견의 그림이 뛰어났다는 차원이 아닌, 그런 화법을 빈정거리는 이야기인지도 모른다.

최경의 자는 사청(思淸)이고 호는 근재(謹齋)이며 화원이었다. 이륙(李陸 : 세조 때 사람)이 지은 《청파극담(靑坡劇談)》에 의하면 최경은 화원으로 나이 70 남짓이 되도록 눈이 밝아 그림을 잘 그렸다. 일찍이 덕종(도원세자)의 어진(御眞)을 그린 적이 있어 성종이 늘 간절히 사모하며[이 점은 뒤를 참조] 최경을 우대했고 당상관직을 제수하려 했다. 그러나 언관(言官 : 삼사의 벼슬아치)이 이를 반대하여 뜻을 이루지 못했다.

최경은 원래 사람됨이 방랑하기를 좋아했고 당시의 문벌 세도가는 모두 친척이라고 떠벌였다.

당시 상당부원군은 재차 국구(國舅)가 되어 세도가 하늘을 찌를 것만 같았다. 한명회는 홍달손(洪達孫 : 1415~1472, 자는 가칙)과 더불어 저 계유정난의 주동 인물로 손에 피를 묻혔던 인물이다. 그것만으로도 권세가 당당했을 텐데 그 따님 하나가 세조 5년(1460)에 해양(海陽)대군(1441~1469, 세조의 제2남, 예종)의 세자빈이 되었다. 그러나 이분은 신사년(1461)에 아드님(성종) 하나를 낳고 춘추 17세로 승하한다.

그런데 성종비가 또한 한명회의 따님이었고, 말하자면 성종은 숙모의 여동생과 결혼한 셈이었다. 고려 시대라면 또 몰라도 조선조에선 드물다기보다 전혀 없는 일이다. 참고로 성종비 한씨는 성종 5년(1474)에 춘추 19세로 승하했고 자손은 없었다.

이런 상당부원군인데 그 사랑방에 가서 술밥 대접을 받는 것은 보통 있는 일이지만, 한명회에게 거침없이,

"상당 형님."

하는 데는 상당군도 쓴웃음을 삼키지 않을 수 없었다. 형님이라고 하는 데 욕할 수도 없고 더욱이 상대는 그림으로 상감의 총애를 받는 사람이다.

이 때문에 최경의 그림을 얻으려는 고관들이 거꾸로,

"대부님(친척 아저씨라는 뜻)."

하고 불렀다. 그러면 최경은 기뻐하며 기꺼이 그림을 그려 주었다. 예술가의 별난 성격이고 이것이 오히려 반골 정신이랄 수도 있겠지만 당시의 선비 사회로선 아마도 최경을 어지간히 욕했을 것 같다.

그때까지의 제도로 화관(畫官)은 정원이 두 명이었다. 이것은 물론 사족(士族)을 위한 관직이었다. 성종은 특명으로 최경을 도화서의 별제(別提 : 별정직)로 임명했다.

이때 화원으로 송계은(宋繼殷)이란 이가 있었는데 출근 시간을 어기고 지각을 했다[출근 시각이 언제인지는 불명. 명나라의 예를 보면 조례는 새벽에 했는데 조(朝)는 아침을 나타내므로 해가 뜨고 밝는 시각을 기준으로 하여 북을 울렸던 것 같다. 그 대신 퇴근은 빨랐다].

최경이 별제가 되면서 화원들의 조례에 대해 엄격했고 지각하면 가차없이 질책했다. 그래서 지각한 계은은 도화서에 들어가기를 못하고 근처에서 방황했는데 마침 예조정랑 최진(崔璡)을 만났고 통사정을 했다.

"정랑 어른, 부디 좋은 꾀를 빌려 주십시오."

"최경이라면 내가 별일 없느냐고 안부를 묻더라고 하게."

계은은 이 말에 기뻐하고 도화서에 들어갔는데, 최경은 그를 보더니 호통을 친다.

"어째서 이제야 출사하느냐?"

"예, 별제님. 길에서 마침 최진 정랑 어른을 만났는데, 그분께서 저를 붙들고 최별제 숙부님께서 요즘 무고하신가 하시기에 그만……."

이 말을 듣자 최경은 얼굴을 누그러뜨리며 말했다.

"음, 자네가 내 조카님을 길에서 만나고 문안 인사를 전달 받았다는 것인가. 알았네."

《용재총화》에서 안견은 산수를 잘 그리고, 최경은 인물을 잘 그렸는데 다 입신(入神)의 경지에 들었다고 했다. 박팽년도 〈삼소도 (三笑圖)〉 서문에서 이렇게 썼다.

'하루는 비해당이 나에게 말하기를, 내가 〈삼소도〉를 구했는데 곧 용면거사(龍眠居士)의 필일세. 본디 조송설이 강좌(江左)에서 얻은 것이지만 이를 사랑하고 아꼈다네. 송설의 수서(手書 : 직접 썼다는 뜻)로 그와 같이 적혀 있지. 나(박팽년)는 다행히도 이를 볼 수가 있었고 최사청(최경)을 시켜 이 그림을 모사토록 했다.'

서거정도 《사가정집》에서 기록한다.

'고중추(高中樞 : 중추는 관직명)가 소장한 최경의 산수화가 있는데 네 쌍의 병풍으로 이루어졌다. 각각 첫째는 뾰족한 봉우리, 둘째는 안행(雁行), 셋째는 높은 산의 모습, 넷째는 기암(奇巖), 다섯째는 산중, 여섯째는 비바람, 일곱째는 두 산의 모습, 여덟째는 신설(新雪)이 그려져 있는데 고시체(古詩體) 8편이 씌어 있었다.'

인재(仁齋) 강희안(1419~1464, 자는 경우)은 앞에서 나온 간이재 강석덕의 아드님이고 역시 글씨로 이름·높은 사숙재(私淑齋) 강희맹(姜希孟 : 1422~1483, 자는 경순)의 형님이다. 세종의 총애를 받은 집현전 학사 출신으로 성삼문 등 사육신처럼 순절하지 못하고 신숙주와 더불어 배신자로 비난되며 괴롭게 살다가 갔으리라.

참고로 생육신이 있는데 매월당(梅月堂) 김시습(金時習 : 1434~1493, 자는 열경)·남효온·어계(漁溪) 조여(趙旅 : 1420~1489, 자는 주옹)·경은(耕隱) 이맹전(李孟專 : 1392~1481, 자는 백순)·원호(元昊 : 생졸 불명)·문두(文斗) 성담수(成聃壽 : 생졸 불명, 자는 미수)가 그들로, 이분들은 벼슬하지 않았기 때문에 강희안 등과는 구별되는 것이다.

강희안은 서너 살에 벌써 담에 글쎄며 그림을 그렸는데 아무렇게 휘갈기는 낙서가 아닌 법식을 갖춘 것이었다. 성장하면서 글재주를 드러냈고 무오년(세종 20 : 1438)에 신설된 부(賦) 진사에 장원으로 급제한다. 명나라에 갔을 때 화인[明人의 높임말]이 공의 풍도(風度)가 있음을 보자 예사 사람이 아님을 알았다. 더욱이 그의 서화를 보기에 이르자 크게 칭찬을 더하였다.

그리하여 화인들이 그의 서화를 구하고자 모여들었지만 그는 사양하며 끝내 써주지를 않았고, 귀국하자 인수부윤(仁壽府尹)에 임명된다. 이보다 앞서 강희안은 집현전 직제학으로 성삼문 등과 훈민정음을 제정하는 데도 참여했고 이때 매죽헌(성삼문의 호)과는 깊이 사귀었던 것 같다.

전하는 말에 의하면 단종 복위 모의에 강희안도 참여했고 세조의 국문을 받았는데, 성삼문이,

"강경우는 참으로 현사이니 죽이지 말고 기용하라."

고 했다는 것인데, 김수녕(金壽寧)이 쓴 행장기에는 그런 게 보이지 않는다. 아마 이것이 맞는 듯싶다. 강희안만이 무사할 리는 없기 때문이다. 을유년(1465)에(연보로선 갑신년) 등의 종기가 악화되어 향년 48세로 졸한다.

강희안은 천성이 침착하고 깨끗한 것이 올바랐으며 욕심이 없었다. 너그럽고 무슨 일에든지 남을 앞서려고 하지 않았다. 화려한 것을 싫어했고 중매를 하는 일에는 입을 꽉 다물며 말하지 않았다. 그런 것에 대해 인재는 말했다.

"곤궁과 영달에는 모두 한계가 있고 구한다고 얻어지지 않는다. 사양해도 피하질 못한다. 또 그 정도가 지나치면 재앙이나 낭패가 따른다. 어찌 고생하면서 분수에 넘치는 일을 경영하려 하는가?"

현대로선 통하지 않는 소극적이고 체념해 버린 운명론일지도 모른다. 아무튼 강인재는 문장·시부에서 그 정수(精粹)를 깨쳤고 전예진초와 회화에 이르기까지 정묘하여 독보적 위치에 올랐었다. 그러나 그는 이를 모두 숨기며 드러내지 않았다. 자제로서 서화를 뜻하는 자가 있게 되면 인재는 말했다.

"서화는 천한 손재주이다. 후세에 전하여 조상께 욕되지 않도록 하라."

이 행장기의 기사는 성현의 증언과도 일치된다. 그 자취가 세상에 드물게 전한다는 증언 말이다. 인재는 자기의 글씨나 그림이 남의 손에 들어감을 꺼려했던 것이다.

성현은 다시 그는 그림·시·글씨의 삼절[그 배열 순서에 주의할 것]로서 한때의 독보였다고 말한다. 시는 위응물(韋應物)·류종원(柳宗元)을 닮았고, 그림은 유융·곽희와 비슷했으며, 글씨는 왕희지와 조맹부를 겸했다고 했으니 대단한 칭찬이다. 사람됨은 재주가 있되 덕이 있어 참으로 대인·군자였다고 한다. 그의 작품에 대한 높은 평가도 바로 그 사람됨에 있었던 것이다.

자기의 작품을 과시하거나 심지어는 후세에 전하는 것을 꺼린 강인재는 역시 수양의 찬탈과 무참하게 죽어간 사람들에 대한 콤플렉스가 아니었을까? 콤플렉스이고 깊은 상처이긴 했으나 그것이 오히려 안으로 침잠(沈潛)되면서 독보적 위치까지 승화되었다고 보는 게 타당할 것 같다.

성현이 본 작품 중 〈여인도(麗人圖)〉, 그리고 청학동과 정천강(菁川江)의 두 족자와 〈경운도(耕雲圖)〉가 다 보배라고 할 만하다 했는데, 사가정도 〈제정천화죽(題菁川畫竹)〉에서 시를 소개했다. 그 첫구절로,

'정천 삼매죽은 신선을 전한다 했는데/지금 보니 전한다는 신선은 없고 사람이 있네.(菁川三昧竹傳神 今見傳神不見人)'

라 했고 다른 곳에서 사가정은 이은대(李銀臺)라는 이가 소장하는 강인재의 〈묵죽도〉에 제했는데 그 시에서도 이렇게 노래했다.

일찍이 청천을 보고 시를 끄적였는데/붓끝 삼매로서 교룡이 꿈틀거렸네./지금의 그림에서도 여전하지만/몇자의 대나무 하

나에 가지가 둘일세.

(曾見菁川戱墨詩 筆端三昧動龍螭 如今畫裡依然是 數尺琅玕一兩枝)

이렇게 보면 지금까지 나온 정천은 강인재 대그림의 대표인 것 같고, 혹은 정천이란 낭간과 마찬가지로 대를 나타내는 시어(詩語)가 아닐런지 모르겠다.

인재에 대한 김안로의 평으로, 강인재는 서화시를 잘하여 당시 사람이 삼절이라고 일컬었다. 즐겨 소경(小景)을 그렸지만 벌레·새·초목·인물도 그렸다. 붓놀림이 꽤나 빠르고 배치 않았으나 절로 생동감이 있었다. 그 기조(基調)는 낮고 농염한 태가 있었지만 본바닥 색상(色相)에는 미치지 못했다. 그리하여 시옹(詩翁)이 여운을 가졌는데, 화사(畫史)로선 자리굳힘을 못하고 격외(格外)였다. 김안로의 평은 신랄한 것인데 이 글로 인재는 채색화도 그렸음을 알게 된다.

강인재의 글씨로 연천의 강석덕 묘표와 윤형(尹炯)의 묘비가 있다. 《동국금석평》에서 윤형비는 해서인데 느슨하다는 평이었다.

다음은 달성군 서거정인데 양촌 권근의 외손자로 천문·지리·점성·의약에도 밝은 대학자이며 최초의 종합적 지리·역사의 문헌인 《여지승람》과 《동국통감》을 편찬했다. 서화에 대한 평도 많으며 그런 것들이 《사가정집》《필원잡기》《동인시화(東人詩話)》《동문선》에 산견되어 있다. 무신년(성종 19 : 1488)에 향년 69세로 졸한다. 글씨도 잘했고 충주 화산군에 있는 권근의 묘비는 그의 필적이다.

무자년(세조 14 : 1468) 9월에 세조는 춘추 52세로 파란많은 일생을 마쳤다. 자제는 4남 1녀로 광릉(光陵 : 양주)에 안장된다. 왕이 승하하자 둘째 아드님 해양대군이 뒤를 이어 예종이 되었는데 이분도 이듬해인 기축년(예종 1 : 1469) 11월, 춘추가 고작 20세라는 단명이었다. 이리하여 위계 질서에 따라 정희(貞熹)태후(세조비)의 명에 의해, 일찍 돌아간 도원대군(덕종)의 첫왕자 자을(者乙) 산군(1457~1494, 성종)이 왕위를 계승한다. 성종의 아우님이 월산(月山)대군 이정(李婷)이고 예종도 2남 1녀를 두었는데 인성(仁城)과 제안(齊安)대군이라고 한다.

성종은 이때 13세였던 셈인데 궁중에는 정희태후·소혜태후(나중의 인수대비), 한씨(덕종비 한확의 따님)·안순(安順)대비 한씨(예종의 계비. 한백륜의 따님) 등 과부들이 각각 궁녀를 거느리고 있어 어린 임금은 이들의 아침 저녁 문안에만도 힘이 들었으리라. 다행히도 성종은 성격이 원만하고 명군으로 꼽힌다.

신묘년(성종 2 : 1471)의 실록을 보면 정월에 왜인 응접의 절목(절차) 다섯 가지를 정했다는 기사가 보인다. 최근에 일본에서 발간된 신숙주의 《해동제국기(海東諸國記)》라는 것을 보면 보한재(신숙주의 호)는 당시 영의정으로 왕명에 의해 왜국과 유구(오키나와)의 국정(나라 사정)을 설명하고 그들과의 내왕 연혁을 기록하고 있다.

보한재는 당시 왜국과 여진의 실정에 정통하다는 인정을 받고 있었는데, 《해동제국기》는 그의 왜국 경험인 세종 25년(1443)의 통신사 변호문·부사 윤인보(尹仁甫)와 함께 서장관으로 직접 견문한 것과 그 뒤의 정보를 취합하여 만든 것으로 여겨지며 비교적 상세히 지도까지 곁들여 발간된 것이었다.

일본은 앞에서도 말했지만 문화가 겨우 싹트려는 시기로 1432년

우에스키 노리사다[上杉憲定]가 아시카가 학교를 재건했다는 기사
가 일본 역사에 보인다. 한자음으로 족리학교(足利學校)는 선종의
절 한구석에 부설된 문고로 고려·조선을 통해 수입된 유교 관계
의 서적을 수장하고 있었던 것이다.

즉 일본의 기록을 보면 이렇다.

'무로마치[室町 : 아시카가 막부] 초기 간토[關東]의 태수이던 아
시카가 모토우지[足利基氏]·우지미츠[氏滿] 부자는 선승에게
유학을 배웠다. 그래서 오에이[應永] 연간(1394~1428)의 학교
[이것은 현대의 개념과는 다르다] 확충 역시 이들 부자의 호학(好
學) 증거였다. 이리하여 에이호[永亨] 4년(1432), 이 학교의 관
리자로 임명된 우에스기 노리자네[上杉憲實]는 엔카쿠사[圓覺
寺]의 카이겐[快元]을 상주(교장)로 초빙했고 송판본 다수를 기
부했으며, 그 운용이 선풍(禪風)을 유지하면서 선승의 한적(漢
籍 : 한문 서적) 전공에 도움이 되도록 하라고 했다.

그러나 이윽고 간토의 병란에 의해 황폐화되었고 에이로쿠[永
祿] 3년(1460)에는 상주 큐카[九華]도 사직했다. 오다와라[小田
原]의 호죠 우지야스[北條氏康]·우지마스[氏政] 부자는 큐카의
사임을 번의케 하고 부흥 계획을 원조했으며 많은 도서를 기부
하여 족리학교의 최성기를 맞았다……. '

추사 김정희는 일찍부터 이 족리학교에 주목하고 관심을 가졌
다. 왜냐하면 이 학교에는 송본·원본(元本)의 한적이 다수 수장되
었는데, 이것은 고려·조선조를 통해 건너간 것이었기 때문이다.

아시카가 막부는 1573년에 멸망되지만 이미 그 전에 약육강식의
전국(戰國) 시대가 백 년 가까이 계속되어 아시카가 학교의 기증본
들도 먼지가 쌓인 채 해독할 수 있는 학자조차 없는 상태에서 한

구석에 처박혀 있었다.

이것은 다음의 칸시츠 겡기츠[閑室元佶 : 1548~1612]의 기록을
보면 증명된다. 칸시츠는 족리학교에 입학하여 7대 상주 큐카에게
배웠고 칸시츠라는 아호를 받았다. 그리하여 9대 상주가 되었고
도요토미 히데츠구[豊臣秀次 : 히데요시의 양자. 뒤에 참살됨]를 섬기
며 학교를 후시미[伏見]에 옮겼다.

이때부터 고전의 번각을 시작하여 동활자[조선에서 가져간 것]에
의한 《공자가어》《육도삼략》《정관정요》《주역》《무경칠서》를 게이
초 4년(1599)부터 동 11년(1606) 사이에 간행했다. 그러는 한편 수
우뎅[崇傳]과 더불어 난젠사[南禪寺]를 중흥했고 스스로 주지를 겸
한다. 동 13년(1608) 도쿠가와 이에야스[德川家康]를 좇아 슌푸[駿
府]에 갔었는데, 이에야스를 도와 그의 문교·외교 정책에 자문했
다[이에야스의 유교 수용에 일조를 한 셈이다].

칸시츠의 저작으로 《족리학교기》《고문상서》《상서정의》《모시
정전(毛詩鄭箋)》《모시주소》《논어집해》《맹자》《문선》 등의 번역
과 원서에 주를 달기도 했다는 것이다.

이 중의 몇 가지는 우리나라는 물론이고 중국에도 이미 없어진
것이 포함되어 있다. 특히 《모시정전》《모시주소》는 중국에서 이
름만 남아있는 귀중한 문헌이었다.

대대로 족리학교의 상주는 《주역》 전공이 전문이고 당시의 권력
자에게 점을 쳐주는 게 그 주임무였다고 한다. 따라서 한적이 전란
통에서 남아있었던 것이며, 아시카가 학교의 소장본은 현재 그 유
적도서관에 소장되어 있는데 앞에서도 말한 송판본·원판본의 《주
역주소》 13책, 《상서정의》 8책, 《예기정의》 25책, 《문선》 21책은 국
보로 지정되었고, 《춘추좌전 주소》 25책, 《당서》 22책, 《주례》 2책

은 중요 문화재로 지정되고 있는 것을 보아도 추사가 주목한 이유를 알만 하다.

워낙 감추기를 좋아하는 일본인이고 보면 현재 알려지지 않은 각종 문헌이 반드시 있을 것이다. 안견·최경의 그림도 일본에 건너가 있지만 신숙주의 《해동제국기》도 그런 것 중의 하나였다.

왜국의 이야기는 다시 뒤로 미루고 추사는 병자년 겨울에 자하 신위와 더불어 〈상산석권시(象山石卷詩)〉에 대해 교환(交歡)했다고 한다.

먼저 자하의 시는 여기서 알 수가 없고 《완당집》에 실려 있는 추사의 〈차자하 상산시운(次紫霞象山詩韻)〉을 읽어 보겠다.

그대는 시의 세계에서 진여〔불교 용어. 영원불변의 진리·실체〕를 두드리고 있지만/문사는 오히려 옛터에서 증명되리.(君從詩境叩眞如 文藻猶能證舊墟)

산 속의 눈비를 맞아가며 참선하고 공을 찾았음을 들었노라/또는 모름지기 푸른 바다에서 고래를 끌어온다는 것을.(己聞空山參雨雪 且須碧海掣鯨魚)

신령스런 가락을 힘껏 뒤쫓다보니 찾아갈 곳이란 없고/유가의 본디 법이란 배우기에 엉성하지가 않네.(力追神韻尋無處 法本儒家學不疎)(이하 결락)

직역을 하다 보니 도무지 시답지가 않다고 느껴질 터이다. 그러나 원문을 보게 되면 내용이 또한 딱딱하여 그 뜻을 독자에게 보다 정확히 알리기 위해 이런 서투른 번역밖에 할 수가 없었다.

추사는 무엇인가 허황된 것을 경계하는 의미로 이 시를 노래하

고 있다. 그 허황된 것이 무엇인지 푸는 열쇠는 구허(舊墟)에 있다
고 생각된다. 구허란 바로 옛날의 유적이다.

추사의 시를 보면 체경어(掣鯨魚 : 고래를 끌다)를 자주 쓰고 있는
데, 이 말은 인간의 씩씩한 웅지(雄志)로 해석될 수도 있겠으나 부
정적인 의미로 인간사로선 어렵다는 뉘앙스가 짙다. 그렇게 보고
서 눈비를 맞아가며 산 속에서 공(空)을 관(觀)하는 선승의 수행도
어렵다는 것과 짝을 맞춘 것이다. 이런 의미로 신운(神韻)과 학불
소(學不疎)는 짝이 된다.

인간이 등반해야 할 인생의 높은 산은 쉬운 것이 하나도 없는 것
이다.

그리고 이 시가 연보처럼 병자년 겨울에 지은 것이라면, 진흥왕
순수비 발견에 뒤이은 추사의 정신 고양(高揚)과도 관계가 있는 것
이며, 그럴수록 '구허'라는 글자가 눈길을 끈다.

대체 상산(象山) 또는 상산석권은 무슨 의미일까? 그 해답이
《완당집》에 있다.

〈자하가 상산으로부터 돌아오며 싣고 온 게 모두 돌이더라. 희
롱삼아 한 수를 드리겠노라[紫霞自象山歸 稇載而來皆石也 戲呈一
首]〉라는 매우 긴 제목의 시가 그것이다.

선생이 외직에 계셨던 날/돈보다도 돌을 극심하게 사랑하셨
네./울퉁불퉁 쭝긋쭈빗 가리지 않고/공문서 쓰기와 덤불찾기를
정성껏 병행하셨네.(先生爲在日 愛石劇愛錢 礧硊巑岏者 簿書並
腠緣)

나는 방금 공무가 있다 하시며/사라천(곡산의 내이름)에서 아
흐레를 지내고/급기야 돌아오셨는데/오직 돌바리만 앞세웠네.

(余方有公事 九日紗蘿川 及其歸去來 惟石載之前)

가족은 돌인 줄 모르고/문에서 맞으며 희색이 넘쳤고/이게 모두 천만금이라 했건만/어찌 알았으랴 하나의 돌덩어리임을.(家人不知石 迎門喜色溢 謂是千萬金 詎知一頑物)

남산과 북산에서/닮았다 싶으면 남김없이 주워/먼 길을 다만 싣고 오니/도대체 옷이며 밥은 어떻게 생길꼬.(南山與北山 似此盡一一 遠塗但載來 竟何衣食出)

선생은 편하게 앉고서/이끼 낀 오랜 돌을 쓰다듬네./동파공이 구화〔호중구화. 소동파가 애호했다는 별난 돌〕를 만났듯이/미노인이 무위에서 돌에게 절했듯이.(先生且安坐 摩挲老苔衣 坡公之九華 米老於無爲)

〔무위는 현재의 호남성에 속하는 지명인데, 송대에는 이민족 거주 지역에 군대가 주둔하는 군(軍 : 현과 동격)이란 것을 두어 다스렸다. 미노인은 기행이 많은 미불을 높이는 말. 동파의 공과 짝을 맞춤〕

상산에서 수년을 법으로 백성과 대하고/이치로써 다스리니 이로써 결실이 있네/백성 보기를 돌과 마찬가지로 보고/은혜를 베풂도 곧 자비라네.(數戴象山政 治理實在玆 視民同視石 旣惠而旣慈)

〔정치(政治)의 정은 법으로써 백성을 대하는 것이고, 치는 그런 법을 공평하게 베푼다는 뜻이다〕

스스로의 연민이 돌과 같은 교제를 욕되게 하니/돌을 대하며 자주 탄식이 나오네/공의 마음이 돌과 같으니/돌은 바뀌더라도 마음은 그대로겠지.(自憐忝石交 對石屢發歎 公心似石堅 石渝心不漫)

서화는 시의 골수로 꿈이 되는데/어찌 공안〔여기선 인생의 문제

를 비유]을 증명하는 데 그치겠는가/나는 이 돌을 가지고 돌아왔
지만/한간의 말그림에 비한다면 부끄럽기만 하구려.(書畫夢詩髓
豈止證公案 我持此石歸 馬圖慙韓幹)'

〔원주 : 돌은 모두 셋인데 내가 그 중에서 하나를 얻어 이 시로 석권
(石卷)을 삼았다. 한간은 당현종이 말그림을 좋아하자 준마를 그려 올
렸다는 화가로 《명화기》에 소개되었다〕

이 시로 자하와 추사가 교환했다는 석권시의 의미가 분명해졌
다. 그리고 석권시는 병자년 겨울보다 앞서 지은 것이었다. 그리
하여 사라천이란 힌트가 있어 현대의 우리로선 상산이 곧 황해도
곡산(谷山)의 옛이름이고, 이색의 〈상산시〉도 있으며, 이 고을이
비록 두메 산 속에 있지만 예의의 고장이었음도 알게 된다.

또 다산 정약용도 한때 곡산 부사를 지냈고 추사의 중부 노성(魯
成)도 곡산 부사로 있다가 강등되었는데 그곳에서 한을 품고 눈을
감은 인연있는 곳이었다.

그야 어쨌든 추사의 시는 일일이 주석을 달아야 해석될 만큼 난
해하고 딱딱한 것이 많다. 그렇다고 서정적인 게 아주 없는 것도
아니다.

다음은 추사의 시론(詩論)이다 싶은 것이다.

'고금의 시법(詩法)이 도정절(陶靖節 : 도연명의 시호)에 이르러
하나의 결혈(結穴 : 결정·구심점)이 되고 당나라의 왕우승(왕
유)·두공부(두보)가 각각 하나의 결혈이 된다. 이를테면 왕유는
천의무봉(天衣無縫 : 천부 그대로인 완전무결함)으로서 선녀의 뿌
려주는 꽃이 많든 적든 세상의 예사로운 꽃으로는 비겨 논의할
바가 아니고, 두보는 흙·돌·기와·벽돌을 땅으로부터 쌓아올

려 오봉루(五鳳樓)의 재료를 그 가볍고 무거움에 따라 헤아리고 이루어진 것이나 같았다.

그리하여 하나는 바로 신의 이치를 좇은 것이요, 하나는 바로 실제의 경지로서 어진 이가 보면 이를 인이라 할 것이고, 지혜로운 이가 보면 이를 지혜라 할 것이며, 백성은 일상으로서 알지 못하는 것이다. 그러나 하나의 문호인 듯싶지만 우(禹)·직(稷)과 더불어 안회(顔回)와 그 법으로는 하나인 것과 같은 일이다.

분별과 동이(同異)를 논할 것도 없이 능히 이 관문을 꿰뚫고 나서야 시를 말할 수 있을 터이다.'

추사의 이 말은 시의 원류가 도연명에서 비롯되고 다시 왕유와 두보에 이르러 각각 대성했는데, 전자는 천성의 것이고 후자는 노력의 결과라고 말하는 것 같다. 그러나 천재형이든 노력형이든 백성에게는 관계없는 일이다.

진실로 이해되고 깨닫지 않고선 아무런 소용이 없으며 왕유나 두보의 구별도 애당초 되지 않는다고 강조했다.

'이의산(李義山 : 이상은의 자)·두번천(杜樊川 : 두목의 자)과 같은 이는 모두 두보의 정통을 이은 파이고 백향산(白香山 : 백거이의 자)이 또 하나의 결혈이 되어 그 넓고도 큰 교화로서 부끄럽지가 않았었다. 송나라 소동파·황정견으로부터 또 하나의 결혈이 되고, 육무관(陸務觀 : 육유)의 칠언 근체(近體)는 고금을 통하여 능히 그 법을 다한 것인데 금나라의 원유지(元裕之 : 원호문)와 원나라의 우백생(虞伯生 : 우집)이 또한 하나의 결혈이 되지만 우집으로 말하면 성정(性情)과 학문이 일치되었다. 명나라 3백 년에는 족히 칭할 만한 이가 없었는데 왕어양(王漁洋 : 왕사정)에 이르러 역하(歷下)와 경릉(竟陵)의 퇴폐적 기풍을 일소하고 또 능히 하나의 결혈이 되었으니 어쩔 수 없이 추대하여 한 시대의 정통 조종으로 삼지 않을 수가 없고, 이를테면 주죽택(朱竹垞 : 주이준)와 태화산의 쌍봉이 되어 나란히 일어난 것과도 같아 또 이로써 우열을 말하긴 어렵다. 이밖에는 방류로서 산성(散聖 : 명류라 할 수 없는 군웅)일 뿐이다.'

추사의 시론은 여기서 중단되고 있지만, 당시로선 청대의 시인까지 거론할 형편이 아니었던 것 같다.

아닌게 아니라 명대에는 시인이 없다. 《원명청 시선집》을 보면 그것이 증명된다. 그 이름과 약력만 소개한다면 서유정(徐有貞 : 1407~1472)은 자가 홍지(興至)인데 오현 사람이고 천순제가 복위한 뒤 병부상서를 지냈다. 또 두상(杜庠 : 생졸 불명)은 자가 공서(公序)이고 역시 오현 장주 사람인데 그 시가 거칠면서 호탕하고 분방했다고 한다.

유적(劉績 : 생졸 불명)은 자가 맹희(孟熙)이고 산음(강소성 소흥시) 사람인데 집이 가난하여 매문(賣文)을 하며 생활했으며 집이 서강에 있어 서강 선생이라고 불렸다. 저서로 《비설록(霏雪錄)》이 있다.

장필(張弼 : 1425~1487)은 자가 여필(汝弼)이고 송강 화정 사람인데 호는 동해였다. 시문이 뛰어났고 초서를 잘 썼다. 그리고 우리에게도 잘 알려진 심주(沈周 : 1427~1509)는 자가 계남(啓南)이고 호는 석전(石田)이었다. 인물·화조가 모두 뛰어나 일대의 종장(宗匠)이 된다. 또 시인으로서도 이름이 있는데 감정이 풍부하고 풍격보다 사실(寫實)에 뛰어나 일가를 이루었다는 평을 듣는다.

석전의 시 〈제화(題畫)〉라는 것을 소개한다.

버들의 노란 싹은 까마귀도 아직 쪼지 못하게 감추어져 있는
데/건너편 기슭의 홍도는 꽃도 반쯤 피었네./이런 풍광이 진인
의 그림이니/내 집을 사랑하듯 나도 또한 자연을 사랑하네.
　(嫩黃楊柳未藏鴉　隔岸紅桃半著花　如此風光眞人畵　自然吾亦愛
吾家)

석전에 대해선 또 나오겠지만, 진헌장(陳憲章 : 1428~1500)의 자
는 공보(公甫)로 신회(新會 : 광동성) 사람이다. 정통 12년(1447)의
거인(擧人)이었으나 벼슬을 하지 않고 백사(白沙 : 강서성 남창시)에
서 학문에만 전념했다. 그래서 우리나라에서도 진백사라는 이름으
로 더 알려져 있다. 그는 성리학자로 오여필(吳與弼)과 교유했고
시에서도 인간의 성정을 주로 노래했다.
　사감(史鑒 : 1434~1496)은 자가 명고(明古)이고 오강(吳江 : 강소
성) 사람인데 야인으로 일생을 보냈고 역사에 밝았으며 특히 고기
(古器)와 서화 감별에 이름이 있었다. 그는 시로도 알려졌는데 근
체를 좇지 않고 위진의 고시체를 좋아했다.
　이동양(李東陽 : 1447~1516)의 자는 빈지(賓之)이고 호는 서애(西
涯)이다. 다릉(茶陵 : 호남성) 사람인데 한림원 서길사(庶吉士)로 한
림원에서만 30년을 봉직했고 문연각·화개전 대학사를 지낸다. 성
화제 때의 대표적 정치가이고 동시에 시인으로 저명했다.

병자년도 지나고 정축년이 되었다.
　이 해 역시 추사로선 알찬 한 해였다. 정월에 연경에서 돌아온
운석에게 진흥왕 순수비의 발견 소식을 전했더니 그도 흥분하면서
날씨가 풀리면 꼭 함께 오르자고 약속했던 것이다.

운석이 돌아가자 추사는 이재 권돈인에게 보낼 편지를 쓰고 하인을 불러 그것을 전하라고 일렀다.

이재 권돈인은 저 유명한 수암(遂菴) 권상하의 5대손으로 전통적 예론의 가문이었다.

추사는 다시 어린 하인에게 당부한다.

"알겠지, 이 편지를 북촌 가회동 권군수 댁에 가서 꼭 젊은 나리께 전하라. 그 댁 젊은 서방님이시다. 권군수를 잘 모른다면, 새 정자님 댁이라면 알 것이다."

권이재는 이때 홍문관 정자(正字)로 출사하고 있었다. 또 군수란 이재의 아버지 권중집(權仲緝)이 군수를 지냈기 때문에 그와 같이 일러주었던 것이다.

"예, 나리마님."

"답장은 필요없고 전갈 말씀이면 된다고 여쭈어라."

"예."

추사는 경상도로 내려가기 위해 그 소식도 알릴 겸 편지를 썼던 것이다.

유당 김노경은 병자년 동짓달에 경상 감사가 되어 대구로 내려가 있었다. 마침 생전의 옹성원 부탁도 있어 경상도에 내려갈 생각이 문득 떠올랐던 것이다. 내일 새벽에 떠나기로 작정했다. 점심때가 되어 계집종이 점심상을 사랑에 내왔다. 새로 온 아이다. 상을 물릴 때쯤 계집종이 다시 나왔을 때, 추사는 문득 생각이 나서 일렀다.

"저녁은 안에서 먹는다고 아씨마님께 일러라."

"예."

하고 아직 나이 어린 여종은 얼굴을 붉혔다. 어리다고는 하지만 열

서너 살은 되었다. 월성위 궁의 살림이 별안간 넉넉해져 여종을 새로 구한 것은 아니다.

추사도 마침내 버틸 수가 없어 정월에 소실을 맞았던 것이다. 여종은 해미집이라고 불리는 소실이 데려온 몸종이었다. 그는 부엌으로 사라지는 여종의 뒷모습을 물끄러미 바라보면서 혼자 중얼거렸다.

'아무래도 부인을 좀 위로해 주어야겠다. 그런데 종년이 얼굴을 붉힌다?'

사대부 집에선 부부의 생활도 내실과 사랑으로 엄격하게 구별된다. 만일 조부모님, 부모님과 동거한다면 시집살이는 여자만이 하는 게 아니었다.

후사 문제로 장가는 스무 살 전에 드는 것이 보통이지만, 과거 공부를 위해 제한을 받았다.

젊은이들이 모이면 그런 화제도 나왔는데 어떤 친구는 몰래 아내 방에 들어가서 자고 나왔다가 할아버지한테 종아리까지 맞았다고 하였다. 그리고 그 친구는 할아버지가 어찌나 엄격한지 한 달에 두 번밖에 허용되지 않는다고 실토했다.

이 말에 좌중의 사람들이 모두 웃었지만, 사실은 비슷한 경험들을 가지고 있었다.

"나도 종아리까지는 맞지 않았지만 갓 장가 들었을 때에는 마치 도둑처럼 안채의 담을 넘어 색시 방을 찾았다네."

누군가 이렇게 말을 하자 또 한번 웃음이 터져 나왔다.

추사는 물론 그런 경험은 없었다. 조부모님도 이미 세상을 떠난 지 오래였고, 첫부인일 때에는 사실이지 너무도 몰랐었다.

그리고 지금은——이씨 부인은 가끔 이런 말을 했었다.

"부부의 금슬이 너무 좋으면 자식복이 없대요…… 그래서인
지……."

하고 부인은 마침내 소리를 죽여 흐느끼는 모양이었다.

그때 추사는 예의 장난끼가 많아 핀잔을 준 것이다.

"무슨 소리요? 그것은 쓸데없는 미신이지. 옛날 사람들이 젊은
부부의 의가 좋은 것에 새암을 하고 그런 말을 일부러 꾸며 낸
것일 게요. 나는 당신과 매일 밤이라도 함께 잤으면 해."

"에그머니, 망측해라!"

"그럼, 부인은 싫다는 거요?"

그 말에 부인은 새로운 설움이 복받치는 모양이었다──지금
생각하면 그랬을 거라고 짐작된다.

또 이런 말도 오고갔다.

"그러니까 서방님께서 부디 작은집을 맞도록 하세요."

"또 그 소리요? 간난이가 뭐라고 합디까?"

"아닙니다. 저 혼자의 생각입니다. 저는 자식도 못 낳는 계집으
로 늘 가시방석에 앉은 느낌이지요."

추사는 지금 그런 생각을 하면서, 지난 한두 달의 자기 행동에
대해 반성하고 있었다.

추사는 완강하게 소실을 맞을 것을 반대하다가 그 문제는 숙모
님들에게 일임했던 것이다. 그리고 혼담이 진행되는 동안 축첩에
대한 문헌을 뒤적거렸다. 그는 예의 하륜이 태종에게 상주한 것을
읽었다.

'──제후는 일취 구녀(一娶九女 : 조선왕은 제후에 준함)하며……
경대부(대신급)는 일처 이첩이고, 사(士)는 일처 일첩이 법도로
서, 이는 계사가 넓어지는(후보자가 많아지는) 것과 음일(淫逸)로

흐르는 것을 막기 위해서입니다.

전조의 제도로 혼례가 분명치 않고 적서(嫡庶)의 규정이 없어, 너무 많아도 차례를 뛰어넘거나 분란의 씨앗이 되며, 너무 적어도 대가 끊어지는 불효가 생깁니다. 따라서 자세한 점에 이르기까지 법을 정하도록 하십시오.'

태종에게 올린 하륜의 이 상소는 받아들여져 조선조를 통해 실시되었다. 아니 법을 어겨 첩을 두셋씩 두는 자가 생겼고 평민으로서 나이 40이 넘도록 무자이면 첩을 둘 수 있게 하였으며, 이를 어긴 자는 태형(苔刑) 40대의 벌을 주기도 했다. 물론 나중에 개정되었지만 초기에는 유교 장려를 위해 이런 정책도 있었음을 알 수가 있다.

축첩 제도는 개국 이래 조선조의 공인(公認)으로 벼슬아치는 물론이고 평민도 재력만 있다면 첩을 두었었다.

유학은 성종 때 다시 활기를 띠기 시작한다. 성종의 임진년(성종 3 : 1472)에 《대학연의 집략》이 완성되고 갑오년(성종 5 : 1474)에는 개정한 《경국대전》이 반포되었으며 《오례의(五禮儀)》도 완성되고 있다.

그런데 기해년(성종 10 : 1479) 6월에 왕비 윤씨를 폐한다. 성종의 왕비는 저 한명회의 따님이 승하한 뒤 여러 명의 숙의(叔儀)가 있었는데 그 중에서 윤기묘(尹起畝)의 따님을 승격시켜 계비를 삼았던 것이다. 알기쉽게 연산군(1476~1506)의 생모이다.

연산군의 생년과 왕비 책봉의 기록을 대조해 보면 윤비가 임신함으로써 승격된 것이었다.

자연히 숙의들 사이에 암투가 벌어졌다. 《연려실기술》에 짤막한 기사가 기록되어 있는데, 권숙의의 친정집에서 투서가 있었다.

'엄소용(嚴昭容 : 소용은 숙의보다 한 단계 아래)과 정소용이 원자를 해치고자 독약을…… 운운'

이는 매우 중대한 문제이므로 엄중한 조사가 시작되었지만, 확실한 증거가 포착된 것도 아니다. 그러나 어떻게든지 죄인을 날조해서라도 해결을 할 문제라고 생각했던 모양이다. 워낙 성종에겐 후궁이 많고 또 섣불리 후궁의 여자들을 건드릴 수도 없어 삼월이란 궁중의 여종 하나를 하수인으로 만들어 목베어 죽이고 거명된 엄소용과 정소용은 곤장을 때려 유배를 했다.

이래서 사건은 수습된 셈이지만 모든 궁녀들의 증오는 윤비에게 은밀히 모아졌다.

"누가 알겠어? 임금님 총애를 독차지하려고 꾸몄는지……."

"그래요, 죽은 사람만 불쌍하지."

당시 대궐의 최고 어른은 세조비 정희대비(62세)였으나 정치엔 관심이 없고 오로지 불공에만 힘썼으며, 실권자는 임금의 생모 인수(仁粹)대비(덕종비, 45세)였다. 이런 인수대비는 여러 희빈들의 원망을 알게 모르게 들었고 점차로 윤비를 미워하기 시작한 모양이다.

이리하여 기해년에 윤비는 대궐에서 쫓겨났고 경자년(성종 11 : 1480)에 같은 윤씨로 숙의이던 윤호(尹壕)의 따님이 왕비로 승격한다. 이때 임사홍(任士洪 : 1445~1506, 자는 이의)·류자광(柳子光)도 유배되고 있다.

성종 때는 서화가로 이름있는 이들이 기라성처럼 많았다.

안재(安齋) 성임(成任 : 1421~1484)은 추사도 평가했지만, 성품이 온후했다. 일찍이 세조는 조맹부의 진적을 구하여 이것을 모사하라고 명한 적이 있었다. 성안재가 그것을 훌륭히 해내자 왕은 감탄했고, 성종도 나중에서야 그의 필법을 소문 듣고 불렀지만 병을 구실로 응하지를 않았으며, 다만 써두었던 글씨를 바쳤다. 성종은 그것을 보고,

"참으로 천재이다!"

라며 감탄했다.

《필원잡기》에 의하면 성안재는 진·초·예 3체가 모두 정묘했다고 한다. 그의 필적으로는 원각사비(파고다 공원), 파주의 성염조(成念祖 : 부친)비 및 음기(뒷면), 고양의 한계미(韓繼美) 갈, 광주(남한)의 최항(崔恒)묘비 등이 있다.

강희맹(姜希孟 : 1422~1483)도 앞에서 소개되었는데, 호는 국오(菊塢)·사숙재(私淑齋)·운송거사(雲松居士) 등을 쓰고 있다. 《사숙재집》을 보면 화설이 나온다.

'사람 모두의 기예가 비록 같다고는 하나 마음을 씀에 있어 다르다. 군자의 재주는 자기를 정신에 깃들도록 하는 데 있으며〔寓意〕, 소인은 자기의 재주를 마음에 머물게 할 뿐이다〔留意〕. 유의라는 것은 이를테면 장인이나 하인배 등이 힘이나 기술을 팔아먹는 데 쓰는 것을 말하며, 우의는 덕있는 고사(高士)로서 마음의 묘한 이치를 찾는 것인데 어찌 유의하는 자와 마음을 비교할 수 있겠는가! 무릇 모든 초목·화훼는 눈으로 이를 주시하고 마음에서 이를 얻도록 해야 한다. 마음으로 얻게 되면 손에서 응하게 된다.'

국오의 글씨로는 원각사비 전액, 연천의 강석덕묘비 표·전액, 양근(楊根)의 강맹경비와 음기, 합천 홍류동 사필암(泚筆岩) 석각

등이다.

또 물재(勿齋) 손순효(孫舜孝 : 1427~1497, 자는 경보)가 있는데
그는 칠휴(七休)라는 자를 쓰기도 했다. 그림과 글씨를 다 잘했는
데 열렬한 대나무 예찬론자였다. 그래서 입버릇처럼 말했다.

'사람이 일생에 어찌 대나무없이 살 수 있을 것인가! 촌의원도
대나무가 없으면 병을 고치지 못한다고 한다.'

그리고 대를 읊는 시를 지어 불렀다.

'대야 대야, 너는 백 가지 화훼 가운데 으뜸이다. 임금님께 말씀
드려 너를 사랑하고 기르시도록 권하겠다. 천 년의 이름을 전해
주는 것도 너 간책(簡策)이고, 칠휴 늙은이 대를 그린 마음일랑
묻지를 말아다오.'

허백당(虛白堂) 정난종(鄭蘭宗 : 1433~1489, 자는 국형)도 빼놓을
수 없는 서가이다. 그는 세조 10년(1464), 왕이 《원각경》을 간행하
려 할 때 특별히 글씨체를 고안하여 올렸다. 《용재총화》에서도 정
동래(본관이 동래, 동래군임)의 글씨는 대부분이 온힘을 기울여 쓴
것이고, 그러면서도 구하는 이가 있으면 아낌없이 써 주었다. 그
리하여 세상에 그의 글씨가 많이 유포된다. 창덕궁의 여러 궁전과
문의 현판은 그의 글씨인데 자체가 올바르지 못하고 착오가 많다
고 용재는 혹평한다. 《연려실기술》에선 초서와 예서가 능했다고
하였다.

"나리, 다녀왔습니다."

하고 심부름 보냈던 아이가 돌아왔다.

"음, 집 찾느라고 고생했겠지? 무슨 전갈이 계시더냐?"

"예, 잘 다녀오시라는 말씀이었습니다. 서방님께서 상경하실 때

면 번동(樊洞 : 현 도봉구)에 가 계실 거라고 하셨습니다."

번동엔 권이재의 별서가 있었고 여름이면 그곳에 갔던 것이다.

다음은 추사의 〈문장론〉인데 역시 단편적이다.

'글의 체로 말하면 열세 가지인데 문장이라 생각되는 것은 여덟 가지이다. 왈, 신(神)·이(理)·기(氣)·미(味)·격(格)·율(律)·성(聲)·색(色)이다. 그리고 신·이·기·미는 글의 정세(精細)이고, 격·율·성·색은 글의 조대(粗大)인데, 그렇다면 진실로 거칠다 하면 정세 또한 어디에 붙여야만 할까?

배우는 사람으로서 옛사람에 대해 반드시 처음에는 그 조대를 만나고 중간에는 그 정세함과 만나며 끝에 가서는 그 정세만 쓰고 그 조대함은 버리게 마련이다. 지금 그 조대를 만나지 못한다면 어찌 그 정세함을 만날 수 있겠는가.

세상에선 흔히 글을 소도(小道)라 하여 가볍게 보거나 소홀히 대하고 있지만, 이는 글을 유희삼아 하는 자에게 해당되는 말이며 글이 아니면 도가 깃들 곳이 없게 된다. 글과 도는 서로 필수적이며 나누어져 둘이 될 수는 없는 것이다. 그리하여 역의 〈문언전〉은 글의 조종(祖宗)이 된 것이며, 그 끄트머리에 가서 이를 연계시켜 길한 사람의 말과 조급한 사람의 말을 거듭 말했거니와, 글로서 조심하지 않을 수 없는 게 이와 같았다. 어찌 붓을 잡았다 하면 쉬지 않고 아무런 절제하는 바도 없이 기(氣)를 치닫게 하고 글자와 구절을 쌓아올리며 위태롭게 달아매어 글이 되게 한단 말인가? 이는 으뜸되는 큰 수칙이다. 또 그 정세를 만나지 않고서 그 조대를 논할 수 있겠는가!'

옛사람의 사고(思考)가 지금의 우리와는 다름을 느낄 수가 있다. 옛사람은 말을 아끼고 조심했을 뿐 아니라 글에 있어서도 역시 그와 같음을 알 수 있으리라.

정세와 조대는 편의상 쓴 용어지만 이는 조잡과 정수라고 고쳐 생각해도 좋다.

'우리나라 사람으로 병체(騈體 : 병려문. 46과 짝짓기로 된 것)는 임진왜란 이후부터 별안간 바뀌어 송원(宋元) 이후의 풍조가 되고 마침내는 하나의 공령문(功令文 : 과거 때 사용되는 일종의 상투적 글)이 우뚝해졌다. 이는 시세로 보아 어쩔 수가 없는 것이었지만, 비록 문원(文苑 : 문단)의 대문장가도 모두 너나 할 것 없이 이와 같았었다.

대체로 우리나라의 임진년은 이 무슨 백륙(百六)의 큰 시운이기에 위로는 나라의 전장(典章)으로부터 아래로 민간의 풍속에 이르기까지 크게 바뀌지 않은 게 없고 지금에 이르기까지 회복하지 못했으며 문장·서화와 같은 소도 또한 옮겨져 끊기고 말았다. 이를테면 명종·선조대왕과 같은 알맞은 대아(大雅 : 중정한)의 풍은 얻어볼 수가 없는 것이다.'

임진왜란은 우리 민족에게 있어 미증유의 국난이었을 뿐 아니라 그 전의 이를테면 퇴계·율곡으로 대표되는 우리 문화도 왜소(倭少)해졌다는 추사의 의견인 듯싶다.

성종의 신축년(성종 12 : 1481)에 김수온(金守溫 : 1409~1481, 자는 문량)이 졸했고 임인년(성종 13 : 1482)에는 폐비 윤씨가 사사된다. 이어 갑진년(성종 15 : 1484)에는 서거정이 《동국통감》을 찬진하였고, 이 해에 대소의 동활자 30여 자(갑진자)를 주조한다. 당시 우리나라는 구리가 많이 생산된 모양으로 왜인과의 무역에 동(銅)의 반출을 허락하고 있다.

그리고 정미년(성종 18 : 1487)에는 손순효가 《식요찬요(食療撰

要)》를 찬진했고 기유년에는 윤호 등이 신판 《구급간이방》을 지어 올렸다. 또 이 무렵 동월(董越)이 우리나라에 왔었다. 그리고 신해 년에는 과년한 처녀로 집이 가난하여 출가하지 못한 이에게 나라 에서 혼수를 지급했고, 임자년(성종 23 : 1492)엔 점필재(佔畢齋) 김 종직(金宗直 : 1432~1492, 자는 계온)이 졸하고 있다.

참으로 태평 성대이고 좋은 시대였다. 명나라에서는 황제가 바 뀌어 홍치제(弘治帝)의 시대였다.

한의학은 북송의 인종(仁宗) 때 국정 처방과 구제 시설의 설치 등 발전을 보았지만 어디까지나 전통을 지킨 것이었다. 그러나 금 원대(金元代)에 이르러 혁신적인 생각을 가진 한의학자가 나타났 는데, 그 대표적인 인물은 유완소(劉完素 : 1110~1200)와 장종정(張 從正 : 1156~1228)이었다.

유완소는 송대에 비롯된 간이 의학인 국방파(局方派)의 폐단이 심하자 《소문》의 본문 277자에 2만여 자라는 놀라운 주석을 붙인 《소문현기원병식(素問玄機原病式)》을 저술·간행했다.

국정 처방집만 암기하고 환자를 대한다면 발전성이 없다. 유완 소는 장종정의 방법론을 빌려 질병의 대부분은 화열(火熱)에 있다 단정하고 새로운 공격요법을 창시했다.

화가 질병의 주원인이라면 이것에 대항하는 물의 정(精)은 신장 에 있다. 그러므로 콩팥의 기능을 강화시켜 화열을 억누를 수 있다 는 가정 아래 사화제(瀉火劑)를 많이 사용했다.

유완소의 후계자인 장종정은 유완소설에 만족하지 않고 〈상한 론〉에서 힌트를 얻어 발한·구토·설사제를 사용하는 공격요법을 안출했다. 《유문사친(儒門事親)》이 그의 주저인데 이는 유학의 방 법론을 기초로 하고, 의학이란 효도를 위한 것이어야 한다는 취지

아래 붙여진 이름이었다.

이상은 금대의 의학자인데 원대는 이고(李杲 : 1180~1228)·주진형(朱鎭亨 : 1281~1358)을 대표자로 꼽는다. 이고는 유완소의 라이벌이었던 장원소(張元素)의 제자였다. 원소는 좀 별난 의학자로 고전의 처방을 일체 사용하지 않았다. 즉 그는 운기설(運氣說)이라는 것을 주장했는데, 이는 운기란 해마다 바뀌는 것이므로 현재의 병은 묵은 처방으로 고쳐질 까닭이 없다는 관점 아래 새 요법을 주장했다. 이고는 이런 스승의 설을 바탕삼아 유·장의 공격요법이 폐단도 많다는 것을 지적하며 새로운 요법을 개발했다.

즉 그의 치료법 요점은 온몸의 영양 상태 향상과 체력 증진에 있었다. 체력 증진을 꾀하자면 소화 기능을 증진시켜야 하는데, 오행설로서 중앙에 위치한다고 믿어지는 비장과 위장의 활동을 촉진시켜야 한다 믿고, 그 에너지가 오장 육부에 골고루 미치도록 처방하여, 기효(奇効)를 거두었다. 특히 그는 돌림병, 화농성 외과 질환, 눈병 치료에 뛰어났다고 전한다.

현대에도 사용되는 보중익기탕(補中益氣湯)은 그의 창안이다.

주진형은 절강 사람인데 이고의 제자인 나지제(羅知悌)와 알게 되어 보토법(補土法)의 오의를 전수받고, 다시 그는 전기 세 사람의 학설을 절중하여 음부족설(陰不足說)을 주장했다.

많은 환자를 보게 되면 음과 양이 언밸런스이고 특히 음의 부족이 두드러진다. 양은 동(動)하기 쉽고 음은 메마르기 쉽다. 따라서 모든 질병의 치료 방침은 양을 억제하고 모자라는 음을 보(補)하여 영양을 좋게 하며 체력을 높이는 데 있다 주장하고서 기효를 거두었다.

이것이 이른바 온보요법(溫補療法)이다. 명나라가 되면서 주원장의 아들 주왕 주수(朱橚)는 《보제방(普濟方)》426권을 편찬했고, 홍치제는 당시의 본초서를 집대성한 《본초품휘정요(本草品彙精要)》 42권을 완성시킨다. 주수는 비극적 최후를 맞는데, 그가 완성시켰다는 《보제방》은 6만 1천7백39종의 처방을 수록한 것이며, 영락 연간에 간행되어 우리나라에도 들어왔다. 주수는 특히 흉년이 들 적마다 많은 사람이 굶어죽는 참상을 시정하려고 구황(救荒)식물 414종을 선정하고 화가를 시켜 그 실물을 사생한 도판까지 곁들인 《구황본초》를 1406년에 간행했다.

명나라의 홍치제는 《본초서》를 편찬했는데, 이것은 오랫동안 햇빛을 보지 못하다가 청나라의 강희제에 의해 발견되어 다시 수정되고 그것도 출판까지 이르지는 못하다가 1937년에야 본문이 간행된, 사연이 많은 책이다.

점필재 김종직은 우리나라 유학사에 꼭 기록되는 인물로 사림파(士林派), 곧 영남학파의 종조로 《유림록》에도 올라 있다.

점필재는 선산(善山) 사람인데 밀양에서 태어났고 아버지는 바로 강호산인 김숙자였다. 아직 글을 읽을 때 첫닭이 울면 일어나서 세수·양치질하고 머리를 빗어 상투를 다시 매고 나면 의관을 바르게 갖추며 단정히 앉았고, 비록 처자 앞이라도 나태한 빛을 보이지 않았다.

어려서 아버지가 병석에 눕자 시부를 지어 하늘에 비는 정성을 나타냈고, 어머니가 생존할 때는 벼슬한 뒤라도 늘 걱정하며 상관에게 특별히 허락을 받고 하루에 세 번씩 외출하여 문안을 드렸다. 또 백씨가 옹(종기의 하나)으로 고생하자 의원은 지렁이즙이 좋다고 했는데, 선생은 곧 지렁이를 잡아다가 이것의 즙을 내어 자기가 먼저 맛보고 나서 올렸으며 효과를 보았다.

어머니가 돌아가자 여막에서 3년을 모시며 애통하기를 예가 지나칠 정도였고, 상식을 올릴 적마다 슬피 곡하는 소리가 들려 산 아래를 지나는 사람으로 울지 않는 이가 없었다.

또 벼슬길에 나가서는 백성을 지켜주는 데 그 소임을 다하였고 생활이 아주 간소할 뿐 아니라 주정(主靜)으로써 번잡함을 막았고, 자신을 억제하여 형적(形跡)이 드러나는 것을 극도로 꺼렸지만 백성이 억울한 일을 당하면 참지 못하는 성품이었다. 평소에 사람을 대하고 사물을 접하면서 늘 화기가 넘쳐 혼연 어울렸지만 의로움이 아니면 검불 하나라도 취하는 법이 없었다.

이렇듯 최대한의 찬사로 찬미되고 있는데 그는 일찍이 단종의 죽음과 세조의 찬탈을 은근히 빗대며 옛날 항우가 초제(楚帝)를 폐한 역사와 결부시켜 〈조의제(吊義帝)〉라는 글을 지은 적이 있었다. 이것을 그의 제자 김일손(金馹孫 : 1464~1498, 자는 계운)이 사관으로서 실록에 넣으려고 했다. 그러자 이극돈(李克墩) · 류자광 등이 발견하고 문제가 되면서 마침내 무오사화가 발생한다.

무오사화의 원인을 사림파와 훈구파(勳舊派)의 싸움으로 보는 사람도 있다. 훈구파란 세조의 정난 이후 형성된 공신들의 자손으로 말하자면 기성 세력이었다. 공신들의 자손이니 만큼 이들은 갖가지 특전이 있었고, 실력이 없으면서도 고관직에 오른 자들도 물론 있었다.

그러나 개인 감정으로 보는 사람도 있다. 《동각잡기(東閣雜記)》에 의하면 점필재가 함양 군수로 갔을 때(1471) 보니 관아의 벽에 류자광의 시가 붙여져 있었다.

"류자광이 무엇이기에 감히 관청의 벽을 더럽힌단 말이냐!"

그래서 그 시는 곧 철거되고 불태워져 버렸다. 이것을 알게 된 자광은 이를 갈았다. 무오년(연산 4 : 1498)에 이극돈은 사국(史局 : 역사편찬위원회) 당상(堂上 : 총재)으로 있었는데 자광이 앙심을 품고 귀엣말로 점필재의 조의제문을 고발했다는 것이다.

다시 인조 때의 명신 계곡(谿谷) 장유(張維 : 1587~1638, 자는 지국)는 그의 《만필》에서 다음과 같이 썼다.

'우리나라에는 이대 유학 선생이 있고 모두 글로서 이름이 거듭되고 있지만, 크게 의심되는 점이 있다. 포은 선생은 능히 죽음으로써 순국하고 우·창왕의 폐위와 살육이 아니고선 열성조의 수립에 이르지는 못했을 터인데 구공(九功 : 최대의 대접을 받는다는 뜻)의 신하로 되어 있으니 이것이 의심되는 한 가지이다. 점필재 선생은 빛나는 자질이 있어 묘당(조정)의 위촉을 받았다. 그럼에도 조의제의 글을 지어 춘추(역사)가 꺼려하고 받드는 대의를 크게 범했으니, 대체로 이런 마음이 있다면 그 조정에 마땅히 서지를 말아야 할 것이고, 이미 그 조정에 섰다(벼슬)면 이런 글을 짓지 말아야 했을 터이다. 마음과 섬김이 모순되고 대의와 명분이 함께 결여된 이것이 두 번째 의문이다.'

장유곡도 보는 사람에 따라선 이 말에 분개할지 모르지만 논리로는 옳은 말이었다. 추사의 〈문장론〉과 아울러 읽어보면 흥미롭다 할 것이다.

추사는 예고했던 대로 내실에 들어가 말없이 저녁을 들고 나자 수저를 놓더니 불쑥 말했다.

"내일은 새벽에 경상도로 내려갈 작정이오. 그래서 일찍 쉬어야 하겠으니 부인께서는 누울 자리를 준비해 주시구려."

부인은 깜짝 놀라는 것 같았다.

"경상도로 말입니까?"

"그렇소. 안될 일이라도 있다고 생각하시오?"

하고 추사는 짐짓 이부인을 빤히 건너다 본다. 지금 와서 생각하니——소실을 맞은 이래로 한 번도 안방에서 자지 않았던 일이 후회스럽게 생각된다.

'왜 내가 그런 생각을 하지 못했을까? 여인으로서 질투가 가장 나쁜 일이기는 하지만, 마음을 가진 사람으로서 가슴 깊은 속까지 평안할 일은 없지 않은가!

나는 아내가 자청해서 권한 일이고, 또 신혼이랍시고 그런 아내의 속마음까지도 까맣게 잊고 있었던 게 아닐까!'

그렇게 생각했기에 여종에게 일부러 전갈까지 했었다. 그러면 여자들도 다 알아서 처신할 거라고 생각했었다.

지금 아내의 얼굴을 보니 가슴이 아팠다. 그러고 보니 얼굴도 좀 여윈 것 같다.

이부인은 차분한 목소리로, 사이를 두기는 했지만 말했다.

"아버님도 객지에 계시니 당연히 가셔야만 하지요."

하더니,

"정월아!"

하며 새로 온 여종을 불렀다. 추사는 그제야 알은 종년의 이름이었다. 정월에 월성위 궁에 왔다 해서 그런 이름을 지었던 모양이다.

"종년은 왜 불러요?"

"건넌방 해미집에게 서방님 잠자리를 보라는 말을 하려고입니다."

이부인은 담담한 목소리였다. 추사는 화를 버럭 냈다.

"내 말이 들리지 않소? 나는 이곳에서 눕겠다고 했는데."

그 목소리는 방문 밖 대청까지 들렸으리라. 부인은 대답을 하지 않는다. 잠자코 눈을 내려깔고 있을 뿐이다.

소리를 지르고 나서 추사는 곧 후회했다. 이렇게 되면 부인을 위로하겠다는 당초의 생각이 빗나가고 마는 게 아닌가.

어색한 침묵의 시간이 흘렀다. 그 침묵을 구해주듯 방문을 조용히 열며 정월이 얼굴을 내밀었다.

"아씨마님, 부르셨어요?"

"그래, 밥상을 물리도록 하려무나. 대충 일이 끝나면 너도 일찍 자고——. 서방님께서 내일은 일찍 먼길을 떠나신다고 하니."

부인의 목소리는 전과 다름없이 담담했다. 추사도 탄복할 정도이다.

그날 밤은 달이 있었다.

한양의 음력 2월은 완연한 봄인데 때때로 날씨도 망령을 부리는지 밤이면 바람이 싫을 정도로 한기가 느껴지는 일이 있었다.

추사는 눈을 크게 뜨고 있었다.

자리를 깔고 누운 뒤로, 옆에 들어와 함께 눕고 나서도 부인은 아무런 말을 하지 않고 있었다.

달빛이 있다고는 하지만 방의 아랫부분은 어둠으로 가려져 있다. 추사는 문득 오른팔을 옆으로 뻗었다. 팔을 베라는 무언의 의사 표시였다. 팔을 뻗으면서 힐끗 본 부인의 얼굴이 어둠 속에서 박꽃처럼 희기만 했다.

부인이 그런 추사의 팔에 조심스럽게 머리를 얹어왔다. 그리고 말한다.

"주무셔야지요."

"잠이 오지를 않소."

"억지로라도 눈을 붙이셔야 합니다."

추사는 팔을 구부렸다. 자연스레 부인의 자그마한 몸이 추사의 가슴에 안긴 꼴이 되었다. 그렇듯 서로의 체온을 확인하는 순간이 얼마쯤 흘렀다. 부인은 숨소리도 죽여가며 조용히 안겨 있었다.

마침내 추사는 이렇게 말했다.

"자, 바로 누워요."

부인은 소리를 내지 않으려는 듯 조심하면서 몸을 움직였다.

추사는 베게 해주었던 팔을 뽑으면서 모로 누웠다. 그의 손은 부인의 가슴 언저리로 옮겨졌다. 저고리는 벗고 있었지만 속치마는 입고 있었다. 그의 손이 멈칫하면서 되묻는다.

"아니, 가슴까지 꽉 졸라매고 있지 않소?"

여전히 대꾸가 없다. 아내의 마음이 다시 굳어진 것일까?

"이것을 풀어주리까……."

"……"

"자, 몸을 들어봐요."

"……"

그래도 대꾸가 없었고, 몸도 꼼짝하지 않았다. 추사는 말없이 가슴에 있던 손을 아래쪽으로 미끄러뜨렸다.

그리고 정말로 놀랐다.

아무리 밤이면 한기가 있다고는 하지만 부인은 어느덧 고쟁이까지 입고 있지 않은가? 그것도 아랫배 언저리를 끈으로 단단히 졸라매고 있었다.

"아니, 이건 무슨 일이오?"

하고 추사의 손은 하릴없이 가슴께로 돌아오며 짜증 비슷하게 말했다.

"주무시도록 하세요."

"벙어리인 줄 알았더니 말은 할 줄 아는군."

"정 그러시면 저는 따로 자겠어요."

"마음대로 하시구려. 그러나 이것, 처량한 신세가 되었군."

"……"

"안 그렇소? 내일이면 경상도에 내려가고 한 서너 달 있다가 올라올 작정인데 아내에게 소박맞은 꼴이 되었으니."

부인은 남편의 그런 말에 귀를 막고 싶었지만 어둠 속에서 감았던 눈을 크게 떴다.

마침 달이 구름 속에라도 들어갔는지 방 안은 그늘지듯이 캄캄해졌다. 그런 어둠 속에서 힐끗, 아주 재빨리 보았던 것이지만 남편의 얼굴 일부분이 유난히도 희었다.

이씨 부인은 놀랐다. 남편이 얼마나 화를 내고 있을까 싶었는데, 추사는 웃고 있다.

입으로는 뭐라고 했지만 조금도 화를 내지 않는 서방님. 이씨 부인은 이 순간 남편의 마음을 알았던 것이다.

스르르 자기 쪽에서 몸을 굴려 다시 남편의 가슴에 안겼다.

"정말이세요?"

"뭐가?"

"석 달이나 머물다가 오시겠다는."

"물론, 정말이오."

"농담의 말씀도."

하며 부인은 더욱 바짝 몸을 파고 들듯 하며 말했다.

그 몸이 뜨거웠다.

꽃은 드디어 나비를 맞을 준비가 된 모양이었다.

가빴던 숨결이 가라앉기를 기다려 추사는 진정으로 말했다.
"미안하오, 부인."
"무슨 말씀을 하시는 거예요?"
"당신에게 아이가 없는 것은 당신 탓이 아니오. 하늘이 그렇게
정해주셨는데 사람의 조그마한 힘으로 어찌 하겠소."
추사는 비로소 소실을 맞은 이래 마음속에 담아 두었던 말을 부
인에게 하는 셈이었다.
추사는 남다른 예민한 감수성을 가지고 있었다. 언제부터인가
내 마음보다 상대편의 입장이 되어 생각하는 버릇이 생겼다.
"세상에는 나쁜 사내도 있는 모양이요. 제 욕심만 채우기 위해
이 계집 저 계집 찾아 헤매는."
출처(出妻)라는 말이 있었다.
현대에서 말하는 이혼이다. 칠거지악이 있었다고는 하나 아직은
조선의 국법으로 불효와 간음말고는 출처라는 게 없었다 해도 과
언은 아니다.
《성호사설》 인사편·친속문(親屬門)에 나와 있기를, 숙종 때 유
모(兪某)가 아내의 부정을 이유로 소송을 제기했으나 송사가 성립
되지 않았다. 관에서는 여성측에 잘못이 있었으나 국법에 출처시
킨다는 조문이 없어 고민 끝에 불허했다는 것이다.
성호의 의견은 경우에 따라 출처도 어쩔 수 없다고 암시했으나,
잘라 말하지는 않았다.
이혼·출처가 문제된 것은 호란의 후유증이다. 왜란 때도 그런
예는 있었다. 당시의 인구 3분의 1 이상이 죽음을 당했다는 왜란이

고 보면 저들은 아예 죽여 버려 흔적을 남기지 않으려고 했던 것 같다.

그래도 끌려갔다가 수천 명이 돌아왔다. 사대부의 부녀도 적지가 않았고 가정 분란도 생겼는데, 선조는 단호히 못을 박았다.

"이는 실절(失節)이라 할 수 없으니 아내를 버려서는 안된다."

호란은 왜란에 비한다면 그 규모는 훨씬 작고 피해 지역도 한수 이북이었다. 이때는 왜란 때보다도 더 민족 감정이 치열했던 모양이고, 똑같은 공론이 일어나자 인조도 잘라 말했다.

"버려서는 안된다. 선례(先例)처럼 처리하여 마땅하다."

인조 무인년(1638)에 특진관 조문수(曹文秀)가 경연에서 강의할 때 왕에게 말했다.

"부부는 인륜(人倫)의 대사라고 했습니다.…… 잡혀갔던 여인으로 말한다면, 시집과는 이미 대의(大義)로서 단절된 것인데 어명으로 다시 합하라고 명하시니 이는 사대부의 가풍을 더럽히는 게 아니옵니까. 우리는 예로부터 동방 예의지국으로 그와 같이 결정하시니, 신은 성군께 오점이 될까 염려됩니다."

인조는 대답했다.

"잡혀갔던 부녀는 결코 본의가 아니었던 것이고 죽을래야 죽을 수가 없던 거다. 대신의 말은 그들로서 돌아갈 곳이 없게 하는 것이므로 참으로 연민에서 나왔다고 할 수 없다."

사헌부에서도 반대의 상소를 올렸다.

'신은 인군을 섬기고 지어미는 지아비를 섬기면서 하나같이 받들고 다른 일이 없어야 함은 천지간의 상도(常道)이고 사람의 일로써 근본입니다. 그러한데 더러움에 빠진 여자로서 그 몸은 시집과는 이미 대의를 끊은 것이니 어찌 이를 다시 합치라고 허락하실 수 있을 것이며, 그 집 부모를 봉양하며 제사를 받들게 하고 자손을 낳게 하여 그 집을 잇게 할 수가 있겠습니까? 우리나라는 예의와 겸양으로 나라를 세운 지 2백 년을 지나면서 가정의 법이 가장 엄정했고 전후의 변란〔왜란과 호란〕에도 목숨을 버리며 다름이 없었던 것은 부녀자가 더욱 많았으며, 때문에 풍속의 아름다움이 유지되고 기강이 섰던 겁니다. 그러나 요즘 묘당의 건의가 비록 허물은 있더라도 포용하고 교화하자는 뜻이오나, 윤리를 밝히고 풍속을 교화하는 상(임금)의 가르침으로선 황공하옵게도 방해가 됩니다. 그러므로 나라에서 하나의 새로운 법을 마련하시어 갈라서게 하신다면, 반드시 어리석은 부녀라도 원한을 품지 않을 것이며 나아가서 재취 불허는 의(義)에도 없는 일이니 융통성이 있도록 하십시오.'

정절을 지키기 위해 목숨으로써 항거한 부녀자가 더 많으니 산 자로서 이를 용서한다면 형평에 어긋나는 일이고, 아내와 이혼하고 다시 재취할 수 없다는 법은 근거가 없으니 폐지하라는 내용이었다.

그러나 왕은 단호했다.

'잡혀갔다 돌아온 여인의 문제는 이미 처리된 일이다. 그것이 권도(權道:임기응변의 방법. 正道와는 반대)이기는 하지만 다시 논의할 필요는 없다.'

우리나라는 예로부터 여자로서 정절을 지키는 것을 가장 중하게 여겼고, 이것은 천민에 이르기까지 철저하여, 개가(改嫁) 같은 것은 수치로 여겼다. 이는 유교의 본바닥이라는 중국에서도 찾아볼 수 없는 일이었다. 그러나 병란을 당하면서 이것이 갑자기 문제가 된 것이다. 이때는 이미 유교의 이른바 국민에 대한 교화가 구석구

석까지 침투되고 있었기 때문이다. 그러나 두 차례의 병란으로 사대부의 부녀로 붙잡혀 가고 욕을 본 사람이 너무나 많았으므로 문제가 심각했던 것이다.

물론 유교 가르침의 범위 안이지만, 정상(情狀)으로 볼 때 불가항력이라 동정의 여지가 있으며, 이것을 음탕이니 패륜이니 하고 논하면 부녀로서 원한을 품을 게 아니냐 하는 미신(?) 비슷한 생각으로 심각하게 고민하는 당국자도 있었다. 이것이 현대의 사고 방식과 다른 점이었다.

그래서 고육지책(苦肉之策)으로 이미 있던 일을 추궁한다면 본인은 반드시 궁지에 몰린 나머지 자살할 것이므로, 동거는 하되 돌보든 돌보지 않든 그것은 남편에게 일임하고 개가나 재취는 금하지 말자는 의견이 나왔다.

이것에 대한 반론도 만만치가 않았다. 주목되는 것은 이때 개가·재취가 윤허되지는 않았지만 그런 공론이 있었다는 사실이다.

김시양(金時讓 : 1581~1643)은 그의 《하담록》에서 이런 이야기를 소개한다.

두암(斗岩) 김응남(金應南)은 시문과 글씨를 잘한 분인데, 그의 아들 명룡과, 만전(晩全) 홍가신(洪可臣 : 1541~1615)의 아드님 절(節)이 모두 이호(李浩)란 분의 따님에게 장가들었다. 그런데 왜란이 있게 되자 불운하게도 이 두 자매는 욕을 보았던 모양이다. 그리하여 만전이 먼저 상서를 올려 이혼을 허락토록 청했던 것이고, 이렇게 되자 명룡도, 당시 두암은 명나라에 사신으로 가서 아직 돌아오지 않았지만, 부득이 이혼하고 싶다는 상서를 올렸다.

그런데 당시의 선비들 공론은, 두암에 대해선 비난하지를 않았고 만전에 대해선 매우 아쉽게 여겼다. 왜냐하면 홍만전은 벼슬이

형조판서까지 오르고 필법과 시문이 깨끗한 것이 건강했으며 유학에도 조예가 깊어 모두 존경했는데 아드님의 이혼을 청한 것이 경솔했다고 본 것이다.

물론 이 이혼은 모두 불허되었다. 참고로 만전의 손자 남파(南坡) 김우원(金宇遠 : 1603~1687)은 어머니의 그런 불행이 있었음에도 이조판서라는 요직에 올랐다.

추사의 손이 옮겨진다. 그의 한 손은 아직도 아내의 젖통 언저리에서 움직였지만, 손 하나는 아래쪽으로 미끄러진다. 아내의 배는 따뜻했고 땀으로 젖어 있었다. 장난끼가 또 생겨 추사는 다시 속삭였다.

"부인."

"네……, 네에."

"이혼·출처는 국법에 없다고는 하지만 칠거면 그럴 수도 있다는 말이지요."

이씨는 잠자코 있다. 남편은 조금 전에 아무리 칠거라는 게 있더라도 부덕만 있으면 된다, 내 마음은 이렇듯 당신을 변함없이 사랑하고 있노라 하였다. 그런데 또 딴 소리를 한다……. 이씨로선 역시 불안한 순간이었다.

그렇지만 남편의 손은 더욱 범위가 넓어져 머리속이 텅 비어 있었다. 그리하여 부인은 다른 곳에 신경이 가 있고 그것을 내색하지 않으려는 자기와의 싸움을 하고 있다. 부인은 아랫입술을 피가 나도록 깨물었다.

남편의 목소리는 여전히 귓가에서 맴돌고 있다.

"시대가 지나면서 이혼·출처가 많아졌던 거라오. 부부가 불합

(不合)한다면 결국 그럴밖에 도리가 없지 않소?"

"……"

"그래서 사람들은 두 가지 방법을 만들어 냈던 거요."

"네, 네에…… 지금 뭐라고 말씀하셨지요?"

하고 이씨는 가물거리는 정신을 가다듬어 되물었지만 곧 그 생각마저 잊어버렸다. 남편의 손이 얄미울 정도였다. 어째서 남자의 손길이 닿으면 여자는 마음과는 달리 몸이 제멋대로 달아오르는 것일까? 자기 자신도 어쩔 수 없는 게 여자일까……?

이씨는 또 아랫입술을 깨물었다. 아랫도리가 자꾸만 꼬였다.

추사의 손은 더욱 짓궂기만 했다.

"그 두 가지란 하나는 사정파의(事精罷議)고, 나머지 하나는 할급휴서(割給休書)라는 거요."

이씨는 남편의 말을 이미 듣고 있지 않았다.

'사정파의'란 무엇인가? 부부가 서로 맞대면하고 살 수 없음을 합의하며 헤어지는 방법이다. '할급휴서'란 그런 사정파의란 절차를 거친 뒤, 혹은 곧바로 남편이 아내에게 이혼했다는 증빙 서류를 써주는 일이었다.

그러나 이상의 두 방법도 증거 능력은 없었다. 그래서 서로의 입장을 충분히 말로 합의한 뒤, 제3자를 입회시켜 그 앞에서 이혼 의사를 확인하고 남편 또는 아내가 서로의 옷깃 한 조각을 칼이나 가위로 잘라 상대편에게 건네줌으로써 이혼이 성립되었다.

대체로 이 방법은 당시의 사회 윤리로 보아 여성측에 불리했다고 여겨진다. 왜냐하면 여성으로선 돌아갈 곳이 마땅치 않기 때문이다. 애당초 이혼이란 것은 국법에 없었고 수치로 여겨졌다. 친정에서도 달갑게 여기지 않고 받아 주질 않았다. 혹 먹고 살 만

한 재산이라도 준다든가 아직 젊고 인물이라도 곱다면 또 몰라
도——.

이런 여성으로서 갈 곳이란 절로 들어간다든가 결국에 있어 죽
음을 택한다든가…….

추사는 그 이상 말하지 않았다. 다시 나비가 꽃을 보고 불길이
타오르듯…….

이윽고 불길은 꺼지고, 두 사람은 다시 전과 같은 자세가 되었
다. 이씨 부인은 남편의 가슴에 파고 들듯 하며, 이번에는 공세로
나왔다.

"서방님."

"졸려요…… 그만 자도록 합시다."

"저, 궁금한 일이 있어요. 꼭 대답해 주셔야 합니다."

"음."

"아까 사정파의니 할급휴서니 하셨지요?"

"음, 했어요."

"그럼, 서방님도…… 제가 종부(宗婦)의 자격이 없으면 옷깃의
한 조각을 베어 주시겠어요?"

추사는 자기의 농담이 지나쳤다고 생각했다. 하지만 여기서 밀
리면 안되는 것이다……

아내들이란 잘못 길들이면…… 남편들이란 이런 때 고삐를 단단
히 당겨야 하겠지. 추사는 또한 세밀한 신경을 가졌다.

"난 또 무슨 소리라고? 내가 그렇게 할 것 같소, 부인의 생각으
로는?"

"서방님은 안 그러시더라도…… 언젠가는 그런 일이 생길 게 아
네요?"

"무슨 쓸데없는 소리!"

하며 추사는 아내의 머리를 쓰다듬어 주었다.

"자, 그만 자도록 해요. 이러다간 정말 내일 일찍 떠날 수 없게 될 것 같소."

추사는 정축년 여름, 경상도에서 올라오자 운석과 약속한 대로 6월 8일 북한산에 올라 남은 글자 68자를 살펴 정하고, 탁본을 떴다. 누구의 제의였는지는 몰라도 석수까지 데리고 올라가서 흔적을 남기기 위해 이끼가 푸르게 덮여 있는 것을 벗겨내고 진흥비 측면에 '정축 유월 팔일 김정희·조인영이 와서 남은 글자를 살펴 예순여덟 자를 정했다'는 석각까지 한 것이다.

그리고 같은 6월 보름쯤 추사는 운석과 함께 권이재의 별서를 찾아갔다. 동행으로선 동리 김경연도 있었다. 그 동리가 권이재를 보고,

"권대교, 불청객인 나도 왔소이다."

하는 바람에 추사는 이재가 예문관의 대교(待敎)로 옮겼음을 비로소 알았다. 추사는 그런 것도 모르고 영남에 가기 전 '권정자'라고 편지의 호칭을 잘못 쓴 것을 부끄럽게 여겼다. 추사는 그렇듯 세사(世事)에는 별 관심이 없었던 것이다.

네 사람이 어울리다 보니 곧 술자리가 벌어졌다. 문자 그대로 별서이므로 텃밭도 있고, 밭에서 금방 따온 오이로 안주를 삼았다. 술이 취하면 깊은 우물에 매단 구럭 속의 수박을 꺼내어 깨어 그것을 한 쪽씩 나눠 먹고 술을 깨게 했다. 화제는 역시 권이재와 조운석은 정치담을 나누는 데 열중했고, 추사는 경학에 화제가 미치면 입을 열 정도이며, 동리는 주로 조용히 귀를 기울이고 있었다.

《완당집》에 추사가 동리에게 보낸 서독 3편이 실려 있다. 그것을 보면 동리의 사람됨을 엿볼 수 있을지도 모른다.

〈김동리(경연)에게 주다[1신]〉

엊그제 조상님 제사가 있어 종가에 갔다가 비에 막혀 돌아오지를 못하고 어젯밤 늦게야 비로소 돌아왔는데, 혜서(惠書)가 남겨져 있어 놀랍고도 아쉽기 이를 데 없었습니다. 아침에 막 답장을 올리려는데 하인을 시켜 다리까지 푹푹 빠지는 진흙길인데도 거듭 알려주시니 너무나도 불민함을 뇌까릴 뿐입니다.

더욱이 습하고도 서늘함이 갈수록 심해지는데 자잘한 근심이 그치지 않고 고뇌가 많다 하시니 참으로 염려가 됩니다.

전정(篆幀)과 비도(碑圖)는 원본과 아울러 삼가 받았습니다만, 비도는 아우를 위해(특히) 하나의 수고로움을 덜어주신 것이라 감사의 말을 뇌까려 마지 않는 바이며 거듭 자세히 고증하겠습니다. 전정도 과연 가품(佳品)으로 자법(字法)이 벽락문(碧落文)에 가까운지라 속필은 아니며 마땅히 걸어두고 완미(玩味)하겠습니다.

얼마 전 가르쳐 주신 석경 《논어》의 意와 抑이 서로 통한다는 바로 그것이 옛 훈고인데, 이 질문을 받게 되니 경외(敬畏)하는 기쁨이란 비할 데가 없었습니다.

만약 형께서 이것을 발의(발설)해 주시지 않았더라면 가슴 속에 든 글자가 장차 두레박 줄 없는 완정(瞖井 : 쓸모없게 된 우물)이 되어 버려 썩어서 버섯이 되거나 묵어서 나비로 바뀌고 말았겠지요.

《시경》에서 말한 억차황보(抑此皇父)의 抑은 담계의 시에서도 이미 인용되었으며 한시(韓詩)에서 말한 抑이 意라며 일렀고 《대대례》의 〈순자편〉에서도 意자로 지어 많이 썼던 것이며, 다만 意자로 噫자와 더불어 서로 통할 뿐 아니라 懿자와도 서로 통하는 것이기도 하지요. 《시경》의 抑자는 《한시외전》에서도 또 懿자로 만들고 있습니다만 위소(韋昭)는 가로되 懿를 抑으로 읽는다 했으니 이런 유의 것은 일일이 들어 말할 수도 없을 정도입니다.

무차비〔추사가 기축년에 찾아냈던 비문〕는 과연 홍복비(弘福碑)의 글씨체이고 인각비와 마찬가지로 집차(集字)한 것은 아니었으며 김육진(金陸珍)은 바로 신라 말의 사람이니 만치 비의 연대는 지금 상세히 고증할 수가 없거늘 정예(鄭隷)는 끝내 얻을 수 없다 함은 이상타 하겠습니다. 아우에게 보서(補書)하라는 말씀도 불감(不敢)인지라 사양하겠습니다.

또 마침 섭동경(葉東卿 : 섭지선의 자)의 예자 한 폭을 얻은지라 여기에 올리는 바이고 꽤나 볼 만한 것이지만, 이것은 그 대련(對聯)에 비한다면 얼마쯤 손색이 있사온데 대련은 바로 그의 잘하는 것이라서일까요? 우리에게 선입관이 있어 그런지 미처 알 수가 없군요. 부디 보시고 말씀해 주시기를 바랄 뿐입니다. 불선(不宣).

김동리는 바로 김재로(金在魯)의 증손자인데 이 서독을 통해 분명한 것은 추사와 더불어 병자년에 진흥비를 발견하고 그 비석 그림(도면)을 작성했음을 알 수 있다.

집에 무엇인가 근심이 있음에도 불구하고 비도와 전정을 정성껏 작성했던 것이다. 아울러 본문에서 이미 느꼈을 터이지만 금석학에서 필수적인 문자의 고증이 얼마나 많은 경학의 지식과 끈기를 필요로 하는지 이해된다.

　아마도 이 서독은 정축년 가을에 씌어졌다고 생각되며, 실록을 보면 이 해 7월 삼남 지방에 큰 물난리가 있었다고 한다. 음력 7월은 초가을로 한양에도 가을비가 자주 내렸으리라.

　이 자리를 빌려 동리에게 보낸 서독을 마저 소개하겠다.

　〈동리에게 보낸 추사의 서독〔2신〕〉

　일전에 말씀하신 묘제설(廟制說)에 대해서는 미진(未盡)한 것이 있고 이를테면 환궁(桓宮) · 희궁(僖宮) 같은 것은 접어두더라도 '양공 6년에 제나라 후(侯)가 내(萊)를 멸하고 내의 종기(宗器 : 종묘에서의 제기)를 양궁〔원주 : 제양공의 사당〕에 바쳤다'고 한 조목을 들어 고증한다면, 묘제로서 형제는 모두 항렬에 따라 사당을 세우며 형제로서 서로 가문을 잇는 자는 소(昭) · 목(穆 : 묘당의 시호가 곧 군주 시호)의 차서(순서)가 없는 것이고, 이 양공으로 영공의 차서로 한다면 여덟 군(君)이 있는 셈이며 만약에 오묘의 수와 똑같이 한다면 양공은 이미 조(祧 : 종묘에서 신주를 다른 곳에 옮김)가 되었을 것입니다.

　그 실제를 상세히 고증하면 양공과 형제로서 일대가 되고 효공 · 소공 · 의공 · 혜공이 또한 형제로서 일대가 되며 경공(頃公)이 일대가 되는 것인즉, 영공은 경공을 높여 조(祖)로 하고, 혜공과 환공은 증조가 되며, 희공은 고조가 되니, 양공과 환공이 증조부 항렬이라서 의당 양공의 사당이 헐리지 않았던 것입니다. 만약에 오묘의 상례적 제도에 얽매인다면, 태묘(곧 종묘) 밖에 오직 소 · 의 · 혜 · 경공의 사당만 있는 셈이며, 양공은 또한

항렬이 없을 뿐더러 죽음을 당했고 경·영공의 낳은 바도 아닌
데 어찌하여 유독 그 사당만 보존되었을 것이며 더욱이 남의 나
라를 치고서 얻은 제기를 바쳤겠습니까? 이것으로 형제로 대를
이은 자는 모두 별도로 사당을 세웠음을 알며, 영공의 대는 제
나라로서 마땅히 구묘가 되어야 할 것입니다.

　사당이 고문(庫門) 안의 오른쪽에 있고 그 터에 제한이 있어
별도로 세우거나 하지 못한 듯싶지만, 예가 이미 예사 때가 아
닌지라〔예도가 무너졌다〕 마땅히 권제(權制 : 제도를 고치는 권도)
하여 혹은 땅을 늘려 짓도록 하거나 다른 궁전을 헐어내고 이를
만들거나 할 것이며 규칙에 꼭 얽매이지는 않았을 것입니다. 노
나라 사람으로도 예에 어긋난 사당이 있고, 이를테면 중자(仲
子)의 궁·무궁(武宮)·양궁(煬宮) 같은 것도 오히려 능히 별도
로 세운 것인데 예를 좇아 세운 것이라면 또 어찌 안되겠습
니까!

　오경은 《역경》《시경》《상서》《예기》《춘추》를 말하는데 육경
이라면 《논어》를 아울러 말한 것으로, 오경은 대수(大數 : 크게
계산)를 든 것이고 육경은 실기(實紀)의 글이므로 혹은 오경이나
혹은 육경이 따로 있는 게 아니며 내가 견문한 바로선 문사(여기
선 표현)가 다를 뿐입니다.

　또 《수서》〈경적지〉에는 칠경이라 했는데 칠경이란 곧 오경에
《춘추》와 《공양전》을 나누어 말한 것이며, 지금 남아있는 잔자
(殘字)로선 전(傳)은 있어도 경(經)은 없으며 전이 있다면 필경
경이 있는데 5·6·7경으로 같지 않은 게 있음은 지금 전하는 잔자
가 있지 않다면 무엇으로 고증할 수 있겠습니까? 또 불가불 따
져 봐야 할 것이 있는데 《낙양기》의 이른바 《예기》라는 게 그것

입니다.

동경(낙양)에선 《예기》로써 일찍이 학관을 세운 일이 없고 이를테면 대·소대의 예(禮)란 곧 대·소대의 의례로써 학문입니다. 지금의 《소대례》로 《예기》를 삼았던 것은 아니며, 이 석각한 글로 말하면 바로 복생의 금문을 사용하고 《춘추》는 〈공양전〉을 쓴 것이 당연하겠으나 애당초 《예기》의 학관을 세우지 않았는데 어떻게 여러 경과 더불어 각석했을 것이며, 또한 지금 〈의례편〉의 잔자만 있고 《예기》는 없는데 이것이 곧 《낙양기》의 허물임을 알겠으며 《시경》에는 미치지 못하는 것은 홍씨서(洪氏書) 및 《수서》〈경적지〉엔 곧 시가 있는데 그 시는 바로 노시(魯詩 : 노나라에 전한 《시경》. 제나라에도 있다)입니다. 지금 이른바 희평(석경)의 잔자에 모시(毛詩)가 있다 한 것은 무슨 근거에서인지 모르겠습니다. 모시이든 아니든 또한 그 당시 학관을 세우지 않았었는데 이 돌을 새긴 바의 것이 곧 노시였을 터입니다.

현대인으로 종묘의 제도는 큰 의미가 없고 더욱이 남의 나라의 수천 년 전 일이고 보면 관심도 없겠지만, 유학의 기본 정신이 효이고 또 그것은 조상신의 제사와도 직결되는 것이다.

또 편지 내용이 꽤나 복잡한데 이런 것은 《좌전》이나 《사기》를 읽어보면 그 배경이 분명해져 추사의 학문이 넓고 깊었다는 게 증명된다.

한 가지 참고로 말한다면 추사는 전혀 다른 문제 두 가지를 하나의 편지에서 논하고 있는 경우가 있는데, 이런 형식은 《완당집》의 서독에서 많이 발견된다.

따라서 이것은 원래 별개의 서독인데 편집자가 편의상 합친 것

이라고 추정된다. 또 여기서 나오는 것도 추사의 고증을 나타내는
것이며, 현재의 우리는 자료가 많은 편이라 대수롭지 않다고 여겨
질지 모르나 전인미도의 분야를 개척한다는 일은 참으로 어려운
것이다.

〈동리에게 보낸 추사의 서독〔3신〕〉

문의하신 《상서고문》에 대해 秩(질) 艶(질)로 되고 光자는 桄
이 되며 치홀(治忽)은 칠시영(七時詠)이 되어 있지만, 갑작스레
그 수를 다 셀 수도 없으며 이는 실로 배우는 자로서 마땅히 옛
것에 넓어야 하고 또 옛것에 얽매이기를 설상주(薛常州 : 송나라
사람. 설계설)의 《두찬(杜撰)》같아서는 안되겠지요. 어찌 일상으
로 고문을 보고 일일이 그와 같이 베끼고 취할 수가 있겠습니
까? 이는 신중히 생각하고 빠진 부분에 의문을 가지고서 고문
을 해석하고 또한 옛것을 배우는 데에는 불가불 알아야 하는 것
입니다.

기축년도 저물어 가고 있었다.

연보에 의하면 추사는 이 해 섣달 열흘에 서자인 상우(商祐)를
얻고 있다. 이 무렵 또한 추사의 재종 형님으로 홍문관 부수찬이던
김교희는 시폐를 논했다. 교희는 추사와는 달리 꼼꼼한 성격으로
관직 한 길에만 매진한다.

추사는 연경으로부터 섭지선을 통해 〈희평석경(채옹)〉·〈구가각
석(九哥刻石 : 구양순)〉의 탁본을 받았고, 무인년(순조 18 : 1818)이
되면서 〈공자가본 노자상석각〉 〈공묘잔비(孔廟殘碑)〉 〈예기비(禮器
碑)〉의 비음·비측, 〈공주비(孔宙碑)〉 〈을영비(乙瑛碑)〉 〈향묘비(饗

廟碑》》와 석고문정(石鼓文精)·진전보(秦篆譜)·〈산해경주〉 등 탁본과 기증본을 받았다.

섭지선이 곧 추사의 스승 옹방강의 대리인이고, 이런 값진 문헌들은 스승의 따뜻한 보살핌이 아닐 수 없었다.

그런데 그런 옹담계도 무인년 정월 스무여드렛날 향년 86세로 졸한다. 추사로서는 그 충격과 슬픔이 컸다.

육왕학(陸王學)

추사의 제설로 〈이문변(理文辨)〉이 있다. 설명보다 본문을 읽는
게 이해하기에 빠르다.

〈이문변〉

성인의 마음이란 혼연일리(渾然一理)로서 이 뜻은 이회(理會)
하더라도 가장 어렵고 얄팍한 배움의 자로 쉽게 또는 가벼이 설
명할 수는 없다. 마땅히 먼저 무슨 뜻으로 理자를 정하게 되었
는지 알고 난 뒤에야 확실해질 수 있을 것이다. 공맹 이래로 理
자를 말하는 자는 오직 문리(文理)·조리(條理)·의리(義理) 등
몇 마디로 그쳤을 뿐인데 주자는 말했다.

"理는 마음으로 헤아려 꾀하거나 지어 만들고자 하는 情이 없
는 것이고 단지 이는 깨끗하고 결백하며 비어 있는 것이 속까
지 활짝 열려 있는 세계로 형적(形跡)이란 없으며, 남을 물리
치고 지어 만들거나 모으지 못하게 하지 않는다."

만약에 이것과 같이 해석하고 성인의 마음을 理로서 궁구하여
증명한다고 보면, 어찌 말하거나 깨닫는 데 어렵지가 않겠는가.
또 혹은 理자로 다른 해석도 있는데 혹은 하늘[天]이라 하고 혹

은 본성(性)이라 하는 것으로 성·천의 뜻 역시 서로가 막히고 장애가 되어 깨닫기가 어려운 까닭이고 이 설로써 이해하기란 극히 어렵다.

지금의 전·주 중에서 망령되게 인용하고 가벼이 주장하지 못하는 까닭은 삼가촌(三家邨) 중에서 글방의 선생이 나무꾼·목동 아이를 위한 설로서 머리만 높이고 글자 풀이만 가르치며 도대체가 평장(平丈)도 없으며, 주자가 설명한 전·주도 아닌데 저 심성(心性)·이기(理氣)를 안다는 것은 무엇이고 무엇을 위한 말인가. 이래서 이것은 훈장이 일컫는 패판(稗販) 주자이고 지금 망령되게 인용되는 것 또한 하나의 패판 주자인 것이다. 또 주자가 말한 바 어쩌구 하는 이것이 바로 공씨《논어》아닌 석씨《논어》로서 불행히도 가깝다고 하리라.

요컨대 추사의 〈이문변〉은 유학이 전해져 그 뜻도 잘 모르는 채 잘못 가르쳐지고 있음을 지적한 듯싶다.

추사의 논과는 다를지 모르지만, 필자의 사견으로선 한자의 어려움도 그 어문 구조에 있다고 생각된다.

한자는 모두 단자(單子)로서 뜻을 가졌고 그것이 많은 학자의 수천 년에 걸친 주석의 쌓아올림에 의해 와전되거나 뜻이 분기(分岐)되어 있다.

그런데 우리나라는 그런 한자를 단자가 아닌 두 글자로 사고하고, 그것이 또한 수천 년을 두고 전승되며 굳어졌다. 단자를 두 자로 생각하고 풀려고 하는 데 무리가 있고 어려움이 있다.

한자의 뜻은 단자이니 만큼 다른 자와 미묘하게 뜻을 달리하고 있지만, 우리는 어휘(語彙) 관계로 외국어의 미묘함을 전달하는 데 있어 어려움이 또한 따른다.

본바닥 중국에서도 고전은 차치하고서라도 정주(程朱)의 성리학이 등장하면서 새로운 조어(造語)나 같은 글자라도 새로운 정의를 하여, 주자학도는 그것을 따랐다. 그런 주자학도라도 주자에게 직접 배우지 않은 재전·삼전의 제자가 되면 그 진의(眞義)를 모르게 되었다. 그리하여 성리서를 읽기 위한 뜻풀이가 따로 저술로서 만들어졌을 정도이다.

하물며 우리나라는 주자의 성리설을 수입한 터이고 관련 문헌도 많지가 않아 초기의 유학자가 그야말로 글자 하나의 난관에 부딪쳤을 때 얼마나 고뇌했는지 추측되고도 남음이 있다.

그런데 우리나라의 유학자로서 어떤 분은 스승도 없이 유학을 자득(自得)했다는 유의 표현이 종종 발견되는데 필자도 이것에 의문을 갖지만, 추사도 분명히 그와 같은 생각을 가졌다고 생각된다.

추사의 제설로서 계몽적 표현이 많이 있음도 그래서가 아니었을까? 그런 의미로 여기서 〈적천리설(適千里說)〉과 〈인재설(人才說)〉을 소개하겠다.

〈적천리설〉

지금, 저 천 리를 가는 자는 먼저 반드시 거쳐야 할 길의 소재를 가려내고, 그런 뒤에야 발을 내디딜 마땅한 곳이 있음을 생각하게 된다. 그 문을 나서고 감에 있어선 물론 이를 어떻게 할지 방황을 하지만, 길을 아는 사람에게 반드시 묻게 되면 그 사람이 일러 준대로 올바르고 큰 길에 이르게 되고 또 그 나쁜 길은 안된다는 까닭을 정성껏 자세히 가르쳐 준다. 그리하여 그

나쁨은 반드시 가시밭길에 들어가는 연유가 되며, 그 올바름은 반드시 그 돌아갈 곳을 얻게 된다. 이 사람의 말은 진심(盡心)이라 일컬을 수가 있다.

그러나 의심이 많다면 머뭇거려 감히 믿지를 않고 거듭 이를 한 사람에게 묻고 또 거듭 이를 한 사람에게 묻게 되는 거다.

옆의 사람(傍人 : 《좌전》의 말로 기댈 수 있는 사람)으로 성의로써 마음을 삼는 자에게 이르면 물음을 기다리거나 하지 않더라도 아울러 그 길의 꼬부라짐을 남김없이 듣고 내 앞에 이미 간 사람도 있다며 말해 주지만, 혹은 잘못 사람에게 이르고 사람 모두 말이 같다면 이 또한 도탑게 믿어야 하는데, 뒤진다 두려워하며 종종걸음으로 치닫고, 저 의심이 더욱 생겨나서 말하기를 나는 사람이 함께 옳다 하는 바의 것은 감히 좇지를 않을 것이며, 그 함께 그르다 하는 바는 내 또한 모르므로 그게 과연 그릇됨인지 나는 모름지기 시험을 거치겠다 하여 급기야는 구덩이에 이르러 빠지게 되고 이를 구할 수가 없다.

즉 그 미혹(迷惑)을 늦게 깨달아 이것이 도리어 시간을 헛되게 낭비하며, 마음과 힘을 고달프게 만들어 소모시키고 말며, 날은 있되 이를 돌보아 줄 수 있는 겨를마저 없는 것이니 근심한들 무슨 소용이 있겠는가! 그러니까 사람이 이를 명백하고 밝게 제시해 주고 이를 힘써 실천함이 공을 거둬들이는 쉬운 길이 아니겠는가.

이것도 바로 추사의 계몽적 뜻이 담긴 설이었다. 다음의 〈인재설〉은 어떤가?

〈인재설〉

하늘이 내려 준 재능은 처음에 남북·귀천의 다름이 없는데 그 이루어짐과 이루어지지 않음이 있는 연유는 어째서인가. 무릇 사람으로 아이 때에는 슬기도 많지만, 지식을 재단하고 스승과 아버지의 이름자를 쓰게 되면서부터 그 마음은 헷갈리고 이리저리 헤매게 되는데, 전·주와 법첩(글씨 교본)으로써 옛사람의 종횡무진이고 넓고도 망망한 글을 묶어서 얻어 볼 수 없게 한다면 끼니 한 번에 그 티끌로서 싱싱함을 회복할 수 없게 되는 게 그 하나이다.

그리고 다행히도 여러 유생이 되었지만 아직 민첩하거나 달통하지 못해서 등차를 지레 밟고 또는 시험으로 비교하는 장(場)에 오래도록 드나들게 되면 원기도 혈색도 희미해지며 떨어지고 마는데 어느 겨를에 척폭(尺幅 : 길이와 너비인데 국사를 비유)의 밖에서 이를 의론하겠는지가, 그 두 번째이다.

비록 재주가 있고 또한 그 태어난 바를 본다 할지라도 병풍과도 같은 산에 숨겨지고 적막한 냇가에서 산다거나 기러기처럼 (뜻이) 높고 장엄하게 밝은 궁실에서 사는 인물의 소요하고 (스스로를) 다스리는 그윽하고도 괴상하며 훌륭한 의협을 아직 본 일이 없다고 하면, 신명(神明)도 깨끗이 씻어주고 단련케 하는 바가 없을 것이며, 흉복(胸腹 : 가슴과 배인데 여기선 인간의 중심점·마음)도 눈과 귀를 싫어하는 나머지 손발을 아끼는[吝] 바가 없으며 반드시 절름발이[파행적]가 되는 게 그 셋째이다.

이 세 가지는 사람으로 하여금 재주와 힘을 더욱 닳게 만들고 상심하거나 슬프게 하는 것인데, 왕왕 이와 같은 일이 있는 까닭에 유생은 늙더라도 얽매이며 글이 없다면 안되는 것이다.

귀는 많이 듣지를 못하고 눈은 많이 보지를 못했으나 그 시골에서 나와 이를 끌거나 당기는 것에 내맡김으로써 천하의 글을 서로 알게 되련만, 어찌 또 글이 있다고 하는가!

글의 묘미는 빨리 뛰거나 형사(形似 : 모방)에 있지 않고 괴괴기기(怪怪奇奇)한 것에 다다르는 것이며 말로는 형용하기 어렵다.

추사의 이 설 가운데 제3항이 현대인으로 약간은 납득이 되지 않을 것 같다. 요컨대 견문이 좁은 것을 말하는 듯싶은데, 그러는 한편 추사는 산림에 숨는 당시의 일부 유학자를 비판했던 거라고도 생각된다.

이 점은 다시 설명하겠지만, 추사의 이때 심정을 웅변으로 말해 준다.

성종(成宗) 때는 유교가 본격적으로 일어났다──즉 우리의 유교로써 자리잡기 시작했다고 하는 것이 정확하다.

그러나 진실로 유학을 이해하고 터득한 학자라면 결코 배타적이거나 불교를 이단으로 생각하지는 않았으리라.

가령 《성종실록》에서 일체의 절 창건을 이로부터 금하다(무술년 : 1478), 도첩(度牒 : 승려 증명)이 없는 승려는 이를 잡아 변경에 보내고 수자리를 시켰다(경술년 : 1490)고 했지만 아주 없앤 것은 아니다.

병진년(연산 2 : 1496)에 흥유억불(興儒抑佛)책을 왕명으로 명하고 있는데, 이것은 이미 그 전부터 시행된 일이다. 승니의 자격을 엄격히 제한하고 도첩을 발급했으며, 그런 발급자에게도 정천(丁錢)

이란 것을 과세했다. 1년에 무명 서른 필이 그 액수였다.

그리하여 3년마다 선종은 《전등록(傳燈錄)》의 〈염송(拈頌)〉을, 교종이라면 《화엄경》의 〈십지론〉으로 시험을 치르게 하여 각각 30명씩 뽑도록 한다.

또 각 사의 주지는 몇명을 추천하고 이를 예조와 이조에서 심의하여 임명토록 했는데 30개월마다 교체시켰다. 그리고 주지 스님 교체시 분실이나 손괴된 물건이 있다면 배상토록 했으며 위반자는 법으로 다스렸다.

양주 운악벌에 세운 세조와 그 비를 위해 창사한 봉선사(奉先寺 : 1469년 준공)는 불교 억압에 해당되지는 않겠는데, 성종은 불서의 구입을 상의한 적이 있고 유신들이 반대해서 중지한다.

임진년(1472)에 조착(晁錯)은 상주했다.

"곡물을 생산하는 토지로써 개간이 덜 되고, 놀고 있는 백성으로 귀농(歸農)하지 않은 자들이 있습니다."

이것을 받아 이맹현(李孟賢)도 상소했다.

'승도로서 법으로 병역을 면하게 함으로써 유민(遊民)으로 가만히 앉아 있는 자가 얼마인지 모릅니다.'

그러나 인수대비의 명이라고는 하지만 기해년(1479)엔 신륵사를 중창했고, 그보다 앞선 을미년(1475)에는 한양 안팎의 여승방으로 정업원(淨業院 : 단종비의 암자. 창신동에 있음)만 남기고 스물세 곳의 신중절이 모두 파괴된다.

우리나라에선 과거에 여승을 신중이라 했는데, 이는 한문 신중(信衆)에서 비롯된 것으로 말하자면 재가 신자이다.

아무튼 갑인년(성종 26 : 1494)에 성종은 춘추 38세로 16남 12녀라는 많은 자녀를 남기고 승하했다. 광주에 모셔졌는데 능호는 선릉

(宣陵)이다. 이리하여 연산군이 등극했는데 이때의 서화가로 몇 사람을 소개한다면 첫째로 생육신의 하나인 매월당 김시습(金時習)을 꼽지 않을 수 없다. 매월당은 단종이 폐위되자 벼슬을 일체 하지 않고 각지를 방랑했는데, 만년에는 사찰을 전전했으며 홍산의 무량사에서 59세로 일생을 마친다. 글씨보다 그림을 잘하였고 스스로 그린 노소 두 초상에 대해 찬(贊)했다.

'네 모습이 얼굴에 이르렀고 네 마음은 크게 어리석어 보인다. 마땅히 너를 개천 속에 두리라.'

여기서 어리석어 보인다는 니심대동(爾心大侗)은, 이를 가리켜 유학자는 선종에 몸을 두고 있으나 마음은 유교에 두고 있다고 해석한다. 과연 그럴지도 모르겠으나 아무래도 지나친 확대 해석인 듯싶다.

허백당 홍귀달(洪貴達 : 1438~1504)은 자가 겸선(兼善)으로 문장이 뛰어났고 글씨를 잘했다. 고성의 삼일포에 있는 사선정(四仙亭) 석각은 그의 필적이다.

그리고 석경(石敬)과 안침(安琛).

석경은 바로 안견의 제자로 인물과 대나무를 잘 그렸다. 또 안침은 호를 죽계(竹溪)라고 했는데 필적이 뛰어났고 송설체를 잘 썼다. 파주의 성임비·금천(시흥)의 황희 묘비·이철견(李鐵堅) 묘비 등을 남겼다.

또한 임사홍(任士洪 : 1445~1506, 자는 이의)은 폐비 윤씨 사건을 연산군에게 고자질하여 갑자사화를 일으켰고 간신의 표본으로 여겨지는데 필적은 있었다. 시흥의 노사신(盧思愼) 묘비·광주의 서거정 묘비를 썼고 특히 한치례(韓致禮)의 묘표와 동 부인의 갈은 해서인데 정채(精采)가 있어 평가되고 있다.

앞에서 말했듯이 연산의 무오년에 사화가 일어나 점필재의 무덤
이 파헤쳐지고 관을 빠개어 그 시신의 목을 베는 이른바 '부관 참
시'가 가해졌으며 김일손·권오복(權五福) 등이 참수되고 김굉필
(金宏弼)·정여창(鄭汝昌)·조위(曹偉)·유호인(兪好仁) 등이 유배
된다.

한훤당(寒暄堂) 김굉필(1454~1504, 자는 대유)은 한양의 정릉에
서 태어났고 본관은 서흥(瑞興)이었다. 어려서 호탕하여 남에게 굽
히지 않는 성격이었는데《창려집(한유의 문집)》을 읽고서 발분하여
글읽기를 좋아했다. 일찍이 점필재는《소학》을 가르치며 말했다.

"적어도 배움에 뜻을 두었다면 마땅히《소학》부터 시작해야 하
느니라."

한훤당은 이 가르침에 충실히 따랐고 힘써 배우면서 조금도 나
태하지 않았다. 시를 지었는데 '業文猶未識天機 小學書中悟昨非
(글의 처음엔 오히려 천기를 몰랐는데,《소학》의 책 가운데서 어제의 잘
못을 깨달았다)'라고 하였다.

점필재는 이것을 보고 평했다.

"이 말은 성인의 바탕인 뿌리가 되는 것이니, 노재(魯齋 : 주자의
제자 王柏인 듯) 이후 어찌 그런 사람이 없다 하리오."

그러자 어떤 사람이 반문했다.

"《소학》을 배우는 아이가 어찌 대의(大義)를 알겠습니까? 나이
30이 지나고서 다른 책을 읽고 비로소 시작하되 깊은 밤 가족이
나 자제가 자지 않고 그 하는 바를 엿보지 않더라도 조용한 일실
(一室)에 있어야 하지 않을까요. 그런데 듣기로는 연자관(蓮子
冠)에 책상을 쳐가며 소리내어 읽는다고 하는데, 평소의 책읽는
걸 알 수 있지요."

이는 한훤당이 평소에 초립을 쓰고 연밥의 갓끈을 늘어뜨려가며 자칭 '소학 동자'라고 한 것을 비아냥대는 말이었다. 그는 무오년에 곤장을 맞고 희천(熙川 : 평안도)에 유배되었는데 나중에 순천으로 옮겨졌고 갑자사화를 맞는다. 형을 받을 때 목욕 재계하고 의관을 갖추고서 끌려 나왔지만 안색도 변치 않았고 수염을 입에 물자 조용히 말했다.

"여보게, 신체발부는 부모님으로부터 받은 것이니 부디 수염을 다치지 말아주게."

향년 51세였다. 제자로는 조광조(趙光祖 : 1482~1519), 김안국(金安國 : 1478~1543)·김정국(金正國 : 1485~1581) 형제, 정붕(鄭鵬 : 1467~1512), 최수성(崔壽峸), 류우(柳藕)가 있다.

연산군은 재위 12년에 박원종(朴元宗) 등이 병인년(1506) 9월에 반정을 일으켜 쫓겨나고, 진성대군(晉城大君) 이택(李懌)을 옹립했는데 이분이 곧 중종(1488~1544)이다. 중종의 경오년(중종 5 : 1510), 제포·부산포의 왜인들이 대마도의 왜인들과 공모하여 웅천성을 공격하여 이를 함락시키는 일이 일어난다. 이것이 삼포왜란인데 도원수 류순정(柳順汀 : 1449~1512), 부원수 안윤덕(安潤德 : 1457~1535), 도체찰사 성희안(成希顏 : 1461~1513) 등이 이를 평정했다.

왜국에선 이듬해 계속 국사를 보내며 사과했고 대마도측의 주모자 16명의 목을 베어오자 무역선 수(數)와 곡물 제공을 반으로 줄인다는 조건으로 제포 하나만을 열고 다시 교역을 허락한다.

정암 조광조는 삼포왜란이 일어나던 해에 비로소 조지서(造紙署) 사지(司紙)라는 첩지를 받는다. 정암은 내가 작록을 바란 것도 아닌데 이같은 명을 받게 되니 차라리 과거를 보아 정식으로 왕을

섬기는 것만 못하다 하고 알성시에 장원하여 중종의 신임을 받는
다. 그리하여 왕도 정치를 하려는 이상을 가지고 현량과(賢良科)를
설치하는 등 했지만 훈구파인 남곤(南袞)·심정(沈貞) 등의 방해로
좌절되었다.

원래 중종은 신수근(愼守勤 : 1450~1506)의 따님을 아내로 맞았
는데, 수근의 누이가 연산군의 왕비였다. 이 때문에 반정이 일어
나자 신부인의 친정 식구들은 모두 피살되었다. 수근의 따님은 당
연히 왕후가 되어야 하는데 박원종 등이,

"역적의 딸로 국모가 될 수는 없습니다."
라고 반대하여 강제로 이혼이 되었다. 그리하여 중종은 윤여필(尹
汝弼)의 따님을 왕비로 맞았다. 그리고 을해년(중종 10 : 1515), 윤
비가 춘추 25세로 승하하고 장경왕후(章敬王后)로 추증되는데, 자
녀로선 뒷날의 인종(仁宗 : 1515~1545)과 효혜공주(孝惠公主)가 있
었다. 이 왕자는 가엾게도 생후 이레만에 모후를 잃었다.

윤비가 승하하자 눌재(訥齋) 박상(朴祥 : 1474~1530)과 당시 순창
(淳昌) 군수이던 충암(冲庵) 김정(金淨 : 1486~1521)이 신부인의 억
울함을 호소하며, 마땅히 왕후로 복위시켜야 한다고 주장했다. 이
때는 중종반정의 공신 박원종·류순정·성희안 등도 모두 별세하
여 여건이 갖추어졌다고도 할 수 있었다.

그런데 이행(李荇 : 1478~1534) 등이 적극 반대하여 신비 복위는
실현을 보지 못한다. 용재(容齋) 이행 역시 당대의 유학자로 신장
이 열 자나 되고 얼굴 양쪽에 구레나룻이 덮여있어 특이한 모습이
었다고 한다.

이때 조정에서 박상과 김정에게 죄를 주자 사간원 정언이던 정
암 조광조는 이를 반대했지만 역부족이었다.

이어 정축년(중종 12 : 1517), 왕은 윤지임(尹之任)의 따님으로 중궁을 삼았는데, 이분이 문정왕후(文定王后)이다. 문정왕후는 1남 4녀를 두었는데 성품이 포악했던 모양으로 경진년에 세자가 된 이호(李岵)의 밥을 굶기는 일마저 있었다고 한다. 세자는 성격이 온순하고 묵죽을 잘 그렸다고 하는데, 외로움과 쓸쓸함을 산수화로 달랬는지도 모른다.

세자 책봉이 있기 전인 기묘년(중종 14 : 1519) 10월, 정암은 무고(誣告)에 의해 파직되고 능성(綾城 : 화순군)에 보내졌다가 사사된다. 전하는 말로는 남곤과 심정은 비밀히 궁인(내시)을 매수하고 은행 잎에 감초 즙으로 '走肖爲王'의 넉 자를 쓰고서 그것을 벌레로 하여금 파먹게 한다. 조(趙)를 분해하면 走자와 肖자가 되는데, 말하자면 조광조가 왕이 된다는 뜻이었다.

이것이 '신무(神武 : 궁궐의 문이름)의 변'이라는 것으로 곧이어 옥사가 일어나며 정암은 물론이고 김정, 정우당(淨友堂) 김식(金湜 : 1482~1520), 자암(自庵) 김구(金絿 : 1488~1534), 기준(奇遵), 박세희(朴世熹), 한충(韓忠), 박훈(朴薰) 등이 유배되며 모두 죽게 된다. 한꺼번에 명유들이 연루되어 40여 명이 쫓겨나고 태학의 유생으로서 죄인이 된 현량과의 사람만도 28명이었다.

이것이 기묘사화로 무오사화보다 규모가 크고 비참했으며 소학·향약(鄕約) 같은 것도 금지된다.

위에서 일어난 선비들의 수난은 잘 알려진 일이므로 간략하게 넘어간다.

다시 추사의 근황으로 돌아와 무인년 8월, 다산 정약용은 귀양에서 풀렸고, 다시 동년 동짓달에 재종 김교희는 홍문관 부교리가 되었으며 아버지 유당 김노경은 내직으로 들어와서 병조참판이 된다. 그리고 섣달에는 유당이 다시 이조참판으로 옮겨졌다가 이어 예문관 제학이 되고 있다.

그리고 기묘년(순조 19 : 1819)이 밝았으며 추사도 어느덧 34세였다. 연경의 섭지선은 옹담계의 유지를 계승하여 추사에게 계속 문헌을 보내주고 있었다. 동년의 기록으로 이를테면 편역 14지, 석인(石印) 3지, 수정인 1지를 보내왔다고 기록된다.

그리고 정월 스무사흗날엔 순조로부터 과거에 응시하라는 왕명까지 있었다. 이리하여 추사도 부득이 과거를 본 셈인데 동년 4월 스무닷새에 운석 조인영과 함께 문과에 급제한다.

또 이 무렵 김노경은 예조판서가 된다.

이런 일련의 사실들은 추사의 활동, 그의 글들이 세상 사람들에게 기억되고 평가를 받게 되었다는 반증이다.

조선에서 기묘·갑자사화가 일어나고 있을 때 명나라에서는 비로소 새바람이 불고 있었다. 그것은 다음의 네 사람에게서 찾을 수 있다. 그 네 사람이란 축윤명·문징명·당인·서정경이었다.

먼저 축윤명(祝允明 : 1460~1526)은 자가 희철(希哲)이고 호는 지산(枝山)이다. 서법으로 이름났고 시도 절묘했다.

문징명(文徵明 : 1470~1559)은 이름이 벽(璧)인데 호는 형산거사라고 한다. 축윤명과 마찬가지로 현재의 강소성 오현 사람이었다. 특히 그는 서화로 저명했으나 시문도 능했었다.

당인(唐寅 : 1470~1523)의 자는 백호(伯虎)인데 역시 시화가 뛰어났지만 우리나라에선 무시되었다. 그의 생애가 방탕했고 여인과의 로맨스가 많았던 까닭이었을까? 그림을 노래한 당인의 칠절이 있는데 그것을 소개한다면, 다음과 같다.

　백 척의 솔·삼나무라도 첩에선 푸른 점이고/가난한 선비 옷
은 구멍이 숭숭 뚫렸네./조용한 산 속에 사람 소리도 끊겼는데/
늑대·호랑이 중간에서 도사는 경문을 읽네.

　　(百尺松杉帖地靑　布衣衲衲發星星　空山寂寂人聲絶　狼虎中間讀
道經)

　서정경(徐禎卿 : 1479~1511)의 자는 창곡(昌谷)이고 상숙 사람인
데 나중에 오현으로 갔다. 그래서 앞서의 축윤명·문징명·당인과
더불어 오중(吳中)의 네 재사라고 불렸던 것이다.

　이밖에 당시의 명나라 시인은 이범양(李梵陽 : 1473~1530, 자는
천석)이 있는데 호는 공동자(空同子)이다. 그는 '글이라면 진한(秦
漢), 시라면 성당(盛唐)'을 주장하여 고전으로 돌아갈 것을 주장
했다.

　한편 조선의 서가로서 금재(琴齋) 강한(姜漢)은 정온(鄭蘊)의
《동계집(桐溪集)》에 의하면,

　'나의 외증조 강금재는 수필(手筆)로서 '동몽수지(童蒙須知)'를
쓰셨다. 오호라, 이것이 외증조부 강금재의 필적이다. 공의 빼
어난 붓글씨는 당대에 이름이 높았었다. 한때 병풍·족자·편액
이 다수 공의 손에서 나왔다. 그 동몽수지는 안음(安陰) 현감[관
직은 현감에 이를 뿐]으로 계실 제 간행되었는데 필법이 준경(遒
勁)했고 절로 일가를 이루었다. 불행히도 판목이 불타 없어져
책으로서 지금 몇권이 전할 뿐, 자손의 집에 수장되고 있다. 나
는 장차 진귀한 보물이 없어진 것을 염려하고 남계(藍溪)의 선

비들과 상재(上梓)할 것을 의논했지만, 이렇게 함으로써 기보
(奇寶)를 널리 퍼뜨리는 게 동몽으로 도를 얻게 하는 것이 아
니겠는가.'〔동계는 이괄의 난, 정묘호란 등으로 뜻을 이루지 못했
다는 뜻〕

'전하는 이야기로 외고조 군위(軍威)공은 남이(南怡)와 동계(同
契)한 까닭에 연좌되고 죄를 입고서 수를 다하지 못하셨다. 이
때 외증조는 아직 강보에 싸인 몸이라 화를 면했고 열예닐곱 살
에 이웃 사람이 그 글씨를 베껴 왕께 바치자 성종께서 보시고 누
구의 글씨냐고 물으셨다. 그 사람이 사실대로 아뢰자 상은 즉시
말을 타고 달려오셨다. 집사람들이 어쩔 바를 모르고 당황했지
만 이미 이르신 뒤였다.

성종은 탑전에 불러 지필을 내리며 글씨를 쓰라고 하셨는데,
과연 기절(奇絶)이었다. 상께서 감탄하시고 술을 내리셨으며 곧
명령하여 금고(禁錮)를 풀게 하였다〔역적의 자손으로 미성년자는
형을 즉시 집행하지 않고 금고함〕. 현감으로 몇곳을 지내셨는데 우
리 자손이 가문을 보전한 것이 모두 공의 덕택이다. 아아, 성군
이 아니면 어찌 글자를 배워서 사람이 될 수 있었겠는가. 조상
이 아니면 어찌 성군의 마음을 움직이게 하고 억울함을 씻을 수
가 있었겠는가.'
라고 하여 그 글씨로서 유명했음을 알 수 있다.

성종은 문무를 겸비하고 정밀한 해서를 썼다고 김안로의《용천
담적기》는 전한다. 역시 송설체를 썼고 그림으로 난꽃과 대나무를
그렸다.《연려실기술》역시 '상께서 경서에 통달했고 가장 성리학
에 깊은 조예가 계셨으며 백가의 성력종율(星曆鍾律 : 천문관측과 음
악)에도 통하지 않는 것이 없으셨지만, 서화 또한 심묘했었다'고

한다.

성세창(成世昌 : 1481~1548)은 용재 성현의 아들로 자는 번중(蕃仲)이고 호는 돈재(遯齋) 또는 화왕도인(火旺道人)이라 했다. 한훤당 김굉필의 문하이고 주계군(朱溪君) 이심원(李深源)으로부터 역학을 배웠었다. 중종은 돈재가 글씨의 감별을 잘한다는 소문을 듣자 성종의 어필과 안평대군의 글씨를 뒤섞고 어필을 골라내라고 명했다. 돈재는 이것을 거뜬히 분류했는데, 이는 성종의 글씨도 수준급이었음을 말해준다.

또 만보당(晚保堂) 김수동(金壽童 : 1457~1512)은 본관이 안동인데 예서를 잘 썼다. 그러나 양주의 한계순(韓繼純) 묘비는 해서로 《동국금석평》에 의하면 속(俗)이라고 한다. 또 같은 무렵의 이의(李義)는 영해군(寧海君 : 세종의 서출. 제9남)의 아들로 길안도정(吉安都正)을 지냈다. 이의의 그림으로 묵매(墨梅)가 있었다. 이장길(李長吉)이 다음과 같이 제시했다.

'매화는 그렸지만 벌은 그리지 않았네. 왕손은 원래가 눈·서리 속에 있고 보니 곁의 사람이 향기가 없는 걸로 잘못 보았네. 저도 모르게 가지마다 북풍이 서려 있네.'

태종·세종·세조·성종·중종…… 이와 같이 내려오면서 왕손도 많았었다. 그들의 자제 또한 많았음은 당연했으리라. 신분은 높았겠지만 그 생활이야말로 참으로 비참했었다. 이 시에서 그런 것이 느껴진다.

송재(松齋) 신자건(愼自健 : 1459~1543)은 음관으로 출발하여 관찰사까지 지냈었다. 김정국(金正國 : 1481~1541)이 그 묘비를 찬문했는데, 송재는 만년에 교하(交河)의 심악산 남쪽에 집을 짓고 천석(泉石)과 문묵(文墨)으로 유유히 여생을 보냈다. 성종의 명으로

〈우군첩〉을 써서 올렸고, 창덕궁의 '요금문(曜金門)' 석 자를 써 올리게 했다.

중종 때에 고형산(高荊山)·조원기(趙元紀)·안윤덕(安潤德)·임유겸(任由謙)·정수강(丁壽岡)·이백(李栢) 등이 모두 만 70세가 되자 치사할 것을 청했지만 왕은 허락하지 않았었다. 그리고 낙사(洛社)의 고사를 본받아 나라에서 잔치를 베풀었는데 이때부터 재상으로 70세에 이르면 이런 모임을 갖게 된다. 또 이때 송재는 이미 80세가 지난 나이였지만, 잔치에 글씨 병풍을 내놓았고, 그 큰 글씨는 소시적보다 더욱 씩씩했었다.

《직관고》를 보면 태조 3년, 이성계가 회갑을 맞게 되자 정경(正卿)으로써 만 70세가 되면 비로소 기사(耆社)에 들게 하고 잔치를 베풀어주며 어필과 전답·노비·음식을 특별히 하사했다. 이는 고려 때 치사한 제신으로서 '기로회'라는 단체를 조직하고 있었는데 그것을 본받은 거라고 한다. 그러나 기사는 그 뒤 오랫동안 실시되지 않았고, 중종 때의 이 경우처럼 때때로 있었는지는 몰라도 숙종 45년(1719)에 세자가 태조 때의 이 고사를 인용하여 기사 설치를 상주하여 그것이 윤허되고 있다.

상고당(尙古堂) 이종준(李宗準)은 점필재의 문하로 박세채(朴世采)의 《동유사우록》에 의하면 '척당' 곧 남에게 구속받기를 싫어하는 성품이고, 문장과 서화에 능했다고 한다. 《연려실기술》에 의하면 서장관으로 연경에 갈 때 숙소의 병풍 그림을 보았더니 치졸하기 짝이 없었다. 상고당은 즉시 붓을 들어 거의 지워 버렸다.

역리가 통사(통역)를 불러 그것을 항의하자, 통사는 대답했다.

"서장관은 서화를 잘합니다. 아마 병풍의 그림에 불만이 있어 그런 것 같습니다."

역리는 그제야 고개를 끄덕이며 물러갔다. 연경에 갔다 돌아오는 길에 그 숙소에 다시 들렀는데, 보니까 새로이 바른 병풍 두 개가 준비되어 있었다. 상고당은 곧 그림을 그리고 제시를 달았는데 보는 이가 모두 탄복했다고 한다.

《탁영집(濯纓集)》은 김일손(金馹孫 : 1464~1498)의 문집인데 거기에는 이렇게 기록하고 있다.

'강사호(姜士浩 : 姜渾임. 점필재 문하)가 시를 지었는데 중균(仲鈞 : 이종준의 자)의 매죽화를 원했다. 중균은 매화나 대나무를 나누었고 그림에 각각 설월(雪月)과 풍연(風烟)을 배치했다. 모두 8폭인데 팔분체로 넉 자씩의 표제를 달았다. 또한 사호의 시 24운(韻)에 맞추어 팔분으로 그리고 사호에게 전해 달라며 나에게 부탁한 적이 있었다. 내가 소매 속에 간직하고 사호의 집에 갔더니 그는 마침 남행 길을 떠날 참이었다. 사호는 흘낏 그림을 펼쳐보더니 크게 중얼거렸고 이리저리 왔다갔다 하면서 출발하질 못하며 반나절이나 있다가 마침내 탄식했다.

"풀칠하여 아름답게 벌려놓고 장지문을 만들도록 하겠네. 그리고 시를 첫머리부터 읊어가며 이빨이 빠지도록 늘그막의 낙으로 삼겠어. 세월이 자손을 키워 주어도 결코 남겨주지는 않겠네."

나는 그만 어처구니가 없어 사호에게 말했다.

"자네의 시가 중균의 이 그림을 얻기에 족하고, 중균의 그림 역시 자네의 시를 곁에 두기에 족하네. 그 시에 그 글씨이고 또한 그 그림을 곁들였으니 '삼절'이고 물려줄 만한 것일세. 자네가 이를 좋아한다고 죽을 때까지 독점하다니 옳은 일인가?"

"하지만 중균을 위해선 이것이 오래 가도록 하는 걸세."
"글쎄, 세상에서 중균의 서화를 찾는 이는 많지가 않지. 찾는
다 해도 자네마냥 좋아하는 이는 아주 드무네. 나는 일찍이
자네 글의 탐욕스런 점에 대해 비웃었지만, 그대는 지금껏 그
것을 믿는가? 하기야 나는 서화에 대해서 알지는 못하지만,
정신이 모아져야 그 묘를 이룬다는 것쯤은 알고 있네."
"모르는 소리. 시문이나 서화는 거의 하나같이 가슴 속의 흙
에 뿌려진 씨나 같다네. 가슴에 아무것도 가진 게 없다면 어
찌 그 꽃을 피게 하겠는가. 그 싹이 트고 가지를 뻗어 줄기가
됨을 봄으로써 달 그림자가 전하는 향기며 바람이 높아져 꽃
술이나 잎이 흔들리고 연기가 아름다운 모습을 감추는 것일
세. 쓸쓸한 고요함 아래 시원스런 상쾌함에 이르고, 밝고 높
은 산 아래 드뭇하고 엷은 색이 이루어지네. 점 하나로 꽃을
만들되 형체가 나타나고 정묘함과 호탕함이 마음먹은 대로 다
할 수는 없다 할지라도 팔폭 그림에 둘러싸여 앉아 있으면,
나도 모르는 사이에 내 몸이 중균의 가슴 속에 들어가는 것일
세. 아마 내가 중균인지, 너로 하여금 살아 내 앞에 있게 하는
것인지, 늘 함께 있지 못함을 탄식할 뿐이라네."'
이는 그림에 미치다시피 된 사람의 이야기지만, 옛날에는 시가
먼저 있고 그것에 맞추어 그려진 그림도 있음을 말해준다. 또 화가
로서 좋은 시가 아니면 창작 의욕도 생기지 않을 뿐더러 좋은 시가
아니면 좋은 그림도 그려질 수 없다는 뜻이 된다.
허균(許筠)이 지은 《간죽(揀竹)》에 의하면 전주 사람인 이배련
(李陪連)은 불화(佛畵)를 잘 그렸다. 이정(李楨)이 추도문을 썼는
데, 그 중에서 말하기를,

"정의 아버지는 숭효(崇孝)이고 할아버지는 배련이며 증조는 소불(小佛)이라 했는데 모두 그림으로 이름이 있었다."

고 한다. 이정은 산수·인물화에서 가장 고법(古法)에 가까웠고, 그림을 아는 이는 그 조부를 꼽았으며 정채에 있어 이를 앞선다고 했다. 이정은 불화에 대해서도 또한 말했지만, 예로부터 불화를 잘한 이로 도현(道玄)과 선공인(仙公麟)이 있지만, 이들은 이미 타계하여 동방에서 최고로 일컬어진 것은 '이장군'이며 그 손자인 우리의 이정도 절묘했었다.

또 이상좌(李上佐)는 전주 사람으로 자를 공우(公祐)라 하고 호는 학원(學園)인데 모 사대부의 종 출신이었다. 학원은 어려서부터 그림을 잘했고 그 산수와 인물은 한때 절세라고 일컬어졌다. 중종이 특명을 내려 그 신분을 속하게 하고서 '도화서'의 화원으로 특채했다.

중종의 계묘년(중종 38 : 1543), 예조에 명하여 유향(劉向)의 《열녀전》을 언해하여 간행케 했는데, 신정(申珽)·류항(柳沆)이 이를 번역하고 류이손(柳耳孫)이 사자(寫子)했거니와 이상좌가 옛그림을 참조하고서 다시 이를 그렸다. 이 책이 후대에까지 전해졌고 이 때문에 이상좌의 그림이 익히 알려졌던 것이다.

또 서울 기생으로 상림춘(上林春)이 금(琴)을 잘 타기 때문에 한때 그 이름을 날렸다. 그러자 참판 신종호(申從濩 : 1456~1497, 신숙주의 손자. 행서를 잘함)가 시를 지어 선물했다.

'다섯 번째 다리 어귀 버드나무골/늦봄의 바람으로 해는 날로 화창해지네./가는 발 속에 옥과도 같은 열두 명이 있으니/조정 신하가 말에 내맡기며 지난다네.'

가정(嘉靖) 연간(명세종의 연호. 1522~1566)에 상림춘도 이미 70

세가 넘었는데 이상좌에게 그림을 그려 달라고 청하면서 신공의 시를 그 위에 넣어 달라고 했다. 아울러 선비에게도 찬을 청했는데 호음(湖陰) 정사룡(鄭士龍 : 1494~1573), 모재(慕齋) 김안국 등이 그 운자를 좇아 시를 지었고 대련이 이어져 대축(大軸)이 되었다. 이상좌는 중종이 승하하자 그 어진도 그렸다.

《유림록》을 보면 기묘사화 때 조정암과 함께 피화된 분으로서 김정(金淨)과 김식(金湜)을 높이 평가한다.

김정(1486~1521)은 추사와 같은 경주 김씨로 자를 원충(元沖)이라 하고 호는 충암(沖庵)이다. 약관 22세로 문과에 장원하고 옥당(玉堂)에 들어갔으나 특별히 외보(外補)를 자청하여 순창 군수를 지냈다. 조정에서 전례(典禮)나 따지고 문적과 싸우기보다 직접 서민과 부딪치며 배운 바 이상을 구현하려 했던 것이다.

그러나 을해년(1515), 장경왕후 윤씨가 승하하자 담양 부사 박상(朴祥)이 폐비 신씨(愼氏)의 복위를 상소했는데, 충암도 격렬한 내용으로 상소하여 박원종(朴元宗) 등을 규탄했다. 하지만 사론(邪論)을 제기하여 대신을 모함했다는 죄로 붙잡혀 국문을 받았고 보은(報恩)으로 유배되었던 것이며, 병자년(1516)엔 귀양이 풀려 형조판서에 오른다.

정암이 혁신정치를 펴기 시작하자 충암은 소격서(昭格署 : 도교 관계의 제례를 올림)를 폐지케 하고 '향약'을 간행하여 백성을 깨우쳤으며 '소학'을 강의하여 동몽을 가르치는 데 힘썼다. 그러나 기묘사화가 일어나자 정암과 함께 주모자로 지목되어 심한 고문을 받고 사죄(死罪)가 확정된다. 이때의 영의정 수천(守天) 정광필(鄭光弼 : 1462~1538)이 울면서 임금에게 간하여 죽음만은 모면하고

금산(錦山)에 유배되었는데 다시 제주도에 보내져 그곳에서 사사
된다. 충암은 금부도사가 내려와서 왕명을 전하자 큰 목소리로 술
을 달라 청하고 다시 형제에게 힘써 부모님을 모시라는 편지를 쓴
다음 형을 받았다. 향년 36세——.

퇴계는 말했다.

"충암의 학문은 비록 처음에 노장에 빠지긴 했지만, 나중에 유
교로 돌아와서 그 소견이 높고 첫째였었다. 이와 같은 견식을
펴보지 못하고 종내 큰 화를 입고 말았으니 어찌 슬프지 않다고
하리요."

《서화징》에 의하면 충암은 흡모(翕毛 : 조류)를 잘 그렸다고 한
다. 《열하일기》에서도 중국인이 화첩을 가져와서 감정을 해달라고
했는데, 우리나라의 그림은 대체로 연대가 없고 글씨에도 이름이
없어 판별하기 어려웠다. 그 중에서 강호산인(江湖散人)이라는 제
(題)가 많았는데 어느 때 어느 곳의 어떤 성씨의 누구인지 알 수가
없었다. 다만 글씨 곁에 별호가 있는 것이 딱 하나 있었는데, 그것
이 충암의 〈이조화명도(二鳥和鳴圖)〉였었다고 한다.

한편 김식(1482~1520)은 본관이 '청풍'이고 자는 노천(老泉)이
며 호는 정우당(淨友堂)인데 현량과에 장원하여 일약 부제학이 되
고 다시 대사성이 되자 홀(笏)을 잡고 명륜당에 종일토록 단정히
앉아 유생의 물음에 대답하고 강론을 하기도 했다. 그 논리가 명확
하고 성리학에 깊은 조예가 있었다.

기묘사화 때 정우당은 선산으로 유배되었지만, 적소(謫所)에서
탈출하여 거창 산 속에 들어가 스스로 목매어 자살했다. 향년 39세
였다. 소매 속에 유소(遺疏)가 있었는데 그 내용은 대체로 남곤과
심정의 행위를 통렬히 고발하는 것이었다.

기묘 유현으로 정암의 문인은 아니지만 피화된 인물로 자암(自庵) 김구(金絿)가 있다. 자암은 점필재의 문하로 당시 부제학인데 옥사가 일어나자 역시 사림파로 몰려 남해(南海)로 유배된다. 그리고 섬에서 10년을 살다가 마침내 풀려났지만 병이 들어 고향인 예산에서 향년 47세로 졸한다. 그가 남해의 적소에서 지었다는 〈화전별곡(경기체가)〉은 유명하다. 또 종왕의 서체를 본받았으나 스스로 '인수체(仁壽體)'라는 독특한 체를 만들었는데, 그가 '인수방'에서 살았기 때문에 이런 이름이 있다.

《원교서결(圓嶠書訣)》 후편에서,

'자암은 진서를 썼지만, 촌스런 점이 있어 부족하다는 느낌이다. 그러나 큰 글씨로 행초는 법도가 있어 모범이 되며 매우 훌륭하다. 필력이 둔완(鈍緩)하지만 일찍이 홍산(鴻山) 류세모(柳世模)가 집에 수장된 하나의 대폭(大幅)을 보고 탁연(卓然)한 것이 고절(高絶)임을 알았다. 하지만 그 평판을 바꾸지는 못했다.' 라 하여 그 평가는 낮지만, 홍양호(洪良浩)의 《이계집(耳溪集)》에서는 다음과 같이 기록한다.

'자암 김선생의 도학은 절조가 있고 기묘 선비로써 존경된다……. 필법이 가장 높고 고법이 있는데 당시로선 위진(魏晉)의 풍이라 일컫는 게 있었다.

양호가 소시적에 공의 '조유북해모창오(朝遊北海暮蒼梧)'라는 한 절구의 대초(大草)를 보았었는데 웅대한 것이 기이했었다. 큰 글씨인데 필력이 있었다. 백하(白下) 윤순(尹淳)이 이것을 사모하고 그 필법을 본뜨려 했지만, 붓을 잡고서 얼마 뒤에 실심하고는 그만두었다.

선생은 오랜 유배 생활을 하고 수명 또한 길지를 못하여 전하

는 서적(書跡)이 아주 적다〔《해동명신록》에선 글씨를 화인(華人)이
구매하려 했으나 써주지 않았다고 함〕.

　근년에 김사석(金思石)이 연산 현감으로 있을 때 한 도둑을 잡
았는데, 서첩 하나를 가지고 있었으며 그것은 곧 자암의 글씨였
다. 시 30여 편이 사본되고 있었는데 곳곳에 휘갈겨 쓴 곳이 있
어 의미를 충분히 해독하기는 어려웠다. 그러나 날카로운 게 꿋
꿋하여 과연 그의 마음을 그려냈다 싶었다.'

예산의 이겸인(李謙仁)비가 그의 필적이고 자암은 또한 악정(樂
正)에 임명된 적이 있어 음률을 알았다고 한다.

　이계(伊溪) 신공제(申公濟 : 1469~1536)는 신색의 증손이고 숙주
의 아우 말주(末舟)의 손자이다.　어숙권(魚叔權)은 《패관잡기》
에서,

　'근세에 신판서 공제가 동국의 명인 필적을 모아 간행했는데,
최치원으로부터 이하 천 명이나 되고 이름하여 《해동명적》이라
한다. 가정의 정해년(중종 22 : 1527)에 내가 신자건 공을 뵈었을
때 공은 말했다.

　"《해동명적》 중 박경(朴耕 : 자 백우, 무고에 의해 刑死. 집이 가
난하여 글씨를 써주고 의식을 얻었다고 함. 《탁영집》)의 한 폭은
내가 사본한 것일세. 신노인이 박의 자제로부터 얻었는데 그
것이 진적이 아님을 몰랐던 것이지. 아아, 박씨의 죽음은 명
적을 모은 때로부터 십여 년, 신노인은 호가 또한 구안(具眼)
인데 그러면서도 이런 실수가 있다니! 그러니 백 년의 멀리
에 있는 거라면 어찌 그 진안(眞贋 : 진짜와 가짜)을 알 수 있겠
는가."'

송재 신공의 글씨는 해서로 전하고 있는데 박경의 글씨로 오인

되고 그 정도가 매우 심했다는 거다. 이계는 촉체를 잘 썼는데, 광주의 안침 묘비와 남원의 윤효손(尹孝孫 : 1432~1503) 묘비는 그의 글씨이다.

양곡(陽谷) 또는 퇴휴당(退休堂)이라고 일컬은 소세양(蘇世讓 : 1486~1562)은 홍섬(洪暹 : 1504~1585)이 그 비명(碑銘)에서 '시구는 사람을 놀라게 하고 필법은 송설체를 터득했다'고 했는데, 중종 때의 문인 학자로 이름이 높다. 당시의 명사 신광한(申光漢) · 정사룡 · 이행(李荇)과 가장 친교했으며 기묘사화가 일어나자 벼슬에 환멸을 느낀다.

기묘사화 이후 남곤(1471~1527)이 정권을 잡았는데 그는 본디 점필재의 문하로 시문에도 능했고 이행 등과도 시우(詩友)로서 친교가 있었다. 그리고 그는 사화를 일으켜 많은 명현(名賢)을 죽인 것을 후회했다고 하며 불안에 떨면서 밤에는 숙소를 비밀히 옮겨 다녔다.

영모당(永慕堂) 안당(安瑭)은 당시의 선비로선 드물 정도의 의기(義氣)를 지닌 남자로 그 아들 형제 처겸(處謙) · 처성(處誠)과 함께 남곤 · 심정을 제거하려다가 오히려 일가족이 전멸한다. 신사년(중종 16 : 1521)의 일이다.

정해년(중종 22 : 1527)에 남곤이 죽고 심정은 영상이 된다. 그러나 이때쯤 희락당(希樂堂) 김안로(金安老 : 1481~1537)가 중종의 신임을 받아 두각을 나타내고 있었다.

정해년에 동궁을 모함하는 '작서(灼鼠)의 변'이라는 게 있었고, 그 관련자로 경빈(敬嬪) 박씨와 복성군(福城君)이 대궐에서 쫓겨난다. 그러나 이는 계모이던 문정왕후 윤씨의 영향이 있었으며 이때 학대 속에서 겨우 13세가 된 세자를 해치려는 음모였다. 이때 심정도 실각했지만 그는 정빈에게 접근하여 세력을 만회하려고 한다.

이 무렵, 최세진(崔世珍)은 한문과 이두에 정통한 학자로《사성통해(四聲通解)》《운회옥편(韻會玉篇)》《훈몽자회(訓蒙字會)》등을 찬진(撰進)했으며 경인년(중종 25 : 1530)에는 이행 등이《동국여지승람》을 완성한다. 그리고 김안로가 예조판서·대제학이 되면서 심정은 사사되고 만다.

영천자(靈川子) 신잠(申潛 : 1491~1554)은 삼괴당(三魁堂) 신종호의 아들로 문장과 서화를 잘하여 사람들이 '삼절'이라고 일컬었다.《패관잡기》에도 영천자가 묵죽을 잘했다고 했는데, 김인후의《하서집》에는 그의 묵죽에 대한 제시가 있다.《퇴계집》에도,

'대나무와 영천은 본디 한몸인데/한몸이 변화되어 입신에 이르렀네./가련하다 그림 폭에 가득 찬 청허(淸虛)한 모습은/영천이 정말로 그렸나 의심될 정도일세.'

라 했으며, 또 제영천자 묵죽에서는,

'묵은 대가 쓸쓸하니 바람에 흔들릴 때 새로운 대는 자라고/숲 사이 기석은 기한 모습으로써 글이 되네./묵화의 묘미를 몰랐는데 시운(詩韻)으로 전해져/오직 풍상이 당 안에 가득함을 느끼네.

(舊竹飄蕭新竹長 林間奇石狀奇章 不知墨妙傳湘韵 唯覺風霜滿堂)'

라고 했다.

퇴계는 또한 이발(李潑)의 '삭제신원량 화십죽십절(索題申元亮 〔신잠의 자〕畫十竹十絶)'이란 것을 소개했는데 시에 대해선 기록하지 않았다. 다만 그 십죽이란 설월죽(雪月竹)·풍죽(風竹)·노죽(露竹)·우죽(雨竹)·추순(抽筍 : 죽순을 캠)·치죽(稚竹)·노죽(老

竹)·고죽(枯竹)·절죽(折竹)·고죽(孤竹)이었다. 영천자는 대나무 외에도 포도를 잘 그렸다고 한다.

청송당 성수침·성수종(成守琮 : 1495~1533) 형제가 모두 정암 조광조의 제자인데 성석린의 종현손이다. 청송당은 예산 현감의 첩지를 내렸지만 받지를 않았고 백악산 솔밭 속에 정자를 짓고 '청송당'이라는 이름을 지었던 것이며, 오직 수양과 독서로서 일생을 보냈다. 《퇴계집》에 나오는 그의 묘갈을 보면 행초의 글씨를 잘했다고 한다. 필법이 웅건 창고(蒼古)로서 스스로 일가를 이루었고 그 필세는 마치 비바람 몰아치듯 했는데, 글씨를 구한 자는 벽에 걸지 못했다고 한다.

《율곡집》도 이렇게 기록한다.

'공의 필법은 기교를 탐하지 않고 다만 기고노창(奇古老蒼)했으며 묵기(墨氣)가 높고 밝았다. 스스로 일가를 이루었고 흥이 났다 싶으면 운필이 신속했으며 그 묘미는 조화를 이루는 것만 같았다. 평자는 당대 제일이라 했고 속세의 어지러운 기풍을 벗어난 그 글씨는 사람들이 깊이 간직하고 가보로 삼았었다.'

공의 글씨로는 합천의 방유녕(方有寧) 비, 교하의 황기준(黃起峻) 비가 있는데, 후자는 행서로서 짧지만 맵시가 있었다. 또한 필적이 모간(摸刊)되었는데 《관란정첩》《대동서법》《고금법첩》에 그것이 들어있다.

청송의 아우님 수종은 자를 숙옥(叔玉)이라 하는데, 어려서 독서를 좋아하고 시 또한 맑고 깨끗하여 정암이 당대 제일이라고 칭찬했다. 그러나 공교롭게도 기묘년에 등과하자 사화가 일어났고 그 때문에 광조의 당이라 하여 합격자 명부에서 삭제되었으며 방랑하다가 졸하니 향년이 겨우 39세였다. 집이 가난하여 장례를 치를 일

마저 막막했지만 친구인 상진(尙震 : 1493~1563, 명종 때의 영상)·
정원(鄭源)·홍봉세(洪奉世) 등이 돈을 거두어 초상을 치렀다.

한편 을미년(중종 30 : 1535)에 승려 금단(禁斷)의 절목(節目)을
정했는데, 이듬해 병신년에는 흥천사와 원각사의 종을 각각 숭례
문과 흥인문에 옮겨 달았다. 그리고 정유년(중종 32 : 1537)에는 도
성 안의 무당집과 비교적 역사가 짧은 사찰은 모두 부수어 버린다.

이 정유년에 사림파가 다시 득세하면서 문정왕후 윤씨의 친정동
생인 윤원로(尹元老)·원형(元衡) 형제가 멀리 유배되고 김안로마
저 탄핵되어 사사된다. 사림파의 전성 시대를 다시 맞았던 것이며
모재 김안국, 사재(思齋) 김정국이 요직에 등용된다.

모재는 병오년(중종 35 : 1540)에 대제학이 되었는데 경학에 정통
했으므로 《여씨향약(呂氏鄉約)》《오륜행실도》《정속언해(正俗諺
解)》《동몽선습》과 같은 저술을 남긴다. 사재 역시 성리학에 정통
했는데 《성리대전》을 축약한 《절요》 4권을 남겼고 의술에도 능하
여 《촌가구급방(村家救急方)》을 저술했다.

또 신재(愼齋) 주세붕(周世鵬 : 1495~1554)도 이때 사람인데 그가
풍기(豊基) 군수로 있으면서 이곳에 있던 순흥부(順興府 : 세종 때
폐지) 출신의 안향을 기리기 위해 '백운동 서원'을 세웠으며, 이것
이 서원의 시작이라고 한다(1543).

중종은 재위 39년으로 갑진년(1544) 동짓달에 춘추 57세로 승하
했는데 9남 11녀나 두고 있다. 중종은 정암을 등용하기도 했는데
간신도 중용하여 그 공과(功過)가 반반이라고 하겠다. 이어 세자
(인종)가 뒤를 이었는데 참으로 착하고 유가들이 말하는 성군이었
다. 그러나 계모의 시달림을 받아 병약했고 재위 8개월만에 31세로
승하한다. 이리하여 문정왕후는 그 아들인 12세의 소년 왕자(명종)

의 등극과 더불어 수렴청정하며 또 한번 세상을 뒤집어 놓는다.

　중종이 아직 생존했을 때 대사간 구수빙(具壽聘)은 대윤(大尹)·소윤(小尹)의 당이 있음을 상주하고 그 폐해가 큼을 아뢴 적이 있었다. 대윤이란 세자(인종)의 외삼촌 윤임(尹任 : 1486~1545)파로 류관(柳灌 : 1484~1545)·류인숙(柳仁淑 : 1485~1545)이 그 당이었다. 그러나 대윤은 조광조의 이상을 좇고 있었으며 당대의 명류였었다.

　소윤은 문정왕후의 아우인 윤원형의 일파로서 정순붕(鄭順朋 : 1484~1548)·이파(李芭 : 1476~1550) 등 소인배가 그 면면이었다.

　인종은 을사년(1545)에 폐지되었던 현량과를 다시 설치하고 조정암의 명예를 회복시켰으나 을사년 7월에 승하했고 자제는 없었다. 문정왕후는 곧 윤임·류관·류인숙 등을 역적으로 몰아 죽였는데 이것을 '을사사화'라고 한다. 이리하여 소윤이 정권을 잡았는데 같은 소윤의 윤원로와 원형은 형제끼리 권력 다툼을 하여 원로가 패하여 사사된다(1547).

　정순붕도 이 무렵에 죽었는데 그의 죽음이 하도 꼴불견이라 한때 장안의 화제가 되었다. 옛날의 세도 싸움은 승자가 패자의 재산은 물론이고 노비까지 차지했는데 정순붕은 류관의 여종으로 당시 14세이던 갑이(甲伊)를 총애한다. 그런데 갑이가 잠자리에서 순붕을 죽였던 것이며, 주인의 원수를 갚았던 셈이다.

　문과에 급제한 추사는 곧바로 주서(注書 : 정7품)로 발탁됨과 동시에 규장각 대제(待制)가 되고 있다. 임금의 기대가 컸음을 알 수 있다. 실제로 순조는 월성위 증손이자 당주인 추사의 문과 급제를 축하하기 위해 악사를 보냈고 월성위 사당에 제를 올리는 데 아악을 연주토록 했다. 가문의 영광이고, 임금으로선 왕실의 외척인 월성위 집을 잊지 않았다는 표시였다.

그 전후의 실록 기사를 보면 유당은 당시 11세가 된 효명(孝明) 세자의 가례(嘉禮)도감 제조가 되고 있다. 가례란 혼례를 말하며 그런 혼례를 위해 도감을 임시로 설치한 것이다.

"역시 외척이시고 월성위 자손이기도 한 유당이 경사스런 이번 일을 맡아 주셔야 하겠소. 이는 각별하신 상감의 뜻입니다."

하고 영상인 해석(海石) 김재찬(金載瓚 : 1746~1827)은 말했다. 해석은 연안 김씨로 자는 국보(國寶)인데 그의 선친 죽하(竹下) 김익(金熤 : 1723~1790) 역시 정조 때의 영상으로 저 연흥부원군 김제남(金悌男)의 5대 손이었다. 김제남은 광해군 때 그 일문이 모두 죽음을 당했으나, 손자 천석(天錫)만이 옆집의 달성위 서경주(徐景霌)에게 출가한 선조의 맏따님 정신(貞愼)옹주 덕분으로 가문의 핏줄을 이을 수가 있었다.

이렇듯 살아남은 천석은 자손들에게 입버릇처럼 말했다.

"오늘의 우리가 있는 것은 달성위 가문의 은덕 덕분이다. 자손 만대로 그것을 잊어선 안된다."

해석은 이런 조상의 교훈을 어려서부터 익히 들었을 터이다. 그러나 문과에 급제한 그는 엘리트 코스가 아닌 무관직으로 발령이 나고 당시의 훈련대장 이창운(李昌運)의 막료로 가게 되었다.

"내가 명색이 명문의 자제로 문과까지 급제했는데 무관이라니 당치도 않다!"

해석은 불만을 가졌고 영문을 찾아가서 신고하지도 않았다. 아버지인 죽하는 이런 아들의 삐뚤어진 생각을 걱정하고 이창운과 은밀히 상의하여 한 가지 방법을 강구했다.

즉 군문에 발령되고서도 출두하지 않는다면 군법으로 참수를 당하는 게 법이었다. 당시 그런 것이 지켜지고 있지는 않았다고 생각되지만, 아무튼 기본 정신은 그와 같았다.

이대장은 군관을 보내어 해석을 소환했다. 해석은 처음 한두 차례는 속으로 꺼림칙했지만, 마침내 군관이 군령장을 보이며 처형하겠다고 통고하자 해석도 당황했다. 그는 아버지한테 가서 애원했던 것이다.

"아버님, 이대장이 마침내 소자의 목을 베겠다고 날짜와 시간까지 통고해 왔습니다. 저는 죽고 싶지 않습니다. 부디 아버님의 힘으로 제가 살아날 수 있도록 해주십시오."

"그렇다면 왜 처음부터 부임하지 않았느냐? 이제 와서 아무리 원임(原任 : 전직)대신이라도 이대장에게 잘 말하여 군령을 거두라 하며 국법을 굽힐 수는 없다. 너는 죽어 마땅하다."

마침내 해석은 울음을 터뜨렸다. 그는 울면서 말했다.

"제발 소자를 살려 주십시오. 그래도 저는 아버님의 자식이 아닙니까!"

죽하는 마침내 한숨을 쉬면서 말했다.

"네가 그렇게도 사정하니 아비된 도리로 이대장에게 사정하는 편지를 쓰겠다. 그러나 들어주실지……."

하고 죽하는 편지를 썼는데 겉봉에는 훈련대장 존전(尊前)이라고 썼지만 속에는 백지 한 장을 넣고 단단히 봉했다. 그리고 그것을 주면서 타일렀다.

"과연 이대장이 노여움을 풀지 어떨지는 장담 못하겠다. 무조건 사과드리고 앞으로는 그런 일이 없음을 맹세하라. 혹 죽더라도 장부답게 당당히 죽음을 맞아야 한다."

해석은 이와 같이 하여 무관이 되었고 젊어서는 불우했다. 그러나 임무에 충실했고 주로 평안도 방면을 전전하면서 보냈다. 그러나 사람의 운이란 알 수 없다. 홍경래가 난을 일으키자 해석은 그동안에 쌓은 경험을 종합하여 평안도 마흔두 고을의 지리·민심·풍속을 상세히 요약한 보고서를 만들었다.

이것이 순조의 눈에 띄어 그는 조정의 문관직으로 들어와 마침내는 영의정까지 올랐던 것이다.

노력없는 결과란 없으며, 유당 김노경이 세자의 가례도감 제조에 임명된 것도 저 을축년의 순원대비 국장을 종척(宗戚) 대표로 훌륭히 치른 실적이 있기 때문이다.

여기서 한 가지 주의할 점이 있다. 순조가 추사집을 외척이라고 부른 것이 이상하다고 생각될지 모른다.

거기에는 두 가지 이유가 있다.

하나는 영조 대왕이 경종과는 다른 왕통으로 생각된다는 점이다. 영조는 숙종의 왕자이지만, 적자로 장희빈 소생의 경종은 자손이 없어 숙종의 왕통은 일단 거기서 끊겼다는 해석이 성립된다.

또 하나는 추사집은 순조의 조모(위계 질서로) 순원대비를 통해 외갓집이었다. 어머니의 친정집만이 외가는 아니고 조모님의 친정집도 외가(진외가)이다.

이것은 현대인으로서 간과(看過)되고 있지만 당시로선 너무도 당연한 상식이었다. 더욱이 추사집은 월성위가 화순옹주에게 상(尙 : 왕실과 혼인함)했기 때문에 순조로선 친가 쪽으로서도 인척이 된다.

가례도감은 임시직이지만 할 일이 많았다. 국혼(國婚)이라 해도 일반 사대부의 혼례와 다를 바가 없는데, 복잡하고도 엄격한 의례라는 게 다르다. 한 치의 차질이나 실수도 허용되지 않을 뿐더러 청국으로부터 일종의 승인을 받아야 하는 게 관례였었다.

《오례의》에 나타난 납채와 친영에 대해서만 소개한다면 다음과 같다.

세자의 납빈(納嬪 : 일반의 의혼에 해당)이 있게 되면 납채하는데, 예조가 그것을 주관하며 이를 안팎에 알리고 만전의 준비를 한다.

예를 들어 액정서(掖庭署)는 어좌를 장악원(掌樂院)에 설치하고 추녀에는 등을 달며 문무백관의 자리를 궁전 뜰의 동서편에 마련한다. 사복시(司僕寺)는 가마·연(輦)을 준비하고 악대와 고수(鼓手)를 배치하는데 그들은 취주를 담당한다.

병조는 세장(細仗 : 의장)을 갖추고 종친·문무백관·사자(使者 : 여기선 세자의 수행원들)의 소정 위치를 친분에 따라 배정하며 경비를 담당하지만 합(閤 : 내전)으로 통하는 좌측 통로를 확보해야 한다. 이는 계청(啓請 : 임금이 납시도록 아뢰는 것)을 위해서다.

전하(왕)는 면복(冕服)을 갖추고 정전에 납시는데, 집사관이 먼저 나아가 4배하고 종친·문무백관들로 하여금 비워둔 좌측 통로를 통해 어전을 지나면서 꿇어앉는 예로 축하의 말을 올리게 한다.

전하가 밖으로 여(輿 : 남여)에 오르신다 판단되면 시위(侍衛)의 산선(繖扇 : 일산과 삿갓처럼 생긴 깃대 장식)이 나가는데 여느 때의 의식과 동일하게 한다.

전하가 자리〔액정서에서 마련한 어좌〕에 올라가 앉으시면 문무백관은 4배하며 북향(北向)하여 선다. 인의(引儀)·인사자(引使者)가 들어와 위치에 서면 사자〔신부측 사자〕는 4배한다. 전교관(傳敎官)이 임금의 교서를 읽는다.

"모관의 모녀로 하여금 왕세자빈을 빙(聘 : 혼인하는 것)하도록 명하노니 경 등은 납채례로 행하라."

이때 사자는 다시 4배하고 인의·인사자를 따라 물러가는데, 의장은 음악을 취주하며 앞장서서 인도한다[악기·인원에 대해선 제도가 없음]. 그 뒤 종친·문무백관은 4배하고 좌측 길을 따라 궤례(跪禮)하며 계례(啓禮 : 축하의 말)한다.

전하는 어좌에서 내려와 남여에 오르고 환궁하는데 시위의 일산과 비단 삿갓은 올 때와 똑같다.

빈씨 집에선 다음과 같이 그날의 의식을 마련하고 납채를 받는데, 대궐의 사자가 빈씨집 대문 밖에 이르면 사자를 인도하는 알자(謁者)는 대문 밖에서 동서향으로 서 있다가 장축(掌畜)이 가져온 기러기를 부사(副使)를 통해 전달받고 정사(正使)의 남쪽에 선다.

빈자(儐者 : 주인측 접대자)가 나와 문(대문)의 동서 방향으로 서서 말한다.

"감히 말씀을 청합니다."

이것에 대해 정사는 답한다.

"명을 받들어 처궁(儲宮 : 세자)의 배필을 맞고자 사자 아무개는 옛 법도를 좇아 납채하오니 덕으로 이끌어 주시고 돌아가서 영(令)을 아뢰일 수 있게 해주십시오."

그러면 빈자는 들어가서 이를 알린다. 주인은 대답한다.

"신(臣) 아무개의 딸은 남과 같이 가르치지 못했사오나 이미 하교(下敎 : 하명)하옵심을 입고 신 모를 찾아주시니 어찌 사양하오리까."

빈자는 나와서 이를 알리고, 주인을 인도하여 대문 밖으로 나와 마중하는데 북향하고 4배한다. 알자는 사자를 인도하여 문으로 들어오는데 오른쪽에 기러기를 받들고 이를 좇는다. 주인은 입문(入門)하되 사자의 왼쪽 동계(東階)부터 올라 당의 중간에 이르렀다면, 정사는 남향하여 서고 부사는 동남향하여 서며 기러기를 받든 자는 부사의 동남쪽에 있게 된다.

주인이 사당 뜰 가운데서 북향하여 4배하고 꿇게 되면 정사는 말한다.

"모는 명을 받들어 납채하노라."

주인은 또 4배하고서 서계로 올라 정사 앞에 나아가고 북향하여 꿇는데 기러기를 받든 자가 기러기를 올린다.

부사가 그 기러기를 취하여 정사에게 주고, 정사가 기러기를 받아 주인에게 주면, 주인은 기러기를 받고서 물러나 서계 위에 서는데, 기러기를 좌우에게 주어 내려가서 중문 서편에 서도록 한다.

빈자가 나가기를 청하면 정사는 가로되 '예는 끝났다'고 말한다. 빈자는 들어가 이를 알리는데 이때, 주인은 말한다.

"모공께서 명을 받들고 모의 집에 이르렀으니 모가 갖춘 선인(先人)의 예로써 예를 좇기를 청합니다."

빈자가 나와서 이를 알리면, 정사는 말한다.

"모는 이미 장차의 일을 얻었으니, 감히 사양하겠소."

빈자가 들어가서 이를 알리면 주인은 거듭 말한다.

"선인의 예로써 감히 청할 것을 알립니다."

빈자가 나와서 알리면, 정사는 말한다.

"모는 명을 받은지라 사양하며, 감히 따르지 않겠습니다."

빈자가 들어가 알리면, 주인이 나와 사자를 영접하고 읍양(揖讓 : 절하며 사양함)하며 내문(內門)으로 들어가 외당에 이르고, 외당 안에 들어가 주찬(酒饌 : 술대접)과 집(사례)으로써 사자의 수고를 감사한다. 사자가 대문 밖으로 나가서 서향하여 서면, 주인은 문을 나와 동향하고 4배한 뒤 사자를 배웅하고, 복명하게 된다.

이상이 납채인데 생략한 표현이라서 사당례 같은 것은 생략하고 있다.

또 주목되는 점은 사자와 주인 사이의 직접적인 접함은 알자나 빈자의 중개로 말이 오가고 같은 의미의 말을 정중하게 반복하고 있다. 예는 사양이 형식이고 기본 정신임을 알 수 있다.

납채가 끝났다면 일반의 그것처럼 납칭(納徵)·고기(告期)가 있는데 왕가에서는 여기에 또 책빈설어(册嬪設御 : 빈의 혼수 피로)·빈수책 주인설차(嬪受册 主人設次 : 빈으로 책봉됨을 수령하는 의식)가 있고 드디어 친영(親迎)하게 된다.

친영 천설사(典設司)가 설치되고, 왕세자가 행차하여 빈씨집 대문 밖 길에서 동남향하는데 사복시 첨정(僉正)은 연을 청문 밖에 나아가게 하며, 익위사(翊衛司)는 의장대를 평소처럼 베푼다.

세자께서 이미 명을 받아 정문 밖에 납시었다면, 필선(弼善)이 인도하여 대문 밖에 납시도록 하고서 무릎 꿇고 연에 오르시기를 청한다.

세자가 연에 오르면 촛불을 잡은 자가 앞서고 시종 및 궁인·종친·문무관으로 2품 이상의 자가 상복(常服)으로 따라간다.

연이 빈씨 집에 이르면 필선은 대문 밖에서 꿇어앉아 연에서 내리시기를 청한다. 세자가 연에서 내려 안으로 행차하면 연의 장령(지휘자)이 주인에게 이르러 사당례를 올린다고 알린다.

빈은 방 안에 있지만〔빈은 옷을 갖추고 머리장식을 더 하며, 아버지는 동편·어머니는 서편에서 맞보고 앉되 어머니의 동북쪽에 남향하는 빈의 자리를 마련한다. 부모(傅母)가 빈을 인도하여 사당으로 나가고 자리의 서남향으로 서며 찬자(贊者)가 잔을 취하여 술을 따르고 술을 올리라면서 빈 앞으로 가면 빈은 일어나 4배하고, 무릎 꿇고 잔을 받는다. 찬자가 탁상의 찬(饌)을 천하면(올리면) 빈은 제주로써 쵀주(啐酒 : 맛봄)하고 잔을 찬자에게 돌려주고 또 4배하면 찬자는 철상한다〕 찬자는 전안(奠雁)의 위치를 당의 중앙·북향하여 마련한다.

주인이 나와 대문의 안쪽에서 동향하여 서면, 빈자는 주인의 오른편에서 북향하며 서있게 된다. 모두 공복(公服)을 갖춘다.

주부는 예의(禮衣)를 갖추고 나와 당의 서쪽에서 동향하면, 필선은 무릎 꿇고 세자가 납시어 문의 동쪽에서 서향하여 서도록 청한다〔요컨대 빈씨측과 세자측은 동서로 맞봄〕.

빈자는 명을 받아 문의 서쪽으로부터 나와 동향하여 서서 말한다.

"감히 행사토록 청합니다."

필선은 이를 전달받아 세자 앞에 꿇어앉고 아뢴다.

"이로써 초혼(초저녁)이니 봉교(奉敎) 승명(承命)하리다."

빈자가 이를 전달하면, 주인은 말한다.

"모는 공경으로써 진실로 행하리다."

빈자가 필선에게 또 전언하면, 빈자는 주인을 인도하여 문 밖〔사당과 안채 사이 문〕에서 출영하고 주인은 동향하여 재배한다. 세자가 답례하면 주인은 재배하고〔세자는 답례로만 나와 있는데 문을 들어갈 때나 섬돌에 올라갈 때도 모두 읍양한다 했으므로 주인의 4배에 재배만 했던 모양이다〕 읍양한 뒤 먼저 좌측으로 들어간다.

창축(掌畜)이 기러기를 필선에게 주면, 필선은 동향하여 꿇고 그것을 세자게 올린다. 이미 세자께서 기러기를 받들고 안쪽 우측으로 가는데 주인은 서계로부터 올라 당에 나아가고 동서향하여 선다. 세자는 동계로부터 오르고 부모가 빈을 인도하여 방에서 나와 부모의 동북에서 남향하여 선다. 세자는 위치로 나아가서 북향하여 무릎 꿇고서 기러기를 올리고 재배한다. 그리고 계를 내려와 납시면 사복시 첨정이 안문의 밖에서 연을 대령한다.

부모는 빈을 인도하여 어머니에게로 이르고 규방(閨房)에서의 수칙을 일러주게 되는데, 부모는 좌측에 있고 보모(保母)의 좌측·오른편에서 아버지는 조금 나아가 서향하여 이를 훈계한다. 반드시 의복이나 비녀와 같은 것은 올바라야 한다 하고서,

"공경에 힘쓰되 새벽부터 밤에 이르기까지 어머니의 훈계로 명한 것을 어기지 않도록 하라."

이어 서계의 위에서 옷깃을 여며주고 또 명한다[어머니의 훈계는 생략하고 있다].

"새벽부터 밤에 이르기까지 이를 힘쓰고 공경하되 시모나 문내(門內) 제절에 어긋나지 않도록 할 것이며 (아랫것에도) 이를 베풀고 일러주어 부모의 영을 지켜라."

이미 빈이 안문을 나와 연의 뒤에 이르렀다면, 세자는 발을 올려 모사(姆辭)를 기다린다. 모사로,

"빈 예로서의 가르침이 모자라 모(姆 : 여자 가정교사)도 연에 오를 수 있게 해주십시오."

하면, 세자는 대문 밖으로 나가 연에 올라 환궁하되 시위는 빈례(대례)를 올리기 위해 왔을 때와 마찬가지로 의장이 뒤따르며 주인의 명으로 빈을 배웅하는 자들도 이를 따른다.

이상이 《문헌비고》〈예고〉에 나오는 납채와 친영 의식의 번역이다. 이 뒤에 동뢰(同牢 : 가족 잔치를 말함)가 있지만, 유당 김노경은

가례도감의 제조로서 실무는 직접 담당하지 않았다 할지라도 신경이 보통 쓰이는 일이 아니었다.

이때의 연보를 보면 기묘년 7월 26일 성절진하사 겸 사은사가 한양을 출발하고 있다. 진하사는 비록 형식적일지라도 왕이나 세자의 혼례 승인을 구하는 게 그 목적이고, 사은사는 그런 절차가 끝나면 그것을 감사하는 사신이었다. 현대에도 대사의 임명에는 상대국의 양해를 구하는 아그레망이 있듯이 하나의 관례에 지나지 않았다고 이해된다.

그러나 진하사와 사은사를 겸하는 사신은 동지사와는 달리 한 단계 높은 정승급이 정사(正使)로 임명되는 게 보통이었다. 이는 상대국의 위상(位相)을 높여 줄 뿐 아니라 이쪽의 위상도 높이는 상대적인 것이며, 그것이 예의 기본 정신임은 앞에서 나온 '읍양' 이라는 표현으로도 알 수 있다.

이때 정사로 운집(雲集) 김사목(金思穆)이 임명되고, 그 서장관으로 동리 김경연이 연경에 간다. 운집은 추사와 같은 경김인데 파가 달랐다. 생졸은 불명인데 판서를 지낸 효대(孝大)의 아드님이고 영조의 을유년(1765) 진사이며, 김제 군수로 있다가 정조의 임자년(1792)에 문과 급제를 했다 하므로, 노력형 인물이었다고 추정된다. 그는 당시 이조판서였다. 백발이 성성한 판서였으리라. 신사년(순조 21 : 1821)에 우의정이 되고 졸한다.

동리 김경연(?~1820)은 이미 소개한 추사의 척독으로 교양과 인품은 대충 알았지만 역시 이력이 궁금하다. 그래서 족보를 뒤져 보았지만 그가 연안 김씨였다는 사실을 알았을 뿐, 벼슬에 대해서는 알 수가 없었다.

진하사가 떠난 뒤, 동년 8월 10일에 세자빈은 풍양 조씨 조만영

(趙萬永 : 1776~1846)의 따님으로 책봉되고 있다. 조만영은 자가 윤
경(胤卿)이고 호가 석애(石厓)인데 아우님은 저 원영(原永)·인영
이고 이들은 3형제였다. 말하자면 운석의 조카 따님이 세자빈이
된 것이다.

《완당집》에서 '조운석(인영)에게 주다'라는 추사의 서독을 읽을
수가 있다.

'비바람이 사람을 그립도록 만드는데, 마음을 보낼 만한 곳도
없구려. 방 고리를 걸고 혼자 있으면서 비봉의 옛 비문을 거듭
꺼내어 자세히 반복하며 읽고 있지요.'

운석 조인영은 추사보다 네 살 연장인 경술생인데 기묘년 문과
에 장원 급제를 했고 평생 변함없는 우정을 지켰다. 그래서인지 추
사의 다른 서독과는 달리 시작은 매우 인간적이다. 격식을 도무지
차리지 않았다.

이 한 통의 편지만 가지고서 운석의 인격을 판단하기는 무리지
만, 적어도 추사로선 허물없이 대할 수 있는 절친한 사이였다고 추
정된다. 예컨대 권이재나 황산(黃山) 김유근(金逌根)에게 보낸 서
독과 비교해 보면 알 수 있다. 서로 허물이 없으면서도 친밀감이
넘친다고 느껴진다.

'제1행의 진흥대왕 아래 두 글자는 처음에 九年(구년)이라 생각
했지만 九年은 아니고 곧 순수(巡狩)라는 두 글자였으며, 또 그
아래 臣(신)자 비슷한 것은 臣자가 아니라 곧 관(管)자였습니다.
관자 아래는 희미하긴 하지만 바로 境(경)자이고 이를 실마리로
하여 합치면 眞興大王 巡狩管境의 여덟 자가 됩니다.

이 보기로서 내가 본 함흥·초방원(草芳院)·북순비 제7행의
道人(도인) 두 글자 또한 초방원의 비가 세워졌을 때에 사문(승

려)·도인(도사)이 어가를 수행했다는 말과 아구가 맞아 틀림이 없었습니다. 또 제8행에 있는 南川(남천) 두 자는 이 비의 옛 자취를 충분히 알 수 있는 급소입니다.

진흥왕 29년(568)에 북한산주를 폐지하고 남천주를 두었는데 이는 마땅히 29년 이후에 있어 세운 것이므로 16년(555)에 북한산주를 순행하여 강토를 열고 평정했을 때 세운 것은 아닙니다.

또 제9행의 夫智及干未智의 여섯 자는 초방비의 기록으로 어가를 수행한 여러 사람의 관작·성명과 서로 부합됩니다. (그러나) 夫智及干未智가 바로 관명 또는 인명과 비슷하긴 하지만 어느 것이 관명이 되고 어느 것이 인명이 되는지는 아직 모릅니다.

사(史 : 사서)의 직관(職官)은 예로부터 글로 결락된 것이 많아 상세한 고증을 또한 할 수 없을 뿐더러 대체로 초방비와 더불어 같은 때에 세웠다는 게 적확(適確)하며, 만약에 진흥왕 생존시라면 감히 과녁을 꿰뚫듯이 고증할 수가 없습니다.

그러나 진평왕 26년(604)에 남천주를 폐지하고 북한산주로 환치(還置)했으므로 이 비의 세워짐이 진평 26년 이전임이 또한 명백합니다. 진흥 29년에 남천주를 둔 이후부터 진평왕 26년에 이르기까지는 38년이 되는 동안이고 지금 비로소 초방비를 생각해 보니 그것은 곧 진지왕 때에 있은 일입니다. 무엇으로써 진지왕 때임을 아느냐 하면 진지는 진흥왕의 아들이며, 진지왕 때 거칠부(居漆夫)로 상대등(上大等)을 삼았는데〔《삼국사기》의 진지 원년(576)조에 거칠부 기사가 있음〕 초방비의 어가를 수행한 사문·도인으로 법장(法藏)·혜인(慧忍) 두 사람의 아래에 □䢔等居란弖 등의 글자가 있는데 아우가 본 바로선 탁본을 좀이나 쥐가 쏠어

위처럼 상(傷)한 것이며 결자는 이것이 마침내 없어졌지만, 다른 탁본이라면 반드시 이게 있겠지요. 그리고 큰 글자의 왼쪽 삐침은 의심할 데가 없는, 아래는 결자이고 위는 반쪽인데, 이와 같다면 원본의 결락은 그것이 漆자가 되고 상두(上頭 : 윗머리)가 분명합니다.

거칠부를 상대등으로 삼은 때는 진지 원년에 있은 일이고, 진지는 나라를 누린 지 4년으로 진평이 계립한 8월을 원년으로써 이찬 노리부(弩里夫)를 상대등으로 삼았다 했으니 이런 거칠부가 상대등으로 있은 때는 곧 진지 4년 사이입니다. 그렇지만 초방비 또한 진흥왕 때 세웠던 바는 아니고 곧 진지 때 세웠던 것으로 진지왕도 또 일찍이 북수(北狩)를 했습니다. 진지의 북수는 사서에 없어 고증할 일이나 사서에 실려 있는 지리로선 비열홀(比列忽)에 지나지 않고 초방비로써 알려진 것은 비열홀 이북 2백 리입니다. 또 신라의 강토로 잘려 들어온 것과 진지왕의 북수는 사서에서 고증할 수가 없지만, 거칠부가 어가를 수행했다는 이 말로써 진지 또한 일찍이 북수한 적이 없다는 것은 의심됩니다. 두 비문의 문자로서 서로 비슷한 데가 많이 있은즉 그 동시에 세웠다는 것도 적확하며, 역시 진지왕 때 나란히 있었던 일도 비슷한데 과연 어떨지 모르겠구려.'

운석에게 보낸 추사의 서독은 《완당집》에 이 한 통밖에 없는데 그것이 과연 언제 씌어졌는지 물론 알 수는 없다. 그러나 혹은 서독 첫머리에서 함흥의 초방비 운운이란 말이 있어 추사 만년, 북청(北靑)으로 유배된 뒤의 일로 속단하기 쉽지만 끝까지 읽게 되면 그것이 아님을 알 수가 있다.

함흥의 진흥왕 순수비에 대해선 다시 소개되겠지만, 당시 이 비

석의 존재는 북한비와는 달리 존재가 예로부터 알려졌고 탁본이
있었던 모양이다. 그러므로 추사는 함경도로 부임하는 관원에게
그 비석의 정확한 현황과 탁본을 구하고자 자주 부탁하고 있다.

참고로 순수(巡狩)란 고대의 군사 용어로, 옛날의 군주는 수(사
냥)라는 방법을 통해 군대도 훈련하고 그 영토를 확장했던 것이다.
더욱이 추사는 그때까지 무학대사의 비석으로 잘못 알려진 북한산
비봉의 옛 비석이 사실은 《삼국사기》의 기사와도 부합되는 진흥왕
순수비임을 밝혀내고 이름이 알려졌던 것인데, 그때부터 《금석과
안록》을 집필하면서 이 초방비 탁본의 존재를 알고 그것과 북한산
비를 대조 연구하기 시작한 셈이었다. 따라서 기묘년의 이 시기에
이런 서독을 썼다고 해도 엉뚱하지는 않으리라.

추사는 동리 김경연 편에 스승 옹담계의 서거를 애통하는 서독
을 써서 연경에 보냈다. 물론 연경에 있는 그리운 벗들에게도 편지
를 썼다. 그 내용도 스승에 대한 추억과 애도가 구구절절 넘쳐 있
었으리라. 김근원이나 옹성원의 병몰 소식을 접했을 때에는 북한
산에 올라 그 제를 올려 주었지만, 스승의 추모는 목멱산에 올라
멀리 북쪽 하늘을 굽어보며 축문을 지어 읽었고 잠시 엎드려 호곡
(號哭)을 했다.

말로만 스승을 존경하는 게 아니고 실제의 행동으로서 정성을
나타내는 것이다.

연경에 갔던 동리는 동년 10월 14일에 돌아왔다. 이번에도 꼼꼼
한 섭지선은 무량사(武梁祠) 화상·동방삭 찬(東方朔贊) 돈황 태수
비·위방비(衛方碑) 등의 탁본과 오위업(吳偉業)의 산수화, 왕신
(王宸)의 산수화, 장약애(張若靄)의 화훼, 장사구(張司寇)의 영첩

(楹帖), 고기패(高其佩)의 지화(指畵) 등을 보내주었다. 지화는 문자 그대로 손가락을 사용하는 그림이었다.

즉 지화는 지두화(指頭畵)가 그 정식 이름으로, 고기패는 청대 사람인데 자는 위지(韋之)이고 호는 남촌(南村)을 썼다.

추사의 '고기패의 지두화 뒤에 제하다'라는 짧은 평이 있다. '지화는 마땅히 예스런 것과 고아(高雅)하고 간결한 것이 엄숙함을 법으로 삼아야 한다. 가까운 시대의 사람으로 고기패·주윤한(朱倫翰 : 자는 함자. 호는 일삼)이 가장 꼽을 수 있거니와 오기봉(吳起鳳) 등은 분방한 것이 지나쳤으며 결실을 맺지 못했다. 옥적산방(玉笛山房) 몽선(夢禪 : 만주족이고 이름은 영보)의 그림에는 고·주의 풍도(風度)가 있었으며, 또 장수옥(張水屋 : 이름은 도악. 자는 봉자. 수옥은 호임)·나양봉(羅兩峰 : 1733~1779, 자는 돈부) 같은 이는 선비로서의 기백을 잃지 않아 능히 전주(篆籀)의 필법으로 만들곤 했었는데, 오히려 글씨보다 나은 점이 있었다.

대개는 손가락으로 붓을 대신하는데 바로 광선과 그림자[광음]를 상호 사용하는 게 묘체이며 천룡(天龍)화상의 일지선(一指禪 : 선의 말. 손가락 하나로 천지조화를 포용한다는 뜻)처럼 깨닫기만 한다면 손가락 끝의 삼매에 들어갈 수가 있는 것이다.

이군의 이 화폭은 꽤나 아름답고 강동고(姜東皐)를 닮았는데, 그것이 어찌 이리도 인합(印合)되는가! 매번 간결하고도 엄격한 한 가지 법에 있어 깊이 착력(着力)을 더하되 오로지 지법(指法)만도 아닌 대치(황공망)와 운림(예찬)을 배우고자 해도 간엄(簡嚴)이 아니면 되지를 않는다. 먼저 거칠고 경솔한 데부터 들어가면 마계(魔界)로 떨어지고 마니 이는 화가로서 가장 깊이 경

계할 일이다.'

동리는 긴 여행의 피로에도 불구하고 적선방의 월성위 궁부터
찾아왔다. 섭지선의 정성이 담긴 선물을 한시라도 빨리 추사에게
전하고 싶어서였다.

추사는 그것을 고맙게 받으면서,

"하인을 시키셔도 될텐데……."

라며 여종을 시켜 주안상을 차리라 이른 다음 자리를 잡고 앉았다.

"아닐세, 역시 추사가 일러주었기에 망정이지. 연경은 번화하고
큰 곳이더군. 옛사람의 말로 백문이 불여일견이라 하더니 역시
틀린 말은 아니었어."

동리는 아직도 흥분이 가시지 않은 모양이었다. 이는 추사도 이
미 경험한 바로 충분히 이해되는 일이었다.

"그런데 섭지선 선생은 여전하시겠지요?"

"그 사람은 참으로 친절한 사람이었어. 이번 연행에서 가장 아
쉬운 것은 옹담계의 성해(聲咳)를 접하지 못한 것인데 섭동경을
만나자 그런 것도 잊을 수 있었지. 그 사람은 탁본과 책 속에 파
묻혀 있더군. 정리를 마치려면 아마 몇년이 걸릴 거라고 했네."

"어쩌면 그럴 겁니다. 저는 직접 얼굴은 보지 못했지만 서독 왕
래로 그분의 일거 일동이 선하게 눈에 보입니다."

"그 사람도 같은 말을 하더군."

그래서 두 사람은 웃었다. 그때 정월이가 주안상을 내왔다.

시월은 1년 중 가장 좋은 때였다. 술맛도 좋고 공기도 맑아 정신
도 절로 상쾌하기만 하다.

그들은 연거푸 한두 잔을 마셨고 혓바닥은 더욱 매끄러워졌다.

"그러고서요?"

"섭지선의 주선으로 법원산가 하는 곳에서 연경 독서인들이 마련한 환영 자리에도 참석했네."

"다 좋은 분들입니다."

"나도 그렇게 느꼈지. 특히 주학년은……."

"아, 야운 선생!"

"주학년은 추사가 문과 급제를 했다는 말을 전했더니 눈물마저 글썽거렸네. 그리고 이렇게 말하더군. 이제 5년이면——아냐, 길어도 10년 안에 형제를 다시 만날 수 있다면서 기뻐하더군."

야운 주학년! 추사와는 의형제까지 맺은 터이다. 그리고 해마다 유월 초사흗날인 추사의 생일을 맞게 되면 술잔을 채우고 멀리 안부를 묻겠다던 주야운이었다. 물론 편지 왕래는 있었지만 못견디도록 그리웠다. 더욱이 동리의 말로는 그곳에 참석했던 다른 몇몇 사람——홍개정, 담퇴재, 유삼산, 이묵장 등의 눈도 붉었다고 한다. 다만 이심암은 마침 병중이라서 참석하지 못했다고 했다.

"추사, 눈자위가 붉군그래. 뭐 감출 것도 없네. 바로 나도 추사의 그런 점을 좋아하니까. 핫핫하……."

추사는 감정을 굳이 감추려 하지 않았다. 김동리 또한 추사에게 있어 따뜻한 형님처럼 느껴지는 분이었다. 곧 화제는 바뀌었다.

"동리께서도 유리창에는 가보셨겠지요?"

"암, 이르다 말인가! 그리고 맛있는 것도 먹었네."

오히려 동리는 추사의 울적한 마음을 위로하듯이 목소리를 높였다.

"무엇이 그렇게도 맛있었습니까?"

"글쎄, 혼탕(餛湯)이라든가?"

추사는 웃음을 터뜨렸다. 혼탕은 중국식 만두국이랄까, 한창 더운 하절에 그런 것을 먹었다니 추사도 웃음이 나왔던 것이다.

"아냐, 약간 땀이 나긴 했네만 맛이 있었네."

추사가 알기로는 만두국이라 해도 우리네와는 달랐다. 추사가 갔을 때에는 겨울로 추운 계절이었는데 펄펄 끓는 돼지 뼈다귀 국물에 경단 같은 밀가루 반죽한 것을 넣고 부추・콩나물・마른 새우 따위를 곁들였으며 양념으로는 후추가루를 뿌려서 후후 김을 불어가며 먹었다.

후추로 말하면 성종의 병오년(1486) 기록으로 임금은 대군(大君) 이하 벼슬아치에게 이를 하사하고 있다. 당시에 이미 우리나라에도 들어와 있었는데 귀중하게 여겨졌다는 반증이다.

하기야 추사 때에도 후추가 귀하기는 마찬가지였다.

"저도 몇번 먹은 적이 있습니다. 양은 푸짐했지만 매우 뜨거웠고, 역시 겨울 음식이 아니겠습니까?"

"그럴지도 모르지. 하지만 값도 싸고 여름 감기 같은 것은 단번에 낫고 마네. 아쉽다면 그들이 고춧가루를 사용하지 않는 점이었어."

"하지만 파와 마늘은 많이 먹습니다. 그때 안 일인데 혼탕은 북쪽, 동이의 음식이랍니다. 금대(金代)에 들어왔는데 정대창(程大昌)의 《연번로(演繁露)》라는 책을 보면 노(虜) 가운데 혼씨(渾氏)・돈씨(屯氏)가 시작했다고 했습니다."

"역시 추사답군그래."

정대창은 남송 초기의 사람으로 그가 말하는 노란 금인 포로를 가리키고 혼돈이라는 이름을 붙인 셈인데, 이름 그대로 온갖 재료를 집어넣고 맛을 내는 음식이었던 것 같다.

추사 시대만 하더라도 관화(官話)는 연경 일대에서만 사용되고 이를테면 사천이나 복건, 또는 광동은 언어도 풍속도 완전히 달랐었다. 또 북경 관화 자체를 가만히 들어 보면 욕설에 가까운 비속어가 많고 잡탕처럼 각지의 말이 섞여 있어 고전의 한문과는 달랐던 것이다.

기이한 음식이 있어 이상할 것은 없었다. 추사도 오랜만에 연경에 갔던 일을 떠올리면서 말을 이었다.

"그러므로 연경을 보았다고 중국을 전부 알았다고 할 수는 없겠지요. 연경만 하더라도 그렇습니다. 그곳의 풍속은 옛날의 동이와 같은 게 많다고 생각됩니다. 가령 아까도 말했지만 음식이라면 파·마늘, 옷이라면 반드시 홍록(紅綠)으로 그런 색깔의 것을 입습니다."

"과연."

하고 동리는 고개를 끄덕였다.

"그런데 관화는 쉬우면서도 어려웠습니다. 화음(중국 발음)으로 칸시[看戱]는 알겠으나 삐항[皮黃]은 필담을 해도 무슨 뜻인지 알 수가 없어 어리둥절했습니다."

"간희(看戱)는 우리말로 구경거리니 알만 한데 피황(皮黃)은 무엇일까?"

"그것은 경극(京劇)을 말하지요."

"연극이라고?"

"예, 속어라서 그렇다는 것까지는 이해했는데 알고 보니 강남인이 북지인(北地人 : 화북인)을 비아냥대는 뜻이 있었지요."

"어떤?"

하고 동리도 술잔을 비우다 말고 되물었다.

"파·마늘, 홍록의 옷, 피황은 말하자면 연경인의 3대 특징인데 강남인은 이를 조롱거리로 여기고 있었습니다. 첫째로 연경 사람은 파나 마늘과 같은 자극성이 강한 양념이 아니면 혀의 감각이 없다 싶을 정도로 무디다는 것이지요. 따라서 강남인은 북경 요리를 단순하다고 경멸합니다.

또 둘째로 연경 사람이 울긋불긋한 빨강이나 초록빛의 원색에 가까운 옷을 즐겨 입는 것은 눈의 감각──미의식 또한 단조롭다는 거지요. 그러니 연경에서 산수화 같은 고담(枯淡)스런 그림이 태어날 리 없다는 겁니다.

끝으로 피황인데 경극을 보러 가면 너무도 시끄러워 귀를 틀어막고 싶습니다. 징이나 꽹과리를 두들기는가 하면 관중은 멋대로 떠들고 지껄이고 있어, 이 또한 귀의 감각마저 의심된다는 겁니다."

"그러고 보니 시끄럽긴 시끄러웠어요. 우리네도 장사꾼이 물건을 팔려고 외쳐대지만, 연경은 새벽부터 온갖 소음으로 날이 밝고 해가 저무는 것 같았지. 연경은 또 물이 귀한지 물장수가 방울을 울리면서 호동(胡同 : 골목)을 누비듯 일륜거를 밀고 다니더군. 게다가 먼지가 많은 곳이라 사람들은 자기 집 앞에 물을 뿌리는 일로 하루를 보내고 있었어. 어디 그뿐인가. 이발사는 큰집게 같은 것을 울려대고, 칼갈이는 쇠붙이를 짤랑거렸으며, 포목점과 숯장수는 저마다 북을 울리고 있었어. 점쟁이는 피리를 불고, 고물 장수는 가위를 쩔렁거렸으며, 과일 장수는 구리 쟁반 같은 것을 맞부딪치고 있더군. 활기가 있다면 있고 시끄럽다면 시끄러웠지."

추사가 갔을 때 유리창만은 그렇지가 않았지만 그 대신 항즈(幌

子)라는 게 집집마다 다닥다닥 매달려 있었다. 이것이 이른바 초패
(招牌 : 간판)였다.

솜을 둥글게 공처럼 만들어 실로 매단 집은 솜집이고, 종이를 가
늘게 문어발처럼 쪼갰다면 국수집, 놋쇠 항아리 비슷한 것을 길에
내놓았다면 술집, 염주처럼 구슬 비슷한 것을 끈에 꿰어 달았다면
향가게, 세모꼴 또는 네모꼴의 과녁 같은 것에 별이 그려 있다면
한약방, 또 불불방(餑餑房)이라 하여 위패 비슷한 것을 주렁주렁
달았다면 만두 또는 떡집——. 글자는 일체 보이지를 않는다. 글
자를 아는 이보다 모르는 사람이 더 많은 것이다.

그러나 추사로선 그곳이 그립다. 다시 가서 정들었던 사람을 보
고 싶었다.

"돌이켜보니 꿈만 같군요."

기묘년의 동지 부사로선 추사의 재종 매형 이학수(李鶴秀), 그리
고 이재 권돈인은 서장관으로 10월 24일 한양을 출발하고 있다. 이
학수는 호가 기단(耆丹)인데 연안 이씨이며 바로 교희 형의 매부였
다. 뒷날 이조판서까지 올랐고 형제로서 용수(龍秀 : 호는 홍관. 형
조판서)·인수(麟秀 : 호는 옥서. 副正)가 있으며 순조 초기 영상을
지낸 급건(及健) 이시수(李時秀)가 가까운 친척이었다.

당시 외국에 사신으로 가게 되면 친지가 배웅을 해주고, 간단하
나마 작별의 술잔을 나누는 한편 시나 금품으로 전별하는 게 관례
였다. 추사도 당연히 매형 이기단과 존경하는 권이재의 첫 연행
길을 배웅하고 시를 지었을 텐데 그런 것이 전하지 않는다.

다음의 시 3편은 추사가 국사에 분주한 아버지 대행으로 지은 것
인데, 이것으로도 상호간의 인사·인정도 엿볼 수가 있다. 그리고

거기 노래된 내용이 깊은 의미가 있었다.

　〈연경사로 감을 전별하다〔贐燕京使行〕〉
　삼천 리는 먼 길인데/오히려 그 수고도 잊을 만하이./청구(우리나라)가 작음을 비로소 알고/백탑 같은 높음도 없었네.
　(三千里遠道 尙可忘其勞 始識靑邱小 無如白塔高)
　매화철에 작약도 피고/눈 내리는 섣달에 포도를 팔고 있네./이름난 이가 수놈 게처럼 많지만/누가 위자도를 전할까.
　(梅時開芍藥 雪臘賣蒲桃 名士多於鯽 誰傳魏子刀)

　추사는 다른 데서도 발견되지만 연경에 대한 그의 지식을 친지들에게 말했던 것 같다. 이는 추사의 계몽적인 생각에서 사람들의 눈이 열리기를 바란 것이라고 이해된다. 백탑에 대해선 이미 나왔는데, 추사 자신 이런 백탑이나 안시성이라 전하는 것들을 실제 목격함으로써 많은 자극을 받았던 것이다.
　그러나 추사는 무조건 맹종하는 사람은 아니다. 그를 가리켜 친청파라고 하는 이가 있었을지 모르지만, 이 시의 마지막 구를 읽어보면, 그것이 오해라는 게 분명해진다.
　물론 땅덩어리가 크고 물자도 풍부하며 보는 것, 듣는 것 등이 새롭기는 했지만 진실로 우러를 만한 인물은 많지가 않은 것이다.
　위자도는 고사인데 출전(出典)은 불명이다. 여기서 굳이 말한다면 예를 들어 고전이나 한시로 인용되는 말을 고증하는 게 또한 학자들의 소임이었다. 장대(張岱 : 1597~1689)는 명말의 학자로 호는 도암인데 그의 《도암몽억(陶庵夢憶)》에 이런 글이 소개되고 있다.
　—— 불교의 성지로도 알려진 천태산(天台山 : 절강성)에는 모란

이 많은데 한아름 정도의 것은 보통이다. 어떤 마을에 있는 울금색
(鬱金色)의 모란은 한 그루가 세 개로 갈라져 있고 그 굵기는 작은
말[斗] 정도이며 오성사(五聖祠) 앞에 서있지만, 무성한 나뭇가지
가 추녀의 기와를 뚫고 나가 세 칸의 사당 전면을 완전히 가로막고
있다. 꽃필 때면 수십 송이의 울금색·연분홍·자작나무 빛깔과
밤색의 꽃이 몇겹 몇단으로 겹쳐져 만발한다.

고장의 사람들은 그 바깥쪽에 무대를 차리고 광대놀이를 즐기며
아울러 신을 즐겁게 해준다. 멋대로 꽃을 꺾어 머리에 꽂든가 하면
금방 신에게 벌을 받기 때문에 사람들은 결코 꽃을 꺾어선 안된다
고 자녀에게 훈계한다. 그래서 꽃은 이렇듯 무성하고 장수를 누리
는 것이다.

이 짤막한 증언으로 모란은 꽃이 아니고 나무임을 알게 된다. 더
욱이 그같은 나무의 모란꽃도 꽃색깔이 각각 다르다는 데 신기한
느낌이 든다.

그런 꽃을 생각없이 꺾든가 하면 탈이 난다 믿고, 위해 준다는
말인데, 이런 것도 미신이라고 무조건 배격할 수 있을까?

물론 추사는 그런 뜻으로 노래한 것은 아니고 처음으로 가는 사
람의 눈에 비친 호기심 이상의 것이 있음을 말했다. 백탑도 알고
보면 동이로 대표되는 우리의 옛 자취였다. 요동의 넓은 들을 보고
협소한 국토를 느끼지 않은 이가 과연 있었을까!

주눅이 들 필요는 없다.

사실대로 보고, 배울 것이 있으면 당연히 배워야 하지만 그것에
얽매일 필요는 없는 것이다. 그런 추사의 생각은 다음의 시에서 더
욱 분명해진다.

상국에 간 사신으로 비록 자중은 하더라도/당당히 그 소임은
한다네./청양문 밖을 지나고/저녁 놀 절 안에서 기약도 하네.

(上价雖自重 堂堂忞所之 正陽門外過 夕照寺中期)

균랑의 글씨를 바로잡고/와전된 율곡의 시도 일러주네./문득
옛꿈을 찾다보니/어찌 생각하며 떠올려지는 곳이 없으랴.

(參訂筠廊筆 傳訛栗谷詩 忽如尋舊夢 何處不想思)

한마디로 추사는 이 시에서 우리의 자존심을 말하고 있다.

연경은 내성과 외성이 있고 많은 문들이 있지만 정양문은 내성
의 정문으로 청나라를 상징한다. 내성 안에 다시 황제가 있는 자금
성이 있는데, 정문으로만 말한다면 영정문(永定門 : 외성)·정양문
(내성)·천안문(天安門)·오문(午門 : 자금성의 남문)이 일직선으로
있다. 현대인은 이것을 실감할 수 없겠지만, 정양문은 한양의 숭
례문(남대문)이고 천안문은 경복궁의 광화문이라 생각하면 된다.

그런 정양문 밖을 지난다는 게 뭐 대단하냐 할런지 모르나, 정양
문이 연경＝청나라의 상징이라면 중요한 의미가 있다. 즉 추사는
여기서 글자를 선택하고 있다. 천안문이라 하지 않고 정양문이라
한 것이 그것을 증명한다.

조선과 청나라는 엄연히 다른 나라이긴 하지만, 청나라는 상국
이고 조선이 청으로부터 책봉을 받고 있는 게 또한 사실이었다. 그
렇지만 조선의 자존심을 노래하면서 천안문이라 하면 이 또한 청
국의 자존심과 충돌한다.

예라는 것은 상대적이지, 일방적으로 자기만을 내세우는 게 결
코 아니다. 상대방도 존중해 주어야 나도 존중받는 것이다. 여기
서 정양문이라 썼다 해서 조금도 비굴해지는 건 아니다.

그러나 일련의 시어──조선의 자랑을 한 터이므로 여기서 정양문이란 표현으로 추사의 깊은 사려와 교양을 읽을 수 있다. 실제로 조선의 사신으로 불경죄에 저촉되어 처형된 사람이 있었다. 또 정양이라고 함으로써 사중기(寺中期)라는 말과도 들어맞는다.

연경의 외성은 서민들의 거주 구역이고, 조선 사신의 숙소가 있는 숭문문(崇文門) 밖에는 석조사(夕照寺)가 있었다. 시 속의 절이 이 절을 가리키든 가리키지 않든 상관은 없지만, 누가 보던 추사의 이 시 정양문과 석조사는 짝구가 되는 것이다. 그런 석조사에서 자존심을 가진 조선 사람이라면 앞서와도 같은 비록 옛날의 꿈과 같은 것이지만 자취를 새삼 감동하고 기약하지 않을 수 있겠는가! 없는 나라에서 많은 은을 써가면서 연경에 가는 것은 관광하러 가는 게 아니다.

추사가 청국의 시인·문사로부터 존경받고 잊혀지지 않는 비밀도 이런 문장력에 있었다면 잘못일까? 청나라는 그 초기인 강희제 무렵까지만 하더라도 우리의 문화를 많이 모범으로 여겼다. 저 존대(尊大)한 건륭제도《사고전서》에 얽힌 이야기를 고증해 보면 조선 사람의 숨은 힘이 많았다.

자금성 안의 숱한 문과 궁전에는 많은 현판이 걸려 있는데, 그 중 일부는 연경에 갔던 조선 사신들의 필적이고, 어쩌다가 그것을 발견한 후래(後來)의 조선 사신은 깜짝 놀랐다. 또 임진왜란 이전에 전해진 것도 있고, 그 뒤 궁전을 중수하면서 잘못 모사된 것도 있었으리라. 조선 사신이 그것을 지적하면, 청국의 관리는 오히려 기뻐하고 정정하는 데 인색하지 않았다……

청나라는 여러 모로 오만했던 명나라와는 달랐던 것이다. 역사를 보면 조선이 되고 나서도 명나라는 그 초기 영락제 시기까지 마필(馬匹)과 여자를 요구했고 데려갔다. 그런데 세종 무렵부터 명나라 사신들은 우리의 서화 수준을 인정하고, 그것을 탐내기에 이른다. 옛날처럼 여자나 마필을 요구하지 않았던 대신 서화로 눈길을 돌렸다는 해석도 가능하다.

성종의 무신년(1488)에 명사로 왔었던 동월(董越)은 당시의 수준 높은 조선의 문화를 명나라에 소개한 학자로 오래도록 우리에게 기억된다. 당시의 서화가 몇 사람을 보면 우선 삼괴당(三魁堂) 신종호(申從濩 : 1456~1497)가 있다.

삼괴당은 저 보한재 신숙주의 손자로 어렸을 때 고아가 되었지만, 오히려 발분 역학하여 성균관시·문과·중시(重試)에 장원한 사람인데 시문과 필법이 정묘하여 나라 안팎에 그 이름이 알려졌다. 아깝게도 연경에 사신으로 갔다가 귀국 도중 송도에서 병으로 쓰러져 향년 42세로 졸한다.

또 안빈세(安貧世)는 자가 낙도(樂道)인데 본관은 죽산(竹山)이다. 그 호로 어은(漁隱)을 쓴 것을 보면 만년에는 저도(楮島)에서 스스로 고기잡는 노인으로 자처했지만 글씨를 잘하였다.

이의(李義)는 세종의 아드님 영해군 당(瑭)이 그 아버지인데 길안 도정(都正)으로 있었다. 묵매를 잘 그렸는데 이때의 사람 박상(朴祥)은 그의 《눌재집(訥齋集)》에서 평하고 있다. 번역하지 않겠으나 그 제시를 보면 이의의 그림도 눈에 보일 것 같다. '吟魂故故尋花處 借作江南臘月枝' 즉 그의 그림에는 강남의 그림과도 같은 맛이 있다는 뜻이리라.

박상과 혼동되는 눌재 박증영(朴增榮 : 1464~1492)은 자가 희인(希仁)이고 교리를 지냈다. 경학과 문장으로 당대에 이름이 높았다.

무신년에 홍치제가 등극하면서 허종(許琮 : 1434~1494)이 진하사로 갈 때 서장관으로 북경에 갔는데 그때 규봉(圭峰) 동월이 눌재의 시문과 필법을 보고 놀라며 칭찬을 아끼지 않았었다.

그런데 외조부의 상을 만나 관을 사직했고 그 복중에 향년 29세로 졸한 것이다. 이 소식에 사림의 유생이 모두 슬퍼했는데, 성종도 경연에서 이 부음을 듣고 애석하게 여겼다고 한다.

다음은 추사의 마지막 시이다.

옛날의 문장 세가로서/서화는 하늘이 나게 해준 것일세./황화(사신)는 북으로 이어졌지만/절의는 또한 남으로 돌이켜졌네.

(文章家世舊 書畵出天然 皇華纔北去 藩節又南旋)

어찌 겨울을 넘기는 이별이 있는가 했지만/이내 돌아오며 해가 이어짐을 꼽네./못에 드리워진 버들은 너울대는데/봄날의 가련함도 정해진 일이니 견디시구려.

(豈有經冬別 還仍數歲連 波沙池上柳 春日定堪憐)

이 시는 첫번째 시와 짝이 되고 마무리인데 동지사를 설명하고 있다. 북거(北去)와 남선(南旋)은 물론 운자로 절묘한 대조를 이루고 있는데, 이것은 아마도 청나라가 일어났을 때 인조가 보인 명나라에 대한 절의를 말하는 것 같다. 그러나 그런 절의도 뿌리는 임진왜란 이전에 개화된 우리 유교의 정립(定立)에서 비롯된 것이었다. 좀더 구체적으로 말하면 명나라에선 정주학이 오히려 쇠퇴하고 있었는데 우리는 명종과 선조 때를 통해 퇴계와 율곡으로 대표되는 유교의 흥륭(興隆)이 있었던 것이다. 그리고 그것을 선명하게 차별 짓자면 명나라에서 이때쯤 대두된 육왕학(陸王學)을 짚고 넘

어갈 필요가 있다. 육왕학은 우리나라에서 이단으로 배격되었지
만, 왕양명은 서화와도 관계가 있다.

다음의 시는 내용으로 보아 기묘년보다 훨씬 앞선 임신년(1812)
에 자하가 연경에 갔다 온 이후에 지었다고 생각되는데, 추사의 시
세계를 이해하기 위해 여기서 읽어보겠다.

〈자하에게 그림을 돌려주고 제시하다[歸畫紫霞仍題]〉
내 비록 그림은 모르지만/이 그림의 좋음을 또한 아네./감상
이 정밀한 소재는/오운첩과도 같은 보배라고 했네.
 (我雖不知畫 亦知此畫好 蘇齋精鑑賞 烏雲帖同寶)

여기서 말하는 《오운첩》이란 송대 채양(蔡襄)의 시 '天際烏雲含
雨重 樓前紅日照山明(하늘가 검은 구름은 비를 머금어 무거워 보이고
누각 앞에 걸린 저녁해는 산을 밝게 비추네)' 운운을 소동파가 제시한
지필을 옹담계가 수장하고 있었다. 아마도 그것을 말한 듯싶다.

자하 옹의 귀국에 선물로서 들려준 것이니/그 뜻이야 친밀함
을 생각지 않을 수 없네./탄식마저 자아내는 노인의 억센 획이
고/처음으로 동쪽에 온 것이라네.
 (特贈霞翁歸 其意諒密勿 歎息老鐵畫 東來初第一)

육당 최남선의 말로는 우리나라의 옹방강체는 자하 신위와 육교
이조묵이 있다고 했으며 추사 김정희는 제외하고 있다. 육당의 이
글을 읽었을 때 추사가 자하보다 먼저 옹담계를 만났는데 어째서
추사는 그 글씨의 영향을 받지 않았을까…… 기이한 느낌이 조금

들었지만 지금 이 시를 읽어 보니 어느 정도 이해가 된다.

그것에 대해선 좀더 뒤에 이야기 하기로 하고 자하를 옹(翁)이라고 표현한 것은 반드시 노인이라서가 아니며 존경하는 뜻으로 사용된 글자이다. 그리하여 옹은 노(老)와 대응하며 바로 옹담계를 가리킨다. 그런 노인이면서 철획(鐵畫)을 쓰는 옹방강체의 우리나라 첫 전래를 증언하는 셈이다.

성원의 필법은 쇠도 녹여/무한의 수명을 누릴 것만 같았네./어째서 눈 깜짝할 사이에/담화처럼 나타났다가는 곧 간단 말인가.

（星原筆鎔鐵 似若壽無量 如何須叟間 曇花儵現亡）

여기까지 읽고 보니 이 시는 옹성원이 죽은 을해년(1815) 이후에 지었다고 생각된다. 담화는 불교용어로 '우담화'를 줄인 말인데 3천 년에 한 번 핀다는 꽃이다. 추사로선 성원의 죽음이 그만큼 애석한 일이었다.

만리 길이 마침내 천 년이 되니/그림을 어루만지자 문득 설움이 복바쳐 눈물지네./성원의 죽음만이 가슴 아파서가 아니고/우리의 묵연이 옅어서라네.

（萬里遂千古 撫畫涕忽泫 匪傷星原死 吾輩墨緣淺）

한시건 현대시건 시인은 언어의 마술사이다. 추사도 그런 마술을 글자 하나하나에서 구사한다.

그야 어쨌든 자하가 선물로 받아가지고 돌아왔다는 그림이란 무엇인가? 시로서는 끝내 설명이 되지 않는다.

《서화징》을 보면 비로소 알 수 있다. 옹담계는 자하 신위의 묵죽화에 제시를 해주었던 것이다. 즉 담계는 '碧玉林深水一灣 烟橫月出海東山(벽옥의 깊은 숲에 물굽이를 하나로 묶고 구름이 나부끼는 해동의 산에 달이 걸려 있네)' 운운한 7언절구를 써주었던 것이며, 그 글씨가 힘차고도 씩씩하여 자하가 그런 글씨를 본뜬 것이 아닐까. 추사는 자하의 그림을 한마디로 말한다면 추사(走寫)에 있다고 했다. 주사란 끊기지 않고 단숨에 경치를 사생했다는 뜻인 듯싶다.

《화림신영(畫林新詠)》은 청나라 사람 진문술(陳文述)의 저술인데 자하를 다음과 같이 평했다.

'시문을 잘하였고 더욱 화죽에 교묘했다. 《장추음대어(蔣秋吟待御)》에서 말하기를 시로선 가까이 소황[소동파와 황정견]이 있는데 그림으로선 지금 그 짝이 될 만한 이가 없다. 《유서관집(楡西舘集)》에도 이 말이 자주 보이지만, 예로부터 대를 그리자면 글과 마찬가지로 살펴야 하고, 대나무가 되려면 마땅히 먼저 마음에 그것이 있어야 한다. 소황의 시로써 해독하고 비로소 필사할 수 있는데, 지금 해동에 자하옹이 있을 뿐이다.'

이 말은 요컨대 화죽이라면 동파나 산곡의 시를 알아야 하고 그 것을 마음으로써 완전히 소화시켜야 그릴 수 있다는 뜻이었다. 그리고 그럴 만한 사람이 당대에 없는데 조선에는 자하가 있다는 말이었다.

해가 밝아 경진년(순조 20 : 1820)이 되어 추사는 35세이다. 전년에 문과 급제한 추사는 이 해 정월부터 출사하기 시작했다.

어떤 연보에서 추사는 규장각 대제가 되었다고 했는데, 대제는 갑오경장 이후의 명칭이라 여기서 정정하겠다.

규장각은 정조의 즉위 초, 즉 정유년(1777) 12월에 교서관(校書館)을 규장외각으로 개정했으며 비로소 설치된 것인데, 정조는 이것을 청나라의 내각(內閣)과도 같은 강력한 기관으로 만들 복안이었던 것 같다.

그래서 규장각이 되고 늙은 대신들이 정사를 맡아보는 의정부(議政府)와는 달리 이를테면 홍국영(洪國榮)과 같은 사람을 등용하여 당시로선 혁신책을 추진했다고 판단된다. 그러나 정조의 이런 포부는 곧 완강한 노대신 등 기성 세력의 반대를 받아 좌절되고 여인들의 부드러운 살결을 찾게 되었다고 여겨진다.

따라서 규장각은 《문헌비고》의 기록처럼 열성조의 어제(시)·어필(글씨)·어화(그림)·고명(顧命 : 유언)·유고(遺誥 : 문서로 된 유언)·밀교(밀명) 및 선원보·세보(世譜)·보감·지장(誌狀 : 일기 기타)을 주관하는 관서가 되었다. 정조 시대에 이서구·이덕무·박제가·류득공 등 검서(檢書)를 두어 외국의 서적들을 수입하고 각종 서적의 편찬·발간 등을 했다는 그것만도 엄청난 자취를 남겼던 것인데 정조가 승하하자 위에서 말한 것 등이 주된 일로서 축소된 셈이었다.

따라서 그것은 추사 시대까지 전조의 유풍이 아주 없어진 것은 아니지만, 추사 시대와 그의 스승 초정이 활약한 시대와는 상황이 달랐다는 점을 이해할 필요가 있다.

다시 《문헌비고》〈직관고(職官考)〉를 보면 그 직제(職制)가 나와 있다. 즉 제학(提學) 2명·직제학(直提學) 2명·직각(直閣) 1명·대교(待敎) 1명· 잡직각감(雜職閣監) 2명·사권(司卷) 2명·검서

4명·영첨(領籤) 2명·사자관(寫字官) 8명·화원(畵員) 10명·감서(監書) 6명이 있고, 다시 그 아래의 사무 담당자로 서리(書吏) 10명·서사(書寫) 22명·겸리(兼吏) 6명·정서조보리(正書朝報吏) 2명·각동(閣童 : 심부름 소년) 10명·직(直 : 숙직자) 2명·대청직(큰방 숙직자) 2명·사령(使令) 15명·인배(引陪 : 가마꾼) 4명·조라적(照羅赤 : 조명 담당) 2명·방직(房直) 2명·수공(水工) 2명·군사(軍士 : 경비) 7명·구종(驅從 : 가마 앞의 시종 하인) 6명이었다.

서리 이하 정서조보리까지는 이(吏)가 붙어 있어 중인이라고 판단되며, 다시 그 아래는 이른바 노비 출신자였다고 추정된다. 이 편성표로선 검서관이 하위직으로 되어 있는데 위의 직제는 대체로 순조 이후의 것으로 기록된 것이다. 점차로 규장각의 위상이 낮아지고 있음을 증명한다.

또 사자관·화원·감서(사서)는 설명할 필요도 없지만, 그 전시대에 있었던 도화서(圖畵署)가 없어지고 정조 이래의 전통을 좇아 규장각에 합쳐졌던 것이며 그 최고위자는 제학(종2품)으로 바로 왕에게 직속되었으나 이것도 영·정조 이후의 정통으로 보아 세자 몫이었다. 세자가 규장각에서 열성조의 어서·문적류를 열람하며 제왕학(帝王學)을 배우도록 했다고 생각되기 때문이다.

추사는 아마도 그 문벌·학문으로 보아 대교(待敎 : 정8품) 후보부터 시작했던 것 같다. 최말단은 아니다. 대교는 홍문관·예문관·경연 등의 검열·정자(正字)·전경(典經)보다는 한 단계 위고, 대교(홍문관도 대교)·저작(著作)·설경(說經)직과 동격이었다.

끝으로 덧붙인다면 규장각·홍문관·예문관·경연 등은 직제가 낮더라도 청요(淸要)라고 불리는 엘리트 코스이며 때묻지 않은 청신한 젊은이가 임명되었다. 청요직에 있는 선비는 판서·정승이라도 알아주었고 그들 또한 그만한 포부와 기개가 있었던 것이다.

경진년 정월도 거의 지날 무렵 권이재 등 동지사가 돌아왔다. 섭지선은 이번에도 원대(元代)의 《화훼산수》 직병합금(直屛合錦 : 비단으로 된 병풍인데 그림이 세로로 길쭉한 것)・왕유교(汪由敎)와 심주(沈周)의 자획(字畫 : 곧 글씨)・동방달(董邦達)의 《추림만조(秋林晚照)》 병풍・성친왕 영첩(楹帖 : 주련을 모은 글씨 첩)・문징명의 《난죽》 횡폭・옹소재의 경설(經說) 등을 보내왔다.

'오중 4재자'라고 일컬어진 축윤명・문징명・당인・서정경에 대해선 이미 말했다.

추사의 글로 문징명을 인용한 말이 있다. 그것을 읽어보면 다음과 같다.

'백하(白下 : 윤순의 호. 1680~1741, 자는 중화)의 글씨는 문형산(文衡山 : 형산은 징명의 호)에서 비롯되었지만 세상에선 모두 모를 뿐 아니라 백하 또한 스스로는 말하지 않았다. 문징명의 글씨로는 소해(小楷)의 〈적벽부(동파의 시)〉 묵탑본이 하나 우리나라에 전해진 게 있지만, 백하는 전심하여 이를 배웠다. 그 짧은 수(竪 : 세로) 획의 위는 풍만하고 아래는 축인(여위었다는 것) 것이 곧 형산에게서 얻은 필법인데 문징명의 글씨는 청완(淸婉 : 맑고 예쁨)하며 굳세면서 날카로운 반면, 백하는 어딘지 둔중(鈍重)하고 살이 쪘다는 게 차이다. 또한 형산의 짜임새는 모두가 구양순・저수량・안진경・류공권이 서로 전한 옛 필법이고 백하는 되는 대로 썼거니와 글자 하나 안에서 횡(橫)・수・점・날(捺)에 따라 이를 체주(砌湊 : 두들겨 맞춤)했다. 그러나 마침내는 일가(一家)를 이룩한 몇 사람이 된 것은 형산을 비근(卑近)타 여기지 않고 머리를 숙여 배우거나 익히거나 하고 뒤에 나타난 종왕〔종요와 왕희지〕을 망령되게 일컫는 자처럼 우물 안 개구리가 되어 멀리 치닫지 않았기 때문이다.

그 대해(大楷)의 금석·비판(碑版 : 탑본)은 앞면 글자가 주로 동파공의 표충비(表忠碑) 필법을 본받은 것이고 그 반초체는 미남궁의 필체로 돌아가니 모두가 송인의 영향을 벗어나지 못했으며 그것이 곧 그의 식력(識力)이 크게 인정된 점이기도 했다.

그 문하로 진수를 얻은 사람은 원교(圓嶠 : 이강사의 호. 1705~1777, 자는 도보)를 첫째로 삼거니와 원교의 초기에 쓴 해자는 곧 스승과 조금도 다름이 없어 한 솜씨와 같았다. 실로 알지 못할 일은, 다만 사문(師門)이 쓴 것을 좇고 이를 배우면서도 일찍이 한 번도 사문의 비롯된 바를 두드려 보지 않았으니 어째서이며, 사문 역시 그 비롯된 바를 일러주지 않았으니 어째서인가? 혹은 사도(師道)의 억누름이 매우 엄하여 감히 망령되게 물어보지를 못했던 것일까? 사문이 이를 알려주지 않음은 또한 바로 박(璞 : 연마되지 않은 옥돌. 비유로 재능을 보이지 않음)을 보여주지 않는다는 뜻일까?

백하는 양털 붓을 사용했는데 일찍이 서단양(徐丹陽)은 말했다. 스승께서 쓰는 붓을 보니 중국의 큰 붓으로 희기가 눈과 같은데 무슨 붓인지 알지를 못했고, 또한 감히 물어보지도 못했다고. 대체로 옛사람의 사도가 엄하다는 것을 또한 이로서도 알 수가 있다. 서, 이는 모두 그 고제자이며 이원교는 그 필법마저 물려받았거늘 양털임을 알지 못했으며, 비록 알았다 해도 백하는 능히 휘둘러 쓸 수가 있지만 다른 사람은 모두 필성(筆性 : 붓의 성질)으로 보아 맞지가 않았으리라.'(《완당집》 권8 잡지)

이것은 윤백하에 대한 추사의 논평인데, 문징명에 대한 그의 인식도 나타나 있다. 윤백하·이원교는 추사 이전의 우리나라 필법의 주류(主流)로 또 말할 기회가 있겠지만, 이 글로 보아서 문징명에 대한 추사의 평가는 그리 높지 않은 것 같다. 추사는 오히려 송대의 조맹견(趙孟堅 : 자는 자고)에 대해 자주 언급했다.

'조자고(趙子固)는 말한다. 진체를 어찌 쉽게 배울 수 있겠는가. 당(唐)을 배우면 오히려 법칙은 잃지 않는다. 진을 배운다면서 당나라 사람을 좇지 않는다면 그 모르는 것을 많이 나타내 보일 뿐이다. 해서에 들어가는 길은 겨우 세 가지가 있는데 화도(化度)·구성(九成)·묘당(廟堂)이 그것이다. 여기서 조자고의 시대를 들어 이를 말하면 이미 6, 7백 년이 지났으니 현재 통행되는 황정·악의·유교 등의 법서를 어찌 그가 보지 못했겠는가.

그리고 이 세 비문만을 뽑은 것은 무엇 때문이겠는가. 황정경은 산음의 글씨는 아니며, 악의론은 이미 그때에 좋은 탁본이 없어져 기준을 삼을 수 없었으며, 유교비는 곧 당대의 경생(經生) 글씨라 불가불 이 세 비문에서 구할 수밖에 없었다. 비록 석인본이라 할지라도 원석(原石)이 지금껏 남아있으니 진적에 비해 한 등급 낮지만 후세의 석각으로 이리저리 굴러다니면서 모각된 것에 비한다면 괜찮다고 하리라.

우리나라의 서법은 신라·고려의 두 시대에 오로지 구양순체만 익혔고 지금 남아있는 고비로 아직도 거슬러올라가 그것을 얻을 수 있는 게 한두 본 있지만, 본조(조선조) 이래로는 모두 송설 한 길로만 옮겨져 왔다. 그러나 신색·성임과 같은 제공이 쓴 문방(門榜 : 현액)은 씩씩하고도 훌륭한 것이 고아(古雅)하여 큰 글씨에 옛법이 있고 한석봉에 이른 것이지만, 비록 송설의 기풍이 있다고는 할지라도 역시 정성껏 옛법을 지켰고 따랐던 것이다.

뒤를 잇고 스스로 힘을 다하여 옛것을 만회한다고 여기는 자들은 너나 할 것 없이 걸핏하면 황정·악의의 진체를 일컫게 되었지만, 이것이 과연 무슨 탁본인지 알지를 못한다! 드디어 원교에 이르러선 또 예로부터의 글씨 유칙(遺則)을 말살했고 하나의 법을 억측으로 만들었으며, 붓 잡는 법에 있어서도 팔꿈치듦〔현비〕과 발등(撥鐙)을 가르치지 않았으며, 결자(結字)에 있어서도 '왼편은 위를 가지런히 하고 오른편은 아래를 가지런히 한다'는 등의 법으로서 예로부터 감히 바꿀 수 없는 것을 일대에 육침(陸沈 : 멸망)시키고도 거의 돌이켜 깨닫는 자가 없었으니 이는 서가로 하나의 큰 변고라고 하겠다.

글씨를 배우는 이로 진체를 쉽게 배울 수 없다 알고 당인을 경유하여 들어가는 게 진으로 들어가는 지름길이라 해도 잘못은 없을 터이다. 옛 현인은 글자를 만듦에 있어 공중에 들어올려 곧장 아래로 치달아 능히 신품(神品)으로 들어가지 않는 이가 없었다. 현비(懸臂)가 아니고선 안된다. 즉 공중의 경계에서 선전(旋轉)하고 그것을 따라 이른 곳에 비유(肥瘦 : 글씨의 살이 찌고 여윔)가 극에 이르러 모두 묘취를 이룩한다. 사구(司寇) 장득천(張得天)은 글씨를 배움에 있어 먼저 팔꿈치를 들어올리고 원권(圓圈 : 둘 다 둥글다는 뜻인데 권은 테두리라는 제한적 의미)을 그렸고 석 달을 기다리고서야 테두리가 둥글어져 깨끗해졌지만, 순숙(純熟)했다면 운필했는데 그러면 저절로 굳셈이 지켜질 뿐 아니라 둥글게 옮겨져 여유가 있었으며, 붓을 눌러 글씨를 쓰게 되면 스스로 필봉이 없게 된다고 하였다. 다만 테두리만으로는 다 터득할 수가 없는 것이므로 손가락 운용을 참조해야 하리

라.'(《완당집》권8 잡지)

결국 추사의 비평은 윤백하·이원교에게로 돌아오고 있다. 축윤명에 대해서는 다음의 제가 있다.

〈축윤명의 추풍사첩 뒤에 제하다〔題祝允明秋風辭帖後〕〉

이 두루마리는 구양순 법을 본떴지만 또한 당의 유사보(劉仕佃) 묘지본과 더불어 흡사하다. 축윤명은 유의 묘지를 본 것도 아닌데 그 동일함이 이와 같으니 역시 이상하다고 하겠다. (그러나) 만 가지의 다름이라도 고금의 합철(合轍 : 자취가 일치됨)된 일본(一本)에서 볼 수가 있는 것이며 구양순의 서법을 놔두고서는 얻을 수가 없을 터이다.

근세의 사람들이 진체를 일컬어 망령되게 고(觚 : 네모짐)를 깎아 둥글게 한다고 하는데 이는 곧 벽돌을 갈아 거울을 만듦과도 다를 게 없으리라.

오중 4재자에 대해서는 《완당집》에서 언급한 것이 별로 없지만, 〈우초신지(虞初新志)〉라는 명나라 말의 문인, 추구재(甃狗齋) 황주성(黃周星)의 글을 여기서 소개하겠다.

축윤명 등 오중의 4재자가 살았던 시대는 명나라의 타락기이고 그때의 문인들 생활도 다분히 퇴폐적이었던 것이다. 축윤명을 예로 든다면 방정불기(放情不覊), 주색과 도박을 일삼았다고 전한다.

── 장몽진(張蒙晉)은 이름이 영(靈)인데, 정덕(正德) 연간(1503~1521)의 오현 사람이었다. 태어나면서 준수한 모습과 재주 또한 비상했었다. 특히 시를 잘하였고 그림을 잘 그렸다.

그런데 집은 찢어지게 가난했지만 무작(舞勺 : 13세를 말함)이 되자 아버지는 장령에게 동자시(童子試)를 보게 했다.

그리하여 관군(冠軍 : 수석 합격)이 되고 제자원(향교의 학생)이 되었다. 그러나 장령은 썩 기뻐하지 않았다.

'재주를 가졌는데 무엇 때문에 벼슬하여 속박을 받아야 하지?'

마침내 굳게 마음먹고 다시는 응시하려 하지 않았다. 그리하여 술마시고 멋대로 살며 홍이 나게 되면 시를 낭랑한 목소리로 지어 부른다. 아무나 쉽사리 사귀려 하지 않았고 사람들 또한 그를 상대하지 않았다. 다만 해원(解元 : 장원급제)인 당육여(唐六如 : 당연의 호)만은 그를 알아주었고 망년(忘年)의 벗이 되었다〔망년의 벗이란 신분·연령을 따지지 않는 친밀한 벗을 말한다〕.

장령은 이미 나이가 들었는데 아내를 맞지 않았다. 육여가 그 까닭을 물었더니 몽진은 웃으면서 대답한다.

"그대가 생각하기에 내 짝이 될 만한 여자라도 있다는 것인가?"

"그야 없네. 하지만 예로부터 재사는 마땅히 가인을 배필로 삼아야 한다고 했지 않은가! 그래서 나는 단지 궁금하여 물어본 것뿐일세."

그러자 장몽진은 크게 웃고 말했다.

"옳은 말일세. 재사 가인을 수천 년의 역사에서 찾는다면 오로지 이태백과 최앵앵(崔鶯鶯)뿐일세."

최앵앵은 원대의 문인 왕실보(王實甫)가 쓴 《서상기(西廂記)》의 여주인공 이름으로 극중에서 장군서(張君瑞)와 열렬히 연애한다. 또 참고로 중국에서의 장씨는 우리나라의 김·이씨와 마찬가지로 가장 흔한 성이다.

어느 날 장령은 홀로 앉아 《유령전(劉伶傳 : 진대의 죽림칠현. 용모가 추했다고 함)》을 읽고 있었다. 동자를 시켜 술을 가져오라 하고, 그것을 마시면서 글을 읽다가 이따금 감탄의 기성을 질렀다. 즉 책상을 쳐가며 큰 잔으로 연거푸 마셨던 것이다.

이윽고 동자는 무릎을 꿇고 아뢰었다.

"술이 떨어졌습니다. 쇤네가 듣건대 오늘 당해원과 축경조(祝京兆 : 축윤명. 경조는 그의 관명)께서 호구(虎丘)에 모여 술을 마신다는데 주인님께서는 왜 가시지 않습니까?"

몽진은 이 말을 듣고 기뻐했지만 불청객이 되고 싶지는 않았다. 곰곰이 생각한 끝에 걸인으로 변장하여 찾아가리라 마음먹었다. 상투를 풀어헤치고 남루한 옷에 대지팡이를 짚자 도사들이 읊는 권선가를 웅얼거리며 갔다.

"적선하세요, 적선을! 하다못해 술이라도 적선하세요."

이윽고 이름난 행락지인 호구에 이르렀는데 여기저기 놀이 나온 패들이 모여 앉아 와자지껄 떠들고 있었다.

시를 주고받으며 주흥을 돋운다.

장몽진은 그런 사람들의 놀이 풍경을 곁눈으로 보면서 유령의 주송(酒頌)을 외웠다. 그러자 사람들은 비록 걸인일망정 잘생긴 얼굴에 문장도 뛰어난 것 같아 앞을 다투어 그에게 술을 주었다.

장사꾼들이 모여 있는 자리에선 마침 술을 마셔가며 수수께끼 시를 읊고 있었다. 몽진은 그 시에 화답(和答)하겠다고 자청했다.

장사꾼들은 그 몰골을 보고 비웃었다.

"당신이 시를 과연 안단 말이오? 내가 방금 시에서 창관(蒼官)·청사(青士)·박악(朴握)·이니(伊尼)라는 네 문자를 썼는데 뜻을 아시오?"

"소나무·대나무·토끼·사슴이 아니고 무엇이겠소!"

그제야 사람들은 놀라고 시를 읊게 했는데 몽진은 흐르는 물처럼 막힘없이 앉은 자리에서 백 편의 절구를 엮어냈던 것이다. 여기서 참고로 창관은 소나무의 다른 이름으로 왕안석의 〈홍리시(紅梨詩)〉에 '歲晚蒼官自纏保(해는 저물어 가는데 솔만이 겨우 스스로를 지킨다)'에서 비롯된 것이고, 청사는 '岸幘尋靑士 軒憑待素娥(안책에서 대나무를 탐방하고 추녀에 의지하며 소아를 기다린다)'라는 육유(陸遊)가 지은 시의 일절에서 나왔으며, 동파는 〈유경산시(遊徑山詩)〉에서 '寒窓暖足朴握來(추운 창문 너머로 발을 녹이자 토끼가 나타났다)'라 했으며, 이니는 황정견의 〈德孺五丈和之字詩 韻難而愈工 輒復和成 可發一笑詩〉에서 '燒野得伊尼(들을 태우고서야 사슴을 얻었다)'라고 노래했다.

이렇듯 특수한 시구의 용례(用例)를 인용하여 자작시에 응용하는 게 당시의 유행이었다. 여기선 장령이 그런 난문(難問)도 쉽게 풀만큼 교양이 높았다는 뜻인데, 이런 게 실학과는 거리가 멀다는 건 말할 필요도 없다.

—— 멀리 육여와 축지산(祝枝山) 등 몇몇이 가중정(可中亭)에 모여 있음을 보자 장령은 그들한테로 다가가 글씨로 술을 적선하라고 했다. 육여는 그것이 장령임을 간파했지만 모른 척 하였고 또 웬 거지놈이 건방지다고 화내는 좌중의 친구들을 달랜 뒤, 장령에게 말했다.

"이봐, 걸인! 너는 글씨로서 술을 달라고 했는데 그렇다면 시를 지을 일이 아닌가. 시험삼아 이 오석헌(悟石軒 : 가중정의 한 건물)에서 절구 하나를 적어 보라. 그럴 듯싶다면 마음껏 취하도

록 술을 주겠지만 만일 그렇지 못하다면 너의 다리 하나를 분질
러 버리겠다.”
“어렵지 않은 일이지요.”
동자가 종이와 붓을 가져다주자 장령은 금방 시를 지었다.
‘하늘이 이룩한 빼어난 호구이고, 가중정은 마음껏 노닐며 보낼
만한 곳이네. 내 시가 어찌 생공의 설법만 못할까. 완석일지언
정 고개를 끄덕이네.’
주석에 의하면 생공은 양나라 고승인데 옛날에 이곳 호구사에서
돌을 모으고 그것에 설교했더니 돌은 마치 부처의 가르침을 이해
한 듯이 고개를 끄덕였다는 것이다. 인간은 마음을 가진 것이 목석
(木石)과 다른데 진실된 말을 오히려 비뚤어지게 듣고 생각하기 쉽
다. 그런 자는 돌멩이만도 못하고 완석(頑石)이라고 해도 좋으
리라.

──장령은 이윽고 술이 취하자 일어나 이들과 작별했는데, 육
여는 지산에게 말했다.
“오늘의 우리들 놀이는 저 손작(孫綽)의 풍류에도 지지 않소〔손
작은 진대 사람으로 시문을 잘했는데 〈천태산부(天台山賦)〉를 짓고 범
영기(范榮期)에게 주며 말했다. 만일 그대가 이 시를 땅에 동댕이 치
면 종이나 세 발 향로처럼 쩡쩡 울리는 소리가 날 것이라고 했다는 고
사〕. 그러니 일정(一幀)을 만들어 〈장령행걸도(張靈行乞圖)〉를
그려야 하오. 내가 그릴 테니 당신은 그것에 제발을 달구려.”
그리하여 붓을 입으로 핥아가며 육여는 그림을 그렸고 지산은
몇 마디의 말을 제했다. 좌중의 친구들이 다투어가며 손에서 손으
로 건네고 감상하며 탄복했다.

그때 한 노인이 흰 깁옷에 흰 갓을 쓰고[상주의 복장] 나타나 읍하더니 말했다.

"두 공자께선 바로 당해원과 축경조라고 보았는데 틀림이 없겠지요? 나는 오래 전부터 두 분을 사모했는데 다행히도 식한(識韓)하게 되었습니다."

육여는 과찬의 말이라며 통성명을 했는데 알고 보니 그는 남창(南昌)의 명경과 진사로 최문박(崔文博)이란 이름으로 글을 가르치는 해우(海虞 : 교수)인데 때마침 휴가를 얻고 향리를 찾는 중이라고 한다.

최노인은 그림을 보더니 잠시 감탄하며 놓을 줄을 모른다.

"대체 이 그림의 걸인은 누굽니까?"

"저의 마을 재자로서 장령이라는 자이지요."

"참으로 그런 것 같군요. 참재자가 아니면 이와 같이 행동할 수 없습니다. 만일 허락하신다면 이 그림을 저에게 주시지 않겠습니까?"

"좋도록 하시지요."

최노인은 강가 배 있는 곳으로 돌아갔다. 그에겐 차를 소경(素瓊)이라 하고 이름을 영(瑩)이라는 딸이 있었는데 재주와 용모가 모두 절세 가인이었다. 모상(母喪)을 당하여 그 관을 모시고 아버지를 따라 배로 고향에 돌아가는 도중이었다. 그녀는 배가 기슭에 매어져 있을 때 떠들썩한 웃음소리가 들려 창문의 휘장 사이로 살며시 내다보았더니 선창에서 웬 걸인이 놀림을 받고 있었다. 그러나 좀더 자세히 보니 그 걸인의 용모와 행동이 예사 사람과 같지 않았다.

이윽고 걸인도 문득 처녀가 엿보고 있음을 알았는지 배를 쳐다

보았고, 순간 시선과 시선이 마주쳤으며 최영은 공연히 얼굴이 붉어지고 가슴이 두근거렸다.

그러자 걸인은 성큼 배에 올라 읍하더니,

"뉘신지는 모르나 저는 장령이라는 이름으로 꼭 한번 뵙고 싶습니다. 부디 허락해 주십시오."

라고 간청하는 게 아닌가.

그러나 최영은 그 청을 들어줄 수가 없다. 장령은 꿇어앉아 애원까지 하고 있었다. 좀처럼 떠나지를 않았는데 이윽고 장령의 동자가 나타나 그 소맷자락을 잡아 끌자 그는 마지못하여 일어섰고 뒤를 자꾸 돌아보면서 가버렸다. 최영은 그 모습이 사라지자 아버지가 아직 돌아오지 않았지만, 곧 사공을 시켜 배를 다른 곳에 옮기도록 한다. 혹시 또 나타날까 겁이 났던 것이다.

이윽고 아버지는 곳곳을 묻고 찾다가 배로 돌아왔고 딸에게 그 그림을 보여준다. 최영은 그제야 걸인이 장령임을 알았으며 속으로 풍류 재사라며 사모의 정마저 품었다. 그러나 아버지한테는 그런 말을 할 수가 없었다.

여기서 부연한다면, 당시의 강남 사람들은 여행하는 데 배를 사용했던 것이다. 또 '식한(識韓)'의 한은 당나라 때의 사람 한조종(韓祖宗)으로 이백의 시 〈여한형주서(與韓荊州書)〉가 출전이다. 이 '식한'은 뛰어난 인물과 만나고 자기의 이름이 알려진다는 뜻으로 사용되었다.

――장령은 최소경을 직접 본 것은 아니지만 여인의 시선을 분명히 느꼈고, 잠시 배에 있으면서 최영이 절세 가인이라고 믿어 의심치 않았다. 그래서 밤새도록 한잠도 못자고 날이 밝자 곧 선창으

로 달려갔으나 배는 이미 떠난 뒤였고 그 소식은 감감했다.

명나라 홍치제일 때(1487~1505) 이몽양(李夢陽)·하경명(何景明)·변공(邊貢)·강해(康海)·왕구사(王九思)·왕정상(王廷相)·서정경 등 이른바 홍치 7차가 글은 진한(秦漢), 시는 성당(盛唐) 시대로 돌아가자는 고문부흥을 부르짖고 있었다. 오현에도 방지(方誌)라는 자가 파견되어 고문부흥의 추종자를 찾아내어 추방했는데 장령도 거기에 저촉되어 제생(諸生: 향교 학생)의 자격이 박탈되었다.

그렇건만 장령은 오히려 무사태평이다.

"그렇지 않아도 나는 예의 범절에 묶여 있었는데 오히려 잘되었지 않은가. 또 한 번 박탈되었으니 두 번 빼앗기지도 않는다! 그리고 그들이 아무리 내 지위를 뺏을 수 있어도 채사라는 내 이름은 앗아가지 못할 터이다!"

그리고 하루는 육여의 집에 갔는데 보니까 수레와 말들이 문앞에 즐비했고 저택 안팎에 사람들이 득시글거렸다.

"도대체 무슨 일이 있는가?"

장령이 안면 있는 하인에게 묻자 그는 대답했다.

"말도 마십시오, 서방님. 강우(江右: 강서)의 영왕(寧王) 신호(宸濠)가 우리 주인님을 모시고자 이렇듯 많은 사람들과 재물을 보내왔습지요."

장령은 그 말에 기뻐하고 곧장 달려들어가 육여에게 말했다.

"매우 잘된 일일세. 그리고 자네에게 부탁이 있는데, 앞서 내가 호구에서 만났던 가인은 곧 예장(豫章: 강서성 남창부) 사람일세. 그러니 자네가 나를 위해 꼭 찾아가 주기 바라네. 부디 찾아내어 나에게 알려주게. 이는 개벽 천지, 나로선 가장 중하고 급한 일일세."

육여는 장령의 부탁에 쾌히 승낙하고 곧 마중 온 사신과 함께 예장으로 갔다.

그런데 신호는 오래 전부터 반역의 뜻을 품고 있었던 것이다.

연산 11년(1505)에 명나라에서는 홍치제가 죽고 그 태자 주후조(朱厚照)가 즉위하여 정덕제(正德帝)가 되었는데 영왕 신호는 이 무렵 세력을 가졌고 반역의 뜻을 품었다. 그 이유는 첫째로 종가인 황실이 엉망으로, 환관과 후궁 여자들의 음모가 끊이지 않았기 때문이다.

당시 명나라에는 내각(內閣)이라는 게 있고 그것은 문연각(文淵閣)이라 불렸다. 홍치제는 연산군처럼 그 생모 기씨(紀氏)가 일찍 죽었는데 독살되었다는 소문이 있었다. 다만 홍치제는 연산처럼 조사를 불허했고 보복도 하지 않았다. 그는 방탕했고 불로장수를 위해 도사를 중용했는데 결국은 36세라는 나이로 죽고 정덕제가 뒤를 이었던 것이다.

정덕제 역시 표방(豹房)이라는 것을 만들었는데, 이것은 이슬람풍의 사원으로 황제는 그 안에서 라마승으로부터 방중술을 배우고 춤이나 연극을 관람하며 노는 데 열중했다. 《실록》에서 연산군이 그 말년에 원각사를 음락의 장소로 사용했다는 기록과 너무도 비슷하여 양국간에 어떤 연관이 있는지 의심될 정도이다.

중종은 정암 조광조를 등용했는데, 이 무렵 명나라에서는 왕양명(王陽明 : 1472~1528)이 활약한다.

왕양명은 누구인가? 그리고 육왕학(陸王學)은 무엇인가?

주자를 이야기하면서, 성리학과 대항하는 유자로서 상산(象山) 육구연(陸九淵)이 있음을 말했다. 육학(陸學)과 주학(朱學)의 차이

는 한마디로 전자가 불교, 선종의 색채가 짙다는 데 있었다. 송학
이 모두 다소의 차이는 있어도 불교의 영향을 받고 있건만 주자학
은 중국은 물론이고 우리나라에서도 존중되었는데 육상산의 학문
을 이어받은 왕양명의 학문, 곧 육왕학은 우리가 극력 배격한 까닭
은 무엇인가? 그 비밀을 지금부터 캘 생각인데 이는 경학은 물론
이고 서화에까지 관계된다.(제8권 시(詩)편으로 계속)

소설 **추사 김정희** 7

初版 印刷 ● 1997年 8月 20日
初版 發行 ● 1997年 8月 25日

著　者 ● 權 五 雄
發行者 ● 金 東 求

發行處 ● 明 文 堂
　　　　서울특별시 종로구 안국동 17~8
　　　　대체　010041-31-0516013
　　　　전화　(영) 733-3039, 734-4798
　　　　　　　(편) 733-4748
　　　　FAX 734-9209
　　　　등록　1977. 11. 19. 제1~148호

값 7,000원
ISBN 89-7270-528-4　04810
ISBN 89-7270-038-X (전10권)